Alle Rechte, einschließlich das des vollständigen oder
auszugsweisen Nachdrucks in jeglicher Form, sind vorbehalten.

Der Preis dieses Bandes versteht sich einschließlich
der gesetzlichen Mehrwertsteuer.

Umwelthinweis:
Dieses Buch wurde auf chlor- und säurefreiem Papier gedruckt.

Nur wer die Sehnsucht kennt
Als Helen Easterman erstochen aufgefunden wird, sind alle Gäste entsetzt. Doch einzig die hübsche Andrea hatte keinen Grund, Helen zu ermorden. Alle anderen sind verdächtig, denn sie wurden von Helen erpresst – besonders Lucas, in den Andrea früher verliebt war ...

Das Schloss in Frankreich
Es ist für die junge Malerin Shirley überwältigend, als sie auf das Schloss ihrer Vorfahren in der Bretagne kommt und endlich die Familie ihrer Mutter kennen lernt. Doch warum gibt sich ausgerechnet der gut aussehende Christophe, Comte de Kergallen, so distanziert?

In der Glamourwelt von Manhattan
Alana weiß, was sie will: die Rolle der boshaften Rae – und den Drehbuchautor Fabian DeWitt! Doch während sie im Film die Idealbesetzung ist, hat sie in der Liebe weniger Glück: Wie kann sie Fabian davon überzeugen, dass sie in Wirklichkeit ganz anders als Rae ist?

Nora Roberts

Love Affairs III

MIRA® TASCHENBUCH
Band 25046
1. Auflage: April 2003
2. Auflage: Mai 2003
3. Auflage: Juni 2003

MIRA® TASCHENBÜCHER
erscheinen in der Cora Verlag GmbH & Co. KG,
Axel-Springer-Platz 1, 20350 Hamburg
Deutsche Taschenbucherstausgabe

Titel der nordamerikanischen Originalausgabe:
Storm Warning/Search for Love/Dual Image
Copyright © 1984 by Nora Roberts/1982 by Nora Roberts/
1985 by Nora Roberts
erschienen bei: Silhouette Books, New York
Published by arrangement with
Harlequin Enterprises II B.V., Amsterdam

Konzeption/Reihengestaltung: fredeboldpartner.network, Köln
Umschlaggestaltung: pecher und soiron, Köln
Titelabbildung: The Image Bank, Hamburg
Autorenfoto: © by Harlequin Enterprise S.A., Schweiz
Satz: Berger Grafikpartner, Köln
Druck und Bindearbeiten: Elsnerdruck, Berlin
Printed in Germany
ISBN 3-89941-057-2

www.mira-taschenbuch.de

Nora Roberts

Nur wer die Sehnsucht kennt

Roman

Aus dem Amerikanischen von
Charlotte Corber

I. KAPITEL

Der Pine View Inn lag im nördlichen Teil des Staates Nord-Virginia, in einem einsamen Tal der Blue Ridge-Berge versteckt. Wenn man die Hauptstraße verlassen hatte, fuhr man auf einem gewundenen Schotterweg, der schließlich auf einer Furt durch einen Fluss führte. Die Furt war gerade breit genug für einen Wagen. Kurz hinter ihr befand sich der Gasthof.

Es war ein verwinkeltes, behagliches Gebäude, drei Stockwerke hoch, aus hellroten Backsteinen gebaut. Die Vorderfront war von schmalen Fenstern durchbrochen, neben denen sich weiße Fensterläden öffneten. Das geschwungene Dach hatte schon seit langer Zeit eine sattgrüne Farbe angenommen. Drei Schornsteine ragten auf. Eine breite, weiß gestrichene Holzveranda umgab das ganze Haus. Auf allen vier Seiten öffneten sich Türen zu ihr.

Die Rasenflächen ringsum waren gepflegt, aber nicht sehr ausgedehnt. Sie stießen bald an die Bäume und die Felsen der freien Landschaft. Es sah so aus, als habe die Natur selbst beschlossen, bis hierher und nicht weiter dürfe sich der Gasthof mit seinen Anlagen erstrecken.

Das Haus und die Berge ringsum boten einen bezaubernden Anblick, ein Bild vollendeter Harmonie.

Während Andrea ihren Wagen auf die Parkfläche neben dem Haus lenkte, zählte sie fünf Autos, die dort standen, einschließlich des betagten Chevys ihrer Tante. Obwohl die Saison erst in einigen Wochen begann, gab es bereits Gäste.

Die Aprilluft war frisch und kühl. Die Narzissen hatten sich noch nicht geöffnet, die Krokusblüte hingegen hatte ihren

Höhepunkt bereits überschritten. Einige wenige Azaleenknospen zeigten einen ersten Hauch von Farbe. Alles schien auf den Beginn des Frühlings zu warten.

Die Berge hatten ihr braunes Winterkleid noch nicht abgelegt, doch auch an ihren Hängen zeigten sich hier und dort erste grüne Flecken. Bald würde das düstere Grau und Braun verschwunden sein.

Andrea hängte die Kameratasche über die eine Schulter und die Handtasche über die andere. Die Kamera war am wichtigsten. Außerdem musste sie zwei große Koffer aus dem Wagen ziehen und ins Haus bringen. Nach kurzem Kampf mit ihrem Gepäck gelang es Andrea, alles auf einmal zu tragen. Langsam ging sie die Stufen hinauf. Die Haustür war, wie immer, unverschlossen.

Kein Mensch war zu sehen. Das geräumige Wohnzimmer, das als Aufenthaltsraum diente, war leer. Allerdings brannte im Kamin ein Feuer, das behagliche Wärme ausstrahlte.

Andrea stellte die Koffer ab und sah sich um. Nichts hatte sich verändert. Auf dem Fußboden lagen Flickenteppiche. Handgeknüpfte Garnteppiche waren über den beiden Sofas ausgebreitet. Vor den Fenstern hingen Chintzgardinen. Auf dem Kaminsitz stand immer noch die Sammlung von Hummelfiguren.

Bezeichnend für Andreas Tante war es, dass das Zimmer zwar sauber war, aber keineswegs aufgeräumt wirkte. Hier und dort lag eine Illustrierte, der Nähkorb schien überzufließen. Die Kissen auf der Fensterbank waren in einer Ecke gehäuft und dienten offensichtlich mehr der Bequemlichkeit als der Zierde.

Alles wirkte freundlich und gemütlich und hatte einen versponnenen Charme. Lächelnd sagte sich Andrea, dass das Zimmer in vollkommener Weise zu ihrer Tante passte.

Andrea war rundum zufrieden. Es war ein beruhigendes Gefühl, dass sich nichts verändert hatte.

Mit einer raschen Bewegung strich sich Andrea durch das Haar, das ihr bis zur Taille reichte. Es war von der langen Fahrt bei geöffnetem Fenster zerzaust. Einen Moment überlegte sie, ob sie es bürsten sollte. Doch das vergaß sie sofort, als sie draußen auf dem Flur Schritte hörte.

„Oh, Andrea, da bist du ja." Es war typisch: Ihre Tante begrüßte sie so, als sei sie lediglich für eine Stunde im Supermarkt gewesen und nicht ein Jahr lang in New York. „Fein, dass du vor dem Abendessen gekommen bist. Es gibt Schmorbraten, dein Lieblingsgericht."

Andrea brachte es nicht übers Herz, ihre Tante daran zu erinnern, dass Schmorbraten das Lieblingsgericht ihres Bruders Paul war. Rasch trat sie auf die alte Dame zu, umarmte sie und küsste sie auf die Wange. „Tante Tabby, wie schön, dich wiederzusehen." Der vertraute Duft von Lavendel ging von Tante Tabby aus.

Tabby war in dieser Gegend ein beliebter Name für Katzen. Doch Andreas Tante erinnerte in keiner Weise an diese eleganten Tiere. Katzen gelten als Snobs, die den Rest der Welt nur mit Herablassung dulden. Sie sind flink, beweglich und geschickt. Tante Tabby hingegen war für ihre gewundenen, manchmal geradezu verworrenen Gedankengänge bekannt. In Gesprächen war sie sprunghaft. Sie war ein durch und durch lieber und vertrauensvoller Mensch. Und gerade wegen dieser Charakterzüge liebte Andrea sie.

Sie schob ihre Tante ein wenig von sich fort und betrachtete sie genau. „Du siehst wunderbar aus."

Das war keineswegs übertrieben. Tante Tabbys Haar hatte dieselbe kastanienrote Farbe wie das ihrer Nichte, war aber an einigen Stellen bereits grau. Das stand ihr sehr gut. Sie trug das Haar kurz, Locken umrahmten das zierliche runde Gesicht. Zierlich – das war das richtige Wort, um Tante Tabby zu beschreiben. Alles an ihr war zierlich, Mund, Nase und Ohren, sogar Hände und Füße.

Tante Tabbys Augenfarbe war ein verwaschenes Blau. Obwohl Tante Tabby bereits Ende fünfzig war, hatte sie noch keine Falten, und ihre Haut war glatt wie die eines jungen Mädchens. Ihre Figur war angenehm rund und weich. Andrea überragte sie um Kopfeslänge und kam sich neben ihr geradezu dünn vor.

Andrea umarmte ihre Tante noch einmal und küsste sie auf die andere Wange. „Einfach wunderbar siehst du aus."

Tante Tabby lächelte. „Was für ein hübsches Mädchen du bist. Ich wusste immer, dass du es werden würdest. Aber du bist schrecklich mager." Sie tätschelte Andreas Wange und überlegte dabei, wie viele Kalorien wohl in dem Schmorbraten seien.

Andrea dachte flüchtig an die zehn Pfund, die sie zugenommen hatte, nachdem sie das Rauchen aufgegeben hatte. Inzwischen hatte sie sie zum größten Teil wieder verloren.

„Nelson war immer mager." Tante Tabby meinte ihren Bruder, Andreas Vater.

„Das ist er immer noch." Andrea stellte ihre Kameratasche auf einen Tisch. Mit einem Augenzwinkern fuhr sie fort: „Mama droht ihm dauernd mit einer Scheidungsklage."

Tante Tabby schüttelte missbilligend den Kopf. „Nach so vielen Ehejahren wäre das keine gute Idee."

Andrea merkte, dass ihr Scherz nicht verstanden worden war und nickte nur.

„Meine Liebe, du bekommst wieder das Zimmer, das du besonders magst. Vom Fenster aus kannst du immer noch den See sehen. Allerdings, wenn sich erst die Blätter entfaltet haben ... erinnerst du dich noch, wie du als kleines Mädchen hineingefallen bist? Nelson musste dich herausfischen."

„Das war Will, nicht ich", verbesserte Andrea ihre Tante. Sie konnte sich noch sehr gut an den Tag erinnern, an dem ihr jüngerer Bruder in den See gestürzt war.

„So?" Tante Tabby schien für einen Moment etwas verwirrt, dann lächelte sie entwaffnend. „Er hat schnell schwimmen gelernt, nicht wahr? Jetzt ist er ein so großer junger Mann. Das hat mich immer erstaunt. Zurzeit sind hier keine Kinder." Tante Tabby sprang von Satz zu Satz und folgte dabei ihrer eigenen Logik.

„Draußen habe ich mehrere Autos gesehen. Hast du viele Gäste?" Andrea reckte sich und begann, in dem Zimmer umherzugehen. Es roch nach Sandelholz und Zitronenöl.

„Ein Paar und fünf Einzelgäste", berichtete Tante Tabby. „Einer ist ein Franzose und mag meine Apfeltorte ganz besonders. Ich muss jetzt gehen und nach meinem Blaubeerauflauf sehen", verkündete sie plötzlich. „Nancy versteht es toll, einen Schmorbraten zuzubereiten, aber backen kann sie nicht. George liegt mit einer Grippe danieder."

Tante Tabby war bereits auf dem Weg zur Tür, als Andrea auf die letzte Information einging. „Das tut mir Leid", erklärte sie mit aufrichtigem Bedauern.

„Ich bin mit Hilfen im Moment ziemlich knapp, Liebe. Vielleicht kommst du mit deinen Koffern allein zurecht. Oder du wartest, bis einer der Herren hereinkommt."

George – Andrea erinnerte sich an ihn. Er war Gärtner, Page und bediente an der Bar.

„Mach dir keine Sorgen, Tante Tabby. Ich komme zurecht."

„Ach, übrigens, Andrea." Tante Tabby drehte sich noch einmal um. Andrea wusste jedoch, dass ihre Gedanken jetzt schon bei dem Auflauf waren. „Ich habe eine kleine Überraschung für dich – oh, da sehe ich gerade Miss Bond hereinkommen." Es war typisch, wie Tante Tabby sich selbst unterbrach. „Sie wird dir Gesellschaft leisten. Abendessen gibt es zur gewohnten Zeit. Komm nicht zu spät."

Tante Tabby war offensichtlich erleichtert, dass ihre Nichte versorgt war und sie sich nun um ihren Auflauf kümmern konnte. Sie eilte davon. Das fröhliche Klappern ihrer Absätze auf dem Holzfußboden war noch kurze Zeit zu hören.

Andrea drehte sich zu der ihr angekündigten Gesellschaft um und war völlig verblüfft.

Es war Julia Bond. Andrea erkannte sie sofort. Keine andere Frau war von solch strahlender blonder Schönheit. Wie oft hatte Andrea schon in einem ausverkauften Kino gesessen und Julias Charme und Talent auf der Leinwand bewundert. Jetzt, als sie wirklich und leibhaftig auf sie zukam, war sie nicht weniger schön, sondern wirkte umso lebendiger.

Julia Bond war klein, wohlgeformt, bis gerade zur Grenze des Üppigen und das großartige Beispiel einer Frau in voller Blüte. Sie trug eine cremefarbene Leinenhose und einen Kaschmirpullover in lebhaftem Blau, der ihr sehr gut stand. Goldblondes Haar umrahmte ihr Gesicht, und die Augen waren tiefblau.

Jetzt hob Julia die berühmten Augenbrauen. Die vollen Lippen formten sich zu einem Lächeln. Einen Moment spielte sie mit ihrem Seidenschal. Sie blieb stehen und sah Andrea an. Dann sagte sie mit rauchiger Stimme – der Stimme, die Andrea so gut kannte: „Was für ein fantastisches Haar."

Andrea brauchte einen Moment, bevor sie die Bemerkung verstand. Sie war immer noch verblüfft, dass Julia Bond das Zimmer des ländlichen Gasthofes auf ebenso selbstverständliche Art betrat, als ginge sie in das Hilton-Hotel in New York. Doch Julias Lächeln war so charmant und natürlich, dass Andrea es erwiderte.

„Vielen Dank. Es ist für Sie sicherlich nichts Außergewöhnliches, Miss Bond, dass man Sie anstarrt. Aber ich möchte mich trotzdem entschuldigen."

Julia setzte sich mit einer anmutigen Bewegung auf den Schaukelstuhl. Sie zog eine lange dünne Zigarette aus der Packung und schenkte Andrea ein strahlendes Lächeln.

„Schauspieler lieben es, wenn sie angestarrt werden. Nehmen Sie doch Platz. Es scheint so, als hätte ich schließlich doch jemanden gefunden, mit dem ich mich unterhalten kann."

Andrea war von dem Charme der Schauspielerin so beeindruckt, dass sie folgsam gehorchte.

Julia musterte sie. „Natürlich sind Sie eigentlich zu jung und viel zu attraktiv." Sie lehnte sich zurück und schlug die Beine übereinander. Irgendwie schaffte sie es, den ganz gewöhnlichen Schaukelstuhl in eine Art Thron zu verwandeln. „Ihre und meine Haarfarbe ergänzen sich übrigens toll. Wie alt sind Sie, Darling?"

„Fünfundzwanzig." Andrea war von Julia Bond so hingerissen, dass sie antwortete, ohne nachzudenken.

Julia lachte leise. „Oh, ich auch, schon seit einer Ewigkeit." Sie neigte den Kopf amüsiert zur Seite. Es juckte Andrea in den Fingern, zu ihrer Kamera zu greifen.

„Wie heißen Sie, Darling? Und was bringt Sie hierher in diese Einsamkeit, zu den Fichten und Kiefern?"

„Andrea." Sie schob sich das Haar über die Schultern zurück. „Andrea Gallegher. Der Gasthof gehört meiner Tante."

„Ihrer Tante?" Julias Gesicht verriet Überraschung und noch mehr Belustigung. „Diese liebe kleine schrullige Dame ist Ihre Tante?"

„Ja." Julia hatte sie treffend beschrieben. „Sie ist die Schwester meines Vaters." Entspannt lehnte Andrea sich zurück. Sie musterte nun ihrerseits die Filmschauspielerin, dachte an Blickwinkel und richtige Beleuchtung.

„Das ist unglaublich." Julia schüttelte den Kopf. „Sie sehen ihr überhaupt nicht ähnlich. „Oh, natürlich, das Haar", verbesserte sie sich mit einem gewissen Neid. „Großartig. Ich kenne Frauen, die für solches Haar über Leichen gehen würden. Und Sie haben eine ganze Menge davon."

Mit einem Seufzer drückte sie die Zigarette aus. „So, Sie sind also gekommen, um Ihre Tante zu besuchen."

Julias Haltung war keineswegs herablassend. Die Schauspielerin sah Andrea mit aufrichtigem Interesse an. Andrea fing an, Julia nicht nur charmant, sondern aufrichtig sympathisch zu finden.

„Für einige Wochen. Wir haben uns seit fast einem Jahr nicht gesehen. Sie schrieb mir und bat mich, zu ihr zu kommen. Da habe ich meinen ganzen Urlaub auf einmal genommen."

„Was machen Sie? Sind Sie Fotomodell?"

„Nein." Andrea musste lachen. „Ich bin Fotografin."

„Fotografin?" rief Julia und strahlte. „Ich liebe Fotografen – wahrscheinlich aus Eitelkeit."

„Ich kann mir gut vorstellen, dass Fotografen Sie aus demselben Grund lieben."

„Oh, meine Liebe." Wenn Julia lächelte, wirkte das stets zugleich erfreut und amüsiert. „Wie süß."

„Sind Sie allein hier, Miss Bond?" Andrea war nicht länger überwältigt davon, die berühmte Filmschauspielerin in Person vor sich zu sehen. Ihre Neugier setzte sich durch.

„Sagen Sie Julia zu mir, bitte. Sonst erinnern Sie mich an die Jahre, die zwischen uns liegen. Die Farbe Ihres Pullovers steht Ihnen gut. Ich könnte nie Grau tragen. Oh, entschuldigen Sie, Darling. Kleidung ist eine Schwäche von mir. Ob ich allein hier bin?"

Julias Lächeln verstärkte sich. „Genau genommen ist dieser kleine Ausflug eine Mischung aus Geschäft und Vergnügen. Ich stehe zurzeit zwischen zwei Ehemännern – ein großartiges Zwischenspiel." Julia hob den Kopf. „Männer sind entzückend, aber Ehemänner können manchmal einengend sein. Hatten Sie jemals einen?"

„Nein." Andrea musste lachen. Julia hatte ihre Frage in einem Ton gestellt, als wolle sie wissen, ob Andrea jemals einen Hund besessen habe.

„Ich hatte drei."

Julia zwinkerte Andrea zu. „In diesem Fall war der dritte nicht die richtige Wahl. Sechs Monate mit einem englischen Baron haben mir gereicht."

Andrea erinnerte sich, dass sie Fotos von Julia mit einem

hoch gewachsenen aristokratischen Engländer gesehen hatte. Julia hatte in einem Tweedkostüm hinreißend ausgesehen.

„Ich habe ein Gelübde der Enthaltsamkeit abgelegt", fuhr Julia fort. „Nicht vor Männern – vor der Ehe."

„Bis zum nächsten Mal?"

„Bis zum nächsten Mal", bestätigte Julia lachend. „Doch zurzeit bin ich aus rein platonischen Gründen mit Jacques LeFarre hier."

„Mit dem Filmproduzenten?"

„Natürlich." Wieder spürte Andrea, dass Julia sie forschend betrachtete. „Er braucht nur einen Blick auf Sie zu werfen und wird sofort überzeugt sein, einen neuen künftigen Star entdeckt zu haben. Vielleicht wäre das eine interessante Abwechslung."

Julia schien einen Moment nachzudenken, dann zuckte sie mit den Schultern. „Die anderen Bewohner dieses gemütlichen Gasthofs haben bisher wenig Abwechslung geboten."

„Tatsächlich?" Andrea schüttelte automatisch den Kopf, als Julia ihr eine Zigarette anbot.

„Da sind Dr. Robert Spicer und seine Frau", begann Julia. Sie klopfte mit einem perfekt geformten Fingernagel auf die Armlehne ihres Schaukelstuhls. Ihre Haltung hatte sich ein wenig verändert. Andrea war zwar für Stimmungen äußerst empfänglich, doch diese Veränderung war zu schwach, um sie richtig deuten zu können.

„Der Arzt selbst könnte ganz interessant sein. Er ist groß und kräftig gebaut, sieht überdurchschnittlich gut aus und hat gerade die richtige Menge Grau an den Schläfen." Julia lächelte. In diesem Augenblick kam sie Andrea wie eine sehr hübsche, gut genährte Katze vor.

„Seine Frau ist klein und leider ziemlich pummelig. Was sie an Attraktivität besitzen mag, verdirbt sie dadurch, dass sie dauernd verdrossen vor sich hinschmollt." Julia machte das mit umwerfender Geschicklichkeit nach.

Andrea brach in lautes Gelächter aus. „Das ist aber nicht so schön."

„Oh, ich weiß." Julia machte eine lässige Handbewegung. „Ich kann kein Verständnis für Frauen aufbringen, die sich gehen lassen und die andere Frauen mit missbilligenden Blicken bedenken, weil sie das nicht tun. Er liebt frische Luft und Wanderungen im Wald, und sie läuft mürrisch und schimpfend hinter ihm her." Julia sah Andrea fragend an. „Was halten Sie vom Wandern?"

„Ich liebe es."

„Nun ja, jeder nach seinem Geschmack. Als Nächste haben wir Helen Easterman." Wieder klopfte Julia mit dem ovalen lackierten Fingernagel auf die Armlehne. Sie schaute aus dem Fenster. Irgendwie kam es Andrea so vor, als sehe Julia die Berge und die Bäume gar nicht.

„Sie sagt, sie sei Kunsterzieherin und mache hier Urlaub, um in der Natur zu zeichnen. Sie ist einigermaßen attraktiv, allerdings ein wenig überreif, hat scharfe kleine Augen und ein unangenehmes Lächeln. Ferner haben wir hier Steve Andersen."

Jetzt lächelte Julia wieder. Männer zu beschreiben war offensichtlich mehr nach ihrem Geschmack. „Er ist gar nicht übel, hat breite Schultern, blondes, von der Sonne gebleichtes Haar, hübsche blaue Augen. Und er ist ungewöhnlich reich. Seinem Vater gehören die ..."

„Die Andersen-Werke?" half Andrea aus und wurde mit einem strahlenden Lächeln belohnt.

„Sie kennen sich aus, Andrea, wie?"

„Ich las etwas darüber, dass Steve Anderson auf eine Karriere als Politiker aus ist."

„Ja, das würde zu ihm passen." Julia nickte. „Er hat sehr gute Manieren und ein entwaffnendes jungenhaftes Lächeln – das ist für einen Politiker immer sehr vorteilhaft."

„Ist es nicht eine ernüchternde Vorstellung, dass Politiker wegen ihres Lächelns gewählt werden?"

„Oh, die Politik." Julia verzog das Gesicht und machte eine wegwerfende Handbewegung. „Ich hatte einmal ein Verhältnis mit einem Senator. Politik ist ein hässliches Geschäft."

Andrea wusste nicht, ob sie dieses Thema verfolgen sollte und verzichtete darauf. „Insofern scheint das für Julia Bond und Jacques LeFarre nicht die passende Gesellschaft zu sein."

„So ist das in unserem Beruf." Julia steckte sich eine Zigarette an und lächelte Andrea zu. „Bleiben Sie beim Fotografieren, Andrea, gleich was Jacques Ihnen verspricht. Wir sind hier wegen der Launen des letzten und zugleich interessantesten unserer Mitbewohner. Er ist ein genialer Schriftsteller. Vor einigen Jahren spielte ich in einem Film, zu dem er das Drehbuch geschrieben hatte. Jacques will ihn zu einem weiteren Drehbuch überreden, und ich soll ihm dabei helfen."

Julia zog an ihrer Zigarette. „Ich bin dazu bereit, denn wirklich gute Drehbücher sind nicht leicht zu bekommen. Aber unser Schriftsteller steckt mitten in einem Roman. Jacques denkt, dass man aus einem Roman ein Drehbuch machen könne, aber unser Genie will nicht. Er sagt, er sei hierher gekommen, um einige Wochen in Ruhe zu schreiben. Danach will er darüber nachdenken. Der charmante LeFarre hat unseren Schriftsteller dazu überredet, dass wir ihm einige Tage Gesellschaft leisten dürfen."

Andrea war zugleich fasziniert und verblüfft. Sie fragte unverblümt: „Jagen Sie Schriftsteller immer auf diese Art? Ich dachte immer, es sei eher umgekehrt."

„Damit haben Sie völlig Recht", bestätigte Julia. „Aber Jacques ist ganz versessen darauf, eine Arbeit dieses Mannes zu verfilmen, und er hat mich in einem schwachen Moment erwischt. Ich hatte gerade die Lektüre eines sehr fesselnden Drehbuches beendet. Sie müssen wissen, dass ich zwar von meiner Arbeit lebe, ich mich aber nicht für jeden Mist hergebe. Und so kommt es, dass ich hier bin."

„Auf der Jagd nach einem zurückhaltenden Schriftsteller."

„Das hat auch positive Seiten."

Ich möchte sie mit der Sonne im Hintergrund aufnehmen, dachte Andrea.

Die Sonne muss tief stehen, kurz vor dem Untergang sein. Die Kontraste wären vollkommen.

Andrea konzentrierte sich wieder auf das Gespräch mit Julia. „Positive Seiten?"

„Dieser Schriftsteller ist zufällig unglaublich anziehend. Er hat diese ungezwungene verwegene Art an sich, mit der man geboren sein muss. Im Vergleich zu einem englischen Baron ist er ein ganz erheblicher Fortschritt. Er ist groß, braun gebrannt, hat schwarzes Haar, das etwas zu lang und immer unordentlich ist. Es juckt einer Frau geradezu in den Fingern, darin herumzuwühlen. Am eindrucksvollsten sind seine schwarzen Augen, die zu sagen scheinen: ‚Scher dich zum Teufel'. Er ist sehr arrogant."

Julia seufzte. Dieser kleine Seufzer verriet völlige weibliche

Übereinstimmung. „Arrogante Männer sind unwiderstehlich, finden Sie nicht auch?"

Andrea murmelte irgendeine Antwort, während sie den Verdacht zu zerstreuen suchte, den Julias Worte in ihr entstehen ließen. Es muss ein anderer sein, dachte sie entschlossen, irgendein anderer.

„Natürlich kann Lucas McLean sich bei seinem Talent eine gewisse Arroganz leisten."

Andrea wurde blass. Die Erinnerung an einen fast vergessenen Schmerz befiel sie. Wie konnte das nach so langer Zeit so wehtun? Sie hatte die Mauer mit so großer Sorgfalt errichtet – wie konnte sie zu Staub zerfallen, als nur der Name dieses Mannes fiel? Welche sadistische Laune des Schicksals hatte Lucas McLean hierher geführt, um sie zu quälen?

„Fehlt Ihnen etwas, Darling?"

Julias Stimme, die Besorgnis und Neugier verriet, drang in Andreas Bewusstsein. Andrea schüttelte den Kopf. „Nein." Sie schluckte und atmete tief durch. „Ich war nur so überrascht, als ich hörte, dass Lucas McLean hier ist." Sie sah Julia an. „Ich kannte ihn ... vor langer Zeit."

„Oh, ich verstehe."

Julia verstand in der Tat sehr gut, das war Andrea klar. Gesichtsausdruck und Stimme verrieten Mitleid.

Andrea gab sich Mühe, das Thema ungezwungen zu behandeln. „Wahrscheinlich wird er sich an mich nicht mehr erinnern." Ein Teil von ihr wünschte sich, es möge so sein, während ein anderer das Gegenteil erhoffte. Würde er sie vergessen haben, könnte er das?

„Andrea, Darling, Sie haben ein Gesicht, dass ein Mann nicht so leicht vergisst." Julia stieß eine Wolke von Zigarettenrauch aus und musterte Andrea. „Sie waren noch sehr jung, als Sie sich in ihn verliebten, nicht?"

„Ja." Andrea war noch damit beschäftigt, ihre Schutzmauer wieder aufzubauen. Julias Frage überraschte sie nicht. „Zu jung und zu naiv." Sie brachte ein spöttisches Lächeln zu Stande. Zum ersten Mal seit sechs Monaten nahm sie eine Zigarette an. „Aber ich lerne schnell."

„Es scheint, als würden die nächsten Tage doch noch interessant."

„Ja." Andrea war von dieser Aussicht keineswegs begeistert. „Das könnte durchaus sein." Sie stand auf. „Ich muss meine Sachen nach oben bringen."

Während Andrea sich reckte, lächelte Julia ihr zu. „Wir sehen uns beim Abendessen."

Andrea nickte, nahm Kameratasche und Handtasche und verließ das Zimmer.

Draußen auf dem Flur kämpfte Andrea kurze Zeit mit ihren Koffern, der Kameratasche und der Handtasche. Dann begann sie den Transport die Treppe hinauf. Während ihr dabei warm wurde und sie vor sich hinschimpfte, verlor sich ihre Anspannung ein wenig.

Lucas McLean, dachte Andrea und stieß sich dabei einen Koffer gegen das Schienbein. Sie war schlecht gelaunt. Außer Atem und ungeduldig erreichte sie den Flur, an dem ihr Zimmer lag. Verärgert ließ sie alle Sachen zu Boden fallen.

„Hallo Kätzchen. Ist kein Page da?"

Die Stimme und die Erwähnung ihres Spitznamens schlugen einige Steine aus der frisch errichteten inneren Schutzmauer.

Nach kurzem Zögern drehte Andrea sich um. Dieser Mann sollte von ihrem Gesicht nicht ablesen können, wie schmerzlich sie diese Wiederbegegnung berührte.

Aber der Schmerz war da, er war überraschend wirklich und spürbar. Er erinnerte Andrea an den Tag, an dem ihr Bruder sie mit einem Baseball am Bauch getroffen hatte. Sie war damals zwölf gewesen.

Jetzt bin ich nicht mehr zwölf, erinnerte sie sich. Sie begegnete Lucas' herablassendem Lächeln auf die gleiche Art.

„Hallo, Lucas. Ich hörte bereits, dass du hier bist. Der Pine View Inn läuft ja von Berühmtheiten geradezu über."

Er war unverändert geblieben, das merkte sie sofort – dunkel, schlank und männlich. Er hatte etwas Verwegenes, Wildes an sich, das durch die dichten schwarzen Augenbrauen und die herben Gesichtszüge noch unterstrichen wurde. Man konnte Lucas McLean nicht einfach nur schön nennen. Nein, das wäre ein viel zu schwacher Ausdruck gewesen. Er war aufregend und unwiderstehlich, einfach fatal. Diese Worte passten viel besser zu ihm.

Seine Augen waren fast so schwarz wie sein Haar. Sie konnten Geheimnisse ohne Mühe verbergen. Er bewegte sich mit einer lässigen Anmut, die angeboren zu sein schien. Ein Ausdruck ungebändigter Männlichkeit ging von ihm aus.

Langsam kam er näher und schaute Andrea an. Erst jetzt fiel ihr auf, dass er völlig übermüdet aussah. Er hatte Schatten unter den Augen, eine Rasur hätte ihm gut getan. Die Falten in seinen Wangen waren tiefer, als sie sich erinnerte – und sie erinnerte sich sehr gut an ihn.

„Du siehst unverändert aus." Er streckte die Hand aus und fasste in ihr Haar, während er ihr in die Augen blickte.

Andrea fragte sich, wie sie jemals auf die Idee hatte kommen können, sie habe Lucas innerlich überwunden. Das würde keiner Frau je gelingen. Nur mit äußerster Anstrengung konnte sie seinem Blick standhalten.

„Und du", erwiderte sie, während sie die Tür ihres Zimmers öffnete, „siehst schrecklich aus. Du brauchst Schlaf."

Lucas lehnte sich an den Türrahmen, bevor Andrea ihre Sachen in das Zimmer ziehen und die Tür zuschlagen konnte. „Ich habe Schwierigkeiten mit einer meiner Figuren", sagte er. „Sie ist groß, gertenschlank, hat kastanienbraunes Haar, das ihr bis zur Taille reicht, schlanke Hüften und lange Beine."

Andrea drehte sich um und sah Lucas mit scheinbar ausdrucksloser Miene an.

„Sie hat einen Mund wie ein Kind, eine schmale Nase und hohe schöne Wangenknochen. Ihre Haut hat die Farbe von Elfenbein, unter ihrer Oberfläche scheint es zu glühen. Die Augenwimpern sind ungewöhnlich lang, und ihre grünen Augen werden gelegentlich bernsteinfarben, wie bei Katzen."

Andrea hörte der Beschreibung, die Lucas von ihr gab, regungslos zu. Ihr Gesicht wirkte gelangweilt und uninteressiert. Für Lucas musste das überraschend sein. So hatte sie ihm gegenüber vor drei Jahren nie ausgesehen.

„Ist sie die Mörderin oder das Opfer?" Andrea bemerkte erfreut, dass Lucas verblüfft zu sein schien.

„Ich schicke dir ein Exemplar, wenn das Buch fertig ist." Sein Gesicht wirkte plötzlich verschlossen. Auch darin hatte er sich nicht verändert.

„Tu das."

Andrea schob die Koffer in ihr Zimmer und lehnte sich einen Moment an die Tür, um sich auszuruhen. Ihr Lächeln war kalt.

„Du musst mich jetzt entschuldigen, Lucas. Ich habe eine lange Fahrt hinter mir und möchte ein Bad nehmen."

Sie schlug ihm die Tür vor der Nase zu und schloss ab.

Zielstrebig packte Andrea ihre Koffer aus, ließ Wasser in die Badewanne ein und wählte ein Kleid aus, das sie zum Abendessen tragen wollte. Es gelang ihr so, sich für kurze Zeit von ihrem Schmerz abzulenken.

Als sie schließlich mit dem Anziehen begann, hatten sich ihre Nerven wieder beruhigt. Das Schlimmste war bereits überstanden. Die erste Begegnung, die ersten Worte, die sie miteinander gewechselt hatten, waren am schwierigsten gewesen. Sie hatte Lucas gesehen, sie hatte mit ihm gesprochen, und sie hatte alles überlebt.

Der Erfolg machte Andrea kühn. Zum ersten Mal seit nahezu zwei Jahren ließ sie es zu, dass die Erinnerungen in ihr wach wurden.

Sie war sehr verliebt gewesen. Es hatte alles mit einem ganz normalen Auftrag angefangen. Sie sollte Fotos für einen Illustriertenartikel über den berühmten Kriminalschriftsteller Lucas McLean machen. Das Ergebnis waren sechs Monate unglaublicher Freude gewesen – gefolgt von einem unsagbaren Schmerz.

Lucas hatte sie ganz einfach überwältigt. Noch nie war sie einem Mann wie ihm begegnet. Sie wusste jetzt, dass es keinen zweiten Mann gab, der ihm geglichen hätte. Er war ein äußerst brillanter Kopf, einnehmend, egoistisch und launisch.

Es war zuerst wie ein Schock für Andrea gewesen, als sie merkte, dass Lucas sich für sie interessierte. Doch dann hatte sie wie auf einer Wolke gelebt. Sie hatte ihn angebetet und geliebt.

Julia hatte mit ihrer Bemerkung Recht gehabt, dass seine

Arroganz unwiderstehlich sei. Häufig hatte er Andrea um drei Uhr morgens angerufen. Sie war glücklich gewesen. Das letzte Mal, dass er sie in den Armen gehalten, sie leidenschaftlich geküsst hatte, war ebenso aufregend gewesen wie das erste Mal. Sie war wie eine reife Frucht in sein Bett gefallen und hatte ihre Unschuld mit einer Leichtigkeit preisgegeben, die nur durch blinde vertrauensvolle Liebe herbeigeführt werden kann.

Sie erinnerte sich, dass Lucas nie die Worte gesagt hatte, die sie von ihm hatte hören wollen. Aber sie hatte sich stets damit beruhigt, dass es dieser Worte auch gar nicht bedurfte. An ihrer Stelle hatte es unerwartete Rosensträuße gegeben, überraschende Picknicks am Strand mit Wein aus Pappbechern und einem Liebesspiel, das sie alles um sich herum vergessen ließ. Was sollten da noch Worte?

Als dann das Ende kam, geschah es plötzlich und keineswegs schmerzlos.

Andrea führte Lucas' Zerstreutheit, seine Launen darauf zurück, dass er Schwierigkeiten mit dem Roman hatte, an dem er arbeitete. Sie wäre nie auf den Gedanken gekommen, dass er sich langweilte.

Es war ihr zur Gewohnheit geworden, an jedem Mittwoch bei ihm zu Haus das Abendessen zuzubereiten. Es war jedes Mal ein kleines privates Ereignis gewesen, ein Abend, den sie ganz besonders schätzte.

Ihr Erscheinen bei Lucas war für sie völlig natürlich gewesen, eine Art Routine. Als sie sein Wohnzimmer betrat und sah, dass er sich elegant gekleidet hatte, glaubte sie, er habe sich für diesen gemeinsamen Abend einen besonderen Rahmen ausgedacht.

„Nanu, Kätzchen, was machst du denn hier?" Lucas hatte

das so beiläufig gesagt, dass Andrea ihn verständnislos ansah. „Ach ja, es ist Mittwoch, nicht wahr?" Lucas' Stimme verriet einen Anflug von Ärger, so, als habe er die Verabredung mit dem Zahnarzt vergessen. „Das war mir völlig entfallen. Es tut mir Leid, ich habe andere Pläne."

„Andere Pläne?" Andrea war immer noch weit davon entfernt, die Situation zu verstehen.

„Ich hätte dich anrufen und dir die Fahrt ersparen sollen. Entschuldige, Kätzchen, aber ich bin gerade im Aufbruch begriffen."

„Im Aufbruch?"

„Ich gehe aus." Lucas kam auf Andrea zu und blieb vor ihr stehen. Ein Frösteln durchlief sie. Sein Blick war so kalt.

„Mach keine Schwierigkeiten, Andrea. Ich möchte dir nicht mehr als unbedingt nötig wehtun."

Jetzt begriff Andrea. Tränen stiegen ihr in die Augen, ohne dass sie es verhindern konnte.

Lucas wurde zornig. „Hör mit dem Geheule auf! Ich habe keine Zeit, mich mit einer weinenden Frau zu befassen. Schluck es hinunter und verbuche es auf dem Konto Erfahrungen. Die hast du bitter nötig."

Er steckte sich eine Zigarette an, während Andrea reglos dastand und lautlos weinte.

„Stell dich nicht so töricht an!" Lucas' Stimme klang abweisend. „Wenn etwas vorbei ist, dann vergisst man es und geht weiter. So ist das Leben nun einmal."

„Du willst mich nicht mehr?" Andrea stand wie betäubt da, ihr Blick war durch die Tränen getrübt. Sie konnte Lucas' Gesichtsausdruck nicht erkennen.

Für einen Moment schwieg er. Dann antwortete er offenbar

ungerührt: „Mach dir keine Sorgen, Kätzchen. Du findest bestimmt einen anderen."

Sie drehte sich um und floh.

Es hatte über ein Jahr gedauert, bis Andreas erster Gedanke am Morgen nicht mehr Lucas galt. Aber sie hatte es überlebt. Das durfte sie nicht vergessen.

Andrea zog jetzt ein hellgrünes Kleid an. Sie würde auch weiterhin überleben. Im Grunde genommen war sie zwar noch derselbe Mensch wie damals, als sie sich in Lucas verliebt hatte. Doch inzwischen hatte sie sich besser im Griff. Die Unschuld hatte sie verloren. Es war schon mehr nötig als ein Mann wie Lucas McLean, um sie wieder aus dem Gleichgewicht zu bringen.

Andrea hob den Kopf. Sie war zufrieden mit der Art, in der sie Lucas vorhin begegnet war. Er war bestimmt überrascht gewesen. Nein, Andrea Gallegher ließ sich nicht länger zur Närrin machen.

In Gedanken beschäftigte sie sich mit der seltsamen Ansammlung von Gästen, die zu ihrer Tante gekommen waren. Wieso trafen sich die reichen und berühmten Leute hier und nicht in irgendeinem exklusiven Ferienort?

Doch was ging sie das an? Es war jetzt Zeit, zum Abendessen zu gehen. Tante Tabby hatte ihr gesagt, dass sie nicht zu spät kommen solle.

2. KAPITEL

Es waren nicht gerade alltägliche Menschen, die sich in diesem abgelegenen Gasthof Virginias versammelt hatten: ein preisgekrönter Schriftsteller, eine Schauspielerin, ein Filmproduzent, ein reicher Geschäftsmann aus Kalifornien, ein erfolgreicher Herzchirurg mit Frau und eine Kunsterzieherin.

Bevor Andrea alle richtig wahrgenommen hatte, war sie schon in die Gruppe mit einbezogen. Julia nahm sie in Beschlag und begann, die Leute einander vorzustellen. Offenbar genoss sie ihre Rolle und fühlte sich als Mittelpunkt der Gesellschaft.

Zuerst war Andrea etwas schüchtern gewesen, als sie so in das Rampenlicht gestellt wurde. Doch das gab sich schnell, und sie bemerkte amüsiert, wie genau Julia die anderen Anwesenden beschrieben hatte.

Dr. Robert Spicer sah in der Tat gut aus. Er ging auf die fünfzig zu und strahlte robuste Gesundheit aus. Jetzt trug er eine bequeme, offenbar teure grüne Strickjacke mit braunen Lederstücken an den Ellbogen.

Seine Frau war ebenfalls so, wie Julia sie beschrieben hatte: unvorteilhaft pummelig. Das angedeutete Lächeln, das sie Andrea widmete, dauerte höchstens zwei Sekunden. Dann wirkte ihr Gesicht wieder mürrisch. Sie warf ihrem Mann finstere, übel gelaunte Blicke zu, während er Julia seine Aufmerksamkeit schenkte.

Andrea sah zu. Sie hatte wenig Mitleid mit Jane und konnte Julias Benehmen nicht missbilligen. Niemand nimmt es einer Blume übel, dass sie Bienen anzieht. Julias Anziehungskraft war ebenso natürlich wie wirksam.

Helen Easterman war auf eine zugleich elegante und praktische Art schick. Das scharlachrote Kleid stand ihr, passte aber nicht besonders gut zu dem einfach möblierten Raum. Ihr Make-up war perfekt. Es erinnerte Andrea an eine Maske. Als Fotografin kannte sie die Tricks und Geheimnisse der Kosmetik. Instinktiv mied Andrea diese Frau.

Im Gegensatz zu Helen war Steve Andersen, ein sonnengebräunter Kalifonier, überaus charmant. Andrea gefielen die kleinen Falten um die Augenwinkel und die Art, wie er sich lässig kleidete. Er trug Khakihosen. Bestimmt konnte er ebenso gut im Smoking auftreten. Falls er beschloss, Politiker zu werden, würde er seinen Weg ganz sicher machen.

Julia hatte Jacques LeFarre nicht beschrieben. Was Andrea über ihn wusste, hatte sie aus der Boulevardpresse oder durch seine Filme erfahren. Er war kleiner, als sie ihn sich vorgestellt hatte, erreichte kaum ihre Größe, war aber sehr drahtig. Er hatte ein ausdrucksvolles Gesicht. Das braune Haar trug er aus der zerfurchten Stirn zurückgekämmt.

Andrea fand seinen Schnurrbart und die Art charmant, wie er ihre Hand hob und küsste, als sie einander vorgestellt wurden.

„Was möchten Sie trinken, Andrea?" fragte Steve sie mit einem Lächeln. „In Georges Abwesenheit spiele ich hier den Barkeeper."

„Einen Wodka Collins mit wenig Wodka", warf Lucas ein.

Andrea gab es auf, ihn zu übersehen. „Dein Gedächtnis scheint besser geworden zu sein", bemerkte sie kühl.

„Ebenso wie deine Garderobe." Lucas strich mit dem Finger über den Kragen ihres Kleides. „Ich erinnere mich, dass du früher mit Vorliebe Jeans und alte Pullover trugst."

„Ich bin erwachsener geworden." Sie erwiderte Lucas' Blick gelassen.

„Oh, Sie kennen sich bereits von früher?" sagte Jacques. „Das ist faszinierend. Sind Sie alte Freunde?"

„Alte Freunde?" wiederholte Lucas, bevor Andrea etwas sagen konnte. Er musterte sie belustigt. „Würdest du sagen, dass das eine korrekte Beschreibung ist, Kätzchen?"

„Kätzchen?" Jacques hob die Augenbrauen. „Ah, oui, die Augen." Erfreut strich er mit dem Zeigefinger über seinen Schnurrbart. „Das stimmt. Was meinst du, chérie?" Er wandte sich zu Julia um, die die Szene mit Genuss beobachtete. „Sie ist bezaubernd, und sie hat eine gute Stimme."

„Ich habe Andrea bereits vor dir gewarnt, Jacques." Julia lächelte ihn strahlend an.

„Aber Julia", tadelte Jacques mild. „Wie hässlich von dir."

„Andrea arbeitet auf der anderen Seite der Kamera", erklärte Lucas.

Andrea wusste, dass er sie die ganze Zeit nicht aus den Augen gelassen hatte. Sie war froh, dass Steve ihr jetzt mit ihrem Getränk entgegenkam.

„Sie ist Fotografin."

„Ich muss gestehen, ich bin schon wieder fasziniert." Jacques ergriff Andreas freie Hand. „Verraten Sie mir, weshalb stehen Sie hinter der Kamera statt vor ihr? Schon allein Ihr Haar würde jeden Dichter veranlassen, zur Feder zu greifen."

Keine Frau ist gegen eine Schmeichelei immun, vor allem dann, wenn sie mit französischem Akzent ausgesprochen wird. Andrea lächelte Jacques an. „Es fängt schon damit an, dass ich wahrscheinlich nicht lange genug still stehen kann."

„Fotografen können ziemlich nützlich sein." Helen

Easterman beteiligte sich plötzlich an dem Gespräch. Sie strich sich über das dunkle glatte Haar. „Eine gute deutliche Fotografie ist ein unschätzbares Werkzeug für einen Künstler."

Ein unbehagliches Schweigen folgte auf diese Bemerkung. Andrea spürte, dass die Menschen im Zimmer eine Spannung ergriffen hatte, ohne dass sie verstand, worauf das beruhen konnte.

Helen lächelte ein wenig boshaft in das Schweigen hinein und trank aus ihrem Glas. Ihr Blick wanderte von einem der Anwesenden zum anderen, ohne dass sie dabei jemand besonders ansah.

Andrea wusste, dass Helen irgendetwas von den anderen trennte. Wortlose Botschaften wurden gewechselt, ohne dass Andrea allerdings hätte sagen können, zwischen wem.

Doch die Stimmung wechselte sehr schnell wieder, als Julia eine fröhliche Unterhaltung mit Robert Spicer begann. Jane Spicers gewohntes Stirnrunzeln verstärkte sich.

Die ungezwungene Atmosphäre hielt an, während die Gäste zum Essen gingen. Andrea saß zwischen Jacques und Steve. Sie lernte, als sie zusah, wie Julia gleichzeitig mit Lucas und Robert flirtete.

Andrea fand Julia einfach großartig. Obwohl sie es nicht gern sah, dass Lucas Julias Flirt ungezwungen erwiderte, musste sie Julias Talent bewundern. Ihre Schönheit und ihr Charme waren unschlagbar.

Jane hingegen aß schmollend und verdrossen und schwieg die ganze Zeit. Was für eine schreckliche Frau, dachte Andrea. Doch dann fragte sie sich, wie sie wohl reagieren würde, wenn ihr Mann von einer anderen Frau so bezaubert wäre. Sie würde handeln, nicht schweigend zusehen, sie würde der Rivalin die Augen auskratzen.

Bei dieser Vorstellung, wie die plumpe Jane mit der eleganten Julia rang, musste Andrea lächeln. Sie sah auf und merkte, dass Lucas sie anblickte. Er hatte die Augenbrauen hochgezogen. Sie wusste, was das bedeutete. Er amüsierte sich.

Andrea wandte sich Jacques zu. „Finden Sie, dass die Filmindustrie hier in Amerika sehr anders ist, Mr. LeFarre?"

„Sie müssen mich Jacques nennen." Als er lächelte, hoben sich die Spitzen seines Schnurrbarts. „Ja, es gibt Unterschiede. Ich würde sagen, dass die Amerikaner mehr ... mehr wagen als die Europäer."

„Vielleicht liegt es daran, dass wir eine Mischung aus verschiedenen Nationalitäten sind. Keine ist hier verwässert worden, nur amerikanisiert."

„Amerikanisiert." Jacques sprach das Wort genießerisch nach, es gefiel ihm. Er grinste fröhlich und sah damit jünger und weniger weltmännisch aus. „Ja, ich würde sagen, dass ich mich in Kalifornien amerikanisiert fühle."

„Aber Kalifornien ist nur eine Seite unseres Landes", meinte Steve. „Ich finde, Südkalifornien oder gar Los Angeles sind keineswegs typisch."

Andrea spürte, dass Steve ihr Haar betrachtete. Sein Interesse an ihr freute sie. Es bewies ihr, dass sie immer noch eine Frau war, die das Interesse von Männern wecken konnte – nicht nur eines Mannes.

„Waren Sie jemals in Kalifornien, Andrea?" fragte Steve.

„Ich habe dort früher einige Zeit gelebt." Das Bedürfnis, sich selbst etwas zu beweisen, brachte Andrea dazu, zu Lucas hinüberzuschauen. Ihre Blicke trafen sich für einen Moment.

„Vor drei Jahren bin ich nach New York gezogen."

„Hier war eine Familie aus New York", fuhr Steve fort. Ob er den Blickaustausch zwischen Andrea und Lucas bemerkt hatte, war nicht zu erkennen. Er ließ sich jedenfalls nichts anmerken. Ja, er ist gut zum Politiker geeignet, dachte Andrea.

„Sie sind heute Morgen abgereist. Die Frau war eine dieser robusten Typen, denen die Energie aus jeder Pore strahlt. Die brauchte sie auch." Steves Lächeln war nur für Andrea bestimmt. „Sie hatte drei Jungen – Drillinge. Ich glaube, sie sagte, die Kinder seien elf."

„Oh, diese garstigen Kinder!" Julia blickte in gespielter Verzweiflung nach oben. „Sie liefen wie ein paar Affen herum. Am schlimmsten war es, dass man nie sagen konnte, wer gerade vorbeirannte oder irgendwo heruntersprang. Sie machten alles dreifach." Julia schauderte es, sie hob ihr Wasserglas. „Sie aßen wie die Elefanten."

„Herumlaufen und essen gehören zur Kindheit", merkte Jacques kopfschüttelnd an. Er zwinkerte Andrea zu. „Julia wurde gleich mit einundzwanzig geboren und war sofort schön."

„Auch ein Kind kann gute Manieren haben", erwiderte Julia. „Schönheit ist lediglich eine Zutat."

Julia wandte sich an Andrea. „Sie müssen wissen, dass Jacques ganz verrückt nach Kindern ist. Er hat selbst drei."

Andrea wäre nie auf die Idee gekommen, sich Jacques als Familienvater vorzustellen. „Ich mag Kinder ebenfalls sehr gern", gestand sie. „Was haben Sie Jacques, Jungen oder Mädchen?"

„Jungen." Der Ausdruck seiner Augen verriet die tiefe Zuneigung, die er für seine Kinder empfand. „Sie sind wie eine

Leiter." Mit der Hand formte er unsichtbare Sprossen. „Sieben, acht und neun Jahre. Sie leben in Frankreich bei meiner Frau – meiner früheren Frau."

Für einen Moment zog ein Schatten über sein Gesicht, doch das war schnell wieder vorbei. Aber Andrea konnte sich nun gut vorstellen, was die Falten auf seiner Stirn verursacht hatte.

„Jacques möchte tatsächlich das Sorgerecht für die kleinen Unholde haben." Julias Worte waren nicht so gemeint, wie sie klangen. Das sah Andrea ihr an. Julia empfand echte Zuneigung für Jacques.

„Obgleich ich an deinem Verstand zweifle, Jacques, muss ich zugeben, dass du ein besserer Vater wärst, als Claudette eine Mutter ist."

„Sorgerechtsprozesse sind eine heikle Angelegenheit", verkündete Helen vom anderen Ende des Tisches her. Sie trank aus ihrem Wasserglas und blickte scharf über den Rand des Glases hinweg. Sie konzentrierte sich jetzt ganz auf Jacques. „Es ist außerordentlich wichtig, dass keine ... unpassenden Informationen zum Vorschein kommen."

Wieder breitete sich Spannung aus. Andrea spürte, wie sich der Franzose neben ihr versteifte.

Doch das allein war es nicht, es war unmöglich, die unterschwelligen Spannungen am Tisch nicht zu spüren, auch wenn sie nicht fassbar waren.

Instinktiv sah Andrea Lucas an. Sein Gesicht war ernst, seine Miene undurchdringlich. Ihm war nicht anzumerken, was er dachte.

„Ihre Tante serviert ganz ausgezeichnete Gerichte, Miss Gallegher." Mit einem zufriedenen Lächeln wandte Helen sich an Andrea.

"Ja", bestätigte Andrea in das bedrückende Schweigen hinein. "Tante Tabby hält vom Essen sehr viel."

"Tante Tabby?" Julias fröhliches Lachen löste die Spannung. "Was für ein wunderbarer Name. Wussten Sie, Lucas, dass Andrea eine Tante Tabby hat, als Sie sie Kätzchen tauften?"

Julia sah Lucas aus großen Augen und anscheinend völlig arglos an. Andrea wurde an einen Film erinnert, in dem Julia geradezu perfekt die Unschuldige spielte.

"Lucas und ich kannten einander nicht genug, um über Verwandte zu reden." Zu Andreas großer Genugtuung war es ihr gelungen, ihre Worte völlig gelassen und beiläufig klingen zu lassen. Noch mehr freute sie es dann, dass Lucas erstaunt die Augenbrauen hob.

Er fasste sich aber schnell. "Genau genommen waren wir zu beschäftigt, um Stammbäume zu erörtern." Er bedachte Andrea mit einem Lächeln, das ihre Verteidigungsmauer überwand und ihren Pulsschlag beschleunigte. "Worüber haben wir damals eigentlich geredet, Kätzchen?"

"Ich weiß nicht, das habe ich völlig vergessen. Es ist ja alles schon so lange her."

In diesem Moment kam Tante Tabby mit ihrem Blaubeerauflauf herein.

Als die Gäste in den Aufenthaltsraum zurückkehrten, brannte dort ein wärmendes Feuer im Kamin. Aus der Stereoanlage erklang leise Musik.

Was sich dann entwickelte, könnte am besten als entspannte Geselligkeit beschrieben werden. Steve und Robert setzten sich an einem Schachbrett zusammen. Jane blätterte missmutig in einer Illustrierten. Selbst für einen Nichtfotografen wäre es deutlich gewesen, dass diese Frau nie hätte Braun tragen sollen. Doch Andrea zweifelte nicht daran, dass Jane gerade das stets tat.

Lucas hatte es sich auf dem Sofa bequem gemacht. Irgendwie gelang es ihm immer, völlig ungezwungen und zugleich wach und energiegeladen zu wirken. Andrea wusste, dass er es liebte, andere Menschen zu beobachten. Er tat das ganz unauffällig und lernte dabei ihre Geheimnisse kennen. Er war ein besessener Schriftsteller, der seine Charaktere nach lebenden Vorbildern formte.

Im Moment schien er vollkommen zufrieden damit zu sein, sich mit Julia und Jacques zu unterhalten, die ihn auf dem Sofa einrahmten. Das Gespräch war freundlich und von gegenseitigem Verständnis getragen. Alle drei stammten aus derselben Welt.

Aber das ist nicht meine Welt, erinnerte sich Andrea. Dass sie es sein könnte, hatte sie nur für kurze Zeit vorgegeben. Andrea hatte Recht gehabt, als sie zu Lucas sagte, sie sei erwachsen geworden. Das Leben in einer Traumwelt ist etwas für Kinder. Kinder spielen gern.

Irgendein Spiel ging allerdings auch in diesem Zimmer vor sich. Das spürte Andrea, während sie die Gäste beobachtete. Über dem gemütlichen Beisammensein lag ein Schatten des Unbehagens. Andrea war an Zwischentöne gewöhnt, sie hatte ein Gefühl für atmosphärische Spannungen.

Die anderen ließen sie an dem Spiel nicht teilnehmen, verrieten ihr dessen Regeln nicht. Sie sollte dafür dankbar sein, denn sie wollte nicht spielen.

Andrea stand auf und besuchte ihre Tante, die in ihrem Zimmer saß.

„Oh, Andrea." Tante Tabby nahm die Brille von der Nase und ließ sie an einer Kette vor ihrem Busen baumeln. „Ich war gerade dabei, einen Brief deiner Mutter zu lesen. Den hatte ich bisher völlig vergessen. Sie schreibt, wenn ich den Brief lese, seist du bereits bei mir. Und tatsächlich, hier bist du." Lächelnd tätschelte sie Andreas Hand. „Debbie war immer so klug. Hat dir der Schmorbraten geschmeckt, Kindchen?"

„Er war großartig. Ich danke dir sehr, Tante Tabby."

„Es wird ihn jede Woche einmal geben, solange du bei mir bist."

Andrea lächelte insgeheim und dachte daran, wie sehr sie Nudeln liebte. Wahrscheinlich bekam Paul Nudeln, wenn er hier zu Besuch war.

„Ich will mir das notieren, Andrea, sonst vergesse ich es."

Andrea erinnerte sich, dass Tante Tabby ein großes Geschick darin hatte, ihre Notizen zu verlegen.

„Wo ist nur meine Brille?" Tante Tabby sah sich um, stand auf, suchte auf dem Schreibtisch herum, hob Papiere hoch und schaute unter Bücher. „Nie ist sie da, wo ich sie gelassen habe."

Andrea hob die Brille hoch, die vor dem Busen ihrer Tante hing, und schob sie ihr auf die Nase.

Tante Tabby blinzelte einen Moment, dann lachte sie. „Ist das nicht eigenartig? Die ganze Zeit hatte ich sie bei mir. Du bist ebenso klug wie deine Mutter."

Andrea konnte nicht anders, sie musste ihre Tante liebevoll umarmen. „Tante Tabby, du bist wirklich einmalig."

„Du warst immer ein liebes Kind." Die Tante streichelte Andreas Wange, dann setzte sie sich wieder in ihren Sessel. Sie hinterließ eine Duftwolke von Lavendel und Puder. „Ich hoffe, deine Überraschung gefällt dir."

„Ganz bestimmt."

„Du hast sie noch nicht gesehen, nicht wahr?" Tante Tabby schaute nachdenklich vor sich hin. „Nein, ich bin sicher, dass ich sie dir noch nicht gezeigt habe. Du kannst also noch gar nicht wissen, ob sie dir gefällt. Hast du dich mit Miss Bond gut unterhalten? Sie ist eine so reizende Dame. Ich glaube, sie ist beim Film."

Ja, Tante Tabby war wirklich ganz einmalig. „Das glaube ich auch. Ich habe sie immer bewundert."

„Oh, seid ihr euch früher schon einmal begegnet?" Tante Tabby schob die Papiere auf ihrem Schreibtisch in eine nur für sie durchschaubare Ordnung. „Ich sollte es dir lieber jetzt gleich zeigen, bevor ich das vergesse."

Andrea bemühte sich, den Gedankengängen ihrer Tante zu folgen. „Was willst du mir zeigen?"

„Oh, nein, das darf ich dir nicht sagen. Dann wäre es ja keine Überraschung mehr für dich." Tante Tabby drohte Andrea schalkhaft mit dem Finger. „Du musst Geduld haben. Komm mit mir." Mit diesen Worten verließ sie das Zimmer.

Andrea folgte ihrer Tante. Offenbar ging es jetzt um die Überraschung. Andrea musste ihren Schritt verhalten. Normalerweise machte sie große Schritte, weil sie lange schlanke Beine hatte. Ihre Tante hingegen ging völlig anders, mehr wie ein Kaninchen, das auf die Straße rennt, hocken bleibt und nicht mehr zu wissen scheint, in welche Richtung es weiterlaufen soll.

Tante Tabby sagte etwas über Bettwäsche, und Andreas Gedanken schweiften bei diesen Worten ungewollt in die Vergangenheit, zu ihrer Zeit mit Lucas.

„So, da sind wir." Tante Tabby blieb vor einer Tür stehen und bedachte sie mit einem erwartungsvollen Lächeln.

Die Tür führte, wie Andrea sich erinnerte, in eine Kammer, die schon seit langer Zeit als Vorratsraum verwendet wurde. Sie lag gleich neben der Küche. Man konnte hier gut Reinigungsgeräte aufbewahren.

„Nun?" Tante Tabby strahlte Andrea an. „Was hältst du davon?"

Andrea überlegte sich, dass die Überraschung wohl hinter dieser Tür zu suchen sei. „Ist meine Überraschung dort drin, Tante Tabby?"

„Ja, natürlich. Wie dumm von mir. Du kannst ja gar nicht wissen, was es ist, wenn ich die Tür nicht öffne."

Nach dieser unbestreitbar logischen Feststellung zog sie die Tür auf.

Als sie das Licht eingeschaltet hatte, war Andrea völlig verblüfft. Sie hatte erwartet, Besen und Mopps und Eimer zu sehen. Stattdessen blickte sie in eine völlig eingerichtete Dunkelkammer. Alle Geräte und Materialien, die sie brauchte, standen fein säuberlich aufgereiht vor ihr. Der Anblick verschlug ihr die Sprache.

„Nun, was sagst du jetzt?" Tante Tabby ging in die Dunkelkammer und schaute sich hier und dort um. „Für mich sieht das alles sehr technisch und wissenschaftlich aus." Das Vergrößerungsgerät betrachtete sie mit leicht zur Seite gedrehtem Kopf. „Ich bin sicher, dass ich von all dem überhaupt nichts verstehe."

„Oh, Tante Tabby." Andrea hatte die Stimme wieder gefunden. „Das hättest du nicht tun sollen."

„Mein Kind, ist daran etwas nicht in Ordnung? Nelson hat

mir erzählt, dass du deine Filme selbst entwickelst. Die Firma, die diese Sachen gebracht hat, hat mir versichert, dass alles vorhanden sei, was du dir nur wünschen kannst. Natürlich ..." Tante Tabby sah Andrea zweifelnd an. „Ich verstehe wirklich überhaupt nichts davon."

Ihre Tante sah jetzt so unsicher aus, dass Andrea sie sofort liebevoll umarmte. „Nein, Tante Tabby, es ist alles vollkommen. Es ist wirklich wunderbar. Ich wollte nur sagen, dass du das nicht für mich hättest tun sollen, die ganze Mühe und die Kosten ..."

„Oh, das meintest du?" unterbrach Tante Tabby ihre Nichte. Sie atmete erleichtert auf. „Das war überhaupt keine Mühe. Diese netten jungen Männer kamen ins Haus und haben die ganze Arbeit erledigt. Und was die Ausgaben angeht, nun ... ich möchte lieber zusehen, wie du mein Geld jetzt genießt und nicht erst später."

„Tante Tabby." Andrea nahm das Gesicht ihrer Tante zwischen die Hände. „Ich habe noch nie eine so tolle Überraschung erlebt. Ich danke dir von ganzem Herzen."

„Ich wünsche dir, dass du dich gut damit amüsierst." Tante Tabbys Wangen röteten sich, während Andrea sie küsste. Dann betrachtete Tante Tabby noch einmal die Gläser, Chemikalien und Schalen. „Hoffentlich fliegt dir hier nichts um die Ohren."

Andrea versicherte, dass so etwas nicht passieren werde. Beruhigt und zufrieden verschwand Tante Tabby und überließ es Andrea, die Dunkelkammer genauer zu inspizieren.

Über eine Stunde beschäftigte sich Andrea mit dem, wovon sie am meisten verstand. Die Beschäftigung mit dem Fotografieren hatte sie als Hobby begonnen, zu einer Zeit, da sie noch ein

Kind war. Doch schnell war daraus eine echte Aufgabe und schließlich ein Beruf geworden. Chemikalien und komplizierte Geräte waren ihr nicht fremd. Hier in der Dunkelkammer oder mit der Kamera in der Hand wusste sie genau, wer sie war und was sie wollte. In ihrem Beruf hatte sie es gelernt, Dinge zu beherrschen.

Diese Fähigkeit brauchte sie jetzt auch, soweit es um ihre Gedanken an Lucas ging. Sie war nicht länger ein naives, verträumtes Mädchen, das jedem Wink mit dem Finger folgte, sondern eine berufstätige Frau, die auf ihrem Fachgebiet bereits einen guten Ruf besaß. Daran musste sie sich jetzt festhalten, wie in den vergangenen drei Jahren. Eine Rückkehr zur Vergangenheit gab es für sie nicht.

Nachdem Andrea die Dunkelkammer nach ihren Vorstellungen umgeräumt hatte, ging sie zufrieden in die Küche, um sich eine Tasse Tee aufzubrühen. Draußen stand ein runder weißer Mond am Himmel, gerade zog eine dünne Wolke an ihm vorbei.

Ein Frösteln durchlief Andrea. Das eigenartige Gefühl, das sie an diesem Abend schon mehrere Male befallen hatte, kehrte zurück. Ging die Fantasie mit ihr durch? Davon besaß sie eine ganze Menge, sie war Teil ihrer Kunst.

Wahrscheinlich lag es daran, dass sie hier so unerwartet auf Lucas gestoßen war. Das hatte ihre Gefühle sehr mitgenommen. Die Spannung, die sie einige Zeit zuvor bei den Gästen zu spüren glaubte, war ihre eigene Anspannung.

Andrea goss den Rest des Tees aus der Tasse in den Ausguss. Was sie jetzt brauchte, war ein guter Schlaf. Sie durfte nicht träumen. Wohin Träume führten, hatte sie vor drei Jahren erlebt.

Im Haus war jetzt alles still. Das Mondlicht schimmerte

durch die Fenster, die Ecken lagen im Dunkeln. Im Aufenthaltsraum, an dem Andrea vorbeikam, brannte kein Licht, aber sie hörte noch Stimmen.

Einen Moment zögerte sie. Sie wollte hineingehen und eine gute Nacht wünschen, doch dann merkte sie, dass offenbar gestritten wurde. Es wurde leise gesprochen, für Andrea unverständlich. Aber sie hörte, dass es leidenschaftliche, schnelle Worte waren, voller Ärger.

Andrea ging rasch weiter. Sie wollte es vermeiden, ein privates Streitgespräch mitzuhören.

Ein kurzer französischer Fluch wurde hörbar.

Während sie die Treppe hinaufging, musste Andrea lächeln. Wahrscheinlich hatte Jacques die Geduld mit dem widerborstigen Lucas verloren. Andrea hoffte, Jacques werde Lucas gehörig die Meinung sagen.

Erst als sie schon fast in ihrem Zimmer war, stellte sie fest, dass sie sich geirrt hatte. Selbst Lucas konnte nicht an zwei Orten zugleich sein. Und jetzt war er ganz unverkennbar hier, an der Tür zu einem der Zimmer. Er hatte Julia Bond umarmt und war sehr mit ihr beschäftigt.

Andrea wusste, wie es sich anfühlte, wenn Lucas umarmte, wie er küsste. Sie erinnerte sich sehr genau daran, als seien inzwischen nicht Jahre vergangen. Sie wusste, wie es war, wenn seine Hand den Rücken hinaufglitt und den Nacken umfasste.

Andrea brauchte sich keine Mühe zu geben, von den beiden nicht gesehen zu werden. Lucas und Julia waren völlig aufeinander konzentriert. Sie hätten sich bestimmt nicht einmal dann aus ihrer engen Umarmung gelöst, wenn das Dach über ihnen zusammengebrochen wäre.

Der Schmerz kehrte zurück, mit voller Stärke.

Andrea eilte weiter in ihr Zimmer und schlug die Tür hinter sich zu. Eifersucht hatte sie gepackt.

3. KAPITEL

Im Wald war es morgendlich frisch. Vögel zwitscherten, die Luft war von würzigem Duft erfüllt. Im Osten schwebten weiße Wolken am Himmel. Andrea war Optimistin. Sie schaute lieber zu ihnen als zu dem düsteren Grau, das drohend im Westen aufzog. Die Gipfel der Berge waren noch rötlich gefärbt. Allmählich verblasste das Rot zu Rosa und wurde schließlich zum Blau des Tages.

Es war ein gutes Licht, das durch die weißen Wolken gefiltert wurde und den Wald erhellte. Die Blätter hatten sich noch nicht genügend entfaltet, um das Sonnenlicht abzuschirmen. Nur hier und dort tauchten erste helle grüne Flecke an den Zweigen auf.

Eine leichte Brise ließ die Äste schwanken und wehte Andrea das Haar aus dem Gesicht. Es roch nach Frühling.

Hier und dort blühten purpurne Waldveilchen über dem dunkelgrünen Moos. Ein erstes Rotkehlchen hüpfte über den Boden und suchte nach Würmern. Eichhörnchen huschten an Baumstämmen empor, liefen über ausgestreckte Äste, sprangen zum nächsten Baum, eilten dort am Stamm wieder nach unten, hüpften über die dichte Schicht vorjährigen Laubs, das den Boden bedeckte.

Andrea wollte zum See wandern. Sie hoffte, ein Reh beim Trinken zu sehen. Doch schon unterwegs gab es so viel zu schauen, dass sie wieder und wieder die Kamera hob und eine Aufnahme machte. Sie schlenderte gemächlich weiter und fühlte sich völlig im Einklang mit der Natur.

In New York war sie eigentlich nie allein. Gewiss, manchmal fühlte sie sich einsam. Aber es waren immer Menschen da. Die Stadt drang auf sie ein. Hier, inmitten der Berge, unter den Bäumen, merkte sie erst, wie sehr es sie danach verlangte, allein zu sein. Sie musste neue Kräfte sammeln, die Batterie wieder aufladen.

Seit sie Kalifornien und Lucas verlassen hatte, war ihr das nicht gelungen. Sie hatte eine innere Leere gespürt, die ausgefüllt werden musste. Sie hatte sie mit Menschen, mit Arbeit, mit Lärm ausgefüllt – mit allem, was ihre Gedanken ablenken konnte. Sie hatte sich an das nervöse Leben in der Stadt gewöhnt. Das war notwendig gewesen, doch jetzt brauchte sie den Frieden der Berge.

In einiger Entfernung schimmerte der See. Die umliegenden Gipfel und die Bäume am Ufer spiegelten sich auf seiner Oberfläche wider. Rehe waren nicht zu sehen.

Doch als Andrea dem See näher kam, bemerkte sie auf der anderen Seite zwei Menschen. Der steile Hang, auf dem sie stand, war mehrere Meter über dem kleinen Tal, in welchem der See lag. Von hier oben bot sich ein atemberaubender Anblick.

Der See erstreckte sich auf einer Länge von rund vierzig Metern, er war über zehn Meter breit. Die Brise, die mit Andreas Haar gespielt hatte, erreichte seine Oberfläche nicht. Das Wasser war klar und glatt. Am Rand war es durchscheinend, zur Mitte hin wurde es dunkel und warnte vor gefährlicher Tiefe.

Andrea vergaß die Menschen auf der anderen Seite des Sees. In Gedanken beschäftigte sie sich mit Beleuchtung und

Tiefenschärfe, mit Blende und Verschlusszeiten. Außerdem wäre die Entfernung zu groß gewesen, um die Menschen zu erkennen, selbst wenn sie das gewollt hätte.

Die Sonne stieg langsam höher. Andrea war zufrieden und machte eine ganze Serie von stimmungsvollen Landschaftsaufnahmen. Sie hielt nur inne, um den Film zu wechseln.

Dann änderten sich die Lichtverhältnisse. Sie waren nicht mehr für die Stimmung geeignet, die Andrea am See hatte einfangen wollen. So kehrte sie um und schlenderte zum Gasthof zurück.

Das Schweigen des Waldes schien sich verändert zu haben. Die Sonne schien heller, aber Andrea fühlte sich unbehaglich. Ab und an schaute sie über die Schulter zurück, bis sie sich schließlich selbst schalt. Wer sollte sie hier verfolgen? Und weshalb?

Doch das unangenehme Gefühl blieb. Der Frieden war verschwunden.

Andrea kämpfte gegen das Verlangen, zum Gasthof zu laufen, wo Menschen waren und Kaffee gekocht wurde. Sie war kein Kind mehr, das vor Schatten oder vor vermeintlichen Gespenstern davonlief.

Um sich zu beweisen, dass sie sich durch ihre Fantasie nicht erschrecken ließ, blieb sie stehen und fotografierte ein Eichhörnchen, das dabei bereitwillig mitspielte. Im welken Laub hinter ihr raschelte es leise. Andrea fuhr herum.

„Nun, Kätzchen, hängst du immer noch an deiner Kamera?"

Das Blut stieg Andrea in die Wangen, als sie Lucas erblickte. Er hatte die Hände in die Taschen seiner Jeans geschoben und stand jetzt direkt vor ihr. Für einen Moment konnte Andrea nichts sagen, zu sehr hatte sie sich erschreckt.

„Was soll das bedeuten, dass du so hinter mir herschleichst?" fuhr sie Lucas dann an. Sie ärgerte sich darüber, dass sie sich hatte erschrecken lassen, und war wütend darüber, dass Lucas die Ursache dafür gewesen war. Zornig funkelte sie ihn an.

„Dein Temperament passt zu deinem Haar", entgegnete er unbeeindruckt. Er trat dichter an Andrea heran.

Ihr Stolz verbot ihr, vor ihm zurückzuweichen. „Mein Temperament wird besonders unangenehm, wenn mir jemand eine Aufnahme verdirbt." Es fiel Andrea nicht schwer, ihre Reaktion durch eine Störung ihrer Arbeit zu erklären. Nie hätte sie zugegeben, dass Lucas sie in Furcht versetzt hatte.

„Du bist nervös, Kätzchen. Rege ich dich auf?"

Das dunkle Haar auf Lucas' Kopf war vom Wind zerzaust. Seine Augen blickten selbstbewusst. Dieses Selbstbewusstsein, das häufig an Arroganz grenzte, störte Andrea ganz besonders.

„Bilde dir nur nichts ein, Lucas. Wie kommt es eigentlich, dass du hier herumläufst? Als früher Wanderer warst du mir bisher überhaupt nicht bekannt. Hast du inzwischen eine Liebe zur Natur entwickelt?"

„Ich mochte die Natur schon immer besonders gern." Er musterte Andrea eingehend und lächelte dann. „Hast du vergessen, dass ich ein Freund von Picknicks bin?"

Der Schmerz begann wieder. Andrea konnte sich an das Gefühl des Sandes unter ihren Beinen erinnern, an den Geschmack von Wein, den salzigen Geruch des Meeres.

Sie zwang sich, Lucas' Blick standzuhalten. „An Picknicks habe ich die Lust verloren." Sie drehte sich um und ging weiter. Doch Lucas blieb an ihrer Seite.

„Ich gehe nicht auf direktem Wege zurück", erklärte sie sehr kühl. Sie blieb stehen und machte eine Aufnahme von einem Eichelhäher.

„Ich habe es nicht eilig", versetzte Lucas. „Es hat mir schon immer Spaß gemacht, dir bei der Arbeit zuzusehen. Es ist faszinierend, wie du dich völlig in sie versenken kannst. Ich glaube, du könntest ein angreifendes Nashorn fotografieren und würdest nicht zurückweichen, bis du den richtigen Augenblick erfasst hast."

Er schwieg einen Moment. Als Andrea ihm weiterhin den Rücken zukehrte, fuhr er fort. „Ich habe das Bild gesehen, das du von der ausgebrannten Mietskaserne in New York gemacht hast. Es war bemerkenswert, so hart, rein und verzweifelt."

Das Kompliment überraschte Andrea. Sie drehte sich zu Lucas um. Er war nicht gerade großzügig mit Lob. Hart, rein und verzweifelt – das traf ihre Aufnahme gut. Lucas hatte die Worte geschickt gewählt.

Aber es gefiel ihr nicht, dass seine Meinung ihr immer noch etwas bedeutete. „Danke." Sie wandte sich wieder um und konzentrierte sich auf eine Baumgruppe. „Hast du immer noch Schwierigkeiten mit deinem Buch?"

„Mehr, als ich zunächst angenommen hatte."

Plötzlich nahm Lucas Andreas Haar in die Hand. „Ich konnte noch nie widerstehen, nicht wahr?"

Andrea rührte sich nicht. Sie betrachtete die Bäume, dann zuckte sie mit den Schultern. Für einen Moment schloss sie fest die Augen.

„Ich habe noch nie eine andere Frau mit solchem Haar gesehen. Ich habe mich danach umgesehen, das kannst du mir glauben. Aber entweder war der Farbton nicht richtig, die Dichte des Haars oder seine Länge."

Lucas' Stimme hatte einen verführerischen Klang angenommen, gegen den Andrea sich wappnen musste. „Es ist einzigartig. Ein wilder Wasserfall im Sonnenlicht, tief und lebhaft, der sich über ein Kopfkissen ergießt."

„Du hast es schon immer verstanden, Dinge zu beschreiben." Andrea fingerte am Verschluss ihrer Kamera, ohne auch nur im Entferntesten zu wissen, was sie da tat. Ihre Worte hatten sehr kühl und abweisend geklungen. Sie hoffte, dass Lucas sie nun in Ruhe ließ.

Doch stattdessen wurde sein Griff um ihr Haar fester. Mit einer schnellen Bewegung zog Lucas Andrea zu sich herum und nahm ihr die Kamera aus den Händen.

„Hör auf, in diesem Ton mit mir zu reden. Und dreh mir nicht immer den Rücken zu. Tu das ja nie wieder."

Andrea erinnerte sich an seine Zornesausbrüche, an seine unberechenbaren Launen sehr gut. Es hatte eine Zeit gegeben, in der sie sich hatte einschüchtern lassen. Doch das war nun längst vorbei.

„Ich lasse mich nicht mehr durch deine Wutanfälle beeindrucken, Lucas." Sie hob den Kopf. „Warum sparst du deine Aufmerksamkeiten nicht für Julia auf? Ich möchte sie nicht haben."

„So." Lucas lächelte für einen Moment. „Du warst das also. Aber du brauchst nicht eifersüchtig zu sein, Kätzchen. Die Dame machte den Anfang, nicht ich."

„Ja, ich habe sehr gut gesehen, wie verzweifelt du dich bemüht hast, von ihr freizukommen."

Noch während Andrea das sagte, bereute sie ihre Worte. Verärgert wollte sie weitergehen, doch Lucas hielt sie zurück und zog sie dichter an sich.

Nur wer die Sehnsucht kennt

Der männliche Duft, der von ihm ausging, reizte ihre Sinne und erinnerte sie an Dinge, die sie lieber vergessen hätte.

„Hör mal, Lucas", begann Andrea, während Ärger und Verlangen in ihr miteinander kämpften. „Ich habe sechs Monate gebraucht, um zu begreifen, was für ein Schuft du bist. Dann hatte ich fast drei Jahre Zeit, um diese Erkenntnisse zu festigen. Ich bin jetzt eine erwachsene Frau und deinem überbordendem Charme nicht mehr verfallen. Also nimm deine Hände von mir und verschwinde."

„Du hast es gelernt, dich auf die Hinterbeine zu stellen, nicht wahr?"

Andrea merkte mit wachsendem Zorn, dass Lucas sie belustigt und gar nicht beeindruckt anschaute. Er heftete seinen Blick für einen Moment auf ihre Lippen, dann sah er ihr wieder in die Augen.

„Du bist nicht mehr formbar, Kätzchen, aber nur umso faszinierender."

Als Andrea Lucas daraufhin zu beschimpfen begann, lachte er nur und zog sie an sich. Sie wehrte sich gegen ihn, doch er kümmerte sich nicht darum. Er hielt sie ganz fest und begann, sie zu küssen.

Es dauerte nur wenige Augenblicke, da hatte das alte brennende Verlangen wieder den Weg an die Oberfläche gefunden. Drei Jahre lang hatte Andrea sich nach einem solchen Kuss verzehrt, und nun konnte sie sich nicht länger wehren. Wie von selbst glitten ihre Arme um Lucas' Nacken, teilten sich ihre Lippen.

Lucas' Kuss war leidenschaftlich und verlangend und erregte Andrea zu immer stärkerem Begehren. Ihr Herz klopfte heftig.

Lucas bedeckte Andreas Gesicht mit Küssen und ergriff

dann wieder von ihrem Mund Besitz. Andrea gab sich seinem Kuss ganz hin und vergaß alles andere ringsherum.

Als Lucas schließlich den Kopf hob, glühten seine dunklen Augen vor Leidenschaft. Erst jetzt spürte Andrea seine Hände, die sie festhielten. Sein Griff lockerte sich allmählich zu einer zärtlichen Umarmung.

„Es ist noch da, Kätzchen", sagte Lucas leise. Er strich ihr durch das Haar. „Nichts hat sich verändert."

Ganz plötzlich wurde Andrea von Gefühlen des Stolzes und der Demütigung erfasst. Sie riss sich von Lucas los und holte mit der Hand aus. Doch Lucas fing ihren Schlag mühelos ab und umklammerte ihr Handgelenk. Andrea versuchte es mit der anderen Hand, aber Lucas reagierte zu schnell, sie verfehlte ihn.

Er hielt sie an beiden Handgelenken fest. Sie konnte nur vergeblich versuchen, sich aus seinem Griff zu befreien. Ihr Atem ging heftig, Tränen drohten ihr in die Augen zu steigen. Aber sie wehrte sich dagegen. Lucas sollte sie nicht weinen sehen, nie wieder.

Schweigend beobachtete Lucas, wie Andrea um ihre Selbstbeherrschung kämpfte. Im Wald war kein Laut zu hören, nur Andreas heftiges Atmen.

Als sie schließlich wieder reden konnte, klang ihre Stimme abweisend, geradezu eisig. „Es gibt einen Unterschied zwischen Liebe und Lust, Lucas. Das solltest selbst du wissen. Was du an mir wieder zu finden glaubst, mag für dich dasselbe wie früher sein. Für mich ist es das nicht. Ich habe dich geliebt, aber das ist Vergangenheit."

Sie sah ihn anklagend an. Lucas erwiderte ihren Blick ein

wenig unsicher. Offenbar wusste er nicht, ob er ihr glauben sollte oder nicht.

„Du hast damals alles auf einmal genommen, Lucas, meine Liebe, meine Unschuld, meinen Stolz. Und dann hast du mir alles zusammen ins Gesicht geschleudert. Du kannst jetzt nichts davon zurückhaben. Die Liebe ist tot, die Unschuld vergangen, und mein Stolz gehört nur mir."

Für einen Moment sagte keiner ein Wort. Langsam, ohne den Blick von Andrea zu wenden, ließ Lucas sie los.

Andrea drehte sich um und ging davon. Erst, als sie sicher war, dass Lucas ihr nicht folgte, ließ sie ihren Tränen freien Lauf. Was sie über ihre Unschuld und ihren Stolz gesagt hatte, entsprach der Wahrheit. Aber ihre Liebe war weit davon entfernt, tot zu sein. Sie war sehr lebendig, und sie schmerzte.

Als die roten Mauern des Gasthofs vor ihr auftauchten, wischte Andrea sich die Tränen aus dem Gesicht. Es hatte keinen Sinn zu weinen. Dass sie Lucas immer noch liebte, änderte gar nichts, ebenso wenig wie es ihr vor drei Jahren geholfen hatte. Aber sie selbst hatte sich verändert. Lucas würde sie nie wieder weinend, hilflos und – wie er es ausgedrückt hatte – formbar erleben.

Die Enttäuschung hatte ihr Kraft verliehen. Lucas konnte ihr zwar immer noch wehtun, das hatte sie schnell erfahren. Aber er konnte nicht mehr, wie früher, über sie bestimmen.

Trotzdem hatte sie das Zusammentreffen mit ihm erschüttert, und sie war nicht erfreut, als Helen auf einem Pfad zur Rechten aus dem Wald auf sie zukam. Andrea hätte ihr nicht ausweichen können, ohne unhöflich zu sein. So zwang sie sich zu einem Lächeln und schaute Helen entgegen.

Als die Frau näher kam, nahm Andrea einen frischen

Bluterguss unter ihrem linken Auge wahr. Andreas Lächeln erlosch, sie wurde besorgt. „Was ist Ihnen zugestoßen?" fragte sie mitleidig.

„Ich bin gegen einen Ast gelaufen." Helen zuckte unbekümmert mit den Schultern, während sie die Verletzung mit den Fingern berührte. „Ich muss in Zukunft besser Acht geben."

Vielleicht lag es an der stürmischen Begegnung mit Lucas, dass Andrea glaubte, einen doppelten Sinn hinter Helens Worten zu spüren. Jetzt fiel ihr auf, dass die Frau stark verärgert war. Der Bluterguss sah mehr wie das Ergebnis eines Schlages mit der Faust als eines Zusammenstoßes mit einem Ast aus.

Doch Andrea verdrängte den Gedanken schnell wieder. Wer hätte Helen schlagen können? Und warum hätte Helen darüber schweigen sollen? Es war doch viel wahrscheinlicher, dass sie unachtsam gewesen war.

„Das sieht nicht gut aus", meinte Andrea, während sie neben Helen zum Gasthof ging. „Sie sollten das nicht auf sich beruhen lassen. Tante Tabby hat bestimmt etwas, das die Folgen mildert."

„Oh, ich habe keineswegs vor, es auf sich beruhen zu lassen." Helen warf Andrea einen prüfenden Blick zu. „Ich kenne mich mit so etwas aus. Und Sie – waren Sie schon früh unterwegs, um zu fotografieren? Ich finde Menschen interessanter als Bäume. Besonders mag ich heimliche Schnappschüsse."

Helen lachte, als habe sie einen Scherz gemacht, den nur sie verstand. Andrea hörte sie zum ersten Mal lachen, und sie dachte, dass dieses Lachen zu Helens Lächeln passte. Beide waren unangenehm.

„Waren Sie vorhin am See?" Andrea erinnerte sich an die beiden Gestalten, die sie dort gesehen hatte.

Zu ihrer Überraschung hörte Helen ganz unvermittelt auf zu

lachen. Sie sah Andrea scharf an. „Haben Sie dort jemand gesehen?"

„Nein, nicht genau. Ich sah, dass zwei Menschen am See waren, aber sie waren zu weit weg, als dass ich sie hätte erkennen können. Ich war damit beschäftigt, Aufnahmen oben vom Hang herab zu machen."

„Sie haben Aufnahmen gemacht?" Helen schien über etwas nachzudenken, dann lachte sie.

„So früh am Morgen schon so fröhlich?" Julia kam die Treppe von der Veranda herunter. Als sie die Verletzung in Helens Gesicht sah, hob sie fragend die Augenbrauen. Für einen Moment schien sie zu frösteln. „Um Himmels willen, was ist Ihnen zugestoßen?"

Helen war nicht länger amüsiert. Sie runzelte die Stirn und berührte den Bluterguss noch einmal. „Ich bin gegen einen Ast gelaufen", erklärte sie. Ohne ein weiteres Wort ging sie die Treppe hinauf und verschwand im Haus.

„Eher gegen eine Faust", meinte Julia und lächelte. „Der Ruf der Wildnis hat Sie gelockt, Andrea, nicht wahr? Es scheint so, als sei jeder außer mir im Morgengrauen auf der Wanderung durch die Wälder und über die Berge. Es ist wirklich schwierig, vernünftig zu bleiben, wenn ringsum alle unvernünftig sind."

Andrea musste lachen. Julia sah aus wie ein Sonnenstrahl. Während Andrea in Jeans und warmer Jacke ging, hatte Julia eine elegante Hose und eine mit Rosen verzierte Seidenbluse angezogen. Die weißen Sandalen, die sie trug, hätten im Wald keine fünfzig Meter überstanden. Angesichts der freundlichen Wärme, die Julia ausstrahlte, vergaß Andrea jeden Groll ihr gegenüber wegen ihres Anbändelns mit Lucas.

„Es könnte jemand geben", erwiderte Andrea, „der Ihnen Faulheit vorwirft."

„Ja, warum nicht?" Julia nickte. „Wenn ich nicht arbeite, faulenze ich gern." Sie sah Andrea prüfend an. „Sagen Sie, sind Sie etwa auch gegen einen Ast gelaufen? Es muss ein ziemlich großer gewesen sein."

Andrea war für einen Moment verblüfft. Julia hatte einen sehr scharfen Blick, wie sie erkennen musste. Die Spuren der Tränen waren wohl doch nicht völlig verwischt. Andrea machte eine hilflose Bewegung. „Ich heile schnell."

„Das klingt tapfer. Nun kommen Sie, mein Kind, erzählen Sie Mama alles." Julia hakte sich bei Andrea unter und begann, mit ihr über den Rasen zu gehen.

„Julia ..." Andrea schüttelte den Kopf. Ihre Gefühle waren privat, sie gingen niemand etwas an. Lucas gegenüber hatte sie diese Regel verletzt. Aber bei Julia ...

„Hören Sie, Andrea." Julia blieb hartnäckig. „Sie brauchen jemand, bei dem Sie sich aussprechen können. Sie müssen reden. Vielleicht glauben Sie, dass Sie nicht bekümmert aussehen. Aber Sie tun es." Julia seufzte. „Ich weiß wirklich nicht, warum ich Sie so gern mag, das ist ganz gegen meine Art. Schöne Frauen meiden andere schöne Frauen oder verabscheuen sie, besonders wenn sie jünger sind."

Diese Bemerkung erstaunte Andrea. Die unvergleichlich schöne Julia Bond stellte sich auf ein und dieselbe Stufe mit ihr. Das war doch lächerlich.

„Vielleicht liegt es an den beiden anderen Frauen – die eine so langweilig, die andere garstig –, dass ich eine Zuneigung zu Ihnen entwickelt habe, Andrea."

Der leichte Wind spielte mit Julias Haar, hob es an und ließ das Sonnenlicht hindurchscheinen. In ihrem Ohrläppchen funkelte ein Diamant. Andrea fand es irgendwie unpassend, dass sie mit dieser schönen Frau so vertraulich Arm in Arm herumwanderte.

„Sie sind außerdem sehr freundlich", fuhr Julia fort. „Ich kenne nicht sehr viele wirklich freundliche Menschen." Sie blickte Andrea von der Seite an. „Hören Sie, Darling, ich bin zwar immer neugierig. Aber ich weiß auch, wie man ein anvertrautes Geheimnis bewahrt."

„Ich liebe ihn immer noch", platzte es aus Andrea heraus. Sie stieß einen tiefen Seufzer aus. Bevor sie noch recht wusste, was sie eigentlich tat, sprudelten bereits die Worte.

Andrea ließ nichts aus, vom Anfang bis zum Ende und bis zu dem neuen Anfang, als Lucas am Tag vorher erneut in ihr Leben getreten war. Sie verschwieg Julia nichts. Nachdem sie mit dem Reden begonnen hatte, machte es ihr keine Mühe mehr. Sie brauchte nicht nachzudenken.

Julia hörte schweigend zu. Sie hörte so gut zu, dass Andrea ihre Anwesenheit fast vergaß.

„Dieses Ungeheuer", sagte Julia schließlich. Aber das klang nicht sehr vorwurfsvoll. „Sie werden auch noch entdecken, dass alle Männer, diese herrlichen Wesen, im Grunde genommen Ungeheuer sind."

Wie hätte Andrea einer Expertin widersprechen können? Während sie schweigend weitergingen, merkte sie, dass sie erleichtert war. Es hatte ihr gut getan, sich bei Julia auszusprechen.

„Die Hauptschwierigkeit ist natürlich, dass Sie immer noch verrückt nach ihm sind", meinte Julia schließlich. „Ich nehme

Ihnen das nicht übel. Lucas ist schon ein ganz besonderer Mann. Ich hatte gestern Abend eine kleine Kostprobe, und ich war beeindruckt."

Julia sprach so beiläufig über die leidenschaftliche Umarmung mit Lucas, die Andrea beobachtet hatte, dass man ihr unmöglich böse sein konnte.

„Lucas ist sehr begabt", fuhr Julia fort. „Er ist zugleich arrogant, selbstsüchtig und daran gewöhnt, dass man ihm gehorcht. Das ist für mich leicht zu erkennen, weil ich genauso bin. Er und ich ähneln uns. Ich bezweifle sehr, dass wir ein erfreuliches Verhältnis miteinander haben könnten. Wir würden aufeinander losgehen, noch bevor das Bett aufgeschlagen ist."

Andrea wusste nicht, was sie dazu sagen sollte, und ging schweigend weiter.

„Jacques ist eher mein Typ", überlegte Julia laut. „Aber er hat sich anderweitig engagiert."

Julia runzelte die Stirn. Andrea spürte, dass ihre Gedanken sich für einen Moment mit etwas völlig Anderem beschäftigten.

„Jedenfalls müssen Sie sich nun überlegen, was Sie wollen, Andrea. Offensichtlich möchte Lucas, dass Sie zu ihm zurückkehren – wenigstens so lange es ihm passt."

Andrea traf diese Bemerkung schmerzlich.

„Wenn Sie sich dessen bewusst bleiben, könnten Sie eine anregende Beziehung zu ihm genießen. Sie müssten nur die Augen offen halten."

„Das kann ich nicht tun, Julia. Das Wissen würde den Schmerz nicht verhindern. Ich bin mir nicht sicher, ob ich eine weitere ... Beziehung zu Lucas überstehen könnte. Er würde auf jeden Fall merken, dass ich ihn immer noch liebe." Sie dachte an ihre Trennung vor drei Jahren zurück. „Ich möchte nicht wieder so wie damals gedemütigt werden. Stolz ist das Einzige, was mir noch geblieben ist."

„Liebe und Stolz vertragen sich nicht." Julia tätschelte Andreas Hand. „Also gut, versuchen Sie, sich gegen seine Angriffe zu schützen. Ich werde Ihnen Beistand leisten."

„Wie könnten Sie das tun?"

„Aber Darling." Julia lächelte verschmitzt.

Andrea musste lachen. Es kam ihr alles so absurd vor. Sie hob den Blick zum Himmel. Die schwarzen Wolken schienen zu gewinnen, sie zogen vor die Sonne. Es wurde kühler. „Es sieht nach Regen aus."

Sie schaute zum Gasthof zurück. Die Fenster schienen schwarz und leer. Ein fahler Lichtschein lag auf den Backsteinwänden und ließ die weiße Veranda und die Fensterläden grau wirken. Hinter dem Haus war der Himmel tiefgrau, wie Schiefer. Die Berge standen düster und drohend da.

Ein Frösteln durchlief Andrea. Sie hatte plötzlich eine Abneigung dagegen, in das Haus zurückzukehren.

Im nächsten Moment waren die schwarzen Wolken weitergezogen und ließen die Sonne wieder unbehindert herunterscheinen. Die Fenster blitzten hell und freundlich, die Schatten waren verschwunden. Andrea schalt sich wegen ihrer lebhaften Fantasie und ging mit Julia zum Haus zurück.

Nur Jacques leistete den beiden Frauen beim Frühstück Gesellschaft. Helen ließ sich nicht blicken, und Steve und die Spicers waren offenbar noch auf Wanderung.

Andrea gab sich Mühe, nicht an Lucas zu denken. Sie aß mit gutem Appetit und vertilgte eine große Portion Schinken, Eier,

Kaffee und Brötchen, während Julia nur an einer dünnen Scheibe Toast knabberte und ihr neidische Blicke zuwarf.

Jacques machte einen zerstreuten Eindruck. Es kostete ihn einige Anstrengung, charmant zu sein. Andrea erinnerte sich an das Streitgespräch, das sie gehört hatte. Über wen mochte Jacques sich wohl geärgert haben?

Je länger Andrea darüber nachdachte, umso merkwürdiger kam ihr die ganze Sache vor. Jacques LeFarre schien ihr nicht der Typ zu sein, der sich mit einem Fremden stritt. Er kannte hier aber nur Julia und Lucas, und die beiden waren anderweitig beschäftigt gewesen.

Julia schien sich rundum wohl zu fühlen. Sie sprach über einen ihr und Jacques gemeinsamen Freund. Aber sie war eine Schauspielerin, erinnerte sich Andrea, und zwar eine sehr gute. Sie konnte durchaus wissen, worüber sich Jacques am vergangenen Abend geärgert hatte, und doch so tun, als habe sie davon nicht die geringste Ahnung.

Jacques hingegen war kein Schauspieler. Man merkte ihm an, dass er besorgt war. Sein Ärger war durch seinen Charme nur mangelhaft überdeckt.

Andrea verdrängte die Gedanken daran, als sie sich nach dem Frühstück auf die Suche nach ihrer Tante machte. Schließlich gingen sie Jacques' Angelegenheiten nichts an. Für einen kurzen Augenblick dachte sie an die Begegnung mit Lucas.

Tante Tabby war damit beschäftigt, sich mit der Köchin Nancy über das Mittagessen zu streiten. Andrea hörte stumm zu. Nancy hatte offenbar Hähnchen servieren wollen, während Tante Tabby völlig sicher war, dass sie sich für Schweinebraten entschieden hatten.

Während der Streit hin und her ging, schenkte Andrea sich

eine Tasse Kaffee ein. Sie schaute aus dem Fenster. Von Westen her zogen wieder graue dichte Wolken heran.

„Oh, Andrea, hast du einen schönen Spaziergang gemacht?" Als Andrea sich umdrehte, sah sie, dass ihre Tante sie anlächelte. „Es ist ein so schöner Morgen, nicht wahr? Schade, dass es Regen geben wird. Aber der ist gut für die Blumen, die lieben kleinen Dinger. Hast du gut geschlafen, Kindchen?"

Andrea beschloss, nur auf die letzte Frage zu antworten. Es hatte keinen Sinn, Tante Tabby zu beunruhigen. „Wunderbar, Tante Tabby. Ich schlafe immer gut, wenn ich bei dir zu Besuch bin."

„Das liegt an der Luft." Tante Tabby strahlte vor Freude. „Ich glaube, ich werde für heute Abend meinen Spezial-Schokoladenpudding backen. Der wird ein gewisser Ausgleich für den Regen sein."

„Gibt es noch heißen Kaffee, Tante Tabby?" Lucas kam in die Küche, als sei er hier seit langem zu Hause. Andrea hörte verwunderte, dass er den Kosenamen ihrer Tante verwendete.

„Natürlich, mein Lieber, bedienen Sie sich." Tante Tabby zeigte zum Herd. In Gedanken war sie noch bei dem Schokoladenpudding.

Andreas Erstaunen wuchs, als Lucas zu dem richtigen Wandschrank ging, eine Tasse herausholte und sich daranmachte, sie voll Kaffee zu schenken.

Während er trank, lehnte er am Küchentresen. Über die Tasse hinweg sah er Andrea an und lächelte.

„Oh, ist das deine Kamera, Andrea?" fragte Tante Tabby.

Andrea senkte den Blick. Der Fotoapparat hing ihr immer noch um den Hals. Er war so sehr ein Teil von ihr, dass sie ihn gar nicht mehr gespürt hatte.

„Sie sieht sehr kompliziert aus." Tante Tabby beugte sich vor, um die Kamera besser sehen zu können. Sie vergaß dabei die Brille, die ihr vorm Busen hing.

„Ich habe eine sehr schöne, Andrea. Du kannst sie jederzeit benutzen, wenn du willst. Sie ist ganz einfach zu bedienen. Du drückst auf einen roten Knopf, und schon springt das fertige Foto heraus. Du kannst sofort sehen, ob du bei jemand den Kopf nicht draufbekommen hast, und notfalls gleich eine zweite Aufnahme machen. Du brauchst auch nicht erst in der Dunkelkammer herumzuwühlen. Ich verstehe überhaupt nicht, wie du dort sehen kannst, was du machst."

Tante Tabby zog die Stirn kraus und legte den Finger an die Wange. „Ich bin ziemlich sicher, dass ich sie finden kann."

Andrea lachte und umarmte ihre Tante. Über deren Kopf hinweg sah sie, dass Lucas lächelte. Es war dieses warme natürliche Lächeln, das so selten bei ihm zu sehen war. Für einen Moment konnte Andrea sogar sein Lächeln erwidern, ohne dass ihr das wehtat.

4. KAPITEL

Der Regen setzte ein. Es war kein sanftes Nieseln, sondern ein heftiger Wolkenbruch. Der Himmel verfinsterte sich, im Haus wurde es wieder dämmrig und es füllte sich wieder mit Leben.

Alle Gäste waren inzwischen zurückgekehrt. Der Gasthof war wieder voll eigenartiger Menschen. Steve hatte seine Rolle als Barkeeper ausgebaut und ging in die Küche, um Kaffee zu holen. Robert Spicer hatte Jacques in ein Gespräch verwickelt und versuchte, ihn in einige technische Einzelheiten der Chirurgie am offenen Herzen einzuweihen.

Während der Diskussion saß Julia neben den beiden Männern. Sie schien aufmerksam zuzuhören. Doch Andrea wusste es besser. Gelegentlich warf Julia ihr einen Blick zu und verriet ihr, dass sie sich außerordentlich amüsierte. Jane las mit verdrossener Miene in einem Roman. Sie trug wieder langweiliges Braun: Hose und Pullover. Helen mit ihrem frischen Bluterguss saß schweigend da und rauchte eine Zigarette. Ein oder zwei Mal merkte Andrea, dass Helen sie mit scharfen Blicken musterte. Helens spöttisches Lächeln war Andrea unangenehm.

Lucas war nicht da. Er saß oben in seinem Zimmer und hämmerte auf der Schreibmaschine. Andrea hoffte, dass er damit noch viele Stunden beschäftigt sei. Vielleicht würde er nicht einmal zu den Mahlzeiten herunterkommen, sondern im Zimmer essen.

Von einer Minute zur anderen wurde es fast völlig dunkel im Haus. Mit dem Licht schien auch die Wärme zu verschwinden. Andrea fröstelte, sie hatte eine Vorahnung von etwas Bösem. Das überraschte sie, denn Gewitter hatte sie sonst nie gefürchtet.

Der Regen hatte für einen Moment ausgesetzt, dann begann er umso heftiger wieder vom Himmel zu schütten, begleitet von einem betäubenden Donnerschlag. Die Regenfluten schlugen gegen die Fenster, Blitze zuckten draußen auf.

„Ein Frühlingsgewitter in den Bergen", bemerkte Steve, der gerade mit einem Tablett voller Kaffeegeschirr hereinkam und jetzt an der Tür stehen blieb. Der köstliche Duft von Kaffee begleitete ihn.

„Es wirkt wie Spezialeffekte beim Film", meinte Julia. Sie kuschelte sich enger an Robert. „Gewitter sind Furcht erregend, so aufregend. Ich entdecke immer wieder, dass sie mich auf eigenartige Weise erregen."

Das war eine Stelle aus Julias Film, wie Andrea belustigt feststellte. Doch dem Arzt schien das nicht aufgefallen zu sein. Er war viel zu sehr von Julias Näherrücken beeindruckt.

Andrea hätte am liebsten laut gelacht. Als Julia noch dichter an Robert heranglitt und ihr dabei laut zuzwinkerte, hob Andrea den Blick zur Zimmerdecke.

Jane fand das nicht amüsant. Sie sah jetzt nicht verdrossen, sondern angriffslustig aus. Vielleicht hat sie doch Krallen, dachte Andrea. Das würde ihr Jane sympathischer machen. Es wäre für Julia wohl besser, wenn sie sich auf Steve konzentrierte, der ihr gerade eine Tasse Kaffee reichte.

„Sahne, aber keinen Zucker, nicht wahr?" Steve lächelte Andrea an. Sie nickte.

Steve war wirklich ein netter Mann. Er gab einer Frau das Gefühl, umsorgt zu werden, ohne dass sie sich dabei bevormundet vorkam. Andrea bewunderte ihn dafür.

„Ja. Sie haben ein besseres Gedächtnis als George." Andrea lächelte Steve zu. „Außerdem verstehen Sie es, mit viel Stil zu servieren. Üben Sie diesen Beruf schon lange aus?"

„Ich bin hier nur zur Probe angestellt. Wenn Sie mit mir zufrieden sind, lassen Sie es bitte die Geschäftsführung wissen."

Wieder wurde das Dämmerlicht durch Blitze erhellt. Kurz darauf ertönte lauter Donner. Jacques wandte sich an Andrea. „Kann es bei solchem Wetter zu einem Stromausfall kommen?"

„Wir haben hier oft Stromausfall." Andreas Antwort verursachte ganz verschiedene Reaktionen.

Julia fand die Vorstellung wunderbar – Kerzenlicht war so romantisch. Robert war jetzt in der Stimmung, ihr vorbehaltlos beizupflichten. Jacques schien es gleichgültig zu sein. Er hob die Hände, als wolle er sagen, dass er sich in sein Schicksal ergebe.

Steve und Helen hingegen schienen von dem Gedanken, der Strom könne ausfallen, wenig angetan. Steve drückte sich allerdings gemäßigter aus als Helen. Er fand, es bringe allerlei Unbequemlichkeiten mit sich. Dann ging er zum Fenster und schaute nach draußen.

Helen war richtig aufgebracht. „Ich zahle mein gutes Geld nicht dafür, im Dunkeln herumzutasten und kalte Mahlzeiten zu essen." Zornig steckte sie sich die nächste Zigarette an. „Es ist unerträglich, dass wir uns mit solch primitiven Verhältnissen abgeben sollen." Sie schaute Andrea an. „Ihre Tante wird bestimmt Vorkehrungen getroffen haben. Ich jedenfalls bin nicht gewillt, diese lachhaft hohen Preise zu zahlen und dafür wie in der Wildnis zu leben."

Helen fuchtelte aufgeregt mit der Hand, in der sie die Zigarette hielt, herum und wollte gerade weiterschimpfen, als Andrea sie unterbrach. „Ich bin sicher, dass meine Tante Ihren Beschwerden die Aufmerksamkeit schenken wird, die sie verdienen."

Nach diesen Worten wandte sich Andrea ganz betont von Helen ab und ließ deren empörte Blicke von sich abgleiten. Sie sagte zu Jacques, der ihr aufmunternd zulächelte: „Wir haben einen Stromgenerator im Haus. Den hat mein Onkel einbauen lassen."

„Er war ebenso praktisch, wie Tante Tabby charmant ist", warf Steve ein und wurde mit dieser Bemerkung sofort Andreas Freund.

„Das ist sie", bestätigte Andrea. „Wenn die Stromzufuhr

unterbrochen wird, stellen wir auf den Generator um. Damit können wir alle wichtigen Stromquellen versorgen."

„Ich glaube, ich werde mir trotzdem auf alle Fälle Kerzen in mein Zimmer bringen lassen", beschloss Julia. Sie lächelte Robert unter den Augenwimpern heraus an, während er ihr Feuer für die Zigarette gab.

„Julia könnte Französin sein", sagte Jacques und drehte an den Spitzen seines Schnurrbarts. „Sie ist unheilbar romantisch."

„Zu viel Romantik kann unklug sein", ließ Helen sich vernehmen. Sie schaute von einem zum anderen und heftete ihren Blick schließlich auf Julia.

Zu Andreas Erstaunen verwandelte Julia sich für einen Moment vom hilflosen Weibchen zur streitbaren Amazone. „Ich fand immer, dass nur Dummköpfe sich für klug halten." Im nächsten Augenblick war sie wieder ganz sanft und lieb.

Julia auf der Leinwand zu erleben war nichts im Vergleich zu ihren Auftritten im wirklichen Leben. Andrea kam der Gedanke, dass sie keine Ahnung habe, wie eigentlich die echte Julia sei. Aber ging es ihr mit den anderen Gästen nicht genauso? Sie alle waren fremd für sie.

Als gleich darauf Lucas hereinkam, herrschte immer noch angespanntes Schweigen. Er schien davon nichts zu merken. Ohne auf die anderen zu achten, kam er direkt auf Andrea zu.

Sie blickte ihm entgegen und hatte dabei das Gefühl, dass alles andere um sie herum verschwinde und sie nur noch ihn sehe. Ihr Gesicht musste einen furchtsamen Ausdruck angenommen haben, denn gleich darauf sagte Lucas leise zu ihr: „Keine Angst, Kätzchen, ich werde dich nicht fressen."

Lucas blieb vor Andrea stehen, beugte sich zu ihr hinunter

und fragte: „Liebst du es immer noch, im Regen spazieren zu gehen?" Er schien keine Antwort darauf zu erwarten, denn gleich darauf fuhr er fort. „Ich erinnere mich noch sehr gut daran, dass du das tatest."

Andrea schwieg. Lucas schaute sie an, dann hielt er ihr etwas entgegen. „Deine Tante schickt dir das."

Andrea blickte auf seine Hand und musste lachen. Ihre innere Anspannung löste sich.

„Dein Lachen habe ich sehr lange nicht mehr gehört – zu lange", sagte Lucas.

Andrea schaute zu ihm auf. Lucas musterte sie eindringlich, ganz auf sie konzentriert. „Nein?" sagte Andrea. Sie nahm ihm Tante Tabbys tolle Kamera mit dem roten Knopf ab und zuckte mit den Schultern. „Lachen ist eine Angewohnheit von mir."

„Tante Tabby sagt, du sollst dich gut damit amüsieren." Lucas ging, um sich eine Tasse Kaffee zu holen.

„Was haben sie da, Andrea?" fragte Julia.

Andrea hob die Kamera hoch und erklärte in nüchternem, belehrenden Ton: „Dies, meine Damen und Herren, ist die neueste Errungenschaft auf dem Gebiet der Fotografie. Durch die bloße Berührung eines Knopfes holen Sie Freunde und geliebte Menschen in das Innere dieses Gehäuses, von wo aus sie auf Bildern wieder ausgespuckt werden, die vor Ihren erstaunten Augen entwickelt werden. Sie brauchen keine Blende einzustellen und Ihren Belichtungsmesser nicht zu befragen. Der Knopf ist schneller als jedes Gehirn. Ja, sogar ein Kind von fünf Jahren kann diese Kamera während der Fahrt auf dem Dreirad bedienen."

„Dazu muss man wissen", warf Lucas ein, „dass Andrea ein fotografischer Snob ist." Er stand am Fenster und trank Kaffee, während er die anderen Gäste ansprach. Dabei schaute er zu Andrea. „Wenn etwas keine austauschbaren Filter und Objektive und keine Höchstgeschwindigkeitsverschlüsse hat und keine unglaublich komplizierten Vorgänge zulässt, ist es keine Kamera, sondern ein Spielzeug."

„Mir ist Andreas Besessenheit schon aufgefallen", stimmte Julia zu. „Sie trägt den schwarzen Kasten wie andere Frauen wertvollen Schmuck. Man kann es kaum glauben, aber sie ist heute schon gleich nach Tagesanbruch unterwegs im Wald gewesen, um Aufnahmen von Eichhörnchen und Hasen zu machen."

Andrea lachte, hob die Sofortbildkamera und schoss ein Bild von Julias reizendem Gesicht.

Julia machte eine professionell wirkende Kopfbewegung. „Also wirklich, Darling, Sie hätten mir Gelegenheit geben sollen, mich von meiner besten Seite zu zeigen."

„Sie haben keine beste Seite."

Julia lächelte etwas gequält. Sie schien nicht zu wissen, ob sie belustigt oder gekränkt sein sollte. Jacques hingegen lachte laut heraus.

„Und ich dachte, sie sei ein so liebes Mädchen", sagte Julia.

„In meinem Beruf, Miss Bond", erklärte Andrea mit ernster Miene, „hatte ich Gelegenheit, viele Frauen zu fotografieren. Die eine nimmt man von rechts, die andere besser von links oder von vorn auf. Bei anderen ist es vorteilhafter, die Kamera von unten auf sie zu richten, und so weiter."

Andrea musterte Julias makelloses Gesicht für einen Moment kritisch. „Sie hingegen könnte ich aus jeder Stellung, mit jedem Blickwinkel, bei jeder Beleuchtung aufnehmen, und das Ergebnis wäre stets gleichermaßen wunderbar."

„Jacques." Julia legte die Hand auf seinen Arm. „Wir müssen dieses Mädchen unbedingt adoptieren. Es ist für mein Selbstbewusstsein von unschätzbarem Wert."

„Tut mir Leid, ich bin unbestechlich." Andrea legte das Bild, das in der Kamera inzwischen entwickelt worden war, auf den Tisch. Dann richtete sie Tante Tabbys Prunkstück auf Steve.

„Ich sollte alle warnen. Wenn Andrea einen Fotoapparat in den Händen hält, wird sie gefährlich." Lucas nahm Julias Bild vom Tisch und betrachtete es.

Andrea erinnerte sich an die zahllosen Aufnahmen, die sie von Lucas gemacht hatte. Unter dem Vorwand, es handele sich um Kunst, hatte sie sie nie weggeworfen. Sie war um ihn herumgeschlichen und hatte ihn von allen Seiten vor das Objektiv genommen, bis er ihr schließlich die Kamera weggenommen und ihr jeden Gedanken ans Fotografieren gründlich vertrieben hatte.

Lucas strich mit den Fingern durch Andreas Haar. „Du hast mir nie beibringen können, wie man eine richtige Aufnahme macht, nicht wahr, Kätzchen?"

„Nein. Ich habe dir überhaupt nichts beigebracht, Lucas. Aber ich habe einiges von dir gelernt."

„Mit mehr als einer einfachen Kamera bin ich nie fertig geworden." Lucas kam näher und nahm Andreas Fotoapparat vom Tisch. Er betrachtete ihn wie einen fremdartigen Gegenstand, der aus den äußeren Bezirken des Weltalls herangeweht worden war. „Wie kannst du nur behalten, wofür all diese Zahlen sind?"

Er setzte sich auf die Armlehne von Andreas Sessel. Andrea nahm die Gelegenheit wahr und begann einen Vortrag über die Grundregeln der Fotografie.

Nach kurzer Zeit stand Lucas auf und ging zur Kaffeekanne. Offenbar langweilte er sich. Julia leistete ihm Gesellschaft. Bald darauf hatte sie sich bei ihm untergehakt, und er schien sich nicht länger zu langweilen.

Andrea presste für einen Moment die Lippen zusammen, dann wandte sie sich an Steve und setzte ihre Erklärungen fort.

Julia und Lucas verließen Arm in Arm das Zimmer. Julia wollte sich wahrscheinlich hinlegen und ausruhen und Lucas wollte wieder an die Arbeit gehen. Andrea folgte den beiden mit ihren Blicken.

Als sie sich wieder auf Steve konzentrierte, bemerkte sie sein mitleidiges Lächeln. Offensichtlich hatte er ihre Gefühle erraten. Andrea war mit sich unzufrieden. Sie sollte sich besser zusammennehmen. Schnell nahm sie ihre Erklärungen wieder auf und war Steve dankbar dafür, dass er das Gespräch mit ihr fortsetzte, als habe es nie eine Unterbrechung gegeben.

Der Nachmittag zog sich hin. Es wurde ein langer, trüber Tag. Der Regen schlug gegen die Fenster. Blitze und Donner kamen und gingen, aber der Wind nahm unaufhörlich an Stärke zu, bis er sich zu einem richtigen Sturm ausgewachsen hatte.

Robert versorgte das Kaminfeuer bis die Flammen auflodern. Ihr Schein hätte dem Raum eine fröhliche Note geben sollen. Doch Janes verdrossene Miene und Helens unruhiges Herumwandern verhinderten das. Die Atmosphäre war angespannt.

Andrea lehnte Steves Vorschlag ab, mit ihm Karten zu spielen. Sie suchte lieber die Abgeschiedenheit ihrer Dunkelkammer auf. Als sie deren Tür hinter sich geschlossen hatte, schwanden die Kopfschmerzen, unter denen sie zu leiden begonnen hatte.

In diesem Raum gab es keine Spannungen. Andrea spürte keine atmosphärischen Störungen, keine versteckte Unruhe. Hier war alles klar und nüchtern.

Andrea begann mit der Arbeit. Schritt für Schritt machte sie sich an das Entwickeln ihres Films. Sie bereitete die Chemikalien vor, prüfte die Temperatur, stellte die Schaltuhr an. Während sie sich mehr und mehr in ihre Tätigkeit vertiefte, vergaß sie das Gewitter, das draußen tobte.

Wenn es nötig war, konnte Andrea auch in völliger Dunkelheit arbeiten. Das tat sie auch jetzt. Ihre Finger waren ihre Augen. Sie arbeitete flink.

Über dem gedämpften Lärm des Unwetters hörte sie ein schwaches Klappern. Andrea achtete nicht darauf. Sie stellte die Schaltuhr für den nächsten Schritt der Entwicklung ein. Dann hörte sie das Geräusch wieder. Es begann sie zu stören.

War das der Türgriff gewesen? Hatte sie vergessen, die Tür abzuschließen? Jetzt fehlte ihr nur noch, dass irgendein Laie hereinplatzte und Licht auf die Filme fallen ließ. Damit wäre alle Arbeit umsonst gewesen.

„Lassen Sie die Tür zu", rief Andrea. In diesem Augenblick verstummte das Radio, das sie zu ihrer Unterhaltung angestellt hatte. Der Strom war ausgefallen. Andrea stand reglos in völliger Dunkelheit.

Wieder hörte sie ein klapperndes Geräusch.

War jemand an der Tür? Oder kam das Geräusch aus der Küche? Andrea ging auf die Tür zu, um sich zu vergewissern, dass sie sie abgeschlossen hatte. Sie ging ohne Zögern, denn inzwischen kannte sie jede Einzelheit in der Dunkelkammer ganz genau.

Doch plötzlich, zu ihrer großen Verblüffung, traf etwas sie

heftig am Kopf. Licht blitzte auf und erlosch wieder. Dann war die Dunkelheit vollkommen.

„Andrea, Andrea, mach die Augen auf!" Die Stimme klang weit entfernt und drang wie durch Watte an ihr Ohr. Trotzdem entging ihr der dringliche Ton nicht.

Andrea versuchte, der Aufforderung zu widerstehen. Je näher sie dem Bewusstsein kam, umso heftiger wurden ihre Kopfschmerzen. Nur die Ohnmacht war schmerzlos.

„Öffne die Augen!" Die Stimme war deutlicher, nachdenklicher geworden. Andrea stöhnte.

Zögernd schlug sie die Augen auf, während ihr jemand das Haar aus dem Gesicht strich. Für einen Moment berührten die Finger ihre Wange. Lucas tauchte vor ihren Augen auf, seine Umrisse wurden unscharf, dann wieder deutlich, als Andrea sich mühte, ihn anzusehen.

„Lucas?" fragte Andrea verwirrt, als sie allmählich zu sich kam. Mehr als seinen Namen konnte sie nicht sagen, doch er schien damit völlig zufrieden zu sein.

„So ist es schon besser", lobte er sie. Bevor sie protestieren konnte, küsste er sie. Es war nur ein kurzer Kuss, aber er erinnerte an frühere Intimitäten. „Du hast mir einen schönen Schreck eingejagt. Was hast du nur angestellt?"

Dieser Vorwurf war typisch für Lucas. Doch Andrea achtete nicht darauf. „Angestellt?" Andrea hob die Hand und berührte die Stelle an ihrem Kopf, an der sich der Schmerz konzentrierte. „Was ist geschehen?"

„Das frage ich dich, Kätzchen. Nein, fass die Stelle nicht an." Lucas hielt ihre Hand fest. „Das würde dir wehtun. Ich würde wirklich zu gern wissen, wie du zu der Verletzung gekommen bist und warum du hier auf dem Fußboden liegst wie ein Häufchen Unglück."

Es fiel Andrea schwer, den Nebel in ihrem Kopf zu verdrängen. Sie versuchte, sich an das zu erinnern, was sie als Letztes wahrgenommen hatte. „Wie bis du hier hereingekommen?" fragte sie. Sie erinnerte sich an das Geräusch. „Hatte ich die Tür nicht abgeschlossen?" Langsam wurde ihr bewusst, dass Lucas sie in den Armen hielt. Sie versuchte, sich aufzusetzen.

„Hast du an der Tür gerüttelt?"

„Bleib ganz ruhig, reg dich nicht", forderte Lucas sie auf, als Andrea zu stöhnen begann.

Sie schloss die Augen. Ihr Kopf tat sehr weh. „Ich muss gegen die Tür gelaufen sein", sagte sie leise. Wie hatte sie nur so ungeschickt sein können?

„Du bist gegen die Tür gelaufen und hast dich selbst außer Gefecht gesetzt?"

Andrea hätte nicht sagen können, ob Lucas belustigt oder verärgert war. Doch das war ihr jetzt auch völlig gleichgültig. Die Schmerzen in ihrem Kopf ließen alles andere uninteressant werden.

„Wie eigenartig. Ich hatte keine Ahnung, dass du so ungeschickt sein kannst, Kätzchen."

„Es war dunkel", verteidigte sie sich. „Und wenn du nicht an der Tür gerüttelt hättest ..."

„Ich war überhaupt nicht an der Tür ...", begann Lucas.

Doch Andrea unterbrach ihn mit plötzlichem Erschrecken. „Das Licht!" Zum zweiten Mal versuchte sie, sich von Lucas zu lösen. „Du hast das Licht angemacht."

„War das so abwegig? Schließlich sah ich dich auf dem Fußboden liegen." Er hielt sie fest. „Ich wollte sehen, was dir zugestoßen war."

„Mein Film!" Ihr Blick war ebenso vorwurfsvoll, wie ihre Stimme klang.

Lucas lachte. „Diese Frau ist tatsächlich besessen."

„Lass mich los, hörst du?" Andrea wurde zornig. Sie schob Lucas von sich und erhob sich schwankend. Der Kopfschmerz wurde stechend, fast unerträglich. Andrea taumelte.

„Um Himmels willen, Andrea." Lucas fasste sie an den Schultern und stützte sie. „Hör auf, dich wegen einiger dummer Bilder wie eine Verrückte aufzuführen."

Schon unter normalen Umständen wäre eine solche Bemerkung Andrea gegenüber unklug gewesen. In der gegenwärtigen Situation war sie eine glatte Kriegserklärung. Für einen Moment wurde Andrea so wütend, dass sie ihre Schmerzen vergaß. Sie fuhr Lucas an.

„Du hast schon immer auf meine Arbeit herabgesehen. Für dich waren das nur einige dumme Bilder. Und ich war für dich nicht mehr als ein einfältiges Kind, das für eine Weile Abwechslung bot, dann aber langweilig wurde. Du hast es immer gehasst, gelangweilt zu werden, Lucas, nicht wahr?"

Andrea strich sich das Haar aus dem Gesicht. „Du sitzt über deinen Romanen und sonnst dich in der Anerkennung, die du bekommst. Auf uns gewöhnliche Menschen siehst du herab. Aber du bist nicht der Einzige auf der Welt, der Talent hat, Lucas. Ich bin ebenso schöpferisch wie du, und meine Bilder geben mir ebenso viel Befriedigung wie dir deine dummen kleinen Bücher."

Für einen Moment sah Lucas Andrea stirnrunzelnd an. Er wirkte bedrückt. „Schon gut, Andrea. Nachdem du das losgeworden bist, solltest du jetzt eine Kopfschmerztablette nehmen."

„Ach, lass mich endlich in Ruhe!" Sie schüttelte die Hand ab, die er auf ihren Arm legte und drehte sich um. Sie wollte die Kamera aus dem Regal nehmen, wo sie sie vor dem Beginn ihrer Arbeit abgelegt hatte. Dabei fiel ihr Blick auf den Tisch. Sie wurde erneut zornig.

„Was fällt dir eigentlich ein, meine Sachen durcheinander zu bringen? Du hast eine ganze Filmrolle belichtet." Ihr Zorn nahm zu. „War es dir nicht genug, mich bei der Arbeit zu stören, indem du an der Tür warst? Musstest du auch noch das Licht anmachen und meine Aufnahmen verderben? Wieso steckst du deine Nase in Dinge, von denen du nichts verstehst?"

„Ich habe dir schon einmal gesagt, dass ich nicht an deiner Tür war. Ich kam vorbei, nachdem der Strom ausgefallen und der Generator angesprungen war. Die Tür stand offen, du lagst mitten auf dem Fußboden. Ich habe deinen Film überhaupt nicht angefasst."

Lucas schien empört zu sein, dass Andrea ihm Vorwürfe machte. „Es mag dir vielleicht dumm vorkommen, aber meine ganze Sorge und meine Aufmerksamkeit galten nur dir." Er schaute auf das Durcheinander auf dem Arbeitstisch. „Könnte es nicht sein, dass du den Film in der Dunkelheit selbst zerstört hast?"

„Das ist doch Unsinn." Jetzt griff er auch noch ihre beruflichen Fähigkeiten an.

„Andrea, ich weiß wirklich nicht, was mit deinem Film geschehen ist. Ich bin gar nicht weiter in die Dunkelkammer hereingekommen als bis dorthin, wo du lagst. Ich will mich nicht dafür entschuldigen, dass ich das Licht angemacht habe, denn genau das würde ich in einem solchen Fall wieder tun." Er streichelte ihre Wange. „Zufällig glaube ich, dass dein Wohlergehen wichtiger ist, als es deine Fotos sind."

Plötzlich wurde Andreas Interesse an ihren Aufnahmen geringer. Sie hatte jetzt andere Sorgen. Es gelang Lucas viel zu leicht, alte Gefühle in ihr zu wecken. Sie musste von ihm wegkommen. Er braucht nur sanft mit ihr zu reden und sie zu streicheln, und schon ging sie unter.

„Du siehst blass aus", bemerkte Lucas. „Dr. Spicer sollte sich um dich kümmern."

„Nein, das ist wirklich nicht ..."

Weiter kam Andrea nicht. Lucas packte sie zornig am Arm. „Sei doch vernünftig, Kätzchen. Musst du denn allem, was ich dir sage, widersprechen? Ist es dir nicht möglich, den Hass gegen mich zu überwinden, den du in dir aufgebaut hast?" Er schüttelte sie.

Ein heftiger Schmerz durchzog Andreas Kopf, ihr wurde schwindlig. Für einen Moment schien Lucas' Gesicht vor ihren Augen zu verschwimmen.

Lucas stieß einen leisen Fluch aus, zog Andrea an sich und hielt sie fest, bis der Schwindelanfall vorbei war. Dann hob er sie mit einer raschen Bewegung auf die Arme.

„Du bist bleich wie ein Gespenst", sagte er. „Ob es dir nun gefällt oder nicht, ich hole den Arzt für dich. Dann kannst du deine schlechte Laune eine Weile an ihm auslassen."

Während Lucas sie in ihr Zimmer trug, verging Andreas Ärger. Der Kopf tat ihr weh, sie war benommen und bedrückt. Erschöpft lehnte sie die Wange an Lucas' Schulter. Es war viel einfacher, sich nicht zu sträuben.

Vor allem war jetzt nicht die richtige Zeit, um sich über die

Tür der Dunkelkammer Gedanken zu machen und darüber, wieso sie geöffnet war und weshalb sie – Andrea – so ungeschickt gewesen war, gegen die Tür zu laufen. Es war besser, jetzt überhaupt nicht mehr nachzudenken.

Andrea nahm es hin, dass sie keine andere Wahl hatte. Sie schloss die Augen und gestattete es Lucas, die Verantwortung für sie zu übernehmen. Sie hielt die Augen geschlossen, während Lucas sie auf ihr Bett legte. Aber sie wusste, dass er dann neben dem Bett stand und sie anschaute. Bestimmt runzelte er dabei die Stirn.

Das Geräusch von Schritten verriet ihr, dass Lucas ins Badezimmer ging. Wasser rauschte ins Waschbecken. Für Andrea war das so laut, als sei dort ein Wasserfall. Gleich darauf spürte sie ein kühles feuchtes Tuch auf der Stirn, das ihre Schmerzen linderte. Sie öffnete die Augen.

„Du bleibst hier jetzt liegen, Kätzchen. Ich hole Spicer." Lucas drehte sich um und ging zur Tür. „Lucas!" Das kühle Tuch hatte Erinnerungen in ihr geweckt an all die Zärtlichkeiten, die Lucas ihr früher erwiesen hatte. Er hatte durchaus seine zärtlichen Momente. Aber es wäre besser, sie könnte das wieder vergessen. Es würde ihr dann leichter fallen, Lucas' Gegenwart zu ertragen.

Als er kurz darauf zurückkam, merkte man ihm an, wie ungeduldig er war. Er war ein Mann, dessen Stimmungen sich rasch änderten. Konnte er denn gar nicht ausgeglichen sein?

„Ich möchte dir danken, Lucas. Es tut mir Leid, dass ich dich angeschrien habe. Du warst mir gegenüber sehr lieb."

Lucas lehnte am Türrahmen. Sein Gesicht war ernst, seine Stimme klang bedrückt, als er erwiderte: „Ich war nie lieb."

Andrea musste gegen den Drang ankämpfen, zu Lucas zu

gehen und die Spuren der Müdigkeit aus seinem Gesicht zu streicheln. Er schien ihre Gedanken zu spüren. Sein Blick wurde für einen Moment sanft, ein Lächeln umspielte seine Lippen.

„Kätzchen, du bist immer so unglaublich süß, so voller Wärme."

Nach diesen Worten drehte Lucas sich um und verließ Andrea.

5. KAPITEL

Andrea schaute unter die Zimmerdecke, als Robert Spicer ihr Zimmer betrat. Sie richtete sich ein wenig auf und warf einen skeptischen Blick auf seine schwarze Tasche. Es war ihr schon immer etwas unheimlich gewesen, was Ärzte in ihren so unschuldig wirkenden Taschen mit sich trugen.

„Ein Hausbesuch", sagte sie und lächelte schwach. „Das achte Weltwunder. Ich hätte nie geglaubt, dass Sie Ihre Tasche mit in den Urlaub nehmen."

„Reisen Sie jemals ohne ihre Kamera?" fragte der Arzt zurück.

„Natürlich, Sie haben Recht."

„Ich glaube nicht, dass wir operieren müssen." Robert setzte sich auf die Bettkante und nahm das feuchte Tuch weg, das Lucas über Andreas Stirn ausgebreitet hatte. „Oje, das wird sehr bunt werden. Wie ist es, können sie mich klar erkennen, oder sehen Sie mich verschwommen?"

„Ich sehe Sie gut."

Roberts Hände, waren überraschend sanft und zart. Sie erinnerten Andrea an die ihres Vaters. Mehr und mehr entspannte sie sich und beantwortete Roberts Fragen, ob sie Schwindelgefühle habe, sich unwohl fühle und so weiter. Dabei betrachtete sie sein Gesicht.

Robert sah jetzt anders aus als sonst. Er wirkte immer noch wie ein tüchtiger, erfahrener Arzt. Aber seine Selbstdarstellung war durch offenbar echtes Mitleid gemildert. Er hatte eine freundliche Stimme und einen warmherzigen Blick und schien als Arzt gut geeignet zu sein.

„Wie ist das passiert, Andrea?" Während Robert diese Frage stellte, griff er in seine Tasche. Andreas Aufmerksamkeit wandte sich seinen Händen zu. Robert zog Watte und eine Flasche aus der Tasche, nicht die von ihr befürchtete Nadel.

„Ich bin gegen eine Tür gelaufen."

Robert schüttelte lächelnd den Kopf. Vorsichtig tupfte er die verletzte Stelle ab. „Eine ungewöhnliche Geschichte."

„Leider ist sie wahr. Es geschah in der Dunkelkammer. Offenbar habe ich die Entfernung falsch eingeschätzt."

Robert hielt einen Moment in seiner Tätigkeit inne und sah Andrea an, bevor er sich wieder mit ihrer Stirn beschäftigte. „Ich habe Sie für eine Frau gehalten, die die Augen offen hält."

Andrea hatte den Eindruck, dass er plötzlich ernst geworden sei. Doch das ging schnell vorbei. Robert lächelte und verkündete: „Es ist nur eine Prellung. Diese Diagnose bedeutet allerdings nicht, dass die Schmerzen geringer sind."

„Ach, es ist schon einigermaßen zu ertragen", erwiderte Andrea in dem Bemühen, die Sache möglichst leicht zu nehmen. „Das Schlimmste scheint bereits vorbei zu sein."

Robert griff noch einmal in die Tasche. „Gegen den Rest

können wir etwas unternehmen." Er zog eine Flasche mit Pillen heraus.

Andrea besah sie argwöhnisch. „Ich wollte eigentlich nur eine Kopfschmerztablette nehmen."

„Einen Waldbrand kann man nicht mit einer Wasserpistole löschen." Robert schüttelte zwei Pillen aus der Tasche. „Nehmen sie diese, es sind keine starken Geschosse. Und dann ruhen Sie sich ein oder zwei Stunden aus. Sie können mir vertrauen", fügte er hinzu, als er Andreas immer noch misstrauischen Blick bemerkte. „Obwohl ich Chirurg bin."

Er hatte sie überzeugt. „Ich glaube Ihnen." Sie nahm .das Glas mit Wasser und die Pillen entgegen, „Aber Sie werden mir nicht den Blinddarm herausnehmen, während ich schlafe, wie?"

„Nicht während meines Urlaubs." Er wartete, bis Andrea die Pillen geschluckt hatte. Dann zog er eine leichte Decke über sie. „Und nun ruhen Sie sich aus." Damit verließ er sie.

Als Andrea die Augen öffnete, war es dunkel. Ausruhen, dachte sie. Ich bin bewusstlos gewesen. Aber wie lange? Sie lauschte. Draußen tobte immer noch das Unwetter. Der Sturm rüttelte wütend an den Fenstern.

Vorsichtig richtete Andrea sich auf, bis sie auf dem Bett saß. Der klopfende Schmerz im Kopf war verschwunden, aber als sie mit den Fingern ihre Stirn betastete, wusste sie, dass sie den Unfall nicht nur geträumt hatte.

Ihr nächster Gedanke war sehr wirklichkeitsnah. Sie entdeckte, dass sie großen Hunger hatte.

Andrea stand auf und betrachtete sich im Spiegel. Was sie sah, gefiel ihr nicht. Aber es half nichts, ob sie wollte oder nicht, sie musste wieder unter Menschen.

Als sie den Speiseraum betrat, kam sie gerade rechtzeitig zum Abendessen. Robert erblickte sie als Erster.

„Andrea. Fühlen Sie sich besser?"

Sie zögerte einen Moment sehr verlegen. Doch ihr Hunger war so stark, dass sie alle Hemmungen überwand. Nancys Hähnchen duftete verlockend.

„Viel besser", entgegnete sie und warf Lucas einen Blick zu. Lucas sagte nichts, sah sie nur an. „Ich bin fast verhungert." Andrea setzte sich.

„Das ist ein gutes Zeichen. Haben Sie noch Schmerzen?"

„Nur mein Stolz ist verletzt." Andrea begann ihren Teller zu füllen. „Ich gebe nicht gern zu, dass ich mich ungeschickt benommen habe. Gegen eine Tür zu laufen ist nicht gerade ein Beweis besonderer Umsicht. Ich wollte, mir wäre etwas Originelleres zugestoßen."

„Ich finde es merkwürdig." Jacques zeigte mit der Gabel auf Andrea. „Ich hätte nie geglaubt, dass Sie genug Kraft besitzen, um sich selbst bewusstlos zu schlagen."

„Amazonen können das." Andrea ließ sich das Essen genüsslich auf der Zunge zergehen.

„Sie isst wie eine Amazone", meinte Julia. „Man sollte auf ihr Gewicht achten."

„Ich esse nur aus Verzweiflung", behauptete Andrea. „Mir ist nämlich eine echte Tragödie zugestoßen. Zwei Filme mit Aufnahmen, die ich auf der Fahrt von New York hierher gemacht habe, sind zerstört."

„Vielleicht steht uns eine ganze Serie von Unfällen bevor." Helen ließ ihren Blick über die Anwesenden gleiten. „Wenn etwas geschieht, dann doch immer drei Mal, oder nicht?"

Keiner antwortete. Helen betastete den blauen Fleck unter

dem Auge. „Man kann schwer vorhersagen, was als Nächstes passiert."

Andrea fing an, das unangenehme Schweigen bedrückend zu finden, das Helens Bemerkungen jeweils zu folgen pflegte. Jedes Mal schienen alle Anwesenden von innerer Anspannung erfasst zu werden.

Aus einer plötzlichen Eingebung heraus wurde Andrea ihrem Vorsatz untreu und begann ein Gespräch mit Lucas. „Was würdest du aus dieser Situation machen?" Sie schaute zu ihm hinüber, doch Lucas schwieg. Er beobachtet uns alle, dachte Andrea. Er hält sich zurück und beobachtet nur.

Andrea schüttelte das Unbehagen ab, das sie befallen hatte, und fuhr fort: „Neun Menschen – nein, genau genommen zehn, wenn man die Köchin mitrechnet – isoliert in einem abgelegenen Landgasthof. Ein Sturm tobt. Der Stromanschluss ist bereits unterbrochen. Das Telefon ist wahrscheinlich als Nächstes an der Reihe."

„Das Telefon geht bereits nicht mehr", sagte Steve.

Andrea rollte dramatisch mit den Augen. „Sehen Sie?"

„Und die Furt über den Fluss ist wahrscheinlich nicht mehr passierbar", fiel Robert ein und zwinkerte Andrea zu.

„Was könnte dir da noch fehlen?" fragte Andrea Lucas. Ein Blitz zuckte draußen, als sei ihm ein Stichwort gegeben worden.

„Mord." Lucas sprach das Wort ganz gelassen aus. Aber es hing in der Luft, als ihn alle ansahen.

Andrea überlief ein Frösteln. Sie hatte mit der Antwort gerechnet, trotzdem ließ sie das Wort erschauern.

„Aber natürlich ist die Situation viel zu eindeutig. Für meine Art von Romanen ist das nichts." Lucas schwieg nach diesen Worten wieder.

„Das Leben ist manchmal eindeutig, nicht wahr?" stellte Jacques fest. Er lächelte still, während er sein mit Wein gefülltes Glas hob.

„Ich könnte in dieser Geschichte sehr eindrucksvoll sein", überlegte Julia laut. „Ich würde in weiten weißen Gewändern über dunkle Korridore huschen." Sie stützte die Ellbogen auf den Tisch, faltete die Hände und legte das Kinn darauf. „Das flackernde Licht meiner Kerze erhellt für einen Moment den Schatten, in dem der Mörder mit einem Seidenschal wartet, um mir das Leben zu nehmen."

„Sie würden eine bezaubernde Leiche abgeben", sagte Andrea.

„Vielen Dank, Darling." Julia drehte sich zu Lucas um. „Aber ich möchte lieber unter den Lebenden bleiben, wenigstens bis zur Schlussszene."

„Sie können so schön sterben." Steve grinste Julia an. „Ich war von Ihnen in der Rolle der Lisa in ‚Letzte Hoffnung' sehr beeindruckt."

„Welche Art von Mord würden Sie erwarten, Lucas?" Steve aß nur wenig, wie Andrea merkte. Er hielt sich mehr an den Wein. „Ein Verbrechen aus Leidenschaft oder aus Rache? Die impulsive Tat eines verstoßenen Liebhabers oder die bösen Machenschaften eines kalten berechnenden Verstands?"

„Tante Tabby könnte ein ausgefallenes Gift über das Essen streuen und uns einen nach dem anderen aus dem Weg räumen."

„Sobald jemand tot ist, ist er völlig nutzlos." Helen zog die Aufmerksamkeit der anderen wieder auf sich. „Mord ist reine Verschwendung. Man hat viel mehr davon, wenn man jemand am Leben erhält – am Leben und verwundbar." Sie warf Lucas einen Blick zu. „Stimmen Sie mir zu, Mr. McLean?"

Andrea gefiel es nicht, wie Helen Lucas anlächelte. Kalt und berechnend! Steves Worte fielen ihr ein. Ja, Helen war eine kalte und berechnende Person.

Alle schwiegen. Andrea sah Lucas erwartungsvoll an. Was würde er antworten?

Sein Gesicht zeigte den Ausdruck, den sie nur zu gut kannte, der besagte: Ihr langweilt mich alle. „Ich glaube nicht, dass Mord immer eine Verschwendung ist."

Wieder klangen Lucas' Worte beiläufig. Doch Andrea, die ihn besser als die anderen kannte, sah, dass sich der Ausdruck seiner Augen verändert hatte. Er war nicht länger gelangweilt.

„Die Welt würde viel gewinnen, wenn einige Menschen verschwänden." Er lächelte – auf eine gefährlich wirkende Art.

Andrea hatte das Gefühl, dass hier nicht mehr über abstrakte Möglichkeiten gesprochen wurde. Es ging scheinbar um ganz wirkliche Überlegungen. Sie schaute zu Helen und bemerkte den Ausdruck von Furcht auf ihrem Gesicht. Aber es konnte doch nur ein Spiel sein, etwas anderes war gar nicht vorstellbar.

Julia lächelte. Aber ihr Lächeln war nicht warm und freundlich. Die Schauspielerin genoss es, dass Helen Angst hatte.

Nach dem Essen gingen alle in den Aufenthaltsraum. Doch der Sturm, der draußen mit unveränderter Kraft tobte, zerrte an aller Nerven. Nur Julia und Lucas schienen unbeeindruckt. Sie saßen in einer Ecke zusammen und genossen offensichtlich ihre Gesellschaft.

Andrea sah das mit gemischten Gefühlen. Julia lachte leise. Einmal nahm Lucas eine Strähne von Julias hellem Haar zwischen die Finger. Andrea wandte sich ab. Julia war sehr geschickt darin, Männer auf sich zu lenken. Diese Erkenntnis bedrückte Andrea.

Die Spicers saßen nebeneinander auf dem Sofa am Kamin. Obwohl sie leise sprachen, spürte Andrea, dass sie sich stritten. Sie rückte ein wenig weiter fort, außer Hörweite. Jetzt war nicht der richtige Augenblick für Jane, Robert Vorwürfe zu machen, weil er sich von der Schauspielerin hatte beeindrucken lassen. Julia war doch bereits mit einem anderen Mann beschäftigt.

Als das Ehepaar den Raum verließ, sah Jane nicht mehr schmollend, sondern geradezu elend aus. Julia beachtete die beiden überhaupt nicht, sondern rückte näher an Lucas heran und flüsterte ihm etwas ins Ohr, das ihn zum Lachen brachte. :

Andrea hielt es hier nicht länger aus. Sie beschloss, Tante Tabby gute Nacht zu sagen und dann in der Dunkelkammer zu arbeiten. Julia tat zwar genau das, was sie mit ihr – Andrea – verabredet hatte: Sie lenkte Lucas ab. Aber es tat Andrea weh, dass sie damit so erfolgreich war. Nicht ein Mal hatte Lucas zu ihr herübergeschaut.

Andrea ging quer durch den Raum, öffnete die Tür zum Zimmer ihrer Tante und trat ein.

„Andrea, mein Kind! Lucas hat mir erzählt, dass du dich am Kopf gestoßen hast." Tante Tabby legte ihre Wäscherechnungen hin, stand auf und betrachtete die Verletzung. „Oh, du armes Ding. Möchtest du eine Tablette? Irgendwo habe ich welche."

Es freute Andrea, dass Lucas ihrer Tante den Vorfall nur als harmlos geschildert hatte. Zugleich wunderte sie sich, wieso die beiden auf so vertrautem Fuß standen. Es passte eigentlich gar nicht zu Lucas, dass er sich mit einer zerstreuten alten Frau abgab, deren Ruhm allein darin bestand, dass sie einen kleinen

Gasthof besaß und eine vorzügliche Schokoladentorte backen konnte.

„Nein, Tante Tabby. Es geht mir gut. Ich habe schon etwas eingenommen."

„Das freut mich." Tante Tabby streichelte Andreas Hand und blickte noch einmal stirnrunzelnd auf den Bluterguss. „Du musst vorsichtig sein, Kindchen."

„Das werde ich sein, Tante Tabby. Sag mal, wie gut kennst du eigentlich Lucas? Ich kann mich nicht erinnern, dass du früher jemals einen Gast mit dem Vornamen angeredet hast."

Andrea wusste, dass es keinen Zweck hatte, bei Tante Tabby um den Brei herumzureden. Man musste sie schon direkt fragen, wenn man eine klare Antwort erhoffte.

„Oh, das kommt darauf an, Andrea. Ja, das kommt wirklich darauf an."

Tante Tabby setzte sich wieder hinter ihren Schreibtisch und schaute unter die Zimmerdecke.

Andrea wusste, was das zu bedeuten hatte. Ihre Tante dachte angestrengt nach.

„Also, warte mal. Zunächst war da Mrs. Nollington. Sie wohnt jeden September in dem Eckzimmer. Ich nenne sie Frances und sie mich Tabitha. Sie ist eine so reizende Frau – eine Witwe aus North-Carolina."

„Lucas redet dich mit Tante Tabby an", warf Andrea ein, bevor ihre Tante sich weiter über Frances Nollington verbreiten konnte.

„Ja, Kindchen, das tun eine Menge Leute. Du auch."

„Ja, aber ..."

„Und Paul und Willy", fuhr Tante Tabby fort. „Und der kleine Junge, der immer die Eier bringt, und ... ach, verschiedene

Leute. Ja, wirklich, eine ganze Reihe. Hat dir das Abendessen geschmeckt?"

„Ja, sehr. Tante Tabby", Andrea wollte noch nicht aufgeben, „Lucas scheint sich hier wie zu Haus zu fühlen."

„Oh, das freut mich." Tante Tabby strahlte ihre Nichte an und ergriff ihre Hand. „Ich gebe mir immer große Mühe, es allen so gemütlich wie möglich zu machen. Jeder soll sich hier wohl fühlen. Es ist wirklich schade, dass ich sie dafür zahlen lassen muss, aber ..." Sie schaute auf die Rechnungen der Wäscherei.

Gib es auf, sagte Andrea zu sich. Sie küsste ihre Tante auf die Wange und ließ sie mit ihren Kopfkissenbezügen allein.

Es war bereits spät geworden, als Andrea die Dunkelkammer wieder aufgeräumt hatte. Diesmal ließ sie die Tür offen und das Licht an. Der Regen schlug gegen die Fensterscheiben. Von diesem Geräusch abgesehen, war sonst nichts zu hören.

Aber alte Häuser sind nie stumm, dachte Andrea. In ihnen knackt und flüstert es. Doch die ächzenden Fußbodendielen störten sie nicht. Sie war darin vertieft, Tabletts zu leeren und Flaschen zurechtzuschieben. Den zerstörten Film warf sie in den Mülleimer.

Ein bisschen tat ihr das weh, aber nun war nichts mehr zu ändern. Am nächsten Tag würde sie den Film mit den Aufnahmen entwickeln, die sie am Morgen gemacht hatte – vom See, der Morgensonne, von den Bäumen, die sich im See spiegelten. Das würde ihre Stimmung heben.

Andrea reckte sich. Sie legte die Hände in den Nacken und hob das Haar an. Jetzt war sie wohlig müde.

„Ich habe nicht vergessen, dass du das morgens immer tatest."

Andrea fuhr erschreckt herum und sah Lucas vor sich.

„Du hobst dein Haar hoch und ließest es wieder fallen. Es glitt über deinen Rücken. Jedes Mal hat es mich danach verlangt, dein Haar zu berühren."

Lucas' Stimme klang eigenartig. Andrea konnte ihn nur stumm ansehen.

„Oft habe ich mich gefragt, ob du das absichtlich tatest, um mich zu reizen."

Lucas sah Andrea forschend an.

„Aber das war natürlich nicht deine Absicht. Ich habe nie jemand kennen gelernt, der es so wie du verstand, einen Mann in völliger Unschuld zu reizen."

„Was suchst du hier?" fragte Andrea.

„Erinnerungen."

Sie drehte sich um, beschäftigte sich mit den Flaschen, schob sie aus der sorgfältig aufgebauten Reihe. „Mit Worten konntest du schon immer gut umgehen, Lucas." Jetzt, wo sie ihn nicht ansah, konnte sie sich kühler geben. Sorgfältig studierte sie eine Flasche mit Entwicklerflüssigkeit. „Das gehört nun einmal zu deinem Beruf."

„Zurzeit schreibe ich nicht."

Es war besser, ihn bewusst misszuverstehen. „Macht dein Buch dir noch immer Schwierigkeiten?"

Andrea drehte sich wieder um. Auf Lucas' Gesicht waren Spuren von Erschöpfung und Müdigkeit zu sehen. Mitleid und Liebe erwachten in Andrea. Sie bemühte sich, beides zu unterdrücken.

„Vielleicht hättest du mehr Erfolg, wenn du nachts gut schlafen könntest." Sie zeigte auf die Kaffeetasse, die Lucas in der Hand hielt. „Kaffee ist dabei nicht gerade förderlich."

„Vielleicht nicht." Er trank die Tasse leer. „Aber Kaffee ist besser als Whisky."

„Schlaf ist besser als beides." Andrea zuckte mit den Schultern. Lucas' Probleme gingen sie nichts an.

„Ich gehe jetzt nach oben." Andrea ging auf Lucas zu, aber er rührte sich nicht und versperrte ihr den Weg zur Tür.

Andrea blieb stehen. Sie waren allein. Im Erdgeschoss war niemand mehr außer Lucas, ihr und dem Geräusch des Regens.

„Lucas." Sie seufzte tief auf. Er sollte sie lediglich für ungeduldig halten und nichts davon merken, dass seine Nähe sie nervös machte. „Ich bin müde. Mach keinen Ärger."

Lucas sah sie eindringlich an, dann trat er zur Seite. Andrea schaltete das Licht aus und ging an Lucas vorbei.

Doch er packte sie am Arm und verhinderte ihren – wie sie gehofft hatte – leichten Abgang.

„Es wird eine Zeit kommen, Kätzchen", sagte er leise, „in der du nicht so leicht von mir fortkommst."

„Was soll das? Willst du mir mit deiner übertriebenen Männlichkeit drohen?" Andrea wurde zornig und vergaß die Vorsicht. „Gegen die bin ich inzwischen immun."

Er riss sie an sich. Sie spürte, dass er wütend war. „Jetzt habe ich aber genug davon!"

Er küsste sie mit unverhülltem Verlangen. Als sie sich zu wehren begann, drückte er sie gegen die Wand, hielt ihre Arme an den Seiten fest und vertiefte seinen Kuss.

Andrea merkte, wie sie unterging. Sie hasste ihre Schwäche, aber sie konnte nichts dagegen tun. Auch als ihr Widerstand erlahmte, wurde Lucas' Griff nicht lockerer.

Ihr Herz klopfte heftig, und sie spürte, dass es Lucas ebenso ging. Er war von starker Leidenschaft erfüllt. Sie konnte nichts gegen ihn unternehmen. Es war wie immer, sie konnte Lucas nicht entkommen. Es gab keinen Ort, wo sie sich vor ihm verstecken konnte. Vor Angst und Begehren begann sie zu zittern.

Ganz plötzlich löste sich Lucas von ihr. Seine dunklen Augen glänzten. Andrea sah ihr Spiegelbild in ihnen. Ich bin in ihm verloren, dachte sie. Das war ich immer.

Dann schüttelte Lucas sie. „Gib Acht, dass du es mit mir nicht zu weit treibst. Du solltest dich daran erinnern, dass ich keine Hemmungen kenne. Ich weiß, wie man mit Menschen umzugehen hat, die mit mir kämpfen wollen. Wenn du so weitermachst, wirst du eines Tages mir gehören, ob du willst oder nicht."

Er ließ sie los. Erschreckt und verwirrt lief Andrea davon, den Flur entlang und die Treppe hinauf.

6. KAPITEL

Als Andrea die Tür zu ihrem Zimmer erreichte, war sie außer Atem. Sie kämpfte gegen die Tränen an. Es sollte Lucas nicht erlaubt sein, so mit ihr umzugehen. Sie sollte es nicht zulassen. Weshalb war er wieder in ihr Leben eingedrungen? Sie hatte doch gerade angefangen, über ihn hinwegzukommen.

Lügnerin! Die Stimme in ihr war ganz deutlich. Du bist nie über ihn hinweggekommen, niemals!

Aber ich will es! Andrea ballte die Hände zu Fäusten, während sie vor ihrer Zimmertür stand und um Atem rang. Ich will ihn überwinden.

Sie hörte Lucas' Schritte auf der Treppe. Hastig öffnete sie die Tür. Sie wollte an diesem Abend nicht noch einmal mit ihm zusammentreffen. Am nächsten Tag würde es früh genug sein.

Irgendetwas war nicht in Ordnung. Andrea spürte es in dem Moment, als sie die Tür geöffnet hatte und das dunkle Zimmer betrat. Es roch stark nach Parfüm.

Andrea griff zum Lichtschalter. Als das Licht aufflammte, stieß sie einen entsetzten Schrei aus.

Der Schrank stand offen, alle Schubladen waren herausgerissen. Ihre Kleider, der Inhalt der Schubladen waren im Zimmer verstreut. Einiges war aufgeschnitten oder zerrissen, anderes lag einfach nur auf einem Haufen. Ihr Schmuck war aus der Kassette genommen und achtlos auf die Kleiderstücke geworfen worden. Jemand hatte Flaschen mit Kölnischwasser und Puderdosen geöffnet und den Inhalt über ihre Sachen verteilt. Alles, was ihr gehörte, war zerstört oder beschmutzt.

In ungläubigem Erschrecken erstarrt stand Andrea da und sah fassungslos vor sich hin. Dies konnte nicht ihr Zimmer sein. Aber die grüne Bluse mit dem halb herausgerissenen Ärmel war ein Weihnachtsgeschenk von Willy gewesen. Die Sandalen, die zerbrochen in der Ecke lagen, hatte sie im vergangenen Sommer in einem Geschäft in New York gekauft.

„Nein!" Sie schüttelte den Kopf, als könne das schreckliche Bild damit beseitigt werden. „Das ist nicht möglich!"

„Um Himmels willen!" Das war Lucas' Stimme. Andrea drehte sich zu ihm um. Er stand mit ungläubigem Erstaunen an der Tür.

„Ich verstehe das nicht", sagte Andrea verzweifelt. Mehr fiel ihr jetzt nicht ein. Sie machte eine hilflose Bewegung. „Warum?"

Lucas kam auf sie zu und wischte ihr eine Träne von der

Wange. „Ich weiß nicht, Kätzchen. Zuerst müssen wir herausfinden, wer das getan hat."

„Aber es ist so ... so verächtlich." Sie hob hier und da etwas von ihren Sachen auf, ließ es wieder fallen. Immer noch dachte sie, sie müsse träumen. „Niemand hier hat auch nur den geringsten Grund, mir so etwas anzutun. Wer das getan hat, muss mich sehr hassen. Doch keiner hier hat einen Grund, mich so zu hassen. Vorgestern Abend kannte mich überhaupt niemand."

„Außer mir."

„Dies ist nicht dein Stil." Andrea presste die Hände an die Schläfen. Sie versuchte zu verstehen. „Du würdest einen direkteren Weg finden, mir wehzutun."

„Danke."

Andrea merkte, dass Lucas finster in eine bestimmte Richtung blickte.

Als sie sich dorthin umwandte, sah sie es.

„Oh nein!" Sie stolperte über das Durcheinander ihrer Sachen, schob die Bettdecke zur Seite und ergriff mit zitternden Händen ihre Kamera. Das Objektiv war zerschlagen, ein Spinnennetz von Rissen lief über die Linse. Der hintere Teil hing lose herunter, der Film ringelte sich wie der Schwanz eines Papierdrachens heraus. Der Film war belichtet – ruiniert.

Mit einem verzweifelten Stöhnen hielt Andrea die Kamera in den Händen. Sie begann zu weinen.

Ihre Kleider und die anderen Sachen bedeuteten ihr wenig, aber diese Kamera war für sie mehr als nur ein Gerät. Sie war ebenso ein Teil von ihr wie ihre Hände. Mit diesem Apparat hatte sie die ersten professionellen Bilder geschossen. Seine Zerstörung war wie ein Akt der Vergewaltigung.

Andrea protestierte nicht, als Lucas sie jetzt in die Arme nahm und sie gegen die Brust drückte. Sie weinte bitterlich.

Lucas sagte nichts, er bot ihr keine tröstenden Worte. Aber seine Hände waren unerwartet zärtlich, seine Arme stark.

„Oh Lucas." Andrea löste sich verzweifelt von ihm. „Das ist so sinnlos."

„Irgendein Sinn ist auch hierin verborgen, Kätzchen. Es gibt immer einen Sinn."

Sie sah zu ihm auf. „Meinst du wirklich?" Andrea hielt die Kamera hoch. „Wenn mir jemand wehtun wollte, dann hat er das hiermit erreicht."

Sie umfasste die Kamera fest. Wut ergriff sie, verdrängte Verzweiflung und Tränen. Ihr ganzer Körper war von dieser Wut erfüllt. Sie würde hier nicht länger sitzen und weinen, sie würde etwas tun.

Andrea drückte Lucas die Kamera in die Hand und ging zur Tür.

„Moment mal." Er hielt sie fest, bevor sie das Zimmer verlassen konnte. „Wohin willst du?"

„Ich werde alle aus dem Bett holen. Und dann wird irgendjemand denken, er wäre mir besser nie begegnet."

Es fiel Lucas nicht leicht, Andrea zurückzuhalten. Schließlich schlang er die Arme um sie und zog sie an sich. „Ich sollte dir das zutrauen." Ein Unterton von überraschter Bewunderung war in seinen Worten zu hören, doch das besänftigte Andrea nicht.

„Warte es nur ab."

„Erst musst du dich beruhigen." Er lockerte seinen Griff ein wenig.

„Ich möchte ..."

„Ich weiß, was du möchtest, Kätzchen, und ich nehme dir das nicht übel. Aber bevor du losrennst, solltest du nachdenken."

„Worüber sollte ich nachdenken? Irgendjemand wird mir dafür bezahlen."

„Schön, das ist nur gerecht. Aber wer? „

Lucas' Logik ärgerte Andrea. Doch er erreichte es immerhin, dass ihr Zorn ein wenig nachließ. „Das weiß ich noch nicht." Sie atmete tief durch.

„So ist es schon besser." Lucas lächelte und küsste sie. „Auch wenn deine Augen immer noch Blitze aussenden. Du solltest die Krallen wieder einziehen, bis wir wissen, was hier vor sich geht. Komm mit, wir werden an einige Türen klopfen."

Julias Zimmer war gleich nebenan. Deshalb ging Andrea zuerst zu ihr. Sie hatte sich wieder in der Gewalt. Sie musste systematisch vorgehen. Doch wenn sie dann herausgefunden hatte, wer ihr das angetan hatte ...

Sie klopfte laut an Julias Tür. Nach dem zweiten Klopfen antwortete Julia mit verschlafener Stimme.

„Machen Sie auf, Julia", rief Andrea. „Ich muss mit Ihnen reden."

„Andrea, Darling." Julias Stimme erweckte in Andrea den Eindruck, als drücke sich die Schauspielerin wieder behaglich in die Kissen. „Selbst ich brauche den Schönheitsschlaf. Seien Sie ein liebes Mädchen und gehen Sie wieder."

„Aufstehen, Julia!" Andrea sprach mit lauter Stimme. „Sofort!"

„Du meine Güte, was sind wir grantig. Dabei bin ich es doch, die aus dem Bett geholt wird."

Julia öffnete die Tür. Sie trug ein weißes Spitzennegligé. Das Haar umgab ihr Gesicht wie ein Lichtkranz, die Augen waren dunkel vom Schlaf.

„So, nun bin ich aufgestanden." Julia schenkte Lucas ein sinnliches Lächeln und strich sich das Haar glatt. „Gibt es eine Party?"

„Jemand hat mein Zimmer verwüstet", erklärte Andrea ohne Umschweife. Sofort wandte Julia ihre Aufmerksamkeit von Lucas ab und ihr zu.

„Wie?" Julia schien nicht sofort zu verstehen. Sie runzelte die Stirn, als müsse sie sich konzentrieren. Eine Schauspielerin, sagte sich Andrea. Sie ist eine Schauspielerin, vergiss das nicht.

„Meine Kleider wurden zerrissen und im ganzen Zimmer verstreut. Meine Kamera ist beschädigt." Bei dem Gedanken daran musste Andrea schlucken. Das war am schwersten zu ertragen.

„Das ist doch verrückt." Julia lehnte nicht länger in verführerischer Pose am Türrahmen. Sie hatte sich aufgerichtet. „Lassen Sie mich sehen."

Sie eilte über den Flur. An der Tür zu Andreas Zimmer blieb sie stehen. Als sie sich dann zu Andrea umdrehte, waren ihre Augen groß vor Schreck. „Andrea, wie entsetzlich!" Sie legte einen Arm um Andreas Taille. „Das ist ja unglaublich. Es tut mir schrecklich Leid."

Aufrichtigkeit, Schock, Mitleid – alles war da. Andrea wünschte sich sehr, sie könne Julia vertrauen.

„Wer könnte das getan haben?" fragte Julia Lucas. Sie war zornig geworden. Jetzt war sie wieder die zähe Frau, als die sie Andrea am Nachmittag für einen Moment erschienen war.

„Wir haben vor, das herauszufinden. Wir wecken jetzt die anderen."

Irgendetwas spielte sich zwischen Lucas und Julia ab. Andrea sah das, aber es ging sehr schnell wieder vorbei.

„Gut", sagte Julia. „Dann mal los." Sie schob sich das Haar ungeduldig hinter die Ohren. „Ich wecke die Spicers, Sie gehen zu Jacques und Steve, und Sie, Andrea, wecken Helen auf."

Ihre Worte enthielten so viel Autorität, dass Andrea sich ohne Widerspruch umdrehte und den Flur entlang zu Helens Zimmer lief. Sie hörte hinter sich Klopfen, Antworten, Geräusche.

Als Andrea vor Helens Tür stand, schlug sie dagegen. Die Sache machte Fortschritte. Lucas hatte Recht. Bevor sie jemand hängten, musste eine Gerichtsverhandlung stattfinden.

Auf ihr Klopfen reagierte niemand. Ärgerlich versuchte Andrea es noch einmal. In ihrer jetzigen Stimmung ertrug sie es nicht, dass Helen sie nicht beachtete. Hinter ihr auf dem Flur wurde es lebhaft. Die anderen waren aus ihren Zimmern gekommen und hatten gesehen, was bei Andrea angerichtet worden war.

„Helen!" Andrea klopfte heftig und mit wachsender Ungeduld. „Kommen Sie heraus!" Dann stieß sie die Tür auf. Es würde ihr Genugtuung bereiten, wenigstens einen Menschen aus dem Bett zu zerren. Rücksichtslos schaltete sie das Licht an. „Helen, ich ..."

Helen lag nicht im Bett. Andrea starrte sie schockiert an. Sie lag auf dem Fußboden, aber sie schlief nicht. Für sie war es mit dem Schlafen für immer vorbei. War das Blut? Wie betäubt schaute Andrea hinunter, machte einen Schritt vorwärts, bis ihr klar wurde, was sie da sah.

Zitternd wich sie zurück. Das war der reinste Albtraum! In ihrem Zimmer hatte dieser Albtraum angefangen. Nichts davon war wirklich.

Lucas' Ausspruch ging ihr durch den Kopf: Mord! Andrea schüttelte den Kopf. Sie stieß mit dem Rücken gegen die Wand. Was sie hier erlebte, war nur ein Traum, ein böses Spiel.

Sie hörte eine schreckerfüllte Stimme, die nach Lucas rief, und war sich nicht bewusst, dass es ihre eigene war. Dann kam endlich jemand und hielt ihr die Augen zu.

„Bringt sie hier heraus."

Benommen ließ Andrea sich hinausführen.

„Wie schrecklich!" Das war Steves Stimme. Als Andrea den Mut fand, zu ihm aufzublicken, sah sie, dass er leichenblass war. Er hielt sie fest. Andrea lehnte den Kopf an seine Brust. Wann würde sie endlich aufwachen?

Rings um sie herrschte aufgeregte Verwirrung. Stimmen voller Schrecken waren zu hören, Julias rauchige Stimme, Janes, dann Jacques', halb Englisch, halb Französisch.

Schließlich erklang Lucas' Stimme – ruhig, kühl, überlegen.

„Sie ist tot – erstochen. Da die Telefonverbindung unterbrochen ist, fahre ich ins Dorf und hole die Polizei."

„Ermordet? Sie wurde ermordet? Wie entsetzlich!" Andrea sah, dass Jane von ihrem Mann in die Arme genommen und getröstet wurde.

„Ich finde, aus Gründen der Vorsicht sollte niemand den Gasthof allein verlassen, Lucas." Robert hielt seine Frau fest umarmt. „Wir müssen mit allen Möglichkeiten rechnen."

„Ich gehe mit ihm." Steves Stimme klang angestrengt, mitgenommen. „Ich kann frische Luft gebrauchen."

Lucas nickte. Ohne den Blick von Andrea zu wenden, sagte

er zu Robert: „Haben Sie etwas, um sie zu beruhigen? Sie kann den Rest der Nacht bei Julia verbringen."

„Ich brauche nichts, Lucas, wirklich nicht." Andrea löste sich von Steve. „Mir geht es gut. Ich will nichts."

Dies war kein Traum, es war die Wirklichkeit. Sie musste sich damit abfinden. „Um mich brauchst du dir keine Sorgen zu machen, nicht um mich. Mit mir ist alles in Ordnung." Andrea spürte, dass sie am Rand der Hysterie war, und sie kämpfte dagegen an.

„Kommen Sie mit mir, Darling." Julia nahm Andrea am Arm. „Wir gehen nach unten und setzen uns eine Weile dorthin, bis Sie sich beruhigt haben."

„Ich möchte ..."

„Ich werde mich um sie kümmern!" Julia verhinderte Lucas' Protest. „Ihr anderen tut, was jetzt zu tun ist." Bevor Lucas widersprechen konnte, führte Julia Andrea bereits die Treppe hinunter.

„Setzen Sie sich." Julia schob Andrea zum Sofa. „Sie könnten einen Schluck gebrauchen."

Andrea setzte sich und sah zu Julia auf, deren Gesicht über ihr war.

„Sie sind blass", sagte sie.

Julia drückte ihr ein Glas Weinbrand in die Hand. „Das überrascht mich nicht. Und nun trinken Sie." Julia hockte sich auf den Tisch vor dem Sofa und sah Andrea zu.

Andrea trank gehorsam. Der Weinbrand brannte ihr in der Kehle, die Welt kam für sie wieder ins Lot.

„Ist es jetzt besser?" fragte Julia und nahm Andrea das leere Glas ab.

„Ja – ich glaube." Andrea holte tief Luft. „Das ist wirklich geschehen, nicht wahr? Sie liegt tatsächlich da oben und ist tot."

„Ja, es ist geschehen." Julia trank ebenfalls einen Weinbrand. Ihre blassen Wangen nahmen allmählich wieder Farbe an. „Die Hexe hat es schließlich mit irgendjemand zu weit getrieben."

Andrea war überrascht, in welch hartem Ton Julia reden konnte.

Julia stellte mit ruhiger Hand ihr Glas ab. „Hören Sie, Andrea. Sie sind eine starke Persönlichkeit. Sie haben einen Schock erlitten, einen ziemlich starken sogar. Aber Sie werden es überstehen."

„Ja." Andrea wollte das gern glauben. „Ja, ich werde es überstehen!"

„Dies ist eine schlimme Situation, und Sie müssen sich damit abfinden." Julia schwieg einen Moment, dann beugte sie sich vor. „Einer von uns hat sie getötet."

Andrea hatte das bereits geahnt, es sich aber bisher nicht bewusst gemacht. Nun, da Julia das ganz nüchtern und einfach ausgesprochen hatte, gab es kein Entkommen vor der Wahrheit mehr. Andrea nickte.

„Sie hat bekommen, was sie verdiente."

„Aber Julia!" Jacques kam herein. Er musste Julias Worte gehört haben. Sein Gesicht drückte Schrecken und Missbilligung aus.

„Oh, Jacques, gut, dass du kommst. Gib mir eine von deinen schrecklichen französischen Zigaretten. Biete Andrea auch eine an, sie könnte sie gebrauchen."

„Julia." Er gehorchte ihr ganz automatisch. „Du darfst jetzt nicht so reden."

„Ich bin keine Heuchlerin." Julia zog tief an der Zigarette, schüttelte sich, zog noch einmal. „Ich habe sie verabscheut. Die Polizei wird sehr schnell herausfinden, weshalb wir alle sie verachtet haben."

„Um Himmels willen! Wie kannst du nur so über sie sprechen?" Jacques wurde zornig. So hätte Andrea ihn sich nie vorstellen können. „Die Frau ist tot, ermordet. Du hast nicht gesehen, wie grausam das war. Ich wollte, der Anblick wäre auch mir erspart geblieben."

Andrea hatte ebenfalls eine Zigarette angenommen und zog den Rauch ein. Sie versuchte, das Bild zu verdrängen, das vor ihr inneres Auge trat. Sie verschluckte sich und hustete.

„Andrea, verzeihen Sie mir." Jacques, dessen Zorn verging, setzte sich neben sie und legte ihr einen Arm um die Schulter. „Ich hätte Sie nicht daran erinnern sollen."

„Nein." Andrea schüttelte den Kopf. Sie drückte die Zigarette aus, die ja doch nicht helfen konnte. „Julia hat Recht. Man muss den Tatsachen ins Auge sehen."

Robert kam herein. Sein sonst so federnder Schritt war müde und schleppend. „Ich habe Jane ein Beruhigungsmittel gegeben." Auch er schenkte sich einen Weinbrand ein. „Das wird eine lange Nacht."

Alle schwiegen. Der Regen draußen hatte nachgelassen. Jacques ging im Zimmer auf und ab und rauchte ständig, während Robert das Feuer im Kamin wieder entzündete. Die helle flackernde Flamme brachte noch keine Wärme.

Andrea fröstelte. Um gegen die Kälte anzugehen, schenkte sie sich ein zweites Glas Weinbrand ein, trank es dann aber doch nicht.

Julia blieb sitzen. Sie rauchte mit langen, langsamen Zügen. Das einzige äußere Zeichen ihrer Erregung war das ständige

Klopfen ihres Fingernagels auf der Armlehne des Sessels. Das Klopfen, das Knacken der brennenden Scheite, der leise Regen vor dem Fenster – die Geräusche reichten nicht aus, das bedrückende Schweigen zu erleichtern.

Als die Haustür geöffnet wurde, drehten sich alle um. Die Spannung wuchs. Andrea wartete darauf, Lucas zu sehen. Alles würde wieder gut sein, wenn er bei ihr war.

„Wir konnten nicht über die Furt kommen", verkündete Lucas, als er das Zimmer betrat. Er zog seine durchnässte Jacke aus und griff zur Weinbrandflasche.

„Wie schlimm ist es?" Robert sah von Lucas zu Steve und wieder zu Lucas. Es war bereits klar, wer hier die Führung übernommen hatte.

„Schlimm genug, um uns noch ein oder zwei Tage hier festzuhalten", unterrichtete Lucas ihn. Er trank einen kräftigen Schluck Weinbrand, und sah dann aus dem Fenster. Draußen war nichts zu erkennen. „Aber nur, wenn der Regen nachlässt."

Lucas drehte sich um. Seine und Andreas Blicke trafen sich. Wieder erweckte Lucas in ihr den Eindruck, als nehme er außer ihr niemand im Raum wahr.

„Das Telefon", rief Andrea aus dem Drang heraus, irgendetwas zu sagen. „Die Verbindung könnte morgen wieder hergestellt sein."

„Darauf würde ich mich nicht verlassen." Lucas wischte sich das Wasser aus dem Gesicht, das aus seinem Haar heruntertropfte. „Im Autoradio habe ich gehört, dass dieser Regen zu den Ausläufern eines Tornados gehört. Überall in diesem Teil des Landes ist der Strom ausgefallen. Wir können nichts tun als abzuwarten."

„Das kann noch Tage dauern." Steve setzte sich neben Andrea. Sein Gesicht wirkte grau. Sie schob ihm ihr volles Weinbrandglas zu.

„Eine reizende Aussicht." Julia stand auf, ging zu Lucas und blieb vor ihm stehen. Sie nahm ihm die Zigarette aus der Hand, die er sich angesteckt hatte, und zog daran. „Was machen wir nun?"

„Zuerst verschließen und versiegeln wir Helens Zimmer. Dann versuchen wir, Schlaf zu bekommen."

7. KAPITEL

Irgendwann nach Beginn der Morgendämmerung schlief Andrea ein. Sie hatte die Nacht damit verbracht, mit weit geöffneten Augen auf dem Bett zu liegen und Julias gleichmäßigem Atem neben sich zu lauschen. Sie hatte Julia um die Fähigkeit beneidet, schlafen zu können. Trotzdem hatte sie ihre eigene Müdigkeit bekämpft. Sie hatte Angst, die Augen zu schließen. Dann hätte sie wahrscheinlich gesehen, was sie in Helens Zimmer erblickt hatte. Als ihr dann schließlich doch die Augen zugefallen waren, hatte sie tief und traumlos geschlafen. Sie war völlig erschöpft gewesen.

Vielleicht war es die Stille um sie, die sie weckte. Plötzlich war sie jedenfalls wach. Sie setzte sich im Bett auf und sah sich verwirrt um.

Julias Unordnung begrüßte sie. Seidenschals und Goldketten lagen hier und dort. Der Schreibtisch war mit eleganten Flaschen vollgestellt. Auf dem Fußboden lagen zierliche italienische Sandalen mit unglaublich hohen Absätzen herum.

Die Erinnerung kehrte zurück.

Andrea stand langsam auf. In Julias Nachthemd aus schwarzer Seide kam sie sich ein wenig lächerlich vor. Andrea betrachtete sich kritisch im Spiegel. Das Nachthemd stand und passte ihr nicht. Nur gut, dass Julia schon aufgestanden war und das Zimmer verlassen hatte.

Andrea wollte nichts von den Sachen anziehen, die die Verwüstungen der vergangenen Nacht überstanden hatten. So begnügte sie sich mit Bluse und Jeans vom Vortag.

Sie fand eine Notiz, die offensichtlich Julia geschrieben hatte.

„Darling", nehmen Sie von meiner Unterwäsche und suchen Sie sich eine Bluse oder einen Pullover aus. Meine Hosen werden Ihnen wohl nicht passen, fürchte ich. Sie sind viel schlanker als ich. Einen BH tragen Sie ja nicht, und auf jeden Fall könnten Sie einen von meinen nicht ausfüllen. J."

Andrea musste lachen, wie Julia das beabsichtigt hatte. Es war so schön, ganz normal lachen zu können. Julia hat genau gewusst, wie ich mich fühlen würde, sagte sich Andrea. Sie war der Schauspielerin dankbar. Genüsslich duschte sie heiß.

Nachdem sie wieder in Julias Schlafzimmer war, wählte sie ein spinnenwebfeines Höschen aus. Ein ganzer Stapel von ihnen in unterschiedlichen Farben lag in der Schublade. Sie waren bestimmt so teuer gewesen wie ein Weitwinkelobjektiv. Im Schrank fand sie einen Pullover, der ihr einigermaßen passte.

Als Andrea das Zimmer verlassen hatte und nach unten ging, vermied sie es, zu Helens Tür zu schauen.

„Andrea! Ich hatte gehofft, dass Sie nicht mehr schlafen."

Sie blieb am Fuß der Treppe stehen und wartete, bis Steve zu ihr gekommen war. Er wirkte müde und grau. Für einen Moment zeigte sich sein jungenhaftes Lächeln um die Lippen, aber seine Augen blieben ernst.

„Sie sehen nicht so aus, als hätten Sie viel Schlaf bekommen, Andrea."

„Ich glaube, so ist es uns wohl allen gegangen."

Steve legte den Arm um ihre Schultern. „Wenigstens hat der Regen nachgelassen."

„Oh." Das wurde Andrea erst jetzt bewusst. Sie lächelte schwach. „Ich wusste doch, dass irgendetwas anders geworden war. Die Stille hat mich geweckt. Wo ist ..." Sie zögerte, Lucas' Namen auszusprechen. „Wo sind die anderen?"

„Im Aufenthaltsraum. Aber kommen Sie erst mit mir zum Frühstück, ja?" Steve zog Andrea mit sich. „Ich habe auch noch nichts gegessen, und Sie können es sich nicht leisten abzunehmen."

„Wie charmant von Ihnen, mich daran zu erinnern." Andrea verzog das Gesicht. Wenn Steve es versuchen konnte, sich normal zu verhalten, dann konnte sie das auch. „Aber lassen Sie uns in der Küche essen."

Tante Tabby war wie gewöhnlich in der Küche. Sie erteilte Nancy Weisungen. Als Steve mit Andrea in die Küche kam, schloss Tante Tabby ihre Nichte in die nach Lavendel duftenden Arme.

„Oh, Andrea, was für eine schreckliche Tragödie. Ich weiß überhaupt nicht, was ich davon halten soll."

Andrea drückte Tante Tabby an sich. Hier hatte sie etwas Solides, an dem sie sich festhalten konnte.

„Lucas hat mir gesagt, dass irgendjemand das arme Ding getötet hat. Aber das kann doch gar nicht sein, nicht wahr?" Tante Tabby schob Andrea ein wenig von sich und sah sie forschend an. „Du hast nicht gut geschlafen, Kind. Doch das ist verständlich. Setz dich und frühstücke, das ist jetzt für dich das Beste."

Tante Tabby verstand mitunter sehr gut, was gerade Not tat. Sie bewegte sich in der Küche und redete leise mit Nancy, während Andrea und Steve sich an den Tisch setzten.

In der Küche roch es ganz normal, die Geräusche waren normal und einfach. Kaffee duftete, Eier und Schinken wurden gebraten. Tante Tabby hatte Recht, frühstücken war jetzt genau richtig. Das Essen und die gewohnte Routine würden wieder etwas Ordnung in die Welt bringen. Und damit würde es auch leichter fallen, wieder klar zu denken.

Steve saß Andrea gegenüber. Er trank Kaffee, während Andrea lustlos mit ihrer Gabel die Eier auf ihrem Teller hin und her schob. Sie hatte jetzt nicht ihren normalen Appetit. Stattdessen begann sie ein Gespräch.

Die Fragen, die sie Steve über sein Leben stellte, waren nicht besonders geistreich. Aber Steve ging auf sie ein und beantwortete sie bereitwillig. Während Andrea ohne großes Interesse an einem Stück Toast kaute, wurde ihr bewusst, dass Steve und sie sich gegenseitig unterstützten.

Andrea erfuhr, dass Steve weit gereist war. Er war an den verschiedensten Orten eingesetzt worden, um Probleme im Firmenreich seines Vaters zu lösen. Reichtum war für ihn selbstverständlich, er war an ihn gewöhnt. Für die Firmen seines Vaters war er mit großem Einsatz und umfassendem Wissen tätig. Von seinem Vater sprach er mit Respekt und Bewunderung.

„Er ist für mich das Symbol von Erfolg und Einfallsreichtum", sagte Steve und schob seinen immer noch halb vollen Teller von sich. „Er hat sich auf der sprichwörtlichen Leiter von

Stufe zu Stufe emporgearbeitet. Er ist zäh und hat sein Geld ehrlich verdient."

„Was hält er davon, dass Sie in die Politik gehen wollen?"

„Das findet er gut." Steve schaute auf Andreas Teller und warf ihr einen viel sagenden Blick zu. Sie lächelte nur und schüttelte den Kopf.

„Mein Vater hat mich immer ermutigt, das zu tun, was ich für richtig halte. Hauptsache sei, dass ich gut darin sei. Da ich das bin und das auch bleiben will, sind wir beide zufrieden und kommen gut miteinander aus. Mit dem Papierkram komme ich gut zurecht. Ich kann organisieren und ein System aus sich heraus verbessern."

„Das kann nicht so leicht sein, wie es klingt."

„Nein, aber ..." Steve schüttelte den Kopf. „Bringen Sie mich ja nicht dazu, erst richtig loszulegen. Dann halte ich Ihnen eine Rede." Er trank seine Kaffeetasse leer. „Reden werde ich noch genug von mir geben, wenn ich nach Kalifornien zurückgegangen bin und meine Wahlkampagne offiziell beginnt."

„Mir fällt gerade auf, dass Sie, Lucas, Julia und Jacques alle aus Kalifornien kommen." Andrea schob sich das Haar aus der Stirn und dachte einen Moment über dieses seltsame Zusammentreffen nach. „Es ist eigenartig, dass so viele Menschen aus jener Gegend sich gerade hier versammeln."

„Die Spicers kommen auch von dort", ergänzte Tante Tabby, die gerade damit beschäftigt war, Pasteten in den Backofen zu schieben. „Ja, ich bin ziemlich sicher, dass Dr. Spicer mir erzählt hat, sie seien aus Kalifornien. Dort ist es warm und sonnig. Nun ja." Sie klopfte auf den Herd, als wolle sie ihn ermutigen, richtig auf ihre Pasteten einzuwirken. „Ich muss jetzt nach den Zimmern sehen. Du schläfst in dem Zimmer neben Lucas, Andrea.

Es ist wirklich schrecklich, was mit deinen Kleidern geschehen ist. Ich werde sie für dich reinigen lassen."

„Ich helfe dir, Tante Tabby." Andrea stand auf.

„Oh nein, meine Liebe, das macht die Reinigung."

Das Lächeln fiel Andrea nicht so schwer, wie sie gedacht hatte. „Ich meinte, mit den Zimmern."

„Oh ..." Tante Tabby schaute ihre Nichte einen Moment an. „Das ist wirklich nett von dir, Andrea. Aber ..." Sie schien ein wenig bekümmert, „... ich habe mein eigenes System, musst du wissen. Du würdest mich nur verwirren. Es hängt alles mit den Nummern zusammen."

Tante Tabby überließ es Andrea, in dieser Offenbarung einen Sinn zu finden. Sie tätschelte ihrer Nichte die Wange und ging hinaus.

Offenbar blieb jetzt nichts anderes übrig, als sich zu den Gästen im Aufenthaltsraum zu gesellen.

Obwohl der Regen jetzt nicht viel mehr als ein Nieseln war, fühlte sich Andrea wie im Gefängnis. Sie stand am Fenster und wünschte sich sehnsüchtig die Sonne herbei.

Die Unterhaltung kam nicht recht in Gang. Wenn jemand etwas sagte, dann ging es immer irgendwie um Helen Easterman. Vielleicht wäre es besser gewesen, wenn jeder sich in sein Zimmer zurückgezogen hätte.

Doch alle schien es zu drängen, die Gesellschaft der anderen zu suchen.

Julia und Lucas saßen nebeneinander auf dem Sofa. Ab und an wechselten sie ein paar Worte miteinander. Andrea merkte, dass Lucas sie immer wieder ansah – für ihren Geschmack zu oft. Ihre Widerstandskraft ihm gegenüber war jetzt nicht sehr groß. So richtete sie es ein, dass sie ihm meistens den Rücken zukehrte.

„Ich finde, es ist an der Zeit, dass wir ganz offen über die Sache reden", verkündete Julia plötzlich.

„Aber Julia." Jacques sah sie entgeistert an.

„So können wir nicht weitermachen, oder wir werden alle verrückt. Steve tritt den Teppich durch, wenn er noch länger hin und her läuft. Robert hat schon so viel Holz hereingeschleppt, dass bald kein Platz mehr dafür ist. Und wenn du noch eine Zigarette rauchst, Jacques, dann kippst du um."

Im Widerspruch zu ihren Worten steckte sich Julia nun selbst eine Zigarette an. „Falls wir nicht so tun wollen, als habe Helen sich selbst erstochen, müssen wir uns mit der Tatsache abfinden, dass einer von uns sie getötet hat."

Schweigen trat ein, bis Lucas mit ruhiger, sachlicher Stimme sagte: „Ich glaube, Selbstmord können wir ausschließen." Er beobachtete, wie Andrea die Stirn gegen die Fensterscheibe presste. „Zum Glück hatten wir alle die Gelegenheit, die Tat auszuführen. Wenn wir Andrea und ihre Tante auslassen, kommen sechs von uns als Täter in Betracht."

Andrea drehte sich um und stellte fest, dass alle Anwesenden sie ansahen. „Wieso soll ich ausgelassen werden?" Sie fröstelte und legte die Arme um sich. „Du hast doch gerade gesagt, dass wir alle die Gelegenheit zur Tat hatten."

„Ja, aber bei dir fehlt das Motiv, Kätzchen. Du bist die Einzige hier ohne Motiv."

„Ein Motiv?" Das Gespräch entwickelte sich wie eine Szene in einem von Lucas' Drehbüchern. Es war besser, sich an die Wirklichkeit zu halten. „Welches Motiv könnten wir denn haben?"

„Erpressung." Lucas zündete sich eine Zigarette an, während Andrea ihn verblüfft ansah. „Helen war ein berufsmäßiger Blutsauger. Sie glaubte, jeder von uns sechsen sei eine Art Goldmine. Aber sie hat sich verrechnet."

„Erpressung." Andrea sah Lucas ungläubig an. „Das hast du dir jetzt doch nur ausgedacht. Du erfindest einen Roman."

Er erwiderte ihren Blick. „Nein."

„Woher wissen Sie so viel?" fragte Steve. „Falls sie Sie erpresst hat, bedeutet das nicht notwendigerweise, dass sie es mit uns auch getan hat."

„Sie sind wirklich sehr scharfsinnig, Lucas", warf Julia ein und legte ihm die Hand auf den Arm. „Ich hatte keine Ahnung, dass sie noch andere als uns drei in den Fingern hatte." Sie drehte sich mit einem gleichmütigen Schulterzucken zu Jacques um. „Es scheint, als seien wir in guter Gesellschaft."

Andrea gab einen leisen Laut der Verwirrung von sich. Julia wandte ihr ihre Aufmerksamkeit zu. Ihr Gesicht wirkte gleichzeitig belustigt und mitleidig.

„Schauen Sie nicht so entsetzt drein, Darling. Die meisten von uns haben Geheimnisse, die sie nicht gern in der Öffentlichkeit preisgeben. Ich hätte Helen viel Geld gegeben, wenn sie mich mit etwas Interessantem bedroht hätte."

Julia lehnte sich zurück und verzog das Gesicht zu einem gekonnten Schmollen. „Ein Verhältnis mit einem verheirateten Senator ..." Sie warf Andrea einen Blick zu. „Ich glaube, ich erwähnte ihn schon einmal. Der Gedanke, das könne offenkundig werden, hat mich nicht sehr erschüttert. So peinlich achte ich nicht auf meinen guten Ruf. Ich sagte Helen, sie könne sich zum Teufel scheren. Natürlich ..." Sie lächelte, „...gibt es dafür nur mein Wort."

„Julia, mach jetzt keine Witze." Jacques rieb sich die Augen.

„Es tut mir Leid." Julia stand auf, hockte sich auf die Lehne seines Sessels und legte die Hand auf seine Schulter.

„Das ist doch verrückt." Andrea konnte nicht verstehen, was sich hier abspielte. Sie betrachtete die Anwesenden. Sie waren wieder Fremde für sie, mit eigenen Geheimnissen. „Was tun Sie alle hier? Warum sind Sie hierher gekommen?"

„Das ist ganz einfach." Lucas ging zu Andrea. „Ich hatte von mir aus geplant, hierher zu kommen. Helen fand das heraus. Sie war sehr gut darin, etwas herauszufinden – zu gut. So erfuhr sie auch, dass Julia und Jacques mir hier Gesellschaft leisten wollten." Er drehte sich halb zu den anderen um. „Die Übrigen muss sie angesprochen und aufgefordert haben, ebenfalls hierher zu kommen. Dann hatte sie alle ihre Wohltäter zusammen."

„Sie scheinen ja eine Menge zu wissen." Robert schürte – völlig überflüssig – das Feuer.

„Es war nicht schwer, einiges zu erfahren", erwiderte Lucas. „Ich wusste, dass sie drei von uns mit hässlichen kleinen Drohungen bedachte. Wir haben darüber gesprochen. Als ich ihr Interesse an Andersen und an Ihnen, Dr. Spicer, und Ihrer Frau bemerkte, wusste ich, dass sie auch gegen Sie etwas in der Hand hatte."

Jane begann zu schluchzen. Das Schluchzen erschütterte ihren ganzen Körper. Instinktiv wollte Andrea zu ihr gehen und sie trösten. Doch auf halbem Weg hielt Jane sie mit einem Blick zurück, der wie ein Fausthieb wirkte.

„Sie hätten es ebenso leicht tun können wie jeder von uns. Sie haben uns alle ausspioniert. Überall hatten Sie Ihre Kamera dabei." Janes Stimme wurde dramatisch laut, während Andrea erstarrte. „Sie haben für sie gearbeitet, Sie hätten es tun können.

Sie können das Gegenteil nicht beweisen. Ich war mit Robert zusammen."

Jane wirkte jetzt überhaupt nicht mehr einfältig oder langweilig. Ihre Augen brannten wild. „Ich war bei Robert. Er wird Ihnen das bestätigen."

Robert nahm sie in die Arme. Er sprach beruhigend auf sie ein, während sie sich gegen seine Brust lehnte und weinte.

Andrea rührte sich nicht. Für sie schien es keinen Ausweg zu geben, sie würde Jane zuhören müssen.

„Sie wollte dir sagen, dass ich wieder zu spielen angefangen, dass ich mein ganzes Geld verloren habe." Jane klammerte sich an Robert fest. In ihrem fahlbraunen Kleid bot sie einen traurigen Anblick. Robert streichelte beruhigend ihr Haar. „Aber gestern Abend habe ich es dir gestanden, ganz aus freien Stücken. Ich habe sie nicht getötet, Robert. Sag ihnen, dass ich sie nicht getötet habe."

„Natürlich hast du das nicht getan, Jane. Jeder weiß das. Komm jetzt mit mir, du bist müde. Wir gehen nach oben."

Während er beruhigend auf seine Frau einredete, führte Robert sie zur Tür. Dabei sah er Andrea an. Sein Blick schien um Verständnis zu bitten. Andrea erkannte in diesem Moment, dass Robert seine Frau sehr liebte. Sie empfand Mitleid für Jane und Robert. Das leise Zittern ihrer Hand zeigte ihr, dass sie einen weiteren Schock erlitten hatte. Als Steve seinen Arm um sie legte, lehnte sie sich an ihn. Sie genoss den Trost, den er ihr bot.

„Ich glaube, wir könnten jetzt alle etwas zu trinken gebrauchen", schlug Julia vor. Sie ging zur Bar, schenkte ein Glas mit Sherry voll und brachte es Andrea.

„Sie zuerst", sagte sie und drückte Andrea das Glas in die

Hand. „Sie scheinen hier ganz besonders schlimm betroffen zu sein. Das ist nicht fair, nicht wahr, Lucas?"

Julia sah Lucas an. Ihre Blicke trafen sich für einen Moment. Lucas erwiderte nichts.

Julia wandte sich wieder der Bar zu. „Sie ist hier wahrscheinlich die Einzige, die wenigstens eine Spur von Trauer wegen Helens Tod empfindet."

Andrea trank von dem Sherry. Vielleicht milderte er das bedrückende Gefühl ein wenig, das sie erfüllte.

„Sie war ein Aasgeier", sagte Jacques leise. Andrea merkte, wie er und Julia einen Blick austauschten. „Aber selbst ein Geier verdient es nicht, ermordet zu werden." Er lehnte sich zurück und nahm das Glas entgegen, das Julia ihm reichte. Als sie sich wieder auf die Armlehne seines Sessels setzte, ergriff er ihre Hand.

„Vielleicht habe ich das stärkste Motiv." Jacques trank einen Schluck Sherry. „Wenn die Polizei erscheint, wird alles ans Tageslicht kommen und untersucht werden. Wir sind dann wie Insekten unter dem Mikroskop."

Er schaute Andrea an, als seien seine Erklärungen besonders für sie bestimmt. „Sie hat das Glück der Menschen bedroht, die mir am meisten bedeuteten – der Frau, die ich liebe, und meiner Kinder."

Bei diesen Worten musste Andrea unwillkürlich zu Julia blicken.

„Was sie über meine Beziehungen zu dieser Frau wusste, hätte den Erfolg meiner Klage, das Sorgerecht für die Kinder zu bekommen, beeinträchtigen können. Das Glück meiner Liebe bedeutete Helen nichts. Sie wollte daraus etwas Hässliches und Gemeines machen."

Andrea hielt ihr Glas zwischen beiden Händen. Sie wollte Jacques sagen, er solle aufhören zu reden. Sie wollte nichts mehr hören, nicht in seine Angelegenheiten verwickelt werden. Aber es war bereits zu spät.

„Ich war sehr zornig, als sie hier mit dem glatten Lächeln und dem bösen Blick eintraf." Jacques sah in sein Glas. „Viele Male habe ich mir gewünscht, ihr die Hände um den Hals zu legen. Ich wollte ihr ins Gesicht schlagen – wie es ein anderer getan hat."

„Ja, ich würde wirklich gern wissen, wer das war." Julia biss sich nachdenklich auf die Unterlippe. „Wer auch immer das getan hat, er muss sehr wütend gewesen sein – vielleicht wütend genug, um sie zu töten." Julia musterte Steve, Andrea und Lucas.

„Sie waren an jenem Morgen im Gasthof", stellte Andrea fest.

„Ja, das stimmt." Julia lächelte Andrea an. „Oder wenigstens habe ich das behauptet. Allein im Bett zu liegen ist wohl kaum ein wasserdichtes Alibi. Nein ..." Sie lehnte sich zurück. „Ich glaube, die Polizei wird wissen wollen, wer Helen geschlagen hat. Sie sind mit ihr zusammen hierher gekommen, Andrea. Haben Sie jemanden gesehen?"

„Nein." Andrea blickte instinktiv zu Lucas. Er schaute sie an. Sein Gesicht zeigte den Ausdruck von Ärger und Ungeduld. Andrea verstand die Zeichen nur zu gut. Sie senkte den Blick. „Nein, ich ..." Wie könnte sie es sagen? Wie konnte sie es auch nur denken?

„Andrea hat jetzt für eine Weile genug gehabt." Steve hatte immer noch den Arm beschützend um sie gelegt. „Unsere Probleme gehen sie nichts an. Sie verdient es nicht, im Mittelpunkt zu stehen."

„Das arme Kind." Jacques musterte ihr blasses, angestrengt wirkendes Gesicht. „Sie sind hier in ein Schlangennest geraten, nicht wahr? Gehen Sie schlafen, vergessen Sie uns eine Weile."

„Kommen Sie, Andrea. Ich bringe Sie nach oben." Steve nahm ihr das Glas aus der Hand und stellte es auf den Tisch. Nach einem letzten Blick zu Lucas ging Andrea mit ihm.

Andrea und Steve schwiegen, während sie die Treppe hinaufgingen. Andrea war immer noch damit beschäftigt, innerlich zu verarbeiten, was sie gehört hatte. Steve schob sie schnell an Helens Tür vorbei und blieb vor dem Zimmer neben Lucas stehen.

„Ist dies das Zimmer, das Ihre Tante meinte?"

„Ja." Andrea schob sich das Haar aus dem Gesicht. „Steve." Sie blickte ihn fragend an. „Ist das alles wahr? Alles, was Lucas gesagt hat? Hat Helen wirklich alle erpresst?"

Sie merkte, dass Steve diese Fragen unangenehm waren, und schüttelte den Kopf. „Ich wollte nicht herumschnüffeln, aber ..."

„Nein", unterbrach Steve sie. Er atmete einmal tief durch. „Nein, als Schnüffeln kann man das bestimmt nicht bezeichnen. Sie haben mit der Sache zwar nichts zu tun, aber Sie sind in sie verwickelt worden, nicht wahr?"

Steve hatte es genau getroffen. Sie war darin verwickelt.

„McLean hat im Ergebnis sicherlich Recht. Helen hatte Informationen über ein Geschäft, das ich für die Firma abgeschlossen habe. Es war alles streng im Rahmen der Gesetze, aber ..." Er hob kurz die Schultern und senkte sie wieder, „... vielleicht doch nicht ganz so perfekt, wie ich angenommen hatte. Es gab da auch eine Frage der Moral, und wenn man die

Dinge nur oberflächlich betrachtete, sah es nicht so gut aus. Es wäre jetzt zu kompliziert, Ihnen die Einzelheiten zu erklären. Aber der entscheidende Punkt ist, dass ich es vermeiden wollte, einen Schatten auf meine Karriere fallen zu lassen. Wenn man heutzutage in die Politik geht, muss man eine Sache von allen Seiten sehen."

„Ja, das leuchtet mir ein."

„Sie hat mich bedroht, Andrea, und das gefiel mir nicht. Aber es war kein ausreichendes Motiv für einen Mord." Steve lächelte Andrea für einen Moment an und schüttelte dann den Kopf. „Doch das hilft nicht viel, nicht wahr? Keiner von uns rückt gern mit der vollen Wahrheit heraus."

„Ich erkenne es sehr an, dass Sie so offen mit mir reden, Steve." Er sah sie zärtlich an, aber die Zeichen innerer Anspannung zeigten sich immer noch deutlich auf seinem Gesicht. „Es kann nicht leicht für Sie sein, solche Erklärungen abzugeben."

„Schon sehr bald werde ich ohnehin alles der Polizei erklären müssen. Und es Ihnen zu sagen fällt mir nicht schwer, Andrea. Es ist wohl besser, wenn Sie Bescheid wissen. Außerdem ist es gut, wenn die Dinge endlich in der Öffentlichkeit erörtert werden können. Doch Sie haben jetzt genug davon."

Wieder lächelte er Andrea an. Erst jetzt schien ihm bewusst zu werden, dass er ihr Haar berührte. „Oh, entschuldigen Sie – aber daran sind Sie wahrscheinlich gewöhnt. Ihrem Haar kann man nur schwer widerstehen. Schon seit Tagen habe ich mir gewünscht, es zu berühren. Haben Sie etwas dagegen?"

„Nein." Andrea war nicht überrascht, sich gleich darauf in Steves Armen zu finden, von ihm geküsst zu werden. Es war ein

Kuss, der mehr tröstete als aufregte. Andrea entspannte sich dabei und erwiderte den Kuss, so gut sie konnte.

„Werden Sie jetzt etwas Ruhe finden?" fragte Steve leise und drückte Andrea für einen Moment an seine Brust.

„Ja, das glaube ich. Vielen Dank." Sie löste sich von Steve und wollte zu ihm aufschauen, doch ihr Blick wurde von etwas hinter ihm gefangen genommen. Lucas stand vor der Tür zu seinem Zimmer und beobachtete sie beide. Ohne ein Wort zu sagen verschwand er in seinem Zimmer.

Als Andrea allein war, legte sie sich auf das Bett. Aber sie fand keinen Schlaf, obwohl sie todmüde war. Ihre Gedanken ließen sie nicht zur Ruhe kommen, Gedanken, die sich mit den im Gasthof anwesenden Menschen beschäftigten.

Für Jacques und für die Spicers empfand Andrea nichts anderes als Mitleid. Sie erinnerte sich an den traurigen Blick des Franzosen, als er von seinen Kindern sprach, und sah immer noch Robert vor sich, wie er seine schluchzende Frau zu trösten versuchte.

Julia brauchte kein Mitleid. Andrea war davon überzeugt, dass die Schauspielerin sehr gut selbst für sich sorgen konnte. Sie brauchte keinen stützenden Arm, keinen Zuspruch.

Steve schien durch Helens Drohungen eher belästigt als gefährdet gewesen zu sein. Auch er kam gut allein zurecht. Unter seinem glatten kalifornischen Äußeren war ein Zug von Härte zu spüren. Um Steve brauchte Andrea sich keine Gedanken zu machen.

Mit Lucas war das anders. Zwar hatte er die anderen dazu gebracht, über die gegen sie gerichteten Drohungen Helens zu reden. Doch was Helen gegen ihn in der Hand gehabt hatte, war immer noch sein Geheimnis. Er hatte sehr kühl und überlegen gewirkt, als er von Erpressung sprach – doch Andrea kannte ihn. Er verstand es sehr gut, seine wahren Gefühle zu verbergen, wenn er sich davon einen Vorteil versprach. Er war hart. Wer hätte das besser wissen sollen als sie?

Aber war er auch grausam? Ja, er konnte grausam sein. Sie selbst spürte noch immer die seelischen Narben, die das bewiesen. Doch Mord? Nein, der war ihm nicht zuzutrauen. Andrea brachte es einfach nicht fertig, sich vorzustellen, Lucas könne Helen Easterman mit einem spitzen Gegenstand erstechen. Es war eine Schere, wie sie sich erinnerte, obwohl sie das lieber vergessen hätte. Die Schere hatte neben Helen auf dem Fußboden gelegen. Nein, zu einer solchen Tat war Lucas nicht fähig. Das konnte sie einfach nicht glauben.

Doch vernünftigerweise konnte sie auch keinem der anderen die Tat zutrauen. Waren sie alle in der Lage, einen solchen Hass, eine solche Niedertracht hinter ihren schockierten Mienen und bedrückten Blicken zu verbergen?

Indessen musste einer von ihnen der Mörder sein.

Andrea versuchte, ihre Gedanken abzuschalten. Sie konnte nicht länger darüber nachdenken, nicht jetzt. Steve hatte Recht gehabt, sie brauchte Ruhe.

Aber statt zu schlafen, stand sie auf und ging zum Fenster. Sie schaute in den Regen hinaus, der immer noch, wenn auch schwächer, fiel.

Das Klopfen an der Tür erschreckte Andrea, als wäre es eine Explosion gewesen. Sie fuhr herum und schlang sich die Arme schützend um den Oberkörper. Ihr Herz schlug heftig, die Kehle wurde ihr trocken vor Angst.

Nimm dich zusammen, ermahnte sie sich. Keiner hat einen Grund, dir wehzutun.

„Ja, herein." Dass sie es fertig brachte, diese Worte gelassen klingen zu lassen, beruhigte Andrea. Sie konnte sich also doch beherrschen.

Robert betrat das Zimmer. Er sah so erschöpft und müde aus, dass Andrea ganz automatisch die Hand nach ihm ausstreckte. An ihre Angst dachte sie nicht mehr. Robert ergriff ihre Hand und drückte sie fest.

„Sie müssen etwas essen", sagte er, nachdem er Andrea aufmerksam angesehen hatte. „Das zeigt sich zuerst im Gesicht."

„Ja, ich weiß. Ich bekomme schnell hohle Wangen." Sie musterte nun ihrerseits Robert. „Aber Sie könnten auch etwas zu essen gebrauchen."

Er seufzte. „Ich glaube, Sie sind eines dieser seltenen Wesen, denen die Freundlichkeit angeboren ist. Ich möchte mich für meine Frau entschuldigen."

„Nein, tun Sie das nicht. Sie meint es nicht so, wie sie es sagt. Wir sind jetzt alle aufgeregt und durcheinander. Dies ist ein richtiger Albtraum."

„Sie hat unter starkem Stress gestanden. Bevor ..." Robert unterbrach sich und schüttelte den Kopf. „Jetzt schläft sie. Ihr Kopf ..." Er schob Andrea das Haar aus der Stirn und betrachtete den Bluterguss. „Macht er Ihnen noch Schwierigkeiten?"

„Nein, nicht mehr. Mir geht es gut." Das Missgeschick, das ihr zugestoßen war, kam ihr jetzt wie ein komisches Zwischenspiel in einem Drama vor. „Kann ich Ihnen helfen, Robert?"

Er sah sie einen Moment verzweifelt an, dann senkte er den Blick. „Diese Frau hat Jane durch die Hölle gejagt. Wenn ich davon gewusst hätte, hätte ich dem schon vor langer Zeit ein Ende gesetzt." Die Erinnerung weckte Roberts Zorn. Er begann, nervös auf und ab zu gehen.

„Sie hat Jane gequält und jede Summe aus ihr herausgequetscht, die Jane aufbringen konnte. Sie täuschte eine Krankheit vor und ermutigte Jane zu spielen, um die Behandlungskosten aufzubringen. Ich hatte nicht die geringste Ahnung davon! Ich hätte es merken sollen. Gestern sagte Jane es mir von sich aus. Ich hatte mich schon darauf gefreut, heute Morgen mit der Easterman abzurechnen."

Robert ballte seine Hände zu Fäusten. Mit leiser Stimme fügte er hinzu: „Ich will ganz ehrlich sein: Das ist der einzige Grund, weshalb ich ihren Tod bedaure."

„Robert ..." Andrea wusste nicht, was sie sagen sollte. „Jeder hätte so empfunden. Sie war eine böse Frau. Sie hat jemanden verletzt, den Sie lieben."

Andrea sah, wie sich Roberts Hände wieder entspannten. „Es klingt zwar hartherzig, aber keiner von uns wird um sie trauern. Vielleicht gibt es niemand, der das tut. Ich finde, das ist sehr traurig."

Robert sah Andrea einen kurzen Moment schweigend an. Dann hatte er sich wieder unter Kontrolle. „Es tut mir sehr Leid, dass Sie in unsere Angelegenheiten hineingezogen worden sind. Ich sehe jetzt mal mach Jane. Kommen Sie zurecht?"

„Ja."

Andrea sah Robert nach, bis er das Zimmer verlassen hatte. Dann ließ sie sich auf einen Sessel fallen. Sie war jetzt noch erschöpfter als vorher.

Wann hatte diese furchtbare Geschichte begonnen? Noch vor wenigen Tagen war sie sicher in ihrer Wohnung in Manhattan gewesen. Damals kannte sie keinen einzigen dieser

Menschen, die sie nun mit ihren Problemen belasteten – einen ausgenommen.

Noch während Andrea an ihn dachte, betrat Lucas ihr Zimmer. Er ging direkt zu ihr, blieb vor ihr stehen und sah sie an.

„Du musst etwas essen", sagte er unvermittelt. Andrea war es allmählich müde, immer wieder dasselbe zu hören. „Ich beobachte schon den ganzen Tag, wie du abnimmst. Du bist viel zu dünn."

„Ich liebe deine Komplimente." Lucas' arrogantes Auftreten weckte neue Energien in Andrea. Sie brauchte es sich nicht länger gefallen zu lassen, von Lucas bevormundet zu werden. „Hat man dir nie gesagt, dass man an eine Tür klopft, bevor man eintritt?"

„Ich habe deinen Körper schon immer bewundert, Kätzchen. Du wirst dich daran erinnern." Er zog sie auf die Füße und drückte sie an sich. „Andersen scheint deinen Charme ebenfalls entdeckt zu haben. Ist dir nicht zufällig der Gedanke gekommen, dass du einen Mörder küssen könntest?"

Lucas sprach leise, während er Andreas Rücken streichelte.

Sie ärgerte sich sehr über ihn. „Vielleicht hält mich jetzt einer fest."

Lucas zuckte zusammen, dann wurde er wütend. „Das würdest du wohl gern glauben, wie? Es würde dich freuen, mich hinter Gittern zu sehen."

Andrea wollte den Kopf schütteln, doch Lucas hatte sie so fest am Haar gepackt, dass sie das nicht konnte.

„Wäre das die angemessene Strafe dafür, dass ich dich verstoßen habe, Kätzchen? Wie stark ist der Hass in dir? Stark genug, um selbst die Falltür für mich aufzustoßen?"

„Nein, Lucas. Bitte, ich wollte nicht ..."

„Ja, du wolltest nicht!" Er unterbrach sie. „Der Gedanke, ich könne Blut an den Händen haben, kam dir leicht, nicht wahr? Du kannst dir mich in der Rolle des Mörders vorstellen. Wie ich mich über Helen beuge, mit der Schere in der Hand."

„Nein!" Andrea schloss verzweifelt die Augen. „Hör damit auf! Hör bitte damit auf!" Lucas tat ihr jetzt weh, aber nicht mit den Händen. Seine Worte schmerzten sie.

„Du hast Recht, mit der Schere hätte ich es nicht getan. Vielleicht mit den Händen, das wäre sauberer gewesen."

„Lucas ..."

„Das geht ganz einfach und schnell. Man muss nur wissen, wie man es macht. Das ist eher mein Stil, es ist direkter. Habe ich nicht Recht?"

„Du machst mir Angst!" Andrea zitterte. Hatte Lucas es darauf angelegt, dass sie das Schlimmste von ihm denken sollte? Sollte sie ihn für fähig halten, eine Untat zu begehen? Sie hatte ihn noch nie so erlebt wie jetzt. Seine Stimme klang kalt, seine Augen waren weit vor Zorn.

Andrea fröstelte. „Ich möchte, dass du gehst, Lucas. Geh jetzt sofort!"

„Ich soll gehen?" Er hielt sie immer noch fest. „Das habe ich nicht vor, Kätzchen. Wenn ich schon als Mörder hängen soll, will ich vorher wenigstens noch nehmen, was ich bekommen kann."

Andrea verstand Lucas nicht. Sie wusste nicht, was sie von ihm halten sollte. Sie hatte Angst vor ihm. Er griff unter ihren Pullover und umfasste ihren Busen.

„Wie kann jemand, der so dünn ist, nur so weich sein?" sagte er leise. Es waren Worte, die er früher oft gesagt hatte. Andrea spürte sein wachsendes Verlangen. „Kätzchen, du ahnst nicht, wie sehr ich dich begehre. Ich kann nicht länger warten!"

Er zog sie mit sich auf das Bett. Mit all ihr verbliebenen Kraft wehrte sich Andrea gegen ihn. Doch er hielt ihre Arme zu beiden Seiten neben ihr auf dem Bett fest und beugte sich über sie. „Beiß und kratz nur, so viel du willst, Kätzchen. Du kannst mich nicht mehr zurückhalten."

„Ich schreie, Lucas! Wenn du mich noch einmal berührst, dann schreie ich."

„Nein, das wirst du nicht tun."

Er bedeckte ihren Mund mit seinem und bewies ihr damit, dass er sich durchsetzen würde. Sein Körper berührte ihren in voller Länge. Andrea bemühte sich, von ihm wegzurücken, doch er ließ sie nicht entkommen. Seine Hände waren überall, fanden all die verborgenen Stellen, die er vor mehr als drei Jahren erforscht hatte.

Widerstand war unmöglich. Das wilde, rücksichtslose Begehren, das sein Liebesspiel schon immer begleitet hatte, machte Andrea wehrlos. Lucas kannte sie einfach zu gut. Noch bevor er den Reißverschluss ihrer Jeans geöffnet hatte, wusste Andrea, dass sie ihm nicht widerstehen konnte. Als sein Mund ihre Lippen verließ und ihren Hals mit Küssen bedeckte, schrie sie nicht, sondern stöhnte vor Lust, die er in ihr geweckt hatte.

Er würde wieder gewinnen, und sie würde nichts tun, um ihn daran zu hindern. Sie konnte es nicht. Tränen stiegen ihr in die Augen, liefen ihr über die Wangen. Bald würde Lucas merken, dass sie ihn immer noch liebte. Selbst ihr Stolz schien ihr nicht länger zu gehören.

Lucas hielt ganz plötzlich inne. Er hob den Kopf und sah Andrea an. Ihr war so, als bemerke sie einen schmerzlichen Ausdruck auf seinem Gesicht. Doch das war gleich wieder vorbei. Lucas hob eine Hand und wischte eine Träne von ihrer Wange. Mit einem leisen Fluch ließ er Andrea los und stand auf.

„Nein, dafür will ich nie wieder verantwortlich sein." Er ging zum Fenster und sah hinaus.

Andrea setzte sich auf und kämpfte gegen ihre Tränen an. Sie hatte sich geschworen, dass Lucas sie nie wieder weinen sehen sollte – nicht seinetwegen jedenfalls, das auf keinen Fall.

Beide schwiegen. Das Schweigen schien Andrea eine Ewigkeit zu dauern.

„Ich werde dich nie wieder so berühren", sagte Lucas gefasst. „Ich gebe dir mein Wort darauf, auch wenn du davon vielleicht nicht viel hältst."

Lucas näherte sich wieder dem Bett. Andrea blickte nicht auf und hielt die Augen geschlossen.

„Andrea, ich ... oh, du meine Güte." Er berührte ihren Arm, doch sie verkroch sich nur noch mehr in sich selbst.

Wieder herrschte Schweigen. Man hörte nur den Regen draußen. Als Lucas dann sprach, klang seine Stimme angestrengt. „Wenn du dich ausgeruht hast, solltest du etwas essen. Ich werde deiner Tante sagen, dass sie dir etwas aufs Zimmer schickt, wenn du nicht nach unten kommen willst. Ich werde dafür sorgen, dass dich keiner stört."

Andrea hörte, wie Lucas sie verließ, wie die Tür ins Schloss fiel. Als sie allein war, schlüpfte sie unter die Bettdecke und rollte sich zusammen. Schließlich schlief sie ein.

8. KAPITEL

Es war dunkel, als Andrea aufwachte. Sie fühlte sich nicht erfrischt. Der Schlaf war nur eine zeitweilige Erleichterung gewesen. Nichts hatte sich geändert, während sie schlief.

Doch nein, sie hatte sich geirrt. Etwas war anders. Es war still, wirklich still. Andrea stand auf und ging zum Fenster. Sie konnte den Mond und das Licht der Sterne sehen. Der Regen hatte aufgehört.

Im Dämmerlicht ging sie zum Badezimmer und wusch sich das Gesicht. In den Spiegel wollte sie lieber nicht blicken, lange Zeit hielt sie ein nasses Tuch vor die Augen. Die Schwellung war hoffentlich nicht so schlimm, wie sie sich anfühlte.

Sie spürte, dass sie Hunger hatte. Das war ein gutes Zeichen, ein Zeichen der Normalität. Der Regen hatte aufgehört, der Albtraum endete. Und sie würde wieder essen.

Auf bloßen Füßen schlich Andrea durch den Gasthof. Niemand sollte sie sehen. Sie wollte jetzt essen, nicht Gesellschaft haben.

Als sie am Aufenthaltsraum vorbeikam, hörte sie Stimmen. Durch die offene Tür sah sie Julia und Jacques am Fenster stehen. Sie unterhielten sich leise und eindringlich miteinander.

Bevor Andrea sich an der Tür vorbeidrücken konnte, hatte Julia sich umgedreht und sie erblickt. Das Gespräch endete sofort.

„Oh, Andrea, Sie sind wieder aufgetaucht. Wir dachten schon, wir würden Sie vor morgen früh nicht wieder sehen." Julia kam auf Andrea zu und legte freundschaftlich einen Arm um sie. „Lucas wollte Ihnen etwas zu essen nach oben schicken, aber Robert war dagegen. Die Anordnung des Arztes war, Sie schlafen zu lassen, bis Sie von selbst aufwachten. Sie müssen ja fast verhungert sein. Lassen Sie uns nachsehen, was Tante Tabby für Sie übrig gelassen hat."

Julia übernahm das Reden und führte Andrea von der Tür fort. Mit einem letzten Blick sah Andrea, dass Jacques reglos am Fenster stand. Sie ließ Julia gewähren, sie war jetzt zu hungrig, um sich ihr zu widersetzen.

„Setzen Sie sich, Darling", forderte Julia sie auf, während sie Andrea in die Küche schob. „Ich werde Ihnen ein Festmahl servieren."

„Julia, Sie brauchen mir nichts zu servieren. Ich finde es zwar sehr nett, dass Sie sich um mich kümmern, aber ..."

„Nun lassen Sie mich doch einmal Mutter spielen", unterbrach Julia sie, packte sie an den Schultern und drückte sie auf einen Stuhl. „Sie sind ja bereits aus dem Kleinkindalter heraus, es wird mir also Spaß machen."

Andrea lehnte sich zurück und lächelte. „Sie wollen mir doch wohl nicht erzählen, dass Sie kochen können."

Julia hob tadelnd die Augenbrauen. „Zu dieser späten Stunde sollten Sie etwas Leichtes essen. Vom Abendessen ist noch ein Rest wunderbarer Suppe übrig. Und dann bereite ich Ihnen meine Spezialität. Ein Käseomelette."

Andrea genoss es, Julia in der Küche arbeiten zu sehen. Die Schauspielerin stellte sich dabei keineswegs ungeschickt an. Daneben hielt sie ein entspanntes Gespräch in Gang, das nicht viel Verstandeskraft erforderte. Mit einer geschickten Bewegung stellte sie ein Glas Milch vor Andrea.

„Ich bin kein großer Freund von Milch", wandte Andrea ein und schaute zur Kaffeekanne.

„Sie trinken das jetzt", ordnete Julia an. „Sie brauchen wieder Farbe auf den Wangen. Sie sehen schrecklich aus."

„Danke."

Gleich darauf stand ein Teller dampfender Hühnersuppe vor Andrea. Sie aß mit gutem Appetit. Die Schwäche fiel allmählich von ihr ab.

„Gutes Mädchen", lobte Julia sie, während sie das Käseomelette servierte. „Sie sehen schon fast wieder menschlich aus."

Andrea lächelte. „Julia, Sie sind wunderbar."

„Ja, ich weiß. So wurde ich geboren." Julia trank Kaffee und sah zu, wie Andrea sich über das Omelette hermachte. „Ich freue mich, dass Sie etwas Ruhe gefunden haben. Dieser Tag war endlos."

Zum ersten Mal fielen Andrea die Schatten unter Julias Augen auf. Schuldbewusst sagte sie: „Es tut mir Leid, dass ich Ihnen Arbeit mache. Sie hätten längst im Bett sein sollen, statt mich zu bedienen."

„Du meine Güte, sind Sie süß." Julia zog eine Zigarette aus der Schachtel. „Ich gehe erst in mein Zimmer, wenn mich die Erschöpfung dazu zwingt. Es ist reine Selbstsucht von mir, dass ich bis dahin Ihre Gesellschaft in Anspruch nehme. Außerdem, Andrea ..." Julia beobachtete sie durch eine Rauchwolke hindurch, „... frage ich mich, ob es sehr klug ist, wenn Sie hier allein herumwandern."

„Wieso?" Andrea sah erstaunt auf. „Was wollen Sie damit sagen?"

„Es war schließlich Ihr Zimmer, in das eingebrochen wurde."

„Ja, aber ..." Andrea wurde sich überrascht bewusst, dass sie die Verwüstung ihres Zimmers bei all den anderen Ereignissen fast vergessen hatte. „Das muss Helen gewesen sein", meinte sie.

„Oh, das bezweifle ich", widersprach Julia und trank einen Schluck Kaffee. „Das bezweifle ich sogar sehr. Wenn Helen in Ihr Zimmer eingedrungen wäre, hätte sie das getan, um nach etwas zu suchen, das sie gegen Sie verwenden könnte. Sie würde keinerlei Unordnung hinterlassen haben. Wir haben darüber nachgedacht."

„Wir?"

„Nun ja – ich", gab Julia lächelnd zu. „Ich glaube, wer Ihr Zimmer zerwühlt hat, der hat nach etwas gesucht und dann dieses Durcheinander angerichtet, um die Suche zu verdecken."

„Aber wonach hätte er suchen sollen? Ich habe hier nichts, woran irgendjemand interessiert sein könnte."

„Wirklich nicht? Ich habe darüber nachgedacht, was Ihnen in der Dunkelkammer zugestoßen ist."

„Sie meinen, als der Strom wegblieb?" Andrea schüttelte den Kopf und berührte den Bluterguss an ihrer Stirn. „Ich bin gegen die Tür gelaufen."

„Tatsächlich?" Julia lehnte sich zurück und schaute unter die Zimmerdecke. „Das kann ich mir nicht vorstellen. Lucas hat mir erzählt, sie hätten jemand am Türgriff rütteln hören und seien deshalb zur Tür gegangen. Was wäre, wenn ..." Julia sah Andrea an, „... wenn jemand die Tür geöffnet und Sie mit ihr getroffen hätte?"

„Sie war verschlossen", wandte Andrea ein. Doch dann fiel ihr ein, dass sie geöffnet gewesen war, als Lucas sie fand.

„Es gibt Schlüssel, Darling." Julia musterte Andrea scharf. „Nun, was denken Sie jetzt?"

„Die Tür stand offen, als Lucas ..." Andrea unterbrach sich und schüttelte den Kopf. „Nein, Julia, das ist doch lächerlich. Warum hätte jemand mir das antun sollen?"

„Das ist eine interessante Frage. Was ist eigentlich mit dem zerstörten Film?"

„Mit dem Film?" Andrea hatte das Gefühl, nicht mehr auf sicherem Boden zu stehen. „Das muss ein Missgeschick gewesen sein."

„Sie haben ihn nicht zerstört, Andrea. Dafür sind sie zu geschickt. Ich habe Sie beobachtet. Sie bewegen sich sehr gewandt, sehr sicher. Und Sie sind eine Berufsfotografin. Sie würden nicht aus Versehen eine Filmrolle öffnen, ohne das zu merken."

„Nein", stimmte Andrea zu und hob den Kopf. „Was wollen Sie mir zu verstehen geben?"

„Könnte es nicht sein, dass Sie eine Aufnahme gemacht haben, von der jemand will, dass sie zerstört wird? Denken Sie daran, dass auch der Film in Ihrem Zimmer belichtet worden ist."

„Soweit kann ich Ihrer Logik folgen, Julia. Aber damit geraten wir in eine Sackgasse. Ich habe keine Bilder gemacht, wegen derer jemand besorgt sein könnte. Es waren nur Landschaftsaufnahmen – Bäume, Tiere, der See."

„Vielleicht gibt es jemanden, der sich dessen nicht so sicher ist." Julia drückte ihre Zigarette aus und beugte sich vor. „Wer auch immer das Risiko auf sich genommen hat, Ihr Zimmer zu verwüsten und Sie bewusstlos zu schlagen, der muss sich große Sorgen machen und ist bestimmt gefährlich – gefährlich genug, um einen Mord zu begehen. Und er wird Sie vielleicht noch einmal verletzen, wenn ihm das nötig erscheint."

Andrea musste sich Mühe geben, ein Zittern zu unterdrücken. „Jane? Sie hatte mir vorgeworfen, ich hätte spioniert, aber sie könnte nicht ..."

„Oh doch, sie könnte." Julia sprach mit großer Entschiedenheit. „Sie müssen den Tatsachen ins Auge sehen, Andrea. Ein Mensch, der in die Enge getrieben wird, kann zum Mord fähig werden – jeder Mensch."

Andrea dachte für einen flüchtigen Moment an Lucas und seine Wutanfälle.

„Jane war verzweifelt", fuhr Julia fort. „Sie behauptet, sie habe gegenüber ihrem Mann ein volles Geständnis abgelegt. Aber welchen Beweis haben wir dafür? Oder nehmen Sie Robert. Er war sehr wütend auf Helen wegen dem, was sie Jane angetan hat. Könnte er nicht die Tat begangen haben? Er liebt Jane sehr."

„Ja, das weiß ich." Der zornige Ausdruck in Roberts Augen war Andrea nicht entgangen.

„Und denken Sie an Steve." Julia begann, mit dem Fingernagel auf den Tisch zu klopfen. „Er hat mir erzählt, dass Helen etwas über ein Geschäft herausgefunden hat, das nicht so ganz astrein war. Sie wusste etwas, das seiner politischen Karriere schaden konnte. Er ist sehr ehrgeizig."

„Aber Julia ..."

„Dann haben wir da noch Lucas." Julia sprach weiter, als habe Andrea nichts gesagt. „Da gibt es eine sehr delikate Scheidungsklage. Helen behauptete, sie habe Informationen, für die sich ein gewisser betrogener Ehemann interessieren könne."

Julia zündete sich eine Zigarette an und blies den Rauch unter die Zimmerdecke. „Lucas ist für seine Zornesausbrüche bekannt. Er ist ein sehr sinnlich betonter Mensch."

Andrea wich Julias Blick nicht aus. „Lucas kann man eine Menge nachsagen, und nicht alles ist bewundernswert an ihm. Aber er würde nicht töten."

Julia lächelte. Schweigend zog sie an ihrer Zigarette. Dann sagte sie: „An mich sollten Sie auch denken. Natürlich, ich habe behauptet, ich hätte mir nichts aus Helens Drohungen gemacht. Aber ich bin eine Schauspielerin, eine gute. Das kann ich beweisen, denn ich habe einen Oscar bekommen. Mein Temperament ist ebenso bekannt wie das von Lucas. Ich könnte Ihnen eine Liste von Filmdirektoren geben, die Ihnen sagen würden, dass sie mich für zur allem fähig halten."

Julia drückte die Zigarette im Aschenbecher aus. „Allerdings, wenn ich Helen getötet hätte, würde ich die Szene anders gestaltet haben. Ich würde die Leiche selbst entdeckt und geschrien haben und dann wirkungsvoll in Ohnmacht gefallen sein. So gesehen, haben Sie mir die Schau gestohlen."

„Ich finde das nicht komisch, Julia."

„Ich auch nicht." Julia rieb sich die Schläfen. „Es ist auch überhaupt nicht komisch. Aber die Tatsache bleibt, dass ich Helen ebenfalls getötet haben könnte. Sie sind viel zu vertrauensselig, Darling."

„Wenn Sie sie getötet haben", widersprach Andrea, „warum sollten Sie mich dann warnen?"

„Das ist nichts als ein doppelter Bluff." Julia lächelte jetzt auf eine Art, dass Andrea eine Gänsehaut über den Rücken lief. „Vertrauen Sie niemandem, nicht einmal mir!"

Andrea hatte nicht vor, sich von Julia ängstigen zu lassen, obwohl die Schauspielerin das zu beabsichtigen schien. Sie sah Julia gelassen an. „Sie haben Jacques vergessen."

Zu Andreas Überraschung schien Julia unsicher zu werden,

sie senkte den Blick. Sie zog mit ihren schlanken Fingern eine Zigarette so verkrampft aus der Schachtel, dass der Filter abbrach.

„Nein, ihn habe ich nicht vergessen. Mit Ihren Augen sieht er wahrscheinlich so aus wie wir anderen auch, aber ich weiß ..." Julia schaute wieder auf. Sie sah verletzlich aus. „Ich weiß, dass er nicht fähig ist, einem anderen Menschen wehzutun."

„Sie lieben ihn, nicht wahr?"

Julia lächelte. „Ich liebe Jacques sehr, aber nicht auf die Art, an die Sie denken."

Sie stand auf, holte eine zweite Tasse und schenkte Andrea und sich Kaffee ein.

„Ich kenne Jacques schon seit zehn Jahren. Er ist der einzige Mensch auf der Welt, der mir mehr bedeutet als ich mir selbst. Wir sind Freunde, wirklich gute Freunde, vielleicht deshalb, weil wir nie ein Liebespaar waren."

Andrea trank den Kaffee schwarz. Sie brauchte eine Aufmunterung. Julia schützte ihn, dachte sie. Sie würde ihn auf jede nur mögliche Weise schützen.

„Ich habe eine Schwäche für Männer", fuhr Julia fort, „und die koste ich aus. Doch bei Jacques waren entweder der Ort oder die Zeit nie richtig. Schließlich war mir die Freundschaft zu wichtig, um das Risiko einzugehen, dass sie im Schlafzimmer zerbrach. Er ist ein guter zärtlicher Mann. Sein größter Fehler war es, dass er Claudette geheiratet hat."

Julias Stimme klang nun härter. „Sie versucht alles, um ihn bei lebendigem Leibe zu verschlingen. Lange Zeit versuchte er, die Ehe im Interesse der Kinder zu erhalten. Doch das war einfach nicht möglich. Ich will sie mit den Einzelheiten verschonen, Sie würden sie schockierend finden."

Julia neigte den Kopf zur Seite und lächelte Andrea auf eine Weise an, als habe sie ein sehr junges Mädchen vor sich. „Außerdem ist das alles Jacques' trauriges Geheimnis. Er hat die Scheidung nicht eingereicht, obwohl er genügend Gründe dafür hatte. Das hat er ihr überlassen."

„Und Claudette hat die Kinder?"

„Stimmt. Es hat Jacques beinah umgebracht, als ihr das Sorgerecht zugesprochen wurde. Er betet seine Kinder an. Und ich muss zugeben, es sind wirklich ziemlich liebe kleine Ungeheuer."

Julia griff zur Kaffeetasse.

„Ich lasse jetzt mal einiges aus. Vor ungefähr einem Jahr beantragte Jacques, ihm das Sorgerecht zu übertragen. Kurz danach ist er einer Frau begegnet. Ich kann Ihnen den Namen nicht verraten – Sie würden sofort wissen, um wen es sich handelt, und ich habe Jacques versprochen zu schweigen. Aber ich kann Ihnen verraten, dass diese Frau in jeder Hinsicht zu ihm passt. Dann mischte sich Helen auf ihre schleimige Art ein."

Andrea schüttelte den Kopf. „Warum heiraten Jacques und diese Frau nicht?"

Julia lehnte sich mit einem belustigten Lächeln zurück. „Wenn das Leben doch immer so einfach wäre, nicht wahr? Aber leider ist es das nicht. Jacques ist zwar frei. Aber die Dame wird es erst in einigen Monaten sein. Sie wünschen sich nichts sehnlicher, als zu heiraten, Jacques kleine Ungeheuer nach Amerika zu bringen und möglichst viele weitere aufzuziehen. Die beiden sind ganz verrückt nacheinander."

Julia nippte an ihrem Kaffee, der allmählich kalt wurde. „Sie können nicht offen zusammenleben, bis diese Sorgerechtsangelegenheit geregelt ist. Deshalb haben sie ein kleines Haus auf dem Lande gemietet. Helen hat davon erfahren. Den Rest können Sie sich vorstellen. Jacques zahlt, wegen seiner Kinder und weil das Scheidungsverfahren der Dame für sie nicht so einfach ist. Doch als Helen dann auch noch hier auftauchte, war für ihn die Grenze erreicht. Er und Helen stritten sich neulich im Empfangsraum. Er hat ihr gesagt, sie würde keinen Cent mehr von ihm bekommen. Ich bin völlig sicher, dass Helen auch dann, wenn Jacques weitergezahlt hätte, ihre Informationen an Claudette verkauft hätte – für einen guten Preis natürlich."

Andrea war entsetzt. Sie hatte Julia noch nie so gesehen. Die Schauspielerin machte den Eindruck einer kalten, rücksichtslosen Frau.

Julia bemerkte Andreas Gesichtsausdruck und lachte. „Oh, Andrea, Sie sind wie ein offenes Buch." Die harte Maske verging, Julia sah wieder warmherzig und lieblich aus. „Jetzt denken Sie, ich hätte Helen vielleicht doch ermorden können – nicht meinetwegen, aber für Jacques."

Irgendwann nach der Dämmerung schlief Andrea schließlich ein. Es war ein tiefer, traumloser Schlaf, wie ihn Medikamente oder große Erschöpfung verursachen können. Er war angefüllt mit wirren, rätselhaften Träumen:

Zuerst zogen nur deutliche Schatten und leise Stimmen an ihr vorbei. Es quälte sie, dass sie sie nicht besser sehen und hören konnte. Sie kämpfte darum, besser zu verstehen. Die Schatten vergingen, die Formen gewannen Umrisse, verschwammen dann wieder. Andrea bemühte sich mit aller Entschlossenheit, mehr als Andeutungen und unbestimmtes Flüstern zu verstehen.

Plötzlich waren die Schatten verschwunden, die Stimmen

hallten laut in Andreas Ohren. Mit weit aufgerissenen Augen zertrat Jane Andreas Kamera. Sie schrie und hielt eine Schere vor sich, um Andrea zurückzuschrecken. „Spionin!" schrie Jane, während das Glas der Kamera unter ihren Schuhen zersplitterte. „Spionin!"

Andrea wollte dem Wahnsinn, den Vorwürfen entkommen und drehte sich um. Farben wirbelten um sie herum, dann sah sie Robert.

„Sie hat meine Frau gefoltert." Er hielt Andrea am Arm. „Sie müssen etwas essen", sagte er leise. „Es zeigt sich zuerst im Gesicht." Er lächelte, aber das Lächeln war vorgetäuscht. Andrea riss sich von ihm los und stand auf dem Flur.

Jacques kam auf sie zu. Er hatte Blut an den Händen. Seine Augen blickten traurig und Furcht erregend, während er Andrea die Hände entgegenstreckte. „Meine Kinder." Seine Stimme zitterte.

Andrea drehte sich um und stieß gegen Steve.

„Es waren politische Gründe", sagte er mit einem breiten jungenhaften Lächeln. „Nichts Persönliches, nur Politik." Er nahm Andreas Haar und wickelte es ihr um den Hals. „Und Sie mittendrin, Andrea." Sein Lächeln wurde zu einem tückischen Grinsen, während er den Knoten zuzog. „Wirklich schade."

Andrea stieß ihn zurück und stolperte durch eine Türöffnung. Julia stand mit dem Rücken zu ihr. Sie trug das weiße reizende Neglige. „Julia!" rief Andrea voller Angst. „Julia, helfen Sie mir."

Als Julia sich umdrehte, lächelte sie katzenhaft. Der Spitzenbesatz über ihrem Busen war scharlachrot gefärbt. „Ein doppelter Bluff, Darling." Sie warf den Kopf zurück und lachte. Andrea hielt sich die Ohren zu und lief davon.

„Komm zurück zu Mutter!" rief Julia. Sie lachte immer noch, während Andrea über den Flur hastete.

Eine Tür versperrte ihr den Weg. Andrea riss sie auf, stürzte in das Zimmer. Sie wusste nur, dass sie entkommen musste. Aber es war Helens Zimmer. Andrea schlug dagegen. Es hallte dumpf. Die Angst in Andrea wuchs, wurde zur Todesangst. Sie konnte hier nicht bleiben, sie wollte es nicht. Voller Panik lief sie zum Fenster, um hinauszuspringen.

Jetzt war es plötzlich nicht mehr Helens Zimmer, sondern ihr eigenes. Das Fenster war vergittert, mit grauen flüssigen Stangen aus Regen. Als Andrea sie zur Seite schieben wollte, erstarrten sie. Andrea zog und schob, aber die Stangen rührten sich nicht, sie waren kalt.

Im nächsten Augenblick stand Lucas hinter ihr und zog sie vom Fenster zurück. Er drehte sie zu sich herum und nahm sie lächelnd in die Arme.

„Beiß und kratz nur, Kätzchen."

„Lucas, bitte!" schrie Andrea hysterisch. „Ich liebe dich, ich liebe dich. Hilf mir hier heraus. Hilf mir hier heraus!"

„Es ist zu spät, Kätzchen." Lucas' Blick war wild und dunkel. „Ich habe dich gewarnt, mich nicht zu sehr herumzustoßen."

„Nein, Lucas, nicht du." Sie klammerte sich an ihn. Er küsste sie, hart und leidenschaftlich. „Ich liebe dich. Ich habe dich immer geliebt." Sie ergab sich seiner Umarmung, seinen Küssen. Hier war ihre Fluchtburg, hier war sie in Sicherheit.

Doch dann sah sie die Schere in seiner Hand.

Andrea saß aufrecht im Bett. Kalter Schweiß bedeckte ihren Körper, ließ sie frösteln. Während des Alptraums hatte sie die

Bettdecke von sich geworfen, sie war jetzt nur mit ihrem feuchten Nachthemd bedeckt. Sie brauchte Wärme. Hastig zog sie die Bettdecke herauf und hüllte sich in sie ein.

Es war nur ein Traum, sagte sie sich, der wieder vergeht. Nach dem nächtlichen Gespräch mit Julia war eine solche Reaktion nur zu verständlich. Doch Träume können nicht verletzen.

Es war bereits heller Morgen. Immer noch zitternd sah Andrea das Sonnenlicht in ihr Zimmer scheinen. Vor dem Fenster waren keine Gitter. Das war jetzt vorbei, ebenso wie die Nacht vorüber war. Bald würde die Telefonleitung repariert sein. Das Wasser im Fluss würde sinken, die Furt wieder passierbar sein. Die Polizei würde kommen.

Andrea setzte sich, in ihre Decke gehüllt, auf und wartete, dass sich ihr Atem wieder beruhigte.

Am Ende des Tages, spätestens am nächsten Tag, würde alles wieder seine geregelte Bahn gehen. Fragen würden beantwortet sein, Protokolle aufgesetzt, das Räderwerk der Untersuchung würde in Gang gekommen sein. Alles würde auf Tatsachen zurückgeführt.

Langsam begann Andrea sich zu entspannen. Sie lockerte den verzweifelten Griff, mit dem sie die Bettdecke um sich hielt.

Julias ausschweifende Fantasie hatte sie angesteckt. Julia war so sehr an die dramatischen Seiten ihres Berufs gewöhnt, dass sie nicht hatte widerstehen können, ein Schreckensbild zu entwerfen. Helens Tod war eine harte, unumstößliche Tatsache. Daran konnte niemand vorbei. Aber Andrea war sich sicher, dass die beiden Missgeschicke, die ihr zugestoßen waren, nichts miteinander zu tun hatten. Wenn sie geistig gesund bleiben wollte, bis die Polizei kam, musste sie davon überzeugt bleiben.

Sie hatte sich wieder beruhigt und dachte nach. Ja, es hatte einen Mord gegeben. Das stand fest. Dieser Mord war ein gewalttätiger Akt gegen eine bestimmte Person gewesen. Sie hatte damit nichts zu tun. Es gab keinerlei Beziehung zwischen ihr und dem Mord.

Was ihr in der Dunkelkammer zugestoßen war, konnte leicht als einfache Ungeschicklichkeit erklärt werden. Das war die sauberste und vernünftigste Erklärung. Und die Verwüstung ihres Zimmers?

Andrea zuckte mit den Schultern. Das war Helen gewesen. Sie war eine böse, eine niederträchtige Frau. Die Zerstörung ihrer Kleidung und persönlichen Sachen war eine böse Tat gewesen. Aus irgendeinem nur ihr bekannten Grund hatte Helen eine Abneigung gegen Sie – Andrea – gehabt. Es gab sonst niemanden im Gasthof, der irgendeinen Grund hätte, ihr gegenüber feindlich gesonnen zu sein.

Ausgenommen Lucas! Andrea schüttelte heftig den Kopf. Doch der Gedanke blieb haften: ausgenommen Lucas. Andrea begann wieder zu frösteln und hüllte sich erneut in die Decke.

Nein, auch das ergab keinen Sinn. Lucas hatte sie verstoßen, es war nicht umgekehrt gewesen. Sie hatte ihn geliebt. Und er hatte sie nicht geliebt, so einfach war das. Was bedeutete das für ihn? Die Stimme ihrer Vernunft stritt sich mit der Stimme ihres Herzens. Andrea musste sich zwingen, ganz leidenschaftslos mit der Möglichkeit zu rechnen, dass Lucas ein Mörder sein könnte.

Es war von Anfang an offensichtlich gewesen, dass Lucas unter starkem Druck stand. Er hatte nicht gut geschlafen, war angespannt gewesen. Andrea hatte es früher gelegentlich erlebt, wie Lucas um Passagen eines Buchs kämpfte, an dem er schrieb, wie er eine Woche mit wenig Schlaf und Kaffee überstanden hatte. Doch das hatte nie irgendeine körperliche Wirkung gezeigt. Er hatte eine unerschöpfliche Menge Energie in sich, auf die er jederzeit zurückgreifen konnte. Nein, soweit sie sich erinnern konnte, hatte sie Lucas nie müde gesehen. Bis jetzt.

Helens Erpressung musste ihn sehr getroffen haben. Andrea konnte sich nicht vorstellen, dass Lucas sich etwas daraus machte, wie in der Öffentlichkeit über ihn geredet wurde, ob positiv oder negativ. Doch die Frau, die in eine Scheidung verwickelt war, musste ihm sehr viel bedeuten.

Andrea schloss die Augen. Der Gedanke schmerzte sie. Aber sie zwang sich, ihren Gedankengang fortzuführen.

Warum war er in diesen Gasthof gekommen? Warum hatte er einen abgeschiedenen Ort gewählt, der von seiner Heimat weit entfernt lag? Andrea schüttelte den Kopf. Das ergab keinen Sinn. Sie wusste, dass Lucas nie reiste, wenn er schrieb. Zuerst stellte er Nachforschungen an, die, wenn nötig, sehr intensiv sein konnten. Dann begann er mit dem Schreiben.

Wenn Lucas ein Thema gepackt hatte, dann grub er sich in seinem Haus am Meer ein, bis das Buch geschrieben war. Dass er stattdessen nach Virginia gekommen sein könnte, um in Ruhe zu schreiben, war völlig undenkbar. Nein, Lucas konnte während der Hauptverkehrszeit in der Untergrundbahn schreiben, wenn er wollte. Niemand verstand es so gut wie er, alles um sich herum zu vergessen.

Also musste er völlig andere Gründe dafür gehabt haben, in den Gasthof zu kommen. War Helen vielleicht eine Figur in einem Schachspiel gewesen, das Lucas gesteuert hatte? Vielleicht hatte er sie an diesen entlegenen Ort gelockt und sie mit

Menschen umgeben, die Grund hatten, sie zu hassen. Er war schlau und berechnend genug, um so etwas tun zu können, um zu einer solchen Handlung kaltblütig genug zu sein.

Wenn Helen dann getötet wurde, wäre es schwer gewesen, nachzuweisen, welcher dieser sechs Menschen es getan hatte. Motiv und Gelegenheit – alle sechs hatten sie. Warum hätte man bei einem von ihnen mehr als bei den anderen nachforschen sollen? Die Umgebung für ein solches Spiel hätte Lucas gefallen. Er hatte sie zwar als zu offensichtlich bezeichnet – zu offensichtlich für einen Mord. Aber Jacques hatte zu Recht darauf hingewiesen, dass das Leben häufig offensichtlich war.

Andrea wollte nicht länger darüber nachdenken. Das hätte die Albträume zurückgebracht. So stieg sie aus dem Bett. Sie zog Jeans und einen von Julias Pullovern an, den Julia ihr am vergangenen Abend gegeben hatte. Sie würde keinen weiteren Tag damit verbringen, über ihre Zweifel und Ängste zu brüten. Es war besser, wenn sie daran dachte, dass die Polizei bald kommen würde. Es war nicht ihre Sache zu entscheiden, wer Helen getötet hatte.

Als sie die Treppe hinunterging, fühlte sie sich schon besser. Nach dem Frühstück würde sie einen langen einsamen Spaziergang unternehmen und die Spinnweben in ihrem Kopf wegwischen. Die Vorstellung, bald nach draußen gehen zu können, belebte Andrea.

Doch ihre Zuversicht verringerte sich wieder, als sie Lucas am Fuß der Treppe stehen sah. Er beobachtete sie schweigend. Für einen kurzen Moment trafen sich ihre Blicke. Dann ging Lucas fort.

„Lucas!"

Er drehte sich zu ihr um. Sie nahm ihren ganzen Mut zusammen und eilte die letzten Stufen hinunter. Sie hatte Fragen, die sie Lucas stellen musste. Er bedeutete ihr immer noch viel zu viel.

Auf der untersten Stufe blieb sie stehen. Lucas' und ihre Augen waren auf derselben Höhe. Sein Blick verriet ihr nichts.

„Warum bist du hierher gekommen?" fragte Andrea ihn schnell. „Hierher in den Pine View Inn?" Sie hoffte, er würde ihr eine Erklärung geben. Sie würde nicht an ihr zweifeln.

Lucas sah sie einen Moment lang eindringlich an. Sein Gesichtsausdruck schien eine Botschaft zu enthalten, die Andrea lesen sollte. Doch im nächsten Augenblick war das vorbei.

„Sagen wir einfach, dass ich hierher gekommen bin, um zu schreiben, Andrea. Alle anderen Gründe spielen jetzt keine Rolle mehr, sie sind beseitigt."

Ein Schauer durchlief Andrea. Was meinte er mit dem Wort beseitigt? Würde er diesen Ausdruck verwenden, um einen Mord zu bezeichnen? Etwas von ihrer Furcht schien sich auf ihrem Gesicht widerzuspiegeln. Jedenfalls zog Lucas die Augenbrauen zusammen.

„Kätzchen ..."

„Nein." Bevor er weiterreden konnte, lief Andrea davon. Lucas hatte ihr eine Antwort gegeben, aber eine, die sie nicht hinnehmen wollte.

Die anderen saßen bereits am Frühstückstisch. Der Sonnenschein hatte die Stimmung scheinbar gehoben. Auf Grund einer unausgesprochenen Übereinkunft hielt sich das Gespräch an allgemeine Themen. Helen wurde nicht erwähnt. Alle brauchten eine Insel der Normalität, bevor die Polizei kam.

Julia sah frisch und bildhübsch aus und redete munter. Sie

benahm sich so entspannt, fast fröhlich, dass Andrea sich fragte, ob die Unterhaltung mit ihr am vergangenen Abend in der Küche nur Teil ihres Albtraums gewesen sei. Julia flirtete wieder, mit jedem Mann am Tisch. Zwei Tage voller Schrecken hatten ihren Stil nicht verändert.

„Ihre Tante", sagte Jacques zu Andrea, „führt eine erstaunliche Küche." Er nahm einen lockeren Pfannkuchen auf die Gabel. „Manchmal überrascht mich das, denn sie hat eine so charmant verwirrte Art. Doch an Einzelheiten kann sie sich erinnern. Heute Morgen zum Beispiel hat sie mir gesagt, sie habe ein Stück ihrer Apfeltorte für mich aufbewahrt, die ich zum Mittagessen bekommen soll. Sie hat nicht vergessen, dass ich Apfeltorte liebe. Als ich ihr dann voller Begeisterung die Hand küsste, lächelte sie und ging fort, wobei sie etwas von Handtüchern und Schokoladenpudding vor sich hinmurmelte."

Alle lachten. Das klang so normal, dass Andrea diesen Augenblick genoss.

„Die Lieblingsspeisen ihrer Gäste hat sie besser im Kopf als die ihrer Familie", erwiderte Andrea. „Sie hat beschlossen, dass Schmorbraten mein Leibgericht sei, und mir versprochen, dass ich ihn einmal in der Woche bekomme. Doch in Wirklichkeit ist es das Lieblingsgericht meines Bruders Paul. Ich habe noch keine Methode gefunden, sie dazu zu bringen, dass sie für mich Spaghetti macht."

Andrea fasste ihre Gabel fester. Ein plötzlicher Schmerz hatte sie ergriffen. Sie sah sich deutlich in Lucas' Küche, wie sie Spaghettisoße anrührte, während Lucas sich nach Kräften bemühte, sie abzulenken. Würde sie sich von solchen Erinnerungen denn nie befreien können? Schnell setzte sie das Gespräch fort.

„Tante Tabby schwebt gewissermaßen durch die Welt. Ich erinnere mich an einen Vorfall aus meiner Kindheit. Paul hatte einige präparierte Froschschenkel aus dem Biologieunterricht nach Haus geschmuggelt. Er brachte sie in den Ferien mit hierher und gab sie Tante Tabby in der Hoffnung, sie würde schreien. Doch sie nahm sie, lächelte und sagte ihm, sie würde sie später essen."

„Du meine Güte." Julia fasste sich an den Hals. „Sie hat sie doch nicht tatsächlich gegessen?"

„Nein." Andrea lachte. „Ich habe sie abgelenkt, was natürlich die einfachste Sache auf der Welt war. Paul warf die Froschschenkel dann weg. Tante Tabby hat sie nie vermisst."

„Ich muss meinen Eltern dafür danken, dass ich ein Einzelkind geblieben bin", sagte Julia.

„Ich kann mir nicht vorstellen, wie es gewesen wäre, ohne Paul und Will aufzuwachsen." Alte Erinnerungen kamen Andrea. „Wir drei standen uns immer sehr nahe, auch wenn wir einander gequält haben."

Jacques lachte. Offensichtlich dachte er an seine eigenen Kinder. „Verbringt Ihre Familie hier viel Zeit?"

„Nicht so viel wie früher. Als ich noch ein Mädchen war, kamen wir jeden Sommer für einen Monat."

„Um durch die Wälder zu wandern?" fragte Julia mit milder Herablassung.

„Das", erwiderte Andrea ebenso herablassend, „und zum Zelten." Als Julia die Augen verdrehte, fuhr Andrea belustigt fort: „Außerdem haben wir im See geschwommen und sind dort mit dem Boot gefahren."

„Mit dem Boot fahren", warf Robert ein, „das ist eins von meinen kleinen Lastern. Nichts kann ich besser als Segeln, nicht wahr, Jane?" Er tätschelte die Hand seiner Frau. „Jane ist ebenfalls eine gute Seglerin – die beste Mannschaft, die ich jemals hatte."

Robert wandte sich an Steve. „Sie segeln auch?"

Steve schüttelte bedauernd den Kopf. „Ich fürchte, ich wäre ein sehr schlechter Segler. Ich kann nicht einmal schwimmen."

„Sie scherzen!" rief Julia und sah ihn ungläubig an. Mit einem Blick auf seine breiten Schultern fügte sie hinzu: „Sie sehen so aus, als könnten Sie den Kanal überqueren."

„Ich fühle mich nicht einmal im Nichtschwimmerbecken wohl", gab Steve zu. Er war gar nicht verlegen, eher belustigt. „Dafür mache ich das mit Sportarten zu Lande gut. Wenn wir hier einen Tennisplatz hätten, würde ich Ihnen das beweisen."

„Ah, ja." Jacques hob und senkte die Schultern. „Hier müssen Sie sich mit Wandern begnügen. Die Berge sind sehr schön. Ich hoffe, dass ich eines Tages meine Kinder hierher bringen kann." Er runzelte die Stirn, dann schaute er in seine Kaffeetasse.

„Naturliebhaber!" Julia lächelte fröhlich. „Da ziehe ich doch das verqualmte Los Angeles vor. Ihre Berge und die Eichhörnchen sehe ich mir lieber auf Andreas Fotos an."

„Damit müssen Sie noch etwas warten." Andrea wollte nicht schon wieder wegen ihrer zerstörten Bilder traurig sein. Doch der Verlust ihrer Kamera tat immer noch weh. „Dass mir die Filme verloren gegangen sind, ist nicht so schlimm, das kann ich verwinden." Sie nahm einen kleinen Pfannkuchen. „Außerdem sind nur drei von vier Filmen zerstört. Die Aufnahmen, die ich am See gemacht habe, waren am besten, mit denen kann ich mich trösten. Das Licht war an dem Morgen perfekt, und die Schatten ..."

Sie schwieg, als die Erinnerung in ihr hochkam. Sie sah sich oben auf dem felsigen Hang stehen, wie sie auf das glitzernde Wasser hinuntersah, in dem sich die Bäume spiegelten. Und sie sah die beiden Gestalten auf der anderen Seite des Sees. Das war der Morgen, an dem sie zuerst Lucas und dann Helen im Wald begegnet war. Helen hatte eine Verletzung unter dem Auge ...

„Andrea?"

Als sie Jacques Stimme hörte, kehrte Andrea in die Gegenwart zurück. „Oh, Entschuldigung. Was ist?"

„Fehlt Ihnen etwas?"

„Nein, ich ..." Sie begegnete seinem neugierigen Blick. „Nein."

„Ich denke, dass Licht und Schatten die wesentlichen Elemente der Fotografie sind", meinte Julia. „Aber ich habe mich immer mehr dafür interessiert, vor der Kamera als hinter ihr zu stehen. Erinnerst du dich an den schrecklichen kleinen Mann, Jacques, der zu den unpassendsten Gelegenheiten auftauchte und mir seine Kamera vor das Gesicht hielt? Wie hieß er noch ... ich gewann ihn zuletzt richtig lieb."

Julia hatte die allgemeine Aufmerksamkeit so problemlos auf sich gezogen, dass Andrea bezweifelte, jemandem könnte ihre vorübergehende Verwirrung aufgefallen sein. Sie blickte auf die Pfannkuchen und den Sirup auf ihrem Teller, als seien dort die Geheimnisse des Weltalls offenbart. Dabei spürte sie deutlich, dass Lucas sie ansah. Sie wollte seinen Blick jedoch nicht erwidern.

Sie wollte jetzt für sich sein und nachdenken über das, was ihr im Kopf herumging. Schnell vertilgte sie den Rest ihres Frühstücks und beteiligte sich nicht mehr an der allgemeinen Unterhaltung.

„Ich muss nach Tante Tabby sehen", sagte Andrea in dem Bestreben, sich möglichst unauffällig zu entfernen. „Entschuldigen Sie mich."

Sie hatte die Küchentür noch nicht erreicht, als Julia sie festhielt. „Andrea, ich möchte mit Ihnen reden." Julias Griff war überraschend fest. „Kommen Sie mit in mein Zimmer."

Nach einem Blick in Julias Gesicht erkannte Andrea, dass es zwecklos wäre zu widersprechen. „Gut, ich komme gleich, nachdem ich bei Tante Tabby war. Sie wird sich Sorgen machen, weil ich ihr gestern Abend nicht gute Nacht gewünscht habe. Es dauert nur wenige Minuten."

Andrea sprach ruhig und brachte ein Lächeln zu Stande. Wurde sie nicht selbst eine ziemlich gute Schauspielerin?

Einen Moment musterte Julia schweigend Andreas Gesicht, dann ließ sie sie los. „In Ordnung. Aber kommen Sie, sobald Sie hier fertig sind."

„Ja, das tue ich." Nach diesem Versprechen ging Andrea in die Küche.

Es war nicht schwierig, die Küche auf der anderen Seite wieder unbemerkt zu verlassen. Tante Tabby und Nancy stritten sich gerade. Andrea nahm ihre Jacke von dem Haken, an den sie sie am ersten Tag, als das Unwetter begann, gehängt hatte. Sie griff in die Tasche. Ihre Finger schlossen sich um die Filmrolle.

Für einen Moment holte Andrea sie heraus und betrachtete sie. Dann streifte sie schnell die Schuhe ab, zog Stiefel über, steckte den Film in die Tasche von Julias Pullover, nahm die Jacke und verließ das Haus durch die Hintertür.

9. KAPITEL

Die Luft war kühl und frisch, der Regen hatte sie gereinigt. Die Blattknospen, die Andrea vor wenigen Tagen aufgenommen hatte, waren dicker geworden, hatten sich aber noch nicht geöffnet. Doch dafür hatte sie keinen Blick. Sie wollte nur den Schutz des Waldes erreichen, ohne gesehen zu werden.

Andrea lief, bis sie die ersten Bäume hinter sich hatte. Tiefe Stille umgab sie hier. Der Boden unter ihren Stiefeln war durchnässt und glatt, er war mit Regen vollgesogen. An einigen Stellen hatte der Sturm Schäden angerichtet und Bäume umgestürzt.

Andrea bewegte sich vorsichtig weiter. Überall lagen herabgefallene Zweige, über die sie stolpern konnte.

Die Sonne schien warm. Andrea zog die Jacke aus und hängte sie über einen Ast. Sie zwang sich, sich auf den Anblick und die Geräusche des Waldes zu konzentrieren, bis ihre Gedanken sich wieder beruhigt hatten.

Der Berglorbeer stand dicht vor der Blüte. Ein Vogel zog oben am Himmel Kreise und stürzte sich plötzlich mit scharfem Schrei zwischen die Bäume nach unten. An einem Baumstamm kletterte ein Eichhörnchen nach oben und schaute von dort zu Andrea hinab.

Sie griff in die Tasche und schloss die Hand um die Filmrolle. Das Gespräch mit Julia in der Küche hatte einen schrecklichen Sinn für sie bekommen.

Helen musste an jenem Morgen am See gewesen sein. Ihrer Verletzung nach zu urteilen, hatte sie sich heftig mit jemandem gestritten. Und dieser Jemand hatte Andrea oben am Hang gesehen. Dieser Jemand wollte unbedingt, dass die Fotos vernichtet wurden. Dafür hatte er das Risiko auf sich genommen, in ihre Dunkelkammer und ihr Zimmer einzudringen.

Der Film musste jemandem als so große Gefahr erscheinen, dass er keine Bedenken gehabt hatte, sie bewusstlos zu schlagen und ihr Zimmer zu verwüsten. Wer anders als der Mörder würde so bedenkenlos sein, solche Risiken einzugehen? Wer käme dafür sonst in Betracht?

Alle logischen Überlegungen wiesen auf Lucas hin.

Seine Pläne waren es gewesen, die die Gruppe hier im Gasthof zusammengebracht hatte. Lucas war es gewesen, den Andrea getroffen hatte, kurz nachdem sie – ohne es zu wissen – Helen beobachtet hatte. Lucas hatte sich über sie gebeugt, als sie in der Dunkelkammer wieder zu sich kam. In der Nacht, in der Helen ermordet wurde, war Lucas völlig angezogen, noch nicht im Bett gewesen.

Andrea schüttelte heftig den Kopf. Sie wollte gegen diese Logik angehen. Aber der Film, den sie in der Hand hielt, war ganz konkrete Wirklichkeit.

Lucas musste sie oben auf dem Hang gesehen haben. Sie hatte dort in vollem Licht gestanden. Als er sie dann abgefangen hatte, hatte er versucht, ihre alten Beziehungen wieder aufzuwärmen. Es war ihm klar gewesen, dass er nicht versuchen durfte, ihr den Film aus der Kamera wegzunehmen. Sie hätte einen solchen Aufstand gemacht, dass man sie im ganzen Land gehört hätte.

Lucas kannte sie gut genug, um zu wissen, dass er mit feineren Methoden besser vorankommen würde. Aber er konnte nicht wissen, dass sie den Film in der Kamera bereits ausgetauscht hatte.

Er hatte ihre alte Schwäche für ihn ausnutzen wollen. Wenn

sie nachgegeben hätte, würde er genügend Zeit und Gelegenheit gefunden haben, den Film unbrauchbar zu machen. Andrea musste zugeben, dass sie zu sehr mit Lucas beschäftigt gewesen war, um den Verlust zu bemerken.

Aber sie hatte Lucas widerstanden. Diesmal hatte sie ihn zurückgestoßen. So war er gezwungen gewesen, andere Maßnahmen zu ergreifen.

Er hatte nur so getan, als begehre er sie, das wurde Andrea jetzt klar. Das vor allem war es, was ihr wehtat. Er hatte sie in die Arme genommen und sie geküsst, während er an nichts anderes dachte als daran, wie er sich selbst am besten schützen konnte.

Andrea zwang sich, den Tatsachen ins Auge zu sehen. Lucas hatte schon vor langer Zeit aufgehört, sie zu begehren. Seine Bedürfnisse waren stets andere gewesen als ihre. Vor allem zwei Tatsachen waren ihr jetzt völlig klar: Sie hatte nie aufgehört, ihn zu lieben, und er hatte nie angefangen, sie zu lieben.

Doch trotz aller Logik schreckte Andrea immer noch davor zurück, sich Lucas als kaltblütigen Mörder vorzustellen. Sie erinnerte sich an seine unerwarteten Beweise der Zärtlichkeit, an seinen Humor, seine sorglose Großzügigkeit. Auch das war ein Teil von ihm – ein Teil der Gründe dafür, dass sie sich so schnell in ihn verliebt und nie aufgehört hatte, ihn zu lieben.

Jemand ergriff Andrea an der Schulter. Mit einem erschreckten Aufschrei drehte sie sich um und sah sich Lucas gegenüber. Als sie vor ihm zurückzuckte, ließ er die Hand sinken und schob sie in die Hosentasche. Sein Gesichtsausdruck war finster, seine Stimme klang kühl.

„Wo ist der Film, Andrea?"

Der letzte Rest von Farbe wich aus Andreas Gesicht. Andrea hatte es nicht glauben wollen. Ein Teil von ihr weigerte sich immer noch, das zu tun. Doch ihre Liebe schien erschüttert. Lucas ließ ihr keine Wahl.

„Der Film?" Sie schüttelte den Kopf, während sie einen Schritt zurückwich. „Welcher Film?"

„Du weißt sehr gut, welchen Film ich meine." Lucas' Stimme klang ungeduldig. Er sah Andrea herausfordernd an. „Ich will die vierte Rolle haben. Und versuch nicht, vor mir davonzulaufen."

Andrea blieb stehen. „Warum?"

„Stell dich nicht dumm." Seine Ungeduld wurde zu Zorn. Andrea erkannte die Anzeichen dafür nur zu gut. „Ich will den Film haben. Was ich dann damit mache, geht nur mich etwas an."

Andrea lief los. Sie wollte Lucas entkommen, seine weiteren Worte nicht mehr hören. Es war leichter für sie gewesen, mit dem Zweifel als jetzt mit der Gewissheit zu leben.

Doch Lucas hielt sie am Arm fest, noch bevor sie zwei Meter davongekommen war. Er riss sie zu sich herum und sah sie scharf an.

„Du hast Angst." Er schien verwundert, wurde dann wieder ärgerlich. „Du hast Angst vor mir." Er packte sie fester und zog sie näher an sich heran. „Wir haben die ganze Skala der Gefühle durchlaufen, nicht wahr, Kätzchen? Was gestern war, ist vorbei." Seine Worte klangen so endgültig, dass sie Andrea mehr schmerzten als der feste Griff um ihren Arm.

„Lucas." Sie zitterte. Ihre Gefühle waren überreizt. „Bitte tu mir nicht länger weh."

Er sah sie einen Moment an, dann ließ er sie ganz plötzlich

los. Man konnte ihm deutlich anmerken, wie er um seine Selbstbeherrschung kämpfte.

„Ich werde dich nicht wieder anfassen, weder jetzt noch in Zukunft. Sag mir nur, wo der Film ist. Dann verschwinde ich so schnell wie möglich aus deinem Leben."

Sie musste an sein Verständnis appellieren, sie musste es ein letztes Mal versuchen. „Lucas, bitte, das ist doch sinnlos. Du musst das einsehen. Kannst du nicht ..."

„Versuch nicht, mich für dumm zu verkaufen! Hast du denn überhaupt keine Idee, wie gefährlich dieser Film ist? Glaubst du auch nur eine Minute lang, ich würde zulassen, dass du ihn behältst?"

Lucas ging einen Schritt auf Andrea zu. „Sag mir, wo er ist. Sag es mir jetzt sofort, oder ich werde die Antwort aus dir herausschütteln!"

„In der Dunkelkammer." Die Lüge kam ganz von selbst, ohne dass Andrea darüber nachgedacht hatte. Vielleicht nahm Lucas sie deshalb so widerspruchslos hin.

„Gut. Und wo dort?"

Andrea merkte, dass Lucas sich etwas entspannte. Seine Stimme wurde ruhiger.

„Auf dem unteren Regal, auf der nassen Seite."

„Was soll ein Laie darunter verstehen, Kätzchen?" Eine Spur von Spott war Lucas' Worten anzumerken, während er die Hand nach Andrea ausstreckte. „Komm, holen wir den Film."

„Nein." Sie wich zurück.

„Ich gehe nicht mit dir. Auf dem Regal liegt nur eine Filmrolle, die wirst du finden. Du hast die anderen ja auch gefunden. Lass mich endlich in Ruhe, Lucas. Um Himmels willen, lass mich in Ruhe!"

Wieder lief sie los, wobei sie auf dem feuchten Waldboden beinahe ausgerutscht wäre. Diesmal folgte ihr Lucas nicht.

Andrea hatte nicht die geringste Ahnung, wie weit sie lief oder welche Richtung sie eingeschlagen hatte. Schließlich hörte sie mit dem Laufen auf, sie ging, blieb dann stehen und schaute nach oben. Der Himmel war wolkenlos. Was sollte sie jetzt tun?

Sie konnte zurückgehen. Ja, das könnte sie tun. Sie könnte versuchen, als Erste in die Dunkelkammer zu kommen, und sich dort einschließen. Dann könnte sie den Film entwickeln, die beiden Figuren am See vergrößern und sich selbst von der Wahrheit überzeugen.

Wieder griff sie nach dem Film in ihrer Tasche, den sie inzwischen bereits hasste. Sie wollte die Wahrheit nicht sehen. Wenn sie absolute Gewissheit hatte, würde sie den Film nie der Polizei geben können. Ganz gleich, was Lucas getan hatte und noch tun würde, sie konnte ihn nicht verraten. Er hatte sich geirrt. Sie würde es nie fertig bringen, die Falltür für ihn zu entriegeln.

Andrea zog den Film aus der Tasche und betrachtete ihn. Er sah so unschuldig aus. Sie selbst war sich an jenem Tag so unschuldig vorgekommen, als sie oben am Hang stand, während die Sonne langsam höher stieg. Doch wenn sie tun würde, was sie tun musste, würde sie sich nie wieder unschuldig fühlen.

Sie würde den Film jetzt selbst belichten und damit vernichten.

Lucas, dachte sie und lachte beinahe. Lucas war der einzige Mann auf dieser Erde, der sie dazu bringen konnte, ihr Gewissen zu vergessen. Und wenn sie es getan hatte, würden nur er und sie davon wissen. Sie würde dann ebenso schuldig sein wie er.

Tu es schnell, sagte sie sich. Tu es sofort und denk später darüber nach. Die Innenfläche der Hand, mit der sie den Film umfasste, war feucht. Du wirst ein ganzes Leben lang Zeit haben, darüber nachzudenken.

Andrea atmete tief durch. Sie begann, den Deckel von der Plastikkapsel abzunehmen, in der sie den noch unentwickelten Film verwahrte.

Ein Geräusch hinter ihr auf dem Pfad schreckte sie auf. Hastig stopfte sie den Film wieder in die Tasche.

Konnte Lucas die Dunkelkammer so schnell durchsucht haben? Was würde er jetzt tun, nachdem er wusste, dass sie ihn angelogen hatte? Andrea wollte wieder davonlaufen, stattdessen blieb sie stehen und wartete. Die letzte Auseinandersetzung musste doch einmal stattfinden.

Einen Moment war Andrea erleichtert, als sie Steve näher kommen sah. Dann wurde sie ärgerlich. Sie wollte jetzt allein sein und nicht unverbindlich plaudern. Die Zeit würde ungenützt verstreichen, der Film in ihrer Tasche brannte ihr auf der Seele.

„Hallo!"

Steves fröhliches Lächeln bewirkte nicht, dass sich Andreas Ärger verringerte. Aber sie zwang sich, sein Lächeln zu erwidern. Wenn sie schon für den Rest ihres Lebens allen etwas vorspielen musste, konnte sie gleich damit anfangen.

„Hallo. Befolgen Sie Jacques' Rat, eine Wanderung zu machen?" Du meine Güte, wie normal und belanglos war es doch, was sie sagte. Würde sie es fertig bringen, immer so weiterzumachen?

„Ja. Wie ich sehe, hatten Sie ebenfalls das Bedürfnis, dem Gasthof für eine Weile zu entkommen." Steve atmete tief durch

Nur wer die Sehnsucht kennt

und spannte die breiten Schultern. "Es tut richtig gut, mal wieder draußen zu sein."

"Ich verstehe, was Sie sagen wollen." Andrea merkte, dass sie sich allmählich entspannte. Es war eine Erleichterung, dass sie von ihren Gedanken abgelenkt wurde. Sie wollte die Gelegenheit nutzen. Wenn hier alles vorbei war, würde nichts mehr so sein wie früher.

"Jacques hatte Recht", fuhr Steve fort und schaute nach oben. "Die Berge sind wunderschön. Ihr Anblick erinnert daran, dass das Leben weitergeht."

"Ich glaube, wir alle haben es jetzt nötig, uns daran zu erinnern." Unbewusst steckte Andrea die Hand in die Tasche, wo sie den Film verwahrte.

"Ihr Haar schimmert im Sonnenlicht." Steve ergriff das Ende einer Strähne und wickelte es um seine Finger.

Andrea merkte mit Unbehagen, dass sein Blick wärmer wurde. Ein romantisches Zwischenspiel war nichts, womit sie jetzt fertig werden konnte.

"Die Leute scheinen mehr über mein Haar nachzudenken als ich selbst." Sie lächelte und bemühte sich, einen unbeschwerten Eindruck zu machen. "Manchmal bin ich versucht, es abzuschneiden."

"Oh, nein." Steve ließ ihr Haar nicht los. "Es ist wirklich sehr schön, ganz einzigartig." Er schaute Andrea in die Augen. "Wissen Sie, dass ich während der letzten Tage sehr oft an Sie gedacht habe? Sie sind auch einzigartig."

"Steve ..." Andrea wäre jetzt weitergegangen, wenn Steve sie nicht immer noch am Haar festgehalten hätte.

"Ich mag Sie, Andrea."

Steve sprach das so leise und bescheiden aus, dass seine

Worte sie rührten. Sie drehte sich zu ihm um. „Es tut mir sehr Leid, Steve, wirklich."

„Es soll Ihnen nicht Leid tun." Er beugte sich vor und berührte ihren Mund mit seinen Lippen. „Wenn Sie es zulassen, kann ich Sie sehr glücklich machen."

„Steve, bitte." Andrea legte die Hände vor seine Brust. Wenn er doch nur Lucas wäre, dachte sie, während sie zu ihm aufblickte. Wenn doch nur Lucas sie so ansähe. „Ich kann nicht."

Er atmete tief durch, ließ sie aber nicht los. „McLean, nicht wahr? Andrea, er macht Sie doch nur unglücklich. Warum lassen Sie ihn nicht gehen?"

„Ich kann Ihnen nicht sagen, wie oft ich mir diese Frage schon selbst gestellt habe." Sie seufzte. Ein Sonnenstrahl fiel ihr ins Gesicht. „Ich habe keine andere Antwort gefunden als die, dass ich ihn liebe."

„Ja, das sieht man Ihnen an." Steve schob ihr das Haar aus der Stirn zurück. „Ich hatte gehofft, Sie würden über ihn hinwegkommen. Aber vermutlich können Sie das nicht."

„Ich fürchte, Sie haben Recht. Ich habe es sogar schon aufgegeben, das zu versuchen."

„Nun, das tut mir sehr Leid, Andrea. Es macht die Dinge schwieriger."

Andrea senkte den Blick. Mitleid wollte sie jetzt nicht. „Steve, ich erkenne Ihr Mitgefühl an. Aber ich möchte jetzt wirklich allein sein."

„Ich will den Film haben, Andrea."

Erstaunt blickte sie auf. „Den Film? Ich weiß nicht, wovon Sie reden."

„Oh doch. Ich fürchte, Sie wissen das nur zu gut." Seine Stimme klang immer noch sanft. Er streichelte ihr Haar. „Die

Aufnahmen, die Sie neulich morgens gemacht haben, als Helen und ich am See waren. Ich muss sie haben."

"Sie?" Andrea erfasste nicht sofort, welche Bedeutung Steves Worte hatten. "Sie und Helen?" Verwirrung wurde zu Schock. Andrea starrte Steve hilflos an.

"Wir hatten an jenem Morgen ziemlichen Streit miteinander. Sie müssen wissen, dass sie eine beträchtliche Summe von mir forderte. Ihre anderen Quellen trockneten aus. Julia gab ihr nichts und lachte sie nur aus. Darüber war Helen sehr wütend."

Steves Gesicht verzog sich zu einem grimmigen Lächeln. "Jacques hatte ebenfalls mit Helen Schluss gemacht. Und gegen Lucas hatte sie nichts wirklich Belastendes in der Hand. Sie hatte gehofft, ihn einschüchtern zu können. Stattdessen hatte er ihr gesagt, sie möge sich zum Teufel scheren, und ihr eine Klage angedroht. Das hat sie für eine Weile aus dem Gleichgewicht gebracht. Außerdem muss sie gemerkt haben, dass sie es bei Jane zu weit getrieben hatte. Deshalb konzentrierte sie sich auf mich."

Während er sprach, hatte er begonnen, in die Ferne zu blicken. Jetzt wandte er seine Aufmerksamkeit wieder Andrea zu. Ein erster Anflug von Zorn war in seinen Augen zu lesen.

"Sie verlangte zweihundertfünfzigtausend Dollar von mir, zahlbar innerhalb von zwei Wochen. Eine Viertelmillion, oder sie würde die Informationen, die sie über mich besaß, meinem Vater geben."

"Aber Sie haben doch gesagt, was sie wisse, sei überhaupt nicht wichtig."

Andrea schaute für einen Moment an Steve vorbei. Hinter ihm war der Pfad leer. Sie waren allein.

„Leider wusste sie etwas mehr, als ich Ihnen verraten habe." Steve lächelte um Entschuldigung bittend. „Damals konnte ich Ihnen wohl kaum alles sagen. Ich habe meine Spuren gut verwischt. Deshalb glaube ich nicht, dass die Polizei jemals etwas erfahren wird. Es war im Grunde genommen eine Art von Anleihe."

„Eine Anleihe? Was soll das heißen?"

Mit jedem Moment, der verging, wurde die Situation für Andrea schrecklicher. Bring ihn dazu, weiterzureden, sagte sich Andrea ängstlich. Lass ihn nur reden, bis hoffentlich irgendwann jemand vorbeikommt.

„Nun, es war wirklich nur eine Art Ausleihen. Das Geld wird mir früher oder später ohnehin gehören." Steve zuckte mit den Schultern. „Ich habe davon nur ein wenig früher genommen. Unglücklicherweise würde mein Vater es nicht so sehen. Ich habe es Ihnen ja gesagt, nicht wahr? Er ist ein harter Bursche. Er würde mich, ohne groß darüber nachzudenken, mit einem Fußtritt hinausbefördern und meine Einkünfte unterbinden. Das kann ich mir nicht leisten, Andrea." Er warf ihr ein Lächeln zu. „Ich habe einen sehr teuren Geschmack."

„Dann haben Sie sie getötet." Andrea stellte das mit ganz ruhiger Stimme fest. Sie hatte ihre Furcht überwunden.

„Ich hatte keine andere Wahl. Es war mir unmöglich, innerhalb von zwei Wochen so viel Geld aufzutreiben."

Steve sagte das so ruhig, dass es für Andrea völlig vernünftig klang.

„Ich hätte sie an jenem Morgen am See schon beinahe umgebracht. Sie wollte nicht auf mich hören. Ich verlor die Beherrschung und schlug sie zu Boden. Als ich sie dort liegen sah, wurde mir klar, wie sehr ich mir ihren Tod wünschte."

Andrea unterbrach ihn nicht. Sie merkte, dass er mit seinen Enthüllungen noch nicht am Ende war. Sollte er doch alles sagen. Bestimmt würde inzwischen jemand kommen.

„Ich beugte mich über sie", fuhr Steve fort. „Ich hatte die Hände schon um ihren Hals gelegt, als ich Sie oben am Hang stehen sah. Ich wusste, dass Sie es waren. Ihr Haar glänzte im Sonnenlicht. Ich glaube nicht, dass Sie mich aus der Entfernung erkennen konnten. Aber ich musste sicher sein. Natürlich fand ich später heraus, dass Sie uns überhaupt keine Beachtung geschenkt hatten."

„Das stimmt, ich habe Sie kaum wahrgenommen."

Andreas Knie begannen zu zittern. Steve erzählte ihr zu viel, viel zu viel.

„Ich ließ Helen los und lief in einem Bogen, um sie abzufangen. Doch Lucas erreichte sie vor mir. Das war wirklich eine rührende kleine Szene."

„Sie haben uns belauscht?" Andrea war selbst erstaunt, dass sie sich jetzt darüber ärgern konnte.

„Sie waren zu sehr miteinander beschäftigt, um mich zu bemerken." Steve lächelte wieder. „Jedenfalls erfuhr ich bei dieser Gelegenheit, dass Sie Aufnahmen gemacht hatten. Ich musste dafür sorgen, dass dieser Film beseitigt wurde, er war ein zu großes Risiko für mich. Es war mir sehr unangenehm, Ihnen weh zu tun, Andrea. Sie haben mir von Anfang an sehr gut gefallen."

„Die Dunkelkammer!"

„Ja. Ich war froh, dass Sie bereits mit dem Stoß durch die Tür außer Gefecht gesetzt wurden. Ihre Kamera sah ich nicht, aber eine Filmrolle. Ich dachte, nun sei alles erledigt. Sie können sich meine Enttäuschung vorstellen, als Sie erzählten, Sie hätten zwei

Filmrollen verloren, auf denen Aufnahmen von Ihrer Fahrt hierher gewesen seien. Ich hatte keine Ahnung, wieso der zweite Film ruiniert worden war."

„Das war Lucas. Er hatte Licht in der Dunkelkammer gemacht, als er mich fand."

Wie ein Blitz traf Andrea die Erkenntnis, dass Lucas unschuldig war. Er hatte sich nur benommen wie immer, aber sie hatte an ihm gezweifelt.

„Nun ja, das ist jetzt alles unwichtig. Wenn ich damals nur den Film aus Ihrer Kamera genommen hätte, hätten Sie angefangen, sich Fragen zu stellen und wegen der Aufnahmen Verdacht geschöpft. Deshalb musste ich in Ihrem Zimmer leider etwas mehr tun. Danach ging ich zu Helen. Mir war klar, dass ich sie umbringen musste. Als ich in ihr Zimmer kam, zeigte sie auf ihre Verletzung und sagte, die koste mich weitere hunderttausend Dollar. Ich wollte sie erwürgen. Doch dann sah ich die Schere. Mit der Schere war es besser – jeder konnte eine Schere verwenden, selbst die kleine Jane."

Steve schüttelte sich einen Moment, ohne den Griff um Andreas Haar zu lockern. „Es war schrecklich. So etwas habe ich noch nie durchgemacht. Aber ich musste mich zusammennehmen. Ich wischte die Griffe der Schere ab, kehrte in mein Zimmer zurück, duschte und ging ins Bett. Insgesamt waren höchstens zwanzig Minuten vergangen. Mir war es wie Jahre vorgekommen."

„Es muss ein schlimmes Erlebnis für Sie gewesen sein."

Steve achtete nicht auf Andreas spöttische Bemerkung. „Danach lief alles günstig für mich: Das Unwetter, der Abbruch aller Verbindungen zur Außenwelt. Niemand konnte beweisen, wo er zur Tatzeit gewesen war. Alle hatten ein Motiv. Wenn die

Polizei kommt, wird sie wahrscheinlich vor allem Lucas und Jacques verdächtigen."

„Lucas kann niemand töten. Die Polizei wird das wissen."

„Darauf würde ich mich nicht verlassen. Sie waren sich in dem Punkt selbst nicht so sicher, nicht wahr?"

Andrea konnte darauf nichts erwidern. Steve hatte Recht.

„Heute Morgen sprachen Sie plötzlich von vier Filmrollen und von den Aufnahmen, die Sie am See gemacht haben. Dabei ist es Ihnen eingefallen. Ich habe Ihnen das sofort angemerkt."

„Mir war nur eingefallen, dass irgendwelche Leute an jenem Morgen am See gewesen waren."

„Aber Sie haben sehr schnell eins und eins zusammengezählt. Ich hatte gehofft, ich könne Ihre Zuneigung erringen. Mit McLean hatten Sie offensichtlich Probleme. Wenn ich ihn hätte verdrängen können, hätte sich vielleicht eine Gelegenheit ergeben, den Film in die Hand zu bekommen, ohne Ihnen wehtun zu müssen."

Andrea sah Steve an. Sie spürte, dass er zu Ende geredet hatte. Was haben Sie jetzt vor?"

„Was bleibt mir anderes übrig, als Sie umzubringen?"

Er sagte das in so beiläufigem Ton, dass Andrea beinah hysterisch aufgelacht hätte. „Das würde ich nicht tun. Diesmal wird man wissen ..."

„Oh nein, das glaube ich nicht", unterbrach Steve sie. „Ich war sehr vorsichtig, niemand hat mich fortgehen sehen. Alle sind jetzt unterwegs. Wahrscheinlich weiß niemand, dass Sie hier draußen sind. Die Spuren kann ich verwischen. Und nun, Andrea, brauche ich den Film. Sagen Sie mir, wo Sie ihn haben."

„Das verrate ich Ihnen nicht. Man wird ihn finden, und dann weiß jeder, dass Sie es waren."

Steve machte eine ungeduldige Bewegung. „Sie sollten lieber sofort reden, dann ersparen Sie sich Schmerzen."

Er schlug so schnell zu, dass Andrea nicht ausweichen konnte. Sie stürzte rückwärts gegen einen Baumstamm und wäre zu Boden gefallen, wenn sie sich nicht an der Rinde festgekrallt hätte.

Steve drang auf sie ein. Verzweifelt nahm Andrea ihren ganzen Mut zusammen und trat ihm mit voller Kraft zwischen die Beine.

Mit einem schmerzlichen Aufschrei sank Steve auf die Knie. Andrea drehte sich um und floh.

Andrea lief blindlings in den Wald hinein. Sie hatte nur einen Gedanken: Steve zu entkommen. Doch bald wurde ihr bewusst, dass sie die verkehrte Richtung eingeschlagen hatte. Sie entfernte sich immer mehr vom Gasthof.

Zum Umkehren war es zu spät. Andrea verließ den Pfad, brach durch das Unterholz. Als sie Steve hinter sich hörte, beschleunigte sie ihr Tempo. Es ging um ihr Leben. Der Boden war feucht und rutschig, sie durfte nicht ausgleiten. Dann wäre Steve sofort über ihr.

Ihr Herz schlug heftig, die Lungen schmerzten. Ein Zweig peitschte ihre Wange. Doch Andrea rannte weiter. Sie würde laufen, bis sie Steve entkommen war.

Ein Baumstamm lag quer auf dem Boden. Andrea sprang hinüber, lief weiter. Sie hörte, wie Steve hinter ihr ausglitt und fluchend zu Boden stürzte. Ihr Vorsprung vergrößerte sich.

Doch dann war Steve wieder hinter ihr. Er war kräftiger, sportlicher als sie, er würde sie einholen. Schon hörte sie sein heftiges Atmen.

Plötzlich sah sie den See vor sich. Seine Oberfläche schimmerte im Sonnenlicht. Andrea fiel ein, was Steve am Morgen gesagt hatte: Er konnte nicht schwimmen. Das Rennen hatte jetzt ein Ziel, und sie stürzte darauf zu.

Sie erreichte den See an einer Stelle, an der ein felsiger Hang sehr steil zu ihm abfiel. Andrea zögerte keinen Moment. Sie kletterte hinunter, rutschte ab, klammerte sich an einer Baumwurzel fest, verlor den Halt, rutschte weiter.

Sie hörte Steve über sich. Steine regneten auf sie hinunter. Steve verfolgte sie weiter.

Die letzten Meter ließ Andrea sich fallen. Sie schlug auf dem schmalen Ufer auf, rollte über den Boden, richtete sich taumelnd wieder auf.

Sie hörte ihren Namen rufen. Gleich würde Steve sie erreicht haben. Mit letzter Kraft warf Andrea sich in den See. Das kalte Wasser war wie ein Schock. Sie musste vom Ufer fort, dorthin, wo der See tiefer war und Steve sie nicht erreichen konnte. Sie würde gewinnen.

Als habe jemand das Licht ausgeschaltet, wurde es plötzlich dunkel um Andrea. Ihre schweren Stiefel zogen sie in die Tiefe, das Wasser schloss sich über ihr. Heftig um sich schlagend strebte sie nach oben. Sie tauchte auf, holte tief Luft, versank im nächsten Moment wieder. Verzweifelt kämpfte sie gegen das Ertrinken an. Das Wasser, das sie hatte retten sollen, erwies sich als ein zweiter tödlicher Feind.

Noch einmal kam sie nach oben, holte Luft und schrie um Hilfe. Aber sie wusste, dass niemand kommen würde. Sie hatte den Kampf verloren. Ihre Kräfte verließen sie. Langsam gab sie auf, ließ sich vom Wasser umhüllen.

Jemand tat ihr weh. Schwärze umgab sie, betäubte den

Schmerz. Luft wurde gewaltsam in ihre Lungen gepresst. Andrea stöhnte.

Dann hörte sie Lucas' Stimme. Sie klang fremdartig, unnatürlich, voller Panik. Wie seltsam, dass sie Lucas hörte. Ihre Augenlider waren schwer wie Blei. Mühsam konnte Andrea sie heben. Aus der Schwärze wurde Nebel.

Lucas' Gesicht war dicht über ihr. Wasser tropfte von ihm, aus seinem Haar, auf ihre Wangen. Andrea sah ihn benommen an. Sie konnte noch nicht sprechen.

„Andrea!" Lucas wischte ihr das Wasser aus dem Gesicht, streichelte sie. „Hör mich, Andrea! Alles ist in Ordnung, dir wird es wieder gut gehen. Hörst du mich? Alles ist gut. Ich bringe dich zum Gasthof zurück. Kannst du mich verstehen?"

Seine Stimme klang ebenso verzweifelt, wie sein Blick es war. Noch nie hatte sie Lucas so erlebt. Andrea wollte etwas sagen, ihn trösten. Aber ihr fehlte die Kraft dafür. Der Nebel wurde dichter. Mit großer Anstrengung brachte sie schließlich doch einige Worte heraus.

„Ich dachte, du hättest Helen getötet. Verzeih mir."

„Oh, Kätzchen." Lucas' warme Lippen berührten ihren Mund. Dann spürte sie nichts mehr.

Andrea hörte Stimmen, wie aus weiter Ferne. Sie wehrte sich gegen sie, sie wollte ihre Ruhe haben. Doch Lucas war beharrlich. Er nahm auf ihre Wünsche keine Rücksicht. Sie hörte ihn jetzt deutlich.

„Ich bleibe bei ihr, bis sie aufwacht. Ich verlasse sie nicht."

„Lucas, Sie können sich kaum noch auf den Beinen halten." Das war Robert. „Ich bleibe bei Andrea. Das gehört zu meinem Beruf. Wahrscheinlich wird sie während der ganzen Nacht zwischen Bewusstsein und Ohnmacht wechseln. Sie wüssten dann nicht, was zu tun ist."

„Dann sagen Sie es mir. Ich bleibe bei ihr."

„Natürlich, mein Lieber." Tante Tabbys Stimme überraschte Andrea. Sie klang so fest und entschlossen. „Lucas bleibt, Dr. Spicer. Sie sagten bereits, dass Andrea jetzt vor allem Ruhe braucht, dass wir abwarten müssen, bis sie von selbst aufwacht. Lucas kann sich um sie kümmern."

Andrea hatte plötzlich den Wunsch, die anderen zu fragen, was da eigentlich vor sich gehe, was sie in ihrer privaten Welt machten. Sie versuchte, Worte zu formen, brachte aber nur ein Stöhnen zu Wege.

„Hat sie Schmerzen?" Lucas' Stimme klang besorgt. „Dann geben Sie ihr doch etwas dagegen."

Wieder wurde es schwarz um Andrea. Alle Geräusche verschwanden.

Sie träumte. Der schwarze Vorhang vor ihren Augen wurde heller. Lucas blickte auf sie herab. Für einen Traum war sein Gesicht überraschend lebendig. Seine Hand fühlte sich auf ihre Wange sehr wirklich und kühl an. „Kätzchen, kannst du mich hören?"

Andrea sah ihn an, nahm all ihre Kraft zusammen. „Ja." Dann schloss sie wieder die Augen.

Als sie sie erneut öffnete, war Lucas immer noch da. Andrea schluckte. „Bin ich tot?"

„Nein, Kätzchen, nein. Du bist nicht tot." Er stützte ihren Kopf und hielt ihr etwas an die Lippen. „Versuch zu trinken, Liebling."

Jede Bewegung schmerzte. Andrea hatte das Gefühl, wie ein Ballon durch die Luft zu schweben. Sie trank einen Schluck.

„Lucas?"

„Ja, ich bin hier."

„Warum?"

„Warum was, Kätzchen?"

„Warum bist du hier?"

Lucas' Gesicht verschwamm vor ihren Augen, sie wurde wieder bewusstlos und hörte seine Antwort nicht.

10. KAPITEL

Das Sonnenlicht war zu hell. Andrea, an die Dunkelheit gewöhnt, blinzelte protestierend.

„Bleiben Sie diesmal bei uns, Andrea, oder ist dies wieder nur ein kurzer Besuch?" Julia beugte sich über Andrea und tätschelte ihr die Wange. „Ihr Gesicht bekommt schon wieder etwas Farbe, Ihr Kopf ist nicht mehr so heiß. Wie fühlen Sie sich?"

Andrea lag einen Moment still und dachte nach. „Leer", sagte sie dann.

Julia lachte. „Als Erstes denken sie an Ihren Magen, nicht wahr?"

„Nein, überall leer, vor allem im Kopf." Sie blickte verwirrt um sich. „War ich krank?"

„Nun, Sie haben uns ganz schön Sorgen gemacht." Julia setzte sich auf die Bettkante. „Erinnern Sie sich nicht?"

„Habe ich geträumt?" Andrea fand in ihrem Gedächtnis nur Bruchstücke. „Lucas war hier. Ich habe mit ihm geredet."

„Ja. Er sagt, sie seien die ganze Nacht immer wieder zu Bewusstsein gekommen und dann wieder weggetreten, Sie hätten nur ab und an ein Wort gesagt. Als Lucas Sie hereinbrachte, dachten wir alle ..." Julia beugte sich zu Andrea hinunter und drückte ihr einen Kuss auf die Wange. Als sie sich wieder aufgerichtet hatte, sah Andrea, dass Julias Augen feucht geworden waren.

„Julia." Andrea presste einen Moment die Augen zu, konnte danach aber nicht klarer sehen. „Ich sollte in Ihr Zimmer kommen, aber das habe ich nicht getan."

„Stimmt, ich hätte Sie mit mir ziehen sollen, dann wäre all dies nicht geschehen." Julia stand auf. „Ich weiß nicht, wie viel Zeit Lucas und ich damit verschwendet haben, nach dem Film zu suchen, bevor er wieder weglief, um Sie zu finden ..."

„Ich verstehe nichts. Warum ..." Als Andrea die Hand hob, um sich über das Haar zu streichen, sah sie die Verbände an den Handgelenken. „Was soll das? Habe ich mich verletzt?"

„Jetzt ist alles wieder gut." Julia ging nicht auf die Frage ein. „Lucas wird es Ihnen erklären. Er wird sehr wütend sein, dass ich ihn nach unten gescheucht habe, um Kaffee zu holen, während Sie gerade in dieser Zeit aufwachten."

„Julia ..."

„Keine weiteren Fragen jetzt." Julia schnitt ihr das Wort ab. Sie nahm einen seidenen Morgenrock vom Stuhl. „Ziehen Sie das über, Sie werden sich wohler fühlen."

Julia half Andrea, den Morgenrock über die Arme zu ziehen. Er verdeckte die Binden. Noch immer wusste Julia nicht, was geschehen war.

„Liegen Sie ganz still und entspannen Sie sich", befahl Julia. „Tante Tabby hat schon Suppe aufgesetzt, die auf Sie wartet. Ich werde ihr sagen, dass sie eine riesige Schüssel für Sie füllen soll."

Sie küsste Andrea noch einmal und ging zur Tür. „Hören Sie, Andrea", sagte Julia von dort mit einem leisen katzenhaften Lächeln. „Er hat während der letzten vierundzwanzig Stunden die Hölle durchlebt. Aber machen Sie es ihm nicht zu leicht."

Andrea sah stirnrunzelnd die Tür an, nachdem Julia gegangen war. Was mochte Julia nur gemeint haben?

Es hatte keinen Sinn, länger im Bett zu liegen. Hier würde sie keine Antworten finden. Mühsam stand sie auf. Alle Glieder, jeder Muskel schmerzten. Fast hätte sie der Versuchung nachgegeben, wieder ins Bett zurückzukriechen. Doch ihre Neugier war stärker.

Ihre Beine schwankten, als sie zum Spiegel ging. „Du meine Güte!" Sie sah ja noch schlimmer aus, als sie sich fühlte. Das Gesicht war voller blauer Flecken und Schrammen. Was hatte sie nur mit sich gemacht? Sie band den Gürtel des Morgenrocks zu, um den größten Schaden zu verbergen.

Die Tür öffnete sich, im Spiegel sah Andrea Lucas hereinkommen. Er machte den Eindruck, als habe er seit Tagen nicht mehr geschlafen. Die Linien um Mund und Augen hatten sich vertieft, er war unrasiert, nur seine Augen waren wie immer: dunkel und eindringlich.

„Du siehst scheußlich aus", sagte Andrea, ohne sich umzudrehen. „Du brauchst Schlaf."

Er lachte. „Ich hätte damit rechnen sollen", sagte er seufzend und lächelte dann. „Du hättest nicht aufstehen sollen, Kätzchen. Du kannst jeden Moment umfallen."

„Mir geht es gut – ging es jedenfalls, bis ich in den Spiegel schaute." Sie drehte sich um. „Ich wäre vor Schreck fast in Ohnmacht gefallen."

„Du bist die schönste Frau, die ich jemals gesehen habe", sagte er ernst und aufrichtig.

„Zu einem Invaliden soll man nett sein, nicht wahr? Ich hätte gern einige Erklärungen. In meinem Kopf sieht es ziemlich wirr aus."

„Robert sagte, damit sei zu rechnen, nachdem ..." Er unterbrach sich. „Nach allem, was geschehen ist."

Andrea betrachtete ihre verbundenen Hände. „Und was ist geschehen? Ich kann mich nicht richtig erinnern. Ich lief ..." Sie sah Lucas in die Augen. „Ich lief durch den Wald, rutschte den Abhang hinunter. Ich ..." Sie schüttelte den Kopf, erinnerte sich nur an Bruchstücke.

„Du wärst beinahe ertrunken."

„Der See!" wie eine riesige Woge kehrte die Erinnerung zurück. Andrea stützte sich auf die Kommode. „Es war Steve. Er hat Helen ermordet. Er verfolgte mich. Ich sollte ihm den Film geben, aber das habe ich nicht getan." Sie schwieg einen Moment. „Ich habe dich angelogen. Der Film war in meiner Tasche. Ich lief weg, aber Steve verfolgte mich."

„Kätzchen." Lucas nahm sie in die Arme. „Tu das nicht, denk jetzt nicht darüber nach."

„Nein, lass mich. Ich muss es wissen ..." Andrea löste sich von Lucas. Sie musste die Einzelheiten erfahren. Erst dann würde sie ihre Angst überwinden können.

„Er entdeckte mich im Wald, nachdem du mich verlassen hattest. An jenem Morgen, als ich am See Aufnahmen machte, war er dort mit Helen. Er hat mir gesagt, dass er sie getötet hat. Er hat mir alles erzählt."

„Wir wissen es bereits. Nachdem wir ihn hierher zurückgebracht hatten, hat er ein volles Geständnis abgelegt. Heute

Morgen bekamen wir Verbindung zur Polizei. Er ist bereits in Haft. Sie haben auch deinen Film, was auch immer er wert sein mag. Jacques fand ihn auf dem Pfad."

„Er muss mir aus der Tasche gefallen sein. Lucas, es war so seltsam." Sie erinnerte sich an das Gespräch mit Steve. „Er hat sich dafür entschuldigt, dass er mich töten müsse. Doch als ich ihm dann sagte, ich wolle ihm den Film nicht geben, schlug er mich so kräftig, dass ich Sterne sah."

Mit finsterer Miene ging Lucas zum Fenster und sah stumm nach draußen.

„Als er dann wieder auf mich zukam, mich bedrohte und schon anfing, mich zu würgen, trat ich ihn an seine empfindlichste Stelle. Er fiel um."

Lucas drehte sich wieder zu ihr um. „Ich sah dich, als du dich wie ein Selbstmörder den Hang hinunterstürztest. Wie du nach unten gekommen bist, ohne dir den Schädel aufzuschlagen ... ich hatte dich durch den Wald verfolgt. Als ich sah, dass du auf den See zuliefst, nahm ich eine Abkürzung. Ich wollte Andersen zuvorkommen. Dann sah ich dich über diese Felsen nach unten rutschen und fallen. Ich dachte, das würdest du nicht überleben. Ich rief dich, aber du stürztest dich in den See. Ich hatte Anderson erreicht, bevor du im Wasser warst."

„Ich hörte jemanden rufen. Ich dachte, es sei Steve. Mein einziger Gedanke war, ins Wasser zu kommen, bevor Steve mich erreichte. Ich wusste, dass er nicht schwimmen konnte. Doch dann hatte ich Schwierigkeiten, über Wasser zu bleiben. Ich geriet in Panik und vergaß schlagartig sämtliche Regeln, wie man sich im Wasser verhalten soll."

„Als es mir schließlich gelungen war, Andersen bewusstlos zu schlagen, warst du bereits dabei, unter- und aufzutauchen.

Ich sprang ins Wasser. Ich war vielleicht zehn Meter von dir entfernt, als du untergingst. Du versankst wie ein Stein. Ich dachte für einen Moment ..."

Lucas schüttelte einen Moment den Kopf. „Als ich dich herauszog, dachte ich, du seist tot. Du warst leichenblass und hast nicht mehr geatmet – jedenfalls habe ich davon nichts mehr bemerkt."

„Ich erinnere mich daran, dass Wasser von dir auf mich herabtropfte. Dann glaubte ich, ich sei tot."

„Du warst sehr nahe dran. Ich muss mehrere Liter Wasser aus dir herausgepumpt haben. Zwischendurch sagtest du zu mir, ich sollte dir verzeihen, dass du geglaubt hast, ich hätte Helen getötet."

„Das tut mir auch wirklich Leid, Lucas."

„Unsinn. Es ist doch sehr leicht zu verstehen, wie du zu deinen Schlussfolgerungen gekommen bist – bis zu meinem letzten Angriff auf dich, um den Film zu bekommen."

Lucas' Verständnis ermutigte Andrea, mehr zu sagen. „Du hast so viel gesagt, was mich denken ließ ... und du warst so zornig. Als du mich nach dem Film fragtest, dachte ich, du würdest mir alles erzählen."

„Doch statt dir Erklärungen zu geben, bin ich grob geworden. Das war typisch für mich, nicht wahr? Es gibt eine Menge, wofür ich mich bei dir entschuldigen muss. Soll ich alles auf einmal erledigen oder eins nach dem anderen, Kätzchen?"

Andrea wollte keine Entschuldigung, sie verlangte Erklärungen. „Warum wolltest du den Film haben, Lucas? Wie konntest du von ihm wissen?"

„Ob du es glaubst oder nicht, aber ich wollte ihn deinetwegen haben. Ich dachte, wenn jedermann wüsste, dass ich ihn in Besitz habe, würdest du sicher sein. Außerdem ..." Er senkte den Blick. „Ich dachte, du wüsstest, was auf dem Film ist, und wolltest Anderson schützen."

„Ihn schützen?" Andrea war erstaunt. „Warum sollte ich das wohl tun?"

„Nun, du schienst ihn zu mögen."

„Ich dachte, er sei nett. Wahrscheinlich haben wir das alle angenommen. Aber ich kannte ihn kaum. Wie es jetzt aussieht, kannte ich ihn überhaupt nicht."

„Ich habe deine natürliche Freundlichkeit missverstanden und den Fehler noch dadurch verstärkt, dass ich überreagierte. Ich war wütend, weil du ihm gabst, was du mir vorenthieltest: Vertrauen, Gemeinsamkeit, Zuneigung."

„Fühltest du dich vernachlässigt, Lucas?"

„Ich weiß, ich habe kein Recht, so zu fühlen. Aber es war so."

„Das tut mir Leid. Aber kommen wir nicht vom Thema ab. Du nahmst also an, ich hätte Steve schützen wollen, nicht wahr? Wie bist du darauf gekommen, er könnte das nötig haben?"

„Julia und ich hatten uns schon einiges zusammengereimt. Wir waren uns fast sicher, dass er derjenige war, der Helen umgebracht hat."

„Du und Julia, so, so. Das musst du mir erklären, Lucas. Ich fürchte, ich kann noch nicht wieder klar denken."

„Julia und ich haben eingehend über Helens Erpressungen diskutiert. Bis sie ermordet wurde, glaubten wir, Jacques sei am meisten bedroht. Weder Julia noch ich machten uns etwas aus den Belanglosigkeiten, die Helen gegen uns in Händen hatte. Nachdem Helen getötet worden war und jemand dein Zimmer verwüstet hatte, erwogen wir den Gedanken, dass die beiden Ereignisse miteinander in Verbindung stehen könnten. Doch warum gehst du nicht wieder ins Bett, Andrea? Du siehst sehr blass aus."

„Nein." Andrea freute sich darüber, dass Lucas sich um sie Sorgen machte. „Mir geht es gut. Bitte sprich weiter."

„Julia und ich fingen an, alle diejenigen auszusortieren, die nicht als Täter in Betracht kamen. Du schiedest zuerst aus. Ich hätte nie angenommen, dass du deine eigenen Sachen ruinieren oder dich selbst bewusstlos schlagen würdest. Ich hatte Helen nicht umgebracht, und ich wusste, dass Julia es auch nicht getan hatte. Ich war an jenem Abend bei Julia im Zimmer, wo sie mir einen hitzigen Vortrag darüber hielt, wie man mit Frauen umzugehen hätte. Bevor ich Julias Zimmer betrat, hatte ich Helen auf dem Flur gesehen. Und hinterher traf ich dich auf dem Flur."

„Ja, das schloss Julia aus."

„Jacques kenne ich schon seit Jahren", fuhr Lucas fort. „Er ist einfach nicht imstande, einen Menschen zu töten. Die Spicers waren uns ebenfalls nicht verdächtig. Robert ist ein sehr engagierter Arzt, der Leben rettet und nicht vernichtet. Jane wäre eher in Tränen ausgebrochen, als dass sie auf die Idee verfallen wäre, gewalttätig zu werden."

Lucas begann, auf und ab zu gehen. „Es blieb nur noch Anderson. Unsere unerschrockene Julia beschaffte sich von Tante Tabby einen Zweitschlüssel und durchsuchte sein Zimmer. Sie hoffte, etwas Belastendes zu finden, vielleicht ein blutbeflecktes Kleidungsstück, aber kein Erfolg. Wir beschlossen, dich zu warnen, ohne dabei ausdrücklich Steve zu erwähnen. Ich dachte, es sei am besten, wenn du gegenüber jedermann argwöhnisch seist. Julia sollte mit dir reden, denn wir nahmen an, dass du zu ihr am meisten Vertrauen haben würdest – mehr jedenfalls als zu mir. Ich hatte schließlich nichts getan, um dein Vertrauen zu verdienen."

„Sie hat mich ganz schön erschreckt, Lucas. Ich hatte Albträume."

„Es tut mir Leid, aber damals erschien uns das als die beste Methode. Wir glaubten, der Film sei bereits ruiniert. Aber wir wollten kein Risiko eingehen."

„Sie hat mit Jacques an jenem Abend darüber gesprochen, nicht wahr?"

„Ja. Auf diese Weise waren es drei, die auf dich aufpassen konnten."

„Das hätte ich auch gut allein tun können, wenn ihr mich richtig informiert hättet."

„Ich bezweifle das. Dein Gesichtsausdruck ist sehr verräterisch. Als du beim Frühstück von einer vierten Filmrolle sprachst und dir plötzlich einfiel, welche Bedeutung sie haben konnte, sah man dir das sofort an."

„Wäre ich vorgewarnt gewesen ..."

„Du hättest mit Julia gehen sollen, dann wäre uns viel erspart geblieben."

„Ich brauchte Zeit zum Nachdenken."

„Ich weiß, es war mein Fehler, Andrea. Ich hätte die ganze Angelegenheit anders angehen sollen. Dann hättest du nicht so leiden müssen."

„Nein, Lucas." Andrea erinnerte sich nur zu gut daran, wie Lucas sie angesehen hatte, nachdem er sie aus dem Wasser gezogen hatte. „Wenn du nicht gewesen wärst, wäre ich im See ertrunken."

„Sieh mich nicht so an, Andrea. Ich vergesse sonst meine Vorsätze." Er wandte sich ab. „Ich werde Robert rufen, damit er nach dir sieht."

„Lucas." Sie würde ihn nicht gehen lassen – nicht, bevor er ihr nicht alles erzählt hatte. „Warum bist du hierher in den Gasthof gekommen? Erzähl mir bloß nicht, du wolltest hier schreiben. Ich kenne deine Gewohnheiten."

Lucas, der bereits die Tür erreicht hatte, blieb stehen und drehte sich um. „Ich sagte dir doch bereits, dass der Grund nicht mehr besteht. Vergiss es, Andrea."

Er hatte wieder seine abweisende Miene aufgesetzt, die Andrea nur zu gut kannte. Aber diesmal wollte sie sich nicht durch sie zurückschrecken lassen. „Dieser Gasthof gehört meiner Tante. Dein Entschluss, hierher zu kommen, hat die Kette der Ereignisse in Gang gesetzt, auch wenn das nicht beabsichtigt war. Ich habe ein Recht darauf zu erfahren, weshalb du hier bist."

Lucas sah Andrea einige Sekunden unschlüssig an. Dann schob er die Hände in die Hosentaschen und schaute zur Erde. „Also gut, wie du willst. Nach allem, was geschehen ist, habe ich wohl kein Recht mehr darauf, meinen Stolz zu wahren. Und du verdienst nach dem, was ich dir angetan habe, tatsächlich einige Erklärungen."

Lucas kam nicht näher, aber er ließ den Blick nicht von Andrea. „Ich bin deinetwegen hierher gekommen. Denn für mich gab es nur zwei Möglichkeiten: entweder gewinne ich dich zurück, oder ich werde verrückt."

„Mich zurück?" Andrea musste lachen. „Lucas, fällt dir keine bessere Erklärung ein?" Sie sah, wie er zusammenzuckte. „Du hast mich hinausgeworfen, erinnerst du dich nicht? Du wolltest nichts mehr von mir wissen – und willst es auch jetzt nicht."

Lucas brauste auf. „Ich will nichts von dir wissen? Du hast ja keine Ahnung, wie sehr ich dich begehre. All die Jahre hindurch war es so. Ich dachte, ich würde deinetwegen den Verstand verlieren."

„Komm, erzähl mir doch keine Märchen, Lucas. Ich lehne es ab, mir solchen Unsinn anzuhören."

„Du wolltest alles wissen. Nun wirst du mir zuhören."

„Du hast gesagt, du willst mich nicht mehr", hielt Andrea ihm vor.

„Ich habe dir nie wirklich etwas bedeutet. Du sagtest, alles sei vorbei. Dabei hast du nur mit den Schultern gezuckt. Nie hat mich etwas so sehr verletzt wie deine Art und Weise, in der du mich abgeschoben hast."

„Ich weiß, was ich getan habe." Lucas' Zorn war verraucht. Sein Gesicht hatte einen schmerzlichen Ausdruck angenommen. „Ich erinnere mich genau, was ich zu dir gesagt habe, während du mich verständnislos ansahst. Ich habe mich dafür gehasst. Hättest du doch geschrien, einen Wutanfall bekommen – das hätte es mir leichter gemacht. Aber du standest einfach nur da, während dir die Tränen über die Wangen liefen. Ich habe nie vergessen, wie du ausgesehen hast."

Andrea verstand Lucas nicht. „Du hast doch gesagt, dass du mich nicht mehr wolltest. Warum hast du das getan, wenn es nicht die Wahrheit war?"

„Weil du mir Angst gemacht hast."

„Ich ... dir Angst gemacht?"

„Dir ist nicht bewusst geworden, was du mir angetan hast –

mit deinem Liebreiz, deiner Großzügigkeit. Nie hast du etwas von mir erbeten, und doch hast du alles von mir verlangt."

Lucas begann, erregt auf und ab zu gehen. Andrea beobachtete ihn verwundert.

„Ich war von dir besessen – das habe ich mir immer wieder eingeredet. Wenn ich dich wegschickte und dir dabei sehr weh täte, würdest du nicht zurückkommen, und ich wäre von dir geheilt. Das war meine Vorstellung. Je mehr ich von dir hatte, umso mehr brauchte ich von dir. Ich wachte mitten in der Nacht auf und verwünschte dich, weil du nicht bei mir warst. Und dann verfluchte ich mich, weil ich so sehr von dir abhängig war. Ich musste von dir loskommen. Ich konnte nicht zugeben – nicht einmal mir selbst gegenüber – dass ich dich liebte."

„Du hast mich geliebt?" Andrea war wie benommen. „Du hast mich geliebt?"

„Ich habe dich damals geliebt, ich liebe dich jetzt, und ich werde dich für den Rest meines Lebens lieben." Lucas atmete tief durch. „Ich war nicht fähig, dir das zu sagen. Ich konnte es selbst nicht glauben."

Er blieb vor Andrea stehen. „Während der vergangenen drei Jahre habe ich dich nicht aus den Augen verloren. Dafür fand ich alle möglichen Entschuldigungen. Als ich entdeckt hatte, dass deine Tante diesen Gasthof besaß und du sie mitunter besuchtest, ging ich hier ein und aus. Schließlich wurde mir klar, dass ich ohne dich nicht mehr zurechtkommen würde. Ich entwarf einen Plan. Ich habe mir alles genau überlegt."

„Einen Plan? Was für einen Plan?"

„Es war nicht schwer, Tante Tabby einzureden, dass sie dir schreiben und dich um einen Besuch bitten sollte. So, wie ich dich kannte, würdest du ohne Rückfrage kommen. Mehr brauchte ich nicht – dachte ich. Ich war meiner Sache sehr sicher. Für mich gab es keinen Zweifel, dass du mir wieder in die Arme fallen würdest, wenn wir uns hier begegneten, genau wie in früheren Zeiten. Dann wollte ich dich heiraten, noch bevor du es dir anders überlegen konntest."

„Mich heiraten?" Andrea war völlig verblüfft.

„Wenn wir erst verheiratet gewesen wären, hätte ich keine Angst mehr haben müssen, dich jemals wieder zu verlieren. Ich hätte nie in eine Scheidung eingewilligt, auch wenn du mich noch so sehr darum gebeten hättest. Ja, so dachte ich, Kätzchen. Was mir fehlte, das war ein kräftiger Schlag ins Gesicht, und den bekam ich von dir. Statt mir in die Arme zu fallen, hast du mir ganz kühl gesagt, ich solle mich fortscheren. Allerdings hat mich das nicht lange abgeschreckt. Nein, du hattest mich einmal geliebt, und ich war der Überzeugung, ich würde es schaffen, dass diese Liebe wieder erwachte. Doch du benahmst dich mir gegenüber so eisig ..."

Lucas schwieg einen Moment.

„Es war sehr schmerzlich für mich, dich hier wieder zu sehen, Kätzchen. Es war eine Qual, dich in meiner Nähe zu wissen und dich nicht haben zu können. Ich wollte dir sagen, was du mir bedeutest. Doch jedes Mal, wenn sich die Gelegenheit zu einem Gespräch mit dir ergab, benahm ich mich wie ein Wilder. Als du gestern vor mir zurückwichst und zu mir sagtest, ich sollte dir nicht noch einmal wehtun ... es war schrecklich."

„Lucas ..."

„Lass mich jetzt bitte ausreden. Ein zweites Mal kann ich mich nicht dazu überwinden. Julia nahm mich ins Gebet, aber ich konnte mein Verhalten dir gegenüber nicht ändern. Je mehr du mir widerstandest, umso mehr bedrängte ich dich. Jedes Mal, wenn ich dir näher kam, machte ich alles falsch. In jener Nacht in deinem Zimmer ... ich hätte dir fast Gewalt angetan. Nachdem ich dich mit Anderson gesehen hatte, war ich rasend vor Eifersucht. Doch dann begannst du zu weinen, und ich schwor mir, nie wieder für deine Tränen verantwortlich zu sein."

Er sah Andrea an. „Glaub mir, als ich an jenem Tag zu dir ging, war ich bereit, dich anzuflehen, vor dir zu knien – was auch immer erforderlich war. Doch dann sah ich, wie du dich mit Anderson küsstest. Etwas rastete in mir aus. Ich machte mir Gedanken, welche Männer dich während der vergangenen drei Jahre besessen haben mochten, als ich nicht bei dir sein konnte ..."

„Ich bin nie mit einem anderen Mann als mit dir zusammengekommen", unterbrach ihn Andrea.

Lucas war zuerst erstaunt und verwirrt, dann musterte er Andrea scharf. „Warum?"

„Ganz einfach: Jedes Mal, wenn ich etwas mit einem anderen Mann anfing, wurde mir klar, dass er nicht du war."

Lucas schloss für einen Moment die Augen. „Kätzchen, ich verdiene dich einfach nicht."

„Ja, das mag sein." Andrea stand auf und ging zu ihm. „Lucas, wenn du mich immer noch begehrst, dann sag es mir – und verrat mir auch den Grund dafür. Und dann frag mich. Ich möchte es von dir hören."

„Nun ..." Er schaute ihr unsicher in die Augen. „Kätzchen, ich verlange ganz verzweifelt nach dir, denn ohne dich ist das Leben für mich unerträglich. Ich brauche dich, denn du bist der beste Teil meines Lebens. Ich liebe dich aus so vielen Gründen, dass ich Stunden brauchte, um sie dir alle aufzuzählen. Nimm mich wieder, bitte. Heirate mich!"

Andrea wollte sich ihm in die Arme werfen, doch sie erinnerte sich an Julias Worte: Machen Sie es ihm nicht zu leicht. Julia hatte Recht. Lucas war zu sehr vom Erfolg verwöhnt.

Sie lächelte ihn an. „Also gut."

„Also gut? Was meinst du damit?"

„Ich werde dich heiraten. Das hast du mich doch gerade gefragt, nicht wahr?"

„Ja, ja – aber ..."

„Dann könntest du mir doch wenigstens einen Kuss geben. Das ist so üblich."

Lucas legte Andrea die Hände auf die Schultern. „Kätzchen, ich möchte, dass du dir völlig sicher bist, denn ich werde dich nie wieder gehen lassen. Auch wenn du mich nur aus Dankbarkeit heiratest ... ich bin verzweifelt genug, um das anzunehmen. Aber du solltest dir klar sein, was du tust."

Sie neigte den Kopf ein wenig zur Seite. „Du weißt, dass ich glaubte, du seist mit Helen auf dem Foto abgebildet, nicht wahr?"

„Kätzchen, ja, aber was ..."

„Ich ging in den Wald", fuhr Andrea fort, „und setze gerade an, den Film zu belichten, als Steve mich fand. Lucas ..." Sie trat ganz dicht an ihn heran. „Weißt du, wie sehr mir Filme heilig sind?"

Er atmete erleichtert auf, umfasste ihr Gesicht mit beiden Händen und lächelte. „Ja, ja, ich verstehe. Das ist so etwas wie ein elftes Gebot."

„Du sollst einen nicht entwickelten Film nicht dem Licht

aussetzen." Sie schlang die Arme um seinen Nacken. „So, wirst du mich nun küssen, oder muss ich anfangen?"

– ENDE –

Nora Roberts

Das Schloss in Frankreich

Roman

Aus dem Amerikanischen von
Chris Gatz

I. KAPITEL

Die Bahnfahrt schien nicht enden zu wollen, und Shirley war erschöpft. Die letzte Auseinandersetzung mit Tony bedrückte sie. Hinzu kamen der lange Flug von Washington nach Paris und die beschwerlichen Stunden in dem stickigen Zug. Sie musste die Zähne zusammenbeißen, um nicht laut aufzustöhnen. Ich bin schlimm dran, fand sie.

Diese Reise hatte sie nach einem der häufigen Wortgefechte mit Tony angetreten, denn ihre Beziehung war ohnehin schon wochenlang getrübt gewesen. Sie hatte darauf beharrt, sich keine Ehe aufzwingen zu lassen, und so war es immer wieder zu kleinen Streitereien gekommen. Doch Tony hatte auf einer Heirat bestanden, und seine Geduld war nahezu unerschöpflich. Als sie ihn allerdings von ihren Reiseplänen unterrichtet hatte, war der Konflikt zwischen ihnen offen ausgebrochen.

„Du kannst dich doch nicht einfach nach Frankreich davonmachen, um irgendeine mutmaßliche Großmutter zu besuchen, von deren Existenz du bis vor wenigen Wochen nicht die leiseste Ahnung hattest." Tony schritt auf und ab. Erregt fuhr er sich mit der Hand durch das wellige blonde Haar.

„Es handelt sich um die Bretagne", belehrte Shirley ihn. „Und es spielt überhaupt keine Rolle, wann ich ein Lebenszeichen von meiner Großmutter erhielt. Wichtig ist nur, dass sie mir geschrieben hat."

„Diese alte Dame teilt dir also mit, dass sie mit dir verwandt sei und dich kennen lernen möchte, und gleich machst du dich auf die Reise." Er war außer sich.

Trotz ihrer Angriffslust widersetzte sie sich seinen Vernunftgründen mit einer ruhigen Antwort: „Tony, vergiss nicht, dass sie die Mutter meiner Mutter ist. Die einzige lebende Verwandte. Ich möchte sie unbedingt sehen."

„Die alte Frau lässt vierundzwanzig Jahre nichts von sich hören, und nun plötzlich diese feierliche Einladung." Tony durchquerte weiter das große Zimmer mit der hohen Decke, ehe er sich zu Shirley umdrehte. „Weshalb, um alles in der Welt, haben deine Eltern nie von ihr gesprochen? Und warum hat sie erst deren Tod abgewartet, bevor sie sich mit dir in Verbindung setzte?"

Shirley wusste, dass er sie nicht verletzen wollte, das lag nicht in seiner Natur. Als Rechtsanwalt, der ständig mit Fakten und Zahlen umging, ließ er sich eher von seinem Verstand leiten. Darüber hinaus ahnte er nichts von dem bohrenden Schmerz, der sie seit dem plötzlichen Tod ihrer Eltern vor zwei Monaten unablässig quälte. Obwohl ihr klar war, dass er ihr nicht zu nahe treten wollte, wurde sie wütend. Ein Wort gab das andere, bis Tony aus dem Zimmer stürmte und sie zornig zurückließ.

Während der Zug durch die Bretagne fuhr, gestand Shirley sich ihre Zweifel ein. Warum hatte ihre Großmutter, diese unbekannte Gräfin Frangoise de Kergallen, sich fast ein Vierteljahrhundert in Schweigen gehüllt? Weshalb hatte ihre bezaubernde, faszinierende Mutter niemals Angehörige in der entlegenen Bretagne erwähnt? Selbst ihr freimütiger, offenherziger Vater hatte die verwandtschaftliche Beziehung jenseits des Atlantiks verschwiegen.

Shirley ließ ihre Gedanken zurückwandern. Sie und ihre Eltern waren einander so nahe und hatten viel gemeinsam unternommen. Bereits im Kindesalter begleitete sie ihre Eltern auf Empfänge bei Senatoren, Kongressabgeordneten und Botschaftern.

Ihr Vater, Jonathan Smith, war ein gefragter Künstler. Seine erlesenen Porträts bereicherten den Privatbesitz der Washingtoner Gesellschaft, die sein Talent mehr als zwanzig Jahre lang beanspruchte. Als Mensch wie auch als Künstler war er sehr beliebt, und der sanfte, graziöse Charme seiner Frau Gabrielle trug dazu bei, dass das Ehepaar hohe gesellschaftliche Anerkennung in der Hauptstadt genoss.

Als Shirley heranwuchs, zeichnete sich auch ihre natürliche künstlerische Begabung ab. Ihr Vater war grenzenlos stolz. Sie malten gemeinsam, zunächst als Lehrer und Schülerin, später als ebenbürtige Partner. Ihre gegenseitige Freude an der Kunst brachte sie einander immer näher.

Die kleine Familie lebte idyllisch in einem eleganten Bürgerhaus in Georgetown, bis Shirleys fröhliche Welt auseinander brach, denn das Flugzeug, das ihre Eltern nach Kalifornien bringen sollte, stürzte ab. Der Gedanke, dass sie tot waren und sie selbst noch lebte, war kaum erträglich. Die hohen Räume würden nie mehr widerhallen von der dröhnenden Stimme ihres Vaters und dem sanften Lachen ihrer Mutter. Das Haus war leer und barg nur noch Schatten der Erinnerung.

Während der ersten Wochen konnte Shirley den Anblick von Leinwand und Pinsel nicht ertragen, und sie mied das Atelier in der dritten Etage, wo sie und ihr Vater so viele Stunden verbracht hatten und ihre Mutter sie daran zu erinnern pflegte, dass selbst Künstler essen müssten.

Als sie schließlich allen Mut zusammennahm und den sonnendurchfluteten Raum betrat, empfand sie anstelle unerträglichen Kummers einen seltsam versöhnlichen Frieden. Das

Tageslicht erfüllte den Raum mit Wärme, und die Erinnerung an ihr glückliches Leben von früher schien hier noch wach. Sie besann sich wieder auf ihr Dasein und die Malerei. Tony war ihr auf liebenswürdige Weise behilflich, die Leere auszufüllen. Dann kam jener Brief.

Inzwischen hatte sie Georgetown und Tony verlassen, auf der Suche nach der unbekannten Familie in der Bretagne. Der ungewöhnliche, formelle Brief, der sie aus der vertrauten Umgebung von Washingtons pulsierenden Straßen in die ungewohnte bretonische Landschaft geleitete, war sicher in der weichen Ledertasche an ihrer Seite verstaut. Diese Zeilen drückten keinerlei Zuneigung aus, sondern lediglich Tatsachen und eine Einladung, die eher einem königlichen Befehl glich.

Shirley lächelte leicht verstimmt darüber. Doch ihre Neugier auf nähere Informationen über ihre Familie war größer als ihr Verdruss über den Kommandoton. Impulsiv und zugleich wohl überlegt arrangierte sie die Reise, verschloss das geliebte Haus in Georgetown und ließ Tony hinter sich.

Protestierend schrillte der Zug, während er die Station Lannion erreichte. Prickelnde Erregung verscheuchte die Reisemüdigkeit, als Shirley ihr Handgepäck nahm und auf den Bahnsteig hinaustrat. Zum ersten Mal sah sie das Geburtsland ihrer Mutter. Fasziniert blickte sie um sich und nahm die herbe Schönheit und die weichen, schmelzenden Farben der Bretagne in sich auf.

Ein Mann beobachtete, wie sie konzentriert und lächelnd um sich schaute. Überrascht hob er die dunklen Augenbrauen. Er nahm sich Zeit, Shirley zu betrachten: Sie war groß, ihre Figur gertenschlank, und sie trug ein tiefblaues Reisekostüm. Der flauschige Rock umschmeichelte die schönen langen Beine. Eine weiche Brise glitt sanft durch ihr sonnenhelles Haar und über das schmale ovale Gesicht. Er bemerkte die großen bernsteinfarbenen Augen, die von dichten dunklen Wimpern eingerahmt waren. Ihre Haut wirkte unbeschreiblich geschmeidig, glatt wie Alabaster, empfindlich wie eine zarte Orchidee. Er würde sehr bald feststellen, dass Erscheinungsbilder dieser Art häufig trügerisch sind.

Er näherte sich ihr langsam, beinahe widerstrebend. „Sind Sie Mademoiselle Shirley Smith?" Er sprach englisch mit einem leichten französischen Akzent.

Shirley zuckte bei dem Klang seiner Stimme zusammen. Sie war so in das Landschaftsbild versunken, dass sie seine Anwesenheit nicht bemerkt hatte. Sie strich eine Haarlocke aus dem Gesicht, wandte den Kopf und sah in die dunkelbraunen Augen des ungewöhnlich großen Mannes.

„Ja." Sie wunderte sich über die eigenartige Anziehungskraft seines Blicks. „Kommen Sie von Schloss Kergallen?"

Er zog eine Braue hoch. „Allerdings. Ich bin Christophe de Kergallen. Die Gräfin beauftragte mich, Sie abzuholen."

„De Kergallen?" wiederholte sie erstaunt. „Also noch ein weiterer geheimnisvoller Verwandter?"

Seine vollen sinnlichen Lippen bogen sich kaum merklich. „Mademoiselle, wir sind sozusagen Cousin und Cousine."

„Verwandte also."

Sie schätzten einander ab wie zwei Degenfechter vor dem ersten Gang.

Tiefschwarzes Haar fiel auf seinen Kragen, und die unbewegten Augen hoben sich fast ebenso dunkel von seiner bronzefarbenen Haut ab. Seine Gesichtszüge waren wie gemeißelt. Seine aristokratische Ausstrahlung wirkte gleichermaßen anziehend und abstoßend auf Shirley. Am liebsten hätte sie ihn sofort mit einem Bleistift auf einem Zeichenblock festgehalten.

Er ließ sich von ihrem langen prüfenden Blick nicht beirren und hielt ihm mit kühlen, reservierten Augen stand. „Ihre Koffer werden später ins Schloss gebracht." Er nahm ihr Handgepäck vom Bahnsteig auf. „Kommen Sie jetzt mit mir. Die Gräfin wartet bereits auf Sie."

Er führte sie zu einer schimmernden schwarzen Limousine, half ihr auf den Beifahrersitz und verstaute ihre Taschen im Kofferraum. Dabei verhielt er sich so kühl und unpersönlich, dass Shirley gleichzeitig verärgert und neugierig war. Schweigend fuhr er los, während sie sich zur Seite wandte und ihn betrachtete.

„Und wie kommt es, dass wir Cousin und Cousine sind?" Sie fragte sich, wie sie ihn nennen sollte. Monsieur? Christophe?

„Ihr Großvater, der Gatte der Gräfin, starb, als Ihre Mutter noch ein Kind war." Sein Ton klang so höflich und leicht gelangweilt, dass sie ihm am liebsten geraten hätte, sich nur ja nicht zu überanstrengen. „Einige Jahre später heiratete die Gräfin meinen Großvater, den Grafen de Kergallen, dessen Frau gestorben war und ihm einen Sohn hinterlassen hatte. Das war mein Vater." Er wandte den Kopf und warf ihr einen kurzen Blick zu. „Ihre Mutter und mein Vater wuchsen wie Geschwister im Schloss auf. Als mein Großvater starb, heiratete mein Vater, erlebte noch meine Geburt und kam dann bei einem Jagdunfall ums Leben. Meine Mutter grämte sich drei Jahre lang um ihn, bis auch sie starb."

Seine Erzählung klang so unbeteiligt, dass Shirley nur wenig Mitgefühl für das früh verwaiste Kind empfand. Sie beobachtete erneut sein falkenähnliches Profil.

„Somit wären Sie der derzeitige Graf de Kergallen und mein angeheirateter Cousin."

Wiederum ein kurzer nachlässiger Blick: „So ist es."

„Diese beiden Tatsachen beeindrucken mich maßlos", erwiderte sie sarkastisch.

Seine Braue hob sich erneut, als er Shirley anschaute, und einen Moment lang glaubte sie, dass seine kühlen dunklen Augen lachten. Doch dann verwarf sie den Gedanken, weil dieser Mann neben ihr bestimmt niemals lachte.

„Kannten Sie meine Mutter?" fragte sie, um das Schweigen zu beenden.

„Ja. Ich war acht Jahre alt, als sie das Schloss verließ."

„Warum ist sie fortgegangen?"

Er blickte sie klar und unnachgiebig an, ehe er seine Aufmerksamkeit wieder auf die Straße lenkte.

„Die Gräfin wird Ihnen berichten, was sie für notwendig hält."

„Was sie für notwendig hält?" sprudelte Shirley hervor, verärgert über die Zurechtweisung. „Damit wir uns recht verstehen, Cousin: Ich beabsichtige, herauszufinden, warum meine Mutter die Bretagne verließ und mir zeit meines Lebens die Existenz meiner Großmutter vorenthalten hat."

Langsam zündete Christophe sich ein Zigarillo an und ließ den Rauch gelassen ausströmen. „Ich kann Ihnen nichts weiter dazu sagen."

„Das heißt, Sie wollen mir nichts weiter sagen."

Er hob die breiten Schultern, und sie schaute wieder durch die Windschutzscheibe. Dabei entging ihr sein leicht amüsiertes Lächeln.

Der Graf und Shirley setzten die Fahrt überwiegend

schweigsam fort. Gelegentlich erkundigte Shirley sich nach der Landschaft, durch die sie fuhren, und Christophe antwortete einsilbig, wenn auch höflich, ohne die geringste Absicht, die Konversation weiter auszudehnen. Die goldene Sonne und ein klarer Himmel genügten, um sie die Anstrengung der Reise vergessen zu lassen, aber seine Zurückhaltung forderte sie heraus.

Nachdem er sie wieder einmal mit zwei Silben beehrt hatte, bemerkte sie betont liebenswürdig: „Als bretonischer Graf sprechen Sie ein erstaunlich gutes Englisch."

Gönnerhaft entgegnete er: „Auch die Gräfin beherrscht die englische Sprache, Mademoiselle. Die Dienstboten sprechen jedoch nur Französisch oder Bretonisch. Sollten Sie Schwierigkeiten haben, werden die Gräfin oder ich Ihnen behilflich sein."

Shirley blickte ihn von der Seite an, hochmütig und geringschätzig. „Das ist nicht notwendig, Graf. Ich spreche fließend Französisch."

„Bon, umso besser. Das vereinfacht Ihren Aufenthalt."

„Ist es noch weit bis zum Schloss?" Shirley fühlte sich erhitzt, zerknittert und müde. Die endlose Reise und die Zeitverschiebung gaben ihr das Gefühl, tagelang in einem schaukelnden Fuhrwerk verbracht zu haben, und sie sehnte sich nach einer soliden Badewanne mit warm schäumendem Wasser.

„Wir befinden uns schon seit geraumer Zeit auf Kergallen, Mademoiselle. Das Schloss ist nicht mehr weit entfernt."

Das Auto fuhr langsam auf eine Anhöhe zu. Shirley schloss die Augen wegen des drückenden Kopfwehs und wünschte sehnlichst, dass ihre mysteriöse Großmutter in einem weniger komplizierten Ort lebte, zum Beispiel in Idaho oder New Jersey. Als sie die Augen wieder öffnete, lösten sich Schmerzen und Müdigkeit wie Nebel in heißer Sonne auf.

„Halten Sie an", rief sie und legte unwillkürlich eine Hand auf Christophes Arm.

Das Schloss stand hoch, stolz und einsam auf der Anhöhe: ein weitläufiges steinernes Gebäude aus einem früheren Jahrhundert, mit Wachtürmen, Schießscharten und einem spitz zulaufenden Ziegeldach, das sich warm und grau vom hellblauen Himmel abhob. Die unzähligen hohen Fenster standen dicht beieinander und reflektierten das Sonnenlicht in allen nur erdenklichen Farben. Shirley verliebte sich auf Anhieb in das Vertrauen erweckende alte Schloss.

Christophe beobachtete, wie sich Überraschung und Freude in ihrem offenen Gesicht abwechselten, während ihre Hand noch immer weich und leicht auf seinem Arm lag. Eine einzelne Locke war ihr in die Stirn gefallen. Er wollte sie zurückstreichen, unterließ es dann aber.

Shirley war in den Anblick des Schlosses versunken. Sie malte sich schon die Winkel aus, die sie zeichnerisch festhalten würde. Dabei stellte sie sich den Festungsgraben vor, der einst wahrscheinlich das Schloss umgeben hatte.

„Es ist traumhaft", sagte sie schließlich und sah ihren Begleiter an. Hastig zog sie ihre Hand von seinem Arm zurück. „Wie im Märchen. Ich höre die Trompetenklänge, sehe die Ritter in ihren Rüstungen und die Damen in schwebenden Gewändern und hohen, spitzen Hüten. Gibt es hier auch einen Drachen?" Sie lächelte ihn an.

„Höchstens Marie, die Köchin." Einen Augenblick lang fiel seine kühle, höfliche Maske ab. Mit einem schnellen Blick erfasste sie das entwaffnende Lächeln, das ihn jünger und zugänglicher machte.

Er ist also doch ein wenig menschlich, entschied sie. Als ihr

Puls sich beschleunigte, gestand sie sich ein, dass er, wenn schon menschlich, umso gefährlicher war. Ihre Augen trafen sich, und sie hatte das eigenartige Gefühl, völlig allein mit ihm zu sein. Georgetown schien am Ende der Welt zu liegen.

Doch der charmante Begleiter fiel gleich wieder in die Rolle des förmlichen Fremden zurück: Christophe setzte die Fahrt schweigend fort, verschlossen und kühl nach dem kurzen, freundlichen Zwischenspiel.

Sei vorsichtig, ermahnte Shirley sich. Deine Fantasie spielt dir einen Streich. Dieser Mann ist nicht für dich geschaffen. Aus irgendeinem unbekannten Grund mag er dich nicht einmal, und trotz eines einzigen flüchtigen Lächelns bleibt er ein gefühlloser, herablassender Aristokrat.

Christophe brachte das Auto an einer weiten, gewundenen Auffahrt zum Stehen. Sie bogen in einen gepflasterten Hof ein, an dessen Mauern Phlox wucherte. Schwungvoll verließ er den Wagen, und Shirley tat es ihm gleich, ehe er ihr behilflich sein konnte. Sie war so entzückt von der märchenhaften Umgebung, dass sie sein Stirnrunzeln über ihre Eigenmächtigkeit überhaupt nicht bemerkte.

Er nahm ihren Arm und führte sie die Steinstufen hinauf zu einer schweren Eichentür. Er zog an dem schimmernden Griff, neigte leicht den Kopf und forderte sie auf, einzutreten.

Der Fußboden der riesigen Eingangshalle war spiegelglänzend poliert und mit erlesenen handgeknüpften Teppichen belegt. An den getäfelten Wänden hingen farbenfrohe, unglaublich alte Tapisserien. Die Balkendecke und ein Jagdtisch aus Eichenholz waren mit anheimelnder Alterspatina überzogen. Eichenstühle mit handgearbeiteten Sitzen und der Duft frischer

Das Schloss in Frankreich

Blumen belebten den Raum, der ihr merkwürdig bekannt vorkam. Ihr schien, als hätte sie gewusst, was sie beim Betreten dieses Schlosses erwartete, und die Halle hieß sie willkommen.

„Ist irgendetwas nicht in Ordnung?" Christophe bemerkte ihren verwirrten Gesichtsausdruck.

Sie schüttelte den Kopf. „Seltsam, es ist, als hätte ich dies alles schon einmal gesehen, und zwar mit Ihnen." Sie atmete tief und bewegte unruhig die Schultern. „Es ist wirklich sehr eigentümlich."

„Also hast du sie endlich hierher gebracht, Christophe."

Shirley sah, wie ihre Großmutter auf sie zukam.

Die Gräfin de Kergallen war groß und fast ebenso schmal wie Shirley. Ihr Haar leuchtete weiß und umrahmte das scharfe, kantige Gesicht, dessen Haut den Altersfältchen trotzte. Die Augen unter den wunderschön geschwungenen Brauen waren stechend blau. Sie hielt sich königlich aufrecht wie eine Frau, die weiß, dass sechzig Lebensjahre ihre Schönheit nicht zu schmälern vermochten.

Diese Dame ist eine Gräfin vom Scheitel bis zur Sohle, dachte Shirley.

Die Gräfin betrachtete Shirley bedächtig und intensiv, und nach einem kurzen Aufleuchten war das Gesicht gleich wieder unbeweglich und beherrscht. Sie streckte ihre schön geformte, mit Ringen geschmückte Hand aus.

„Willkommen im Schloss Kergallen, Shirley Smith. Ich bin Gräfin Frangoise de Kergallen."

Shirley umfasste die Hand und fragte sich absonderlicherweise, ob sie sie küssen und einen Knicks machen müsste. Der Handschlag war kurz und formell: keine liebevolle Umarmung, kein Willkommenslächeln. Sie verbarg ihre Enttäuschung und entgegnete ebenso zurückhaltend: „Danke, Madame. Ich freue mich, hier zu sein."

„Sie sind sicherlich erschöpft nach Ihrer Reise. Ich werde Ihnen Ihr Zimmer zeigen. Wahrscheinlich möchten Sie sich ausruhen, ehe Sie sich zum Abendessen umkleiden."

Shirley folgte ihr eine breite, geschwungene Treppe hinauf. Auf dem Absatz blickte sie sich nach Christophe um, der sie beobachtete. Er dachte überhaupt nicht daran, den Blick von ihr abzuwenden. Shirley drehte sich schnell um und eilte der Gräfin hinterher.

Sie gingen einen langen, engen Flur hinunter. Messingleuchter waren in regelmäßigen Abständen in die Wände eingelassen, anstelle von ehemaligen Fackeln, vermutete Shirley. Als die Gräfin vor einer Tür anhielt, sah sie sich noch einmal um, nickte kurz, öffnete die Tür und bat Shirley, einzutreten.

Das Zimmer war weiträumig, doch trotzdem anheimelnd. Die Kirschholzmöbel glänzten. Ein Himmelbett dominierte in diesem Raum, der seidene Überwurf erzählte eine lange Geschichte von Zeit raubenden Nadelstichen. Ein steinerner Kamin befand sich dem Bett gegenüber. Sein dekorativ ziseliertes Sims war mit Dresdner Porzellanfiguren verziert, die der große gerahmte Spiegel darüber zurückwarf. Das Ende des Raums war gerundet und verglast. Ein gepolsterter Sessel am Fenster lud zu einer Ruhepause und zu einem Blick auf die atemberaubende Aussicht ein.

Shirley war von diesem Zimmer und seiner besonderen Atmosphäre fasziniert. „Es gehörte meiner Mutter, nicht wahr?"

Wiederum leuchteten die Augen der Gräfin kurz auf, wie eine verlöschende Kerze. „Ja. Gabrielle richtete es ein, als sie eben erst sechzehn Jahre alt war."

„Ich danke Ihnen, dass Sie es mir überlassen haben, Madame." Selbst die kühle Antwort beeinträchtigte nicht die Wärme des Raums. Shirley lächelte: „Ich werde meiner Mutter während meines Aufenthalts hier sehr nahe sein."

Die Gräfin nickte nur und drückte einen kleinen Knopf in der Nähe des Bettes. „Catherine wird Ihnen das Bad bereiten. Ihre Koffer werden bald ankommen, und dann wird sie sich um das Auspacken kümmern. Wir speisen um acht Uhr, es sei denn, Sie wollen jetzt eine kleine Erfrischung zu sich nehmen."

„Nein, danke, Gräfin", erwiderte Shirley und fühlte sich wie ein Logiergast in einem sehr gut geführten Hotel. „Acht Uhr ist gerade recht."

Die Gräfin wandte sich zur Tür. „Catherine wird Ihnen den Salon zeigen, sobald Sie sich etwas ausgeruht haben. Um halb acht werden Cocktails serviert. Wenn Sie etwas benötigen, brauchen Sie nur zu läuten."

Nachdem die Tür sich hinter der Gräfin geschlossen hatte, atmete Shirley tief ein und ließ sich auf das Bett fallen.

Warum bin ich nur hierher gekommen? Sie schloss die Augen und fühlte sich plötzlich sehr einsam. Ich hätte in Georgetown bleiben sollen, bei Tony, in der vertrauten Umgebung. Was suche ich eigentlich hier? Sie seufzte tief auf, kämpfte gegen die aufkeimende Niedergeschlagenheit an und sah sich erneut in dem Raum um. Das Zimmer meiner Mutter, erinnerte sie sich und glaubte, ihre besänftigenden Hände zu spüren. Wenigstens dies hier begreife ich.

Shirley trat ans Fenster und beobachtete, wie sich der Tag im Zwielicht auflöste. Die Sonne blitzte ein letztes Mal auf, ehe sie unterging. Eine Brise bewegte die Luft und vereinzelte Wolken, die träge über den dunkelnden Himmel zogen.

Ein Schloss auf einem Hügel in der Bretagne. Bei dem Gedanken daran schüttelte sie den Kopf, kniete sich auf den Fenstersessel und beobachtete den Anbruch des Abends. Wie passte Shirley Smith hierher? Wo war ihr Platz? Sie zog die Stirn kraus über die plötzliche Erkenntnis: Irgendwie gehöre ich hierher, zumindest ein Teil von mir. Ich fühlte es in dem Augenblick, als ich die überwältigenden Steinmauern sah, und dann wieder in der Eingangshalle. Sie unterdrückte ihre Gefühle und dachte über ihre Großmutter nach.

Sie war nicht gerade angetan von der Begegnung, entschied Shirley kläglich. Oder vielleicht beruhte ihr kaltes, distanziertes Verhalten nur auf europäischer Förmlichkeit. Vermutlich hätte sie mich nicht eingeladen, wenn sie mich nicht auch wirklich kennen lernen wollte. Wahrscheinlich erwartete ich mehr, weil ich mir etwas anderes vorgestellt hatte. Geduld war noch nie meine Stärke, und so muss ich mich jetzt wohl dazu zwingen. Wäre die Begrüßung am Bahnhof doch nur etwas zuvorkommender verlaufen. Beklommen dachte sie erneut an Christophes Benehmen.

Ich könnte schwören, dass er mich am liebsten gleich wieder mit dem Zug zurückgeschickt hätte, als er mich sah. Und dann die verletzende Unterhaltung im Wagen. Was für ein enttäuschender Mann, das Abbild eines bretonischen Grafen. Vielleicht liegt es daran, dass er mich so sehr beeindruckt hat. Er unterscheidet sich in allem von den Männern, die ich vorher kannte: elegant und gleichzeitig vital. Seine Kultiviertheit verbirgt Kraft und Männlichkeit. Stärke, das Wort blitzte in ihren Gedanken auf, und sie zog die Brauen dichter zusammen. Ja, er ist stark und selbstbewusst, gestand sie sich widerwillig ein.

Für einen Künstler wäre er ein ideales Modell. Er interessiert mich als Malerin, redete sie sich ein, nicht als Frau. Eine Frau müsste verrückt sein, um sich gefühlsmäßig von solch einem Mann beeindrucken zu lassen. Völlig von Sinnen, bestärkte sie sich innerlich.

2. KAPITEL

Der goldgerahmte frei stehende Spiegel reflektierte Shirleys Ebenbild: eine schlanke blonde Frau. Das fließende, hochgeschlossene Gewand aus altrosa Seide ließ Arme und Schultern frei und unterstrich die zarte Hautfarbe. Shirley betrachtete ihre Bernsteinaugen und seufzte auf. Gleich musste sie hinuntergehen, um erneut ihrer Großmutter und ihrem Cousin zu begegnen: der aristokratisch zurückhaltenden Gräfin und dem förmlichen, merkwürdig feindseligen Grafen.

Ihre Koffer waren angekommen, während sie das Bad genoss, das das dunkelhaarige bretonische Zimmermädchen eingelassen hatte. Catherine packte die Kleider aus, zunächst etwas scheu, doch dann hell begeistert über die schönen Sachen. Sie brachte sie in dem breiten Kleiderschrank und in einer antiken Kommode unter. Ihr natürliches, freundliches Wesen unterschied sich auffällig von den Umgangsformen ihrer Herrschaft.

Shirleys Versuch, sich in den kühlen Leinenlaken des großen Himmelbetts auszuruhen, scheiterte an ihrer inneren Unruhe.

Die seltsame Vertrautheit des Schlosses, der steife, formelle Empfang der Großmutter und die Anziehungskraft des abweisenden Grafen machten sie nervös und unsicher. Hätte sie sich doch nur von Tony überzeugen lassen, dann wäre sie in der vertrauten Umgebung geblieben.

Sie atmete tief, reckte die Schultern und hob das Kinn. Schließlich war sie kein naives Schulmädchen mehr, das sich von Schlössern und übertriebenen Förmlichkeiten einschüchtern ließ. Sie war Shirley Smith, die Tochter von Jonathan und Gabrielle Smith, und sie würde den Kopf hochhalten und es mit Grafen und Gräfinnen aufnehmen.

Catherine klopfte leise an die Tür, und Shirley folgte ihr in gespieltem Selbstvertrauen den langen Gang entlang und die gewundene Treppe hinunter.

„Guten Abend, Mademoiselle Smith." Christophe begrüßte sie am Fuß der Treppe mit der gewohnten Förmlichkeit. Catherine zog sich schnell und bescheiden zurück.

„Guten Abend, Graf", erwiderte Shirley ebenso unpersönlich, als sie sich erneut gegenüberstanden.

Der schwarze Abendanzug verlieh seinen adlerhaften Zügen ein geheimnisvolles Aussehen. Die dunklen Augen leuchteten beinahe pechschwarz, und die bronzefarbene Haut hob sich glänzend von dem schwarzen Stoff und dem blendend weißen Hemd ab. Sollte er von Piraten abstammen, dann hatten sie jedenfalls viel Geschmack besessen und mussten bei ihren seeräuberischen Unternehmungen über die Maßen erfolgreich gewesen sein, vermutete Shirley, als er sie lange ansah.

„Die Gräfin erwartet uns im Salon." Unerwartet charmant bot er ihr den Arm.

Die Gräfin beobachtete sie, als sie das Zimmer betraten: den hoch gewachsenen stolzen Mann und die schlanke goldhaarige Frau an seiner Seite. Ein auffallend schönes Paar, überlegte sie. Jedermann würde sich nach ihnen umdrehen. „Guten Abend, Shirley und Christophe." Sie trug ein königliches saphirblaues Gewand und ein funkelndes Diamantkollier. „Meinen Aperitif, bitte, Christophe. Und was trinken Sie, Shirley?"

„Wermut, wenn ich bitten darf, Madame", lächelte sie verbindlich.

„Ich hoffe, Sie haben sich gut ausgeruht", bemerkte die Gräfin, als Christophe ihr das kleine Kristallglas reichte.

„Wirklich sehr gut, Madame." Sie wandte sich ein wenig ab, um den Dessertwein entgegenzunehmen. „Ich ..." Sie verschluckte die geistlosen Worte, die sie sich zurechtgelegt hatte, weil ihr Blick von einem Porträt gefesselt wurde. Sie drehte sich vollends um und betrachtete es.

Eine hellblonde Frau mit zarter Hautfarbe schaute sie an. Das Gesicht war ihr eigenes Ebenbild. Abgesehen von der Länge des goldenen Haars, das bis auf die Schultern fiel, und den tiefblauen statt bernsteinfarbenen Augen gab das Porträt Shirley wieder: das ovale Gesicht, feinfühlig, mit geheimnisvollen Linien, der volle, geschwungene Mund und die zerbrechliche, fliehende Schönheit ihrer Mutter, in Ölfarben vor einem Vierteljahrhundert festgehalten.

Das war das Werk ihres Vaters. Shirley erkannte es sofort. Da war kein Irrtum möglich. Pinselführung und Farbgebung verrieten die individuelle Technik von Jonathan Smith so sicher wie die kleine Signatur am unteren Rand. Ihre Augen füllten sich mit Tränen, doch sie unterdrückte den bedrohlichen Schleier. Beim Anblick des Porträts fühlte sie einen Augenblick lang die

Gegenwart ihrer Eltern, die Wärme und Zuneigung, auf die sie mittlerweile zu verzichten gelernt hatte.

Sie betrachtete das Gemälde eingehend, um sich noch mehr mit dem Werk ihres Vaters auseinander zu setzen: die Falten des perlmutthellen Gewands, die Rubine an den Ohren, ein scharfer Farbkontrast, der sich in dem Ring auf ihrem Finger wiederholte.

„Ihre Mutter war eine sehr schöne Frau", bemerkte die Gräfin nach geraumer Zeit, und Shirley antwortete wie abwesend, noch gefangen von den Augen ihrer Mutter, die Liebe und Glück ausstrahlten.

„Das stimmt. Es ist erstaunlich, wie wenig sie sich verändert hat, seitdem mein Vater dieses Bild malte. Wie alt war sie damals?"

„Kaum zwanzig", erwiderte die Gräfin knapp. „Sie haben die Arbeit Ihres Vaters also sofort erkannt."

„Aber selbstverständlich." Shirley wandte sich um und lächelte herzlich und aufrichtig. „Als seine Tochter und Kunstgefährtin erkenne ich seine Werke ebenso schnell wie seine Handschrift."

Sie betrachtete das Porträt noch einmal und bewegte lebhaft die feingliedrige Hand. „Das Bild entstand vor fünfundzwanzig Jahren, und es erfüllt diesen Raum hier immer noch mit Wärme und Leben."

„Die Ähnlichkeit mit Ihrer Mutter ist in der Tat stark ausgeprägt", bemerkte Christophe. Er stand dicht beim Kaminsims, nahm einen Schluck aus seinem Glas und fesselte ihre Aufmerksamkeit, als wollte er ihre Hände ergreifen. „Ich war ganz überwältigt, als Sie aus dem Zug stiegen."

„Nur die Augen unterscheiden sich voneinander", konstatierte die Gräfin, ehe Shirley eine passende Bemerkung einflechten konnte. „Sie hat die Augen ihres Vaters geerbt."

Ihre Stimme klang bitter, daran bestand kein Zweifel. Shirley drehte sich zu ihr um: „Ja, Madame, ich habe die Augen meines Vaters. Macht Ihnen das etwas aus?"

Die Gräfin hob abweisend die ausdrucksvollen Schultern und nippte an ihrem Glas, ohne die Frage zu beantworten.

„Sind meine Eltern sich hier im Schloss begegnet?" Shirley bemühte sich um Geduld. „Warum sind sie fortgegangen und nie wieder zurückgekehrt? Weshalb haben sie mir nie etwas von Ihnen erzählt?" Sie blickte von ihrer Großmutter zu Christophe: in zwei kühle, ausdruckslose Gesichter. Die Gräfin hatte eine Barriere errichtet, und Shirley wusste, dass Christophe sie nicht einreißen durfte. Er würde ihr nichts von dem sagen, was sie wissen wollte. Nur die Frau könnte ihre Fragen beantworten. Sie wollte noch etwas sagen, doch eine Bewegung der ringgeschmückten Hand schnitt ihr das Wort ab.

„Darüber werden wir später sprechen." Es klang wie eine königliche Verordnung. Die Gräfin erhob sich: „Jetzt werden wir erst einmal zu Abend essen."

Das Speisezimmer war sehr geräumig wie alles in diesem Schloss. Steile Balken trugen die Decke wie in einer Kathedrale, und die dunkel getäfelten Wände waren von hohen Fenstern unterbrochen, eingerahmt von blutroten Samtvorhängen. Ein Kamin, so groß, dass man aufrecht darin stehen konnte, nahm eine ganze Wand ein. Angezündet muss er ein Schrecken erregender Anblick sein, dachte Shirley. Ein schwerer Leuchter erhellte den Raum. Seine Kristalle funkelten in Regenbogenfarben auf das dunkle, massive Eichenholz.

Als Vorspeise gab es eine reichhaltige Zwiebelsuppe nach bester französischer Art. Währenddessen tauschten die drei Personen Höflichkeiten aus. Shirley schaute hin und wieder Christophe an und war gegen ihren Willen von seinem stattlichen Aussehen beeindruckt.

Er kann mich einfach nicht leiden, entschied sie nachdenklich. Er mochte mich schon nicht, als er mich auf der Bahnstation sah. Warum nur? Resigniert widmete sie ihre Aufmerksamkeit dem Lachs in Sahnesoße. Vielleicht mag er Frauen im Allgemeinen nicht.

Als sie zu ihm hinübersah, blickte er sie so durchdringend an, dass sie einen elektrischen Schlag zu spüren glaubte. Nein, berichtigte sie sich schnell, entzog sich seinem Blick und betrachtete den klaren Weißwein in ihrem Kelch, er ist kein Frauenfeind. Diese Augen wissen viel und sind erfahren. Auf Tony habe ich nie auf diese Weise reagiert. Sie hob errötend ihr Glas und probierte den Wein.

„Stephan", kommandierte die Gräfin, „schenken Sie Mademoiselle noch etwas Wein nach."

Der an den eilfertigen Diener gerichtete Befehl der Gräfin riss Shirley aus ihren Betrachtungen. „Nein, danke. Ich bin vollauf zufrieden."

„Als Amerikanerin sprechen Sie ein sehr gutes Französisch", bemerkte die alte Dame. „Ich bin froh, dass Sie eine gute Erziehung genossen haben, selbst in jenem barbarischen Land."

Ihr geringschätziger Ton war derart anmaßend, dass Shirley nicht wusste, ob sie beleidigt oder belustigt auf die Missachtung ihrer Nationalität reagieren sollte. Trocken erwiderte sie: „Madame, das barbarische Land heißt Amerika und ist mittlerweile nahezu zivilisiert. Inzwischen vergehen buchstäblich Wochen, ohne dass es zu Übergriffen der Indianer kommt."

Das stolze Haupt hob sich majestätisch. „Kein Grund für Unverschämtheiten, Mademoiselle."

„Wirklich?" lächelte Shirley arglos. Als sie das Weinglas hob, bemerkte sie erstaunt, dass Christophe sich königlich zu amüsieren schien.

„Von Ihrer Mutter haben Sie das sanfte Aussehen geerbt", flocht die Gräfin ein, „doch von Ihrem Vater die vorlaute Offenherzigkeit."

„Danke." Shirley begegnete den scharfen blauen Augen mit einem zustimmenden Nicken. „Beides zählt."

Bis zum Ende der Mahlzeit erschöpfte die Unterhaltung sich wieder in Belanglosigkeiten. Die Pause glich einem Waffenstillstand, und Shirley fragte sich noch immer nach dem Grund für den Kriegsausbruch. Sie begaben sich wieder in den Salon, wo Christophe es sich in einem mächtigen Polstersessel gemütlich machte und einen Cognac genoss, während die Gräfin und Shirley Kaffee aus hauchdünnen Porzellantassen tranken.

„Jacques le Goff, der Verlobte von Gabrielle, begegnete Jonathan Smith in Paris", begann die Gräfin ohne Überleitung. Shirley setzte die Tasse ab und richtete die Augen auf das energische Gesicht. „Er war vom Talent Ihres Vaters ziemlich beeindruckt und beauftragte ihn, Gabrielles Porträt als Hochzeitsgeschenk zu malen."

„Meine Mutter war mit einem anderen Mann verlobt, ehe sie meinen Vater heiratete?"

„Ja. Eine Absprache, die zwischen den beiden Familien seit

Jahren bestand. Gabrielle gab ihr Einverständnis. Jacques war ein guter Mann, mit solidem gesellschaftlichem Hintergrund."

„Demnach wollten sie eine Vernunftehe eingehen?"

Die Gräfin wischte Shirleys Missfallen mit einer knappen Geste hinweg. „Das ist ein alter Brauch, und wie ich schon sagte, war Gabrielle durchaus damit einverstanden. Jonathan Smiths Ankunft im Schloss veränderte alles. Wäre ich mehr auf der Hut gewesen, hätte ich die Gefahr erkannt, die Blicke besser gedeutet, die sie miteinander austauschten, und Gabrielles Erröten, wenn sein Name ausgesprochen wurde."

Frangoise de Kergallen seufzte tief und blickte auf das Porträt ihrer Tochter. „Niemals kam mir der Gedanke, dass Gabrielle ihr Wort brechen und der Familie Schande bereiten würde. Sie war immer eine liebenswerte, gehorsame Tochter, aber ihr Vater setzte sich über ihre Pflichten hinweg." Die blauen Augen wechselten vom Porträt zum lebenden Abbild über. „Ich wusste nicht, was sich zwischen den beiden abspielte. Im Gegensatz zu früher vertraute sie sich mir nicht mehr an, um meinen Rat einzuholen. An dem Tag, als das Porträt vollendet war, wurde Gabrielle im Garten ohnmächtig. Als ich darauf bestand, einen Arzt für sie zu holen, sagte sie, dass es nicht notwendig wäre. Sie war nicht krank, sondern erwartete ein Kind."

Die Gräfin sprach nicht mehr weiter. Schweigen lag wie ein schwerer Schatten über dem Raum.

„Madame", unterbrach Shirley die Stille, „wenn Sie glauben, meine Feinfühligkeit auf die Probe stellen zu können, weil ich vor der Heirat meiner Eltern ins Leben gerufen worden bin, muss ich Sie enttäuschen. Ich finde es belanglos. Die Zeit der Vorurteile ist vorüber, jedenfalls in meinem Land. Meine Eltern liebten sich. Ob sie diese Liebe nun vollendeten, bevor oder nachdem sie heilige Eide geschworen hatten, geht mich nichts an."

Die Gräfin lehnte sich in ihrem Stuhl zurück, verschränkte die Finger und sah Shirley scharf an. „Sie sind sehr freimütig, nicht wahr?"

„Das stimmt. Trotzdem bin ich bei aller Aufrichtigkeit nicht ungerecht."

„Das ist richtig", gab Christophe leise zu.

Die weißen Brauen der Gräfin wölbten sich leicht, ehe sie sich wieder Shirley zuwandte. „Ihre Mutter war einen Monat lang verheiratet, ehe sie schwanger wurde." Es war eine Feststellung. Ihr Gesichtsausdruck veränderte sich nicht im Geringsten.

„Sie hatten sich heimlich trauen lassen, in irgendeiner kleinen, weiter entfernten Dorfkapelle, mit der Absicht, das Geheimnis zu hüten, bis ihr Vater in der Lage war, Gabrielle mit nach Amerika zu nehmen."

„Ich verstehe." Shirley lehnte sich lächelnd zurück. „Meine Existenz löste die Unannehmlichkeiten bedeutend früher aus als erwartet. Aber was taten Sie, Madame, als Sie herausfanden, dass Ihre Tochter verheiratet war und das Kind eines unbedeutenden Künstlers zur Welt bringen würde?"

„Ich verstieß sie und forderte sie beide auf, mein Haus zu verlassen. Von dem Tag an hatte ich keine Tochter mehr." Sie sprach schnell, als wollte sie sich einer nicht mehr erträglichen Bürde entledigen.

Shirley entfuhr ein leiser Klagelaut, und ihre Augen flüchteten zu Christophe, der sich jedoch hinter einer leeren Maske verschanzte. Sie erhob sich langsam, spürte einen wilden

Schmerz, wandte ihrer Großmutter den Rücken zu und betrachtete das sanfte Lächeln auf dem Porträt ihrer Mutter.

„Es überrascht mich nicht, dass meine Eltern Sie aus ihrem Leben getilgt und von mir fern gehalten haben." Sie drehte sich wieder zu der Gräfin um, deren Gesicht teilnahmslos blieb. Nur die bleichen Wangen zeugten von innerer Bewegung. „Es tut mir Leid für Sie, Madame. Sie haben sich um ein großes Glück betrogen, denn Sie haben sich in die Einsamkeit geflüchtet. Meine Eltern teilten miteinander eine tiefe, alles umfassende Liebe, während Sie sich stolz und gekränkt abkapselten. Meine Mutter hätte Ihnen vergeben. Das wissen Sie sehr gut, sofern Sie sie kannten. Mein Vater hätte Ihnen um meiner Mutter willen verziehen, denn er konnte ihr nie etwas abschlagen."

„Mir verziehen?" Die bleichen Wangen der Gräfin röteten sich, Zorn bebte in ihrer sonst so beherrschten Stimme. „Habe ich etwa die Vergebung eines gewöhnlichen Diebes nötig und einer Tochter, die ihr Erbe verraten hat?"

Shirleys helle Augen sprühten heiß wie goldene Flammen. Sie verbarg jedoch ihre Erregung und fragte frostig: „Dieb? Madame, wollen Sie damit sagen, dass mein Vater Sie bestohlen hat?"

„Ja, das hat er getan." Die Stimme war ebenso hart und fest wie die Augen. „Es genügte ihm nicht, mir meine Tochter zu stehlen, die ich mehr liebte als mein Leben. Zu seiner Beute zählte auch eine Madonna von Raphael, die sich seit Generationen im Besitz meiner Familie befand. Beide unbezahlbar, beide unersetzbar, beide an einen Mann verloren, den ich törichterweise in meinem Haus willkommen hieß und dem ich vertraute."

„Ein Raphael?" Verwirrt strich Shirley sich über die Schläfe.

„Sie wollen andeuten, dass mein Vater einen Raphael gestohlen hätte? Das kann doch nicht Ihr Ernst sein."

„Ich deute überhaupt nichts an", berichtigte die Gräfin und hob den Kopf wie eine Königin, die ein Urteil verkündet. „Ich stelle fest, dass Jonathan Smith meine Tochter Gabrielle und die Madonna geraubt hat. Er war sehr klug. Er kannte meine Absicht, das Gemälde dem Louvre zu schenken, und bot mir an, es zu reinigen. Ich glaubte ihm." Das kantige Gesicht war wieder grimmig. „Er nutzte mein Vertrauen aus, verblendete meine Tochter gegenüber ihrer Pflichterfüllung und verließ das Schloss mit den beiden Kostbarkeiten."

„Das ist eine Lüge", ereiferte sich Shirley. Zorn überwältigte sie mit der Kraft einer Flutwelle. „Mein Vater hätte niemals gestohlen, nie im Leben. Wenn Sie Ihre Tochter verloren haben, dann aufgrund Ihres Hochmuts und Ihrer Blindheit."

„Und der Raphael?" Die Frage klang nachgiebig, aber sie erfüllte den Raum und hallte von den Wänden wider.

„Ich weiß nicht, was mit Ihrem Raphael geschehen ist." Shirley blickte von der unbeugsamen Frau auf den teilnahmslosen Mann und fühlte sich sehr verlassen. „Mein Vater hat ihn nicht mitgenommen, er war kein Dieb. Sein Leben lang ist er ehrlich gewesen." Sie durchquerte den Raum, unterdrückte den Zwang, zu schreien und den Schutzwall äußerer Gelassenheit niederzureißen. „Wenn Sie schon so sicher waren, dass er sich Ihr kostbares Gemälde angeeignet hatte, warum haben Sie ihn dann nicht hinter Schloss und Riegel gebracht? Weshalb haben Sie keine Anklage erhoben?"

„Wie ich schon sagte, war ihr Vater sehr klug", erwiderte die Gräfin. „Er wusste, dass ich Gabrielle niemals in einen solchen Skandal verwickeln würde, gleichgültig, wie sehr sie mich verraten hatte. Ob nun mit oder ohne meine Zustimmung: Er war ihr Ehemann, der Vater des Kindes, das sie unter dem Herzen trug. Er wiegte sich in Sicherheit."

Shirley zügelte ihren Zorn und wandte sich mit ungläubigem Gesicht um: „Sind Sie etwa der Meinung, dass er sie aus Sicherheitsgründen geheiratet hat? Sie haben keine Vorstellung von dem, was sie besaßen. Er liebte meine Mutter mehr als sein Leben, mehr als hundert Gemälde von Raphael."

Die alte Dame unterbrach Shirley, als hätte sie ihr nicht zugehört: „Sobald ich den Raphael vermisste, forderte ich von Ihrem Vater eine Erklärung. Ihre Eltern bereiteten gerade ihre Abreise vor. Während ich ihn des Diebstahls beschuldigte, tauschten sie einen bezeichnenden Blick aus: dieser Mann, dem ich vertraut hatte, und meine eigene Tochter. Ich erkannte, dass er das Gemälde entwendet hatte, und Gabrielle wusste, dass er ein Dieb war, doch sie nahm Partei für ihn gegen mich. Sie verriet sich selbst, ihre Familie und ihr Land." Die letzten Worte flüsterte sie nur noch, und ihr strenges Gesicht zuckte schmerzlich auf.

„Ich finde, das Thema sollte für heute abgeschlossen werden", schaltete Christophe sich ein. Er erhob sich, füllte aus einer Karaffe Cognac in ein Glas und reichte es der Gräfin, mit einigen Worten in Bretonisch.

„Sie haben es nicht mitgenommen." Shirley trat einen Schritt auf die Gräfin zu, während Christophe eine Hand auf ihren Arm legte.

„Wir wollen heute nicht mehr darüber sprechen."

Sie befreite sich aus seinem Griff und funkelte ihn zornig an. „Sie haben nicht darüber zu entscheiden, wann ich rede. Ich dulde nicht, dass mein Vater als Dieb gebrandmarkt wird. Sagen

Sie mir doch, Graf, wo ist denn jetzt dieses Bild, wenn er es an sich genommen hat. Was hat er damit getan?"

Christophes Braue hob sich, und er sah sie fest an. Sein Blick drückte allzu deutlich aus, was er meinte. Shirleys Gesichtsfarbe wechselte, ihr Mund öffnete sich hilflos, ehe sie ihre Wut hinunterschluckte und sich zur Ruhe zwang.

„Wäre ich ein Mann, würden Sie dafür büßen müssen, dass Sie meine Eltern und mich beschuldigen."

„Nun, Mademoiselle", erwiderte er und nickte leicht, „dann habe ich ja Glück gehabt, dass Sie kein Mann sind."

Shirley entzog sich seinem spöttischen Tonfall und wandte sich wieder der Gräfin zu, die ihre Meinungsverschiedenheit schweigend mitangehört hatte. „Madame, wenn Sie mich in der Annahme hierher kommen ließen, dass ich über den Verbleib Ihres Raphael Bescheid wüsste, werden Sie tief enttäuscht sein. Ich weiß nichts. Umgekehrt muss ich gegen meine eigene Enttäuschung ankämpfen, weil ich mit der Hoffnung zu Ihnen kam, eine Familienbeziehung zu finden, eine Verbindung zu meiner Mutter. Sie, Madame, und ich müssen lernen, mit unseren Enttäuschungen zu leben." Sie verließ den Salon mit einem kurzen Abschiedsgruß.

Shirley versetzte ihrer Schlafzimmertür einen erlösenden Stoß. Dann zog sie die Koffer vom Kleiderschrank und ließ sie auf das Bett fallen.

Wild entschlossen entfernte sie die ordentlich aufgehängten Kleider aus ihrem Heiligtum und stopfte sie in die Koffer: ein buntes, verwegenes Durcheinander.

„Bleiben Sie draußen", rief sie heftig, als es an der Tür klopfte. Dann drehte sie sich um und bedachte Christophe mit einem tödlich verletzenden Blick, weil er ihren Befehl missachtet hatte.

Er beobachtete sie nachdenklich beim Packen, ehe er die Tür leise hinter sich schloss. „Sie verlassen uns also, Mademoiselle?"

„Sie haben es erraten." Sie warf eine hellrosa Bluse auf den Kleiderberg auf ihrem Bett und würdigte ihn weiterhin keines Blicks.

„Ein weiser Entschluss. Es wäre besser gewesen, wenn Sie nicht gekommen wären."

„Besser?" wiederholte sie und versuchte, ihren Ärger zu unterdrücken. „Besser für wen?"

„Für die Gräfin."

Sie ging langsam auf ihn zu, sah ihn kämpferisch an und verwünschte seine überlegene Körpergröße. „Die Gräfin hat mich eingeladen, hierher zu kommen. Das heißt, sie beorderte mich. Das entspricht wohl mehr den Tatsachen. Was erlauben Sie sich eigentlich, mit mir zu sprechen, als hätte ich geheiligten Grund und Boden niedergetrampelt? Ich wusste ja nicht einmal, dass diese Frau existierte, bis ihr Brief bei mir eintraf, und ich war in meiner Unwissenheit sehr glücklich."

„Die Gräfin hätte Sie Ihrem Glück überlassen sollen, das wäre klüger gewesen."

„Gestatten Sie, Graf, das ist maßlos übertrieben. Aber wenigstens verstehen Sie, dass ich meinen Lebensweg auch ohne bretonische Beziehungen finden werde." Sie wollte, dass er ging und tobte sich an den unschuldigen Kleidungsstücken aus.

„Vielleicht wird sich die Auseinandersetzung in Grenzen halten, sofern unsere Bekanntschaft von kurzer Dauer ist."

„Sie wollen, dass ich dieses Haus verlasse, nicht wahr? Gut, je schneller, desto besser. Glauben Sie mir, Graf de Kergallen, ich übernachte lieber am Straßenrand, als Ihre gnädige Gastfreundschaft in Anspruch nehmen zu müssen. Hier", sie warf ihm einen weiten, blumengemusterten Rock zu, „warum helfen Sie mir nicht beim Packen?"

Er bückte sich, um den Rock aufzuheben, und legte ihn auf einen weich gepolsterten Stuhl. „Ich werde Catherine rufen." Sein ernster, höflicher Tonfall veranlasste Shirley, sich nach einem soliden Gegenstand umzusehen, den sie ihm entgegenschleudern konnte. „Sie brauchen offenbar Unterstützung."

„Wagen Sie ja nicht, mir jemanden zu schicken", rief sie mit einem Blick zur Tür. Er sah sie prüfend an und fügte sich dem Befehl.

„Wie Sie wünschen, Mademoiselle. Der Zustand Ihrer Garderobe geht nur Sie etwas an."

Seine unbeirrte Förmlichkeit reizte sie, ihn weiter herauszufordern. „Ich werde mich selbst um mein Gepäck kümmern, Cousin, sobald ich mich zur Abreise entschließe." Absichtlich langsam wandte sie sich wieder um und zog ein Kleidungsstück aus dem Gepäck. „Vielleicht ändere ich meine Meinung und bleibe doch noch ein oder zwei Tage. Mir kam zu Ohren, dass die bretonische Landschaft äußerst reizvoll sein soll."

„Es ist Ihr gutes Recht, hier zu bleiben, Mademoiselle." Der kaum merkliche ärgerliche Ton seiner Stimme entlockte Shirley ein siegesgewisses Lächeln. „Ich würde jedoch unter den gegebenen Umständen davon abraten."

„Ach, tatsächlich?" Anmutig bewegte sie die Schultern und sah ihn herausfordernd an. „Gerade das ist ein weiterer Anlass, hier zu bleiben." Sie las von seinen dunklen erzürnten Augen ab, dass ihn ihre Worte und Taten beeindruckten. Sein Ausdruck blieb jedoch weiterhin gelassen und selbstbeherrscht, und sie fragte sich, wie er sich verhalten mochte, wenn er seinem Temperament einmal die Zügel schießen ließ.

„Tun Sie, was Ihnen beliebt, Mademoiselle." Überraschenderweise trat er auf sie zu und umfasste ihren Hals. Bei der Berührung spürte sie, dass sein Temperament doch nicht so tief unter der Oberfläche verborgen war, wie sie vermutet hatte. „Vielleicht wird Ihr Besuch aber unbequemer, als Sie es wünschen."

„Ich werde sehr gut mit Unbequemlichkeiten fertig." Sie versuchte, sich ihm zu entziehen, doch er hielt sie mit kaum wahrnehmbarer Anstrengung fest.

„Das ist schon möglich. Aber intelligente Menschen meiden im Allgemeinen Unbequemlichkeiten." Christophes Höflichkeit war noch arroganter als sein Lächeln. Shirley richtete sich steif auf und bemühte sich erneut, ihn abzuschütteln. „Ich wollte damit ausdrücken, dass Sie über Intelligenz verfügen, Mademoiselle, wenn nicht gar über Weisheit."

Entschlossen, sich nicht von der langsam aufsteigenden Furcht überwältigen zu lassen, beherrschte Shirley ihre Stimme. „Meinen Entschluss, Sie zu verlassen oder hier zu bleiben, brauche ich nicht mit Ihnen zu diskutieren. Ich werde eine Nacht darüber schlafen und morgen früh die erforderlichen Vorbereitungen treffen. Natürlich können Sie mich inzwischen auch an eine Mauer in Ihrem Kerker ketten."

„Eine interessante Möglichkeit." Er lächelte spöttisch und amüsiert zugleich und presste leicht ihre Finger zusammen, ehe er sie endlich losließ. „Ich werde noch darüber nachdenken." Er ging zur Tür und verneigte sich kurz, als er den Knauf umdrehte. „Und treffen Sie morgen früh die notwendigen Entscheidungen."

Enttäuscht über ihre Niederlage, schleuderte Shirley einen Schuh gegen die sich hinter ihm schließende holzgetäfelte Tür.

3. KAPITEL

Shirley wachte aus tiefem Schlaf auf. Sie öffnete die Augen und sah sich verwundert in dem sonnigen Zimmer um, ehe sie begriff, wo sie sich befand. Sie setzte sich auf und lauschte. Die Stille wurde nur gelegentlich von einem Vogelzwitschern unterbrochen. Sie stand in völligem Gegensatz zu dem geschäftigen, pulsierenden Leben der Stadt, das Shirley nur zu gut kannte, und sie genoss sie.

Die kleine verzierte Uhr auf dem Kirschholzschreibtisch zeigte an, dass es noch nicht sechs geschlagen hatte. Deshalb lehnte Shirley sich wieder in die luxuriösen Kissen und Laken zurück und schwelgte in träumerischen Gedanken. Aufgewühlt von den Vermutungen und Anschuldigungen ihrer Großmutter, hatte die lange Reise sie dennoch so erschöpft, dass sie sofort fest eingeschlafen war, ausgerechnet in dem Bett, das einst ihrer Mutter gehört hatte. Jetzt schaute sie zur Decke hinauf und ließ die Geschehnisse des vergangenen Abends noch einmal an sich vorüberziehen.

Die Gräfin war verbittert. Die Tünche äußerer Gelassenheit konnte die Bitterkeit oder – wie Shirley vermutete – den Schmerz nicht verbergen. Diesen Schmerz hatte sie trotz ihres Zorns wahrgenommen. Obwohl die Gräfin ihre Tochter verbannt hatte, bewahrte sie ihr Porträt auf. Vielleicht offenbarte dieser Widerspruch, dass ihr Herz doch nicht so hart war wie ihr Stolz. Auch das Zimmer ihrer Tochter hatte sie in seinem ursprünglichen Zustand belassen.

Christophes Verhaltensweise hingegen entflammte erneut ihren Ärger. Es schien, als behandelte er sie wie ein voreingenommener Richter, der sein Urteil ohne Verhör fällte. Gut, beschloss sie, ich habe auch meinen Stolz, und ich werde mich nicht ducken und unterwerfen, wenn der Name meines Vaters in den Schmutz gezogen wird. Ich beherrsche dieses Spiel kalter Höflichkeit ebenso gut. Ich werde nicht nach Hause kriechen wie ein verletztes Hündchen, sondern einfach hier bleiben.

Sie verfolgte das strahlende Sonnenlicht und atmete tief auf. „Das ist ein neuer Tag, Mutter", sagte sie laut. Sie schlüpfte aus dem Bett und ging zum Fenster hinüber. Der Garten unter ihr breitete sich aus wie ein kostbares Geschenk. „Ich werde einen Spaziergang in deinem Garten machen, Mutter, und danach werde ich dein Haus skizzieren." Sie zog sich ihren Morgenmantel über und seufzte. „Vielleicht werden die Gräfin und ich dann besser miteinander auskommen."

Sie wusch sich schnell und zog ein pastellfarbenes Sommerkleid an, das die Arme und Schultern freiließ. Alles war ruhig im Schloss, als sie in die Halle hinunterging und in die Wärme des Sommermorgens hinaustrat.

Seltsam, überlegte sie und schlug einen großen Bogen. Kein anderes Gebäude weit und breit, weder Autos noch Menschen. Die Luft war frisch und duftete mild. Sie sog sie tief atmend ein und ging in den Garten.

Bei näherer Betrachtung bot er noch mehr Überraschungen als von ihrem Schlafzimmerfenster aus. Üppige Blüten leuchteten in unglaublicher Farbenpracht, die Düfte mischten und verschmolzen sich exotisch, durchdringend und süß zugleich. Viele Pfade führten an den wohlgepflegten Blumenrabatten vorbei, glänzende Bodenfliesen spiegelten die Morgensonne wider und hielten sie auf ihrer gleißenden Oberfläche fest. Sie wählte einen Pfad nach ihrem Geschmack und verfolgte ihn langsam und zufrieden. Sie genoss die Einsamkeit. Ihre künstlerische Mentalität schwelgte in den überwältigenden Farben und Formen.

„Guten Tag, Mademoiselle." Eine tiefe Stimme unterbrach die Lautlosigkeit, und Shirley drehte sich um, aufgeschreckt in ihren einsamen Betrachtungen. Christophe kam langsam näher, groß und hager, und seine Bewegungen erinnerten sie an einen arroganten russischen Tänzer, der ihr einmal auf einer Party in Washington begegnet war. Graziös, selbstbewusst und sehr männlich.

„Guten Tag, Graf." Sie ließ sich nicht zu einem Lächeln herab, begrüßte ihn jedoch mit zurückhaltender Freundlichkeit. Salopp trug er ein lederfarbenes Hemd und geschmeidige braune Jeans.

Er begab sich an ihre Seite und sah sie mit dem gewohnten durchdringenden Blick an. „Sie scheinen eine Frühaufsteherin zu sein. Ich hoffe, Sie haben gut geschlafen."

„Sehr gut, danke", erwiderte sie, aufgebracht darüber, dass sie nicht allein gegen Abneigung anzukämpfen hatte, sondern auch gegen eine seltsame Zuneigung. „Ihre Gärten sind wunderschön und verlockend."

„Ich habe eine Schwäche für alles, was schön und verlockend ist." Er heftete seine Augen direkt auf sie, bis sie atemlos den Blick von ihm abwandte.

„Oh, hallo." Sie hatten sich französisch unterhalten, doch

beim Anblick des Hundes, der Christophe auf den Fersen folgte, sprach sie wieder englisch. „Wie heißt er?" Sie bückte sich und kraulte sein dickes, weiches Fell.

„Korrigan." Er sah auf ihren Kopf hinunter, dessen hellblonde Locken in der strahlenden Sonne wie ein Heiligenschein glänzten.

„Korrigan", wiederholte sie begeistert und vergaß ihren Ärger über seinen Herrn. „Was ist das für eine Rasse?"

„Ein bretonischer Spaniel."

Korrigan erwiderte Shirleys Zuneigung, indem er ihre Wangen zärtlich ableckte. Ehe Christophe dem Hund Einhalt gebieten konnte, lachte sie und verbarg ihr Gesicht an dem weichen Hals des Tieres.

„Das hätte ich wissen müssen. Ich hatte früher einmal einen Hund. Er ist mir einfach zugelaufen." Sie blickte auf und lächelte, als Korrigan ihr mit feuchter Zunge seine Liebe bekundete. „Hauptsächlich förderte ich sein Selbstvertrauen. Ich taufte ihn Leonardo, doch mein Vater nannte ihn den Schrecklichen, und dieser Name blieb haften. Weder Waschen noch Bürsten änderten etwas an seinem schäbigen Aussehen."

Als sie sich erheben wollte, streckte Christophe die Hand aus, um ihr aufzuhelfen. Sein Griff war fest und beunruhigend. Sie wollte sich möglichst schnell von ihm befreien, und so machte sie sich scheinbar gleichgültig von ihm los und setzte ihren Spaziergang fort. Herr und Hund begleiteten sie.

„Ihre Angriffslust hat sich abgekühlt, wie ich sehe. Ich war überrascht, dass sich ein derartig gefährliches Temperament in einer so verletzlichen Muschel verbirgt."

„Es tut mir Leid, aber Sie irren sich." Sie drehte sich um und blickte ihn kurz, aber direkt an. „Nicht in Bezug auf mein Temperament, sondern auf meine Empfindlichkeit. Tatsächlich stehe ich mit beiden Beinen fest in der Welt und bin so leicht nicht aus dem Gleichgewicht zu bringen."

„Wahrscheinlich mussten Sie noch keine Niederlage erleiden", erwiderte er. Sie widmete ihre Aufmerksamkeit einem herrlich blühenden Rosenbusch. „Haben Sie sich inzwischen entschieden, längere Zeit hier zu bleiben?"

„Ja. Obwohl ich überzeugt bin, dass Ihnen das nicht recht ist."

Beredt hob er die Schultern. „Aber natürlich, Mademoiselle. Sie dürfen gern so lange hier bleiben, wie es Ihnen beliebt."

„Ihre Begeisterung überwältigt mich."

„Wie bitte?"

„Ach, nichts." Sie atmete tief und sah ihn herausfordernd an. „Sagen Sie mir, Monsieur, mögen Sie mich nicht, weil Sie glauben, mein Vater wäre ein Gauner gewesen, oder gilt Ihre Abneigung mir persönlich?"

Sein kühler, abschätzender Gesichtsausdruck veränderte sich nicht, als er sie anblickte. „Ich bedaure, dass Sie diesen Eindruck von mir gewonnen haben. Mademoiselle, mein Verhalten scheint nicht korrekt zu sein. Künftig werde ich mich höflicher benehmen."

„Sie sind zuweilen so ekelhaft höflich, dass man es schon als Unhöflichkeit auslegen könnte." Sie verlor die Selbstkontrolle und stampfte unbeherrscht mit dem Fuß auf.

„Ist Unhöflichkeit vielleicht mehr nach Ihrem Geschmack?" Seine Augenbrauen hoben sich, während er ihren Zornesausbruch völlig ungerührt beobachtete.

„Ach, nein." Verärgert wandte sie sich ab, um eine Rose zu pflücken. „Sie machen mich rasend. Verflixt!" Eine Dorne hatte sie in den Daumen gestochen. „Jetzt sehen Sie selbst, was Sie mit mir anrichten." Sie führte den Daumen zum Mund und funkelte Christophe an.

„Verzeihen Sie, bitte." Er sah sie spöttisch an. „Das war sehr unhöflich von mir."

„Sie sind arrogant, herablassend und langweilig." Shirley schob die Locken zurück.

„Und Sie sind kratzbürstig, verwöhnt und widerspenstig", erwiderte er, während er sie fest anblickte und die Arme über der Brust kreuzte. Sie sahen sich einen Augenblick lang unverwandt an, seine höfliche Maske fiel ab, und sie entdeckte einen unbarmherzig aufregenden Mann unter der kühlen, geschliffenen Oberfläche.

„Es scheint so, als hätten wir nach dieser kurzen Bekanntschaft eine hohe Meinung voneinander gewonnen." Sie schob wieder einige Locken aus dem Gesicht. „Wenn wir uns noch länger kennen, werden wir uns unsterblich ineinander verlieben."

„Eine interessante Folgerung, Mademoiselle." Er verneigte sich leicht und kehrte zum Schloss zurück.

Shirley fühlte sich plötzlich verlassen. „Christophe", rief sie ihm impulsiv hinterher, weil sie den Zwiespalt zwischen ihnen klären wollte.

Er wandte sich um, hob fragend die Brauen, und sie ging auf ihn zu. „Könnten wir nicht Freunde sein?"

Er hielt ihren Blick fest, so lange, tief und intensiv, dass sie meinte, er hätte ihre Seele erkannt. „Nein, Shirley, ich fürchte, wir werden niemals nur Freunde sein."

Sie beobachtete, wie er groß und geschmeidig davonging, der Spaniel dicht hinter ihm.

Eine Stunde später versammelten sich Shirley, ihre Großmutter und Christophe beim Frühstück. Die Gräfin fragte sie, wie sie die Nacht verbracht hätte. Die Unterhaltung verlief korrekt, jedoch völlig belanglos, und Shirley glaubte, dass die alte Dame die Spannung des letzten Abends wieder ausgleichen wollte. Vielleicht ist es unangebracht, sich über Frühstücksbrötchen zu ereifern, dachte Shirley. Wie zivilisiert wir uns doch benehmen. Sie unterdrückte ein ironisches Lächeln und stellte sich auf die Verhaltensweise ihrer Tischnachbarn ein.

„Sie haben sicher den Wunsch, das Schloss zu besichtigen, nicht wahr?" Die Gräfin setzte das Sahnekännchen ab, und ihre gepflegt maniküre Hand rührte den Kaffee um.

„Ja, Madame, mit Vergnügen." Shirley lächelte erwartungsvoll. „Später würde ich gern die Außenansicht zeichnen, aber zunächst möchte ich einmal die Räume kennen lernen."

„Aber natürlich. Christophe", wandte sie sich an den braun gebrannten Mann, der nachlässig seinen Kaffee trank, „wir sollten Shirley heute Morgen durch das Schloss führen."

„Nichts lieber als das, Großmutter." Er stellte seine Tasse auf den Porzellanuntersatz zurück. „Nur bin ich leider heute Morgen nicht abkömmlich. Wir erwarten den importierten Bullen, und ich muss seinen Transport beaufsichtigen."

„Ach, immer dieses Zuchtvieh", seufzte die Gräfin und hob die Schultern. „Du mühst dich viel zu sehr damit ab."

Es war die erste spontane Bemerkung überhaupt, und Shirley griff sie automatisch auf. „Züchten Sie demnach Vieh?"

„Ja", bestätigte Christophe und nickte ihr zu. „Viehzucht ist die Hauptaufgabe des Landguts."

„Tatsächlich?" entgegnete sie mit gespielter Überraschung. „Es ist schwer vorstellbar, dass die Kergallens sich mit derart irdischen Dingen abplagen. Ich habe geglaubt, dass sie sich nur in ihre Sessel zurücklehnen und ihre Dienstboten zählen."

Er verzog etwas die Lippen und nickte leicht. „Das geschieht einmal im Monat. Dienstboten neigen zu verheerender Fruchtbarkeit."

Sie lachte ihn an. Als Antwort lächelte er ihr kurz zu. Diese schnelle Reaktion löste ein warnendes Signal bei ihr aus, und sie beugte sich über ihren Kaffee.

Schließlich war es die Gräfin, die Shirley bei der Besichtigung des lang gestreckten Schlosses begleitete. Dabei ließ sie es sich nicht nehmen, geschichtliche Einzelheiten über die beeindruckenden Räume zu erzählen.

Das Schloss war im späten siebzehnten Jahrhundert erbaut worden. Trotz seiner dreihundertjährigen Vergangenheit galt es nach bretonischem Maßstab nicht als alt. Das Schloss und die dazugehörigen Ländereien waren von Generation zu Generation auf den ältesten Sohn übergegangen. Obwohl einige Modernisierungen vorgenommen wurden, blieb es im Grunde genommen unverändert, seit der erste Graf de Kergallen seine Braut über die Zugbrücke geleitet hatte. Für Shirley hatte das Schloss seinen zeitlosen Zauber bewahrt, und die unmittelbare Zuneigung und Begeisterung, die sie beim ersten Anblick empfunden hatte, wuchsen nur noch bei der näheren Betrachtung.

In der Porträtgalerie begegnete ihr zwischen den jahrhundertealten Gemälden Christophes dunkel faszinierendes Abbild. Trotz des Wandels von Generation zu Generation war der Stolz erhalten geblieben, die aristokratische Haltung und der schwer fassbare geheimnisvolle Ausdruck. Da war ein Vorfahr aus dem achtzehnten Jahrhundert, dessen Ähnlichkeit mit

Christophe so verblüffend war, dass sie etwas näher trat, um ihn eingehender zu betrachten.

„Interessieren Sie sich für Claude, Shirley?" Die Gräfin folgte ihrem Blick. „Christophe ähnelt ihm sehr, nicht wahr?"

„Ja, es ist bemerkenswert." Die Augen waren ihrer Ansicht nach viel zu selbstsicher und lebendig, und falls sie sich nicht täuschte, hatte sein Mund viele Frauen gekannt.

„Man sagt, er sei ein wenig unzivilisiert gewesen", meinte sie leicht bewundernd. „Zum Zeitvertreib soll er geschmuggelt haben. Er war ein Seemann. Außerdem soll er sich, als er einmal in England war, in eine dort ansässige Dame verliebt haben. Zu ungeduldig, um ihr formell und altmodisch den Hof zu machen, entführte er sie und brachte sie hierher ins Schloss. Er heiratete sie natürlich, und dort können Sie sie sehen." Sie wies auf das Porträt eines etwa zwanzigjährigen englischen Mädchens mit honigfarbenem Teint. „Sie sieht nicht gerade unglücklich aus."

Mit diesem Kommentar schritt sie zum Flur und überließ Shirley dem lächelnden Anblick der gestohlenen Braut.

Der Ballsaal präsentierte sich riesig groß, die weit entfernte Außenwand war mit bleigefassten Fenstern versehen, die den Raum noch mehr ausdehnten. Eine andere Wand war komplett verspiegelt und reflektierte die glänzenden Prismen von dreiarmigen Leuchtern, die ihr Licht versprühen würden wie Sterne von einer hochgewölbten Decke. Steiflehnige Regence-Stühle mit eleganten Polsterüberzügen standen in Reih und Glied für die Gäste da, die es bevorzugten, den tanzenden Paaren bei ihrem Vergnügen auf dem hochpolierten Parkett zuzusehen.

Die Gräfin führte Shirley hinunter zu einem anderen engen Gang mit steilen Stufen, die sich spiralenförmig von den obersten Streben abhoben. Obwohl der Raum, den sie betraten, leer war, jubelte Shirley entzückt auf, als wäre er mit Schätzen überladen. Er war groß, lichtdurchflutet und völlig kreisförmig angelegt. Die hohen Fenster gestatteten den Sonnenstrahlen freien Zutritt zu jedem einzelnen Winkel. Sie stellte sich vor, dass sie hier mühelos und glücklich stundenlang in der Einsamkeit malen würde.

„Ihr Vater hat diesen Raum als Atelier benutzt." Die Stimme der Gräfin war wieder förmlich. Shirley kehrte in die Gegenwart zurück und wandte sich ihrer Großmutter zu.

„Madame, wenn Sie wünschen, dass ich eine Zeit lang in diesem Haus verbringe, müssen wir uns einigen. Sollte das nicht möglich sein, bleibt mir nichts anderes übrig, als Sie zu verlassen." Ihre Stimme klang fest, beherrscht, höflich und ernst, doch die Augen verrieten den Mut, zu kämpfen. „Ich habe meinen Vater und meine Mutter gleichermaßen geliebt und dulde den Ton nicht, in dem Sie über ihn sprechen."

„Ist es in Ihrem Land üblich, mit älteren Menschen in dieser Weise zu reden?" Erregt hob sie die königliche Hand.

„Das betrifft nur mich, Madame", erwiderte sie und stand aufrecht, mit hocherhobenem Kopf im strahlenden Sonnenlicht. „Ich teile auch keineswegs die Meinung, dass Alter immer mit Weisheit einhergeht. Zudem heuchle ich Ihnen gegenüber keine Lippenbekenntnisse, während Sie den Mann beschuldigen, den ich mehr als alle anderen geliebt und respektiert habe."

„Vielleicht wäre es ratsam, nicht mehr über Ihren Vater zu sprechen, solange Sie bei uns weilen." Dieser Vorschlag war ein unmissverständlicher Befehl, und Shirley sträubte sich heftig dagegen.

„Ich beabsichtige aber, über ihn zu sprechen, Madame. Ich

möchte unbedingt herausfinden, was mit der Madonna von Raphael geschehen ist, und den Makel bereinigen, der auf Grund Ihrer Beschuldigung auf dem Namen meines Vaters lastet."

„Und wie stellen Sie sich das vor?"

„Ich weiß es nicht", schleuderte sie ihr entgegen, „doch ich werde es tun." Sie durchquerte das Zimmer und spreizte unbewusst die Hände. „Vielleicht ist das Bild im Schloss versteckt, oder aber irgendjemand anders hat es entwendet." Sie drehte sich in plötzlichem Zorn zu der alten Dame um. „Vielleicht haben Sie es verkauft und belasteten meinen Vater mit dem Verdacht."

„Das ist eine Beleidigung", erwiderte die Gräfin, und ihre blauen Augen sprühten wütend.

„Sie bezeichnen meinen Vater als Gauner und wagen zu behaupten, dass ausgerechnet ich Sie beleidige?" Zutiefst erbost standen sie sich gegenüber. „Ich kannte Jonathan Smith, Gräfin, Sie hingegen kenne ich nicht."

Schweigend betrachtete die Gräfin die zornige junge Frau. Sie wurde nachdenklich. „Das ist wahr", nickte sie. „Sie kennen mich nicht, und ich kenne Sie nicht. Da wir einander fremd sind, darf ich Ihnen nicht die Schuld aufbürden. Darüber hinaus kann ich Ihnen nicht zum Vorwurf machen, was geschehen ist, ehe Sie geboren wurden." Sie trat zu einem der Fenster und schaute wortlos hinaus. „Ich habe meine Meinung über Ihren Vater nicht geändert", sagte sie schließlich.

Dann drehte sie sich wieder um und erhob die Hand, um Shirley an einer Antwort zu hindern. „Aber ich war ungerecht, was seine Tochter betrifft. Auf meine Bitte hin kamen Sie als Fremde in mein Haus, und ich habe Ihnen einen unwürdigen Empfang bereitet. Dafür möchte ich mich bei Ihnen entschuldigen." Ihre Lippen umspielte ein kleines Lächeln. "Wenn es Ihnen recht ist, werden wir so lange nicht mehr von der Vergangenheit sprechen, bis wir uns besser kennen."

"Einverstanden, Madame." Shirley empfand, dass sowohl die Bitte als auch die Entschuldigung als so genannter Ölzweig des Friedens gelten sollte.

"Sie haben ein weiches Herz, verbunden mit einem stark ausgeprägten Verstand." Die Stimme der Gräfin klang anerkennend. "Das ist eine gute Verbindung. Aber außerdem haben Sie ein überschäumendes Temperament, nicht wahr?"

"Das stimmt."

"Christophe neigt ebenfalls zu plötzlichen Temperamentsausbrüchen und tiefen Verstimmungen." Überraschend wechselte die Gräfin das Thema. "Er ist stark und eigensinnig. Was er braucht, ist eine Frau, die ebenso stark ist wie er, darüber hinaus jedoch ein weiches Herz hat."

Shirley nahm die doppelsinnige Feststellung verwirrt zur Kenntnis. "Eine solche Frau wünsche ich ihm", begann sie. Doch dann verengten sich ihre Augen, und ein leiser Zweifel beschlich sie. "Madame, was haben Christophes Bedürfnisse mit mir zu tun?"

"Er hat ein Alter erreicht, in dem ein Mann eine Frau braucht. Und Sie haben bereits das Alter überschritten, in dem die meisten bretonischen Frauen wohlverheiratet sind und eine Familie heranziehen."

"Ich bin doch nur Halbbretonin", verteidigte sie sich. "Sie glauben doch nicht etwa, dass Christophe und ich ...? Ach nein, das wäre allzu komisch." Sie lachte auf, und der volle warme Ton hallte in dem leeren Raum wider. "Madame, es tut mir Leid, Sie enttäuschen zu müssen, aber der Graf macht sich nichts aus mir.

Von Beginn an mochte er mich nicht, und ich muss Ihnen gestehen, dass er mir auch nicht besonders liegt."

„Was hat das damit zu tun?" Die Gräfin wischte mit einer knappen Handbewegung die Worte fort.

Shirley hörte auf zu lachen und schüttelte ungläubig den Kopf, zumal ihr ein Verdacht kam. „Haben Sie schon mit ihm darüber gesprochen?"

„So ist es", sagte die Gräfin leichthin.

Shirley schloss die Augen, überwältigt von Demütigung und Zorn. „Kein Wunder, dass er mich auf Anhieb nicht leiden konnte. Ihr Ansinnen und seine Meinung über meinen Vater sind ein zu krasser Gegensatz." Sie wandte sich von ihrer Großmutter ab, drehte sich dann aber doch wieder um. In ihren Augen blitzte Empörung. „Sie überschreiten Ihre Grenzen, Gräfin. Die Zeiten, als Ehen noch abgesprochen wurden, sind längst vorbei."

„Sie Kindskopf. Christophe ist viel zu selbstständig, um sich etwas diktieren zu lassen, und das Gleiche trifft auf Sie zu. Aber" – ein verhaltenes Lächeln huschte über das kantige Gesicht – „Sie sind sehr schön, und Christophe ist ein attraktiver, ansehnlicher Mann. Vielleicht wird die Natur – oder wie nennt man das? – ihren Lauf nehmen."

Shirley blickte in das ruhige, unergründliche Gesicht.

„Kommen Sie." Die Gräfin eilte zur Tür. „Es gibt noch viel zu sehen."

4. KAPITEL

Der Nachmittag war warm, und Shirley brütete vor sich hin. Die Empörung über ihre Großmutter schlug jetzt auf Christophe über, und je mehr sie darüber nachdachte, desto zorniger wurde sie.

Ein unerträglicher, eingebildeter Aristokrat, fauchte sie. Ihr Bleistift ging schnell und sicher über den Block, als sie die Wachtürme zeichnete. Ich würde lieber den Hunnenkönig Attila heiraten, als mich auf diesen eigensinnigen Menschen einzulassen. Madame, meine Großmutter, stellte sich wahrscheinlich Dutzende von kleinen Grafen und Gräfinnen vor, die artig im Hof miteinander spielten und aufwuchsen, um die herrschaftliche Linie in bestem bretonischen Stil fortzusetzen.

Was für ein bezaubernder Ort, um Kinder großzuziehen, dachte sie plötzlich und ließ den Zeichenstift ruhen. Dabei wurden ihre Augen weicher. Er ist so sauber, ruhig und wunderschön. Sie hörte einen tiefen Seufzer und blickte auf. Als sie bemerkte, dass sie ihn selbst ausgestoßen hatte, runzelte sie ärgerlich die Stirn. Gräfin Shirley de Kergallen, sagte sie leise, das fehlt mir gerade noch.

Sie nahm eine Bewegung wahr, drehte sich um und sah, wie Christophe sich im Gegenlicht näherte. Er überquerte den Rasen mit langen, selbstsicheren Schritten, im spielerischen Rhythmus von Gliedern und Muskeln. Er geht so, als gehörte ihm die Welt, dachte sie halb bewundernd, halb verstimmt. Als er ihr gegenüberstand, trug die Verstimmung den Sieg davon.

„Was suchen Sie hier?" fuhr sie ihn unvermittelt an. Sie erhob sich von dem weichen Grasbüschel und stellte sich wie ein Racheengel vor ihn hin, rosig und kämpferisch.

Christophe blieb kühl und bedacht.

„Fühlen Sie sich gestört, Mademoiselle?"

Seine eisige Stimme entfachte ihren Zorn nur noch mehr, und sie verlor die Beherrschung. „Ja, Sie stören mich. Das wissen Sie sehr genau. Warum, in aller Welt, haben Sie mir denn nichts von der lächerlichen Idee der Gräfin gesagt?"

„Ach, jetzt verstehe ich." Er lächelte ironisch. „Also, Großmutter unterrichtete Sie von ihren Plänen über unser künftiges Eheglück. Und wann, meine Liebe, werden wir unser Heiratsaufgebot bestellen?"

„Sie eingebildeter ...", sprudelte sie hervor, unfähig, eine passende Beschuldigung zu finden. „Tun Sie mit Ihrem Heiratsaufgebot, was Sie wollen. Ich verzichte auf Sie, darauf können Sie Gift nehmen."

„Gut", nickte er. „Dann sind wir uns endlich einmal einig. Ich habe nicht die geringste Absicht, mich an ein gehässiges Gör zu binden."

„Sie sind der abscheulichste Mann, dem ich jemals begegnet bin." Ihr Temperamentsausbruch stand in krassem Gegensatz zu seinem kühlen Verhalten. „Ich kann Ihren Anblick nicht ertragen."

„Dann haben Sie also beschlossen, Ihren Besuch abzubrechen und nach Amerika zurückzureisen?"

Sie hob das Kinn und schüttelte langsam den Kopf. „Im Gegenteil, Graf, ich werde hier bleiben. Dafür habe ich Beweggründe, die wichtiger sind als meine Abneigung gegen Sie."

Er sah sie prüfend an. „Es scheint ganz so, als hätte die Gräfin es sich etwas kosten lassen, um Sie auf ihre Seite zu ziehen."

Shirley blickte ihn bestürzt an, bis sie den Sinn seiner Worte begriff. Sie erbleichte, ihre Augen verdüsterten sich, sie holte aus und schlug ihm ins Gesicht. Dann machte sie auf dem Absatz kehrt und lief zum Schloss.

Harte Hände packten ihre Schultern, rissen sie herum, pressten sie dicht an den festen, hochaufgerichteten Körper, und raue Lippen umschlossen ihren Mund mit einem brutalen, strafenden Kuss.

Es war wie ein elektrischer Schlag, als flammte ein gleißendes Licht auf, um dann gleich wieder zu verlöschen. Einen Augenblick lang lehnte sie sich völlig kraftlos an Christophe. Ihr Atem gehörte ihr nicht mehr. Sie erkannte plötzlich, dass er selbst davon Besitz ergriff, dann versuchte sie, sich zu wehren. Hilflos und ohnmächtig ballte sie die Faust, aus Angst, sie könnte sich für immer in der unbekannten Dunkelheit verlieren.

Er hielt sie umschlungen, zog ihre weiche, schlanke Gestalt an sich, und sie verschmolzen leidenschaftlich ineinander. Eine Hand glitt ihren Hals entlang, um ihren Kopf festzuhalten, die andere umarmte ihre Taille.

Alle Gegenwehr war vergeblich, sie unterstrich nur noch seine überlegene Kraft. Ihre Lippen öffneten sich dem wachsenden gewaltsamen Angriff, der intim und doch erbarmungslos war. Sein verführerischer Duft nach Moschus stimulierte ihre Sinne, lahmte ihren Willen. Dumpf kam ihr die Bemerkung ihrer Großmutter über den längst verstorbenen Grafen zum Bewusstsein, dem Christophe so sehr ähnelte. Unzivilisiert, hatte sie gesagt. Unzivilisiert.

Er löste sich von ihrem Mund, umfasste wieder ihre Schultern und schaute ihr in die verwirrten Augen. Einen Augenblick lang herrschte Schweigen.

„Woher nahmen Sie das Recht zu dieser Unverschämtheit?"

fragte sie fassungslos. Sie betastete ihren Kopf, wie um der Verwirrung Einhalt zu gebieten.

„Ich hatte nur die Wahl zwischen einem Kuss und einer Ohrfeige, Mademoiselle." Sein Gesichtsausdruck verriet, dass er immer noch mehr ein Pirat als ein Aristokrat war. „Unglücklicherweise habe ich einen Widerwillen dagegen, eine Frau zu schlagen, selbst wenn sie es verdient."

Shirley wandte sich von ihm ab, weil verräterische Tränen in ihren Augen brannten, die eigentlich fortschwimmen wollten. „Beim nächsten Mal schlagen Sie mich. Das ist mir lieber."

„Wenn Sie noch einmal Ihre Hand gegen mich erheben, meine werte Cousine, werde ich mehr als nur Ihren Stolz verletzen."

„Sie haben es nicht anders verdient", verteidigte sie sich scharf, doch ihre Augen, die wie ein goldenes Lichtermeer funkelten, straften ihre Worte Lügen. „Wie kommen Sie eigentlich dazu, mich unredlicher Geldannahme zu bezichtigen, nur um hier zu bleiben? Ist Ihnen jemals in den Sinn gekommen, dass ich tatsächlich die Großmutter kennen lernen wollte, die mir mein Leben lang aus dem Weg gegangen ist? Haben Sie darüber nachgedacht, dass ich endlich den Ort sehen wollte, an dem meine Eltern sich begegneten und ineinander verliebten? Dass ich hier bleiben und die Unschuld meines Vaters nachweisen muss?"

Tränen rollten über Shirleys weiche Wangen, und sie schämte sich ihrer Schwäche wegen. „Es tut mir nur Leid, dass ich nicht noch härter zugeschlagen habe. Was hätten Sie denn getan, wenn Sie beschuldigt würden, wie ein Erpresser Geld angenommen zu haben?"

Er beobachtete, wie eine Träne über ihre samtige Haut rann,

und lächelte leicht. „Ich hätte den Kerl geprügelt, aber ich glaube, dass Ihre Tränen eine wirkungsvollere Strafe sind als eine geballte Faust."

„Ich benutze Tränen nicht als Waffe." Sie wischte sie mit dem Handrücken fort und wünschte sehnlichst, sie könnte ihnen Einhalt gebieten.

„Gerade deswegen sind sie umso beeindruckender." Mit dem Finger entfernte er vorsichtig einen Tropfen aus ihrem Elfenbeingesicht. Der Farbkontrast zwischen seiner Hand und ihrer Haut verlieh ihr ein empfindsames, verletzliches Aussehen. Schnell zog er die Hand fort und verfiel in einen beiläufigen Tonfall. „Meine Worte waren ungerecht, und deswegen bitte ich Sie um Verzeihung. Wir beide haben unsere Strafe erhalten, und so sind wir mittlerweile – wie drücken Sie es doch aus? – quitt."

Er bedachte sie mit seinem seltenen charmanten Lächeln. Sie war hingerissen davon, weil es sein Gesicht so vorteilhaft veränderte. Sie lächelte ihm ebenfalls zu, und es war, als durchbräche ein plötzlicher Sonnenstrahl den Regenschleier. Er gab einen kleinen ungeduldigen Laut von sich, als bereute er den Zwischenfall, nickte leicht, wandte sich um und schlenderte fort. Shirley sah ihm nach.

Während des Abendessens verlief die Unterhaltung erneut äußerst förmlich, als hätten die erstaunliche Auseinandersetzung und die stürmische Begegnung auf dem Schlossgelände überhaupt nicht stattgefunden. Shirley wunderte sich über das Verhalten ihrer Tischnachbarn, als sie sich in aller Gemütsruhe über die Langusten in Cremesauce unterhielten. Sie spürte noch den Druck von Christophes Lippen auf ihrem Mund. Andernfalls hätte sie geglaubt, ihrer Einbildungskraft erlegen zu sein. Es war ein atemberaubender Kuss gewesen, der den Wunsch nach Erwiderung auslöste und ihre kühle Zurückhaltung weit mehr aufwühlte, als sie sich eingestand. Es hat alles nichts zu bedeuten, versuchte sie sich einzureden und widmete sich eingehend der delikaten Languste auf ihrem Teller. Sie war schon vorher geküsst worden und würde auch weiterhin geküsst werden. Keinesfalls würde sie einem launischen Tyrannen erlauben, sich auf diese Art mit ihr zu beschäftigen. Sie entschied sich, in dem Spiel der Förmlichkeit um sie herum eine ebenbürtige Rolle zu spielen, nippte an ihrem Glas und lobte den Wein.

„Schmeckt er Ihnen?" Christophe fiel in ihren unbekümmerten Ton ein. „Es ist der schlosseigene Muscadet. Jedes Jahr produzieren wir eine kleine Menge zu unserem eigenen Vergnügen und für die unmittelbare Nachbarschaft."

„Er schmeckt köstlich", erwiderte Shirley. „Wie aufregend, Wein von Ihren eigenen Reben zu genießen. So etwas Erlesenes habe ich noch nie getrunken."

„Der Muscadet ist der einzige Wein der Bretagne", schaltete die Gräfin sich ein. „Wir sind vorwiegend eine Provinz der Meeresfrüchte und Spitzen."

Shirley strich mit einem Finger über das schneeweiße Tuch, das den Eichentisch zierte. „Bretonische Spitze. Ich finde sie hinreißend. Sie sieht so zart aus und wird mit den Jahren immer schöner."

„Wie eine Frau", sagte Christophe leise.

„Aber darüber hinaus gibt es auch noch die Viehzucht." Shirley haschte nach diesem Thema, um ihre momentane Verwirrung zu verbergen.

„Ach, die Viehzucht." Seine Lippen zuckten ein wenig, und

Shirley hatte den unangenehmen Eindruck, dass er sich seiner Wirkung auf sie vollauf bewusst war.

„Da ich von Jugend auf in der Stadt gelebt habe, weiß ich natürlich nicht Bescheid darüber." Sie stockte ein wenig, weil seine Augen sie aus der Fassung brachten. „Ich bin überzeugt, dass die Tiere sehr malerisch wirken, wenn sie auf den Feldern grasen."

„Sie müssen die bretonische Landschaft unbedingt kennen lernen", unterbrach die Gräfin. „Wollen Sie vielleicht morgen einen Ausflug machen und die Ländereien besichtigen?"

„Das würde mir großes Vergnügen bereiten, Madame. Es wäre eine angenehme Abwechslung von den Bürgersteigen und Regierungsgebäuden."

„Ich würde Sie gern begleiten, Shirley." Christophes Angebot überraschte sie. Als sie sich ihm wieder zuwandte, spiegelte ihr Gesicht ihre Gedanken wider. Er lächelte und neigte den Kopf. „Verfügen Sie über die passende Kleidung?"

„Passende Kleidung?" wiederholte sie verlegen.

„Aber natürlich." Er schien ihren wechselnden Gesichtsausdruck zu genießen, und sein Lächeln vertiefte sich. „Ihr Geschmack in Bezug auf Kleidung ist hervorragend, doch mit einem Gewand wie diesem sollten Sie besser kein Pferd reiten."

Sie blickte auf ihr sanft fließendes schilfgrünes Kleid und dann wieder in sein amüsiertes Gesicht. „Ein Pferd?" Sie runzelte die Brauen.

„Es ist unmöglich, die Ländereien mit einem Auto zu besichtigen, meine Kleine. Dazu ist ein Pferd besser geeignet."

Während er sie anlachte, richtete sie sich würdevoll auf. „Es tut mir Leid, aber ich kann nicht reiten."

„Das ist ja unmöglich", rief die Gräfin ungläubig. „Gabrielle war eine hervorragende Reiterin."

„Vielleicht ist die Reitkunst nicht erblich, Madame." Shirley amüsierte sich über den verständnislosen Gesichtsausdruck der Gräfin. „Ich verstehe absolut nichts vom Reiten. Nicht einmal ein Karussell-Pony habe ich in der Gewalt."

„Ich werde Sie unterrichten." Christophes Worte glichen eher einer Feststellung als einem Wunsch, und sie wandte sich ihm wieder zu. Ihre Heiterkeit wich einer hoheitsvollen Geste.

„Ich weiß Ihr Angebot zu würdigen, Monsieur, aber ich habe nicht die Absicht, mich unterrichten zu lassen. Machen Sie sich keine Mühe."

„Trotzdem sollten Sie es tun." Er hob sein Weinglas. „Halten Sie sich bitte um neun Uhr für die erste Unterrichtsstunde bereit."

Sie musterte ihn, erstaunt über seine Eigenmächtigkeit. „Aber ich sagte Ihnen doch gerade ..."

„Seien Sie pünktlich, chérie", warnte er sie betont gleichgültig und erhob sich. „Es ist bestimmt angenehmer für Sie, zu den Stallungen zu gehen, als an Ihren goldenen Haaren dorthin gezogen zu werden." Er lächelte, als reizte ihn die letztere Möglichkeit. „Gute Nacht, Großmutter", fügte er herzlich hinzu, ehe er das Zimmer verließ. Shirley kochte vor Zorn, aber ihre Großmutter war offensichtlich zufrieden.

„Das ist eine Anmaßung", sprudelte sie hervor, als sie ihre Stimme wieder in der Gewalt hatte. Ärgerlich schaute sie die alte Dame an: „Wenn er glaubt, dass ich ihm lammfromm gehorche und ..."

„Es wäre ganz vernünftig, ihm zu gehorchen, ob nun lammfromm oder nicht", unterbrach die Gräfin. „Wenn Christophe sich erst einmal etwas in den Kopf gesetzt hat ..." Mit einem kleinen, bedeutungsvollen Achselzucken überließ sie den Rest des Satzes Shirleys Vorstellungsvermögen. „Sie haben doch Hosen mitgebracht, nehme ich an. Catherine wird Ihnen morgen früh die Reitstiefel Ihrer Mutter bringen."

„Madame, ich habe nicht die geringste Absicht, morgen früh ein Pferd zu besteigen." Shirley betonte jedes einzelne Wort.

„Seien Sie nicht albern, Kind." Die schlanke, ringgeschmückte Hand griff nach dem Weinglas. „Christophe ist durchaus imstande, seine Drohung wahr zu machen. Er ist ein sehr starrköpfiger Mann." Sie lächelte, und zum ersten Mal empfand Shirley echte Wärme für sie. „Vielleicht noch dickköpfiger, als Sie es sind."

Leise schimpfend zog Shirley sich die derben Stiefel ihrer Mutter über. Sie glänzten sauber und schwarz und passten ihr wie angegossen.

Es scheint, als hättest du dich gegen mich verschworen, schalt sie, innerlich völlig verzweifelt, ihre Mutter. Als es an ihrer Tür pochte, rief sie beiläufig: „Herein!" Doch es war nicht etwa die kleine Dienstbotin Catherine, die die Tür öffnete, sondern Christophe. Er war nachlässig elegant mit rehbraunen Reithosen und einem weißen Leinenhemd bekleidet.

„Was wünschen Sie?" grollte sie und zwängte sich in den zweiten Stiefel.

„Vor allem möchte ich wissen, ob Sie tatsächlich pünktlich sind, Shirley", erwiderte er leicht lächelnd. Dabei wanderten seine Augen über ihr rebellisches Gesicht und den schlanken, geschmeidigen Körper in dem glitzerbedruckten T-Shirt und den eng anliegenden Jeans.

Sie wehrte sich innerlich gegen seinen Blick und die Art und Weise, wie er jedes einzelne Merkmal ihrer äußeren Erscheinung in sich aufnahm. „Ich bin bereit, Graf, doch ich fürchte, dass ich keine sehr gelehrige Schülerin sein werde."

„Warten Sie ab, chérie." Er betrachtete sie nachdenklich. „Sie scheinen durchaus imstande zu sein, einigen einfachen Instruktionen zu folgen."

Ihre Augen wurden schmal. „Ich bin einigermaßen intelligent, danke für Ihr Kompliment. Aber ich denke nicht daran, mich von Ihnen einschüchtern zu lassen wie von einem Bulldozer."

„Pardon?" Er sah sie verblüfft und zugleich selbstgefällig an.

„Ich werde mich noch vieler gewöhnlicher Ausdrucksformen bedienen müssen, um Sie endgültig zur Verzweiflung zu treiben."

Hochmütig schweigend begleitete Shirley Christophe zu den Ställen, mit absichtlich schnellen Schritten, um sich seinem Tempo anzupassen. Sie wollte ihm nicht wie ein gehorsames Hündchen hinterherlaufen. Als sie das Nebengebäude erreichten, führte ihnen ein Stallknecht zwei Pferde vor, die bereits aufgezäumt und gesattelt waren.

Der Rappe glühte tiefschwarz, der Falbe war cremefarben. Besorgt stellte Shirley fest, dass beide Tiere unglaublich groß waren, blieb plötzlich stehen und betrachtete sie zweifelnd. In Wirklichkeit würde er mich nicht an den Haaren herbeizerren, dachte sie vorsichtig. Laut fragte sie: „Wenn ich jetzt auf dem Absatz kehrtmachte, was würden Sie dann tun?"

„Ich würde Sie nur wieder zurückholen, meine Kleine." Er schien diese Frage bereits erwartet zu haben.

„Der Rappe ist offensichtlich Ihr Pferd, Graf, sagte sie leichthin, um ihre wachsende Panik zu unterdrücken. „Ich sehe schon das Bild vor mir, wie Sie bei hellem Mondschein über Land reiten und der Säbel an Ihrer Hüfte schimmert."

„Sie haben viel Fantasie, Mademoiselle." Er nickte, übernahm die Zügel des Falben von einem Stallburschen und führte ihr das Reitpferd vor. Unwillkürlich trat sie einen Schritt zurück und schluckte tief.

„Ich nehme an, dass ich ihn jetzt besteigen soll."

„Sie", korrigierte er und verzog leicht den Mund.

Sie funkelte ihn ärgerlich und nervös an, beschämt von ihrer Furcht. „Ihr Geschlecht kümmert mich herzlich wenig." Sie betrachtete das ruhige Tier. „Sie ist ja riesig groß." Ihre Stimme klang um mehrere Grade ängstlicher, als ihr recht war.

„Babette ist ebenso sanftmütig wie Korrigan", beruhigte Christophe sie unvermutet geduldig. „Sie mögen doch Hunde, nicht wahr?"

„Ja, aber ..."

„Sie ist sehr gutartig, finden Sie nicht?" Er nahm ihre Hand und führte sie an Babettes Nüstern. „Sie hat ein weiches Herz und möchte jedem gefallen."

Ihre Hand war gefangen zwischen der samtigen Haut des Pferdes und Christophes festem Griff. Diese Berührung empfand Shirley als seltsam wohltuend. Erleichtert gestattete sie ihm, ihre Hand über das Fell der Stute zu führen. Sie drehte den Kopf um und lächelte ihm über die Schulter hinweg zu.

„Sie fühlt sich sympathisch an", begann sie, doch als die

Stute durch die weit geöffneten Nüstern schnaubte, fuhr sie erschrocken zurück und taumelte an Christophes Brust.

„Seien Sie nicht so nervös, chérie." Er lachte leise auf und umfasste ihre Taille, um sie zu beruhigen. „Sie sagt Ihnen doch nur, dass sie Sie mag."

„Aber damit hat sie mich etwas erschreckt", verteidigte Shirley sich leicht verärgert, und sie entschied, dass es jetzt geschehen müsste oder niemals. Sie wollte ihm sagen, dass sie zum Aufsteigen bereit sei, doch er hielt sie weiter fest, und sie blickte wortlos in seine rätselhaften Augen.

Sie fühlte, wie ihr Herz einen atemberaubenden Augenblick lang stillzustehen schien, um dann plötzlich wild zu klopfen. Einen Moment glaubte sie, dass er sie wieder küssen würde, und zu ihrer Überraschung und Verwirrung stellte sie fest, dass sie mehr als alles andere in der Welt seine Lippen auf ihrem Mund fühlen wollte. Stattdessen sah er sie nachdenklich an und gab sie kurz darauf frei.

„Lassen Sie uns beginnen." Kühl und selbstbeherrscht übernahm er die Rolle des Lehrers.

Ehrgeiz packte Shirley: Sie wollte eine Meisterschülerin werden. Sie schluckte ihre Furcht hinunter und erlaubte Christophe, ihr beim Aufsitzen behilflich zu sein. Überrascht stellte sie fest, dass der Erdboden doch nicht so weit von ihr entfernt war, wie sie zunächst angenommen hatte, und sie folgte aufmerksam Christophes Instruktionen. Sie gehorchte ihm aufs Wort und konzentrierte sich auf seine Anweisungen, mit der Absicht, sich nicht mehr zu blamieren.

Shirley beobachtete, wie Christophe seinen Hengst beneidenswert anmutig und behände bestieg. Der temperamentvolle Rappe passte perfekt zu dem dunklen, sehnigen

Mann. Sie überlegte kummervoll, dass nicht einmal Tony, als er noch Feuer und Flamme für sie war, sie so beeindruckt hatte wie dieser wildfremde Graf.

Ich darf mich nicht von ihm beeindrucken lassen, wies sie sich wütend zurecht. Er ist viel zu unberechenbar, und mit einer Spur von Einsicht erkannte sie, dass er sie verletzen könnte wie kein Mann je zuvor. Außerdem, dachte sie mit einem Blick auf die Mähne des Falben, mag ich seine überhebliche, herrschsüchtige Art nicht.

„Haben Sie beschlossen, ein Schläfchen zu halten?" Christophes spöttelnde Stimme brachte Shirley mit einem Ruck in die Gegenwart zurück. Sie begegnete seinen lachenden Augen, und zu ihrer Bestürzung errötete sie tief. „Vorwärts, chérie." Er quittierte die Veränderung ihrer Gesichtsfarbe leicht ironisch, dirigierte sein Pferd von den Stallungen fort und ritt langsam davon.

Shirley und Christophe ritten Seite an Seite, und nach einer Weile entspannte Shirley sich auf ihrem Sattel. Sie gab Christophes Anweisungen an die Stute weiter, die gefällig gehorchte. Shirleys Selbstbewusstsein wuchs, und sie gestattete sich einen Blick auf die Landschaft. Dabei genoss sie die Liebkosung der Sonne auf ihrem Gesicht und den sanften Rhythmus des Pferdes.

„Jetzt werden wir traben", befahl Christophe plötzlich. Shirley drehte den Kopf zur Seite und sah ihn ernst an.

„Vielleicht ist mein Französisch doch nicht so gut, wie ich meinte. Sagten Sie traben?"

„Ihr Französisch ist ausgezeichnet, Shirley."

„Ich bin mit der Schaukelei vollkommen zufrieden", erwiderte sie mit einer nachlässigen Gebärde. „Ich habe es durchaus nicht eilig."

„Sie müssen sich der Bewegung des Pferdes anpassen", belehrte er sie, ohne Rücksicht auf ihre Feststellung. „Richten Sie sich bei jedem zweiten Schritt auf. Pressen Sie die Absätze leicht gegen die Flanken."

„Bitte, hören Sie mir zu ..."

„Haben Sie Angst?" stichelte er.

Statt ihm zu antworten, richtete Shirley den Kopf auf und tat, was er gesagt hatte.

So muss es sich anfühlen, wenn man einen dieser verflixten Pressluftbohrer betätigt, mit denen nach wie vor die Straßen aufgerissen werden, dachte sie atemlos und prallte auf den Sattel der trabenden Stute zurück.

„Richten Sie sich bei jedem zweiten Schritt auf", mahnte Christophe. Sie war von ihrer misslichen Lage zu sehr in Anspruch genommen, um das breite Lächeln zu bemerken, das seine Worte begleitete. Nach weiteren linkischen Versuchen gelang es ihr, sich den Bewegungen des Pferdes anzupassen.

„Wie geht es?" fragte er, als sie Seite an Seite den Feldweg entlangtrabten.

„Jetzt, da meine Knochen nicht mehr so klappern, geht es einigermaßen. Es macht mir tatsächlich Freude."

„Gut. Dann können wir ja galoppieren", entschied er leichthin, und sie warf ihm einen vernichtenden Blick zu.

„Wirklich, Christophe, wenn Sie mich schon umbringen wollen, dann versuchen Sie es doch auf die einfache Weise: mit Gift oder einem sauberen Dolchstoß."

Er warf den Kopf zurück und lachte. Der volle Klang erfüllte den ruhigen Morgen. Als er sich umwandte und sie anlächelte, glaubte Shirley, die Welt müsse versinken. Ihr Herz war verloren, trotz der Warnungen ihres Verstandes.

„Also vorwärts, meine Liebe." Seine Stimme klang leichtsinnig, sorglos und ansteckend.

„Pressen Sie Ihre Absätze gegen die Flanken. Dann werde ich Sie lehren, wie man fliegt."

Ihre Füße gehorchten automatisch, die Stute reagierte darauf und fiel in einen weichen, leichten Galopp. Der Wind spielte mit Shirleys Haaren und berührte ihre heißen Wangen. Es kam ihr so vor, als ritte sie auf einer Wolke dahin.

Sie wusste nur nicht, ob der Wind sie trieb oder ob die Liebe sie so leicht machte.

Auf Christophes Befehl zog Shirley die Zügel an. Die Stute verlangsamte ihr Tempo vom Galopp zum Trab und schließlich zum Schritt, bis sie Halt machte.

Shirley sah zum Himmel hinauf und atmete tief und zufrieden ein, ehe sie sich ihrem Begleiter zuwandte. Wind und Erregung hatten ihre Wangen rosig gefärbt, ihre Augen strahlten offen und golden, und ihre Haare waren zerzaust, eine widerspenstige Gloriole ihres Glücks.

„Genießen Sie diesen Ausflug, Mademoiselle?"

Sie lächelte ihn beseligt an, überglücklich im Gefühl ihrer Liebe. „Was soll die Frage? Soll ich Ihnen Ihre Vermutung nur bestätigen? Es ist jedenfalls alles in bester Ordnung."

„Aber nein, chérie. Ich habe Ihnen die Frage gestellt, weil es ein Vergnügen ist, wenn ein Schüler so schnelle und gute Fortschritte macht." Er erwiderte ihr Lächeln und hob damit die unsichtbare Barriere zwischen ihnen auf. „Sie bewegen sich völlig natürlich im Sattel. Vielleicht ist dieses Talent doch erblich."

„Die Ehre gebührt meinem Lehrer."

„Ihr französisches Erbe kommt zum Vorschein, Shirley, aber Ihre Technik braucht noch etwas Schliff."

„Damit ist es wohl nicht so weit her, was?" Sie schüttelte das zerzauste Haar zurück und seufzte tief. „Ich glaube, das schaffe ich nie, weil zu viel puritanisches Blut von den Vorfahren meines Vaters in mir fließt."

„Puritanisch?" Christophes tiefes Lachen hallte in der Morgenstille wider. „Chérie, kein Puritaner hatte jemals so viel Feuer wie Sie."

„Ich betrachte das als Kompliment, obwohl ich ernsthaft glaube, dass es nicht so gemeint war." Sie drehte sich um und blickte von der Hügelkuppe hinunter in das weitgedehnte Tal.

„Oh wie bezaubernd."

Die Szenerie in der Ferne glich einer Postkarte: Auf den sanften Hängen weidete Vieh, blitzsaubere Hütten lagen im Hintergrund. Noch weiter entfernt gewahrte sie ein winziges, wie von einer Riesenhand hingezaubertes Spielzeugdorf mit einer weißen Kirche, deren Turmspitze himmelwärts ragte.

„Was für ein schöner Anblick. Hier scheint die Zeit stehen geblieben zu sein." Ihre Augen wanderten zu dem grasenden Vieh zurück. „Gehört es Ihnen?" Sie streckte die Hand aus.

„Ja."

„Dann ist dies hier also alles Ihr Eigentum?" Sie war überwältigt.

„Es ist nur ein Teil unserer Ländereien." Gleichmütig hob er die Schultern.

Wir sind so lange geritten, überlegte Shirley, und noch immer befinden wir uns auf seinem Besitztum. Wer weiß, wie weit es sich in die anderen Richtungen ausdehnt. Warum kann er nicht einfach ein ganz gewöhnlicher Mann sein? Sie wandte den Kopf wieder um und beobachtete sein falkenähnliches Profil. Aber er ist nun einmal kein gewöhnlicher Mann, rief sie sich zur Ordnung. Er ist der Graf de Kergallen, Gebieter über alles, was in Reichweite liegt, und daran muss ich mich stets erinnern. Sie blickte wieder zum Tal zurück und wurde nachdenklich. Ich will mich nicht in ihn verlieben. Sie schluckte die plötzliche Trockenheit in der Kehle hinunter und wählte sorgfältig die nächsten Worte, gegen die Stimme ihres Herzens ankämpfend.

„Es muss wundervoll sein, so viel Schönheit zu besitzen."

„Man kann Schönheit nicht besitzen, Shirley, sondern sie nur hegen und pflegen."

Sie focht gegen die Wärme an, die seine weichen Worte in ihr entfachten, und heftete weiterhin die Augen auf das Tal. „Tatsächlich? Ich glaubte, dass die Aristokraten solche Dinge als selbstverständlich hinnehmen."

Sie machte eine weite, ausladende Handbewegung. „Schließlich ist das Ihr gutes Recht."

„Sie mögen Aristokraten nicht, Shirley, aber auch in Ihren Adern fließt aristokratisches Blut." Ihr verblüffter Gesichtsausdruck veranlasste ihn zu einem leichten Lächeln. Seine Stimme klang zurückhaltend: „Ja, der Vater Ihrer Mutter war ein Graf, wenngleich sein Besitz während des Krieges geplündert wurde. Der Raphael war eine der wenigen Kostbarkeiten, die Ihre Großmutter rettete, als sie flohen."

Wieder dieser verflixte Raphael, dachte Shirley düster. Christophe war ärgerlich.

Das schloss sie aus dem harten Gesichtsausdruck, und sie fühlte sich seltsam befriedigt. Es war leichter für sie, ihre

Gefühle für ihn zu bezwingen, wenn sie miteinander auf Kriegsfuß standen.

„Demnach bin ich zur Hälfte ein Mädchen vom Land und zur Hälfte eine Aristokratin." Ihre Schultern bewegten sich abweisend. „Damit wir uns recht verstehen, lieber Cousin: Ich bevorzuge die ländliche Hälfte meiner Abstammung. Das blaue Blut überlasse ich Ihrer Familie."

„Sie sollten sich besser daran erinnern, dass wir nicht blutsverwandt sind, Mademoiselle." Christophes Stimme klang verhalten. Als Shirley ihm in die schmalen Augen sah, spürte sie eine leise Furcht aufsteigen.

„Die Kergallens sind berüchtigt dafür, sich zu nehmen, was sie begehren, und ich bin keine Ausnahme. Geben Sie Acht auf Ihre schimmernden Augen."

„Die Warnung ist überflüssig, Monsieur. Ich kann sehr gut allein auf mich aufpassen."

Er lächelte Vertrauen erweckend. Das war entmutigender als eine wütende Antwort. Dann dirigierte er sein Pferd zurück zum Schloss. Der Rückritt verlief schweigend. Nur gelegentlich gab Christophe Anweisungen. Er und Shirley hatten die Klingen erneut gekreuzt, und Shirley musste zugeben, dass er ihren Hieb mühelos pariert hatte.

Als sie wieder bei den Ställen angelangt waren, saß Christophe federnd ab, übergab einem Stallknecht die Zügel und half Shirley vom Pferd, noch ehe sie ihm nacheifern konnte.

Trotzig ignorierte sie die Steifheit ihrer Gelenke, als sie sich vom Rücken der Stute löste und Christophe ihre Taille umfasste. Dort verhielten seine Hände einen Augenblick lang, und er sah ihr tief in die Augen, ehe er seinen Griff lockerte, der sich unter dem leichten Stoff ihrer Bluse wie Feuer anfühlte.

„Nehmen Sie jetzt ein heißes Bad", befahl er. „Danach werden Sie sich nicht mehr so steif fühlen."

„Sie haben eine bemerkenswerte Fähigkeit, Befehle zu erteilen, Monsieur."

Seine Augen wurden schmal, ehe er den Arm mit unglaublicher Schnelligkeit um sie legte. Er zog sie nahe an sich heran und presste einen harten, drängenden Kuss auf ihre Lippen. Sie konnte sich nicht dagegen wehren oder protestieren, sondern erwiderte ihn leidenschaftlich.

Es schien eine Ewigkeit zu dauern, dass er sie seinem Willen unterwarf und immer tiefer in den Kuss eintauchen ließ, der ein neues, noch nie empfundenes Bedürfnis in ihr erweckte. Sie opferte ihren Stolz der Liebe und lieferte sich ihrem Verlangen aus. Die Welt schien sich aufzulösen, die sanfte bretonische Landschaft schmolz wie ein Aquarell im Regen, und sie spürte nichts anderes mehr als warme Haut und Lippen, die ihre Selbstaufgabe herausforderten. Seine Hand berührte ihre schmale Hüfte und schließlich ihren Rücken mit derart gebieterischer Gewalt, dass sie erschauerte.

Liebe. Bei diesem Wort wirbelten ihre Gedanken. Liebe bedeutete Spaziergänge in weichem Regen, ruhige Abende an einem knisternden Kaminfeuer. Wie war es nur möglich, dass diese Liebe einem hartnäckig tosenden, ungestümen Sturm glich, der nur Schwäche, Atemlosigkeit und Verletzlichkeit hinterließ?

Wie war es nur möglich, dass man sich nach dieser Schwäche sehnte wie nach dem Leben selbst? War es bei ihrer Mutter ebenso gewesen? War es dies, worauf ihr träumerischer Augenausdruck beruhte?

Wird Christophe mich niemals wieder loslassen? fragte sie

sich verzweifelt, und ihre Arme umschlangen sehnsüchtig seinen Hals. Ihre Selbstkontrolle war schwächer als das körperliche Verlangen nach ihm.

„Mademoiselle", spöttelte er leise, löste sich von ihren Lippen und streichelte sanft ihren Nacken. „Sie verfügen über eine bemerkenswerte Fähigkeit, Bestrafungen herauszufordern. Ich muss Sie dringendst ersuchen, sich mir künftig nicht mehr zu widersetzen."

Er drehte sich um und schlenderte lässig davon. Nur ein Mal beugte er sich nieder, um Korrigan zu begrüßen, der ihm treu auf den Fersen folgte.

5. KAPITEL

Shirley und die Gräfin nahmen das Mittagsmahl auf der Terrasse ein. Berauschender Blumenduft erfüllte die Luft. Shirley lehnte den angebotenen Wein ab und bat stattdessen um Kaffee. Gelassen hielt sie dem kritischen Blick der Gräfin stand.

Jetzt hält sie mich zweifellos für eine Spießerin. Sie unterdrückte ein Lächeln und genoss das starke schwarze Getränk zusammen mit dem köstlichen Garnelengericht.

„Ich bin überzeugt, dass Sie Ihren Ausritt genossen haben", stellte die Gräfin fest, nachdem sie sich belanglos über Essen und Wetter unterhalten hatten.

„Tatsächlich, Madame. Und zwar zu meiner größten Überraschung. Ich wollte nur, dass ich schon eher reiten gelernt hätte. Ihre bretonische Landschaft ist überwältigend schön."

„Christophe ist zu Recht stolz auf sein Land." Die Gräfin

prüfte den hellen Wein in ihrem Glas. „Er liebt es, wie ein Mann eine Frau liebt: mit aller Leidenschaft. Obgleich das Ewigkeitswert hat, braucht ein Mann eine Ehefrau. Die Erde ist nur eine frostige Geliebte."

Shirley wunderte sich über die Offenherzigkeit ihrer Großmutter, die plötzlich alle Zurückhaltung aufgab. Sie zuckte die Schultern mit einer typisch französischen Gebärde. „Ich bin sicher, dass Christophe nur wenig Mühe hat, warmblütige Geliebte zu finden." Er braucht vermutlich nur mit den Fingern zu schnippen, und sie fallen ihm dutzendweise in die Arme, fügte sie lautlos hinzu, fast erschrocken über ihre stechende Eifersucht.

„Allerdings." Die Augen der Gräfin leuchteten amüsiert auf. „Wie könnte es auch anders sein?" Widerwillig schluckte Shirley diese Bemerkung hinunter, während die alte Dame ihr Weinglas hob. „Aber Männer wie Christophe benötigen nach einer gewissen Zeit eher Beständigkeit als Abwechslung. Sie ahnen ja gar nicht, wie sehr er seinem Großvater ähnelt." Mit einem schnellen Blick erfasste Shirley, dass ein weicher Ausdruck das kantige Gesicht veränderte. „Sie sind wild, diese Kergallens, herrschsüchtig und anmaßend männlich. Die Frauen, denen sie ihre Liebe schenken, durchleben Himmel und Hölle mit ihnen." Die blauen Augen lächelten erneut. „Ihre Frauen müssen stark sein, oder sie werden niedergetreten. Und sie müssen klug sein, um zu wissen, wann sie schwach sein können."

Shirley hatte ihrer Großmutter aufmerksam zugehört. Sie schüttelte den Bann ab und schob den Teller zur Seite, weil ihr der Appetit auf Garnelen vergangen war. Sie nahm den Gesprächsfaden auf, um ein für alle Mal ihre Einstellung kundzutun: „Madame, ich habe nicht die Absicht, am Wettbewerb um den Grafen teilzunehmen. Soweit ich es beurteilen kann, passen wir nicht im Geringsten zueinander." Sie erinnerte sich plötzlich an den verführerischen Druck seiner Lippen, an das fordernde Drängen seines Körpers, und sie erbebte. Sie schaute ihre Großmutter an und schüttelte entrüstet den Kopf. „Nein." Sie dachte nicht weiter darüber nach, ob sie nun zu ihrem Herzen sprach oder zu der Frau ihr gegenüber, sondern stand auf und eilte ins Schloss zurück.

Der Vollmond war am sternenübersäten Himmel aufgegangen, und sein silbernes Licht flutete durch die hohen Fenster, als Shirley aufwachte. Sie fühlte sich elend, schmerzbetäubt und angewidert. Obwohl sie sich schon früh unter dem Vorwand starker Kopfschmerzen zurückgezogen hatte, um dem Mann zu entfliehen, der unentwegt ihre Gedanken beanspruchte, schlief sie nicht sofort ein. Und nun, nach nur wenigen Stunden der Ruhe, war sie hellwach. Sie wälzte sich in dem übergroßen Bett und stöhnte leise, weil ihr Körper revoltierte.

Jetzt bezahle ich den Preis für das kleine Abenteuer am Morgen. Sie wand sich vor Schmerzen und setzte sich mit einem tiefen Seufzer auf. Vielleicht hilft mir ein heißes Bad, hoffte sie im Stillen. Viel lahmer kann ich davon ja auch nicht werden. Sie erhob sich. Die Beine und Schultern protestierten heftig gegen diese Bewegung. Sie zog sich gar nicht erst den Morgenmantel über, der am Fuß des Bettes ausgebreitet lag, sondern tastete sich durch den matt erleuchteten Raum zum angrenzenden Badezimmer. Dabei stieß sie heftig mit einem zierlichen Louis-XVI-Stuhl zusammen.

Sie schimpfte ärgerlich über den zusätzlichen Schmerz, rieb

sich das Bein, rückte den Stuhl wieder zurecht und lehnte sich daran. „Was gibt es?" rief sie unwillig, als es an der Tür pochte.

Sie raffte sich auf, und Christophe trat ein, nachlässig in einen königsblauen Morgenmantel gekleidet. Er betrachtete sie eingehend. „Haben Sie sich verletzt, Shirley?" Sie brauchte ihn nicht erst anzusehen. Sein Spott war unüberhörbar.

„Ich habe mir nur ein Bein gebrochen", fauchte sie. „Machen Sie sich keine Mühe."

„Darf ich mir wenigstens die Frage erlauben, warum Sie hier im Dunkeln herumtappen?" Er lehnte sich gegen den Türrahmen, kühl, völlig gelassen, und seine Überlegenheit machte Shirley nur noch zorniger.

„Ich werde Ihnen genau sagen, weshalb ich hier im Dunkeln herumstolpere, Sie selbstgefälliges Ungeheuer", sagte sie erzürnt. „Ich wollte mich in der Badewanne ertränken, um mich dem Elend zu entziehen, in das Sie mich heute gestürzt haben."

„Wieso ich?" fragte er unschuldig, während er den Blick über sie gleiten ließ. Ihre Gestalt wirkte schlank und golden im schimmernden Mondlicht. Ihr hauchzartes Nachtgewand ließ die langen, schön geformten Beine und die makellose Alabasterhaut frei. Sie war zu aufgebracht, um auf seinen abschätzenden Blick zu reagieren. Und sie bemerkte nicht, dass das Mondlicht durch ihr Gewand sickerte und ihre Körperformen hervorhob.

„Ja, Sie", schleuderte sie ihm entgegen. „Sie haben mich heute Morgen auf Trab gebracht. Und jetzt rächt sich jeder einzelne Muskel an mir." Stöhnend rieb sie mit der Handfläche über den schmalen Rücken. „Wahrscheinlich werde ich niemals wieder aufrecht gehen können."

„Ach."

„Wie viel doch eine einzige Silbe auszudrücken vermag." Sie blickte ihn fest, mit aller ihr zur Verfügung stehenden Würde an. „Könnten Sie das noch einmal wiederholen?"

„Armer Liebling", murmelte er mit übertriebener Sympathie. „Es tut mir ja so Leid." Er reckte sich und ging auf sie zu. Da wurde sie sich ihrer sparsamen Bekleidung bewusst, und ihre Augen öffneten sich weit.

„Christophe, ich ..." Mehr brachte sie nicht heraus. Denn seine Hände berührten ihre nackten Schultern, und die Worte, die sie eigentlich noch sagen wollte, endeten in einem Seufzer, während seine Finger die verkrampften Muskeln massierten.

„Sie haben ganz neue Muskeln entdeckt, nicht wahr? Und das ist nicht gerade angenehm. Beim nächsten Mal wird es leichter für Sie sein." Er führte sie zum Bett und drückte ihre Schultern hinab, so dass sie sich widerspruchslos hinsetzte und den festen Druck seiner Hände auf ihrem Nacken und auf ihren Schultern genoss. Er ließ sich hinter ihr nieder, und seine schmalen Finger fuhren ihren Rücken entlang und massierten den Schmerz wie durch einen Zauber hinweg.

Shirley seufzte erneut und drängte sich unwillkürlich dichter an ihn. „Sie haben wunderbare Hände", flüsterte sie. Sie spürte wohltuende Mattigkeit, als die Schmerzen sich auflösten und warmes Wohlbehagen sie durchflutete. „Herrlich starke Finger. Gleich werde ich zu schnurren anfangen wie eine Katze."

Sie bemerkte nicht, dass die sanfte Entspannung einer leichten Erregung wich, dass die unpersönliche Massage sich zu einer nachdrücklichen Liebkosung verwandelte, aber ihr schwindelte plötzlich in der Hitze.

„Es geht mir schon viel besser", stotterte sie und wollte sich ihm entwinden, doch seine Hände umschlangen schnell ihre

Taille und hielten sie fest umschlungen, während seine Lippen ihren weichen, empfindsamen Hals suchten und einen sanften Kuss darauf hauchten. Sie erbebte. Dann versuchte sie, sich wie ein verängstigtes Reh zu befreien, doch ehe es ihr gelang, drehte er ihren Kopf zu sich herum, seine Lippen legten sich auf ihren Mund und versiegelten jeden Protest.

Aller Widerstand erstickte im Keim, ihre Erregung loderte wie eine Flamme, und sie schlang die Arme um seinen Hals, als er sie niederdrückte. Sein Mund schien ihre Lippen verschlingen zu wollen, hart und siegesbewusst. Seine Hände verfolgten die Linien ihres Körpers, als hätte er sie schon unzählige Male besessen. Ungeduldig streifte er die dünnen Träger von ihren Schultern. Er suchte und fand ihre seidenweiche Brust. Seine Berührung entfachte einen Sturm des Verlangens in Shirley. Seine Begierde wuchs. Unaufhaltsam streiften seine Hände die raschelnde Seide ab, und seine Lippen verließen ihren Mund, um ihren Hals mit unstillbarem Hunger zu überwältigen.

„Christophe", stöhnte sie in dem Bewusstsein, dass sie unfähig war, gegen ihn und ihre eigene Schwäche anzukämpfen. „Christophe, bitte, ich kann mich hier nicht gegen Sie wehren. Ich würde niemals gewinnen."

„Wehren Sie sich nicht gegen mich, meine Schöne", flüsterte er. „Dann werden wir beide gewinnen."

Sein Mund legte sich wieder auf ihre Lippen. Weich und entspannt erweckte er ihre Begierde und das Gefühl der Schwerelosigkeit. Langsam erkundete er ihr Gesicht, berührte die Kurven ihrer Wangen, liebkoste ihren empfindsam geöffneten Mund, ehe er ihren Körper weiter eroberte. Eine Hand umfasste besitzergreifend ihre Brust, die Finger zeichneten ihre

Linie nach, bis ein dumpf pochender Schmerz sie durchfuhr. Sie stöhnte auf, und ihre Hände suchten nach den angespannten Muskeln seines Rückens, als wollte sie seine Macht über sie bestätigen.

Seine wie unbeteiligten Erkundungen wurden wieder heftiger, als hätte ihre Ergebenheit das Feuer seiner Leidenschaft noch stärker entflammt. Seine Hände strichen über ihre sanfte Haut, sein Mund ergriff Besitz von ihren Lippen, versetzte ihre Sinne in Aufruhr und forderte nicht nur Unterwerfung, sondern ebenbürtige Leidenschaft.

Shirley seufzte auf, als Christophes Lippen ihren Hals hinunterwanderten, um die warme Vertiefung zwischen ihren Brüsten zu küssen.

Ein letzter Funke von Klarheit sagte ihr, dass sie am Rand eines Abgrundes stand.

Ein weiterer Schritt vorwärts würde sie in eine unendliche Leere stürzen.

„Christophe, bitte." Sie zitterte, obwohl sie von seiner Hitze ganz benommen war. „Sie machen mir Angst, und ich selbst mache mir Angst. Ich bin ... ich bin noch nie mit einem Mann zusammen gewesen."

Er hielt inne, und tiefes Schweigen umfing sie, als er den Kopf hob und auf sie niederblickte. Strahlendes Mondlicht ruhte auf ihrem hellen Haar, das zerzaust auf dem schneeweißen Kissen lag, und ihre Augen waren verschleiert von plötzlich erwachter Leidenschaft und Furcht.

Mit einem kurzen rauen Laut gab er sie frei. „Ihre Verzögerungstaktik ist unglaublich, Shirley."

„Es tut mir Leid." Sie setzte sich auf.

„Weswegen entschuldigen Sie sich?" Unter der Oberfläche

eisiger Ruhe war Ärger spürbar. „Wegen Ihrer Unschuld, oder aber weil Sie mir beinahe erlaubt hätten, sie Ihnen zu nehmen?"

„Das ist eine niederträchtige Bemerkung", fuhr sie ihn an und rang nach Atem. „Dies alles geschah so schnell, dass ich gar nicht zur Besinnung kam. Wäre ich darauf vorbereitet gewesen, hätten Sie sich mir niemals in dieser Weise genähert."

„Wirklich nicht?"

Er richtete sie auf, bis sie auf dem Bett vor ihm kniete und wieder an seiner Brust lag.

„Jetzt sind Sie vorbereitet. Glauben Sie etwa, dass ich Sie nicht augenblicklich besitzen könnte, und Sie es freiwillig geschehen ließen?"

Er blickte auf sie nieder, seine Stimme klang anmaßend und erzürnt. Sie konnte nicht antworten, denn sie wusste, dass sie seiner Selbstherrlichkeit und ihrem heftigen Verlangen ausgeliefert war. Die riesigen Augen in ihrem blassen Gesicht glänzten vor Furcht und Arglosigkeit. Ärgerlich schob er sie von sich fort.

„Verflixt noch mal! Sie sehen mich mit den Augen eines Kindes an, und ihr Körper verhüllt makellos Ihre Unschuld. Eine gefährliche Maskerade."

Er ging zur Tür und blickte noch einmal zurück, um die leicht bekleidete Gestalt zu betrachten, die sich in dem riesigen Bett sehr klein ausnahm. „Schlafen Sie gut, meine Schöne", spottete er. „Sollten Sie wieder einmal die Möbel anrempeln wollen, wäre es angebracht, die Tür zu verschließen. Beim nächsten Mal werde ich Sie nicht so ohne weiteres verlassen."

Beim Frühstück erwiderte Christophe freundlich Shirleys kühlen Gruß. Er blickte sie kurz an und zeigte keine Spur von

Verstimmung über die vergangene Nacht. Widersinnigerweise war sie über seinen Gleichmut etwas verärgert. Er plauderte mit der Gräfin und wandte sich nur dann an Shirley, wenn es unumgänglich war, und das in einem überaus höflichen Ton.

„Du hast doch nicht vergessen, dass Genevieve und Yves heute Abend mit uns speisen werden?" wandte sich die Gräfin an Christophe.

„Aber nein, Großmutter." Er stellte die Tasse auf den Unterteller zurück. „Es ist mir ein Vergnügen, sie einmal wiederzusehen."

„Ich glaube, dass Sie ihre Gesellschaft als sehr angenehm empfinden werden, Shirley." Die Gräfin richtete die klaren blauen Augen auf ihre Enkelin. „Genevieve ist etwa ebenso alt wie Sie, vielleicht ein Jahr jünger. Sie ist eine liebenswerte, wohlerzogene junge Frau. Und ihre Bruder Yves ist sehr charmant und attraktiv." Sie lächelte leicht. „In seiner Gesellschaft werden Sie sich bestimmt nicht langweilen. Findest du nicht auch, Christophe?"

„Ich bin davon überzeugt, dass Shirley sich mit Yves gut unterhalten wird."

Shirley sah Christophe kurz an. Sein Tonfall war irgendwie lebhafter als gewöhnlich. Doch er trank ruhig seinen Kaffee, und so glaubte sie, sich geirrt zu haben.

„Die Dejots sind alte Freunde der Familie." Die Gräfin lenkte Shirleys Aufmerksamkeit wieder auf sich. „Ich bin sicher, dass Sie sich freuen werden, Bekannten Ihres eigenen Alters zu begegnen, nicht wahr? Genevieve kommt häufig zu Besuch ins Schloss. Als Kind trabte sie hinter Christophe her wie ein folgsames Hündchen. Allerdings ist sie inzwischen kein Kind mehr." Sie blickte den Mann am Kopfende des

Eichentisches bedeutungsvoll an. Shirley zwang sich, unbeteiligt auszusehen.

„Genevieve hat sich von einem linkischen Kind mit Rattenschwänzen zu einer eleganten, wunderhübschen Frau gemausert." Seine Stimme klang unüberhörbar herzlich.

Wie gut für sie, dachte Shirley und rang nach einem interessierten Lächeln.

„Sie wird bestimmt eine vorzügliche Ehefrau", weissagte die Gräfin.

„Sie besitzt eine sanfte Schönheit und natürliche Anmut. Wir müssen sie überreden, für Sie Klavier zu spielen, Shirley. Sie ist nämlich eine hochtalentierte Pianistin."

Wieder ein tugendhaftes Vorbild, überlegte Shirley und war bitter eifersüchtig auf die Beziehung zwischen Genevieve und Christophe. Dann zwang sie sich zu einigen zuvorkommenden Worten: „Ich freue mich sehr darüber, Ihre Freunde kennen zu lernen, Madame." Schweigend schwor sie sich, die vollkommene Genevieve mit Nichtachtung zu strafen.

Der goldene Morgen verstrich friedlich. Stille ruhte auf dem Garten, wo Shirley zeichnete. Sie hatte einige Worte mit dem Gärtner gewechselt, ehe sie sich beide ihrer Arbeit widmeten. Sie beobachtete ihn interessiert und skizzierte ihn, wie er sich über die Büsche beugte, die verwelkten Blüten stutzte und mit seinen farbenfrohen, duftenden Freunden schwatzte, sie gelegentlich ausschimpfte und auch lobte.

Sein Gesicht war zeitlos, verwittert und charaktervoll. Erstaunlich blaue Augen hoben sich von der rötlichen Gesichtsfarbe ab. Der breitrandige Hut auf seinem stahlgrauen Haarschopf war schwarz, Samtbänder fielen auf den Rücken. Er trug eine ärmellose Weste und abgetragene Kniehosen. Sie staunte über seine Beweglichkeit in den klobigen Holzschuhen.

Sie war so tief darin versunken, seine kleine Welt mit dem Bleistift festzuhalten, dass sie die Schritte auf den Steinfliesen hinter sich überhörte. Christophe beobachtete eine Weile, wie sie sich über ihre Arbeit beugte.

Die graziöse Schwingung ihres Nackens erinnerte ihn an einen stolzen weißen Schwan, der über einen kühlen, klaren See glitt. Erst als sie den Bleistift hinter das Ohr schob und sich abwesend über das Haar fuhr, räusperte er sich.

„Die Zeichnung von Gaston ist Ihnen fabelhaft gelungen, Shirley." Amüsiert zog er die Brauen hoch, weil sie aufsprang und die Hand an die Brust presste.

„Ich wusste nicht, dass Sie hier sind." Sie verwünschte ihre atemlose Stimme und den jagenden Puls.

„Sie waren tief in Ihre Arbeit versunken." Nachlässig setzte er sich neben sie auf die weiße Marmorbank. „Ich wollte Sie nicht stören."

Selbst in tausend Kilometern Entfernung würden Sie mich noch stören, ergänzte sie in Gedanken. Höflich erwiderte sie: „Danke. Sie sind sehr rücksichtsvoll." Abwehrend widmete sie ihre Aufmerksamkeit dem Spaniel zu ihren Füßen. „Oh Korrigan, wie geht's?" Sie kraulte seine Ohren, und er bedeckte ihre Hand mit liebevollen Küssen.

„Korrigan ist ganz hingerissen von Ihnen." Christophe betrachtete ihre schlanken Finger. „Normalerweise verhält er sich zurückhaltender, aber es scheint, dass Sie sein Herz erobert haben." Korrigan ließ sich zutraulich auf ihren Füßen nieder und leckte ihr die Hand.

„Ein sehr feuchter Verehrer." Sie zog die Hand zurück.

„Ein geringfügiger Preis für so viel Liebe." Er nahm ein Taschentuch, umfasste ihre Hand und trocknete sie ab. Ein starker Strom durchzuckte ihre Fingerspitzen, den Arm und ließ prickelnd Hitze in ihr aufsteigen.

„Das ist nicht notwendig. Ich habe hier einen alten Lappen." Sie wies auf ihren Kasten mit Kreide und Bleistiften und versuchte, die Finger aus seiner Hand zu lösen.

Seine Augen wurden schmal, sein Griff fester, und sie fühlte sich überrumpelt von diesem kurzen, schweigenden Kampf. Mit einem entrüsteten Seufzer ließ sie zu, dass er ihre Hand festhielt.

„Setzen Sie sich immer und überall durch?" Ihre Augen verdunkelten sich in unterdrücktem Zorn.

„Aber natürlich", erwiderte er mit unerschütterlichem Selbstvertrauen. Er ließ ihre Hand los und betrachtete Shirley abschätzend. „Ich habe den Eindruck, dass Sie gewöhnlich ebenfalls tun, was Sie wollen, Shirley Smith. Wäre es nicht interessant, zu beobachten, wer während Ihres Besuchs den Sieg davonträgt?"

„Vielleicht sollten wir die Ergebnisse auf einer Tafel festhalten", schlug sie etwas frostig vor. „Dann gibt es wenigstens keinen Zweifel darüber, wer der Gewinner ist."

Er lächelte sie nachdenklich und lässig an. „Darüber besteht überhaupt kein Zweifel."

Ehe sie antworten konnte, tauchte die Gräfin auf. Shirley versuchte heiter auszusehen, um die alte Dame von jedem Verdacht abzulenken.

„Ein herrlicher Morgen, meine Lieben." Die Gräfin begrüßte sie mit einem mütterlichen Lächeln, das ihre Enkelin erstaunte. „Sie genießen also den schönen Garten. Um diese Tageszeit ist er am friedlichsten."

Das Schloss in Frankreich

„Er ist bezaubernd, Madame", stimmte Shirley zu. „Es kommt mir so vor, als gäbe es keine andere Welt mehr außer den Farben und Düften dieses einsamen Fleckchens Erde."

„So ist es mir auch oft ergangen. Ich kann die Stunden nicht mehr zählen, die ich jahrelang an dieser Stelle verbracht habe." Sie ließ sich auf der Bank nieder, gegenüber dem braun gebrannten Mann und der hellhäutigen Frau.

Sie seufzte: „Was haben Sie gezeichnet?" Shirley reichte ihr den Block. Die Gräfin heftete die Augen auf die Zeichnung und sah sie dann genau an. „Sie haben das Talent Ihres Vaters geerbt." Bei dieser mutmaßlich missgünstigen Bemerkung verschärfte sich Shirleys Blick, und sie öffnete schon den Mund, um zu antworten. „Ihr Vater war ein sehr begabter Künstler", setzte die Gräfin fort. „Er muss sehr viel Herzensgüte besessen haben, um Gabrielles Liebe und Ihre Anhänglichkeit zu erringen."

„Ja, Madame." Shirley begriff, dass dies ein schwer wiegendes Zugeständnis war. „Er war ein sehr guter Mann, liebender Vater und Gatte zugleich."

Sie widerstand dem Drang, erneut von dem Raphael zu sprechen, denn sie wollte den feingewobenen Faden des Verständnisses nicht zerreißen. Die Gräfin nickte. Dann wandte sie sich an Christophe wegen der Abendgesellschaft.

Shirley nahm Zeichenpapier und Kreide zur Hand und skizzierte aufmerksam ihre Großmutter. Die Stimmen summten um sie herum, besänftigende, friedliche Laute, die zu der Atmosphäre des Gartens passten.

Sie dachte überhaupt nicht daran, der Unterhaltung zu folgen, sondern konzentrierte sich intensiv auf ihre Arbeit.

Als sie das fein geschnittene Gesicht und den überraschend

verletzlichen Mund kopierte, entdeckte sie eine beachtliche Ähnlichkeit mit ihrer Mutter und so auch mit sich selbst. Der Gesichtsausdruck der Gräfin war gelöst, von altersloser Schönheit und von Stolz geprägt.

Aber jetzt entdeckte Shirley einen Abglanz der Weichheit und Zerbrechlichkeit ihrer Mutter, das Gesicht einer Frau, die aufrichtig lieben konnte und umso verletzlicher war. Zum ersten Mal, seit Shirley den förmlichen Brief von ihrer unbekannten Großmutter erhalten hatte, fühlte sie Liebe für die Frau in sich aufkeimen, die ihre Mutter geboren hatte, und die damit auch verantwortlich für ihre eigene Existenz war.

Shirley war sich ihres lebhaften Mienenspiels nicht bewusst, und sie vergaß auch den Mann an ihrer Seite, der die Verwandlung ihres Gesichts beobachtete, während er die Unterhaltung mit der Gräfin fortführte.

Als sie die Arbeit beendet hatte, legte sie die Kreide in den Kasten und wischte sich gedankenverloren die Hände ab. Sie fuhr auf, als sie den Kopf wandte und Christophes durchdringendem Blick begegnete. Er betrachtete das Porträt auf ihrem Schoß und sah ihr dann wieder in die verwirrten Augen.

„Sie haben eine seltene Begabung, chérie", sagte er leise. Verlegen zog sie die Stirn kraus, weil sein Ton nicht verriet, ob er ihre Arbeit meinte oder ein ganz anderes Thema.

„Was haben Sie gezeichnet?" wollte die Gräfin wissen. Shirley befreite sich von seinem unwiderstehlichen Blick und reichte ihrer Großmutter das Porträt.

Die Gräfin sah es eine Weile lang an. Ihr erstaunter Gesichtsausdruck veränderte sich dann in einer Weise, die Shirley nicht deuten konnte. Als sie die Augen wieder hob und sie auf sie richtete, lächelte sie.

„Ich fühle mich geehrt und geschmeichelt. Wenn Sie einverstanden sind, würde ich dieses Bild gern kaufen", ihr Lächeln vertiefte sich, „teilweise aus Selbstgefälligkeit, aber auch, weil ich ein Beispiel Ihrer Arbeit besitzen möchte."

Shirley beobachtete sie einen Augenblick lang und befand sich im Zwiespalt zwischen Stolz und Zuneigung. „Es tut mir Leid, Madame." Sie schüttelte den Kopf und nahm die Zeichnung wieder an sich. „Ich kann sie nicht verkaufen."

Sie blickte auf das Papier in der Hand, ehe sie es der alten Dame wieder zurückgab. „Ich schenke es Ihnen, Großmutter." Sie nahm das bewegte Mienenspiel der Gräfin in sich auf, bevor sie weitersprach: „Nehmen Sie es an?"

„Ja." Das Wort klang wie ein Seufzer. „Ich werde Ihr Geschenk in Ehren halten." Erneut blickte sie auf die Kreidezeichnung. „Es soll mich daran erinnern, dass Liebe wichtiger ist als Stolz." Sie erhob sich und berührte mit den Lippen Shirleys Wangen, ehe sie wieder über den Steinfliesenweg zum Schloss zurückkehrte.

Shirley stand auf.

„Sie haben eine natürliche Gabe, die Liebe anderer Menschen zu gewinnen", bemerkte Christophe.

Sie fuhr ihn erregt an: „Sie ist ebenfalls meine Großmutter."

Ihm entging nicht, dass ihre Augen von Tränen verschleiert waren, und mit einer lässigen Bewegung erhob er sich. „Meine Feststellung war ein Kompliment."

„Tatsächlich? Es klang eher nach einem Werturteil." Sie verwünschte den Nebel vor ihren Augen. Sie wollte gleichzeitig allein sein und sich gegen seine breite Schulter lehnen.

„Immer befinden Sie sich mir gegenüber in Abwehrstellung, stimmt's, Shirley?" Seine Augen verengten sich wie üblich, wenn er ärgerlich war. Aber sie war so mit dem Aufruhr ihrer Gefühle beschäftigt, dass sie nicht darauf achtete.

„Grund genug dafür haben Sie mir ja auch gegeben. Von dem Moment an, als ich den Zug verließ, haben Sie kein Hehl aus Ihren Gefühlen gemacht. Sie haben meinen Vater und mich verurteilt. Sie sind kalt und selbstherrlich und haben keinen Funken Mitleid oder Verständnis. Ich wollte, Sie gingen jetzt fort und ließen mich allein. Prügeln Sie doch einige Landarbeiter oder dergleichen. Das passt zu Ihnen."

Er näherte sich ihr so schnell, dass sie keine Möglichkeit hatte, ihm auszuweichen. Seine Arme schienen sie zu zerbrechen, als sie sich um sie schlangen. „Haben Sie Angst?" Seine Lippen pressten sich auf ihren Mund, ehe sie antworten konnte, und alle Vernunft war wie ausgelöscht.

Sie stöhnte auf vor Schmerz und Verlangen, als sein Griff sich festigte und ihr den Atem raubte.

Wie ist es nur möglich, dass man gleichzeitig hasst und liebt, fragte ihr Herz, und die Antwort verlor sich in einer ungestümen, triumphierenden Flutwelle der Leidenschaft. Er fuhr ihr mit den Fingern erbarmungslos durch das Haar, zog den Kopf nach hinten, und sein heißer, hungriger Mund begehrte die verletzliche Haut ihres glatten, schlanken Halses. Durch die dünne Bluse hindurch spürte sie die Hitze seines Körpers. Er beseitigte diesen geringfügigen Widerstand, schob die Hand unter den Stoff und nahm wie selbstverständlich Besitz von ihrer nackten Brust.

Seine Lippen umschlossen wieder ihren Mund, mit einer Weichheit, der sie sich nicht entziehen konnte. Sie kümmerte sich nicht mehr um die Zerrissenheit ihrer Liebe, sondern lieferte sich wie eine Weide im Sturm ihrer Sehnsucht aus.

Er hob das Gesicht, seine Augen glühten dunkel, fast schwarz, vor Zorn und Leidenschaft. Er wollte sie besitzen. Bei dieser Erkenntnis weitete sich ihr Blick erschrocken. Nie zuvor war sie so heftig begehrt worden, und nie zuvor hatte jemand die Kraft besessen, sie so mühelos zu erobern. Selbst wenn er sie nicht liebte, würde sie sich ihm unterwerfen, und auch ohne ihre Unterwerfung würde er sie für sich beanspruchen.

Er las die Furcht in ihren Augen. Seine Stimme klang tief und gefährlich: „Ja, meine kleine Cousine, Sie haben allen Grund, sich zu fürchten, denn Sie wissen sehr genau, was geschehen wird. Im Augenblick sind Sie sicher vor mir, doch geben Sie Acht, wie und wo Sie mich künftig herausfordern."

Er ließ sie los und ging den Weg zurück, den die Großmutter gewählt hatte. Korrigan sprang auf, blickte Shirley wie entschuldigend an und folgte dann seinem Herrn.

6. KAPITEL

*S*hirley kleidete sich sehr sorgfältig zum Abendessen um und nutzte die Zeit, ihre Gefühle zu ordnen und einen Plan zu fassen. Vernunftgründe vermochten nichts an der Tatsache zu ändern, dass sie sich Hals über Kopf in einen Mann verliebt hatte, den sie nur wenige Tage kannte. Er war ebenso Furcht erregend wie fesselnd.

Ein anmaßender, herrschsüchtiger, unverschämt hartnäckiger Mann, fügte sie hinzu, als sie den Reißverschluss am Rückenteil ihres Kleides hinaufzog. Ein Mann, der meinen Vater des Diebstahls bezichtigt hat. Wie konnte ich das zulassen, schalt sie sich. Wie hätte ich es aber verhindern können? Mein Herz mag mich im Stich gelassen haben, doch mein Kopf ist noch klar. Niemals darf Christophe erfahren, dass ich mich in ihn verliebt habe. Seine Ironie wäre unerträglich.

Sie strich mit einer Bürste über die weichen Locken und legte etwas Make-up auf. Kriegsbemalung. Sie lächelte über diesen Einfall. Das war der richtige Ausdruck. Ein Kriegszustand mit ihm wäre besser als Verliebtheit. Nebenbei muss ich mich heute Abend Mademoiselle Dejot gegenüber behaupten. Dieser Gedanke beunruhigte sie, und ihr Lächeln schwand.

Sie betrachtete sich in voller Größe im Standspiegel. Die bernsteinfarbene Seide harmonierte mit ihrer Augenfarbe und verlieh ihrer sanften Haut einen warmen Schimmer. Schmale Träger enthüllten weiche Schultern, und das tief ausgeschnittene Mieder rundete die feine Linie der Brust ab. Der plissierte Rock umsäumte gefällig die Fesseln wie ein Hauch, und die gedämpfte Farbe unterstrich nur noch die zerbrechliche, zarte Schönheit.

Sie missbilligte diesen Effekt. Viel lieber hätte sie extravagant und kultiviert ausgesehen. Ein Blick auf die Uhr besagte ihr, dass es zu spät war, sich umzuziehen. Deshalb schlüpfte sie in die Schuhe, besprühte sich mit Parfüm und eilte aus dem Zimmer.

Das Stimmengeräusch aus dem Salon deutete zu Shirleys Verwunderung darauf hin, dass die Abendgäste bereits eingetroffen waren. Als sie den Raum betrat, nahm sie bewundernd die besondere Atmosphäre in sich auf: den glänzenden Boden und die warme Holzvertäfelung, die bleigefassten Fenster, den riesigen Steinkamin mit dem gemeißelten Sims. Das alles bildete einen perfekten Hintergrund für die Abendgesellschaft, deren

Das Schloss in Frankreich

unbestrittene Königin die Gräfin war, in karminrote Seide gehüllt. Christophes strenger schwarzer Abendanzug hob sein schneeweißes Hemd hervor und unterstrich seine bräunliche Hautfarbe. Yves Dejot trug ebenfalls einen dunklen Anzug. Seine Haut hatte einen Goldschimmer, und sein Haar war kastanienbraun.

Aber es war die Frau zwischen den beiden Männern, die Shirleys Augenmerk und unfreiwillige Bewunderung auf sich zog. Wenn ihre Großmutter schon die Königin war, so glich sie einer Kronprinzessin. Tiefschwarzes Haar umrahmte ein kleines, schmerzlich-schönes Elfengesicht mit mandelförmigen braunen Augen. Das waldgrüne Abendgewand stach von der wunderschönen goldenen Haut ab.

Die beiden Männer erhoben sich, als Shirley eintrat. Sie konzentrierte sich auf den fremden Besucher, wobei sie sich Christophes gewohnheitsmäßiger, alles umfassender Beobachtungsgabe bewusst war. Als sie einander vorgestellt wurden, blickte sie in kastanienbraune Augen, die in der gleichen Farbe wie sein Haar schimmerten, und sie zugleich bewundernd und missbilligend betrachteten.

„Mein Freund, du hast mir verheimlicht, dass deine Cousine einer bezaubernden, goldgelockten Göttin gleicht." Er beugte sich über Shirleys Hand und berührte sie mit den Lippen. „Mademoiselle, ich werde das Schloss von jetzt an öfter besuchen."

Sie lächelte erfreut und fand Yves Dejot zugleich charmant und harmlos. „Ich bin davon überzeugt, Monsieur, dass sich aufgrund dieser Tatsache mein Aufenthalt hier umso erfreulicher gestalten wird", sagte sie im gleichen Ton und wurde mit einem aufblitzenden Lächeln belohnt.

Christophe fuhr mit der Vorstellung fort, und Shirleys Finger wurden von einer kleinen, zögernden Hand umfasst. „Ich bin so glücklich, Sie endlich kennen zu lernen, Mademoiselle Smith." Genevieve begrüßte sie mit einem warmen Lächeln. „Sie ähneln dem Porträt Ihrer Mutter derart, als wäre das Gemälde zum Leben erweckt worden."

Die Stimme klang so aufrichtig, dass es für Shirley trotz aller gegenteiligen Bemühungen ausgeschlossen war, diese feenhafte Frau zu verabscheuen, die sie mit den feuchten Augen eines Cockerspaniels ansah.

Während des Aperitifs und des Essens verlief die Unterhaltung ungezwungen und angenehm. Delikate Austern in Champagner leiteten das vorzüglich bereitete und servierte Mahl ein. Die Dejots wollten alles über Amerika und Shirleys Leben in der Hauptstadt wissen. Sie bemühte sich, diese Stadt der Gegensätzlichkeiten zu beschreiben, während die kleine Gesellschaft das Kalbsrisotto in Chablissauce genoss.

Anschaulich entwarf sie ein Bild von den alten Regierungsgebäuden, den graziösen Linien und Säulen des Weißen Hauses. „Unglücklicherweise fielen einige der alten Gebäude den Modernisierungsbestrebungen zum Opfer, und nun stehen an ihrer Stelle riesige Stahl- und Glaskäfige. Sauber, unermesslich groß und ohne jeden Charme. Aber es gibt Dutzende Theater, von Fords, wo Präsident Lincoln umgebracht wurde, bis zum Kennedy-Zentrum."

Weiter führte sie ihre Zuhörer von der überwältigend eleganten Embassy Avenue zu den Slums und Mietskasernen außerhalb der Stadt, durch Museen, Galerien und die Geschäftigkeit des Kapitolhügels. „Aber wir lebten in Georgetown, und dieser Stadtteil hat mit dem Rest von Washington nicht das Geringste zu tun. Er besteht zumeist aus Reihen- und Doppelhäusern, die zwei oder drei Stockwerke umfassen. Die kleinen ummauerten Gartenstücke sind mit Azaleen und Blumenrabatten bepflanzt. Einige Seitenstraßen haben noch Kopfsteinpflaster, und man spürt den fast altmodischen Charme."

„Was für eine aufregende Stadt", bemerkte Genevieve. „Wahrscheinlich kommt Ihnen unser Leben hier sehr ruhig vor. Vermissen Sie die lebhafte Aktivität Ihrer Heimat?"

Shirley sah nachdenklich auf ihr Weinglas und schüttelte den Kopf. „Nein. Und das finde ich selbst merkwürdig. Ich habe mein ganzes Leben dort verbracht, und ich war sehr glücklich. Doch ich vermisse nichts. Seit ich dieses Schloss betrat, spüre ich eine Vertrautheit, als hätte ich es schon früher gekannt. Ich bin auch hier sehr glücklich."

Sie blickte zu Christophe hinüber, der sie nachdenklich und durchdringend ansah, und fühlte sich plötzlich beunruhigt. „Natürlich ist es eine Erleichterung, sich nicht täglich um einen Parkplatz abmühen zu müssen", fügte sie lächelnd hinzu und befreite sich von der ernsten Stimmung. „Parkplätze in Washington sind mehr wert als Gold. Hinter einem Lenkrad würde selbst der gutmütigste Mensch einen Mord oder ein schweres Verbrechen begehen, nur um eine Parklücke zu finden."

„Sind Sie auch schon so vorgegangen?" Christophe hob sein Weinglas und blickte sie fragend an.

„Ich darf an meine Vergehen überhaupt nicht mehr denken. Manchmal benehme ich mich schrecklich aggressiv."

„Kaum glaublich, dass Angriffslust zu einer so zartbesaiteten

Weide gehören sollte." Yves nahm sie mit seinem charmanten Lächeln gefangen.

„Du wärst erstaunt, mein Freund, wenn du wüsstest, welche überraschenden Qualitäten diese Weide noch in sich birgt", bemerkte Christophe und senkte den Kopf.

Glücklicherweise wechselte die Gräfin nun das Thema.

Der Salon war nur matt beleuchtet, und daher wirkte der riesige Raum fast intim. Als die kleine Gesellschaft Kaffee und Cognac genoss, setzte Yves sich neben Shirley und überschüttete sie mit seinem französischen Charme. Sie bemerkte fast eifersüchtig, dass Christophe sich ausschließlich der Unterhaltung mit Genevieve widmete. Sie sprachen über ihre Eltern, die gerade die griechischen Inseln besuchten, von gemeinsamen Bekannten und alten Freunden. Er hörte aufmerksam zu, als Genevieve eine Anekdote erzählte. Er schmeichelte ihr und lachte. Sein Benehmen war freundlich und weich. Das war für Shirley eine neue Entdeckung. Ihre Beziehung war offenbar sehr eng, so dass Shirley einen kurzen Schmerz der Verzweiflung verspürte.

Er behandelt sie so vorsichtig wie ein feines, zerbrechliches Kristallgefäß, klein und kostbar, und mir gegenüber benimmt er sich, als sei ich ein starker, unempfindlicher Granitblock, dachte sie.

Für Shirley wäre es bedeutend einfacher gewesen, wenn sie die andere Frau verabscheut hätte. Doch natürliche Freundlichkeit besiegte die Eifersucht, und im Laufe des Abends empfand sie den beiden Dejots gegenüber immer mehr Zuneigung.

Die Gräfin forderte Genevieve mehrmals freundlich auf, einige Klavierstücke zu spielen, so dass sie schließlich einwilligte.

Die Musik schwebte süß und zart durch den Raum und war der Pianistin ebenbürtig.

Wahrscheinlich ist sie die ideale Frau für Christophe, schloss Shirley düster. Sie haben so viele Gemeinsamkeiten, und sie erweckt eine Zärtlichkeit in ihm, die ihn davon abhalten wird, sie zu verletzen. Sie blickte zu Christophe hinüber, der entspannt gegen die Sofakissen lehnte, und die dunklen, faszinierenden Augen auf die Frau am Flügel heftete. Shirley versank in einem Sturzbach von Gefühlen: Sehnsucht, Verzweiflung, Empörung vereinigten sich zu einem hoffnungslos deprimierenden Nebel, als sie sich eingestand, dass sie niemals glücklich wäre, wenn Christophe einer anderen Frau den Hof machte, gleichgültig, ob sie nun selbst zu ihm passte oder nicht.

Yves wandte sich ihr zu, als die Musik verklang und die Unterhaltung wieder auflebte: „Mademoiselle, als Künstlerin benötigen Sie Eingebungen, nicht wahr?"

„Jedenfalls auf die eine oder andere Weise." Sie lächelte ihn an.

„Der Schlossgarten ist bei Mondschein außerordentlich anregend."

„Das ist mir durchaus willkommen. Vielleicht kann ich Sie dazu verleiten, mich hinauszubegleiten."

„Das wäre mir eine große Ehre, Mademoiselle."

Yves tat den übrigen Anwesenden ihre Absicht kund, und Shirley hakte sich bei ihm ein, ohne den Blick zu beachten, den Christophe ihr zuwarf.

Der Garten glich tatsächlich einer zauberhaften Inspiration. Die leuchtenden Farben wirkten im silbernen Mondlicht gedämpft. Die Düfte vermischten sich zu einem berauschenden Parfüm und verwandelten den warmen Sommerabend zu einer Nacht für Liebende. Shirley seufzte, als ihre Gedanken wieder zu dem Mann im Salon zurückirrten.

„War das ein Seufzer der Freude, Mademoiselle?" fragte Yves, als sie einen gewundenen Pfad hinunterschlenderten.

„Natürlich." Sie schüttelte die trübe Stimmung ab und gönnte ihrem Begleiter ein verlockendes Lächeln. „Ich bin überwältigt von der unsäglichen Schönheit."

Er hob ihre Hand an seine Lippen und küsste sie gefühlvoll. „Mademoiselle, jede Blüte erblasst vor Ihrer Schönheit. Welche Rose täte es Ihren Lippen gleich, welche Gardenie Ihrer Haut?"

„Wie gelingt es den Franzosen nur, so sehr mit Worten zu lieben?"

„Das wird uns bereits an der Wiege gesungen, Mademoiselle."

„Dem kann eine Frau nur schwer widerstehen." Shirley atmete tief ein: „Ein Garten im Mondglanz, ein bretonisches Schloss, die duftende Nachtluft und ein gut aussehender Mann, dessen Worte wie Poesie klingen."

Yves seufzte schwer auf: „Ich fürchte, Sie haben die Widerstandskraft."

Sie schüttelte leicht ironisch den Kopf. „Unglücklicherweise bin ich außerordentlich stark. Aber Sie sind ein charmanter bretonischer Wolf."

Sein Lachen unterbrach die nächtliche Stille. „So gut kennen Sie mich also schon. Von Anfang an wusste ich, dass wir Freunde, jedoch nicht Liebende sein würden. Sonst hätte ich meinen Feldzug mit mehr Gefühl geführt. Wir Bretonen glauben sehr stark an die Vorbestimmung."

„Es ist doch so schwierig, Freunde und Liebende zugleich zu sein."

„Ich denke genauso."

„Dann wollen wir Freunde sein." Shirley streckte die Hand aus. „Ich werde Sie Yves nennen und Sie mich Shirley."

Er nahm ihre Hand und hielt sie einen Augenblick lang fest. „Es ist außergewöhnlich, dass ich mich mit Ihrer Freundschaft begnüge. Ihre erlesene Schönheit nimmt die Gedanken eines Mannes gefangen und lässt sie nicht mehr los." Er machte eine ausdrucksvolle Geste, was mehr sagte, als eine dreistündige Rede. „Nun, so spielt eben das Leben", bemerkte er fatalistisch. Shirley lachte leise, als sie wieder das Schloss betraten.

Am darauf folgenden Morgen begleitete Shirley ihre Großmutter und Christophe zur Heiligen Messe in das Dorf, das sie von der Hügelkuppe aus erblickt hatte. Schon in den frühen Morgenstunden hatte es leicht und anhaltend geregnet.

Es regnete noch immer, als sie ins Dorf fuhren. Der Regen durchtränkte die Blätter und senkte die Köpfe der Blumen schwer herab. Bestürzt konstatierte Shirley, dass Christophe sich seit dem vorangegangenen Abend in ungewöhnliches Schweigen hüllte. Die Dejots hatten sich bald nach Shirleys und Yves' Rückkehr in den Salon verabschiedet. Christophe hatte sich charmant von seinen Gästen verabschiedet, Shirley jedoch keines Blickes gewürdigt.

Jetzt sprach er fast ausschließlich mit der Gräfin. Nur gelegentlich richtete er das Wort an Shirley, höflich, mit einer kaum merklichen Feindseligkeit, die sie bewusst nicht zur Kenntnis nahm.

Der Mittelpunkt des kleinen Dorfs war die Kapelle, ein

winziges weißes Gemäuer. Das sauber gepflegte Grundstück stand in fast komischem Gegensatz zu dem hinfälligen Bau. Das Dach war in letzter Zeit mehrmals repariert worden, und die einzige Eichentür am Eingang war verwittert, altersschwach und abgenutzt vom ständigen Gebrauch.

„Christophe wollte eine neue Kapelle errichten lassen", bemerkte die Gräfin. „Doch die Dorfbewohner sträubten sich dagegen. Hier haben ihre Vorfahren jahrhundertelang gebetet, und hier werden sie auch weiterhin ihren Gottesdienst verrichten, bis die Kapelle in Staub zerfällt."

„Sie ist bezaubernd", erwiderte Shirley. Der leicht verfallene Zustand verlieh dem winzigen Gebetshaus eine gewisse unerschütterliche Würde und einen Abglanz von Stolz, zugleich war es Zeuge von Taufen, Trauungen und Bestattungen durch die Jahrhunderte.

Die Tür knarrte heftig, als Christophe sie öffnete und die beiden Frauen vorangehen ließ. Der Innenraum war dunkel und still, die hohe Balkendecke vermittelte den Eindruck von Weiträumigkeit.

Die Gräfin ging zum vorderen Kirchenstuhl und nahm ihren Platz zwischen den Sitzen ein, die seit mehr als drei Jahrhunderten den Bewohnern von Schloss Kergallen vorbehalten waren.

Shirley erkannte Yves und Genevieve im engen Chorgang des Seitenschiffs und lächelte ihnen zu. Genevieve lächelte zurück, und Yves blinzelte sie kaum wahrnehmbar an.

„Dies ist kaum der geeignete Ort für einen Flirt, Shirley", flüsterte Christophe, als er ihr aus dem feuchten Trenchcoat half.

Sie errötete und fühlte sich ertappt wie ein Kind, das in der Sakristei kichert. Eine scharfe Erwiderung lag ihr auf der Zunge, doch da näherte sich ein älterer Priester dem Altar, und der Gottesdienst begann.

Ein Gefühl des Friedens erfüllte Shirley. Der Regen schloss die Gemeinde von der Außenwelt ab, und sein sanftes Flüstern auf dem Dach wirkte eher beruhigend als ablenkend. Der alte Geistliche sprach bretonisch, und die Gemeinde antwortete ihm leise. Das gelegentliche Wimmern eines Kindes, gedämpftes Husten und die Regentropfen auf dem dunklen bunten Fensterglas gemahnten an eine friedliche Zeitlosigkeit. Während Shirley in dem abgenutzten Kirchenstuhl saß, empfand sie den Zauber der Kapelle und verstand die Weigerung der Dorfbewohner, dieses bröcklige Gebäude zugunsten eines soliden Bauwerks aufzugeben. Hier herrschten Friede, Fortdauer der Vergangenheit und Verbindung mit der Zukunft.

Als der Gottesdienst beendet war, hörte es auch auf zu regnen, ein schwacher Sonnenstrahl drang durch das farbige Fenster und brachte es zart zum Glühen. Nachdem die Schlossbewohner die Kapelle verlassen hatten, umfing sie frische Luft mit dem Duft sauberen Regens.

Yves begrüßte Shirley mit einer höflichen Verbeugung und einem langen Handkuss. „Sie haben die Sonne wieder hervorgelockt, Shirley."

„Gewiss." Sie lächelte ihn an. „Ich habe befohlen, dass alle Tage meines Aufenthalts in der Bretagne hell und sonnig sind."

Sie zog die Hand zurück und nickte dann Genevieve zu, die in ihrem kühlen gelben Kleid und dem schmalrandigen Hut einer zierlichen Schlüsselblume ähnelte. Sie tauschten Grüße aus, und Yves neigte sich wie ein Verschwörer Shirley zu.

„Meine Liebe, Sie sollten vielleicht den Sonnenschein ausnutzen und mich auf einer Fahrt begleiten. Nach dem Regen ist die Landschaft immer besonders schön."

„Es tut mir Leid, aber Shirley ist heute vollauf beschäftigt", antwortete Christophe, ehe sie zustimmen oder ablehnen konnte. Sie sah ihn verwundert an. „Ihre zweite Lektion", sagte er glatt und übersah den Protest, der in ihr aufstieg.

„Lektion", wiederholte Yves lächelnd. „Was lehrst du denn deine bezaubernde Cousine, Christophe?"

„Die Reitkunst", gab er mit dem gleichen Lächeln zurück. „Jedenfalls zurzeit."

„Sie könnten keinen besseren Lehrer finden." Genevieve berührte leicht Christophes Arm. „Christophe lehrte mich das Reiten, als Yves und mein Vater mich bereits als hoffnungslosen Fall aufgegeben hatten. Er ist sehr geduldig." Sie sah bewundernd zu dem schlanken Mann auf, und Shirley unterdrückte ein ungläubiges Lachen.

Christophe war alles andere als geduldig. Arrogant, herausfordernd, selbstherrlich, überheblich: Schweigend zählte sie die charakteristischen Eigenschaften des Mannes an ihrer Seite zusammen. Darüber hinaus war er zynisch und anmaßend.

Ihre Gedanken schweiften von der Unterhaltung ab, denn sie wurde von einem kleinen Mädchen in Anspruch genommen, das zusammen mit einem ausgelassenen jungen Hündchen auf einem Rasenstück saß. Abwechselnd bedeckte das Tier das Kindergesicht mit feuchten, begeisterten Küssen und tollte um das Mädchen herum, während es in ein hohes süßes Lachen ausbrach. Dieses entspannende unschuldige Bild nahm Shirley derart gefangen, dass es Sekunden dauerte, ehe sie auf das nächste Geschehen reagierte.

Der Hund schoss plötzlich über den Rasen zur Straße. Das

Kind flitzte hinter ihm her und rief missbilligend seinen Namen. Shirley beobachtete die Szene regungslos, bis ein Auto sich näherte. Dann spürte sie auf einmal kalte Furcht, weil das Kind noch immer der Fahrbahn entgegenlief.

Ohne darüber nachzudenken, nahm sie die Verfolgung auf. Völlig außer sich rief sie dem Kind auf bretonisch zu, anzuhalten, doch das Interesse des Mädchens galt allein ihrem Liebling. Sie rannte über den Rasen, geradewegs auf das herbeifahrende Auto zu.

Shirley hörte die Bremsen quietschen, als sie mit beiden Armen das Kind umschloss. Sie fühlte einen heftigen Stoß, ehe sie zusammen mit dem Mädchen über die Straße geschleudert wurde.

Einen Augenblick lang herrschte völlige Stille, dann brach ein Höllenlärm los: das Hündchen, auf dem Shirley lag, jaulte vorwurfsvoll, und das Kind jammerte und schrie laut nach seiner Mutter.

Erregte Stimmen mischten sich plötzlich in das Jaulen und Jammern ein und trugen nur noch zu Shirleys Benommenheit bei. Sie fand keine Kraft, sich von dem widerspenstigen Tier zu erheben, während das Mädchen sich aus ihrem Griff befreite und in die Arme der blassen, tränenüberströmten Mutter flüchtete.

Da beugte sich plötzlich eine vertraute Gestalt über Shirley und zog sie hoch. „Sind Sie verletzt?" Christophes Augen glühten. Als sie den Kopf schüttelte, fuhr er ärgerlich fort: „Sind Sie wahnsinnig? Das hätte Ihr Tod sein können. Dass Sie noch einmal davongekommen sind, grenzt an ein Wunder."

„Aber sie haben doch so lieb miteinander gespielt. Dann verzog sich der einfältige Hund auf die Straße. Hoffentlich habe ich ihn nicht verletzt, weil ich auf ihm lag. Das arme Tier war darüber bestimmt nicht begeistert."

„Shirley." Christophes wütende Stimme brachte sie wieder zur Besinnung. „Ich glaube wirklich, Sie haben den Verstand verloren."

„Es tut mir Leid." Sie fühlte sich leer und ausgelaugt. „Es war natürlich dumm, zunächst an den Hund zu denken und dann erst an das Mädchen. Ist ihr nichts passiert?"

In einem langen Atemzug fluchte er leise vor sich hin. „Nicht das Geringste. Sie ist jetzt bei ihrer Mutter."

Shirley schwankte. „Es ist gleich vorüber."

Sein Griff verstärkte sich auf ihren Schultern, und er beobachtete ihr Gesicht. „Fallen Sie jetzt etwa in Ohnmacht?" Er schaute sie zweifelnd an.

„Bestimmt nicht." Sie versuchte, ihrer Stimme einen festen Klang zu geben, doch sie zitterte leicht.

„Shirley." Genevieve kam auf sie zu, nahm ihre Hand und ließ alle Förmlichkeit außer Acht. „Das war so mutig von Ihnen." Tränen umflorten die braunen Augen, und sie küsste Shirleys blasse Wangen.

„Sind Sie verletzt?" wiederholte Yves Christophes Frage. Doch er blickte sie eher betroffen als vorwurfsvoll an.

„Nein, es ist alles in Ordnung." Unwillkürlich stützte sie sich auf Christophe. „Nur der kleine Hund ist schlimm dran, weil er unter mir lag." Ich möchte mich hinsetzen, dachte sie erschöpft, bis die Welt sich nicht mehr um mich dreht.

Plötzlich redete die Mutter des Kindes tränenüberströmt in schnellem Bretonisch auf sie ein. Vor lauter Erregung sprach sie nur undeutlich, und der Dialekt war so breit, dass Shirley Mühe hatte, dem Wortschwall zu folgen. Die Frau wischte sich fortwährend mit einem zerknitterten Taschentuch die Tränen aus den Augen. Shirley hoffte, dass ihre Antworten korrekt waren. Sie war unglaublich müde und etwas verlegen, als die Mutter ihre Hände ergriff und sie in glühender Dankbarkeit küsste. Christophe bat die Frau, Shirley loszulassen. Sie zog sich zurück, nahm ihr Kind bei der Hand und verschwand in der Menschenmenge.

„Kommen Sie." Er legte einen Arm um Shirleys Taille, und die Leute wichen zur Seite, als er sie zu der Kapelle zurückführte. „Ich finde, Sie und der Bastard sollten an eine kurze Leine gebunden werden."

„Wie entgegenkommend von Ihnen, uns in einen Topf zu werfen", murmelte sie. Dann erblickte sie ihre Großmutter, die auf einer kleinen Steinbank saß. Sie war bleich und wirkte auf einmal alt.

„Ich dachte, Sie würden überfahren werden." Die Stimme der Gräfin war belegt. Shirley kniete vor der alten Dame nieder.

„Ich bin unverwüstlich, Großmutter", behauptete sie mit einem vertrauensseligen Lächeln. „Das habe ich von meinen Eltern geerbt."

Die schmale Hand umfasste fest Shirleys Gelenk. „Sie sind sehr aufsässig und widerspenstig", erwiderte die Gräfin in etwas festerem Ton. „Und ich liebe Sie sehr."

„Ich liebe Sie ebenfalls", sagte Shirley einfach.

7. KAPITEL

Nach dem Mittagessen bestand Shirley darauf, ihren Reitunterricht fortzusetzen. Sie widersprach energisch, sich längere Zeit auszuruhen und einen Arzt kommen zu lassen.

„Ich benötige keinen Doktor, Großmutter, und ich brauche auch keine Ruhepause. Mit mir ist alles in bester Ordnung." Den Unfall am Morgen tat sie mit einem Achselzucken ab. „Das sind doch nur einige Prellungen und Quetschungen. Ich sagte Ihnen bereits, dass ich unverwüstlich bin."

„Sie sind widerspenstig", korrigierte die Gräfin.

„Das war eine fürchterliche Erfahrung für Sie", schaltete sich Christophe ein und musterte Shirley kritisch. „Es wäre besser, wenn Sie Ihre Energie etwas mehr im Zaum hielten."

„Das kann nicht Ihr Ernst sein." Ungeduldig schob sie ihre Kaffeetasse beiseite. „Ich bin doch kein viktorianischer Schwächling, der sich vom Dunst seiner Hirngespinste treiben lässt und verhätschelt werden möchte. Wenn Sie nicht mit mir ausreiten wollen, werde ich Yves anrufen und seine Einladung zu dem Landausflug annehmen, den Sie an meiner Stelle ausgeschlagen haben. Ich werde keinesfalls am helllichten Tag zu Bett gehen wie ein Kind."

„Einverstanden." Christophes Augen wurden dunkler. „Sie kommen zu Ihrem Reitvergnügen, obwohl meine Lektion wahrscheinlich nicht so anregend sein wird wie Yves' Ausflug aufs Land."

Einen Augenblick lang schaute sie ihn bestürzt an, und dann färbten sich ihre Wangen. „Wie albern von Ihnen."

„Treffen wir uns also in einer halben Stunde bei den Ställen", unterbrach er sie, stand vom Tisch auf und schlenderte aus dem Zimmer, ehe sie ihn zurechtweisen konnte.

Mit empörtem Gesichtsausdruck wandte sie sich an ihre Großmutter. „Warum ist er so unerträglich grob zu mir?"

Mit einer ausdrucksvollen Schultergebärde und einem weisen Blick erwiderte die Gräfin: „Männer sind nun einmal höchst komplizierte Wesen, mein Liebling."

„Eines Tages wird er nicht mehr gehen, ehe ich ihm nicht meine Meinung gesagt habe." Shirley zog die Brauen zusammen.

Shirley traf Christophe zu der vereinbarten Zeit. Sie war fest entschlossen, jeden Funken Energie auf die Verbesserung ihrer Reittechnik zu verwenden.

Vertrauensvoll bestieg sie die Stute, und dann folgte sie ihrem schweigsamen Lehrer, der sein Pferd in die entgegengesetzte Richtung ihres letzten Ausritts lenkte. Als er in leichten Galopp fiel, passte sie sich ihm an und spürte die gleiche berauschende Freiheit wie beim ersten Mal.

Allerdings reagierte er darauf nicht mit einem plötzlich aufschimmernden Lächeln. Er neckte sie nicht einmal mit scherzenden Worten, und sie sagte sich, dass sie darauf verzichten konnte. Nur manchmal erteilte er ihr eine Anweisung. Sie gehorchte ihm aufs Wort, um ihm und sich zu beweisen, dass sie fähig war, ein Pferd zu reiten. Sie begnügte sich mit dieser Aufgabe und einem gelegentlichen Blick auf sein falkenähnliches Profil.

Du liebe Zeit, seufzte sie niedergeschlagen, wandte ihren Blick von ihm ab und sah nach vorn. Er wird mich bis zum Ende meines Lebens plagen. Ich werde noch eine alte schrullige Jungfer, weil ich jeden Mann, der mir begegnet, mit dem vergleiche, der mir nie gehören wird. Ich wollte, ich hätte ihn niemals gesehen.

„Was sagten Sie?" Christophes Stimme unterbrach ihren Gedankengang.

Sie fuhr auf. Wahrscheinlich hatte sie laut vor sich hingesprochen. „Nichts", stotterte sie, „absolut nichts." Sie atmete tief ein. „Ich könnte schwören, dass ich Seeluft rieche." Er schlug eine langsamere Gangart an. Sie zügelte ebenfalls ihr Pferd, als ein entferntes Dröhnen die Stille unterbrach. „Donnert es?" Sie schaute zum klaren blauen Himmel auf, doch das Grollen hielt an. „Das ist ja das Meer. Sind wir ganz in der Nähe? Kann ich es sehen?"

Er hielt sein Pferd an und saß ab. Sie beobachtete ihn erregt, als er die Zügel an einem Baum befestigte. „Christophe!" Sie befreite sich mit mehr Schnelligkeit als Grazie von ihrem Sattel. Er nahm ihren Arm, als sie sich ungeschickt fallen ließ, und band ihr Pferd neben seinem an, ehe er weiter den Pfad hinunterging. „Wählen Sie die Sprache, die Ihnen am liebsten ist", forderte sie ihn auf, „aber reden Sie mit mir, bevor ich verrückt werde."

Er hielt inne, wandte sich um, zog sie an sich und küsste sie kurz und zerstreut. „Sie reden zu viel", sagte er nur und ging weiter.

Sie wollte etwas sagen, unterließ es aber, da er sich erneut umdrehte und sie anblickte. Befriedigt über ihr Schweigen, führte er sie weiter, während das ferne Dröhnen immer näher kam und eindringlicher wurde. Als er wieder anhielt, verschlug das Bild unter ihnen Shirley den Atem.

Das Meer dehnte sich aus, so weit das Auge reichte. Sonnenstrahlen tanzten auf der tiefgrünen Oberfläche. Die Brandung liebkoste die Uferfelsen, die Gischt ähnelte schaumiger Spitze auf einem dunklen Samtgewand.

„Es ist hinreißend." Shirley schwelgte in der scharfen salzhaltigen Luft und der Brise, die ihr Haar zerzauste. „Sie sind inzwischen sicherlich an diesen Anblick gewöhnt. Aber ich könnte mich wohl niemals daran sattsehen."

„Ich schaue immer gern auf die See hinaus." Seine Augen umfassten den fernen Horizont, wo der klare blaue Himmel das dunkle Grün küsste. „Sie hat viele Launen. Vielleicht vergleichen die Fischer sie aus diesem Grund mit einer Frau. Heute ist sie verhältnismäßig ruhig. Doch wenn sie ärgerlich wird, entwickelt sie ein bemerkenswertes Temperament."

Seine Hand glitt Shirleys Arm hinunter und hielt ihn mit einer natürlichen, intimen Geste fest. Das hatte sie nicht erwartet, und ihr Herz machte Freudensprünge. „Als ich noch ein Junge war, zog es mich zur See hinaus. Ich wollte mein Leben auf dem Meer verbringen und mich segelnd von seinen Launen treiben lassen." Sein Daumen rieb die zarte Haut ihrer Handfläche, und sie schluckte tief, ehe sie antworten konnte.

„Warum haben Sie es nicht getan?"

Er bewegte die Schultern, und sie fragte sich einen Augenblick lang, ob er sich an ihre Anwesenheit erinnerte. „Ich entdeckte, dass das Land eine ebenbürtige Anziehungskraft hat: frisches, lebendiges Gras, fruchtbarer Boden, purpurfarbene Reben und weidendes Vieh. Mit einem Pferd über lange Wegstrecken zu reiten ist ebenso erregend wie auf den Wellen der See zu segeln. Das Land ist meine Aufgabe, mein Vergnügen und meine Bestimmung."

Er blickte in die hellen Augen, die weit und offen auf sein Gesicht gerichtet waren. Irgendetwas verband sie miteinander.

Es glänzte und dehnte sich aus, bis Shirley seiner Faszination erlag. Er zog sie an sich. Der Wind wirbelte um sie herum wie ein Band, das sie noch fester aneinander knüpfte. Sein Mund forderte völlige Hingabe. Das Meer toste betäubend, und plötzlich drängte sie sich an ihn und forderte mehr.

Sein Gesicht spiegelte in keiner Weise die Ruhe der See wider. Ihren Gefühlen hilflos ausgeliefert, schwelgte sie an seinem Mund in einer wilden Umarmung. Seine Hände ergriffen Besitz von ihr, als hätten sie ein Recht darauf. Sie zitterte, nicht aus Furcht, sondern aus Sehnsucht, ihm zu geben, was er beanspruchte, und hielt ihn noch fester.

Als sich auf einmal sein Mund von ihren Lippen löste, wehrte sie sich gegen die Trennung und zog sein Gesicht an sich, um wieder darin einzutauchen. Bei der erneuten Umarmung gruben sich ihre Finger in seine Schultern. Gierig suchte sein Mund ihre Lippen, um sie zu kosten. Seine Hand glitt unter ihre Seidenbluse und berührte ihre Brust, die vor Sehnsucht schmerzte. Seine warmen Finger glühten wie Funken auf ihrer Haut. Obwohl ihr Mund ihm ausgeliefert war und seine Zunge die Intimität samtiger Feuchtigkeit forderte, stammelte sie in Gedanken immer wieder seinen Namen, bis alles um sie herum versank.

Er zog die Hände zurück und umarmte sie wieder. Der Atem verflüchtigte sich in einer neuen, überwältigenden Kraft. Weiche Brüste schmiegten sich an den schlanken, männlichen Körper, die Herzen klopften im Gleichklang. Shirley fühlte sich dem Abgrund nahe und glaubte, nie wieder festen Boden gewinnen zu können.

Christophe befreite sich so unvermittelt aus der Umarmung, dass Shirley gestolpert wäre, wenn sein Arm sie nicht gestützt hätte. „Wir müssen wieder zurückreiten", sagte er, als wäre überhaupt nichts geschehen. „Es wird spät."

Sie strich die ins Gesicht gefallenen Locken zurück. Dabei sah sie ihn mit weiten Augen bittend an. „Christophe." Unfähig, die Stimme zu erheben, flüsterte sie seinen Namen nur. Er sah sie mit seinem gewohnten nachdenklichen und unergründlichen Blick an.

„Es ist schon spät, Shirley", wiederholte er, und der unverhohlen ärgerliche Ton seiner Stimme bestürzte sie noch mehr.

Auf einmal fröstelte sie. Sie schlang die Arme um ihren Körper, um die Kälte abzuwehren. „Christophe, warum sind Sie böse auf mich? Ich habe doch nichts Unrechtes getan."

„Wirklich nicht?" Seine Augen wurden schmal und dunkel, wie bei einem seiner üblichen Temperamentsausbrüche. Trotz der schmerzenden Abweisung sah sie ihn fest an.

„Nein. Was könnte ich Ihnen denn schon antun? Sie sind mir so überlegen, dort oben auf Ihrem kleinen goldenen Thron. Eine Halbaristokratin wie ich könnte sich kaum zu Ihrer Höhe emporschwingen, um irgendwelchen Schaden anzurichten."

„Ihre Zunge wird Ihnen noch viele Schwierigkeiten bereiten, Shirley, falls Sie sich nicht dazu entschließen, sie im Zaum zu halten." Seine Stimme war messerscharf und viel zu selbstbeherrscht, doch trotz ihrer wachsenden Wut zwang Shirley sich zur Besonnenheit.

„Gut. Aber bis ich mich dazu entschließe, werde ich sie noch benutzen, um Ihnen genau zu sagen, was ich von Ihrer anmaßenden, selbstherrlichen, herrschsüchtigen und verletzenden Art halte, mit der Sie dem Leben im Allgemeinen und mir im Besonderen begegnen."

Mit allzu weicher und seidiger Stimme erwiderte er: „Meine

kleine Cousine: Einer Frau mit Ihrem Temperament muss man beständig vor Augen führen, dass es nur einen Herrn gibt." Er umfasste fest ihren Arm und kehrte der See den Rücken. „Ich habe gesagt, dass wir jetzt aufbrechen müssen."

„Sie, Monsieur, können tun und lassen, was Sie wollen", erwiderte sie und schleuderte ihm einen glimmenden Blick zu.

Drei Schritte weiter versagte ihre wütende Würde, denn ihre Schultern wurden wie in einem Schraubstock zusammengepresst und dann herumgewirbelt. Im Vergleich zu den wilden Gebärden von Christophe nahm sich ihr eigenes Temperament eher gelassen aus. „Sie bringen mich dazu, darüber nachzudenken, wie weise es ist, eine Frau zu schlagen." Er presste seinen Mund auf ihre Lippen, unsanft und gewalttätig. Shirley spürte einen heftigen Schmerz. Es war ein zorniger Kuss, ohne Begierde. Christophe packte sie an den Schultern. Aber sie wehrte sich nicht dagegen, blieb ihm jedoch auch die Antwort schuldig. Sie verhielt sich völlig passiv in seinen Armen, und ihr Mut versank in Hoffnungslosigkeit.

Als er sie losließ, blickte sie zu ihm auf. Sie verabscheute den feuchten Schleier, der ihre Augen umwölkte. „Sie sind im Vorteil, Christophe, und werden jeden körperlichen Kampf gewinnen." Ihre Stimme war ruhig und absichtlich gelassen, und seine Augenbrauen zogen sich zusammen, als bestürzte ihn ihre Reaktion. Er hob die Hand, um einen Tropfen von ihrer Wange zu wischen. Sie zuckte zurück, tat es selbst und unterdrückte die Tränen.

„Für heute habe ich genügend Demütigungen von Ihnen erfahren, werde aber Ihnen zuliebe nicht in einen Tränenstrom ausbrechen." Ihre Stimme klang fester, als sie die Selbstbeherrschung wiedergewann, und ihre Schultern strafften sich, während Christophe ihre Veränderung schweigend zur Kenntnis nahm. „Wie Sie schon sagten, es ist an der Zeit, aufzubrechen."

Sie wandte sich um und ging den Weg zurück zu der Stelle, wo die Pferde auf sie warteten.

Die warmen Sommertage verliefen ruhig. Die Sonne schien, und die Blumen dufteten süß. Während der Tagesstunden widmete Shirley sich hauptsächlich der Malerei. Sie zeichnete und malte voller Begeisterung das eindrucksvolle Schloss. Zunächst war sie verzweifelt und schließlich verärgert darüber, dass Christophe ihr bewusst aus dem Weg ging. Seit dem Nachmittag auf der Klippe am Meer hatte er kaum ein Wort mit ihr gewechselt. Nur wenn es sich gar nicht vermeiden ließ, sprach er ernst und höflich mit ihr. Ihr Stolz besänftigte jedoch ihren Schmerz, und auch die Malerei lenkte sie von Christophe ab.

Die Gräfin erwähnte den verschwundenen Raphael nicht wieder, und Shirley war froh über diesen Zeitaufschub, der es ihr erlaubte, die Gräfin näher kennen zu lernen, ehe sie sich weiter mit dem Verschwinden des Gemäldes und dem gegen ihren Vater gerichteten Verdacht auseinander setzte.

Als sie wieder einmal tief in ihre Arbeit versunken war – mit verschossenen Jeans und einem fleckigen Arbeitskittel bekleidet, das Haar zerzaust –, bemerkte sie, dass Genevieve über den weichen Rasenteppich auf sie zukam. Eine wunderschöne bretonische Fee, dachte Shirley, klein und bezaubernd in einer lederfarbenen Reitweste und dunkelbraunen Reithosen.

„Guten Tag", rief sie, als Shirley die schmale Hand zum Gruß hob. „Ich hoffe, dass ich Sie nicht störe."

„Natürlich nicht. Es ist nett, dass Sie sich einmal blicken

lassen", erwiderte sie völlig ungezwungen, weil sie sich tatsächlich freute. Sie lächelte und legte den Pinsel zur Seite.

„Jetzt habe ich Sie unterbrochen" entschuldigte sich Genevieve.

„Eine willkommene Ablenkung."

„Darf ich mir ansehen, was Sie malen? Oder möchten Sie es nicht, ehe das Bild beendet ist?"

„Selbstverständlich können Sie es sich anschauen. Sagen Sie mir, was Sie davon halten."

Genevieve stellte sich neben Shirley. Der Hintergrund war vollendet: der azurblaue Himmel, die flockigen Wolken, lebhaftes grünes Gras und majestätische Bäume. Das Schloss selbst nahm allmählich Gestalt an: die grauen Mauern, die sich wie Perlenschnüre vom Sonnenlicht abhoben, die hohen, glitzernden Fenster, die Wachtürme. Daran musste sie noch lange arbeiten, doch selbst in dieser unvollendeten Form spiegelte das Bild bereits die märchenhafte Stimmung wider, die Shirley vorgeschwebt hatte.

„Ich habe dieses Schloss von jeher geliebt." Genevieve blickte noch immer auf die Leinwand. „Jetzt erkenne ich, dass es Ihnen ebenso geht." Die braunen Augen lösten sich von dem halb vollendeten Gemälde und sahen Shirley an. „Sie haben seine Wärme und auch seinen Hochmut eingefangen. Ich freue mich darüber, dass wir gleicher Ansicht sind."

„Vom ersten Augenblick an habe ich mich in das Schloss verliebt", gestand Shirley. „Je länger ich hier bin, desto hoffnungsloser verliere ich mich." Sie seufzte, denn ihre Worte schlossen den Mann ein, dem dieses Besitztum gehörte.

„Ich bewundere Ihr Talent. Hoffentlich sinke ich nicht in Ihrer Achtung, wenn ich Ihnen ein Geständnis mache."

„Aber natürlich nicht." Shirley war zugleich überrascht und neugierig.

„Ich beneide Sie über alle Maßen", stieß Genevieve hervor, als könnte der Mut sie verlassen.

Ungläubig blickte Shirley in das schöne Gesicht. „Sie beneiden mich?"

„Ja." Genevieve zögerte einen Augenblick lang, doch dann überschlugen sich ihre Worte: „Nicht nur wegen Ihrer künstlerischen Begabung, sondern auch wegen Ihrer Selbstsicherheit und Unabhängigkeit."

Shirley sah sie erstaunt an. „Sie ziehen die Menschen an, mit Ihrer Offenheit und Ihren warmen Augen, die Vertrauen erweckend und verständnisvoll sind."

„Das hätte ich nicht erwartet", erwiderte Shirley fassungslos. „Genevieve, Sie sind doch so schön und warmherzig. Wie könnten Sie einen Menschen wie mich beneiden? In Ihren Augen muss ich ja eine Amazone sein."

„Die Männer behandeln Sie wie eine Frau. Sie bewundern Sie nicht allein wegen Ihres Aussehens, sondern wegen Ihrer Wesensart." Sie wandte sich ab, schaute aber gleich wieder zurück und strich sich über das Haar. „Was täten Sie, wenn Sie einen Mann liebten, ein ganzes Leben lang, mit dem Herzen einer Frau, der Sie aber nur wie ein amüsantes kleines Mädchen behandelt?"

Shirleys Herz zog sich zusammen. Christophe kam ihr in den Sinn. Du meine Güte, sie fragt mich um Rat wegen Christophe. Sie zwang sich, nicht hysterisch aufzulachen. Jetzt soll ich ihr einen Wink über den Mann erteilen, den ich liebe. Hätte sie meine Hilfe gesucht, wenn sie wüsste, was er von mir und meinem Vater hält? Sie sah in Genevieves dunkle Augen, die hoffnungsvoll und vertrauensselig auf sie gerichtet waren, und seufzte.

„Liebte ich einen solchen Mann, würde ich alle Mühe daransetzen, ihn davon zu überzeugen, dass ich eine Frau bin und auch als solche von ihm behandelt werden möchte."

„Aber wie?" Genevieve spreizte hilflos die Finger. „Dafür bin ich zu feige. Vielleicht würde ich auf diese Weise selbst seine Freundschaft verlieren."

„Wenn Sie ihn wirklich lieben, müssen Sie es wagen oder sich für den Rest Ihres Lebens allein mit seiner Freundschaft begnügen. Das nächste Mal, wenn dieser Mann Sie wie ein Kind behandelt, müssen Sie ihm zu verstehen geben, dass Sie eine erwachsene Frau sind. Sie sollten es ihn unbedingt wissen lassen, damit er nicht den geringsten Zweifel daran hat. Danach wird er sich dann richten."

Genevieve atmete tief und schien erleichtert zu sein. „Ich werde darüber nachdenken." Erneut blickte sie Shirley herzlich an. „Ich danke Ihnen dafür, dass Sie mir so freundschaftlich zugehört haben."

Shirley beobachtete, wie sich die kleine graziöse Gestalt über den Rasen zurückzog.

Ich benehme mich wie eine leibhaftige Märtyrerin, sagte sie sich. Dabei dachte ich immer, dass Selbstaufopferung innere Wärme hervorruft. Stattdessen ist mir kalt, und ich fühle mich erbärmlich.

Sie sammelte ihr Handwerkszeug ein, weil ihr das Vergnügen, Sonnenschein zu malen, vergangen war. Ich glaube, ich werde das Märtyrertum aufgeben und mich künftig ausschließlich Witwen und Waisen widmen. Das kann auch nicht schlimmer werden.

Niedergeschlagen brachte Shirley Leinwand und Farben in ihr Arbeitszimmer hinauf! Mit allergrößter Anstrengung gelang es ihr, dem Dienstmädchen zuzulächeln, das eifrig frische Wäsche in die Fächer eines Schranks stapelte.

„Guten Tag, Mademoiselle." Catherine begrüßte Shirley mit einem entwaffnenden Lächeln.

„Guten Tag, Catherine. Sie scheinen offenbar sehr vergnügt zu sein." Shirley beobachtete die triumphierenden Sonnenstrahlen am Fenster, seufzte tief und zuckte die Schulter. „Ein ausnehmend schöner Tag heute."

„Ja, Mademoiselle. Ein herrlicher Tag." Mit einer Hand voller durchsichtiger Seidenwäsche wies sie auf den Himmel. „Ich finde, dass die Sonne noch nie so schön geschienen hat."

Unfähig, sich dieser aufreizend guten Laune zu entziehen, ließ Shirley sich auf einem Stuhl nieder und amüsierte sich über das glühende Gesicht der kleinen Magd.

„Wenn mich nicht alles täuscht, ist es die Liebe, die so hell und schön scheint."

Catherine errötete leicht, und ihr Gesicht wurde dadurch noch hübscher. Sie unterbrach einen Augenblick lang ihre Beschäftigung und lächelte Shirley erneut zu. „Ja, Mademoiselle, ich bin sehr verliebt."

„Und Ihrem Blick entnehme ich, dass Sie ebenfalls sehr geliebt werden." Shirley bezwang ein leichtes Neidgefühl über so viel jugendliches Vertrauen.

„Ja, Mademoiselle." Sonnenlicht und Glück hüllten sie ein. „Am Samstag werden Jean-Paul und ich heiraten."

„Heiraten?" wiederholte Shirley leicht bestürzt, als sie die kleine Gestalt vor sich betrachtete. „Wie alt sind Sie, Catherine?"

„Siebzehn", erwiderte sie, im Bewusstsein ihres hohen Alters.

„Siebzehn", seufzte Shirley unwillkürlich und kam sich plötzlich vor, als wäre sie zweiundneunzig Jahre alt.

„Wir werden im Dorf getraut", fuhr Catherine fort, und Shirleys Interesse wuchs. „Dann werden wir zum Schloss zurückkehren und im Garten singen und tanzen. Der Graf ist sehr freundlich und großzügig. Er sagte, dass wir bei Champagner feiern werden."

Shirley beobachtete interessiert, wie sich die Freude in Ehrfurcht verwandelte.

„Freundlich", flüsterte sie. Freundlichkeit passte so überhaupt nicht zu Christophe. Sie atmete tief und erinnerte sich seiner zuvorkommenden Haltung Genevieve gegenüber. Offensichtlich brachte sie es nicht fertig, dass er sich ihr gegenüber ebenso verhielt.

„Mademoiselle, Sie haben so viele wunderhübsche Sachen." Shirley blickte auf und sah, dass Catherine ein weißes Nachtgewand streichelte, mit sanften, verträumten Augen.

„Mögen Sie es?"

Sie erhob sich, betastete den Saum, erinnerte sich der seidigen Berührung mit ihrer Haut und ließ es dann wie eine Schneeflocke zu Boden gleiten.

„Aber ja, Mademoiselle." Mit einem Seufzer typisch weiblicher Bewunderung und Putzsucht wollte Catherine es in den Schrank hängen.

„Es gehört Ihnen", entschied Shirley impulsiv. Das Mädchen wich einige Schritte zurück, und die sanften Augen öffneten sich weit.

„Was haben Sie gesagt, Mademoiselle?"

„Es gehört Ihnen", wiederholte sie und begegnete lächelnd dem erstaunten Blick. „Es ist ein Hochzeitsgeschenk."

„Aber das kann ich nicht annehmen. Es ist viel zu schön", stammelte sie flüsternd. Sehnsüchtig betrachtete Catherine das Gewand und drehte sich wieder zu Shirley um.

„Doch, natürlich. Es ist ein Geschenk, und ich würde mich freuen, wenn Sie es annähmen." Sie sah sich das einfache seidene Nachtkleid an, das Catherine an die Brust hielt, neidisch und hoffnungslos. „Es wurde für eine Braut geschneidert, und Jean-Paul wird Sie darin wunderschön finden."

Catherine seufzte tief und hielt Tränen der Dankbarkeit zurück. „Ich werde es immer in Ehren halten." Hierauf folgte ein Strom bretonischer Dankesbezeugungen. Die schlichten Worte belebten Shirley.

Sie verließ das Zimmer, in dem die künftige Braut sich verträumt und glücklich im Spiegel betrachtete.

Am Hochzeitstag von Catherine strahlte die Sonne mild, und über den hellblauen Himmel zogen freundliche weiße Wölkchen.

Während der vergangenen Tage war Shirley zunächst niedergeschlagen und schließlich verstimmt gewesen. Christophes abweisendes Benehmen hatte ihr Temperament entflammt, doch sie zügelte es hochmütig.

Das Ergebnis waren Bemerkungen, die sich auf wenige höfliche Sätze beschränkten.

Zwischen ihm und der Gräfin stand sie auf dem winzigen Rasenstück der Dorfkirche und erwartete die Trauungsprozession. Eigentlich wollte sie ein rohseidenes Kleid tragen, weil es so kühl und unnahbar wirkte, doch die königliche Hand der

Großmutter hatte dagegen Einspruch erhoben. Stattdessen trug Shirley jetzt ein Kleid ihrer Mutter, dessen Lavendelparfüm wie frisch vom gestrigen Tag duftete. Sie wollte überlegen und distanziert aussehen, doch nun glich sie einem jungen Mädchen, das sich auf ein Tanzvergnügen freut.

Der weite gefaltete Rock berührte nur die bloßen Waden. Seine leuchtend roten und weißen Längsstreifen waren von einer weißen Schürze bedeckt.

Die ausgeschnittene Bauernbluse schmiegte sich an die schmale Taille, und die kurzen Puffärmel überließen die Arme der Sonnenwärme. Eine schwarze ärmellose Weste unterstrich die feine Linie ihrer Brust, und ein bändergeschmückter Strohhut zierte ihre helle Lockenpracht.

Christophe hatte ihr Aussehen mit keinem Wort gewürdigt, sondern nur leicht den Kopf geneigt, als sie die Treppe herunterschritt, und jetzt setzte Shirley den stummen Krieg fort, indem sie sich ausschließlich mit ihrer Großmutter unterhielt.

„Sie werden vom Haus der Braut aus hierher kommen", bemerkte die Gräfin. Obwohl Shirley sich in der Nähe des Mannes, der hinter ihr stand, unbehaglich fühlte, bemühte sie sich um höfliche Aufmerksamkeit. „Ihre gesamte Familie wird sie auf ihrem letzten Weg als Mädchen begleiten. Dann wird sie ihrem Bräutigam begegnen, mit ihm die Kapelle betreten und seine Frau werden."

„Sie ist so jung", seufzte Shirley leise auf, „fast noch ein Kind."

„Nun, sie ist alt genug, um eine Frau zu werden, mein erwachsenes Fräulein." Leicht lachend tätschelte die Gräfin Shirleys Hand. „Ich war nur wenig älter, als ich Ihren Großvater heiratete. Alter hat wenig mit Liebe zu tun. Findest du das nicht auch, Christophe?"

Shirley fühlte sein Schulterzucken mehr, als dass sie es sah.

„Es sieht ganz so aus, Großmutter. Ehe unsere Catherine zwanzig ist, wird ein Kleines an ihrer Schürze zerren, unter der sie schon wieder ein Baby erwartet."

„Und wenn schon", seufzte die Gräfin mit verdächtiger Wehmut. „Es scheint fast, als ob keines meiner Großkinder mir Urenkel schenken würde, die ich verwöhnen kann." Sie lächelte Shirley arglos zu. „Es ist schwierig, sich in Geduld zu fassen, wenn man alt wird."

„Aber es wird einfacher, sich klug zu verhalten", erwiderte Christophe trocken. Shirley sah ihn unwillkürlich an. Er hob kurz die Augenbrauen, und sie hielt seinem Blick stand, fest entschlossen, seinem Zauber nicht zu verfallen.

„Du meinst, weise zu sein, Christophe", berichtigte die Gräfin unbeirrt und selbstgefällig. „Dies kommt der Wahrheit näher. Seht doch", unterbrach sie sich, ehe Christophe etwas erwidern konnte, „da sind sie."

Weiche, frische Blumenblätter schwebten und tanzten zur Erde, als kleine Kinder sie aus geflochtenen Körben verstreuten, unschuldige wilde Blüten von den Wiesen und aus den Wäldern. Die Kinder umringten lachend das Brautpaar, während sie die Blüten in die Luft warfen. Umgeben von ihrer Familie näherte sich die Braut. Sie war nach althergebrachter Sitte gekleidet. Shirley hatte noch nie eine strahlendere Braut gesehen.

Der weite, plissierte Rock schwebte von der Taille abwärts eine Handbreit über dem blütenbedeckten Boden. Der Halsausschnitt war hoch angesetzt und von Spitzen umgeben, das zart bestickte Mieder schmiegte sich eng an den Körper. Anstelle eines Schleiers trug sie eine runde weiße Kappe mit einem Kopfputz aus steifen Spitzen, der der winzigen dunklen Gestalt eine exotische und alterslose Schönheit verlieh.

Der Bräutigam trat an ihre Seite, und Shirley bemerkte mit fast mütterlicher Erleichterung, dass Jean-Paul freundlich und beinahe ebenso unschuldig aussah wie Catherine. Auch er war nach althergebrachter Weise gekleidet: Weiße Kniehosen staken in weichen Stiefeln, und über dem bestickten weißen Hemd trug er ein tiefblaues doppelreihiges Jackett. Der mit Samtbändern geschmückte schmalkrempige Hut hob seine Jugend hervor. Shirley vermutete, dass er kaum älter war als die Braut.

Junge Liebe hüllte sie ein, rein und süß wie der Morgenhimmel. Sehnsüchtig hielt Shirley den Atem an. Ihre Kehle war trocken. Sie schluckte tief und dachte: Wenn Christophe mich doch nur ein einziges Mal so ansähe. Davon würde ich bis zum Ende meines Lebens zehren.

Sie zuckte zusammen, als eine Hand ihren Arm berührte, blickte auf und sah seine Augen auf sich gerichtet, etwas ironisch, doch nach wie vor kühl. Sie hob ihr Kinn und gestattete ihm, sie in die Kapelle zu geleiten.

Der Schlossgarten war für eine Hochzeit wie geschaffen, hell, frisch und lebendig von Düften und Farben. Auf der Terrasse waren weiß gedeckte Tische aneinander gereiht, die mit Speisen und Getränken überladen waren. Das Schloss wartete mit dem Besten für die Dorfhochzeit auf: Silber und Kristall leuchteten kostbar im gleißenden Sonnenlicht. Shirley bemerkte, dass die Dorfbewohner ein Recht darauf geltend machten. Sie gehörten zum Schloss, und das Schloss gehörte ihnen. Musik übertönte das Stimmengewirr und Gelächter: fröhlich zirpende Geigen und näselnde Dudelsäcke.

Shirley beobachtete von der Terrasse aus, wie sich Braut und Bräutigam zu ihrem ersten Tanz als Frau und Mann verneigten. Es war ein charmanter, flotter Volkstanz. Catherine flirtete mit ihrem Ehemann, indem sie den Kopf hochwarf und ihn herausfordernd anblickte, zum größten Vergnügen des Publikums. Es schloss sich dem tanzenden Paar an, die Stimmung wuchs, und plötzlich zog Yves sie entschlossen in die Menge.

„Aber ich weiß doch gar nicht, wie man das macht", protestierte sie und lachte über seine Beharrlichkeit.

„Ich werde es Sie lehren." Er nahm ihre beiden Hände. „Nicht allein Christophe ist ein guter Lehrmeister." Er neigte sich ihr zu und versuchte, ihr Stirnrunzeln zu deuten. „Jedenfalls bin ich davon überzeugt." Sie dachte über den Doppelsinn dieser Worte nach, doch er lächelte nur und streute ihre Hand mit den Lippen. „Jetzt machen wir den ersten Schritt nach rechts."

Zunächst war Shirley gänzlich von der Lektion beansprucht, dann aber überließ sie sich dem Vergnügen der einfachen Melodien und Tanzschritte, und die Spannung der letzten Tage verflog. Yves war aufmerksam und charmant, führte sie sicher und brachte ihr zwischendurch Champagner. Einmal sah sie Christophe mit der kleinen graziösen Genevieve tanzen. Eine Wolke legte sich über ihre strahlende Stimmung, und sie wandte sich schnell ab, weil sie sich nicht wieder der Niedergeschlagenheit preisgeben wollte.

„Sehen Sie, meine Liebe, Ihre Bewegungen sind ganz natürlich." Yves lächelte sie an, als die Musik abbrach.

„Wahrscheinlich kommen mir dabei meine bretonischen Erbanlagen zu Hilfe."

Er sah sie amüsiert an: „Also haben Sie kein gutes Wort für Ihren Lehrmeister übrig?"

„Aber ja." Sie lächelte ihm spöttisch zu und machte einen kleinen Knicks. „Ich habe einen ausgezeichneten und liebenswürdigen Professor gefunden."

„Das stimmt." Seine kastanienbraunen Augen lachten und widersprachen seinem ernsten Tonfall. „Und meine Studentin ist wunderschön und bezaubernd."

„Das stimmt auch", erwiderte sie fröhlich und hakte sich bei ihm ein.

„Oh Christophe." Ihr Lachen gefror, als sie bemerkte, wie Yves über ihren Kopf hinwegblickte. „Ich habe deine Erzieherrolle übernommen."

„Es sieht ganz so aus, als ob Sie beide dieses Übergangsstadium genießen." Die eisig höfliche Stimme veranlasste Shirley, sich vorsichtig umzudrehen. Er glich zu ihrem Missbehagen aufs Haar dem seefahrenden Grafen in der Porträtgalerie. Das weiße Seidenhemd ließ den starken dunklen Hals frei und hob sich von der ärmellosen schwarzen Weste ab. Dazu trug er passende schwarze Hosen und weiche Lederstiefel, und Shirley fand, dass er eher gefährlich als elegant aussah.

„Eine entzückende Studentin, lieber Freund, das musst du doch zugeben." Yves' Hand blieb leicht auf Shirleys Schulter liegen, als er ihr in das unbewegliche, teilnahmslose Gesicht sah. „Vielleicht möchtest du selbst herausfinden, ob ich mich als Lehrer eigne."

„Natürlich." Christophe nahm das Angebot mit einer

leichten Verneigung an. Dann streckte er mit einer liebenswürdigen, fast altmodischen Geste die Hand nach Shirley aus.

Sie zögerte, weil sie die Berührung gleichzeitig fürchtete und herbeisehnte. Als sie dann seine herausfordernden dunklen Augen sah, gab sie ihm aristokratisch graziös die Hand.

Shirley bewegte sich rhythmisch mit der Musik, und die Schritte zu dem alten, koketten Tanz drängten sich wie von selbst auf. Sie wiegte sich, drehte sich im Kreis, vereinigte sich kurz mit ihm: Der Tanz begann wie eine Auseinandersetzung, ein fest gefügter Wettkampf zwischen Mann und Frau. Ihre Augen waren aufeinander gerichtet. Sein Blick war kühn und selbstbewusst, sie schaute ihn trotzig an, und sie drehten sich im Kreis, während sich ihre Handflächen berührten. Als sein Arm sich leicht um ihre Taille legte, warf sie den Kopf zurück und schaute ihm weiter gerade in die Augen, trotz des Schauers bei der Berührung ihrer Hüften.

Die Schritte beschleunigten sich mit der Musik, die Melodie und die alte Tanzkunst wurden verführerischer, und die Körper rückten dichter aneinander. Selbstbewusst hob sie das Kinn, schaute ihn herausfordernd an, doch ihr wurde heiß, als er ihre Taille enger umschlang und sie bei jeder Drehung näher an sich zog.

Was zunächst als Duell begonnen hatte, war nunmehr von unwiderstehlichem Reiz, und sie fühlte, wie seine Kraft sich ihres Willens so sicher bemächtigte, als legten sich seine Lippen auf ihren Mund. Mit einem letzten Funken von Selbstbeherrschung löste sie sich aus seinen Armen, um ihre Sicherheit wiederzugewinnen. Doch er zog sie wieder an sich, und hilflos suchten ihre Augen den Mund, der gefährlich über ihr schwebte. Halb abwehrend, halb einladend öffnete sie die Lippen, und sein

Mund senkte sich auf sie nieder, bis sie seinen Atem auf der Zunge spürte.

Als die Musik endete, wirkte die Stille wie ein Donnerschlag, und sie öffnete weit die Augen.

Christophe lächelte triumphierend. „Alle Achtung vor Ihrem Lehrer, Mademoiselle." Seine Hände gaben ihre Taille frei, er verbeugte sich leicht, wandte sich um und verließ sie.

Je zurückhaltender und wortkarger Christophe sich benahm, desto offener und mitteilsamer verhielt sich die Gräfin. Es schien, als spürte sie seine Verstimmung und wollte ihn herausfordern.

„Du scheinst geistesabwesend zu sein, Christophe", bemerkte sie arglos, als sie an dem großen Eichentisch zu Abend aßen. „Hast du Sorgen mit dem Vieh, oder handelt es sich um eine Herzensangelegenheit?"

Entschlossen hielt Shirley den Blick auf den Wein gerichtet, den sie in ihrem Glas schwenkte, und war offenkundig völlig von der zart schimmernden Farbe in Anspruch genommen.

„Ich genieße lediglich das hervorragende Essen, Großmutter." Christophe nahm die Herausforderung nicht an. „Im Augenblick bin ich weder mit der Viehzucht noch mit Frauen beschäftigt."

„Wirklich?" fragte die Gräfin lebhaft. „Vielleicht beschäftigen dich beide Themen auf einmal."

Die breiten Schultern bewegten sich in typischer Manier. „Beide erfordern viel Aufmerksamkeit und eine starke Hand, nicht wahr?"

Shirley verschluckte sich an einem kleinen Bissen Orangenente.

„Haben Sie viele gebrochene Herzen in Amerika zurückgelassen, Shirley?" fragte die Gräfin, ehe Shirley ihre mörderischen Gedanken in Worte kleiden konnte.

„Dutzende", erwiderte sie und bedachte Christophe mit einem tödlichen Blick. „Ich habe festgestellt, dass einige Männer nicht einmal über den Verstand des Viehs verfügen, umso öfter aber die Waffen und die Intelligenz einer Krake einsetzen."

„Vielleicht sind Sie nur nicht den richtigen Männern begegnet." Christophes Stimme klang kühl.

Diesmal hob Shirley die Schultern. „Alle Männer sind gleich", sagte sie abweisend und hoffte, ihn mit dieser Verallgemeinerung zu verärgern. „Entweder sie begehren einen warmen Körper in irgendeiner dunklen Ecke oder aber ein Stück Dresdner Porzellan auf einem Sims."

„Und wie möchte Ihrer Ansicht nach eine Frau behandelt werden?" fragte er, während die Gräfin sich zurücklehnte und die Früchte ihrer Herausforderung genoss.

„Als menschliches Wesen mit Intelligenz, Gefühlen, Rechten und Bedürfnissen." Ausdrucksvoll bewegte sie die Hände. „Nicht wie eine Annehmlichkeit, deren sich ein Mann je nach Lust und Laune bedient, und nicht wie ein Kind, das gestreichelt und verhätschelt werden muss."

„Sie scheinen von Männern eine ziemlich geringe Meinung zu haben, chérie", befand Christophe. Sie beide merkten nicht, dass sie sich während dieses Gesprächs ausgiebiger unterhielten als während der ganzen letzten Tage.

„Nur von überkommenen Ideen und Vorurteilen", widersprach sie. „Mein Vater hat meine Mutter immer als ebenbürtige Partnerin behandelt. Sie haben alles miteinander geteilt."

„Suchen Sie das Ebenbild Ihres Vaters in allen Männern,

denen Sie begegnen, Shirley?" fragte er unvermittelt. Ihre Augen weiteten sich vor Erstaunen und Verwirrung.

„Nicht dass ich wüsste", stammelte sie und versuchte, ehrlich vor sich selbst zu sein. „Vielleicht suche ich nach seiner Stärke und Güte, doch nicht nach seiner Kopie. Vermutlich sehne ich mich nach einem Mann, der mich ebenso ausschließlich lieben könnte, wie mein Vater meine Mutter geliebt hat. Das müsste ein Mann sein, der mich mit all meinen Fehlern und Unzulänglichkeiten um meiner selbst willen liebt und in mir nicht nur ein Wunschbild sieht."

„Und was werden Sie tun, wenn Sie solch einen Mann gefunden haben?" Christophe schaute sie unergründlich an.

„Ich werde zufrieden sein." Angestrengt widmete sie sich wieder dem Essen auf ihrem Teller.

Am nächsten Tag setzte Shirley ihre Malerei fort. Sie hatte nur wenig geschlafen in Gedanken an ihr Eingeständnis auf Christophes unerwartete Frage. Die Worte waren ihr wie von selbst über die Lippen gekommen, als Folge eines ihr bis dahin unbekannten inneren Bedürfnisses. Jetzt wärmte die Sonne ihren Rücken, und mit Pinsel, Palette und Hingabe an ihre Kunst bemühte sie sich, ihr Unbehagen zu vergessen.

Es fiel ihr jedoch schwer, sich auf ihre Aufgabe zu konzentrieren, da der Gedanke an Christophe immer wieder die scharfen Konturen des Schlosses verwischte. Sie rieb sich die Stirn und ließ schließlich unlustig den Pinsel fallen. Dann packte sie ihr Handwerkszeug zusammen und verwünschte innerlich den Mann, der sich so in ihre Arbeit und in ihr Leben drängte.

Das Geräusch eines Autos lenkte sie von sich selbst ab. Sie drehte sich um, beschattete die Augen gegen die Sonne und bemerkte einen Wagen, der die lange Auffahrt hinauffuhr. Er stoppte einige Meter von ihr entfernt, und sie stieß einen Freudenlaut aus, als ein großer blonder Mann ausstieg und auf sie zukam.

„Tony!" Sie lief ihm über den Rasen entgegen.

Er umfasste ihre Taille und küsste sie kurz und energisch.

„Was führt dich denn hierher?"

„Darauf könnte ich antworten, dass ich mich ganz in deiner Nachbarschaft befand." Er lächelte sie an. „Doch ich fürchte, das glaubst du mir nicht." Er schwieg eine Weile und betrachtete ihr Gesicht. „Du siehst großartig aus." Er wollte sie erneut küssen, doch sie wich ihm aus.

„Tony, du hast mir nicht geantwortet."

„Die Firma musste einige Geschäfte in Paris abwickeln. Deshalb flog ich dorthin, und als alles erledigt war, mietete ich einen Wagen, um dich hier zu besuchen."

„Zwei Fliegen mit einer Klappe." Sie war etwas enttäuscht. Es wäre zu schön gewesen, wenn er einmal nicht an seine Geschäfte gedacht und den Atlantik überquert hätte, nur um mich zu sehen, überlegte sie. Aber das war nicht Tonys Art. Sie betrachtete sein gut aussehendes offenes Gesicht. Tony ist viel zu methodisch, um Gefühlen nachzugeben. Und das ist ja auch das Problem zwischen uns.

Er küsste sie leicht auf die Augenbrauen. „Ich habe dich vermisst."

„Tatsächlich?"

Etwas verblüfft schaute er sie an. „Aber natürlich, Shirley." Er legte den Arm um ihre Schultern und ging mit ihr zu den Malgeräten. „Ich hoffe, dass du mit mir nach Hause kommen wirst."

„Das ist noch nicht möglich, Tony. Ich habe hier Verpflichtungen. Ich muss noch bestimmte Dinge aufklären, ehe ich an eine Rückkehr denken kann."

„Was für Dinge?" Er sah sie nachdenklich an.

„Ich kann dir das jetzt nicht erläutern, Tony", wich sie ihm aus. Sie hatte nicht die Absicht, ihn ins Vertrauen zu ziehen. „Aber mir blieb kaum Zeit, meine Großmutter kennen zu lernen. Allzu viele Jahre müssen aufgeholt werden."

„Du kannst doch nicht fünfundzwanzig Jahre hier bleiben, um die verlorene Zeit wettzumachen." Seine Stimme klang bitter. „In Washington hast du Freunde zurückgelassen, ein Haus und eine Karriere." Er packte sie bei den Schultern. „Du weißt, dass ich dich heiraten möchte, Shirley. Monatelang hast du mich hingehalten."

„Tony, ich habe dir nie irgendwelche Versprechungen gemacht."

„Das weiß ich nur zu gut." Er ließ sie los und blickte zerstreut um sich. Ein Schuldgefühl bewog sie, sich deutlicher auszudrücken, damit er sie verstand.

„Hier habe ich einen Teil meines Lebens gefunden. Hier ist meine Mutter aufgewachsen, und hier lebt auch noch ihre Mutter." Sie wandte sich um, blickte auf das Schloss und holte mit einer umfassenden Geste aus: „Sieh es dir doch an, Tony. Ist dir jemals etwas Vergleichbares begegnet?"

Er folgte ihren Augen und betrachtete, wiederum nachdenklich, das Steingemäuer. „Sehr eindrucksvoll", erwiderte er ohne Begeisterung. „Darüber hinaus ist es überdimensional, unproportioniert und mit großer Wahrscheinlichkeit zugig. Auf jeden Fall ziehe ich ein Backsteingebäude in Georgetown vor."

Sie seufzte, dann lächelte sie ihren Gefährten liebevoll an. „Ja, du hast Recht. Du gehörst nicht hierher."

„Du etwa?" Er sah sie forschend an.

„Ich weiß es nicht." Ihr Blick schweifte über das spitz zulaufende Dach und dann hinunter über den Hofraum. „Ich weiß es wirklich nicht."

Einen Augenblick lang betrachtete er ihr Profil, und dann wechselte er bewusst den Gesprächsgegenstand. „Der alte Barkley hat mir einige Papiere für dich übergeben." Damit meinte er den Anwalt, der sich um die Hinterlassenschaft ihrer Eltern kümmerte. Tony arbeitete als Juniorpartner für ihn. „Anstatt sie der Post anzuvertrauen, händige ich sie dir lieber selbst aus."

„Papiere?"

„Ja, sehr vertrauliche Unterlagen. Er gab mir nicht den geringsten Hinweis darauf, was sie enthalten. Er sagte nur, dass sie so schnell wie möglich in deine Hände gelangen müssten."

„Das hat Zeit bis später", meinte sie abweisend. Seit dem Tod ihrer Eltern hatte sie sich über die Maßen mit Schriftwechsel und Formalitäten auseinander setzen müssen. „Du solltest unbedingt hereinkommen und meine Großmutter begrüßen."

Dem Schloss gewann Tony keinerlei Interesse ab. Umso mehr war er von der Gräfin beeindruckt. Shirley machte ihre Großmutter mit Tony bekannt, und sie bemerkte, dass seine Augen sich weit öffneten, als er die ausgestreckte Hand ergriff. Befriedigt stellte Shirley fest, dass sie blendend aussah. Sie geleitete Tony in den Salon, bot Erfrischungen an und fragte Tony auf charmante Weise bis in jede Einzelheit über seine Person aus. Shirley lehnte sich zurück und verfolgte das Verhör, ohne mit der Wimper zu zucken.

Sie durchschaut ihn, überlegte sie, als sie aus einer feinen Silberkanne Tee einschenkte. Die unerwartete Schalkhaftigkeit in den blauen Augen reizte sie, hell aufzulachen, doch sie nahm sich zusammen und konzentrierte sich auf Tonys Bewirtung.

Was für eine Intrigantin, dachte sie und war überrascht, dass sie keineswegs beleidigt war. Sie will ausfindig machen, ob Tony ein würdiger Kandidat für ihre Großtochter ist, und er ist so überwältigt von ihrer Ausstrahlung, dass er überhaupt nicht bemerkt, was sie im Schilde führt.

Nach einer einstündigen Unterhaltung kannte die Gräfin Tonys ganze Lebensgeschichte: Familienherkunft, Erziehung, Liebhabereien, Karriere, politische Gesinnung – viele Einzelheiten, mit denen nicht einmal Shirley vertraut war. Das Verhör war so geschickt und fein eingefädelt, dass Shirley zum Schluss am liebsten aufgestanden wäre, um ihrer Großmutter Beifall zu klatschen.

„Wann musst die wieder zurückfahren?" Sie wollte Tony davor bewahren, darüber hinaus auch noch seinen Kontostand aufzudecken.

„Ich muss morgen früh zeitig aufbrechen." Er war völlig entspannt und bemerkte nicht einmal, in welche Position er hineinmanövriert worden war. „Ich würde gern länger bleiben, doch ..." Er zuckte die Schultern.

„Natürlich geht Ihre Arbeit vor", beendete die Gräfin an seiner Stelle den Satz und sah ihn verständnisvoll an. „Aber Sie sollten unbedingt mit uns zu Abend essen, Monsieur Rollins, und bis morgen früh bei uns bleiben."

„Ich möchte Ihre Gastfreundschaft nicht in Anspruch nehmen, Madame", widersprach er, doch, wie es schien, nur halbherzig.

„Unsinn." Die Gräfin zerstreute seinen Einwand mit königlicher Gebärde. „Ein Freund von Shirley, der von so weit herkommt ... Ich wäre gekränkt, wenn Sie nicht bei uns übernachten würden."

„Das ist sehr liebenswürdig von Ihnen. Ich danke Ihnen."

„Es ist mir ein Vergnügen", erwiderte die Gräfin und erhob sich. „Shirley, Sie müssen Ihrem Freund die Umgebung zeigen. Inzwischen kümmere ich mich darum, dass ein Zimmer für ihn hergerichtet wird." Sie wandte sich Tony zu und streckte erneut ihre Hand aus. „Um sieben Uhr dreißig treffen wir uns beim Cocktail, Monsieur Rollins. Ich freue mich auf Ihren Besuch."

8. KAPITEL

Shirley stand gedankenverloren vor dem hohen Spiegel, ohne ihr Abbild zu beachten. Sie trug ein amethystfarbenes Kreppkleid, dessen weicher Faltenwurf ihre Hüften umschmeichelte. Shirley ließ noch einmal die Geschehnisse des Nachmittags an sich vorüberziehen, und ihre Gefühle schwankten zwischen Vergnügen, Entrüstung, Enttäuschung und Belustigung.

Nachdem die Gräfin gegangen war, hatte Shirley Tony flüchtig die Umgebung gezeigt. Dem Garten gewann er nur ein oberflächliches Interesse ab, das sich auf die Rosen und Geranien beschränkte, denn in seiner praktischen, nüchternen Art hatte er keinen Sinn für die Romantik der Farben, Formen und Düfte. Der Anblick des alten Gärtners amüsierte ihn, aber der überwältigende weite Ausblick von der Terrasse aus beeindruckte ihn nicht sonderlich. Er gab Shirley zu verstehen, dass er

Häuserreihen und Verkehrsampeln jeder Gartenanlage vorzog. Darüber hatte Shirley nachsichtig freundlich den Kopf geschüttelt, und ihr wurde deutlich bewusst, wie wenig Gemeinsames es zwischen ihr und dem Mann gab, mit dem sie so viele Monate verbracht hatte.

Umso mehr jedoch beeindruckte ihn die Schlossherrin. Respektvoll gestand er, noch nie einem Menschen wie der alten Gräfin begegnet zu sein. Sie ist eine unglaubliche Frau, fand er. Shirley gab ihm insgeheim Recht, wenn vielleicht auch aus unterschiedlichen Gründen. „Sie wäre eines Throns würdig, von dem aus sie huldvoll Audienzen gewährt", fuhr Tony fort. „Gleichzeitig war sie sehr an mir interessiert." Shirley teilte seine Ansicht, aber sie ärgerte sich auch über Tonys Naivität. Mein lieber einfältiger Tony, dachte sie, es stimmt, dass sie höchst interessiert war. Aber welche Rolle hat sie in diesem Spiel übernommen?

Tonys Zimmer befand sich weit entfernt von ihrer auf der gegenüberliegenden Seite des Korridors. Shirley durchschaute die taktisch geschickte Maßnahme, und während Tony es sich bequem machte, suchte sie ihre Großmutter auf, unter dem Vorwand, sich für die an Tony ergangene Einladung zu bedanken.

Die Gräfin saß an einem eleganten Regence-Schreibtisch in ihrem Zimmer und erledigte Korrespondenz auf welligem Büttenpapier. Sie begrüßte Shirley mit einem unschuldigen Lächeln, gleichsam wie eine Katze, die einen Kanarienvogel verschlingt.

„Nun." Sie legte den Federhalter zur Seite und wies auf einen niedrigen Brokatdiwan. „Ich hoffe, dass Ihr Freund sich in seinem Zimmer wohl fühlt."

„Ja, Großmutter. Ich bin Ihnen sehr dankbar, dass Sie Tony eingeladen haben, hier zu übernachten."

„Das ist nicht der Rede wert, chérie." Die schmale Hand machte eine unbestimmte Bewegung. „Denken Sie daran, dass das Schloss nicht nur mein, sondern auch Ihr Heim ist."

„Danke, Großmutter", antwortete Shirley ernsthaft und überließ der alten Dame den nächsten Zug.

„Ein sehr höflicher junger Mann."

„Ja, Madame."

„Recht attraktiv", sie machte eine kleine Pause, „im üblichen Sinn."

„Ja, Madame", stimmte Shirley zu und überließ den Ball ihrer Großmutter, die ihn aufnahm, aber gleich wieder zurückwarf.

„Ich habe an Männern immer das Ungewöhnliche geschätzt: Aussehen, Stärke und Vitalität." Neckend zog sie die Lippen hoch: „Der Seeräuber hat es mir angetan, falls Sie wissen, was ich meine."

„Aber ja, Großmutter." Shirley nickte und sah die Gräfin an.

„Gut." Die schmalen Schultern beugten sich etwas nach vorn. „Manche Frauen bevorzugen allerdings langweiligere Männer."

„Es sieht ganz so aus."

„Monsieur Rollins ist ein sehr intelligenter Mann mit guten Manieren, sehr vernünftig und ernst."

Und langweilig, dachte Shirley. Dann sagte sie verdrossen: „Zwei Mal täglich hilft er zierlichen alten Damen, die Straße zu überqueren."

„Das tut er sicherlich seinen Eltern zu Ehren", entschied

die Gräfin. Es schien, als hätte sie Shirleys Spöttelei nicht zur Kenntnis genommen, oder sie setzte sich einfach darüber hinweg. „Ich bin überzeugt, dass er Christophe gefallen wird."

Shirley fühlte sich etwas unbehaglich. „Möglich."

„Aber ja." Die Gräfin lächelte. „Christophe interessiert es bestimmt, einen so nahen Freund von Ihnen kennen zu lernen." Die Betonung der engen Beziehung machte Shirley hellhörig, und ihr Unbehagen wuchs.

„Ich kann mir nicht vorstellen, dass Christophe auf Tony besonders neugierig wäre, Großmutter."

„Meine Liebe, Christophe wird von Ihrem Monsieur Rollins fasziniert sein."

„Tony ist nicht mein Monsieur Rollins", korrigierte Shirley, erhob sich vom Diwan und trat an den Schreibtisch ihrer Großmutter. „Und meines Erachtens haben sie nicht das Geringste gemein."

„Wirklich nicht?" Die Stimme der Gräfin klang so unschuldsvoll, dass Shirley mit einem amüsierten Lächeln kämpfte.

„Sie gleichen einem ausgelassenen Mädchen, Großmutter. Was führen Sie im Schilde?"

Die blauen Augen begegneten Shirleys glitzerndem Blick mit der Unschuld süßer Kindheit. „Meine Liebe, ich habe keine Ahnung, wovon Sie sprechen." Ehe Shirley irgendetwas erwidern konnte, verbarg die Gräfin sich wieder hinter einer königlichen Gebärde. „Ich muss jetzt meine Korrespondenz erledigen. Heute Abend werden wir uns dann ja sehen."

Der Befehl war kristallklar, und Shirley verließ unbefriedigt den Raum. Ungebührlich laut schloss sie die Tür, das einzige Mittel gegen ihren aufsteigenden Temperamentsausbruch.

Shirleys Gedanken kehrten wieder in die Gegenwart zurück. Ihre schlanke, amethystfarbene Gestalt hob sich im Spiegel ab. Zerstreut bändigte sie die blonden Locken und strich sich über die Stirn. Ich werde es auf die leichte Schulter nehmen, redete sie sich ein, als sie Perlenringe an ihren Ohren befestigte.

Wenn ich mich nicht irre, würde meine aristokratische Großmutter heute Abend am liebsten ein Feuerwerk entzünden, doch damit hat sie bei mir keinen Erfolg.

Sie klopfte an Tonys Zimmertür. „Ich bin es, Shirley. Wenn du fertig bist, gehe ich mit dir hinunter." Tony bat sie, einzutreten. Sie öffnete die Tür und sah, wie der große blonde Mann sich gerade mit einem Manschettenknopf abmühte. „Hast du Schwierigkeiten?" Sie lächelte ihn strahlend an.

„Das ist überhaupt nicht komisch", sagte er finster. „Mit der linken Hand bringe ich einfach nichts zu Stande."

„Meinem Vater ging es genauso." Mit plötzlicher Wärme erinnerte sie sich wieder daran, wie ungeschickt er gewesen war. Aber Tonys Zorn war herzbewegend. Es war erstaunlich, wie viele beleidigende Bezeichnungen er für ein Paar Manschettenknöpfe erfand. Shirley umfasste sein Handgelenk. „Lass mich das für dich tun." Sie schob das kleine Ding durch die Knopflöcher der Manschette. „Ich möchte wissen, was du ohne mich getan hättest."

„Ich hätte den Abend mit einer Hand in der Tasche verbracht, wie es den gesellschaftlichen Regeln in Europa entspricht."

„Ach, Tony. Manchmal bist du ausgesprochen witzig."

Vor der geöffneten Tür hörte sie Schritte, und als sie sich umdrehte, bemerkte sie Christophe, der einen Augenblick lang stehen blieb und sie und Tony beobachtete, während sie noch mit dem Manschettenknopf beschäftigt war. Kaum merklich zog er die Augenbrauen hoch und ging weiter. Shirley errötete verwirrt.

„Wer war denn das?" fragte Tony neugierig. Sie beugte sich über sein Handgelenk, damit er ihre glühenden Wangen nicht sah.

„Graf de Kergallen", antwortete sie betont gleichgültig.

„Etwa der Ehemann deiner Großmutter?" Seine Stimme klang ungläubig. Bei dieser Frage brach Shirley in schallendes Gelächter aus, und ihre Spannung ließ nach.

„Du bist wirklich ein Schatz, Tony." Sie tätschelte sein Gelenk, als sie den widerspenstigen Manschettenknopf befestigt hatte, und sah ihn mit funkelnden Augen an. „Christophe ist der gegenwärtige Schlossherr und Enkel der Gräfin."

„Oh." Nachdenklich zog Tony die Augenbrauen zusammen. „Dann ist er also dein Cousin."

„Nicht direkt." Sie erläuterte die einigermaßen komplizierte Familiengeschichte und die daraus resultierende verwandtschaftliche Beziehung zwischen ihr und dem bretonischen Grafen.

„Daraus folgt, dass wir bei oberflächlicher Betrachtung Cousin und Cousine sind", schloss sie, umfasste Tonys Arm und verließ mit ihm das Zimmer.

„Cousin und Cousine, die ineinander verliebt sind", sagte Tony nachdenklich.

„Sei nicht albern", protestierte sie allzu schnell, denn die Erinnerung an die festen, fordernden Lippen auf ihrem Mund brachte sie aus dem Gleichgewicht.

Sollte Tony ihren überstürzten Widerspruch und ihr Erröten bemerkt haben, ließ er sich jedenfalls nichts anmerken.

Shirley und Tony betraten Arm in Arm den Salon, und Christophes kurzer, aber bewundernder Blick machte sie noch verlegener. Sein Gesicht war glatt und ausdruckslos, und sie hatte auf einmal das dringende Bedürfnis, die Gedanken hinter seiner kühlen Fassade lesen zu können.

Shirley beobachtete, wie sein Blick sich dem Mann an ihrer Seite zuwandte, doch er blieb teilnahmslos und unpersönlich.

„Da sind Sie ja, Shirley und Monsieur Rollins." Die Gräfin saß in einem hochlehnigen, mit üppigem Brokat bezogenen Sessel vor dem mächtigen Steinkamin und glich einer Monarchin, die ihre Untertanen empfängt.

Shirley fragte sich, ob sie diesen Platz absichtlich oder nur zufällig gewählt hatte.

„Christophe, ich möchte dir Shirleys Gast vorstellen: Monsieur Rollins aus Amerika." Shirley stellte belustigt fest, dass die Gräfin Tony wie ihr persönliches Eigentum betrachtete. „Monsieur Rollins", fuhr sie ohne Unterbrechung fort: „Ich möchte Sie mit Ihrem Gastgeber bekannt machen, dem Grafen de Kergallen."

Feinsinnig betonte sie den Titel und unterstrich Christophes Rang als Schlossherr. Shirley blickte ihre Großmutter verständnisinnig an.

Die beiden Männer tauschten Höflichkeiten aus. Shirley beobachtete, wie sie sich gegenseitig abschätzten, zwei Rüden gleich, ehe sie übereinander herfielen.

Christophe reichte seiner Großmutter einen Aperitif. Dann fragte er Shirley und Tony nach ihren Wünschen. Shirley wollte einen Wermut trinken, und sie unterdrückte ein Lächeln, weil sie wusste, dass Tony Wodka-Martini bevorzugte oder gelegentlich einen Cognac.

Sie unterhielten sich ungezwungen. Manchmal flocht die Gräfin eine Bemerkung über Tonys Werdegang ein, den er am Nachmittag, so ausführlich preisgegeben hatte.

„Es ist beruhigend, zu wissen, dass Shirley in Amerika solch ein fähiger Mann zur Seite steht", lächelte sie gönnerhaft und ignorierte Shirleys finsteren Blick. „Sie sind schon seit längerem befreundet, nicht wahr?" Bei dem Wort „befreundet" zögerte sie kaum merklich, und Shirley schaute sie noch düsterer an.

„Ja." Tony streichelte Shirleys Hand. „Vor etwa einem Jahr sind wir uns bei einer Abendgesellschaft begegnet. Erinnerst du dich noch daran, Liebling?"

„Ja, natürlich, das war bei den Carsons." Ihr Blick hellte sich auf.

„Sie haben eine so lange Reise hinter sich, und das nur für einen kurzen Besuch." Die Gräfin lächelte mild. „War das nicht sehr aufmerksam, Christophe?"

„Allerdings." Er nickte und hob sein Glas.

Schlaubergerin, dachte Shirley respektlos. Die Gräfin wusste doch sehr gut, dass Tony aus Geschäftsgründen gekommen war. Was hatte sie vor?

„Zu schade, dass Sie nicht länger hier bleiben können, Monsieur Rollins. Shirley freut sich bestimmt über den Besuch aus Amerika. Reiten Sie?"

„Reiten?" wiederholte er etwas verwirrt. „Leider nein."

„Wie schade. Christophe hat Shirley in die Reitkunst eingeführt. Macht deine Schülerin Fortschritte, Christophe?"

„Und ob, Großmutter", antwortete er leichthin und blickte Shirley an. „Sie besitzt ein natürliches Talent. Nachdem sie ihre anfängliche Steifheit überwunden hat" – er lächelte flüchtig, während sie sich beschämt daran erinnerte –, "kommen wir gut vorwärts, nicht wahr, meine Kleine?"

"Ja", stimmte sie fassungslos zu, weil er nach Tagen eisiger Höflichkeit wieder einmal freundlich zu ihr war. "Ich bin froh darüber, dass Sie mich überredet haben, reiten zu lernen."

"Zu meinem allergrößten Vergnügen." Sein rätselhaftes Lächeln verwirrte sie nur noch mehr.

"Vielleicht werden Sie Monsieur Rollins Unterricht erteilen, wenn sich die Gelegenheit dazu bietet." Die Gräfin sah Shirley fest und unschuldsvoll an.

Diese Intrigantin, fauchte sie im Stillen. Sie spielt die beiden Männer gegeneinander aus und wirft mich ihnen wie einen Fleischknochen zum Fraß vor. Trotzdem musste sie lächeln, als die klaren Augen sie schelmisch anschauten.

"Das ist schon möglich, Großmutter. Trotzdem bezweifle ich, dass von heute auf morgen aus einer Schülerin eine Lehrerin wird. Dazu reichen zwei knappe Unterweisungen nicht aus."

"Aber Sie werden doch weiterhin Unterricht nehmen, nicht wahr?" Sie wehrte Shirleys Einspruch ab und erhob sich graziös. "Monsieur Rollins, würden Sie mich bitte zu Tisch führen?" Tony lächelte zutiefst geschmeichelt und nahm den Arm der Gräfin. Doch Shirley wurde peinlich bewusst, wer wen aus dem Zimmer führte.

"Nun, meine Liebe." Christophe streckte Shirley die Hand entgegen. "Es scheint, als müssten Sie mit mir vorlieb nehmen."

"Mit bleibt ja nichts anderes übrig", erwiderte sie und wehrte sich gegen ein wildes Herzklopfen, als sich seine Hand über ihren Fingern schloss.

"Ihr Amerikaner scheint ziemlich begriffsstutzig zu sein", begann er leutselig, hielt ihre Hand fest und beugte sich beunruhigend zu ihr hinunter. „Er kennt Sie nun schon fast ein Jahr lang, und noch immer ist er nicht ihr Liebhaber."

Sie errötete, blickte zu ihm auf und versuchte, ihre Würde zu bewahren. „Wirklich, Christophe, Sie überraschen mich. Was für eine unglaublich grobe Bemerkung."

„Aber habe ich nicht Recht?" erwiderte er unbeirrt.

„Nicht alle Männer denken ausschließlich an Sex. Tony ist sehr warmherzig und rücksichtsvoll. Und er unterdrückt mich auch nicht so wie mancher andere Mann, den ich beim Namen nennen könnte."

Es machte sie rasend, wie selbstbewusst er sie anlächelte. „Fliegt Ihr Puls auch so wie jetzt, wenn Sie mit Tony zusammen sind?" Seine Hand bedeckte ihr Herz, das wie ein wild gewordenes Pferd galoppierte, und seine Lippen berührten ihren Mund mit einem sanften, verhaltenen Kuss, der sich so von allen anderen unterschied, dass sie wie benebelt schwankte.

Seine Lippen berührten ihr Gesicht, streiften die Mundwinkel, doch lösten sie ihr Versprechen nicht ein. Sie beherrschten die Kunst der Verführung. Seine Zähne nagten an ihrem Ohrläppchen, und sie stöhnte auf. Sie war verzückt und zugleich betäubt von einem sanft schwelenden Wonneschauer. Leicht strichen seine Finger ihre Wirbelsäule entlang. Dann berührten sie aufregend langsam die bloße Haut ihres Rückens, bis sie hingebungsvoll in seinen Armen nachgab und ihr Mund an seinen Lippen Erfüllung suchte. Er küsste sie nur flüchtig, und dann berührte er die Mulde ihres Halses. Seine Hände liebkosten ihre Brust und streichelten zärtlich ihre Hüfte.

Sie flüsterte seinen Namen und lehnte sich kraftlos an ihn. Sie war außer Stande, zu fordern, wonach sie sich sehnte, und hungerte nach seinem Mund, den er ihr verweigerte. Sie wünschte nur, dass er Besitz von ihr ergriff, verlangte nach ihm, und ihre Arme zogen ihn flehend näher an sich heran.

„Verraten Sie mir, ob Sie jemals Tonys Namen geflüstert und Ihren Körper an ihn geschmiegt haben, als er Sie so hielt, wie ich es jetzt tue", spöttelte Christophe leise.

Sie zuckte verblüfft zusammen und befreite sich aus seiner Umarmung. Ärger und Demütigung fochten gegen ihre Sehnsucht an. „Sie sind überheblich, Monsieur", stammelte sie. „Es geht Sie nicht das Geringste an, wie ich mich in Tonys Gegenwart fühle."

„Meinen Sie wirklich?" fragte er höflich. „Wir werden uns später noch darüber unterhalten. Jetzt wollen wir uns aber Großmutter und unserem Gast widmen." Er lächelte sie angriffslustig und aufreizend an. „Wahrscheinlich fragen sie sich schon, was aus uns geworden ist."

Sie hätten sich darüber keine Gedanken zu machen brauchen, stellte Shirley fest, als sie am Arm von Christophe das Speisezimmer betrat. Die Gräfin unterhielt sich angeregt mit Tony und erklärte ihm wortreich die Sammlung von antiken Dosen auf dem spiegelnden Büffet.

Das Mahl wurde mit einer kalten, erfrischenden Vichy-Suppe eingeleitet. Tony zuliebe setzten die Gräfin und Christophe die Unterhaltung in englischer Sprache fort, und sie redeten über belanglose und unpersönliche Dinge. Shirley entspannte sich langsam, als sie die Suppe verzehrt hatten und der gegrillte Hummer serviert wurde. Er war so delikat, dass er der Köchin alle Ehre machte, obgleich sie ein Drachen war, wie Christophe sie am ersten Tag scherzhaft bezeichnet hatte.

„Ich könnte mir vorstellen, dass deiner Mutter der Umzug

aus dem Schloss in das Haus in Georgetown nicht schwer gefallen ist, Shirley", bemerkte Tony plötzlich, und sie schaute ihn fragend an.

„Ich verstehe nicht, was du damit sagen willst."

„Es gibt so viele grundlegende Gemeinsamkeiten. Natürlich ist hier alles viel weitläufiger, doch überall befinden sich hohe Decken, in jedem Zimmer gibt es einen Kamin, und auch der Stil der Möbel stimmt überein. Sogar die Treppengeländer ähneln einander. Hast du das nicht bemerkt?"

„Doch, ich glaube schon, aber jetzt wird es mir erst richtig klar."

Sie überlegte, ob ihr Vater vielleicht das Haus in Georgetown gekauft hatte, weil ihm ebenfalls die Ähnlichkeit aufgefallen war, und ob ihre Mutter sich bei der Auswahl der Möbel von ihren Kindheitserinnerungen hatte leiten lassen. Der Gedanke daran tat ihr irgendwie wohl. „Ja, sogar die Treppengeländer." Lächelnd nahm sie den Gesprächsfaden wieder auf. „Ich bin immer darauf heruntergerutscht, und dann weiter bis zum Erdgeschoss." Sie lachte hell auf. „Meine Mutter sagte häufig, dass meine körperliche Beschaffenheit ebenso widerstandsfähig sein müsste wie mein Kopf, um sich solch einer Strafe zu unterziehen."

„Das Gleiche hat sie auch mir gesagt", warf Christophe ein. Shirley schaute ihn erstaunt an. „Wirklich, meine Kleine." Er beantwortete ihren überraschten Blick mit einem offenen Lächeln, was selten genug vorkam. „Warum soll man zu Fuß gehen, wenn man auch schlittern kann?"

Sie stellte sich den kleinen, dunklen Knaben vor, wie er das glatte Geländer hinabrutschte, und sie dachte an ihre junge, schöne Mutter, die ihn beobachtete und lachte. Ihre Überraschung löste sich, und sie erwiderte Christophes lächelnden Blick.

Nun wurde ein köstlich schmeckendes, schaumiges Rosinen-Souffle serviert. Dazu gab es trockenen perlenden Champagner. Die Atmosphäre war warm und anheimelnd, und Shirley war beglückt über die leicht dahinfließende Unterhaltung.

Als die kleine Abendgesellschaft sich nach dem Essen in den Salon zurückzog, lehnte Shirley es ab, einen Likör oder Cognac zu trinken. Ihr Wohlbehagen hielt an, und sie führte das zum Teil auf den Wein zurück, den es zu jedem der einzelnen Gänge gab. Zum anderen aber auch auf Christophes heftige Umarmung vor dem Essen, doch sie verdrängte den Gedanken daran. Niemandem schien aufzufallen, wie verträumt sie war, und dass ihre Wangen glühten.

Ihre Sinne schärften sich beinahe unerträglich, als sie der Musik der Summen lauschte: Das tiefe Murmeln der Männer vermischte sich mit den helleren Tönen der Großmutter. Mit sinnlichem Vergnügen sog sie den herben Rauch von Christophes Zigarillo ein, der zu ihr herüberwehte. Ihr Parfüm vermischte sich zart mit dem der Gräfin, und über allem lag der süße Duft der Rosen in den vielen Porzellanvasen.

Als Künstlerin fand sie Gefallen an der wohltuenden Harmonie und Ausgeglichenheit der Szene. Die weiche Beleuchtung, die Nachtbrise, die sich in den Vorhängen fing, das gedämpfte Gläserklirren auf dem Tisch – all das formte sich zu einem eindrucksvollen Bild, das sie in sich aufnahm und in Gedanken bewahrte.

Die Gräfin hielt auf ihrem Brokatthron herrschaftlich Hof und nippte Pfefferminzlikör aus einem erlesenen goldgeränderten Glas. Tony und Christophe saßen einander gegenüber wie Tag und Nacht, Engel und Teufel. Dieser Vergleich beunruhigte Shirley. Engel und Teufel? wiederholte sie im Stillen und beobachtete die beiden Männer.

Tony, verlässlich und durchschaubar, übte kaum mehr als den leisesten Druck aus. Er war unendlich geduldig, und seine Pläne waren wohl überlegt. Was empfand sie für ihn? Zuneigung, Treue und Dankbarkeit dafür, wenn sie ihn brauchte. Eine milde, harmlose Liebe.

Und dann wanderte ihr Blick zu Christophe. Arrogant, herrschsüchtig, aufreizend und erregend. Er forderte, wonach ihm der Sinn stand, riss es an sich, verschenkte ein plötzliches, unerwartetes Lächeln und raubte ihr Herz wie ein Dieb in der Nacht. Er war launisch, Tony hingegen ausgeglichen. Er befahl, während Tony überzeugte. Tonys Küsse waren liebenswürdig und rührend. Doch Christophe küsste wild und berauschend, feuerte ihr Blut an und zog sie fort in eine unbekannte Welt von Sinnesempfindungen und sehnsüchtigen Wünschen. Die Liebe, die sie für ihn empfand, war keineswegs mild und harmlos, sondern stürmisch und unausweichlich.

„Wie schade, dass Sie nicht Klavier spielen, Shirley." Die Stimme der Gräfin trieb sie in die Gegenwart zurück. Schuldbewusst zuckte sie zusammen.

„Oh Madame, Shirley spielt Klavier." Tony lächelte breit. „Erbärmlich zwar, aber sie tut es."

„Verräter!" Shirley lachte ihn fröhlich an.

„Sie spielen nicht gut?" Die Gräfin war fassungslos.

„Es tut mir Leid, Großmutter, dass ich der Familie wieder einmal Schande bereite", entschuldigte sich Shirley. „Aber ich spiele nicht nur schlecht, sondern ausgesprochen miserabel. Damit beleidige ich sogar Tony, der völlig unmusikalisch ist."

„Mit deinem Spiel würdest du nicht nur die Lebenden beleidigen, mein Schatz." Er strich ihr mit einer nachlässigen Geste eine Locke aus dem Gesicht.

„Wie wahr." Sie lächelte ihn an, ehe sie sich wieder der Gräfin zuwandte. „Arme Großmutter, Sie sehen ja so betroffen aus." Ihr Lächeln schwand, als sie dem kühlen Blick von Christophe begegnete.

„Aber Gabrielle hat doch so wundervoll gespielt." Die Gräfin hob die Hand.

Shirley nahm sich zusammen und wich Christophes Blick aus. „Sie verstand auch nie, wieso ich derartig auf die Tasten hämmerte. Doch geduldig, wie sie nun einmal war, gab sie es auf und überließ mich meinen Farben und meiner Staffelei."

„Außergewöhnlich." Die Gräfin schüttelte den Kopf. Shirley zog die Schultern ein und trank ihren Kaffee. „Da Sie uns schon nicht vorspielen können, meine Kleine, würde Monsieur Rollins sich bestimmt darüber freuen, wenn Sie ihn in den Garten hinausbegleiten." Sie lächelte hinterhältig. „Shirley liebt Gärten im Mondlicht, nicht wahr?"

„Das hört sich verlockend an", stimmte Tony zu, ehe Shirley antworten konnte. Sie sah ihre Großmutter fest an, und dann ging sie Arm in Arm mit Tony in den Garten.

9. KAPITEL

Zum zweiten Mal schlenderte Shirley mit einem großen, gut aussehenden Mann durch den mondhellen Garten, und auch jetzt wünschte sie sehnlich, es wäre Christophe. Schweigend genossen sie und Tony die frische Nachtluft und hielten sich vertraut bei den Händen.

„Du bist in ihn verliebt, nicht wahr?"

Tonys Frage zerriss die Stille wie splitterndes Glas. Shirley blieb stehen und sah ihn mit weit offenen Augen an.

„Shirley." Er seufzte und strich mit einem Finger über ihre Wange. „Ich kann deine Gedanken lesen wie ein Buch, obwohl du mit aller Macht versuchst, deine Gefühle für ihn zu verbergen."

„Tony, ich ...", stammelte sie schuldbewusst und kläglich. „Du irrst dich. Ich mag ihn nicht einmal, glaub mir."

„Du liebe Zeit." Er lachte leise und zog eine Grimasse. „Ich wünschte, du würdest mich ebenso mögen wie ihn." Er hob ihr Kinn.

„Bitte, Tony."

„Du warst immer ausgesprochen ehrlich, Liebling. Du brauchst dir keine Vorwürfe zu machen. Ich dachte, dass ich dich mit Geduld und Hartnäckigkeit für mich gewinnen könnte." Er legte einen Arm um ihre Schulter, als sie tiefer in den Garten hineingingen. „Weißt du, Shirley, bei dir trügt der Schein. Du wirkst wie eine erlesene Blume, so zart, dass jeder Mann fürchtet, dich zu berühren, um dich nicht abzubrechen, doch in Wirklichkeit bist du erstaunlich stark." Er drückte leicht ihre Hand. „Du strauchelst nie, Liebling. Ein

Jahr lang habe ich gewartet, um dich aufzufangen, aber du stolperst nie."

„Meine Launen und mein Temperament hätten dich zur Verzweiflung getrieben, Tony." Aufseufzend lehnte sie sich an seine Schulter. „Ich könnte niemals die Frau sein, die du wirklich brauchst. Es wäre sinnlos gewesen, wenn ich versucht hätte, mich zu ändern. Unsere Zuneigung wäre in Hass umgeschlagen."

„Ich weiß. Die ganze Zeit über habe ich es gewusst, doch ich wollte es mir nicht eingestehen." Er atmete tief. „Als du in die Bretagne reistest, wusste ich, dass alles vorbei war. Aus diesem Grund kam ich hierher. Ich musste dich unbedingt noch einmal sehen." Seine Worte klangen so endgültig, dass sie ihn verblüfft ansah.

„Aber wir werden uns wieder sehen, Tony. Schließlich sind wir immer noch Freunde. Ich werde bald zurückkommen."

Sie sahen sich lange schweigend an. „Wirklich, Shirley?" Er wandte sich um und führte sie zum Schloss zurück.

Die Sonne schien warm auf Shirleys bloße Schultern, als sie sich am nächsten Morgen von Tony verabschiedete. Er hatte der Gräfin und Christophe bereits Lebewohl gesagt, und Shirley war aus der kühlen Halle mit ihm hinausgegangen in den heißen gepflasterten Vorhof. Der kleine rote Renault stand bereit, das Gepäck war schon im Kofferraum verstaut. Tony prüfte es kurz, dann drehte er sich um und ergriff Shirleys Hände.

„Lass es dir gut gehen, Shirley." Sein Druck wurde fester, löste sich dann aber gleich wieder. „Vergiss mich nicht."

„Natürlich werde ich an dich denken, Tony. Ich werde dir schreiben und dich wissen lassen, wann ich wiederkomme."

Er lächelte sie an, und seine Augen wanderten über ihr Gesicht, als wollte er sich jede Einzelheit einprägen. „Ich werde mich so an dich erinnern, wie du jetzt vor mir stehst: das gelbe Kleid, das sonnendurchflutete Haar und im Hintergrund das Schloss, die unvergängliche Schönheit von Shirley Smith mit den golden schimmernden Augen."

Er senkte seinen Mund auf ihre Lippen. Plötzlich überwältigte sie die Vorahnung, dass sie ihn nie mehr wieder sehen würde. Sie schlang die Arme um seinen Hals und klammerte sich an ihn und die Vergangenheit. Seine Lippen berührten ihr Haar, ehe er sich losmachte.

„Auf Wiedersehen, Liebling." Er streichelte ihr die Wangen.

„Auf Wiedersehen, Tony. Pass gut auf dich auf." Entschlossen wehrte sie sich gegen die aufsteigenden Tränen.

Sie beobachtete, wie er in das Auto einstieg und in die lange, gewundene Auffahrt abbog. Der Wagen schmolz in der Entfernung zu einem kleinen roten Punkt zusammen, der langsam ihren Blicken entschwand. Sie rührte sich nicht von der Stelle und ließ nun den zurückgehaltenen Tränen freien Lauf.

Ein Arm legte sich um ihre Taille. Ihre Großmutter stand neben ihr, das energische Gesicht voller Sympathie und Verständnis.

„Sind Sie traurig, weil er wieder abreist, meine Kleine?" Ihre Nähe tat Shirley gut, und sie lehnte den Kopf gegen die schmale Schulter.

„Ja, Großmutter, sehr traurig."

„Aber Sie sind nicht verliebt in ihn." Es war eher eine Feststellung als eine Frage, und Shirley seufzte auf.

„Uns verbindet eine ganz besondere Freundschaft." Sie wischte sich eine Träne ab und schluchzte wie ein Kind. „Ich werde ihn sehr vermissen. Jetzt möchte ich hinauf in mein Zimmer gehen und mich ausweinen."

„Ja, das ist vernünftig." Die Gräfin klopfte ihr leicht auf die Schulter. „Nur wenige Dinge befreien den Kopf und das Herz so gründlich wie ein Tränenstrom."

Shirley wandte sich um und umarmte sie. „Beeilen Sie sich, mein Kind." Die Gräfin drückte sie an sich, ehe sie sie freigab. „Weinen Sie sich aus."

Shirley lief die Steinstufen hinauf und flüchtete durch die schwere Eichentür in das kühle Schloss. Als sie die Haupttreppe erreichte, stieß sie mit einem harten Gegenstand zusammen. Hände umfassten ihre Schultern.

„Sie müssen aufpassen, wohin Sie gehen, meine Liebe", spöttelte Christophe. „Sonst werden Sie noch gegen eine Wand prallen und sich Ihre wunderhübsche Nase eindrücken." Sie versuchte, sich loszureißen, doch eine Hand hielt sie mühelos fest, während die andere ihr Kinn hochhob. Als er ihre tränenfeuchten Augen sah, schwand seine Ironie. Er war erstaunt, betroffen und schließlich ungewohnt hilflos. „Shirley?" Er sprach ihren Namen so sanft aus wie noch nie zuvor, und die zärtlich-dunklen Augen brachten sie vollends aus der Fassung.

„Ich bitte Sie", sie unterdrückte ein verzweifeltes Schluchzen, „lassen Sie mich gehen." Sie schüttelte ihn ab, bemühte sich um ihr Gleichgewicht und wäre doch am liebsten in die Arme dieses plötzlich so sanftmütigen Mannes gesunken.

„Kann ich irgendetwas für Sie tun?" Er hinderte sie daran, davonzulaufen, indem er ihr eine Hand auf den Arm legte.

Ja, Sie Dummkopf, rebellierte sie innerlich. Lieben Sie mich! „Nein", rief sie laut und lief die Treppe hinauf. „Nein und nochmals nein."

Sie jagte davon wie ein verfolgtes Rehkitz, öffnete die Schlafzimmertür, schlug sie heftig wieder zu und warf sich aufs Bett.

Die Tränen wirkten Wunder. Shirley wischte sie schließlich ab und fühlte sich wieder imstande, der Welt und der Zukunft ins Auge zu blicken. Sie betrachtete den achtlos hingeworfenen Briefumschlag aus Japanpapier auf ihrem Schreibtisch. Es war höchste Zeit, dass sie sich darum kümmerte, was der alte Barkley ihr mitzuteilen hatte. Shirley erhob sich widerstrebend und holte den Brief.

Dann legte sie sich erneut aufs Bett, öffnete das Siegel und ließ den Inhalt auf die Decke gleiten. Er bestand aus einem eindrucksvollen Firmenbogen, der sie sofort wieder an Tony erinnerte, und einem weiteren versiegelten Umschlag. Gleichgültig nahm sie die sauber mit der Maschine geschriebene Seite zur Hand und fragte sich, was für ein Formular sie denn nun schon wieder für den Familienanwalt auszufüllen hätte.

Nachdem sie den Brief gelesen und den völlig unerwarteten Inhalt zur Kenntnis genommen hatte, setzte sie sich kerzengerade auf.

Sehr geehrte Miss Smith,

hiermit übersende ich Ihnen ein Kuvert, das eine Nachricht Ihres Vaters enthält. Diesen mir anvertrauten Brief sollte ich Ihnen nur aushändigen, falls Sie mit der Familie Ihrer Mutter in der Bretagne Kontakt aufnähmen. Von Tony Rollins erfuhr ich, dass Sie sich zurzeit auf Schloss Kergallen bei Ihrer Großmutter mütterlicherseits aufhalten. Aus diesem Grund übergab ich Tony dieses Schreiben, damit Sie es so schnell wie möglich erhalten.

Hätten Sie mich über Ihre Pläne unterrichtet, hätte ich Sie bereits vorher die Wünsche Ihres Vaters wissen lassen. Sie sind

mir natürlich nicht bekannt, doch ich bin davon überzeugt, dass die Botschaft Ihres Vaters Sie trösten wird.
M. Barkley.

Shirley legte den Brief des Rechtsanwalts beiseite und griff nach dem bei ihm hinterlegten Bericht ihres Vaters. Sie starrte den Umschlag an, wendete ihn, und ihre Augen verschleierten sich, als sie die vertraute kühne Handschrift sah. Sie brach das Siegel auf.

Meine einzige Shirley,

wenn du diese Zeilen liest, werden deine Mutter und ich nicht mehr bei dir sein, und ich hoffe, dass du nicht allzu sehr trauerst, denn unsere Liebe für dich ist aufrichtig und stark wie das Leben.

Du bist jetzt, da ich diese Zeilen aufsetze, zehn Jahre alt und bereits das genaue Abbild deiner Mutter, so dass mich heute schon der Gedanke an all die jungen Burschen bekümmert, die ich eines Tages von dir abwehren muss.

Ich habe dich heute Morgen beobachtet, als du still im Garten saßt, ein ungewöhnlicher Anblick. Denn im Allgemeinen flitzt du mit atemberaubender Geschwindigkeit auf Rollschuhen über die Bürgersteige oder schlitterst die Treppengeländer hinunter, ohne dich um Hautabschürfungen zu kümmern. Du benutztest meinen Skizzenblock und einen Bleistift und zeichnetest mit besessener Hingabe die blühenden Azaleen.

In dem Augenblick erkannte ich mit Stolz und Verzweiflung, dass du erwachsen wirst und nicht immer mein kleines Mädchen bleiben würdest, das sicher in der Obhut seiner Eltern aufgehoben ist. Mir wurde klar, dass ich dir über Ereignisse berichten muss, mit denen du dich später vielleicht einmal auseinander zu setzen hast.

Ich werde dem alten Barkley Anweisung erteilen, diesen Brief so lange aufzubewahren, bis deine Großmutter oder ein anderes Mitglied deiner mütterlichen Familie mit dir in Verbindung tritt. Geschieht dies nicht, ist es auch nicht notwendig, das Geheimnis zu offenbaren, das Deine Mutter und ich seit über einem Jahrzehnt hüten.

Damals malte ich in den Straßen von Paris, gefangen von der herrlichen Frühlingssonne. Ich war von dieser Stadt bezaubert, und ich brauchte keine andere Geliebte als meine Kunst. Ich war sehr jung und, um aufrichtig zu sein, ziemlich überspannt. Ich begegnete einem Mann namens Jacques le Goff, den mein ungezügeltes Talent beeindruckte. So jedenfalls drückte er es aus. Er beauftragte mich, ein Porträt seiner Verlobten zu malen, das er ihr zur Hochzeit schenken wollte. Er veranlasste, dass ich in die Bretagne fuhr und auf Schloss Kergallen wohnte. Mein Leben begann in dem Augenblick, als ich die riesige Eingangshalle betrat und zum ersten Mal deine Mutter sah.

Ich liebte sie vom ersten Augenblick an, einen sanften Engel mit Haaren wie aus Sonnenstrahlen, doch ich ließ mir nichts anmerken. An erster Stelle stand meine Kunst, und darauf beharrte ich. Ich war da, um deine Mutter zu malen. Sie gehörte meinem Auftraggeber und dem Schloss. Sie war eine Aristokratin von uraltem Adel. All diese Dinge führte ich mir immer wieder vor Augen. Jonathan Smith, der herumreisende Künstler, hatte kein Recht, sie im Traum zu besitzen, geschweige denn in Wirklichkeit.

Als ich die ersten Skizzen von ihr anfertigte, glaubte ich manchmal, vor Liebe zu ihr vergehen zu müssen. Ich wollte sie unter irgendeinem Vorwand verlassen, aber ich fand nicht den Mut dazu. Jetzt bin ich froh darüber, dass ich blieb.

Das Schloss in Frankreich

Eines Abends, als ich im Garten spazieren ging, begegnete ich ihr. Ich wollte mich abwenden, um sie nicht zu stören, doch sie hörte meine Schritte, und als sie sich umdrehte, las ich von ihren Augen ab, was ich nie zu träumen gewagt hatte. Sie liebte mich. Am liebsten hätte ich aus lauter Freude darüber aufgeschrien. Aber es gab zu viele Hindernisse: Sie war verlobt und an einen anderen Mann gebunden. Wir hatten kein Recht auf unsere Liebe. Braucht man wirklich ein Recht zur Liebe, Shirley? Viele Menschen würden uns anklagen. Ich wünsche nur, dass du nicht zu ihnen gehörst.

Nach vielen Gesprächen und Tränen setzten wir uns über Recht und Ehre hinweg und heirateten. Gabrielle bat mich, die Trauung geheim zu halten, bis sie einen Weg gefunden hätte, Jacques und ihrer Mutter die Wahrheit einzugestehen. Ich wollte sie aller Welt verkünden, doch ich gab nach. Sie hatte so viel für mich aufgegeben, dass ich ihr keinen Wunsch abschlagen konnte.

Während dieser Zeit des Abwartens trat ein noch gewichtigeres Problem auf. Die Gräfin, deine Großmutter, besaß eine Madonna von Raphael. Das Gemälde war das Prachtstück im Salon. Die Gräfin informierte mich, dass das Bild sich bereits seit Generationen im Familienbesitz befand. Sie hing mit ganzer Seele daran, fast wie an Gabrielle. Offenbar symbolisierte es für sie die Beständigkeit ihrer Familie, wie ein Leitstern nach all den Schrecknissen des Kriegs und den persönlichen Verlusten.

Ich studierte dieses Gemälde sorgfältig und kam zu der Überzeugung, dass es sich um eine Fälschung handelte. Ich sagte aber nichts, denn zunächst dachte ich, dass die Gräfin selbst diese Kopie in Auftrag gegeben hatte, um sich daran zu erfreuen. Die Deutschen hatten ihr den Ehegemahl und das Heim geraubt und somit möglicherweise auch den echten Raphael.

Als sie sich entschied, das Bild dem Louvre zu übereignen, um seine Schönheit einem breiteren Publikum zugänglich zu machen, starb ich beinahe vor Furcht. Ich hatte diese Frau lieb gewonnen, schätzte ihren Stolz und ihre Entschlossenheit, ihre Grazie und Würde. Sie glaubte tatsächlich, dass das Gemälde ein Original war, und ich wollte sie nicht verletzen. Ich wusste, wie peinlich es für Gabrielle gewesen wäre, wenn der Skandal aufgedeckt würde, dass das Bild gefälscht war. Die Gräfin hätte dies nie überwunden. Das durfte nicht geschehen. Ich erbot mich, das Gemälde zu reinigen, um es noch eingehender studieren zu können, und kam mir dabei wie ein Verräter vor.

Ich trug das Bild in mein Turmatelier, und nach intensiver Betrachtung gab es keinen Zweifel mehr daran, dass es sich um eine sehr gut ausgeführte Kopie handelte. Selbst in diesem Augenblick hätte ich nicht gewusst, wie ich mich verhalten sollte, wenn ich nicht einen Brief gefunden hätte, der hinter dem Rahmen versteckt war.

Der Brief war ein verzweifeltes Geständnis des ersten Ehegatten der Gräfin über den von ihm begangenen Verrat. Er bekannte, dass er nahezu alle seine Besitztümer und die der Gräfin verloren hatte. Er war hochverschuldet, glaubte aber daran, dass die Deutschen die Alliierten besiegen würden und verkaufte ihnen deshalb den Raphael. Er ließ eine Kopie anfertigen und entwendete das Original ohne Wissen der Gräfin. Er hoffte, dass das Geld ihm über die Wirren des Kriegs hinweghelfen würde, und dass die Deutschen auf Grund dieses Tauschgeschäfts sein Grundstück verschonen würden.

Zu spät. Er verzweifelte an seiner Tat, versteckte sein Geständnis im Rahmen der Kopie und begab sich noch einmal zu den Männern, mit denen er den Handel abgeschlossen hatte, in der Hoffnung, ihn wieder rückgängig machen zu können.

Als ich diesen Brief gelesen hatte, kam Gabrielle ins Atelier. Es wäre besser gewesen, die Tür zu verriegeln. Ich konnte meine Bestürzung nicht verbergen, hielt den Brief noch immer in der Hand, und so war ich gezwungen, den Ballast mit der einzigen Person zu teilen, die ich schonen wollte.

In der Abgeschlossenheit des Turmzimmers fand ich in diesen Minuten heraus, dass die Frau, die ich liebte, über mehr Kraft verfügte als die meisten Männer. Um jeden Preis wollte sie ihrer Mutter die Wahrheit verbergen. Unbedingt wollte sie der Gräfin eine Demütigung ersparen und die Tatsache verheimlichen, dass das von ihr so geschätzte Gemälde lediglich eine Fälschung war.

Wir sannen über einen Plan nach, das Bild zu verstecken und den Anschein zu erwecken, als ob es gestohlen worden wäre. Vielleicht begingen wir einen Fehler. Bis heute weiß ich nicht, ob wir wirklich das Richtige taten. Aber für deine Mutter gab es keinen anderen Ausweg. Und deshalb begingen wir die Tat.

Gabrielle verwirklichte sehr bald ihren Plan, die Mutter über unsere Heirat zu informieren. Zu unserer unbeschreiblichen Freude stellte sie fest, dass sie ein Kind gebären würde. Du warst die Frucht unserer Liebe, die größte Kostbarkeit unseres Lebens.

Als sie ihrer Mutter von unserer Eheschließung und ihrer Schwangerschaft berichtete, tobte die Gräfin vor Zorn. Sie hatte Recht, Shirley, und ihr Hass auf mich hatte seine guten Gründe.

Ich hatte mir ohne ihr Wissen ihre Tochter angeeignet, und das war ein Schandfleck auf ihrer Familienehre. Wutentbrannt verstieß sie Gabrielle, forderte, dass wir das Schloss verließen und nie wieder betreten würden. Ich bin der Ansicht, dass sie ihre Entscheidung bald darauf wieder rückgängig gemacht hätte, *denn sie liebte Gabrielle über alles. Doch noch am selben Tag stellte sie fest, dass der Raphael verschwunden war.*

Sie beschuldigte mich, nicht nur ihre Tochter, sondern auch den Familienschatz gestohlen zu haben. Konnte ich das ableugnen? Die beiden Vergehen glichen einander, und in den Augen deiner Mutter las ich die Bitte zu schweigen. Deshalb brachte ich deine Mutter um das Schloss, ihr Land, ihre Familie, ihr Erbe und nahm sie mit nach Amerika.

Wir sprachen nie mehr von ihrer Mutter, denn das wäre zu schmerzlich gewesen. Stattdessen bauten wir unser Leben mit Dir neu auf, um unser Zusammengehörigkeitsgefühl zu stärken.

Wenn Du diese Zeilen liest, wird es vielleicht möglich sein, die ganze Wahrheit zu enthüllen. Wenn nicht, dann verbirg sie ebenso wie die Fälschung, die wir vor den Augen der Welt versteckten, behütet von einem kostbaren Schatz.

Folge der Eingebung deines Herzens.

Dein dich liebender Vater.

Shirley war in Tränen aufgelöst. Als sie den Brief gelesen hatte, wischte sie sich über die Augen und atmete tief ein. Sie erhob sich, ging ans Fenster und blickte zum Garten hinunter, wo sich ihre Eltern gegenseitige Liebe gestanden hatten.

Was soll ich nur tun? Sie hielt den Brief noch immer in der Hand. Noch vor einem Monat hätte ich diese Zeilen sofort der Gräfin gezeigt, aber jetzt weiß ich nicht, wie ich mich verhalten soll, überlegte sie.

Um den Namen ihres Vaters vor Schande zu bewahren, müsste sie ein Geheimnis preisgeben, das fünfundzwanzig Jahre zurücklag. Würde die Wahrheit alle Schwierigkeiten beseitigen, oder würde sie die Opfer ihrer Eltern zunichte machen? Ihr Vater hatte ihr empfohlen, ihrem Herzen zu lauschen, doch sie hörte nichts, denn sie war von Liebe und Seelenqual überwältigt und konnte einfach keinen Entschluss fassen. Impulsiv dachte sie daran, sich Christophe anzuvertrauen, aber sie schob den Gedanken schnell beiseite. Einem Vertrauensbeweis dieser Art fühlte sie sich nicht gewachsen, und die Trennung, mit der sie bald zu rechnen hatte, wäre noch viel quälender.

Ich werde mir das einfach noch einmal durch den Kopf gehen lassen, sagte sie sich und atmete tief auf. Ich muss den Nebel beseitigen, klar und sorgfältig nachdenken. Wenn ich eine Antwort finde, dann soll es die richtige sein.

Shirley lief durch das Zimmer, überlegte kurz und kleidete sich in Sekundenschnelle um. Sie erinnerte sich des Gefühls der Freiheit, das sie überwältigte, als sie durch die weite Landschaft ritt. Sie zog sich Jeans und ein T-Shirt an, um alles auszuwischen, was ihr Herz und ihren Verstand beschwerte.

10. KAPITEL

Der Stallknecht äußerte Bedenken, Babette zu satteln. Respektvoll wandte er ein, dass der Graf Shirley nicht erlaubt hätte, allein auszureiten. Shirley besann sich erstmals ihrer aristokratischen Herkunft und erwiderte stolz, dass sie als Großtochter der Gräfin keine Zustimmung einzuholen brauchte. Der Stallbursche fügte sich mit einigen bretonischen Ausdrücken, und gleich darauf bestieg sie die ihr mittlerweile vertraute Stute und bog zu dem Pfad ab, den Christophe bei der ersten Unterrichtsstunde gewählt hatte.

Die Waldungen verströmten tiefen Frieden, und Shirley versuchte, ihre Gedanken abzuschütteln in der Hoffnung, eine Antwort auf die Frage zu finden, die sie bewegte. Eine Zeit lang ritt sie im Schrittempo. Sie hatte das Pferd fest in der Hand und war doch nur ein Teil von ihm. Trotz allem war sie weit davon entfernt, ihr Problem lösen zu können, und trieb Babette zu einem leichten Galopp an.

Der Wind blies ihr das Haar aus dem Gesicht und tauchte sie in ein Gefühl der Freiheit, die sie suchte. Der Brief ihres Vaters steckte in der Tasche ihrer Jeans, und sie beschloss zu dem Hügel zu reiten, der oberhalb des Dorfes lag, und die Zeilen erneut zu lesen. Sie hoffte, dann die richtige Entscheidung treffen zu können.

Da hörte sie hinter sich einen lauten Ruf. Sie wandte sich um und erblickte Christophe, der auf seinem schwarzen Hengst herangeritten kam. Bei ihrer Wendung stieß sie versehentlich scharf gegen die Flanke ihrer Stute. Das war für Babette ein Befehl, und sie flog in gestrecktem Galopp davon. Shirley wäre vor Überraschung beinahe gestürzt. Sie richtete sich mühsam wieder auf, als das Pferd mit ungewöhnlicher Geschwindigkeit den Pfad hinunterraste. Mit eiserner Willenskraft bemühte sie sich um eine aufrechte Haltung. Dabei fiel ihr nicht einmal ein, dem Ungestüm der Stute Einhalt zu gebieten. Ehe sich der Gedanke, das Pferd zu zügeln, auf ihre Hände übertragen hatte, befand Christophe sich an ihrer Seite. Er zog die Zügel an und schimpfte laut.

Babette fügte sich willig, und Shirley schloss erleichtert die Augen. Dann wurde ihr bewusst, dass Christophe ihre Taille umfasste und sie ohne viele Umstände aus dem Sattel hob.

Er sah sie düster an. „Was haben Sie eigentlich im Sinn, wenn Sie vor mir davongaloppieren?" Er schüttelte sie wie eine Stoffpuppe.

„Das habe ich ja überhaupt nicht getan", protestierte sie und biss sich auf die Lippen. „Wahrscheinlich wurde das Pferd nervös, als ich mich nach Ihnen umdrehte. Es wäre nicht geschehen, wenn Sie mir nicht hinterhergejagt wären." Sie wollte sich von ihm losreißen, doch sein Griff verhärtete sich schmerzvoll. „Sie tun mir weh", fuhr sie ihn an. „Warum verletzen Sie mich immer?"

„Ein gebrochenes Genick wäre bestimmt viel ärger, Sie kleine Närrin." Er führte sie den Pfad entlang, fort von den Pferden. „Das hätte Ihnen nämlich passieren können. Warum wollen Sie unbedingt ohne Begleitung ausreiten?"

„Ohne Begleitung?" Sie lachte und trat einen Schritt zurück. „Wie altmodisch. Dürfen Frauen in der Bretagne nicht allein ausreiten?"

„Keinesfalls Frauen ohne Verstand", erwiderte er finster, „und auch solche nicht, die erst zwei Mal im Leben auf einem Pferd gesessen haben."

„Es hat alles vorzüglich geklappt, ehe Sie kamen." Ungehalten über seinen Vorwurf warf sie den Kopf zurück. „Machen Sie sich wieder auf den Weg, und lassen Sie mich in Frieden." Sie beobachtete, wie seine Augen schmal wurden. Er näherte sich ihr einen Schritt. „Kehren Sie um", rief sie und saß erneut auf. „Ich möchte allein sein, weil ich über einige Dinge nachdenken muss."

„Ich werde Sie gleich auf andere Gedanken bringen."

Ehe sie es sich versah, legte er die Hände um ihren Nacken und raubte ihr mit einem Kuss den Atem. Sie versuchte, ihn von sich zu stoßen. Erfolglos kämpfte sie gegen ihn an. Sie spürte, wie ihr schwindelig wurde. Er packte sie bei den Schultern und zog sie zu sich herum.

„Genug jetzt. Hören Sie endlich auf." Er schüttelte sie wieder. Er sah gar nicht mehr aristokratisch aus, sondern nur noch wie ein gewöhnlicher Mann. „Ich begehre Sie. Ich verlange, was noch kein Mann vor mir besessen hat, und Sie können sich darauf verlassen, dass ich Sie besitzen werde."

Er riss sie in die Arme. Sie wehrte sich in wilder Angst und schlug heftig gegen seine Brust wie ein gefangener Vogel gegen die Gitterstäbe eines Käfigs. Danach hob er sie mit eisernem Griff vom Pferd, als wäre sie ein hilfloses Kind.

Shirley lag auf dem Boden. Christophe hielt sie fest. Er küsste sie wie besessen, doch ihr Protest machte keinen Eindruck auf ihn. Mit leidenschaftlicher Behändigkeit öffnete er ihre Bluse, und seine Finger gruben sich in die nackte Haut. Es waren verzweifelt drängende Liebesbezeugungen, die all ihren Widerstand zunichte machten, und allen Willen, sich dagegen aufzubäumen.

Ihre Lippen gaben sich seinen Küssen hin, und sie zog ihn nur noch dichter an sich heran. Sie überließ sich ganz seiner Leidenschaft. Drängend und unaufhaltsam hinterließen seine Hände heiße Spuren auf ihrer nackten Haut. Sein Mund folgte ihnen und kehrte immer wieder zu ihren Lippen zurück. Sein Durst war unstillbar. Er trug sie in eine neue, faszinierende Welt, bis an die Grenze von Himmel und Hölle, wo es nur noch die Liebe gab.

Plötzlich löste sich Christophe von ihren Lippen. Er atmete schnell und presste einen Augenblick lang seine Wange gegen ihre Schläfe. Dann hob er den Kopf und sah sie an.

„Jetzt habe ich Ihnen schon wieder wehgetan, Kleines." Er seufzte, gab sie frei und legte sich auf den Rücken. „Ich habe Sie zu Boden gezerrt und hätte Sie beinahe geschändet wie ein Bar-

bar. Offenbar fällt es mir schwer, mich in Ihrer Gegenwart zu beherrschen."

Shirley setzte sich schnell auf und knöpfte hastig ihre Bluse zu. „Es ist schon in Ordnung." Sie bemühte sich vergebens um einen sorglosen Ton. „Mir ist nichts geschehen. So oft ist mir schon gesagt worden, ich sei sehr widerstandsfähig. Trotzdem sollten Sie Ihr Temperament ein wenig mehr zügeln", stammelte sie, um ihren Schmerz zu verbergen. „Genevieve ist zerbrechlicher als ich."

„Genevieve?" Er stützte sich auf den Ellenbogen und sah sie fest an. „Was hat Genevieve damit zu tun?"

„Überhaupt nichts", antwortete sie. „Ich werde ihr nicht das Geringste hierüber berichten. Dazu habe ich sie zu gern."

„Vielleicht sollten wir uns auf Französisch unterhalten, Shirley. Es ist schwierig, Sie zu verstehen."

„Sie ist in Sie verliebt, Sie Dummkopf", fuhr sie unbeirrt fort. „Sie hat es mir gesagt und wollte meinen Rat einholen." Es entging ihr nicht, dass sie hysterisch auflachte. „Sie wollte wissen, wie sie es anstellen sollte, dass Sie in ihr eine Frau und nicht nur ein Kind sehen. Ich verschwieg ihr, welche Meinung Sie über mich haben, denn Sie hätte es nicht verstanden."

„Sie sagte Ihnen, dass sie in mich verliebt wäre?" Seine Augen wurden schmaler.

„Ihren Namen hat sie nicht erwähnt." Jetzt verwünschte Shirley diese Unterhaltung. „Sie sagte, dass sie ihr Leben lang in einen Mann verliebt gewesen wäre, der sie nur als Kind betrachtete. Ich riet ihr nur, ihm den Kopf zurechtzurücken und ihm zu sagen, dass sie eine Frau sei. Und außerdem ... Worüber lachen Sie eigentlich?"

„Haben Sie wirklich geglaubt, dass sie mich meinte?" Er ließ sich auf den Rücken fallen und lachte lauter, als es sonst seine Art war. „Die kleine Genevieve soll in mich verliebt sein?"

„Und darüber machen Sie sich auch noch lustig. Wie können Sie nur so gefühllos sein, über einen Menschen zu lachen, der Sie liebt?" Sie wurde zornig, und er nahm sie schnell in die Arme.

„Genevieve hat Sie nicht meinetwegen um Rat gebeten, meine Liebe." Mühelos trotzte er ihrer Angriffslust. „Sie meinte Andre. Aber Sie sind ihm noch nicht begegnet, nicht wahr?" Er lachte sie offen an. „Wir sind miteinander aufgewachsen, Andre, Yves und ich. Genevieve folgte uns wie ein Hündchen auf Schritt und Tritt. Als sie zur Frau heranwuchs, betrachtete sie Yves und mich auch weiterhin als ihre Brüder, während sie Andre wirklich liebte. Einen Monat lang hat er sich aus geschäftlichen Gründen in Paris aufgehalten. Erst gestern kam er von seiner Reise nach Hause zurück."

Christophe zog Shirley wieder an seine Brust. „Genevieve rief heute Morgen an und berichtete mir von ihrer Verlobung mit ihm. Außerdem trug sie mir auf, Ihnen ihren Dank zu übermitteln. Jetzt weiß ich wenigstens, worum es sich handelt." Er lächelte noch breiter, und ihre glänzenden Augen öffneten sich weit.

„Sie ist verlobt? Und nicht mit Ihnen?"

„Genauso ist es", antwortete er hilfreich. „Sagen Sie mir, meine schöne Cousine, waren Sie nicht eifersüchtig, als Sie glaubten, dass Genevieve sich in mich verliebt hätte?"

„Nicht im Entferntesten", log sie und zog ihren Mund von seinen Lippen zurück. „Ich wäre nicht eifersüchtiger auf Genevieve als Sie auf Yves."

„Wirklich?" Mit einer schnellen Bewegung drehte er sich zur Seite. „Ich gestehe Ihnen, dass ich vor Eifersucht auf meinen

Freund Yves fast verging, und dass ich Ihren amerikanischen Freund Tony am liebsten umgebracht hätte. Sie bedachten die beiden mit lächelnden Blicken, die mir gehörten. Von dem Augenblick an, als Sie aus dem Zug stiegen, war ich wie verhext, und ich wehrte mich dagegen, um mich nicht versklaven zu lassen. Aber vielleicht bedeutet diese Art von Sklaverei wirkliche Freiheit." Er strich ihr über das seidige Haar. „Shirley, ich liebe dich."

Sie versuchte, ihre Stimme zu kontrollieren: „Würden Sie das noch einmal sagen?"

Er lächelte, und sein Mund liebkoste ihre Lippen. „Auf Englisch? Ich liebe dich. Ich liebte dich vom ersten Moment an, als ich dich sah. Jetzt liebe ich dich noch unendlich mehr, und ich werde dich bis zum Ende meines Lebens lieben." Seine Lippen berührten ungewohnt zärtlich ihren Mund und lösten sich erst wieder, als Tränen über ihr Gesicht rannen. „Warum weinst du? Was habe ich getan?"

Sie schüttelte den Kopf. „Es liegt nur daran, dass ich dich so sehr liebe, und ich dachte ..." Sie zögerte und atmete schwer. „Christophe, glaubst du an die Unschuld meines Vaters, oder denkst du, dass ich die Tochter eines Gauners bin?"

Er sah sie eine Weile lang schweigend an. „Ich werde dir erzählen, was mir bekannt ist, Shirley, und ich werde dir auch sagen, was ich glaube."

„Ich weiß, dass ich dich liebe, und zwar keineswegs den Engel, der aus dem Zug in Lannion stieg, sondern die Frau, die ich nun kennen gelernt habe. Es ist mir völlig gleichgültig, ob dein Vater ein Dieb, Betrüger oder Mörder war. Ich hörte immer zu, wenn du über deinen Vater sprachst, und ich beobachtete auch, wie du aussiehst, wenn du ihn erwähnst. Ich kann nicht glauben, dass ein Mann, dem diese Liebe und Zuneigung zuteil wurde, eine derart schändliche Tat begangen haben könnte. Davon bin ich überzeugt, doch es spielt für mich keine Rolle. Nichts, was er tat oder unterließ, könnte etwas an meiner Liebe zu dir ändern."

„Ach, Christophe", sie legte ihr Gesicht an seine Wange, „zeit meines Lebens habe ich auf einen Menschen wie dich gewartet. Aber jetzt muss ich dir etwas zeigen." Sanft befreite sie sich von ihm, zog den Brief aus der Tasche und gab ihn ihm. „Mein Vater trug mir auf, meinem Herzen zu folgen, und nun gehört es dir."

Shirley saß Christophe gegenüber und beobachtete ihn, während er den Brief las. Jetzt spürte sie wieder den inneren Frieden, der sie seit dem Tod ihrer Eltern verlassen hatte. Ihre Liebe gehörte Christophe, und sie war zutiefst davon überzeugt, dass er ihr helfen würde, die richtige Entscheidung zu treffen. Der Wald war still. Nur manchmal flüsterte der Wind in den Blättern, und die Vögel antworteten darauf. An diesem Ort war die Zeit soeben stehen geblieben. Nur ein Mann und eine Frau lebten dort.

Als Christophe den Brief gelesen hatte, hob er die Augen. „Dein Vater hat deine Mutter sehr geliebt." Er faltete das Papier zusammen und steckte es in den Umschlag zurück. „Ich wünschte, ich hätte ihn besser gekannt. Ich war ein Kind, als er auf das Schloss kam, und er blieb nicht lange dort."

Sie schaute ihn unverwandt an. „Was sollen wir jetzt tun?"

Er rückte näher und berührte ihr Gesicht. „Wir müssen unserer Großmutter den Brief zeigen."

„Aber meine Eltern sind tot, und die Gräfin lebt. Ich habe sie sehr gern und möchte sie nicht verletzen."

Er beugte sich nieder und küsste ihre seidigen Wimpern. „Shirley, ich liebe dich aus vielen Gründen, und nun ist noch einer hinzugekommen." Er schob ihren Kopf zurück, so dass ihre Blicke sich wieder trafen. „Hör mir bitte gut zu, mein Liebling, und vertrau mir. Großmutter muss diesen Brief unbedingt lesen, allein schon um ihres Seelenfriedens willen. Sie glaubt, dass ihre Tochter sie verriet und bestahl. Fünfundzwanzig Jahre lang hat sie mit diesem Gedanken gelebt. Diese Zeilen werden sie davon erlösen.

Den Worten deines Vaters wird sie entnehmen, wie sehr Gabrielle sie geliebt hat. Ebenso wichtig ist, dass sie die Zuneigung deines Vaters für ihre Tochter erkennt. Er war ein ehrenhafter Mann, doch er musste sich mit der Tatsache abfinden, dass die Mutter seiner Frau ihn für einen Dieb hielt. Jetzt ist es an der Zeit, dass alle diese unguten Gedanken ausgelöscht werden."

„Einverstanden", stimmte sie zu. „Wenn du dieser Ansicht bist, dann sollten wir es tun."

Er lächelte, umfasste ihre Hände und führte sie an die Lippen, ehe er ihr aufhalf. „Sag mir, liebe Cousine", spöttelte er leise, „wirst du immer tun, was ich dir sage?"

„Nein." Sie schüttelte energisch den Kopf. „Ganz bestimmt nicht."

„Ah, das habe ich mir doch gleich gedacht." Er begleitete sie zu den Pferden. „Dann wird das Leben wenigstens nicht langweilig." Er griff nach dem Halfter der Stute, und Shirley saß auf, ohne dass er ihr dabei behilflich war. Er runzelte die Stirn, als er ihr die Zügel überließ. „Du bist bedenklich unabhängig, eigensinnig und impulsiv, doch ich liebe dich."

Als er den Hengst bestieg, erwiderte sie: „Und du bist anmaßend, herrschsüchtig und ausgesprochen selbstherrlich. Aber ich liebe dich ebenfalls."

Shirley und Christophe kehrten zu den Stallungen zurück. Nachdem sie die Pferde einem Burschen überlassen hatten, fassten sie sich bei den Händen und gingen zum Schloss. Als sie sich der Gartenpforte näherten, blieb Christophe stehen und wandte sich Shirley zu.

„Du musst dieses Schriftstück Großmutter selbst aushändigen." Er zog den Umschlag aus der Tasche und übergab ihn ihr.

„Ja, ich weiß. Aber du wirst doch bei mir bleiben?"

„Ja, mein Liebling." Er nahm sie in die Arme. „Ich werde dich nicht im Stich lassen." Er berührte ihre Lippen, und sie schlang die Arme um seinen Hals, bis der Kuss inniger wurde und sie nur noch Augen füreinander hatten.

„Da seid ihr ja wieder, meine Kinder." Die Worte der Gräfin brachen den Bann.

Sie drehten sich beide um und bemerkten, dass die alte Dame sie vom Garten aus beobachtete. „Demnach habt ihr euch in das Unvermeidliche gefügt."

„Du bist sehr scharfsinnig, Großmutter." Christophe hob die Augenbrauen. „Aber ich glaube, das wäre auch ohne deine unschätzbare Unterstützung geschehen."

Die schmalen Schultern bewegten sich ausdrucksvoll. „Aber ihr hättet zu viel Zeit verschwendet, und Zeit ist ein kostbares Gut."

„Lass uns hineingehen, Großmutter. Shirley möchte dir etwas zeigen."

Sie betraten den Salon, und die Gräfin ließ sich in dem thronähnlichen Sessel nieder. „Was haben Sie auf dem Herzen, meine Kleine?"

Shirley ging auf die Gräfin zu. „Großmutter, Tony überbrachte mir einige Briefe von meinem Anwalt. Ich habe mich jetzt erst darum gekümmert und stellte fest, dass sie bedeutend wichtiger sind, als ich zunächst annahm." Sie wies auf den Brief. „Ehe Sie ihn lesen, möchte ich Ihnen noch sagen, dass ich Ihnen sehr zugetan bin."

Die Gräfin wollte etwas darauf erwidern, doch Shirley fuhr schnell fort: „Ich liebe Christophe, und ehe er das las, was ich Ihnen jetzt zeige, gestand er mir ebenfalls seine Liebe. Ich kann Ihnen nicht beschreiben, wie beglückend es für mich war, dies zu wissen, noch bevor er diese Zeilen las. Wir beschlossen, Sie mit dem Inhalt vertraut zu machen, weil wir Sie verehren." Sie übergab ihrer Großmutter den Brief und setzte sich auf das Sofa. Christophe ging zu ihr und umschloss ihre Hand. Dann warteten sie.

Shirleys Blick fiel auf das Porträt ihrer Mutter, deren Augen Freude und Glück einer liebenden Frau widerspiegelten. Ich habe sie ebenfalls gefunden, Mutter, dachte sie: die überwältigende Beseligung der Liebe, und hier halte ich sie in der Hand.

Sie schaute auf Christophes bronzefarbene Finger nieder. Der Rubinring an ihrer Hand, der einst ihrer Mutter gehört hatte, bildete dazu einen schimmernden Kontrast. Sie betrachtete ihn eingehend und verglich ihn dann mit dem Ring an der Hand ihrer Mutter.

Plötzlich verstand sie den Unterschied.

Die Gräfin erhob sich und unterbrach Shirleys Gedankengänge.

„Fünfundzwanzig Jahre lang habe ich diesem Mann Unrecht getan und auch meiner Tochter, die ich liebte", sagte sie sanft, als sie sich umwandte und aus dem Fenster blickte. „Mein Stolz hat mich geblendet und mein Herz verhärtet."

„Aber Sie konnten doch von alldem nichts wissen, Großmutter", erwiderte Shirley. „Meine Mutter und mein Vater wollten Sie nur beschützen."

„Ja, ich sollte nicht erfahren, dass mein Mann ein Dieb gewesen ist. Sie versuchten, einen öffentlichen Skandal abzuwenden. Auf Grund dessen verzichtete Ihre Mutter auf ihr Erbe." Erschöpft setzte sie sich wieder. „Aus den Worten Ihres Vaters schließe ich, dass er seine Frau mit aller Hingabe liebte. Sagen Sie mir, Shirley, war meine Tochter glücklich?"

„Das können Sie doch von den Augen meiner Mutter ablesen, wie mein Vater sie auf dem Porträt festgehalten hat. Sie sah immer so aus wie auf diesem Bild."

„Wie kann ich nur wieder gutmachen, was ich tat?"

„Aber Großmutter!" Shirley erhob sich, kniete vor ihr nieder und umfasste ihre zarten Hände. „Ich habe Ihnen den Brief doch nicht gegeben, um Ihren Kummer zu verstärken, sondern um Ihnen diesen Kummer zu nehmen. Sie haben den Brief gelesen. Demnach wissen Sie auch, dass meine Eltern Ihnen nichts nachtrugen. Absichtlich ließen sie Sie in dem Glauben, dass sie Sie verraten haben. Vielleicht irrten sie sich, aber es ist geschehen und kann nicht mehr rückgängig gemacht werden." Sie umklammerte die schmalen Hände fester. „Ich möchte Ihnen nur sagen, dass ich Ihnen keinerlei Vorwürfe mache, und ich bitte Sie um meinetwillen, die Angelegenheit auf sich beruhen zu lassen."

„Ach, Shirley, mein liebes Kind." Die Gräfin blickte sie

zärtlich an. „Es ist gut", fügte sie unvermittelt hinzu. „Wir werden uns nur noch an die glücklichen Zeiten erinnern. Sie werden mir mehr von Gabrielles Leben mit Ihrem Vater in Georgetown erzählen und sie mir wieder näher bringen. Einverstanden?"

„Ja, Großmutter."

„Vielleicht werden Sie mir eines Tages das Haus zeigen, in dem Sie aufwuchsen."

„Sie meinen in Amerika?" Shirley war entsetzt. „Fürchten Sie sich nicht davor, in ein derart unzivilisiertes Land zu reisen?"

„Ziehen Sie keine übereilten Schlüsse." Mit königlicher Anmut erhob sich die Gräfin. „Ich habe fast den Eindruck, als würde ich nun Ihren Vater über Sie kennen lernen, meine Kleine." Sie schüttelte den Kopf. „Ich darf überhaupt nicht daran denken, was mich dieser Raphael gekostet hat. Inzwischen bin ich froh, dass er nicht mehr existiert."

„Es gibt aber noch die Kopie davon, Großmutter. Ich weiß, wo sie sich befindet."

„Woher willst du das wissen?" schaltete sich Christophe ein. Es waren seine ersten Worte, seitdem sie den Raum betreten hatten.

Sie wandte sich ihm zu und lächelte. „Es stand im Brief, doch zunächst bemerkte ich es nicht. Erst eben, als du meine Hand hieltst, ging mir die Wahrheit auf. Schau dir diesen Ring einmal an." Sie streckte die Hand aus, an der der Rubin schimmerte. „Er gehörte meiner Mutter, und sie trägt ihn auf dem Porträt."

„Ich habe den Ring auf dem Bild bemerkt", sagte die Gräfin zögernd, „aber Gabrielle besaß solch einen Ring nicht. Ich dachte, ihr Vater hätte ihn hinzugefügt, wegen der passenden Ohrringe."

„Doch, Großmutter. Es war ihr Verlobungsring. Sie trug ihn immer zusammen mit dem Ehering an ihrer linken Hand."

„Aber was hat dies mit der Fälschung des Raphael zu tun?" fragte Christophe ungehalten.

„Auf dem Bild trägt sie den Ring an der rechten Hand. Mein Vater hätte niemals einen solchen Fehler begangen, es sei denn, aus Absicht."

„Das ist schon möglich", erwiderte die Gräfin leise.

„Ich weiß, dass das Bild da ist. Das geht aus dem Brief hervor. Er sagte, dass er es hinter einem weit kostbareren Gegenstand verborgen hätte. Und nichts war kostbarer für ihn als meine Mutter."

„Ja." Die Gräfin betrachtete das Porträt ihrer Tochter sehr genau. „Es gäbe kein besseres Versteck."

„Vielleicht finden wir es heraus, wenn ich eine Ecke abschabe", schlug Shirley vor.

„Nein." Die Gräfin schüttelte den Kopf. „Das ist jetzt nicht mehr nötig. Selbst wenn sich der echte Raphael darunter befände, dürften Sie nicht einen Zoll von Ihres Vaters Werk vernichten." Sie berührte Shirleys Wange. „Dieses Porträt, Christophe und du, mein Kind, sind mittlerweile meine größten Schätze. Lassen wir das Bild dort, wo es hingehört." Lächelnd wandte sie sich zu ihren Enkeln um. „Ich werde euch jetzt verlassen. Liebende müssen unter sich sein."

Wie eine Königin schritt sie davon. Shirley schaute ihr bewundernd nach. „Sie ist großartig, meinst du nicht auch?"

„Ja", stimmte Christophe leichtherzig zu und nahm Shirley in die Arme. „Und sie ist sehr klug. Übrigens habe ich dich seit einer Stunde nicht mehr geküsst."

Als er dieses Versäumnis zu gegenseitiger Genugtuung nachgeholt hatte, sah er sie mit dem üblichen Selbstbewusstsein an. „Wenn wir verheiratet sind, mein Liebling, werde ich dich porträtieren lassen. Dann gibt es noch eine andere Kostbarkeit auf diesem Schloss."

„Verheiratet?" Shirley sah ihn vorwurfsvoll an. „Ich habe noch nicht in eine Heirat eingewilligt." Sie machte sich widerstrebend von ihm los. „Das kannst du doch nicht einfach so befehlen. Eine Frau möchte vorher immerhin gefragt werden."

Er zog sie an sich und küsste sie zärtlich.

„Was sagtest du, meine liebe Cousine?"

Sie sah ihn ernst an und legte die Hände um seinen Hals. „Ich werde nie eine gehorsame Ehefrau sein."

„Hoffentlich nicht", entgegnete er aufrichtig.

„Wir werden uns häufig streiten, und ich werde dich ständig zur Raserei bringen."

„Darauf freue ich mich schon jetzt."

„Dann ist ja alles in Ordnung." Sie hielt ein Lächeln zurück. „Ich werde dich heiraten. Aber nur unter einer Bedingung."

„Und die wäre?" Er zog die Augenbrauen hoch.

„Dass du heute Abend mit mir in den Garten gehst." Sie hielt ihn noch fester und sah ihn spitzbübisch an. „Ich bin es so leid, mit anderen Männern bei Mondschein spazieren zu gehen, mit dem sehnsüchtigen Wunsch, dass du es wärst."

– ENDE –

Nora Roberts

In der Glamourwelt von Manhattan
Roman

Aus dem Amerikanischen von
M.R. Heinze

I. KAPITEL

Mit einer vollen Einkaufstüte auf dem Arm betrat Amanda das Haus. Sie strahlte vor Glück. Im Freien sangen die Vögel in der Frühlingssonne. Ihr goldener Ehering leuchtete. Nach drei Monaten Ehe war es ihr noch ein Bedürfnis, Cameron mit einem ganz besonderen intimen Abendessen zu überraschen. Die aufreibende Arbeit im Krankenhaus machte es ihr oft unmöglich zu kochen, was ihr als Jungverheirateter doch so viel Freude bereitete. Da an diesem Nachmittag zwei Termine ausgefallen waren, wollte Amanda ein erlesenes und Zeit raubendes Essen vorbereiten, das man nicht so schnell vergaß und das gut zu Kerzenschein und teurem Wein passte.

Fröhlich summend betrat sie die Küche, was für sie als zurückhaltende Frau eine ungewöhnliche Zurschaustellung ihrer Gefühle bedeutete. Mit einem zufriedenen Lächeln zog sie eine Flasche von Camerons Lieblings-Bordeaux aus der Tüte und erinnerte sich daran, wie sie die erste Flasche gemeinsam geleert hatten. Cameron war so aufmerksam und romantisch gewesen.

Ein Blick auf die Uhr zeigte Amanda, dass sie noch vier Stunden bis zur Rückkehr ihres Mannes hatte, genug Zeit für die Vorbereitung eines köstlichen Mahles und das Entzünden der Kerzen auf dem festlich gedeckten Tisch.

Zuerst aber wollte sie nach oben gehen und ihre Arbeitskleidung ausziehen. Im Schlafzimmer wartete ein traumhaftes Seidenkleid in sanftem Blau auf sie. An diesem Abend würde sie keine Psychiaterin sein, sondern eine Frau, eine sehr verliebte Frau.

Das Haus war perfekt in Schuss und geschmackvoll eingerichtet. Das entsprach Amandas Natur. Als sie zu der Treppe ging, fiel ihr Blick auf eine Kristallvase, und einen Moment lang wünschte sie sich, frische Blumen besorgt zu haben. Vielleicht sollte sie den Blumenhändler anrufen und sich etwas Extravagantes schicken lassen. Ihre Hand glitt leicht über das schimmernde Geländer, während sie die Treppe hinaufstieg. Ihre sonst so ernsten und entschlossen dreinblickenden Augen nahmen einen träumerischen Ausdruck an. Sachte drückte sie die Schlafzimmertür auf.

Ihr Lächeln gefror und wich blankem Entsetzen! Alle Farbe wich aus ihren Wangen. Nur ein einziges Wort entrang sich gepresst ihrem Mund.

„Cameron!"

Das Paar im Bett löste die leidenschaftliche Umarmung. Der Mann, sehr attraktiv, mit zerzausten Haaren, starrte ungläubig. Die Frau, katzenhaft, erotisch, lächelte sehr, sehr träge. Man konnte sie fast schnurren hören.

„Vikki!" Amanda betrachtete ihre Schwester mit schmerzerfülltem Gesicht.

„Du bist aber früh nach Hause gekommen." Die Andeutung eines Lachens, nur ein Hauch, schwang in der Stimme ihrer Schwester mit.

Cameron zog sich ein Stück von seiner Schwägerin zurück. „Amanda, ich ..."

Während Amanda das Paar im Bett nicht aus den Augen ließ, zog sie aus ihrer Jackentasche einen kleinen, tödlichen Revolver. Die Ehebrecher rührten sich nicht, blieben schweigend vor Entsetzen.

Amanda zielte eiskalt und feuerte ... Mit einem satten PLOPP! ergoss sich ein bunter Konfettiregen über das Bett.

„Alana!"

Dr. Amanda Lane Jamison, besser bekannt unter ihrem richtigen Namen Alana Kirkwood, wandte sich an ihren verstörten Regisseur, während das Paar im Bett und das Fernsehteam in Gelächter ausbrachen.

„Tut mir Leid, Neal, aber ich konnte nicht anders. Amanda ist immer das Opfer", erklärte Alana dramatisch mit blitzenden Augen. „Stell dir doch vor, wie die Einschaltquoten hochschnellen, wenn sie nur ein einziges Mal jemanden ermordet."

„Sieh mal, Alana ..."

„Oder wenigstens jemanden schwer verletzt", fuhr Alana rasch fort. „Und wer", rief sie und deutete mit einer großen Geste auf das Bett, „verdient es mehr als ihr haltloser Gatte und ihre ruchlose Schwester?"

Alana verbeugte sich vor den johlenden und applaudierenden Mitgliedern der Crew und legte zögernd ihre Waffe in die ausgestreckte Hand des Regisseurs.

Er stieß einen gequälten tiefen Seufzer aus. „Du bist absolut irrsinnig, und das warst du schon immer, seit ich dich kenne."

„Vielen herzlichen Dank, Neal."

„Wir machen sofort weiter", warnte er und versuchte, dabei nicht zu grinsen. „Mal sehen, ob wir diese Szene nicht vor dem Mittagessen abdrehen können."

Fügsam ging Alana in die Kulisse des Erdgeschosses. Geduldig ließ sie ihr Haar und ihr Make-up in Ordnung bringen. Aus Alana wurde wieder Amanda. Amanda war stets perfekt, übergenau, ruhig, total kontrolliert – alles, was auf Alana selbst nicht zutraf. Alana spielte diese Rolle nun schon seit mehr als fünf Jahren in der beliebten, tagsüber gesendeten Seifenoper „Unser Leben, unsere Liebe".

In diesen fünf Jahren hatte Amanda das College mit Auszeichnung geschafft, ihr Diplom als Psychiaterin gemacht und war eine anerkannte Therapeutin geworden. Ihre Ehe mit Cameron Jamison schien jüngst im Himmel geschlossen worden zu sein. Er war jedoch ein weichlicher Opportunist, der sie ihres Geldes wegen und ihrer gesellschaftlichen Stellung wegen geheiratet hatte, während es ihn nach ihrer Schwester gelüstete – und nach der Hälfte der weiblichen Bevölkerung der fiktiven Stadt Trader's Bend.

Nun wurde Amanda also mit der Wahrheit konfrontiert. Seit sechs Wochen steuerte die Handlung auf diese Enthüllung zu, und von den Zuschauern kamen körbeweise Briefe. Sowohl die Zuschauer als auch Alana waren der Meinung, dass Amanda endlich die Augen über diese Laus von einem Ehemann geöffnet werden mussten.

Alana mochte Amanda und respektierte ihre Ehrlichkeit und ihre tadellose Haltung. Sobald die Kameras liefen, verwandelte sich Alana in Amanda. Obwohl sie persönlich einen Tag in einem Vergnügungspark einem Ballettabend entschieden vorzog, verstand sie alle Nuancen der Frau, die sie darstellte.

Wenn diese Szene über den Bildschirm ging, bekamen die Zuschauer eine schlanke Frau zu sehen mit blondem Haar, das glatt zurückgekämmt und zu einem schlichten Knoten zusammengefasst war. Das Gesicht, durchscheinend wie Porzellan, atemberaubend, war von einer eisigen Schönheit, die unterschwellige Signale verhaltener Sexualität aussandte. Sie hatte Klasse, Stil.

Blaue Augen und hoch angesetzte Wangenknochen unterstrichen die rassige Eleganz. Der perfekt geformte Mund war wie geschaffen für ein ernstes Lächeln. Fein geschwungene Augenbrauen, einen Hauch dunkler als das zarte Blond ihres Haars, hoben die langen Wimpern hervor. Eine makellose Schönheit, stets beherrscht, das war Amanda!

Alana wartete auf ihr Stichwort und dachte flüchtig darüber nach, ob sie am Morgen den Kaffeekessel ausgeschaltet hatte.

Sie spielten die Szene noch einmal durch und mussten sie wiederholen, weil Vikkis trägerloser Badeanzug zum Vorschein kam, als sie sich im Bett bewegte. Dann wurden noch die Großaufnahmen mit den Reaktionen der Beteiligten gemacht. Die Kamera erfasste bildfüllend Amandas bleiches, geschocktes Gesicht und hielt diese Einstellung einige dramatische Sekunden lang.

„Mittagspause!"

Sofort löste sich das Bild auf. Die Liebenden stiegen auf verschiedenen Seiten aus dem Bett. J. T. Brown, Alanas Fernsehehemann, kam in Badehose zu ihr, hielt sie an den Schultern fest und gab ihr einen herzhaften Kuss. „Sieh mal, Süße", sagte er, noch immer im Tonfall seiner Rolle, „ich werde dir das alles später erklären. Vertraue mir! Jetzt muss ich meinen Agenten anrufen."

„Memme!" schrie Alana ihm mit einem sehr un-Amanda-artigen Lachen nach, ehe sie sich bei Stella Powell, ihrer Serienschwester, unterhakte. „Zieh dir etwas über den Badeanzug, Stella. Ich kann das Kantinenessen heute nicht sehen."

Stella warf ihre wuscheligen kastanienbraunen Haare zurück. „Zahlst du?"

„Du quetschst deine Schwester immer ganz schön aus",

murmelte Alana. „Okay, ich bleche, aber beeil dich. Ich verhungere."

Auf dem Weg zu ihrer Garderobe durchquerte Alana noch zwei weitere Sets, nämlich den fünften Stock des Doctors Hospital und das Wohnzimmer der Lanes, der führenden Familie von Trader's Bend. Sie hätte gern ihr Kostüm ausgezogen und ihr Haar gelöst, aber dann hätte sie sich nach dem Mittagessen wieder mit Garderobe und Maske herumschlagen müssen. Also griff sie nur nach ihrer viel zu großen und abgewetzten Handtasche, die wenig zu Amandas eleganter Arbeitskleidung passte. Dabei dachte sie schon an eine dicke Scheibe Baklava, vollgesogen mit Honig.

„Vorwärts, Stella!" Alana steckte ihren Kopf in die angrenzende Garderobe, in der Stella gerade den Reißverschluss ihrer Jeans schloss. „Mein Magen ist schon über die Zeit."

„Das ist er immer", erwiderte ihre Kollegin und schlüpfte in ein weit geschnittenes Sweatshirt. „Wohin?"

„In den griechischen Delikatessenladen an der Ecke." Mit ihrem typischen langen, schwingenden Gang lief Alana übereifrig den Korridor entlang, während Stella versuchte, mit ihr Schritt zu halten. Es war nicht so, dass Alana von einem Ort zum nächsten hetzte, aber sie eilte stets den Dingen entgegen, die auf sie warteten.

„Meine Diät ...", begann Stella.

„Nimm einen Salat", wehrte Alana gnadenlos ab. Sie wandte den Kopf und betrachtete Stella flüchtig vom Scheitel bis zur Sohle. „Weißt du, wenn du nicht immer vor der Kamera diese knapp sitzenden Sachen tragen würdest, müsstest du dich nicht zu Tode hungern."

Stella lachte, als sie die Tür zur Straße erreichten. „Eifersüchtig?"

„Ja. Ich bin immer elegant und so was von proper. Und du hast den Spaß." Alana trat ins Freie und atmete einen tiefen Zug von New York ein. Sie liebte die Stadt in einer Weise, die eigentlich Touristen vorbehalten war. Alana lebte seit ihrer Geburt auf der lang gestreckten Insel Manhattan, die trotzdem für sie ein Abenteuer geblieben war, die optischen Eindrücke, die Gerüche, die Geräusche.

Für Mitte April war es frisch, und Regen hing in der Luft. Der Wind war feucht und roch nach Abgasen. Straßen und Bürgersteige waren durch den Mittagsverkehr verstopft. Alle hetzten, alle hatten etwas Wichtiges zu erledigen. Ein Fußgänger schlug fluchend mit der Faust auf die Motorhaube eines Taxis, das zu nahe an den Randstein herangefahren war. Eine Frau mit orangefarbener Stachelfrisur trippelte in schwarzen Lederstiefeln vorbei. Jemand hatte auf das Plakat eines heißen Broadwaystücks etwas Ordinäres geschrieben. Aber Alana sah einen Straßenhändler, der Narzissen verkaufte.

Sie kaufte zwei Sträuße und reichte Stella einen.

„Du kannst nichts auslassen, wie?" murmelte Stella, vergrub aber ihr Gesicht in den gelben Blüten.

„Stell dir doch vor, was mir dann alles entgehen würde", entgegnete Alana. „Abgesehen davon haben wir Frühling."

Stella fröstelte und blickte zu dem bleigrauen Himmel. „Aber ja, sicher doch."

„Iss etwas." Alana packte sie am Arm und zog sie mit sich. „Du wirst immer grantig, wenn du eine Mahlzeit überspringst."

Der Delikatessenladen quoll über von Leuten und Düften. Gewürze und Honig. Bier und Öl. Schon immer ein sinnenbetonter Mensch, sog Alana die vermischten Gerüche ein, ehe sie sich an die Theke vorkämpfte. Sie hatte eine unbeschreibliche Art, ihr Ziel mitten durch eine Menschenmenge hindurch zu erreichen, ohne ihre Ellbogen einzusetzen oder jemandem auf die Zehen zu treten. Während sie sich durchschlängelte, beobachtete und lauschte sie. Sie wollte keinen Duft, keinen Stimmenklang oder die Farben eines Essens verpassen. Und als sie durch die Glasfront der Theke blickte, konnte sie die ausgestellten Köstlichkeiten bereits schmecken.

„Hüttenkäse, eine Scheibe Ananas und Kaffee, schwarz", sagte Stella seufzend.

Alana warf ihr einen kurzen, mitleidvollen Blick zu. „Griechischer Salat, ein dickes Stück von dem Lamm auf Brot und eine Scheibe Baklava. Kaffee, Sahne und Zucker."

„Du bist abstoßend", erklärte Stella. „Du nimmst nie ein Gramm zu."

„Ich weiß." Alana schob sich an die Kasse. „Das ist eine Frage der geistigen Kontrolle und eines sauberen Lebens." Sie kümmerte sich nicht um Stellas empörtes Schnauben, bezahlte und steuerte auf einen leeren Tisch zu. Sie und ein Bulle von einem Mann erreichten ihn gleichzeitig. Alana hielt das Tablett und schenkte ihm ein bezauberndes Lächeln. Der Mann straffte die Schultern, zog den Bauch ein und ließ ihr den Vortritt.

„Danke", sagte Stella und wehrte ihn gleichzeitig mit einem kühlen Blick ab, weil sie genau wusste, dass Alana ihn sonst eingeladen hätte, ihnen Gesellschaft zu leisten. Diese Frau braucht einen Aufpasser, dachte Stella.

Alana tat alles, was eine allein stehende Frau lieber unterlassen sollte. Sie sprach mit Fremden, ging nachts allein auf die Straße und öffnete ihre Wohnungstür, ohne vorher die Sicherheitskette vorzulegen. Sie war nicht waghalsig oder sorglos, sondern glaubte von allen Menschen das Beste. Und irgendwie war sie in ihren fünfundzwanzig Lebensjahren nie enttäuscht worden.

„Der Revolver war einer deiner besten Einfälle in dieser Saison", bemerkte Stella, während sie in ihrem Hüttenkäse herumgrub. „Ich dachte, Neal würde einen Schreikrampf bekommen."

„Er müsste sich etwas mehr entspannen." Alana sprach mit vollem Mund. „Seit er mit dieser Tänzerin Schluss gemacht hat, schleifen seine Nerven offen am Boden. Wie ist das mit dir? Triffst du dich noch mit Cliff?"

„Ja." Stella zuckte eine Schulter. „Ich weiß nicht, warum. Es führt zu nichts."

„Wohin soll es denn führen?" entgegnete Alana. „Wenn du ein Ziel hast, steuere es an."

Stella begann langsam zu essen. „Nicht jeder stürzt sich so rasant ins Leben wie du, Alana. Ich habe mich schon immer gewundert, wieso du noch nie ernsthaft gebunden warst."

„Einfach." Alana nahm Salat auf die Gabel und kaute genüsslich. „Bisher hat noch kein Mann meine Knie zittern lassen. Wenn das einmal passiert, dann ist es passiert."

„Einfach so?"

„Warum nicht? Das Leben ist nicht so kompliziert, wie es sich die meisten Leute machen." Sie mahlte noch etwas Pfeffer über das Lamm.

„Liebst du Cliff?"

Stella runzelte die Stirn nicht wegen der Frage. Sie war Alanas Direktheit gewöhnt. Es war wegen der Antwort. „Ich weiß es nicht. Vielleicht."

„Dann liebst du ihn nicht", meinte Alana leichthin. „Liebe ist ein sehr klares Gefühl. Willst du wirklich nichts von dem Lamm?"

Stella überging die Frage. „Wenn du nie geliebt hast, woher willst du es dann wissen?"

„Ich war noch nie in der Türkei, aber ich bin mir ganz sicher, dass es dieses Land gibt."

Lachend griff Stella nach ihrer Kaffeetasse. „Verdammt, Alana, du hast doch immer eine Antwort. Erzähl mir etwas über das Drehbuch, das man dir angeboten hat."

„Lieber Himmel!" Alana legte die Gabel auf den Teller, stützte die Ellbogen auf den Tisch und faltete die Hände. „Das Beste, was ich je gelesen habe. Ich will diese Rolle. Und ich werde diese Rolle bekommen", fügte sie hinzu, als stellte sie eine Tatsache fest. „Ich schwöre dir, ich habe auf die Rolle der Rae gewartet. Sie ist herzlos, vielschichtig, selbstsüchtig, kalt, unsicher. Was für eine Rolle! Und was für eine Story! Die Story ist fast so kalt und herzlos wie Rae, aber sie packt einen."

„Fabian DeWitt", murmelte Stella. „Man sagt, dass er als Vorbild für den Charakter der Rae seine Exfrau genommen habe."

„Das hat er natürlich nicht an die große Glocke gehängt. Wenn er das in der Öffentlichkeit zugibt, macht sie ihm die Hölle heiß." Alana begann wieder zu essen. Jedenfalls ist das die beste Arbeit, die ich je in die Hand bekommen habe. In ein paar Tagen werde ich für die Rolle vorsprechen."

„Fernsehfilm", sagte Stella nachdenklich. „Qualitätsarbeit mit DeWitt als Autor und Marshell als Produzenten. Wenn du die Rolle bekommst, liegt dir unser eigener Produzent zu Füßen. Mann, dann schnellen die Einschaltquoten hoch!"

„Er zieht schon die Fäden." Mit einem leichten Stirnrunzeln

spießte Alana ein Stück Baklava auf die Gabel. „Er hat mir eine Einladung zu einer Party heute Abend in Marshells Wohnung besorgt. DeWitt soll auch kommen. Soviel ich weiß, hat er bei der Besetzung der Rolle das letzte Wort."

„Man sagt, dass er immer selbst am Drücker sitzen will", stimmte Stella zu. „Warum dieses Stirnrunzeln?"

„Ich mag dieses Fädenziehen nicht." Doch dann schob sie den Gedanken von sich. Letztlich würde sie die Rolle aufgrund ihrer eigenen Fähigkeiten bekommen. Wenn es etwas gab, das Alana im Überfluss besaß, so war es Selbstvertrauen. Sie hatte es immer gebraucht.

Anders als die Rolle der Amanda in der Seifenoper, war Alana nicht finanziell abgesichert aufgewachsen. In ihrem Elternhaus hatte es mehr Liebe als Geld gegeben, doch das hatte sie nie bedauert.

Sie war sechzehn gewesen, als ihre Mutter starb und ihr Vater sich fast ein Jahr lang nicht von dem Schock erholte. Ganz selbstverständlich hatte sie die Verantwortung für den Haushalt und zwei jüngere Geschwister übernommen, in der Parfümerieabteilung eines Kaufhauses gearbeitet und davon ihr College bezahlt, während sie den Haushalt geführt und jede winzige Rolle angenommen hatte.

Es waren arbeitsreiche, schwierige Jahre gewesen, und vielleicht stammte ihr außergewöhnliches Übermaß an Energie und Schwung aus jener Zeit. Und die Überzeugung, dass alles getan werden konnte, was getan werden musste.

„Amanda!"

Alana blickte auf und sah eine kleine Frau mittleren Alters mit einer stark nach Knoblauch riechenden Einkaufstasche vor sich. Weil sie mit ihrem Rollennamen fast so oft wie mit ihrem eigenen angesprochen wurde, streckte sie lächelnd die Hand aus. „Hallo!"

„Ich bin Dorra Wineberger, und ich wollte Ihnen nur sagen, dass sie wirklich so schön wie im Fernsehen sind."

„Danke, Dorra. Gefällt Ihnen die Serie?"

„Um nichts in der Welt würde ich auch nur eine Folge versäumen." Dorra strahlte Alana an und beugte sich zu ihr. „Sie sind wunderbar, meine Liebe, und so freundlich und geduldig. Ich meine nur, jemand sollte Ihnen sagen, dass Cameron ... also, er ist nicht gut genug für Sie. Sie sollten ihn wegschicken, bevor er Ihr Geld in die Finger bekommt. Er hat schon Ihre Diamantohrringe versetzt. Und die da ...!" Dorra spitzte die Lippen und starrte verächtlich auf Stella. „Warum Sie sich mit der da überhaupt noch abgeben, nachdem sie Ihnen so viel Ärger gemacht hat ... Wenn es die da nicht gäbe, wären Sie und Griff verheiratet, wie es eigentlich sein sollte." Sie versuchte, Stella mit Blicken zu erdolchen. „Ich weiß, dass Sie ein Auge auf den Ehemann Ihrer Schwester geworfen haben, Vikki."

Stella kämpfte mit einem Lächeln, spielte ihre Rolle, warf den Kopf zurück und zog ihre Augen zu Schlitzen zusammen. „Männer interessieren sich eben für mich", murmelte sie träge. „Und warum auch nicht?"

Dorra wandte sich kopfschüttelnd wieder an Alana. „Gehen Sie zu Griff zurück", riet sie sanft. „Er liebt Sie. Er hat Sie immer geliebt."

Alana erwiderte den raschen Händedruck. „Vielen Dank für Ihre Aufmerksamkeit."

Die beiden Freundinnen starrten Dorra nach, ehe sie einander wieder ansahen. „Alle lieben Dr. Amanda", sagte Stella lachend. „Sie ist für die Zuschauer praktisch eine Heilige."

„Und alle lieben es, Vikki zu hassen." Lächelnd trank Alana ihren Kaffee aus. „Du bist aber auch schrecklich verdorben."

„Ach ja." Stella seufzte zufrieden. „Ich weiß." Sie kaute an ihrer Ananasscheibe und warf einen bedauernden Blick auf Alanas Teller. „Trotzdem berührt es mich immer seltsam, wenn mich die Leute mit Vikki verwechseln."

„Das bedeutet nur, dass du deinen Job gut machst", erklärte Alana. „Wenn du täglich zu den Leuten auf der Mattscheibe ins Haus kommst und bei ihnen keine Gefühle weckst, solltest du dich um eine andere Arbeit umsehen. Apropos Arbeit", fügte sie mit einem Blick auf die Uhr hinzu.

„Ich weiß. He, isst du den Rest hier auf?"

Lachend gab Alana ihr das Baklava, als sie aufstanden.

Es war nach neun Uhr abends, als Alana das Taxi vor dem Haus in der Madison Avenue bezahlte, in dem P. B. Marshell wohnte. Sie machte sich keine Gedanken darüber, ob sie zu spät kam, weil sie kein Zeitgefühl hatte. Nie in ihrem Leben hatte sie ein Stichwort oder einen Einsatz verpasst, aber wenn es nicht direkt um ihre Arbeit ging, war Zeit etwas, das man genießen oder ignorieren sollte.

Sie gab dem Taxifahrer ein viel zu hohes Trinkgeld, steckte das Wechselgeld, ohne es zu zählen, einfach in ihre Handtasche und lief durch den leichten Nieselregen in die Eingangshalle. Für ihren Geschmack roch es hier wie in einem Beerdigungsinstitut. Zu viele Blumen, zu viel Bohnerwachs. Nachdem sie ihren Namen an dem Pult des Sicherheitsdienstes genannt hatte, betrat sie den Aufzug und drückte den Knopf für das Penthouse. Es fiel ihr gar nicht ein, nervös zu sein, nur weil sie P. B. Marshells Reich betrat. Eine Party war für Alana eine

Party. Hoffentlich gab es Champagner. Dafür hatte sie eine besondere Schwäche.

Die Tür wurde von einem Mann mit steifer Haltung, steinerner Miene und dunklem Anzug geöffnet. Er fragte mit einem leichten britischen Akzent nach Alanas Namen. Als sie lächelte, drückte er ihre dargebotene Hand, ehe er sich dessen bewusst wurde. Alana ging an dem Butler vorbei und brachte ihn mit ihrer Mischung aus Vitalität und Sex für die nächsten Minuten völlig aus dem Gleichgewicht. Sie nahm ein Glas Champagner von einem Tablett, entdeckte ihre Agentin und steuerte quer durch den Raum auf sie zu.

Fabian beobachtete Alanas Auftritt. Einen Moment wurde er an seine Exfrau erinnert. Farbe und Figur stimmten. Dann verflog der Eindruck, und Fabian betrachtete eine junge Frau mit lässig gelockten Haaren, die über ihre Schultern fielen. Feine Regentropfen glitzerten darin. Bezauberndes Gesicht, fand er. Der Eindruck einer Eisgöttin verschwand in dem Moment, in dem sie lachte, und wurde durch Energie und Verve ersetzt.

Ungewöhnlich, dachte Fabian DeWitt, interessierte sich für sie aber ungefähr so wie für den Drink in seiner Hand. Er ließ seinen Blick über ihre Gestalt gleiten. Sehr schlank, fand er. Ungewöhnlich auch das schwarze Corsagenkleid, das Arme und Schultern freiließ und bis eine Handbreit über dem Knie eng war und erst darunter weit fiel. Über dem schwarzen Samtkleid trug sie ein zweites, genauso geschnittenes Kleid aus ganz feiner, durchsichtiger schwarzer Spitze, langärmelig und mit hohem Stehkragen. Ihre Haut schimmerte durch die Spitze. Auf den ersten Blick wirkte sie auf Femme fatale zurechtgemacht, auf den zweiten Blick dagegen sehr angezogen und damenhaft.

Oder war sie gar nicht so schlank und verbarg das nur durch

das raffinierte Kleid? Soweit Fabian Frauen kannte, unterstrichen sie ihre Vorzüge und verhüllten ihre Fehler. Er hielt das für ein Teil ihrer angeborenen Unehrlichkeit. So gesehen lenkte das Kleid vielleicht von einer schlechten Figur ab.

Er warf Alana einen letzten Blick zu, als sie sich gerade auf die Zehen stellte und einen Schauspieler küsste, der soeben in einer Off-Broadway-Produktion einen Riesenerfolg hatte. Himmel, Fabian hasste diese langen Pseudopartys mit viel zu vielen Leuten!

„... wenn wir die weibliche Hauptrolle besetzen."

Fabian wandte sich zu P. B. Marshell um und hob sein Glas. „Hmm?"

Zu sehr an Fabians häufige Geistesabwesenheit gewöhnt, um darüber noch verärgert zu sein, fing Marshell noch einmal an. „Wir können mit dem Film bestimmt bis zum Herbst fertig sein, wenn wir die weibliche Hauptrolle besetzen. Nur das hält uns noch auf."

„Ich mache mir wegen des Herbsttermins keine Sorgen", antwortete Fabian trocken.

„Dafür aber die Fernsehgesellschaft."

„Pat! Wir werden die Rae besetzen, wenn wir eine Rae finden."

Pat Marshell starrte in seinen Whisky. „Sie haben schon ein paar abgelehnt. Spitzenkräfte!"

„Ich habe drei ungeeignete Schauspielerinnen abgelehnt", verbesserte Fabian. Er nahm aus seinem Glas einen beherrschten Schluck. „Ich werde Rae erkennen, wenn ich sie sehe." Er lächelte kühl. „Wer könnte das besser als ich?"

Ein freies, offenes Lachen ließ Marshell quer durch den Raum blicken. Für einen Moment zogen sich seine Augen zusammen, als er sich konzentrierte. „Alana Kirkwood", erklärte er Fabian. „Die Verantwortlichen bei der Fernsehgesellschaft möchten Sie auf diese Schauspielerin aufmerksam machen."

„Eine Schauspielerin." Fabian musterte Alana noch einmal. Er hätte sie nicht für eine Schauspielerin gehalten. Ihr Auftritt war ihm nur aufgefallen, weil es einfach kein Auftritt gewesen war. Sie schien überhaupt nicht auf ihre Wirkung zu achten, was eine Seltenheit in diesem Beruf war. Und sie war schon lange genug auf der Party, um sich ihm und Marshell vorstellen zu lassen, aber sie war offenbar damit zufrieden, auf der anderen Seite des Raums Champagner zu trinken und mit einem aufstrebenden Schauspieler zu flirten.

„Stellen Sie mich vor", sagte Fabian und durchquerte den Raum.

Alana gestand Marshell einen guten Geschmack zu. Die Wohnung war stilvoll in Gold und Creme gehalten. Der Teppich war weich, die Wände lackiert. Hinter ihr hing eine signierte Lithographie.

Amanda hätte diese Wohnung verstanden und geschätzt. Alana jedoch hätte hier nie leben wollen, auch wenn sie gern hier zu Besuch war. Sie lachte mit Tony, als er sie daran erinnerte, wie sie gemeinsam vor ein paar Jahren dieselbe Schauspielschule besucht hatten.

„Und du hast auf einmal unterste Gossensprache verwendet, um ganz sicherzugehen, dass niemand bei den Kostproben deines Könnens schlief", erinnerte sie ihn und zog ihn an dem Spitzbart, den er für seine momentane Rolle brauchte.

„Es hat in jedem Falle gewirkt. Für welche Sache setzt du dich denn in dieser Woche ein, Alana?"

Sie hob die Augenbrauen und nippte an ihrem Champagner. „Ich habe keine wöchentliche gute Sache."

„Vierzehntägig", korrigierte er sich. „Die Seehundfreunde? Rettet den Mungo! Komm schon! Wofür setzt du dich jetzt ein?"

Sie schüttelte den Kopf. „Im Moment gibt es etwas, das fast meine ganze Zeit auffrisst. Ich kann nicht darüber sprechen."

Tonys Lächeln schwand. Er kannte diesen Ton. „Wichtig?"

„Lebenswichtig."

„Hallo, Tony." Marshell klopfte dem jungen Schauspieler auf den Rücken. „Freut mich, dass Sie es geschafft haben, zu meiner Party zu kommen."

„Nett, dass Sie die Party auf meinen spielfreien Abend gelegt haben, Mr. Marshell", antwortete Tony. „Kennen Sie Alana Kirkwood?" Er legte eine Hand auf ihre Schulter. „Wir haben uns vor Jahren kennen gelernt."

„Ich habe viel Gutes über Sie gehört." Marshell streckte die Hand aus.

„Danke." Alana ließ ihre Hand in der seinen liegen, während sie rasch ihre Eindrücke ordnete: erfolgreich, seiner massigen Figur nach ein Freund von gutem Essen, liebenswürdig, wenn er es sein wollte, und verschlagen. Sie mochte diese Kombination. „Sie machen großartige Filme, Mr. Marshell."

„Danke." Er schwieg und wartete darauf, dass sie etwas Reklame für sich machte. Als nichts dergleichen kam, wandte er sich an Fabian. „Fabian DeWitt, Alana Kirkwood und Tony Lamarre."

„Ich habe Ihr Stück gesehen", sagte Fabian zu Tony. „Sie beherrschen Ihre Rolle sehr gut." Er ließ seinen Blick zu Alana wandern.

Verwirrende Augen, dachte sie, so klar und grün, in einem abwesenden Gesicht. Es verriet Spuren von Hochmut und Bitterkeit und Intelligenz. Offenbar kümmerte er sich nicht um Trends und Mode. Sein dunkles, dichtes Haar war für den gegenwärtigen Geschmack etwas zu lang. Trotzdem fand sie, dass es ihm stand. Dieses Gesicht hätte in das neunzehnte Jahrhundert gepasst. Es war schmal und gelehrtenhaft, mit einem rauen und herben Zug um den Mund.

Seine Stimme klang tief und angenehm, aber er sprach ungeduldig. Das sind die Augen eines Beobachters, dachte sie. Sie wusste noch nicht, ob sie ihn mochte, aber sie bewunderte seine Arbeit.

„Mr. DeWitt." Ihre Hände berührten sich. „‚Die letzte Glocke' hat mir gut gefallen. Das war im letzten Jahr mein Lieblingsfilm."

Er überging die Bemerkung. Sie strahlte Sex aus, in ihrem Duft, ihrem Aussehen. „Ich weiß nichts über Ihre Arbeit, Miss Kirkwood."

„Alana spielt Dr. Amanda Lane Jamison in ‚Unser Leben, unsere Liebe'", warf Tony ein.

Lieber Himmel, eine Seifenoper! dachte Fabian. Alana bemerkte die leichte Verachtung in seinem Gesicht. Sie hatte etwas anderes erwartet. „Haben Sie moralische Einwände gegen Unterhaltung, Mr. DeWitt?" fragte sie leichthin. „Oder sind Sie bloß ein künstlerischer Snob?" Während sie sprach, lächelte sie dieses aufleuchtende, strahlende Lächeln, das ihren Worten die Spitze nahm.

Neben ihr räusperte sich Tony. „Entschuldigen Sie mich für einen Moment", sagte er und verdrückte sich. Marshell murmelte etwas von einem neuen Drink.

Als sie allein waren, betrachtete Fabian weiterhin Alanas Gesicht. Alana lachte ihn aus. Er konnte sich nicht daran erinnern, wann das zum letzten Mal jemand gewagt hatte. Er wusste nicht, ob er sich ärgern oder bezaubert sein sollte, aber jetzt war er wenigstens nicht mehr gelangweilt.

„Ich habe keinerlei moralische Einwände gegen Seifenopern, Miss Kirkwood."

„Ach." Sie nippte an ihrem Champagner. Ein winziger Saphir blitzte an ihrem Finger. „Dann sind Sie also ein Snob. Nun, jeder wie er will. Vielleicht können wir über etwas anderes sprechen. Was halten Sie von der Außenpolitik der gegenwärtigen Regierung?"

„Zweischneidig", murmelte er. „Was für eine Rolle spielen Sie?"

„Eine edle." Ihre Augen funkelten übermütig. „Was halten Sie vom Weltraumprogramm?"

„Ich mache mir mehr Gedanken über den Planeten, auf dem ich lebe. Wie lange arbeiten Sie schon in der Serie mit?"

„Fünf Jahre." Sie strahlte jemanden auf der anderen Seite des Raums an und winkte.

Fabian betrachtete sie noch einmal und lächelte zum ersten Mal, seit er die Party betreten hatte. Sein Gesicht wirkte dadurch attraktiver, aber weiterhin unnahbar. „Sie möchten nicht über Ihre Arbeit sprechen?"

„Nicht unbedingt." Alana erwiderte sein Lächeln auf ihre offene Art. „Nicht mit jemandem, der sie für Mist hält. Ihre nächste Frage wäre, ob ich schon einmal daran gedacht habe, etwas Ernsthaftes zu machen, und dann benehme ich mich vielleicht daneben. Meine Agentin hat gesagt, dass ich Sie bezaubern soll."

Fabian fühlte unwillkürlich die von ihr ausstrahlende Freundlichkeit und misstraute ihr. „Tun Sie das?"

„Ich habe dienstfrei", erwiderte Alana. „Außerdem sind Sie nicht der Typ, der sich bezaubern lässt."

„Sie sind eine gute Beobachterin", lobte Fabian. „Sind Sie auch eine gute Schauspielerin?"

„Ja, die bin ich. Es lohnt sich doch nicht, etwas zu tun, was man nicht gut kann. Wie wäre es mit Baseball?" Sie leerte ihr Glas. „Glauben Sie, dass die Yankees in diesem Jahr eine Chance haben?"

„Wenn sie sich im Mittelfeld mehr anstrengen, ja, Alana." Nicht der übliche Typ, dachte er. Jede andere Schauspielerin, die für eine Hauptrolle im Gespräch war, hätte ihn mit Komplimenten überschüttet und jede Rolle erwähnt, in der sie bisher vor der Kamera gestanden hatte.

Die Art, wie er ihren Namen aussprach, berührte etwas in ihr. „Also, Fabian", begann sie und fand, dass sie einander lange genug förmlich angesprochen hatten. „Sollten wir uns nicht endlich der Tatsache zuwenden, dass wir beide wissen, dass ich in ein paar Tagen für die Rolle der Rae vorsprechen werde? Ich will die Rolle haben."

Er nickte zustimmend. Obwohl sie erfrischend direkt war, war es mehr, als er erwartet hatte. „Dann will ich Ihnen offen sagen, dass Sie nicht der Typ sind, den ich suche."

Sie hob eine Augenbraue, ohne eine Spur von Unsicherheit zu zeigen. „Ach? Warum?"

„Erstens sind Sie zu jung."

Sie lachte frei und ganz unaffektiert. Er misstraute auch diesem Lachen. „Jetzt sollte ich wohl sagen, ich kann älter aussehen."

„Möglich, aber Rae ist hart. Hart wie Stein." Er hob sein Glas, ohne sie aus den Augen zu lassen. „Sie haben zu viele weiche Stellen. Sie zeigen sich in Ihrem Gesicht."

„Ja, weil das jetzt ich selbst bin. Und ich muss mich ja vor einer Kamera nicht selbst spielen." Sie stockte, ehe sie fortfuhr: „Ich würde das auch gar nicht wollen."

„Ist eine Schauspielerin jemals sie selbst?"

Alana hielt seinem bohrenden Blick stand, obwohl er die meisten entnervt hätte. „Sie halten von unserer Zunft nicht viel, nicht wahr?"

„Nein." Fabian fragte sich nicht nach dem Grund, warum er sie testen wollte. Mit dem Finger hob er eine ihrer Locken an. Weich, überraschend weich. „Sie sind eine schöne Frau", murmelte er.

Alana legte den Kopf schief, während sie ihn betrachtete. Sie hätte sich über das Kompliment gefreut, hätte sie es nicht als kühl kalkuliert erkannt. Genau deshalb fühlte sie sich enttäuscht. „Und?"

Er zog die Augenbrauen zusammen. „Was, und?"

„Ein solcher Satz wird normalerweise von einem anderen gefolgt. Ich bin sicher, dass Sie als Schriftsteller etliche Sätze auf Lager haben."

Er ließ seine Finger über ihren Hals streichen. „Welchen Satz möchten Sie hören?"

„Am liebsten einen, der Ihnen aus dem Herzen kommt", erwiderte Alana ernst. „Da ich so etwas aber nicht zu hören bekomme, sollten wir diese ganze Geschichte überspringen. Wie haben Sie noch Phil, die Hauptfigur in Ihrem Stück, geschildert? Engstirnig, kaltblütig und ungeschliffen. Nun, ich glaube, Sie haben sich damit selbst sehr gut getroffen." Sie fand es schade, dass er so wenig von Frauen, vielleicht sogar von Menschen überhaupt hielt. „Gute Nacht, Fabian."

Erst als sie schon gegangen war, begann Fabian zu lachen. In diesem Moment wurde ihm nicht bewusst, dass er zum ersten Mal seit zwei Jahren befreit auflachte. Er merkte nicht einmal, dass er über sich selbst lachte.

Nein, sie war nicht seine Rae, aber sie war gut. Sie war sehr, sehr gut. Er würde sich an Alana Kirkwood erinnern.

2. KAPITEL

Fabian stand an einem Fenster von Marshells Büro hoch über New York. Er fühlte sich weit entrückt, und genau das wollte er. Engere Kontakte führten zu Bindungen.

Keine Schauspielerin in den letzten zwei Wochen hatte seinen Vorstellungen entsprochen. Er wusste, was er sich für die Rolle der Rae vorstellte. Wer sollte das besser wissen, hatte er doch ein vernichtend genaues Bild seiner Exfrau gezeichnet – Elizabeth Hunter, einer hervorragenden Schauspielerin und gefeierten Berühmtheit, aber einer Frau ohne wahre Gefühle.

Anfangs hatte er gedacht, die Rolle des Phil wäre schwer zu besetzen. In Phil hatte Fabian sich weitgehend selbst gezeichnet. Doch das war ziemlich einfach gewesen.

Die fünf Jahre seiner Ehe hatten als Wirbelwind begonnen und waren in einer Katastrophe geendet. Noch heute wusste Fabian nicht, ob er wütender auf Liz war, weil sie ihn ausgenutzt hatte, oder auf sich selbst, weil er sich hatte ausnutzen lassen.

Wie auch immer, er hatte aus den fünf stürmischen Jahren seiner Ehe sein bestes Drehbuch gemacht, was billiger und wirkungsvoller war als eine Therapie beim Psychiater. Und er hatte gelernt, Frauen zu misstrauen, besonders Schauspielerinnen. Als der Bruch vor zwei Jahren endgültig gewesen war, hatte er sich geschworen, sich nie wieder mit einer Frau einzulassen, die so gut Theater spielen konnte.

Seine Gedanken kehrten zu Alana zurück, vielleicht weil sie auf eine oberflächliche Weise Liz ähnelte. Was aber Benehmen, Stimmklang oder Kleidungsstil anging, gab es allerdings keine Ähnlichkeit. Der größte Kontrast schien in der Persönlichkeit zu liegen. Alana hatte überhaupt nichts getan, um ihn zu bezaubern und seine Aufmerksamkeit zu erregen. Dennoch war ihr beides gelungen. Vielleicht hatte sie nur eine neue Variation des alten Spiels angewandt.

„Ich neige noch immer zu dieser Julie Newman." Chuck Tyler, der Regisseur, warf ein Hochglanzfoto auf Marshells Schreibtisch. „Sie ist gut vor der Kamera, und sie hat ausgezeichnet vorgesprochen."

Mit dem Foto in der Hand lehnte sich Marshell zurück. „Und sie hat eine Menge Erfahrung."

„Nein." Fabian drehte sich nicht einmal um, sondern beobachtete den Verkehrsstrom tief unter ihm. Er sah sich plötzlich auf seinem Segelboot auf dem Long Island Sound. „Sie ist zu wenig elegant und zu verletzlich."

„Sie kann gut spielen, Fabian", sagte Marshell ungeduldig.

„Sie ist nicht die Richtige."

Marshell fasste automatisch in seine Tasche nach den Zigarren, die er vor einem Monat aufgegeben hatte, und fluchte leise. „Wir verlieren zu viel Zeit."

Fabian zuckte gleichgültig die Schultern. Er hätte jetzt gern gesegelt, ganz allein im Sonnenschein auf dem blauen Wasser.

Das Sprechgerät auf dem Schreibtisch summte. Marshell beugte sich seufzend vor.

„Miss Kirkwood ist hier zum Vorsprechen, Mr. Marshell."

„Schicken Sie sie herein", brummte Marshell.

„Kirkwood?" murmelte Chuck. „Kirkwood ... Oh ja, ich habe sie im letzten Sommer in einer Off-Broadway-Produktion von ,Endstation Sehnsucht' gesehen."

Mit mäßigem Interesse blickte Fabian über seine Schulter. „Hat sie die Stella gespielt?"

„Nein, die Blanche."

„Blanche DuBois?" Fabian drehte sich mit einem knappen Lachen ganz um. „Sie ist fünfzehn bis zwanzig Jahre zu jung für die Rolle."

Chuck hob kurz den Blick von Alanas Unterlagen, die ihre Agentin geschickt hatte. „Sie war gut", sagte er einfach. „Sehr gut. Ich habe auch gehört, dass sie in der Seifenoper sehr gut ist. Ich brauche Ihnen nicht zu sagen, wie viele Topstars so begonnen haben."

„Nein, nicht nötig." Fabian setzte sich lässig auf die Seitenlehne eines Sessels. „Aber wenn sie seit fünf Jahren an derselben Rolle klebt, ist sie entweder ungeeignet für etwas Besseres oder völlig ohne Ehrgeiz."

„Schärfen Sie ruhig Ihren Zynismus", meinte Marshell trocken. „Das ist gut für Sie."

Fabian lächelte amüsiert. Alana bekam beim Betreten des Büros noch eine Spur davon mit, und sie dachte, dass er vielleicht doch fröhlichere Seiten besaß, als sie nach dem ersten Zusammentreffen vermutet hatte. „Miss Kirkwood."

Marshell stemmte seinen massigen Körper hoch und bot ihr die Hand an.

„Mr. Marshell, freut mich, Sie zu sehen." Sie sah sich flüchtig um. „Ihr Büro ist genauso beeindruckend wie Ihre Wohnung."

Fabian wartete, während sie Chuck vorgestellt wurde. Sie kleidete sich sehr ausgefallen, fand er beim Anblick eines kniekurzen schwarzen Corsagenkleides mit tiefem Ausschnitt und einem locker um den Hals geschlungenen schwarzen Schal, der in zwei langen Schlaufen fast bis zu ihren Knien hing. Unterhalb ihrer Brüste begann ein kardinalroter, in losen Falten fallender Rock, der eine Handbreit über dem Saum ihres Kleides endete. Eine gewagte Kombination und unglaublich wirkungsvoll, flott und elegant und sofort ins Auge springend. Das Haar trug sie wieder offen, was ihr eine Ausstrahlung von Jugend und Freiheit verlieh, die Fabian niemals mit der Rolle verbinden würde, die sie spielen wollte. Geistesabwesend steckte er sich eine Zigarette an.

„Fabian." Alana lächelte ihm zu und warf einen Blick auf seine Zigarette. „Damit bringen Sie sich um."

Er blies den Rauch aus. „Möglich." Der Duft, der sie umgab, war genauso sexy wie auf der Party. Sie faszinierte und das noch dazu mühelos. „Ich werde Ihnen die Stichworte geben." Er griff nach einem Drehbuch. „Wir nehmen die Streitszene im dritten Akt. Sie kennen die Szene?"

Alana fühlte seine Anspannung, während sie ganz entspannt war. Sie fühlte lediglich einen leichten Druck in der Magengegend. „Ich kenne sie", erklärte sie und nahm eine Kopie des Drehbuchs entgegen.

Fabian zog noch einmal an seiner Zigarette und drückte sie aus. „Wollen Sie eine Einführung?"

„Nein." Jetzt waren ihre Handflächen feucht. Gut. Alana wusste genau, wie sehr ihre Fähigkeiten durch Emotionen – wie Lampenfieber – gesteigert wurden. Sie atmete tief und ruhig, während sie die entsprechende Stelle im Drehbuch suchte. Es war eine schwierige Szene, weil sie genau den Charakter der Rolle traf – selbstsüchtiger Ehrgeiz und eisiger Sex. Sie ließ sich Zeit.

Fabian beobachtete sie. Alana wirkte wie ein argloses, aufrichtiges Mädchen und nicht wie eine berechnende Intrigantin, und es tat ihm fast Leid, dass es in dem Film keine Rolle für sie gab. Doch dann blickte sie auf und nagelte ihn mit einem kalten, blutleeren Lächeln fest, das ihn völlig verwirrte.

„Du warst schon immer ein Narr, Phil, aber trotzdem sehr erfolgreich und selten langweilig."

Der Ton, die ganze Art, sogar der Gesichtsausdruck stimmten so genau, dass Fabian nicht antworten konnte. Sein Magen krampfte sich zusammen in völlig unerwarteter und bösartiger Wut. Fabian brauchte nicht in das Drehbuch zu sehen, um seinen Satz zu sagen.

„Du bist so leicht zu durchschauen, Rae. Ich staune, dass du überhaupt jemals jemanden mit deinen Lügen dazu bringen konntest, an dich zu glauben."

Alanas Lachen war so wirkungsvoll, dass es allen drei Männern einen Schauer über den Rücken jagte. „Ich lebe von der Lüge. Jeder Mensch möchte Illusionen, du anfangs auch. Und genau das hast du auch bekommen."

Mit einer weit ausholenden, trägen Bewegung fuhr sie mit den Fingern durch ihr Haar und ließ es wie hell schimmerndes Gold im Sonnenlicht fallen. Es war eine von Liz Hunters berühmten Gesten. „Ich bin durch Theaterspielen dieser miesen Kleinstadt in Missouri entkommen, in der ich unglücklicherweise geboren wurde, und ich habe durch das Theater meinen Weg an die Spitze geschafft. Du warst mir dabei eine große Hilfe." Das winzige, kühle Lächeln hing noch in ihren Mundwinkeln und in ihren Augen, als sie auf ihn zuging. Mit einer viel sagenden Geste streichelte sie ihm über die Wange. „Und du wurdest entschädigt, sogar sehr, sehr gut."

Fabian packte ihre Hand und stieß sie zur Seite. Alana hob bei diesem Ausbruch von Gewalt lediglich die Augenbraue. „Früher oder später wirst du stolpern!" drohte er.

Sie neigte den Kopf. „Darling", sagte sie sehr sanft. „Ich werde nie stolpern."

Langsam stand Fabian auf. Sein Gesichtsausdruck hätte jede Frau erbeben und eine schützende Bewegung machen lassen. Alana blickte jedoch lediglich mit dem gleichen kühl amüsierten Ausdruck zu ihm auf. Er und nicht sie musste sich zur Ruhe zwingen ...

„Sehr gut. Alana Kirkwood." Fabian schleuderte das Drehbuch von sich.

Sie lächelte breit, weil sie instinktiv wusste, dass sie gewonnen hatte. Und sie fühlte, wie Rae sie zusammen mit dem angehaltenen Atem verließ, den sie endlich ausstieß. „Danke. Es ist eine fabelhafte Rolle", fügte sie hinzu, während sich der Knoten in ihrem Magen löste. „Wirklich eine fabelhafte Rolle."

„Sie haben sich gut informiert", murmelte Marshall. Er kannte Fabians Exfrau Elizabeth Hunter. Deshalb fühlte er sich nach Alanas fünfminütiger Vorstellung unbehaglich und beeindruckt. Und er kannte Fabian. Kein Zweifel für ihn, was Fabian jetzt fühlte. „Können wir Sie zurückrufen?"

„Natürlich."

„Ich habe Sie als Blanche DuBois gesehen, Miss Kirkwood", warf Chuck ein. „Ich war sehr beeindruckt, damals wie heute."

Sie strahlte ihn an, obwohl sie sehr wohl merkte, dass Fabian sie noch immer anstarrte. Wenn er wirklich beeindruckt war, dann war das Vorsprechen besser gelaufen, als sie gedacht hatte. „Es war meine bisher größte Herausforderung." Sie wollte ins Freie gehen, die Luft einatmen und den Beinahe-Sieg genießen. „Also, ich danke Ihnen." Sie strich langsam ihr Haar von den Schultern zurück und sah die drei Männer noch einmal an. „Ich warte auf Ihren Anruf."

Auf dem Weg zum Aufzug wagte Alana nicht, an ihren Erfolg zu glauben, und fürchtete sich davor, nicht daran zu glauben. Sie war nicht ohne Ehrgeiz, aber sie hatte die Schauspielerei aus Liebe gewählt. Und wegen der Herausforderung, die ihr dieser Beruf bot. Die Rolle der Rae würde ihr die Erfüllung ihrer Wünsche auf einem silbernen Tablett servieren.

Als sie den Aufzug betrat, waren ihre Handflächen trocken, und ihr Herz hämmerte. Sie hörte Fabian nicht kommen.

„Ich möchte mit Ihnen sprechen." Er betrat neben ihr die Kabine und drückte den Knopf für das Erdgeschoss.

„Okay." Mit einem langen Seufzer lehnte sie sich gegen die Seitenwand. „Himmel, bin ich froh, dass das vorbei ist. Ich verhungere. Nichts macht mich hungriger als Vorsprechen."

Er versuchte, eine Beziehung herzustellen zwischen der Frau, die ihn mit warmen, lebendigen Augen anlächelte, und jener, mit der er vorhin einen Text gesprochen hatte. Es gelang ihm nicht. Sie war eine bessere Schauspielerin, als er ihr zugetraut hätte – und deshalb auch gefährlicher. „Das Vorsprechen war ausgezeichnet."

Sie betrachtete ihn neugierig. „Wieso habe ich das Gefühl, dass ich soeben beleidigt wurde?"

Nachdem die Türen aufgeglitten waren, nickte Fabian. „Ich glaube, ich habe schon einmal gesagt, dass Sie eine gute Beobachterin sind."

Ihre dünnen Absätze klickten auf den Steinplatten, während sie mit ihm die Halle durchquerte. Einige Männer und Frauen sahen ihr nach. Sie merkte es nicht oder kümmerte sich nicht darum.

„Warum arbeiten Sie für das Tagesprogramm des Fernsehens?"

Alana warf ihm einen Blick aus schmalen Augen zu, ehe sie ins Freie traten. „Weil es eine gute Rolle in einer anständig geschriebenen, unterhaltsamen Show ist. Das ist Punkt eins. Punkt zwei, es ist eine feste Arbeit. Zwischen Engagements kellnern Schauspieler für gewöhnlich, waschen Autos, verkaufen Toaster und bekommen Depressionen. Die ersten drei Dinge würden mich nicht so stören, aber ich hasse Depressionen. Haben Sie jemals die Show gesehen?"

„Nein."

„Dann sollten Sie nicht die Nase rümpfen." Sie blieb neben einem Straßenverkäufer stehen und sog den Duft von heißen Brezeln ein. „Möchten Sie eine?"

„Nein." Fabian schob seine Hände in seine Taschen. Sexualität, Sinnlichkeit – beides strömte von ihr aus, wie sie da neben dem fahrbaren Brezelstand auf dem überfüllten Bürgersteig stand. Er beobachtete sie auch, als sie einen ersten herzhaften Bissen nahm.

„Dafür könnte ich sterben", verriet sie mit vollem Mund und lachenden Augen. „Richtige Ernährung ist eine wunderbare

Sache und gleichzeitig so schwierig. Meistens kümmere ich mich nicht darum, sondern esse, was mir schmeckt. Gehen wir ein Stück", schlug sie vor. „Ich muss gehen, wenn ich angespannt bin. Was machen Sie?"

„Wann?"

„Wenn Sie angespannt sind."

„Ich schreibe." Fabian passte sich ihrem lässig schwingenden Gang an, während andere Fußgänger an ihnen vorbeieilten.

„Und wenn Sie nicht angespannt sind, schreiben Sie auch", fügte Alana hinzu. „Waren Sie immer schon so ernst?"

„Es ist quasi mein Job, ernst zu sein", entgegnete er, und sie lachte.

„Sehr schnell geschaltet. Ich dachte nicht, dass ich Sie mögen würde, aber Sie haben eine Art von vorsichtigem Humor, der nett ist." Alana blieb bei einem anderen Straßenverkäufer stehen und kaufte ein Sträußchen Veilchen. Sie schloss die Augen und atmete tief den Duft ein. „Wunderbar", murmelte sie. „Ich halte den Frühling immer für die beste Jahreszeit, bis der Sommer kommt. Dann bin ich in die Hitze verliebt, bis der Herbst kommt. Dann ist der Herbst das Beste, bis es der Winter wird." Lachend sah sie ihm über die Blüten hinweg in die Augen. „Und ich schweife immer vom Thema ab, wenn ich angespannt bin."

Als Alana die Blumen senkte, packte Fabian ihr Handgelenk, nicht mit der gleichen Gewalt wie während des Vorsprechens, wohl aber mit der gleichen Intensität. „Wer sind Sie? Wer, zum Teufel, sind Sie?"

Ihr Lächeln schwand, aber sie wich nicht zurück. „Alana Kirkwood. Ich kann eine Menge anderer Leute sein, wenn Sie mir eine Bühne oder eine Kamera geben, aber wenn es vorbei ist, dann bin ich ich. Mehr ist da nicht. Suchen Sie Komplikationen?"

„Ich brauche sie nicht zu suchen. Sie sind im Leben sowieso immer da."

„Seltsam, ich stoße selten auf Komplikationen." Alana betrachtete ihn. Fabian kümmerte sich nicht um das Gefühl, das ihre offenen Augen und ihre zarte Schönheit in ihm auslösten. „Kommen Sie mit", lud sie ihn ein und nahm ihn an der Hand, ehe er protestieren konnte.

„Wohin?"

Sie warf den Kopf zurück und deutete an dem Empire State Building empor. „Da hinauf!" Lachend zog sie ihn in das Gebäude. „Bis ganz nach oben."

Fabian sah sich ungeduldig um, während sie die Tickets für die Aussichtsplattform kaufte. „Warum?"

„Muss es für alles einen Grund geben?" Sie befestigte die Veilchen in ihrem verschlungenen Schal und hakte sich bei Fabian unter. „Ich liebe so etwas. Ellis Island, die Fähre nach Staten Island, Central Park. Wozu lebt man denn in New York, wenn man es nicht genießt? Wann waren Sie zum letzten Mal da oben auf der Spitze?" Ihre Schulter drückte sich gegen seinen Oberarm, als sie sich in den Aufzug zwängten.

„Ich glaube, ich war zehn." Sogar zwischen den zusammengepressten Körpern und bei den verschiedenen Gerüchen konnte er ihren frischen und süßen Duft riechen.

„Oh!" Alana lachte ihm zu. „Jetzt sind Sie leider schon erwachsen. Zu schade."

Fabian betrachtete sie schweigend. Sie schien immer zu lachen, über ihn oder über etwas, das sie nur lustig fand. War sie wirklich mit sich und ihrem Leben so im Reinen? „Werden wir nicht alle erwachsen?" fragte er endlich.

„Natürlich nicht. Wir werden alle älter, aber alles andere liegt bei uns." Sie wurden von der Menge von dem einen Aufzug in einen anderen geschwemmt, der sie bis an die Spitze bringen sollte.

Mit diesem Mann könnte ich meine Freude haben, dachte Alana, während sie neben Fabian stand. Sie mochte seinen ernsten, hochfliegenden Geist und seinen trockenen, verhaltenen Humor. Sie dachte auch schon erwartungsvoll an die Filmrolle. Alana musste sehr genau ihre Gefühle auf beiden Gebieten unterscheiden, aber eigentlich hatte sie nie Schwierigkeiten gehabt, die Frau, die sie war, und die Rolle, die sie spielte, auseinander zu halten.

Im Augenblick war sie hochgestimmt. Das Vorsprechen war vorbei, den Nachmittag hatte sie frei, und der Mann an ihrer Seite war faszinierend. Der Tag konnte ihr kaum mehr bieten.

Die Souvenirstände waren überlaufen. Alana beschloss, beim Gehen etwas Unsinniges zu kaufen. Sie bemerkte, wie Fabian sich mit leicht zusammengekniffenen Augen umsah. Ein Beobachter, dachte sie anerkennend. Genau wie sie, wenn auch auf eine etwas andere Weise. Er sezierte, analysierte und bewahrte die Informationen auf. Sie hatte einfach Spaß am Zuschauen.

„Kommen Sie mit nach draußen, es ist wunderbar." Sie nahm ihn bei der Hand, stieß die schwere Tür auf und begrüßte den ersten Windstoß mit einem Lachen. Mit festem Griff zog sie Fabian bis zur Mauerbrüstung, um New York in sich aufzunehmen.

„Ich liebe Höhe." Sie beugte sich so weit wie möglich hinaus, um die wirbelnden Windstöße zu spüren. „Wenn ich könnte, würde ich täglich hierher kommen. Das bekomme ich nie über."

Obwohl er einer solchen Vertraulichkeit für gewöhnlich ausgewichen wäre, ließ Fabian seine Hand in der ihren liegen. Ihre Haut fühlte sich glatt und fein an. Ihr Gesicht war durch die raue Luft gerötet, ihr Haar flatterte wild. Die Augen, dachte er, die Augen sind lebendig, spiegeln ihren Erlebnishunger wider. Eine solche Frau bezauberte und ließ keinen Mann kalt. Sie forderte Gefühle heraus, und Fabian musste sich eingestehen, dass sich diesmal seine Erregung nicht so leicht unterdrücken ließ. Bewusst sah er von ihr weg und blickte in die Tiefe.

„Bei keinem anderen Gebäude hier in New York bekommt man dieses Feeling wie hier oben. Es gibt ja auch nur einen Eiffelturm, einen Grand Canyon und einen Sir Laurence Olivier." Sie strich das Haar nicht aus ihrem Gesicht, als sie sich zu ihm lehnte. „Die alle zusammengenommen – sind spektakulär und einmalig. Was mögen Sie besonders gern, Fabian?"

Eine Familie ging lachend an ihnen vorbei. Die Mutter hielt ihren Rock fest, der Vater trug ein kleines Kind auf dem Arm. Fabian beobachtete sie, scheinbar interessiert, wie sie in der Nähe stehen blieben und über die Mauer blickten. „In welcher Hinsicht?"

„In jeder Hinsicht", erwiderte Alana. „Wenn Sie heute Ihren Vorlieben hätten nachgehen können, was hätten sie dann am liebsten getan?"

Er erinnerte sich an den Moment in Marshells Büro, als er am Fenster stand und auf den Verkehr in New Yorks Straßen hinabgeblickt hatte. „Ich wäre auf dem Sund gesegelt."

Interesse blitzte in Ihren Augen auf. „Sie haben ein Boot?"

„Ja, aber ich habe nicht viel Zeit dafür."

Ich nehme mir nicht viel Zeit dafür, verbesserte sie ihn stumm. „Eine Tätigkeit für einen Einzelgänger. Bewundernswert." Sie lehnte sich mit dem Rücken gegen die Mauer. Der

Wind presste das Kleid gegen ihren Körper und enthüllte ihre schlanke, elegante und doch sehr weibliche Figur. „Ich bin selten gern allein", murmelte sie. „Ich brauche Leute, Kontakte, Gegensätze. Ich muss die Leute nicht kennen. Ich muss nur wissen, dass sie da sind."

„Sind Sie deshalb Schauspielerin geworden?" Sie standen einander jetzt so dicht gegenüber, als wären sie Freunde. Es erschien Fabian seltsam, aber er wollte sich nicht zurückziehen. „Brauchen Sie ein Publikum?"

Ihr Gesicht wurde nachdenklich, doch dann lächelte sie wieder fröhlich. „Sie sind äußerst zynisch."

„Das sagt man mir heute schon zum zweiten Mal."

„Schon gut, das kommt vielleicht daher, dass Sie schreiben. Ja, ich spiele für ein Publikum", fuhr Alana fort. „Aber ich glaube, dass ich in erster Linie für mich selbst spiele. Es ist ein wunderbarer Beruf. Wie sonst könnte man so viele verschiedene Menschen verkörpern? Eine Prinzessin, eine Landstreicherin, ein Opfer, eine Verliererin? Sie schreiben, um gelesen zu werden, aber schreiben Sie nicht in erster Linie, um sich auszudrücken?"

„Ja." Er fühlte Merkwürdiges, fast Unbekanntes, eine Lockerung seiner Muskeln, eine Beruhigung seiner Gedanken. Einen Moment später erkannte er, dass er sich entspannte – und zog sich abrupt zurück. Wenn man sich entspannte, konnte es geschehen, dass man sich verbrannte. „Dann haben Schriftsteller mit Schauspielern vieles gemeinsam, konkurrieren womöglich miteinander?"

Alana seufzte. „Ihre Frau hat Ihnen wirklich zugesetzt, wie?"

Seine Augen blickten eisig, seine Stimme klang metallisch. „Das geht Sie nichts an."

„Irrtum." Obwohl es ihr Leid tat, dass er sich zurückzog,

fuhr sie fort. „Sollte ich Rae spielen, geht es mich sehr viel an. Fabian ..." Sie legte ihre Hand auf seinen Arm und wünschte sich, ihn so gut zu verstehen, dass sie seine Mauer und die Bitterkeit überwinden konnte. „Hätten Sie diesen Teil Ihres Lebens für sich behalten wollen, hätten Sie ihn nicht niedergeschrieben."

„Es ist nur eine Story", erklärte er tonlos. „Ich stelle mich nicht zur Schau."

„In den meisten Fällen tun Sie es wohl nicht", stimmte sie zu. „Ich habe in Ihren Büchern stets eine gewisse Distanz zu Erlebtem herausgespürt, obwohl sie immer hervorragend sind. Aber in diesem Drehbuch haben Sie etwas von Ihrem sehr privaten Leben nach außen dringen lassen. Es ist zu spät für einen Rückzieher."

„Ich habe eine Geschichte über zwei Menschen geschrieben, die überhaupt nicht zusammenpassen. Die Geschichte hat nichts mit meinem Leben zu tun."

„Betreten also verboten." Alana wandte sich wieder der Aussicht zu. „Nun gut, die Grenzen sind gesteckt. Ich bin manchmal nicht diplomatisch genug. Ich würde mich für meine Lebensart oder meine Charakterfehler niemals entschuldigen, aber ich werde mich darum bemühen, dass unsere Gespräche immer professionell bleiben."

Mit einem tiefen Atemzug wandte sie sich ihm zu. Der Blick ihrer Augen hatte etwas von seiner Wärme verloren, und Fabian fühlte flüchtiges Bedauern.

„Ich bin eine gute Schauspielerin, und ich beherrsche mein Handwerk ausgezeichnet. Nur ein Blick in das Drehbuch genügte mir, um zu wissen, dass ich die Rae spielen kann. Und ich bin klug genug, um einschätzen zu können, wie ausgezeichnet mein Vorsprechen gelaufen ist."

„Dumm sind Sie wirklich nicht." Trotz seines Bedauerns fühlte sich Fabian auf dieser kühlen Ebene wohler. Jetzt verstand er Alana, die Schauspielerin auf der Jagd nach einer Hauptrolle. „Ich möchte, dass Sie noch einmal zusammen mit Jack Rohrer vorsprechen. Er spielt den Phil. Wenn es zwischen Ihnen beiden stimmt, bekommen Sie die Rolle."

Alana holte tief Luft, in dem krampfhaften Bemühen, ruhig zu bleiben. Sie hatte soeben versprochen, die professionelle Linie einzuhalten. Wie unmöglich ihr das war, merkte sie, als die Freude sie übermannte. Aufjubelnd fiel sie Fabian um den Hals.

Alana Kirkwood, das erlebnishungrige Mädchen von der 15th Street West, das Mädchen mit den großen Träumen sollte, am Ziel ihrer Träume, in einem Stück von Fabian DeWitt spielen, in einer P. B. Marshell-Produktion, zusammen mit Jack Rohrer.

Fabians Hände legten sich in einem reinen Reflex an ihre Taille, aber er ließ sie da liegen, als ihr Atem über sein Ohr strich. Glasklar wurde er an zwei Dinge erinnert: an die grenzenlose Freude seiner kleinen Nichte über das herrliche Puppenhaus, das er ihr zu Weihnachten geschenkt hatte, und daran, wie er das erste Mal eine Frau umarmt hatte. Die Sanftheit war da, diese Mischung von Stärke und Hingabe, die nur eine Frau ausstrahlt. Auch die kindliche Freude war da, gepaart mit der Unschuld, die nur die ganz Jungen besitzen.

Er hätte Alana an sich ziehen können, und er fühlte sich gedrängt, es zu tun. Und doch stand er absolut still da und drückte ihren weichen, nachgiebigen Körper nicht an seinen harten, muskulösen.

Alana nahm den Duft seiner Seife auf. Seine Stärke zog sie an, seine Zurückhaltung faszinierte sie. Er war ein Mann, der einen stützte, wenn man stolperte, aufhob, wenn man fiel. Er war ein Mann, den eine stark gefühlsbetont lebende Frau unbedingt vermeiden sollte. Fast schmerzlich wünschte sie sich, er würde seine Arme um sie legen.

Alana zog sich ein Stück zurück, doch ihre Gesichter waren einander so nahe, dass sie sich vorstellen konnte, wie es wäre, wenn er sie jetzt küsste. Sie war außer Atem, und ihre Augen machten kein Geheimnis daraus, wie sehr sie sich zu ihm hingezogen fühlte und wie sehr sie das überraschte.

„Tut mir Leid", sagte sie ruhig. „Ich muss immer jemanden umarmen, wenn ich mich sehr freue. Und Sie mögen das wohl nicht?"

Hatte er sich jemals so sehr gewünscht, eine Frau zu küssen? Er meinte, ihre Lippen auf seinem Mund zu fühlen, so nahe waren sich ihre Gesichter. Doch seine Stimme klang gleichmütig, seine Augen blickten abweisend. „Für alles gibt es den richtigen Ort und Zeitpunkt."

Alana starrte ihn fassungslos an. Sie hatte diese schallende Ohrfeige selbst herausgefordert. „Sie sind ein harter Mann, Fabian DeWitt", murmelte sie.

„Ich bin ein Realist, Alana." Er schob sich eine Zigarette zwischen die Lippen, schützte die Flamme seines Feuerzeugs mit hohlen Händen gegen den Wind und wunderte sich darüber, dass seine Hände zitterten.

„Wie schlimm, ein Realist zu sein." Sie entspannte sich. „Ich freue mich auf die Zusammenarbeit mit Ihnen, Fabian, obwohl das kein Picknick sein wird. Ich werde mein Bestes geben."

Er nickte. „Ich akzeptiere nur das Beste."

„Fein! Sie werden nicht enttäuscht sein." Sie hätte noch gern etwas Persönliches hinzugefügt, aber eine Ohrfeige reichte ihr an diesem Tag.

„Gut", antwortete Fabian knapp.

Lachend schüttelte sie den Kopf. „Sie sind attraktiv, Fabian. Ich habe nicht die geringste Ahnung, warum Sie das sind, weil ich Sie nicht besonders nett finde."

Er stieß den Rauch aus. „Ich bin auch nicht nett."

„Jedenfalls werden wir einander beruflich alles geben."

Und weil sie selten einem Impuls widerstehen konnte, küsste sie ihn auf die Wange, bevor sie ihm den Veilchenstrauß zuwarf und davoneilte.

Fabian stand hoch über New York, vom Wind umtost, mit Frühlingsblumen in der Hand und starrte hinter Alana her.

3. KAPITEL

Fabian war sich nicht ganz über sein Motiv für seinen Besuch bei den Aufnahmen zu „Unser Leben, unsere Liebe" im Klaren. Er war mit seiner Arbeit an dem Drehbuch an einen toten Punkt gekommen, und er wollte Alana wieder sehen. Vielleicht lag es an dem Veilchenduft, der ihn noch immer umwehte, wenn er zu arbeiten versuchte. Zwei Mal hatte er die Blumen wegwerfen wollen, aber dann hatte er es nicht getan. Ein Teil von ihm – ganz tief in seinem Inneren – sehnte sich nach solchen Dingen, brauchte sie auch, so ungern er es sich auch eingestand.

Er war also wegen Alana hier und sagte sich, dass er ihr bloß bei der Arbeit zusehen wollte, ehe er sie für die Rolle der Rae endgültig wählte.

Alana saß an dem Küchentisch, die nackten Füße auf einen Sessel gelegt, während Jack Shapiro, der Darsteller des Griff Martin, Amandas Collegefreund, über einer Patience brütete. In einem anderen Teil des Studios sprachen ihre Fernseheltern über die Tochter. Danach sollten Alana und Jack ihre Szene abdrehen.

„Schwarze Sechs auf die rote Sieben", murmelte sie und handelte sich dafür von Jack einen scharfen Blick ein.

„Patience ist ein Spiel für eine Person", erinnerte er sie.

„Patience ist ein ungeselliges Spiel."

„Für dich sind auch Kopfhörer ungesellig."

„Sind sie auch." Mit einem süßen Lächeln legte sie selbst die Sechs an.

„Warum rufst du nicht die Gesellschaft zur Rettung dreibeiniger Landsäugetiere an? Vielleicht wollen sie dich bei ihrem nächsten Wohltätigkeitsbankett dabei haben."

Alana fand den Zeitpunkt etwas ungünstig, um Jack wegen einer Spende für die Aktion Hauskatze anzugehen, in der sie im Moment mitwirkte. „Bloß nicht rotzig werden", sagte sie sanft. „Du bist dazu ausersehen, mich anzubeten."

„Ich hätte meinen Kopf untersuchen lassen sollen, nachdem du mich für Cameron hast fallen lassen."

„Es war deine eigene Schuld, weil du nicht erklärt hast, was du in diesem Hotelzimmer allein mit Vikki gemacht hast", warf Alana ihm vor.

Jack schnaufte und drehte die nächste Karte um. „Du hättest mir vertrauen sollen. Ein Mann hat seinen Stolz."

„Jetzt habe ich eine grässliche Ehe am Hals und bin womöglich auch noch schwanger."

Er blickte grinsend auf. „Gut für die Einschaltquoten. Hast

du sie schon für diese Woche gesehen? Wir sind um ein Prozent gestiegen."

Sie stützte die Ellbogen auf den Tisch. „Warte ab, bis es zwischen Amanda und Griff wieder so richtig heiß wird." Sie legte eine schwarze Zehn auf den Karo Buben. „Knister, zisch, schmurgel."

Jack schlug ihr auf die Hand. „Du bist eine große Schmurglerin." Er konnte ein Lachen nicht unterdrücken. „Ich habe dich seit sechs Monaten nicht mehr geküsst."

„Mein Junge, wenn du deine Chance bekommst, dann mach es bloß gut. Amanda lässt sich nicht so leicht umhauen." Sie stand auf und verließ ihn, um ihr Make-up noch einmal zu prüfen.

Die Krankenhauskulisse war schon für das kurze, aber heftige Zusammentreffen des ehemaligen Liebespaares Amanda und Griff vorbereitet. Dunkle Schatten unter Alanas Augen sollten eine schlaflose Nacht andeuten. Das Make-up machte sie blass.

Als die Kameras zu laufen begannen, saß Amanda in ihrem Büro, scheinbar ruhig, und bearbeitete eine Krankengeschichte. Plötzlich warf sie die Akte in den Schrank und sprang auf. In der sendefertigen Fassung würde an dieser Stelle eine Rückblende eingefügt, wie Amanda ihren Mann und ihre Schwester in ihrem eigenen Ehebett überrascht hatte.

Amanda nahm eine Tasse, die auf ihrem Schreibtisch stand, und schleuderte sie gegen die Wand. Die Hand auf den Mund gepresst, starrte sie auf die Bruchstücke. Es klopfte. Sie ballte die Fäuste und kämpfte sichtlich um Selbstkontrolle, ging um ihren Schreibtisch herum und setzte sich.

„Herein!"

Die Kamera richtete sich auf Jack in der Rolle des Dr. Griff Martin, Amandas erster und einziger Liebhaber vor ihrer Ehe.

Alana wusste bereits, dass Amandas Reaktion später in einer Großaufnahme gedreht werden sollte. Jetzt aber, wo die Kamera sich allein auf Jack konzentrierte, zog Alana eine Fratze und streckte die Zunge heraus, während Jack ihr einen seiner rollentypischen feurigen Blicke zuwarf, der Frauenherzen sofort zum Flattern brachte.

„Amanda, hast du einen Moment Zeit?"

Als sich die Kamera wieder auf Alana richtete, hatte sie ihr Gesicht vollständig unter Kontrolle. „Natürlich, Griff." Um unterschwellig Nervosität anzudeuten, verschränkte sie ihre Hände auf der Tischplatte.

„Ich habe einen Fall von Gattenmisshandlung", begann er in der knappen, schneidigen Sprechweise seiner Rolle. Amanda und einige Millionen weiblicher Zuschauer hatten diesen ungeschliffenen Stil unwiderstehlich gefunden. „Ich brauche deine Hilfe."

Sie spielten die Szene durch, die den Grundstock für ihre erneute Annäherung und die sexuelle Spannung innerhalb der nächsten Wochen legte. Als die Kamera Jack von hinten erfasste, schielte er Alana an und fletschte die Zähne. Und sie nahm ihren Weg zu der Patientenkartei mitten über seinen Fuß. Und dabei verlor keiner der beiden den Rhythmus der Szene.

„Du siehst müde aus." Jack in der Rolle als Griff wollte ihre Schulter berühren, hielt sich jedoch zurück. Frustration spiegelte sich in seinen Augen. „Ist alles in Ordnung?"

Alana in der Rolle als Amanda blickte ihm seelenvoll in die Augen. Sie öffnete und schloss bebend die Lippen. Langsam wandte sie sich wieder dem Aktenschrank zu. „Alles bestens. Ich habe im Moment viel zu tun. Und ich habe in ein paar Minuten einen Patienten."

„Dann gehe ich jetzt." Er ging an die Tür. Die Hand am Türgriff, sah er sie noch einmal an. „Amanda ..."

Amanda wandte ihm weiterhin den Rücken zu. Eine Großaufnahme zeigte, wie sie die Augen schloss und um Selbstbeherrschung rang. „Ich sehe mir morgen deine Patientin an, Griff." Ihre Stimme schwankte andeutungsweise.

Er wartete fünf spannungsgeladene Sekunden. „In Ordnung."

Als sich hinter ihr die Tür schloss, schlug Amanda die Hände vor das Gesicht.

„Schnitt!"

„Dafür wirst du bezahlen!" rief Jack, als er die Tür in der Kulisse wieder aufstieß. „Ich glaube, du hast mir eine Zehe gebrochen."

Alana ließ ihre Wimpern flattern. „Ach, du armes Baby!"

„In Ordnung, Kinder", mischte sich der Regisseur milde ein. „Machen wir die Großaufnahmen."

Willig setzte sich Alana wieder hinter Amandas Schreibtisch. In diesem Moment bemerkte sie Fabian. Überraschung und Freude zeigten sich auf ihrem Gesicht, obwohl er nicht freundlich wirkte. Mit finsterer Miene, die Arme über einem lässigen, schwarzen Pullover verschränkt, betrachtete er sie und erwiderte ihr Lächeln nicht, was sie auch gar nicht erwartete. Fabian DeWitt war kein Mann, der oft und leicht lächelte. Das machte sie nur umso entschlossener, ihn dazu zu drängen.

Alana hatte überraschend oft an Fabian DeWitt gedacht, obwohl sie gerade jetzt genug beruflich und privat um die Ohren hatte.

Sie hatte überlegt, was hinter seiner hochmütigen Fassade wirklich vor sich ging. Sie hatte bei ihm Spuren von Wärme und Zugänglichkeit gefunden, und das genügte Alana, um tiefer zu graben.

Und dann gab es da noch diese Gefühlsregung in ihr, an die sie sich klar erinnerte, die sie wieder spüren und verstehen wollte.

Sie beendete die Aufnahmen und hatte eine Stunde frei bis zu ihrer großen Streitszene mit Stella in der Kulisse des Wohnraums der Lanes. „Jerry, ich habe ein Kätzchen für deine Tochter gefunden", sagte sie zu einem der Techniker, während sie aufstand. „Ich kann es am Freitag mitbringen. Überlege es dir." Sie ging an ihm vorbei auf Fabian zu. „Hallo! Möchten Sie Kaffee?"

„Gern."

„Ich verstecke einen Mr. Röstfrisch in meinem Garderobenschrank. Das Zeug in der Kantine ist reinstes Gift." Sie zeigte ihm den Weg, ohne nach dem Grund seines Besuches zu fragen. Ihre Tür stand, wie gewöhnlich, offen. Sie trat ein und ging sofort an die Kaffeemaschine. „Sie müssen mit Milchpulver zufrieden sein."

„Ich trinke ihn schwarz."

Ihre Garderobe war das reinste Chaos. Kleider, Zeitungen und Illustrierte bedeckten jeden verfügbaren freien Platz. Ihr Schminktisch war mit Tiegeln und Fläschchen und gerahmten Fotos ihrer Kollegen übersät. Es roch nach frischen Blumen, Make-up und Staub.

An der Wand hing ein Kalender für Februar, obwohl der April schon halb vorbei war. Eine elektrische Uhr war nicht an den Strom angeschlossen und stand auf fünf nach sieben. Fabian zählte dreieinhalb Paar Schuhe auf dem Boden.

Mittendrin stand Alana in Amandas sehr schicker Uniform einer Krankenhausärztin, das schimmernde Haar zur Knotenfrisur zurückgekämmt. Sie duftete, wie er es von einer Frau bei Sonnenuntergang erwartete – sanft und verführerisch.

Als der Kaffee durch die Maschine zu tropfen begann, drehte sie sich zu ihm um. „Ich freue mich, dass Sie da sind."

Ihre Feststellung klang so einfach, dass Fabian sie fast glaubte. Vorsichtshalber hielt er Abstand, während er sie beobachtete. „Die Aufnahme war interessant. Und Sie waren sehr gut, Alana. Sie haben in diese fünfminütige Szene alles hineingelegt, was hineinzulegen war."

Auch jetzt kam es ihr mehr wie Kritik und nicht wie Lob vor. „Das ist in einer Seifenoper wichtig."

„Ihre Rolle." Er betrachtete sie eingehend. „Ich würde sagen, diese Frau ist sehr kontrolliert, nimmt ihren Beruf ernst und durchlebt im Moment eine persönliche Krise. Zwischen ihr und dem jungen Arzt sprangen eine Menge erotischer Funken über."

„Sehr gut." Lächelnd nahm Alana zwei unterschiedliche Tassen. „Das haben Sie gut erfasst."

„Machen Sie eigentlich immer Unfug während der Aufnahmen, wenn Sie gerade nicht im Bild sind?"

Sie rührte Pulvermilch in ihren Kaffee, gab einen großzügig bemessenen Löffel Zucker dazu und reichte Fabian seinen Kaffee. „Zwischen Jack und mir läuft ein Wettbewerb, wer es schafft, den anderen aus der Fassung zu bringen. Das macht uns wacher und mindert die Spannung." Sorglos nahm sie die Illustrierte von einem Stuhl und warf sie auf den Boden. „Setzen Sie sich."

„Wie viele Seiten Dialog müssen Sie wöchentlich lernen?"

„Das schwankt." Sie nippte an ihrem Kaffee. „Seit die Folgen eine Stunde lang sind, machen wir täglich etwa fünfundachtzig Seiten Drehbuch. An manchen Tagen habe ich zwanzig oder dreißig Seiten, wenn meine Rolle eingebaut ist. Meistens aber drehe ich an drei Tagen in der Woche. Wir machen nicht viele verschiedene Einstellungen." Sie holte eine Hand voll Bonbons aus der Schublade ihres Schminktisches und schob sie sich nacheinander in den Mund.

Er nahm einen Schluck. „Es macht Ihnen wirklich Spaß."

„Ja, ich habe mich mit Amanda sehr angefreundet. Gerade deshalb möchte ich auch etwas anderes machen. Eingefahrene Gleise sind eintönig, wenn auch bequem."

Er sah sich in der Garderobe um. „Ich kann Sie mir nicht in einem eingefahrenen Gleis vorstellen."

Lächelnd setzte sich Alana auf die Kante ihres Schminktisches. „Ein großes Kompliment, und Sie gehen sehr sparsam mit Komplimenten um." Etwas an seiner hochmütigen, kühlen Miene brachte sie zum Lachen. „Möchten Sie mit mir zu Abend essen?" fragte sie impulsiv.

Zum ersten Mal zeigte sich Überraschung in Fabians Gesicht. „Es ist ziemlich früh für Abendessen", antwortete er sanft.

„Ich mag Ihre Art zu antworten." Alana nickte ihm zu. „Die Unterhaltung mit Ihnen ist nie langweilig. Wenn Sie heute Abend frei sind, könnte ich Sie um sieben abholen."

Sie bat ihn einfach so, nett und gar nicht verführerisch, um eine Verabredung. Wieder einmal fragte sich Fabian, welche Motive sie mit ihren Handlungen verfolgte. „Also gut, sieben Uhr." Er zog einen Notizblock aus seiner Tasche und schrieb etwas drauf. „Hier ist die Adresse."

Alana warf einen Blick auf das Blatt. „Mmm, Sie haben eine

großartige Aussicht auf den Central Park." Sie lächelte ihn auf eine Weise an, die ihn immer vermuten ließ, dass sie soeben für sich einen Scherz gemacht hatte. „Ich bin verrückt nach schönen Aussichten."

„Das habe ich schon bemerkt."

Fabian kam zu ihr, um seine Tasse abzusetzen. Versehentlich berührte er ihre Beine mit seinen Beinen. Alana wich nicht aus, sondern sah ihn mit klaren, neugierigen Augen an. Sie fand nichts Gefährliches in seinem Gesicht, nichts, was eine Frau warnen würde. Ihr Puls hatte sich beschleunigt, was sie faszinierend fand.

„Ich überlasse Sie wieder Ihrer Arbeit, Alana."

Er unterbrach den Kontakt zwischen ihnen. Alana rührte sich nicht. „Ich bin froh, dass Sie vorbeigekommen sind", sagte sie, obwohl sie nicht mehr so sicher war, ob das wirklich stimmte.

Mit einem Kopfnicken verließ er den Raum. Alana saß auf der Kante ihres überquellenden Schminktisches und fragte sich, ob sie nicht zum ersten Mal in ihrem Leben mehr abgebissen hatte, als sie kauen konnte.

Um den Sonnenuntergang zu genießen, verließ Alana das Taxi zwei Blocks vor Fabians Wohnhaus. Sie wollte auch über Scott nachdenken, den Sohn ihres Bruders.

Armer kleiner Kerl, dachte sie. So verletzlich, so erwachsen mit seinen vier Jahren. Wann würde das Gericht endlich entscheiden, ob er bei seinen Großeltern mütterlicherseits bleiben musste oder für immer zu ihr kommen durfte? Ihr kleiner Neffe hatte nicht nur seine Eltern verloren, sondern war bei seinen Großeltern auch noch sehr unglücklich.

Sie wollen ihn gar nicht, dachte sie. Zwischen Liebe und Pflichterfüllung lagen eben Welten.

Alana hatte über diese Sache strengstes Stillschweigen zu allen gehalten, damit bei der Verhandlung um das Sorgerecht niemand sagen konnte, sie wolle nur als Schauspielerin Kapital aus der Publicity um das Kind schlagen. In früheren Schreiben an ihren Anwalt hatten ihr Scotts Großeltern schon vorgeworfen, sie wolle das Kind nur aus Reklamegründen. Es durfte nicht den geringsten Hinweis geben, dass diese Verleumdung stimmen könnte, sonst durfte sie Scott nie zu sich nehmen.

Vielleicht hatte sie auch mit niemandem darüber gesprochen, weil sie unter all den Menschen, die sie kannte, keinen fand, dem sie so etwas Persönliches anvertrauen konnte. Jeden Tag sagte sie sich, Scott werde noch vor Ende des Sommers für immer zu ihr ziehen. Solange sie es sich vorsagte, konnte sie daran glauben.

Alana stand kurz nach sieben Uhr abends vor Fabians Wohnung auf der Park Avenue. Sie war fest entschlossen, den Abend mit ihm zu genießen, aber als sie die Hand nach dem Klingelknopf ausstreckte, spürte sie eine leichte Nervosität aufkommen.

Drinnen in der Wohnung stand Fabian am Fenster und blickte auf den Central Park hinunter. Zwei Mal an diesem Tag hatte er die Verabredung absagen wollen, aber er hatte es nicht getan, weil er ständig Alanas lächelndes Gesicht vor sich sah und auch den warmen Blick ihrer Augen.

Ein professioneller Trick. Liz hatte sie dutzendweise auf Lager gehabt, und wenn er sich nicht sehr täuschte, war diese Alana eine ebenso gute Schauspielerin wie Liz Hunter. Das sagte er sich zwar ständig vor, die Verabredung hatte er trotzdem nicht zurückgezogen.

Als der Türsummer anschlug, sah Fabian über seine Schulter zu der geschlossenen Tür. Es war einfach nur ein Abend, entschied er für sich. Wenige Stunden, in denen er die Frau sorgsam beobachten konnte, die für eine Hauptrolle in einem wichtigen Film in Frage kam. Er zweifelte nicht daran, dass sie im Laufe des Abends ihre Angel nach der Rolle auswerfen würde. Mit einem Achselzucken ging Fabian an die Tür. Warum sollte sie auch nicht, dachte er. Es ist ihr Beruf.

Dann, als er die Tür öffnete und Alana ihn anlächelte, erkannte er, dass er sie mit einer Intensität begehrte, die er seit Jahren nicht mehr gefühlt hatte.

„Hallo! Sie sehen gut aus", sagte sie.

Sein Kampf gegen sein Verlangen brachte ihn dazu, sich noch zurückhaltender zu verhalten. „Kommen Sie herein", bat er überbetont höflich.

Alana trat ein und sah sich mit offener Neugier um. Hübsch. Der erste Eindruck war peinlichste Ordnung. Fabian hatte Stil. Die Farben waren gedämpft, angenehm für die Augen. Die Möbel – zumeist antik – waren so angeordnet, dass ein optisches Gleichgewicht bestand. Alana roch weder Staub noch Reinigungsmittel, als wäre der Raum von sich aus immer sauber und selten bewohnt. Irgendwie passte ihrer Meinung nach der Raum nicht zu Fabians herbem, rauem Neunzehntes-Jahrhundert-Gesicht. Und auch nicht zu seinem Charakter und seiner Art, die Welt zu betrachten. Nein, hier war alles viel zu formell für einen Mann, der wie Fabian aussah und sich wie er bewegte.

Obwohl sie sich fast als unwillkommener Gast fühlte, genoss sie die Schönheit der Wohnung.

„Sie sind sehr anspruchsvoll", murmelte sie und ging an das Fenster, um die Stadt von hier oben zu betrachten.

Sie trug ein Kleid in leuchtendem Rot. Auf der Vorderseite des weiten Rockteils war eine riesige, von der Taille bis zum Saum an ihren Füßen reichende Blüte in Rot- und Orangetönen aufgesteppt. Der obere Teil der Corsage wurde von einer breiten goldenen Borte gebildet. Eine solche Borte betonte auch ihre Taille. Farben, Muster und Borte setzten sich auf der Jacke fort. Fabian fragte sich, ob er deshalb den Eindruck hatte, als wäre seine Wohnung plötzlich mit Leben erfüllt. Er zog alles Ruhige, Gesetzte vor. Und doch gefiel es ihm zum ersten Mal, Wärme in seinem Heim zu verspüren.

„Ich habe mich nicht getäuscht", sagte Alana. „Die Aussicht ist wunderbar. Wo arbeiten Sie?"

„Ich habe mir nebenan ein Arbeitszimmer eingerichtet."

„Ich würde meinen Schreibtisch wahrscheinlich genau hier vor das Fenster stellen." Lachend wandte sie sich so schnell um, dass die verschiedenen Farben ihres Kleides durcheinander zu wirbeln schienen. „Allerdings würde ich kaum zum Arbeiten kommen." Seine Augen wirkten sehr dunkel und blickten sehr ruhig, und sein Gesicht blieb so ausdruckslos, dass ihm keine Regung abzulesen war. „Starren Sie jeden so an?" fragte sie lächelnd.

„Ich glaube schon. Möchten Sie einen Drink?"

„Ja, trockenen Wermut, wenn Sie welchen haben."

Sie ging an ein Regal und betrachtete interessiert seine Bleikristallsammlung.

Fabian trat neben sie und bot ihr ein Glas an. „Mögen Sie Bleikristall?"

„Ich mag alles Schöne."

Welche Frau tut das nicht, dachte er. Ein Luchsmantel, ein birnenförmiger Diamant. Ja, Frauen lieben schöne Dinge, vor allem, wenn ein anderer dafür bezahlt. Und er hatte auf diesem Gebiet schon genug bezahlt.

„Ich habe mir heute Ihre Show angesehen." Fabian wollte ihr eine Gelegenheit bieten, ihre Angel auszuwerfen und abwarten, was sie daraus machte. „Sie wirken sehr gut als tüchtige Psychiaterin."

„Ich mag Amanda." Alana nippte an ihrem Wermut. „Sie ist eine sehr gefestigte Frau, die nur kleine Hinweise auf ihre Verletzbarkeit und Leidenschaft gibt. Ich achte genau darauf, wie unterschwellig ich diese Hinweise spielen kann, ohne dass sie ganz verschwinden. Wie hat Ihnen die Show gefallen?"

„Was für eine Menge Komplikationen und Intrigen gibt es da! Es hat mich nur überrascht, dass keine tödlichen Krankheiten oder Bettgeschichten vorkamen."

„Sie sind nicht auf dem Laufenden." Sie lächelte ihn über das Glas hinweg an. „Natürlich kommt so etwas in jeder Seifenoper vor, aber wir haben unsere Themen viel weiter gesteckt. Mord, Politik, soziale Probleme, sogar Science fiction. Im Rennen um die Einschaltquoten drehen wir auch ziemlich viel an Originalschauplätzen." Sie nahm noch einen Schluck. Diesmal schimmerte ein milchigblauer Opal an ihrer Hand. „Letztes Jahr haben wir in Griechenland und Venedig gedreht. Ich habe noch nie in meinem Leben so viel gegessen. Griff und Amanda hatten eine Romanze in Venedig, die aber sabotiert wurde. Sie müssen Stella gesehen haben. Sie spielt meine Schwester Vikki."

„Typ Haifisch." Fabian nickte. „Ich kenne den Typ."

„Oh, das trifft auf Vikki zu. Sie intrigiert, lügt, betrügt und ist überhaupt recht eklig. Stella hat viel Spaß mit ihr. Vikki hatte schon ein Dutzend Affären, hat drei Ehen und die Karriere eines Senators zerstört. Erst kürzlich hat sie die Smaragdbrosche unserer

Mutter versetzt, um Spielschulden zu bezahlen." Seufzend nahm Alana den nächsten Schluck. "Sie hat den ganzen Spaß."

Fabians Lächeln hielt sich in seinen Augen, als er Alana in die Augen sah. "Sprechen Sie jetzt von Stella oder Vikki?"

"Wahrscheinlich von beiden. Ich habe mich gefragt, ob es mir gelingen würde."

"Was?"

"Sie zum Lächeln zu bringen. Sie lächeln nicht oft."

"Nein?"

"Nein." Sie fühlte einen Stich, scharf und sehr körperlich, ließ ihren Blick kurz zu seinem Mund schweifen und genoss das seltsame Kribbeln, das sie auf ihren eigenen Lippen empfand. "Wahrscheinlich sind Sie zu sehr damit beschäftigt, Menschen zu beobachten und sie und ihr Verhalten einzuordnen."

Er leerte sein Glas und stellte es ab. "Tue ich das?"

"Ständig. Das ist vermutlich bei Ihrem Beruf normal. Jedenfalls hatte ich mir vorgenommen, Ihnen ein Lächeln zu entlocken, bevor der Abend vorüber ist." Erneut fühlte sie sich von ihm angezogen. Sie kam näher. Sie konnte und wollte dieses Gefühl nicht verleugnen. "Sind Sie nicht neugierig?" fragte sie ruhig. "Ich meine, ich könnte nicht den ganzen Abend durchhalten und mich ständig fragen, wie wäre es, wenn ..."

Sie legte eine Hand auf seine Schulter und beugte sich nur so weit vor, dass sich ihre Lippen berührten. Keiner von beiden drängte oder forderte etwas, und doch spürte Alana die leichte Berührung in ihrem ganzen Körper. Etwas tief in ihrem Inneren wurde ergriffen.

Sein Mund fühlte sich wärmer und fester an, als sie erwartet hatte. Ihre Körper drängten nicht zueinander, und der Kuss blieb oberflächlich.

Alana merkte, wie sie sich Fabian öffnete, und es überraschte sie ein wenig. Dann fühlte sie, wie ihre Knie zitterten, worüber sie erschrak. Langsam wich sie zurück, war sich nicht bewusst, wie schockiert sie aus geweiteten Augen dreinblickte.

Heftiges Verlangen erfüllte Fabian, aber er verstand es, seine Gefühle zu verbergen. Er wollte Alana, in der Rolle der Rae – und in seinem Bett. Seiner Meinung nach würde sie ihm bald das eine anbieten, um sich das andere zu sichern. Er war jünger gewesen, als Liz ihn für eine Rolle in ihr Bett gelockt hatte. Jetzt war er älter und kannte das Spiel.

„Nun ja ..." Alana atmete tief aus, während Gedanken in ihrem Kopf herumwirbelten. Sie wünschte sich, fünf Minuten allein sein zu können, um über alles nachzudenken. Irgendwie hatte sie es schon immer erwartet, dass sie sich innerhalb eines Sekundenbruchteils verlieben würde, aber sie war nie so vermessen gewesen zu glauben, dass ihre Gefühle erwidert würden. Sie musste sich ihren nächsten Schritt überlegen. „Und jetzt, da die erste Neugierde gestillt ist, warum gehen wir nicht essen?"

Bevor sie sich abwenden konnte, hielt Fabian sie am Arm fest. Wenn sie schon diese Szene miteinander spielen sollten, dann hier und jetzt. „Was wollen Sie eigentlich?"

In seiner Stimme lag keine Spur jener Wärme, die sie in dem Kuss gefühlt hatte. Alana blickte ihm in die Augen, die ausdruckslos blieben. Es wäre unklug, diesen Mann zu lieben, dachte sie. „Essen gehen", erwiderte sie.

„Ich habe Ihnen Gelegenheit gegeben, die Rolle zu erwähnen. Warum haben Sie es nicht getan?"

„Die Rolle ist Beruf, mein Besuch ist privat."

Er lachte kurz auf. „In diesem Beruf ist alles beruflich", entgegnete er. „Sie wollen die Rae spielen."

„Wenn ich das nicht wollte, hätte ich nicht vorgesprochen. Und nach dem nächsten Vorsprechen werde ich die Rolle auch bekommen." Es frustrierte sie, dass sie seine Gedanken nicht lesen konnte. „Fabian, warum sagen Sie mir nicht, worauf Sie hinauswollen? Das wäre für uns beide einfacher."

Er zog sie ein Stück näher zu sich heran. „Wie viel sind Sie bereit, für diese Rolle zu tun?"

Seine Hintergedanken waren für Alana wie ein Schlag ins Gesicht. Wut stellte sich nicht ein, dafür aber ein schneidender Schmerz, der ihre Augen verdunkelte. „Ich bin bereit, die beste Vorstellung zu geben, die mir möglich ist." Sie riss sich von ihm los und ging auf die Tür zu.

„Alana ..." Er war selbst erstaunt, dass er sie zurückrief, aber unter dem Blick ihrer Augen war er sich mies vorgekommen. Als sie nicht stehen blieb, durchquerte er den Raum, ehe er sich zurückhalten konnte. „Alana." Er ergriff wieder ihren Arm und drehte sie zu sich herum.

Sie strahlte so viel echten Schmerz aus, dass Fabian gar nicht anders konnte, als ihr zu glauben. Sein Verlangen, sie an sich zu ziehen, war fast unerträglich. „Ich möchte mich entschuldigen."

Sie starrte ihn an und wünschte sich, ihm sagen zu können, er solle sich zum Teufel scheren. „Ich nehme Ihre Entschuldigung an", sagte sie stattdessen. „Vor allem bin ich sicher, dass Sie sich normalerweise für nichts entschuldigen. Ihre Exfrau hat schon einen gewaltigen Schaden angerichtet, nicht wahr?"

Er zog seine Hand von ihrem Arm. „Ich spreche nicht über mein Privatleben."

„Vielleicht ist das ein Teil des Problems. Verachten Sie alle Frauen oder nur Schauspielerinnen?"

Er war zornig, das fühlte sie, aber nach außen blieb er gleichmütig.

„Drängen Sie mich nicht", murmelte er.

„Ich bezweifle, dass Sie jemand drängen könnte." Obwohl Alana seinen Ärger für ein gutes Zeichen hielt, fühlte sie sich ihm und ihren eigenen Gefühlen im Moment nicht gewachsen. „Es ist schade", fuhr sie fort, als sie sich wieder der Tür zuwandte. „Wenn das, was in Ihnen eingefroren ist, einmal auftaut, werden Sie wahrscheinlich ein bemerkenswerter Mann sein. Bis dahin gehe ich Ihnen aus dem Weg." Sie öffnete die Tür und drehte sich um. „Was die Rolle angeht, Fabian, so setzen Sie sich bitte mit meiner Agentin in Verbindung."

4. KAPITEL

„Nein, Scott, wenn du noch mehr Zuckerwatte isst, fallen deine Zähne aus. Alana hob ihren Neffen hoch und presste ihn fest an sich. „Und dann wirst du mit Bananenbrei und püriertem Spinat voll gestopft."

„Popcorn", verlangt Scott und lächelte zu ihr hoch.

„Du bodenloser Schlund." Sie presste ihr Gesicht an seinen Hals und ließ sich von Liebe überwältigen.

Der Sonntag war kostbar, nicht nur wegen des Sonnenscheins und der milden frühlingshaften Temperatur, nicht nur wegen der vielen Freizeit, sondern vor allem wegen des Nachmittags, den Alana mit dem wichtigsten Menschen in ihrem Leben verbringen durfte.

Er riecht sogar wie sein Vater, dachte Alana. War es möglich, einen Geruch zu erben? Scott hielt seine Beine um ihre Taille geschlungen, während sie sein Gesicht betrachtete.

Im Grunde sah sie in einen Spiegel. Zwischen ihr und ihrem Bruder Jeremy hatten nur zehn Monate Altersunterschied gelegen, und man hatte sie oft für Zwillinge gehalten. Scott hatte hellblondes gelocktes Haar, klare blaue Augen und ein Gesicht, das später einmal schmal und gut geschnitten sein würde. Im Moment war es mit rosa Zuckerwatte verklebt. Alana küsste ihn fest und schmeckte den süßen Zucker.

„Lecker, lecker", murmelte sie und küsste ihn noch einmal, als er kicherte.

„Was ist mit deinen Zähnen?" fragte er.

Stirnrunzelnd verlagerte sie sein Gesicht in eine bequemere Haltung. „Wenn man den Zucker aus zweiter Hand bekommt, schadet er nicht."

Der Kleine lächelte schlau und verriet, dass er später einmal ein Herzensbrecher sein würde. „Und wieso?"

„Das steht wissenschaftlich fest", behauptete Alana. „Vielleicht verdunstet der Zucker, wenn er mit Luft und Haut in Berührung kommt."

„Das hast du dir ausgedacht", stellte Scott anerkennend fest und grinste sie an.

Sie kämpfte mit einem Lächeln und warf ihre Haare über die Schultern zurück. „Wer? Ich?"

„Du denkst dir immer die besten Sachen aus."

„Das gehört zu meinem Job", antwortete sie geziert. „Komm, wir sehen uns die Bären an."

„Hoffentlich haben sie hier große Bären", meinte Scott, während er sich zu Boden gleiten ließ. „Ganz toll große."

„Ich habe gehört, dass es hier gigantische Bären geben soll", erzählte sie. „Vielleicht sind sie sogar groß genug, um aus ihrem Gehege herauszuklettern."

„Tatsache?" Seine Augen leuchteten auf, und Alana konnte förmlich sehen, wie er sich alles ausmalte, die Flucht der Bären, die Panik und die Schreie der Menschenmenge und seinen unbeschreiblichen Heroismus, mit dem er die riesenhaften geifernden Bären hinter Gitter trieb. Und dann natürlich auch noch, wie er ganz bescheiden den Dank der Zoobesitzer entgegennahm. „Los, gehen wir!"

Alana ließ sich von Scott zwischen den Leuten hindurchziehen, die ihren Sonntag im Zoo der Bronx verbrachten. Wenigstens das konnte sie ihm geben, die Freude seiner kostbaren Kindheit, die so kurz und so konzentriert war. Wie viele Jahre verbrachte man als Erwachsener mit Verpflichtungen, Verantwortung, Sorgen und Zeitplänen. Sie wollte ihm die Freiheit geben und ihm zeigen, welche Grenzen man überspringen konnte und welche man respektieren musste. Und vor allem wollte sie ihm Liebe schenken.

Sie liebte ihn von ganzem Herzen und wollte ihn nicht nur wegen der Erinnerungen an ihren Bruder haben, die er in ihr auslöste, sondern um seinetwillen.

Obwohl sie stets nur nach der momentanen Eingebung gelebt hatte, brauchte sie jemanden, um den sie sich kümmern konnte und der ihr einen Teil ihrer Liebe wiedergab.

Hätte Alana die Gewissheit haben können, dass Scott bei seinen Großeltern glücklich war, hätte sie die Tatsache, dass er von ihnen großgezogen wurde, akzeptiert. Aber sie wusste, dass die Großeltern alles erstickten, was an ihm so besonders war.

Sie waren bestimmt keine schlechten Menschen, waren nur in ihrem strengen und altmodischen Denken gefangen: Ein Kind musste während seiner Erziehung nach gewissen Richtlinien geformt werden. Ein Kind war eine ernste Verpflichtung. Das war deren Überzeugung, nach der sie sich bei Scotts Erziehung richteten. Alana dagegen nahm zwar die Verpflichtung an, sah aber die Freude an erster Stelle.

Alles wäre einfacher gewesen, hätten Scotts Großeltern seinen Vater nicht so heftig abgelehnt. Die Großeltern sahen das Kind an und wurden daran erinnert, dass ihre Tochter gegen ihren Willen geheiratet hatte und zusammen mit ihrem Mann bei einem tragischen Unfall gestorben war. Alana dagegen sah in ihm ein Kind ... das Schönste, was das Leben überhaupt zu bieten hatte.

Scotty braucht mich, dachte sie und zerzauste sein Haar, während er mit großen Augen auf einen umhertrottenden Bären starrte. Und ich brauche ihn.

Ihr fiel Fabian ein.

Er braucht mich auch, dachte sie, während ein kleines Lächeln um ihre Lippen spielte. Obwohl er es bis jetzt noch gar nicht weiß. Ein Mann wie er brauchte Liebe und Lachen in seinem Leben, und sie wollte ihm beides bringen.

Warum? Sie lehnte sich gegen das Geländer und schüttelte den Kopf. Sie hatte keinen bestimmten Grund, aber das genügte ihr. Wenn man etwas sezierte, um Antworten zu finden, konnten es auch die falschen Antworten sein. Alana vertraute Instinkt und Gefühl viel mehr als dem Verstand. Sie liebte stürmisch, unüberlegt und schrankenlos.

Hätte sie Fabian das jetzt gesagt, hätte er gedacht, dass sie log oder verrückt sei. Es würde für sie nicht einfach sein, das Vertrauen eines so misstrauischen und zynischen Mannes wie Fabian DeWitt zu gewinnen. Lächelnd knabberte Alana von

Scotts Popcorn. Nun ja, Herausforderungen machten das Leben erst aufregend, und ob Fabian es merkte oder nicht, sie war jedenfalls dabei, viel Aufregung in sein Leben zu bringen.

„Warum lachst du, Alana?"

Lächelnd nahm sie Scotty auf den Arm. „Weil ich glücklich bin. Bist du es nicht? Heute ist ein glücklicher Tag."

„Ich bin immer glücklich bei dir." Er schlang seine Arme um ihren Hals. „Kann ich nicht bei dir bleiben? Kann ich nicht immer bei dir wohnen?"

Sie presste das Gesicht gegen seine Schulter und konnte ihm nicht sagen, wie intensiv sie versuchte, genau das für ihn und sich selbst zu erreichen. „Wir haben den heutigen Tag zusammen", sagte sie stattdessen. „Den ganzen Tag."

Während sie ihn festhielt, roch sie die Mischung aus seiner Seife und seinem Shampoo, aus geröstetem Popcorn und Sonne. Lachend stellte sie ihren Neffen wieder auf die Erde. Das Heute, nahm sie sich vor, will ich ihm zeigen. „Gehen wir zu den Schlangen. Ich sehe sie so gern züngeln."

Fabian hatte beschlossen, zwischen sich und Alana einen sicheren Graben der kühlen Geschäftsmäßigkeit zu ziehen. Er kannte sie kaum, und doch legte sie in ihm Gefühle frei, die er für immer verbannt hatte. Und er spürte, dass sie noch mehr freilegen konnte. Daher der sichere Graben.

Und doch konnte Fabian sich nicht ganz daran halten, während er zusah, wie Alana vor der Lesung sich mit Jack Rohrer unterhielt. Kam das daher, dass sie schön war und er für Schönheit schon immer empfänglich gewesen war? Oder kam es von ihrer Einmaligkeit? Als Schriftsteller faszinierte ihn das Ungewöhnliche.

Nein, da war noch mehr. Er fühlte bei ihr eine unglaubliche Festigkeit und Beständigkeit, und das trotz ihres Stils, der irgendwo zwischen Herumtreiberin und Teenager angesiedelt war.

„Sie sehen gut zusammen aus", murmelte Marshell.

Fabian wandte seinen Blick nicht von Alana. Hätte er sich nicht so gut an das erste Vorsprechen erinnert, hätte er sie für eine Fehlbesetzung gehalten. Ihr Lächeln war zu offen, ihre Bewegungen zu fließend. Man sah sie bloß an und fühlte ihre Wärme. Es gefiel Fabian gar nicht, dass sie ihn nervös machte. Er spürte Verlangen, und das gegen seinen Willen.

Er steckte sich eine Zigarette an und betrachtete Alana durch den Rauch hindurch. Vielleicht war es die Zeit wert – und zwar sowohl als Schriftsteller wie auch als Mann – herauszufinden, wie viele Gesichter sie zeigen konnte, und vor allem, wie leicht ihr das fiel.

Er setzte sich auf die Kante von Marshells Schreibtisch. „Fangen wir an."

Alana wandte den Kopf und begegnete seinem Blick. Er ist heute anders, dachte sie, kam jedoch nicht auf die Ursache. Er betrachtete sie noch immer eindringlich und ernst, und die Barriere, die er zwischen sich und der Außenwelt errichtet hatte, existierte auch weiterhin. Aber da war noch etwas ...

Alana lächelte ihm zu. Als er nicht reagierte, nahm sie die Kopie des Drehbuchs in die Hand. Sie wollte die allerbeste Vorstellung ihrer Karriere liefern. Für sich selbst – und aus irgendeinem seltsamen Grund auch für Fabian.

„Also, ich möchte, dass ihr da anfangt, wo die beiden von der Party nach Hause kommen." Geistesabwesend stäubte Fabian seine Zigarette in einem Aschenbecher aus Kristall mit Goldrand ab. Hinter ihm knabberte Marshell an einer Magenpastille. "Wollt ihr es vorher noch einmal durchlesen?"

Alana blickte von ihrem Drehbuch auf. Er glaubt noch immer, dass ich es verpatze, durchzuckte es sie. "Nicht nötig", antwortete sie und wandte sich zu Jack.

Zum zweiten Mal wurde Fabian Zeuge der Verwandlung. Wie kam es bloß, dass sogar ihre Augen heller wurden, wenn Alana in die Rolle der Rae schlüpfte? Er fühlte die sexuelle Anziehung und gleichzeitig diese heftige Abscheu, die seine Exfrau bei ihm immer hervorrief. Während die Zigarette zwischen seinen Fingern glomm, hörte Fabian Raes Zorn und Phils Ärger und erinnerte sich nur zu deutlich an die Szenen, die sich zwischen Liz und ihm abgespielt hatten.

Ein Vampir. Genau so hatte er sie genannt. Blutlos, herzlos, verführerisch. Alana schlüpfte in die Rolle wie in eine zweite Haut. Fabian wusste, dass er sie dafür bewundern und ihr sogar dankbar sein sollte, weil sie seine Suche nach der richtigen Schauspielerin beendete. Aber ihre Verwandlungsfähigkeit eines Chamäleons ärgerte ihn.

Zwischen Alana und Jack stimmte es, als ob sie schon lange aufeinander eingespielt wären. Sie warfen einander ihre eingelernten Sätze an den Kopf, während Wut und Sexualität funkelten. Es gab für Fabian keinen Ausweg, nicht einmal einen Fluchtversuch. Er war sicher, dass es beruflich eine gute Entscheidung war, Alana die Rolle zu geben – privat jedoch ein ernster Fehler.

"Das reicht."

Kaum hatte Fabian die Szene abgebrochen, als Alana den Kopf in den Nacken warf und zu lachen anfing. Das plötzliche

Schwinden der Spannung war unglaublich. Und so würde das bei einer solchen harten und kalten Rolle immer sein. Das merkte sie schon.

„Oh Himmel, sie ist so voll Hass, so völlig von sich eingenommen." Mit blitzenden Augen und erhitztem Gesicht wirbelte Alana zu Fabian herum. „Sie verabscheuen diese Frau, und dennoch werden Sie von ihr angezogen. Sie sehen das Messer, das sie Ihnen zwischen die Rippen stoßen will, und können trotzdem kaum ausweichen."

„Ja", antwortete er scharf. Die Szene hatte ihn mehr als erwartet verwirrt. „Ich möchte, dass Sie die Rolle bekommen. Wir werden uns mit Ihrer Agentin in Verbindung setzen und die Details aushandeln."

Alana seufzte, aber das Lächeln um ihre Lippen schwand nicht. „Offenbar habe ich Sie überwältigt", stellte sie trocken fest. „Hauptsache ist, ich bekomme die Rolle. Sie werden es nicht bereuen. Mr. Marshell, Jack, ich werde gern mit Ihnen zusammenarbeiten."

„Alana." Marshell stand auf und ergriff ihre dargebotene Hand. Es war schon lange her, dass ihn eine Szene dermaßen aufgerührt hatte. „Wenn ich mich nicht irre, und das tue ich nie, werden Sie einen Volltreffer landen."

Sie strahlte ihn an und fühlte sich wie auf Wolken schweben. „Darüber werde ich mich nicht beklagen. Danke."

Fabian hielt sie am Arm fest, bevor sie sich abwenden konnte und bevor er überhaupt begriff, dass er sie berührte. Er wollte seinen Zorn loswerden, sich an irgendetwas oder irgendjemandem abreagieren, doch er unterdrückte diesen Impuls. „Ich bringe Sie hinaus."

Sie fühlte die Spannung in seinen Fingern und kämpfte gegen

den Impuls an, ihn zu besänftigen. Er war kein Mann, dem es gefallen würde, gestreichelt zu werden. „In Ordnung."

Sie nahmen den gleichen Weg wie in der Woche davor, diesmal jedoch schweigend. Alana fühlte, dass Fabian das brauchte. Als sie den Ausgang erreichten, wartete sie darauf, dass er endlich das sagen würde, was er glaubte, sagen zu müssen.

„Sind sie frei?" fragte er.

Leicht verwirrt legte sie den Kopf auf die Seite.

„Für ein vorgezogenes Abendessen", führte er genauer aus. „Ich finde, ich schulde Ihnen ein Essen."

„Nun ja." Sie schob ihr Haar aus dem Gesicht zurück. So wie die Dinge standen, befriedigte sie seine Einladung, was sie auch gar nicht verbergen sollte. „Allerdings. Aber warum wollen Sie tatsächlich mit mir essen gehen?"

Der bloße Anblick ihrer übermütig blitzenden Augen und lachenden vollen Lippen ließ ihn innerlich hin und her gerissen sein. Geh ran, bevor du das verlierst! Zieh dich zurück, bevor es zu spät ist! „Ich bin mir nicht ganz sicher."

„Das soll mir gut genug sein." Sie ergriff seine Hand und winkte einem Taxi. „Mögen Sie gegrillte Schweinekoteletts?"

„Ja."

Lachend blickte sie über die Schulter zurück, bevor sie ihn in das Taxi zog. „Ein ausgezeichneter Start." Nachdem sie dem Fahrer eine Adresse in Greenwich Village genannt hatte, lehnte sie sich zurück. „Als Nächstes müssen wir zu einer Unterhaltung kommen, in der kein einziges berufliches Wort fällt. Und vielleicht schaffen wir es auch, das länger als eine Stunde durchzuhalten."

„In Ordnung." Fabian nickte. Er hatte inzwischen beschlossen, Alana näher kennen zu lernen, und damit würde er jetzt gleich beginnen. „Aber wir vermeiden auch Politik."

„Einverstanden."

„Wie lange leben Sie schon in New York?"

„Ich wurde hier geboren. Ich bin eine Eingeborene." Breit lächelnd schlug sie die Beine übereinander. „Sie nicht! Ich habe irgendwo gelesen, dass Sie aus Philadelphia stammen, von ganz hoch oben mit einem Haufen einflussreicher Verwandter." Sie warf nicht einmal einen Blick nach vorn, als das Taxi plötzlich schleuderte und schwankte. „Sind Sie glücklich in New York?"

Er hatte die Stadt nie mit Glücklichsein in Verbindung gebracht, aber jetzt, da er es tat, fiel ihm die Antwort leicht. „Ja. Ich brauche die Herausforderungen, die die Stadt mit ihren Menschen an einen stellt, jedenfalls für eine Zeit."

„Und dann brauchen Sie wieder den Abstand dazu", beendete sie für ihn den Satz. „Und Sie müssen allein sein, auf Ihrem Boot."

Bevor ihm ihre Treffsicherheit unangenehm wurde, akzeptierte er sie eben. „Stimmt. Ich entspanne mich beim Segeln, und ich entspanne mich gern allein."

„Ich male", verriet sie ihm. „Schreckliche Bilder." Lachend verdrehte sie die Augen. „Aber so werde ich einen Knacks los, wenn ich einen kriege. Ich drohe den Leuten immer mit einem original Kirkwood-Gemälde als Weihnachtsgeschenk, aber dann habe ich doch nie das Herz dazu."

„Ich möchte ein Bild von Ihnen sehen", murmelte er.

„Der Haken dabei ist, dass ich meine Stimmungen auf die Leinwand spritze und schmiere. Wir sind da." Alana stieg aus dem Taxi und blieb am Randstein stehen.

Fabian betrachtete die winzigen Ladenfronten. „Wohin gehen wir?"

„Auf den Markt." Sorglos hakte sie sich bei ihm unter. „Ich habe keine Schweinekoteletts daheim."

Er blickte auf sie hinunter. „Daheim?"

„Meistens koche ich lieber, als dass ich essen gehe. Und heute Abend bin ich zu verspannt, um mich in ein Restaurant zu setzen. Ich muss mich beschäftigen."

„Verspannt?" Kopfschüttelnd studierte Fabian ihr Profil. Durch die Bewegung fiel sein dunkles Haar ungeordnet in sein Gesicht. Ein Kontrast, fand Alana, zu seinem ziemlich formellen Erscheinungsbild.

„Ich würde sagen, Sie wirken bemerkenswert ruhig und überhaupt nicht verspannt, Alana."

„Nein, nein! Aber ich hebe mir, so gut es geht, die volle Explosion auf, bis meine Agentin anruft und sagt, dass alles in Granit gehauen sei. Keine Angst." Sie blickte lächelnd zu ihm auf. „Ich bin eine passable Köchin."

Hätte ein Mann sie nur nach diesem schönen, zarten Gesicht beurteilt, hätte er ihr nie irgendwelche Kochkünste zugetraut. Doch Fabian kannte sich mit Gesichtern aus. Vielleicht, aber nur vielleicht wartete unter ihrer Oberfläche eine Überraschung. Trotz aller Vorsicht, zu der er sich selber mahnte, lächelte er. „Nur eine passable Köchin?"

Ihre Augen leuchteten voll Stolz. „Ich hasse Angeberei, aber genau genommen bin ich eine großartige Köchin." Sie führte ihn auf einen kleinen, überfüllten Markt, auf dem es intensiv nach Knoblauch und Pfeffer roch, und begann mit einer wahllosen Suche nach den Zutaten für das Abendessen. „Wie sind heute die Avocados, Mr. Stanislowski?"

„Bestens!" Der Händler betrachtete aus den Augenwinkeln Fabian über ihren Kopf hinweg. „Für Sie nur das Beste, Alana."

„Dann nehme ich zwei, aber Sie suchen sie aus." Sie nahm abwägend einen Kopf Salat in die Hand. „Wie hat Monica bei der Geschichtsprüfung abgeschnitten?"

„Zweitbeste von der Klasse." Seine Brust schwoll förmlich unter der Schürze, aber er beobachtete weiterhin den schweigend brütenden Mann in Alanas Begleitung.

„Großartig! Ich brauche vier wirklich schöne Koteletts." Während Mr. Stanislowski sie aussuchte, betrachtete sie die Pilze, wobei sie sehr genau merkte, dass der Händler wegen Fabian vor Neugierde fast platzte. „Sie wissen doch, Mr. Stanislowski, Monica wünscht sich ein Kätzchen."

Der Händler legte das Fleisch auf die Waage und warf ihr einen entrüsteten Blick zu. „Also wirklich, Alana ..."

„Sie ist sicher alt genug, um selbst dafür zu sorgen", fuhr Alana fort und drückte prüfend eine Tomate. „Sie hätte Gesellschaft und gleichzeitig eine Verantwortung. Und sie ist bei der Prüfung Zweitbeste von der Klasse geworden." Sie schenkte ihm ein unwiderstehliches Lächeln.

Er errötete und trat von einem Fuß auf den anderen. „Also, vielleicht ... Falls sie eine Katze vorbeibringen würden, könnten wir darüber nachdenken."

„Mache ich." Noch immer lächelnd, griff sie nach ihrem Portemonnaie. „Wie viel bin ich schuldig?"

„Das war gut eingefädelt", murmelte Fabian, als sie den Stand verließen. „Sie bringen schon zum zweiten Mal ein Kätzchen unter. Hat Ihre Katze geworfen?"

„Nein, ich kenne nur eine Reihe Kätzchen, die untergebracht

werden müssen." Sie neigte den Kopf zu ihm. „Falls Sie Interesse hätten ..."

„Nein." Mit dieser festen, knappen Antwort nahm er ihr die Einkaufstasche ab.

Alana lächelte bloß und beschloss, ihn später zu bearbeiten. Im Moment war sie damit beschäftigt, die Düfte von Gewürzen und Backwaren aufzusaugen, die aus offenen Hauseingängen drangen. Ein paar Kinder tobten lachend an ihnen vorbei. Alte Männer saßen auf den Stufen vor den Häusern, um zu klatschen und zu tratschen. Hinter einer heruntergelassenen Jalousie hörte sie einige Takte von Beethovens Neunter und ein Stück weiter das Hämmern eines augenblicklichen Spitzenschlagers.

„Hallo, Mr. Miller, Mr. Zimmerman!"

Die beiden alten Männer, die auf den Stufen vor dem Backsteinhaus saßen, betrachteten zuerst Fabian, ehe sie Alana ansahen. „An Ihrer Stelle würde ich dem Kerl keine Chance geben", riet Mr. Miller.

„Schick ihn zum Teufel." Mr. Zimmerman lachte keuchend. „Such dir lieber einen Mann mit Rückgrat."

„Ist das ein Angebot?" Sie küsste ihn auf die Wange, bevor sie die Stufen hinaufkletterte.

„Auf dem Nachbarschaftsfest habe ich einen Tanz bei dir frei?" rief er ihr nach.

Alana zwinkerte ihm über die Schulter zu. „Mr. Zimmerman, Sie bekommen von mir so viele Tänze, wie Sie nur wollen." Während sie die Treppe im Haus hinaufgingen, fischte Alana in ihrer Tasche nach ihren Schlüsseln. „Ich bin verrückt nach ihm", erklärte sie Fabian. „Er ist ein pensionierter Musiklehrer und unterrichtet nebenbei noch ein paar Kinder. Er sitzt auf den Stufen, damit er die vorbeigehenden Frauen beobachten kann."

Sie fand die Schlüssel mit einer großen lachenden Plastiksonne als Anhänger. „Er ist ein Beinfetischist."

Automatisch sah Fabian noch einmal zurück. „Hat er Ihnen das gesagt?"

„Man braucht doch nur aufzupassen, wohin sein Blick wandert, wenn ein Rock vorbeigeht."

„Auch Ihr Rock?"

Ihre Augen funkelten. „Ich falle in die Kategorie Nichte. Er findet, ich solle verheiratet sein und einen Haufen Kinder großziehen."

Sie schob den Schlüssel in ein merkwürdiges Schloss, was Fabian für absolut einzigartig in ganz New York hielt und öffnete die Tür.

Er hatte etwas Ungewöhnliches erwartet und wurde nicht enttäuscht.

Zentraler Blickfang im Wohnzimmer war eine lange, überbreite Hängematte, die an Messinghaken von der Decke baumelte. Das eine Ende der Matte war mit Kissen überhäuft, und daneben stand auf einem Waschtisch eine zu drei Vierteln heruntergebrannte dicke Kerze. Der Raum wurde von Farben beherrscht und war in einem undefinierbaren Stil gehalten.

Das alte, geschwungene Sofa war mit einem verblichenen Rosenbrokat überzogen, ein großer Weidenkorb diente als Kaffeetisch. Wie Alanas Garderobe, so war auch dieser Raum mit Büchern und Zeitungen übersät und enthielt ein Sammelsurium von Düften. Fabian roch Kerzenwachs, Kräuter und frische Blüten. Frühlingsblumen quollen aus verschiedenen Vasen, die von Ausverkaufsware bis Meißner Porzellan alles boten.

Ein Schirmständer in der Form eines Storchs war mit

Straußen- und Pfauenfedern gefüllt. Ein Paar Boxhandschuhe hingen in der Ecke hinter der Tür.

„Ich schätze, Sie fallen in die Federgewichtsklasse", stellte Fabian fest.

Alana folgte seinem Blick und lächelte. „Sie haben meinem Bruder gehört. Er hat in der Highschool geboxt. Wollen Sie einen Drink?" Bevor er antworten konnte, nahm sie ihm die Einkaufstasche ab und ging einen Korridor entlang und bog am Ende des Gangs in die Küche ein.

„Ein wenig Scotch und Wasser." Als er sich umdrehte, wurden seine Sinne und seine Aufmerksamkeit von einer Wand voller Gemälde gefangen genommen. Es waren natürlich ihre Bilder. Wer sonst hätte mit solcher Energie, derartigem Schwung und unter völliger Missachtung aller Regeln gemalt? Es gab farbige Flecken, Bögen, Zickzacklinien. Fabian trat näher. Er konnte die Bilder nicht schrecklich finden, aber er wusste auch nicht, wie er sie überhaupt finden sollte. Lebhaft, exzentrisch, beunruhigend. Sicher konnte man sich beim Betrachten solcher Bilder nicht entspannen. Sie zeigten Flair und Sorglosigkeit, und sie passten, beabsichtigt oder unbeabsichtigt, perfekt in den Raum.

Während Fabian noch die Gemälde betrachtete, kamen drei Katzen in das Zimmer. Zwei waren noch ganz klein, pechschwarz mit bernsteinfarbenen Augen. Sie tollten ein Mal um seine Beine herum, ehe sie im Gänsemarsch in die Küche trotteten. Die dritte war eine riesige Tigerkatze, die mit steifer Würde auf drei Beinen ging. Fabian hörte Alana lachen und etwas zu den beiden kleinen Katzen sagen, die sie aufgestöbert hatten. Die Tigerkatze betrachtete Fabian mit unerschütterlicher Geduld.

„Scotch und Wasser." Alana kam barfuß mit zwei Gläsern wieder.

Fabian nahm sein Glas entgegen. „Hier haben Sie wohl ein paar Mal einen Knacks abreagiert."

Alana warf einen Blick auf die Bilder. „Sieht so aus, nicht wahr? Spart das Geld für einen Psychiater, obwohl ich das eigentlich nicht sagen sollte, weil ich ja eine Psychiaterin spiele."

„Sie haben eine ganz besondere Wohnung."

„Ich habe herausgefunden, dass ich im Durcheinander am besten gedeihe." Sie lachte ihm zu und nahm einen Schluck. „Wie ich sehe, haben Sie Butch schon kennen gelernt." Sie bückte sich und strich mit der Hand über den Rücken der Tigerkatze, die daraufhin einen Buckel machte und laut schnurrte. „Keats und Shelley sind die zwei kleinen Wilden. Sie futtern jetzt ihr Abendessen."

„Ach ja." Fabian beobachtete, wie Butch sich an Alanas Bein rieb, bevor er zu dem Sofa hoppelte und auf ein Kissen sprang. „Finden Sie es nicht schwierig, bei Ihrem anstrengenden Beruf drei Katzen in einer Stadtwohnung zu halten?"

Alana lächelte nur. „Nein. Ich werfe jetzt den Grill an."

Fabian hob eine Augenbraue. „Wo?"

„Na, wo schon? Auf der Terrasse." Alana stieß eine Tür auf. Im Freien gab es einen Balkon von der Größe einer Briefmarke, kaum mehr als ein breites Fenstersims. Er war voll gestellt mit Geranientöpfen und einem winzigen Holzkohlengrill.

„Die Terrasse", murmelte Fabian über ihre Schulter hinweg. Nur ein unheilbarer Optimist oder ein hoffnungsloser Träumer konnte auf diese Bezeichnung kommen. Und er war dankbar, dass sie es getan hatte. Lachend lehnte er sich gegen den Türpfosten.

Alana richtete sich von dem Grill auf. „Sieh mal an, das ist sehr hübsch. Wissen Sie, dass Sie zum ersten Mal richtig lachen und es auch ehrlich meinen?"

Achselzuckend nippte Fabian an seinem Scotch. „Ich glaube, ich bin ein wenig außer Übung."

„Das kriegen wir bald hin." Lächelnd hielt sie ihm die offene Hand hin. „Haben Sie ein Streichholz?"

Fabian fasste in seine Tasche, aber irgendetwas, vielleicht das humorvolle Funkeln in ihren Augen, änderte seine Meinung. Er hielt sie an den Schultern fest und senkte seinen Mund auf ihre Lippen.

Fabian überraschte sie völlig. Alana hatte nicht erwartet, dass er irgendetwas aus einem Impuls heraus tun könnte. Bevor sie sich richtig darauf einstellte, wurde sie von der Macht des Kusses gepackt, wurden ihre Gefühle und Sinne wie wild aufgerührt.

Diesmal war es nicht bloß eine Berührung der Lippen, sondern eine harte, uneingeschränkte Forderung. Als ihre Hände nach seinem Gesicht tasteten und sie ihm vorbehaltlos gab, wonach er suchte, war die Falle geschlossen.

Das Feuer entstand nicht langsam, sondern entflammte so schnell, als wären sie schon längst ein Liebespaar. Alana fühlte und verstand sofort die Vertrautheit zwischen ihnen. Ihr Herz gehörte ihm bereits. Also konnte sie ihm ihren Körper nicht verweigern.

Irgendwie nahm Fabian es mit Erleichterung auf, dass er sich seiner Leidenschaft überließ. Es war schon so lange her, seit er eine Frau wirklich begehrt hatte. Seine Leidenschaft war in diesem Moment fest und klar wie der Wind, der ihn beim Segeln ansprang. Sie befreite ihn von Fesseln, die er sich selbst angelegt hatte. Er stöhnte auf, als er Alana fester an sich zog.

Er atmete ihren Duft ein, diesen lockenden Wohlgeruch, der ihn verfolgt hatte, sooft er an sie gedacht hatte. Und er hatte den Geschmack ihrer Lippen noch in Erinnerung, so verlockend, so berauschend. Ihr Körper war schlank und doch weiblich rund und weich und wunderbar warm. Er brauchte die Wärme, brauchte sie schon seit Jahren, ohne es zu wissen. Vielleicht brauchte er auch Alana.

Und genau das war es, was ihn sich zurückziehen ließ, als er gerade mehr und mehr von dem begehrte, was sie ihm im Überfluss bot.

Alana öffnete langsam die Augen, als sich seine Lippen von ihrem Mund lösten. Alana blickte Fabian offen und direkt an. Diesmal erkannte sie in seinen Augen Verlangen und Vorsicht und auch einen Hauch von Gefühl, der sie rührte.

„Ich wollte, dass du mich küsst", murmelte sie.

Fabian zwang sich zur Ruhe, zwang sich zum Denken, obwohl Alana alle seine Sinne durcheinander wirbeln ließ. „Ich habe dir nichts anzubieten."

Das schmerzte, aber Alana wusste, dass es keine Liebe ohne Schmerzen gab. „Ich glaube, du irrst dich. Aber ich habe nun einmal den Hang, mich kopfüber in etwas zu stürzen, du dagegen nicht." Sie holte tief Luft und trat einen Schritt zurück. „Warum zündest du nicht den Grill an, während ich einen Salat mache?" Ohne seine Antwort abzuwarten, wandte sie sich ab und ging in die Küche.

Ganz ruhig, befahl Alana sich. Sie musste ruhig sein, um mit Fabian und den Empfindungen, die er in ihr auslöste, fertig zu werden. Er war nicht der Mann, der schlagartig eine Flut von starken Gefühlen annehmen würde, schon gar nicht die

Forderungen, die damit einhergingen. Wenn sie ihn in ihrem Leben haben wollte, musste sie eine vorsichtige Gangart einschlagen und sich seinem Tempo anpassen.

Er war nicht annähernd so hart und kühl, wie er es gerne wollte. Mit einem leichten Lächeln begann sie das frische Gemüse vorzubereiten. Sie durchschaute Fabian. Sein Lachen und dieses vergnügte Aufblitzen in seinen Augen hatten ihn verraten. Und dann natürlich war sie auch sicher, dass sie sich niemals in einen Mann ohne Sinn für Humor hätte verlieben können. Es gefiel ihr, diesen Humor in ihm zu wecken. Je länger sie zusammen waren, desto leichter wurde es. Ob er das wohl weiß? fragte sie sich. Vor sich hinsummend zerteilte sie eine Avocado.

Fabian betrachtete sie von der Tür her. Ein Lächeln spielte um ihre Lippen, und in ihren Augen stand jenes Leuchten, an das er sich schon zu sehr gewöhnte. Sie hantierte geschickt mit dem Küchenmesser, wie das nur jemand tat, der mit Hausarbeit vertraut war. In einer fließenden Bewegung warf sie ihr Haar über ihre Schultern nach hinten.

Warum übte eine so einfache Szene einen solchen Reiz auf ihn aus? Während er ihr zusah, wie sie an der Spüle das Gemüse unter fließendes Wasser hielt, um es zu waschen, entspannte er sich. Wieso erweckte sie in ihm den Wunsch, sich bequem hinzusetzen mit hochgelegten Beinen. In seiner Fantasie sah er sich hinter Alana treten, die Arme um ihre Taille legen und ihren Hals küssen. Er musste verrückt sein.

Alana wusste, dass er da war. Ihre Sinne waren scharf und wurden sogar noch schärfer, wenn es sich um Fabian drehte. Ihm weiter den Rücken zuwendend, bereitete sie ungestört den Salat vor. „Probleme beim Anzünden?"

Er hob eine Augenbraue. „Nein."

„Gut. Der Grill braucht nicht lange zum Vorheizen. Hungrig?"

„Ein wenig." Er durchquerte die Küche. Er wollte sie nicht berühren, ihr nur ein wenig näher sein.

Lächelnd hielt sie ihm eine dünne Scheibe Avocado hin und sah die Vorsicht in seinen Augen, als er sich von ihr füttern ließ. „Ich bin nie ein wenig hungrig", erklärte sie und schob den Rest der Scheibe in ihren Mund. „Ich bin immer am Verhungern."

Er hatte sie nicht berühren wollen, und doch fuhr er mit dem Handrücken über ihre Wange. „Deine Haut", murmelte er. „Sie ist schön. Sie sieht wie Porzellan aus, fühlt sich wie Satin an." Sein Blick wanderte über ihr Gesicht, über ihren Mund, richtete sich auf ihre Augen, die er nicht losließ. „Ich hätte dich nie berühren dürfen."

Ihr Herz hämmerte. Sanftheit. Damit hatte sie nicht gerechnet, und das untergrub ihre Selbstbeherrschung. „Warum nicht?"

„Das führt zu mehr." Mit den Fingern strich er über ihr Haar, ehe er die Hand sinken ließ. „Ich will aber nicht mehr. Du möchtest etwas von mir."

Zitternd atmete sie aus. Bisher hatte sie nie erfahren, wie schwer es war, ihre Gefühle zurückzuhalten. Sie hatte es nie versucht. „Ja, ich möchte etwas. Im Moment nur deine Gesellschaft beim Abendessen. Das sollte einfach sein."

Als sie sich wieder der Spüle zuwenden wollte, hielt Fabian sie zurück. „Nichts zwischen uns wird einfach sein. Wenn ich länger mit dir zusammen bin, so wie jetzt, werde ich mit dir schlafen."

Es wäre so einfach gewesen, sich auf der Stelle in seine Arme zu schmiegen, aber er hätte ihre Großzügigkeit nicht gewürdigt, und sie hätte die Leere nicht überlebt. „Fabian, ich bin eine erwachsene Frau. Wenn ich mit dir ins Bett gehe, dann nur, weil ich es mir ausgesucht habe."

Er nickte. „Vielleicht. Ich möchte nur sichergehen, dass ich es mir auch aussuchen kann." Er wandte sich um und ließ sie in der Küche allein.

Alana holte tief Luft. Ich werde mich damit nicht abfinden, entschied sie. Nicht mit seinen Launen und der ständigen Anspannung. Sie nahm die Platte mit den Koteletts und ging in den Wohnraum hinüber.

„Kopf hoch, DeWitt!" befahl sie und fing die Überraschung in seinem Gesicht auf, als sie zu dem Grill marschierte. „Ich habe in jeder Fernsehfolge meiner Seifenoper mit Melodrama und Elend zu tun. Und ich lasse nichts davon in mein Privatleben eindringen. Nimm dir noch einen Drink, setz dich und entspann' dich." Alana legte die Koteletts auf den Rost, streute frisch gemahlenen Pfeffer darüber und ging an die Stereoanlage. Sie stellte das Radio auf Jazz, weichen Blues.

Als sie sich umdrehte, stand er noch immer da und sah sie an.

„Ich meine es ernst", versicherte sie ihm. „Ich habe möglichen Komplikationen gegenüber eine klare Einstellung. Sie kommen, ob man darüber nachdenkt oder nicht. Wozu also Zeit verschwenden?"

„Ist das für dich wirklich so leicht?"

„Nicht immer. Manchmal muss ich daran arbeiten."

Nachdenklich holte er eine Zigarette hervor. „Wir zwei zusammen, das wäre nicht gut", sagte er, nachdem er die Zigarette angesteckt hatte. „Ich will niemanden in meinem Leben haben."

„Niemanden?" Sie schüttelte den Kopf. „Du bist zu intelligent, um zu glauben, dass jemand ohne einen anderen Menschen leben kann. Brauchst du keine Freundschaft, Kameradschaft, Liebe?"

Er stieß den Rauch aus und versuchte, den Stich zu ignorieren, den ihre Frage ihm versetzte. Er hatte mehr als zwei Jahre damit zugebracht, sich davon zu überzeugen, dass er niemanden brauchte. Weshalb sollte er ausgerechnet jetzt und so plötzlich einsehen, dass es falsch war? „Alles, was du aufgezählt hast, beruht auf Gegenseitigkeit, und ich bin nicht mehr bereit, etwas zu geben."

„Du bist nicht dazu bereit." Ihr Blick war nachdenklich. Ihr Mund lächelte nicht. „Wenigstens bist du ehrlich, was deine Ausdrucksweise angeht. Je länger ich mit dir zusammen bin, desto klarer wird mir, dass du nie jemanden belügst – dich selbst ausgenommen."

„Du bist noch nicht lange genug mit mir zusammen, um zu wissen, wer oder was ich bin." Er stieß seine Zigarette aus und steckte seine Hände in seine Taschen. „Und das ist für dich auch viel besser so."

„Für mich oder für dich?" konterte sie und schüttelte den Kopf, als er nicht antwortete. „Du lässt dich von deiner Exfrau zu einem Opferlamm machen", murmelte sie. „Das überrascht mich."

Seine grünen Augen wurden schmal und kalt. „Öffne keine Schränke, Alana, wenn du ihren Inhalt nicht kennst."

„Es wäre zu sicher, das nicht zu tun." Sie fühlte, dass er sich jetzt ganz einfach ärgerte, und das war ihr lieber als seine undurchsichtigen Überlegungen. Leise lachend ging sie zu ihm und legte ihre Hände auf seinen Arm. „Ohne Risiko gibt es im Leben keinen Spaß. Und ohne Spaß kann ich nicht leben." Sie drückte ihn sanft. „Sieh mal, ich bin gern mit dir zusammen. Geht das in Ordnung?"

„Ich bin mir nicht sicher." Er merkte, wie sie ihn schon wieder durch eine dermaßen leichte Berührung anzog. „Ich bin mir nicht sicher, ob das für jeden von uns in Ordnung ist."

„Tu dir selbst einen Gefallen", schlug sie aufmunternd vor. „Mach dir ein paar Tage lang darüber keine Sorgen und warte ab, was inzwischen geschieht." Sie stellte sich auf die Zehenspitzen und hauchte ihm einen freundschaftlichen und gleichzeitig intimen Kuss auf die Lippen. „Um die Drinks musst du dich kümmern", fügte sie lachend hinzu. „Meine Koteletts verbrennen nämlich schon."

5. KAPITEL

„Nein, Griff, ich werde mit dir nicht über meine Ehe sprechen." Amanda griff nach einer Gießkanne in Delfter Blau und versorgte gewissenhaft die Pflanzen am Fenster ihres Büros. Sonnenlicht, ein Produkt der schweißtreibenden Scheinwerfer, strömte durch die Scheibe herein.

„Amanda, in Kleinstädten gibt es keine Geheimnisse. Alle wissen schon, dass ihr beide, du und Cameron, nicht mehr zusammenlebt."

Sie straffte ihre Schultern unter der streng geschnittenen Jacke. „Ob es alle wissen oder nicht, es ist allein meine Angelegenheit." Mit dem Rücken zu ihm untersuchte sie eine Blüte der afrikanischen Veilchen.

„Du hast abgenommen, und du hast Ringe unter den Augen. Verdammt, Amanda, ich kann dich so nicht länger sehen."

Sie wartete einen Moment, ehe sie sich langsam umdrehte. „Es geht mir gut. Und ich werde mit allem fertig."

Griff lachte knapp auf. „Wer sollte das besser wissen als ich?"

Ihre Augen flammten auf, aber ihre Stimme klang kühl und entschieden. „Ich habe zu tun, Griff."

„Ich möchte dir helfen." Seine typische spontane Leidenschaft brach durch.

„Mehr habe ich nie gewollt."

„Helfen?" Ihre Stimme wurde eisig, als sie die Gießkanne abstellte. „Ich brauche keine Hilfe. Meinst du, ich sollte mich dir anvertrauen? Nach allem, was du mir angetan hast? Der einzige Unterschied zwischen dir und Cameron ist der, dass du mein Leben um ein Haar ruiniert hättest. Ich begehe denselben Fehler nicht zwei Mal."

Wütend packte er sie am Arm. „Du hast mich nie gefragt, was Vikki in meinem Zimmer getan hat. Damals nicht und in all den Monaten seither auch nicht. Du hast dich sehr schnell wieder erholt, Amanda, und hattest zuletzt den Ring eines anderen Mannes an deinem Finger."

„Der Ring ist noch da", sagte sie ruhig. „Und darum solltest du deine Hände von mir nehmen."

„Glaubst du, der Ring hält mich auf, nachdem ich jetzt weiß, dass du Cameron nicht liebst?" Leidenschaft, Wut, Verlangen – das alles stand in seinen Augen, klang aus seiner Stimme und drückte sein Körper aus. „Ich blicke dich an und sehe, dass es so ist", fuhr er fort, ehe sie es abstreiten konnte. „Ich kenne dich besser als jeder andere. Nun gut, werde mit allem fertig!" Er schob seine Finger in ihr Haar und zog die Haarnadeln heraus.

Die Kamera fuhr näher heran. „Dann musst du aber auch damit fertig werden."

Griff zog Amanda an sich und presste seine Lippen auf ihren Mund. Sie wäre fast zurückgezuckt. Fast. Einen Herzschlag lang bewegte sie sich nicht. Dann hob Amanda die Hände an seine Schultern, um ihn wegzustoßen, klammerte sich jedoch stattdessen an ihn. Sie stöhnte sanft und unterdrückt, als ihre Leidenschaft aufflammte. Für einen Moment hielten sie einander umschlungen wie früher. Dann schob er sie von sich, hielt sie jedoch an den Armen fest. Funken von Verlangen und Zorn sprangen zwischen ihnen über, bei ihm offen, bei ihr verhalten.

„Diesmal läufst du mir nicht wieder davon", erklärte er ihr. „Ich werde warten, aber nicht allzu lange. Du kommst zu mir, Amanda. Da gehörst du nämlich hin."

Griff gab sie frei und stürmte aus dem Büro. Amanda fasste sich mit bebenden Fingern an die Lippen und starrte auf die geschlossene Tür. „Schnitt!"

Alana umrundete die Kulissenwand ihres Büros. „Du hast absichtlich Zwiebeln gegessen!"

Ihr Partner Jack zog sie an den aufgelösten Haaren. „Nur für dich allein, Süße."

„Ferkel!"

„Lieber Himmel, wie ich es liebe, wenn du mich beschimpfst!" rief Jack dramatisch, riss Alana in die Arme und beugte sie übertrieben weit zurück. „Lass dich von mir ins nächste Bett zerren, damit ich dir die wahre Bedeutung des Wortes Leidenschaft beibringen kann!"

„Nur, wenn du vorher eine Tablette ‚Atemfrisch' genommen

hast, Junge." Mit einem kräftigen Stoß befreite sich Alana von ihrem Kollegen und wandte sich an den Regisseur. Die Lichtflut der Scheinwerfer war schon gedämpft worden. „Neal, ist das für heute alles? Ich habe eine Verabredung am anderen Ende der Stadt."

„Verschwinde schon! Wir sehen uns am Montag um sieben."

In ihrer Garderobe streifte Alana die elegante Fassade Amandas ab und ersetzte sie durch einen weiten weißen Hosenanzug mit einem Dutzend goldener Knöpfe, einem breiten roten Plastikgürtel, einem T-Shirt mit schmalen waagerechten weißen und blauen Streifen und einer blauen Seemannsmütze mit einem goldenen Anker oberhalb des Schirms. Nachdem sie in flache Schuhe geschlüpft war, verließ sie das Studio.

Vor dem Gebäude wartete eine Gruppe von Fans, die Amanda-Alana, mit Autogrammbüchern in den Händen, umringten, über die Show redeten und sie mit Fragen bombardierten.

„Werden Sie zu Griff zurückkehren, Amanda?"

Alana sah zu dem Mädchen mit den leuchtenden Augen und lächelte. „Ich weiß es nicht so recht. Man kann ihm so schwer widerstehen."

„Er ist super! Ich meine, seine Augen sind so irre grün." Das Mädchen schob einen Kaugummi in den Mundwinkel und seufzte. „Ich würde sterben, wenn er mich so ansehen würde, wie er Sie ansieht!"

Alana dachte an ein anderes grünes Augenpaar und hätte beinahe auch geseufzt. „Wir müssen abwarten, wie es sich entwickelt. Freut mich, dass Ihnen die Show gefällt." Sie bahnte sich einen Weg durch die Menge und hielt ein Taxi an, gab dem Fahrer die Adresse und ließ sich im Sitz zurückfallen.

Wahrscheinlich war sie wegen des bevorstehenden Treffens so erschöpft, obwohl sie auch nicht gut geschlafen hatte.

Fabian. Hätte nur Fabian in ihren Gedanken herumgespukt, wäre sie gut damit fertig geworden. Doch da war noch Scott.

Die Vorstellung, seinen Großeltern gegenüberzutreten, jagte ihr keine Angst ein, belastete sie jedoch. Alana hatte schon früher mit ihnen gesprochen. Kaum anzunehmen, dass dieses Treffen anders verlaufen würde.

Sie erinnerte sich daran, wie Scott im Zoo gestrahlt und vor Glück geglüht hatte. Wie einfach und wie lebenswichtig ein solcher Besuch doch für ein Kind war.

Seufzend schloss sie die Augen. Hätte es nur eine andere Möglichkeit gegeben als das drohende Verfahren um die Vormundschaft, bei der Scott zwischen die Parteien geraten musste.

Wenn sie sich doch bloß bei jemandem Rat über die rechtliche Lage holen könnte! Aber sie hatte gute Gründe, mit niemandem über Scott zu sprechen. Fabian kam auch nicht in Frage. Er war zwar klug und einfühlsam und erfahren, aber er hatte ihr deutlich erklärt, dass er niemanden in seinem Leben haben wollte – sie nicht und ein Problem wie Scott schon gar nicht. Selbst wenn sie ihn nur um Rat gefragt hätte, wäre es ihm wahrscheinlich wie eine Belästigung erschienen.

Alana bezahlte das Taxi und betrat das Haus, in dem das Büro ihres Anwalts untergebracht war. Auf dem Weg von der Halle in den dreißigsten Stock sammelte sie ihren ganzen Mut. Wahrscheinlich sprach sie jetzt zum letzten Mal mit Scotts Großeltern auf einer persönlichen Ebene. Sie musste ihre ganze Konzentration dafür einsetzen.

Das leichte Ziehen in der Magengegend war dem Lampenfieber eng verwandt. Alana kannte dieses Gefühl und konnte es gut beherrschen, als sie die Räume von Bigby, Liebowitz & Feirson betrat.

„Guten Tag, Miss Kirkwood." Die Empfangsdame begrüßte sie mit einem strahlenden Lächeln. „Mr. Bigby erwartet Sie."

„Hallo, Marlene. Wie entwickelt sich der Welpe?"

„Ach, wunderbar. Mein Mann wollte gar nicht glauben, dass so ein kleiner Wurm so schnell lernt. Ich bin Ihnen wirklich dankbar, dass Sie ihn mir besorgt haben."

„Und ich bin froh, dass er ein gutes Zuhause gefunden hat." Alana ertappte sich dabei, dass sie ihre Finger ineinander verkrampfte. Bewusst ließ sie die Hände sinken, während die Empfangsdame sie anmeldete.

„Miss Kirkwood ist hier, Mr. Bigby. Ja, Sir." Sie stand auf, als sie den Hörer auflegte. „Sollten Sie vor dem Weggehen Zeit haben, Miss Kirkwood, meine Schwester hätte gern ein Autogramm. Sie lässt keine einzige Folge Ihrer Show aus."

„Aber ja, gern."

„Hallo, Alana!" Der dürre, bärtige Mann hinter dem massigen Schreibtisch erhob sich bei ihrem Eintreten. Im Raum roch es schwach nach Pfefferminz und Möbelpolitur. „Pünktlich auf die Minute."

„Ich verpasse nie ein Stichwort." Alana ging über den weichen Teppich mit ausgestreckten Händen auf ihn zu. „Sie sehen gut aus, Charlie."

„Ich fühle mich auch gut, seit Sie mich dazu überredet haben, das Rauchen aufzugeben. Schon sechs Monate", sagte er breit lächelnd. „Sechs Monate, drei Tage und ..." Er sah auf seine Uhr. „... viereinhalb Stunden."

Sie drückte die Hände des Anwalts. „Machen Sie so weiter."

„Wir haben ungefähr fünf zehn Minuten bis zum Eintreffen der Andersons. Kaffee?"

„Oh ja!" Alana ließ sich in einen cremefarbenen Ledersessel sinken.

Bigby schaltete das Sprechgerät ein. „Würden Sie bitte Kaffee bringen, Marlene?" Er sah Alana an und legte seine schmalen, unberingten Hände aneinander. „Wie kommen Sie mit allem zurecht?"

„Ich bin nervlich ein Wrack, Charlie." Sie streckte die Beine aus und befahl sich Entspannung. Zuerst die Zehen, dann die Knöchel und so weiter. „Sie sind praktisch der Einzige, mit dem ich darüber sprechen kann. Ich bin nicht daran gewöhnt, etwas für mich zu behalten."

„Wenn alles gut geht, ist das auch nicht mehr lange nötig."

Sie warf ihm einen abschätzenden Blick zu. „Welche Chance haben wir auf eine gütliche Einigung?"

„Eine ganz gute."

Leise seufzend schüttelte Alana den Kopf. „Das reicht nicht."

Marlene brachte ein Tablett mit Kaffee. „Milch und Zucker, Miss Kirkwood?"

„Ja, danke." Alana nahm die Tasse entgegen, stand sofort auf und begann, hin und her zu gehen. „Charlie! Scott braucht mich."

Und Sie brauchen ihn, dachte er, während er sie beobachtete. „Alana, Sie haben einen guten Ruf, eine feste Arbeit und ein ausgezeichnetes Einkommen, obwohl man entgegenhalten wird, dass es nicht unbedingt stabil ist. Sie bezahlen Ihrer Schwester das College und verwenden sich für alle nur erdenklichen karitativen Einrichtungen." Er freute sich, dass sie endlich lächelte. „Sie sind jung, aber kein Kind mehr. Die Andersons sind beide Mitte sechzig. Das sollte den Ausgang des Verfahrens beeinflussen. Und Sie haben vor allem die Sympathien auf Ihrer Seite."

„Oh, wie ich die Vorstellung hasse, dass es hier Seiten gibt", murmelte sie. „In Streitigkeiten und Kriegen gibt es Seiten. Das hier ist doch kein Krieg, Charlie. Scott ist doch noch ein Kind."

„So schwer es auch ist, aber Sie müssen praktisch denken."

Sie nickte und nippte achtlos an ihrem Kaffee. Praktisch denken! „Aber ich bin allein stehend, und ich bin Schauspielerin."

„Es gibt also ein Pro und ein Kontra. Dieses Treffen heute war Ihre Idee", fuhr er fort. „Es gefällt mir nicht, wie sehr Sie dadurch aufgewühlt werden."

„Ich muss noch einen Versuch unternehmen, bevor wir uns vor Gericht wieder finden. Die Vorstellung, dass Scotty womöglich auszusagen hätte ..."

„Es wäre doch nur eine zwanglose Unterhaltung mit dem Richter in seinem Büro, Alana. Nichts Traumatisches, das verspreche ich Ihnen."

„Nicht für Sie, vielleicht auch nicht für Scott, aber für mich." Sie wirbelte zu dem Anwalt herum. „Ich schwöre Ihnen, ich würde auf der Stelle aufgeben, könnte er bei seinen Großeltern glücklich sein. Aber wenn er mich ansieht ..." Kopfschüttelnd brach sie ab, die Hände um die Kaffeetasse gekrampft. „Ich weiß, dass ich nur gefühlsmäßig urteile, aber so habe ich immer am besten herausgefunden, was gut und was schlecht ist. Ich weiß, dass ihn die Großeltern gut versorgen und erziehen würden, aber ..." Sie starrte wieder aus dem Fenster. „Es ist nicht genug."

Bigby räusperte sich. „Machen Sie sich nicht nervös, Alana. Es ist nur ein Gespräch mit den Andersons und deren Anwalt, Basil Ford. Sollte er Sie etwas fragen, antworten Sie ihm nicht. Ich übernehme das. Ansonsten sagen Sie, was Sie wollen, aber verlieren Sie nicht die Beherrschung. Wenn Sie schreien oder weinen wollen, warten Sie bis nachher."

„Sie kennen mich schon sehr gut", murmelte sie und ballte die Hände zu Fäusten, als der Summer auf dem Schreibtisch anschlug.

„Ja, Marlene, führen Sie sie herein. Und wir brauchen noch Kaffee."

Alana konzentrierte sich darauf, ihre Hände still zu halten.

Als sich die Tür öffnete, stand Bigby auf. „Basil, schön, Sie zu sehen!" Er begrüßte den Gegenanwalt, einen hoch gewachsenen Mann im grauen Anzug. Basil Fords Haare wurden bereits dünn. „Mr. und Mrs. Anderson, bitte, nehmen Sie Platz! Kaffee wird gleich gebracht. Basil Ford, Alana Kirkwood."

„Hallo, Mr. Ford." Alana fand seinen Händedruck angenehm fest und seinen Blick offen.

„Miss Kirkwood." Der Gegenanwalt setzte sich und stellte seine Aktentasche neben den Sessel.

„Hallo, Mr. Anderson, Mrs. Anderson."

Alana erhielt von Mrs. Anderson ein knappes Nicken und von Mr. Anderson einen kurzen Händedruck. Gut aussehende Leute. Solide Leute. Alana fühlte aber auch ihre Strenge. Beide hielten sich kerzengerade, ein Ergebnis ihres militärischen Trainings. Mr. Anderson war vor zehn Jahren als Colonel in den Ruhestand getreten, und seine Frau war in ihrer Jugend Sanitäterin bei der Armee gewesen.

Sie hatten einander während des Krieges kennen gelernt, zusammen gedient und dann geheiratet. Man spürte die gegenseitige Nähe, die Vertrautheit der Gedanken und Wertvorstellungen. Vielleicht, dachte Alana, fällt es ihnen deshalb so schwer, einen anderen Standpunkt zu verstehen.

Gemeinsam setzten sich die Andersons auf ein weiches Zweiersofa. Beide waren konservativ gekleidet. Ihr eisgraues Haar war zurückgesteckt, sein schneeweißes Haar kurz geschoren. Alana musste angesichts der deutlich spürbaren Ablehnung durch die beiden ein Seufzen unterdrücken. Instinkt und Erfahrung sagten ihr deutlich, dass sie auf einer emotionalen Basis an diese Leute nie herankommen würde.

Während der Kaffee serviert wurde, führte Bigby eine unverbindliche Konversation. Die Andersons antworteten höflich und bemühten sich, Alana so weit wie möglich zu ignorieren. Auch Alana achtete darauf, sie nicht direkt anzusprechen. Sie würde sich die Leute noch früh genug zu Gegnern machen.

Sie wappnete sich, als Bigby sich hinter seinem Schreibtisch zurücklehnte und die Hände verschränkt auf die Tischplatte legte.

„Ich glaube, wir alle haben ein gemeinsames Ziel", begann er. „Scotts Wohlergehen."

„Deshalb sind wir hier", erwiderte Rechtsanwalt Ford gelassen.

Bigby warf ihm einen flüchtigen Blick zu und konzentrierte sich auf die Andersons. „Ein derartiges formloses Treffen soll allen helfen, Standpunkte und Meinungen auszutauschen."

„Natürlich ist das Hauptanliegen meiner Klienten das Wohl ihres Enkels." Ford besaß eine schön klingende Stimme. „Wir sind über Miss Kirkwoods Absichten im Bild. Was die Vormundschaft betrifft, bestehen keine Zweifel bezüglich der Rechte und der Fähigkeiten von Mr. und Mrs. Anderson."

„Das trifft auch auf Miss Kirkwood zu", warf Bigby sanft ein. „Aber wir sprechen heute nicht über Rechte und Fähigkeiten, sondern über das Kind selbst. Ich möchte an dieser Stelle betonen, dass wir weder Ihre gute Absicht noch Ihre Eignung, ein Kind aufzuziehen, in Frage stellen." Er sprach wieder direkt zu den Andersons unter geschickter Umgehung seines Kollegen. „Es geht vielmehr darum, was für Scott als Einzelmensch am besten ist."

„Mein Enkel gehört dahin, wo er im Augenblick auch ist", begann Mr. Anderson mit seiner tiefen, rauen Stimme. „Er wird gut versorgt, anständig eingekleidet und ordentlich erzogen. Er wird in Ordnung aufwachsen. Und er wird auf die denkbar besten Schulen geschickt werden."

„Wo bleibt die Liebe?" fragte Alana, ehe sie sich zurückhalten konnte. „Das kann man nicht durch Geld ersetzen." Sie beugte sich vor und richtete ihre Aufmerksamkeit auf Scotts Großmutter. „Wird er denn auch geliebt?" „Eine abstrakte Frage, Miss Kirkwood", warf Anwalt Ford schroff ein. „Wenn wir könnten ..."

„Nein, das ist nicht abstrakt", unterbrach Alana und schoss ihm einen wütenden Blick zu, ehe sie sich wieder an die Andersons wandte. „Es gibt nichts Konkreteres als Liebe. Nichts kann man leichter geben – oder vorenthalten. Werden sie ihn in den Armen halten, wenn er sich nachts vor Schatten fürchtet? Werden Sie immer zuhören, wenn er sich aussprechen muss?"

„Er wird nicht verzärtelt, wenn Sie das meinen." Mr. Anderson stellte seine Kaffeetasse ab. „Die grundsätzliche

Lebensrichtung wird bei einem Kind sehr früh festgelegt. Diese Fantastereien, die Sie fördern, sind nicht gesund. Ich habe nicht die geringste Absicht, meinem Enkel zu erlauben, in einer Traumwelt zu leben."

„Eine Traumwelt." Alana erkannte die Ablehnung, die von dem Ehepaar ausging und wie eine Felswand zwischen ihnen stand. „Mr. Anderson, Scott hat eine wunderschöne Vorstellungskraft. Er ist voll von Leben und Fantasien."

„Fantasie." Andersons Lippen wurden schmal. „Fantasien bringen ihn nur dazu, nach etwas zu suchen, das es nicht gibt und etwas zu erwarten, das er nicht haben kann. Der Junge braucht eine feste Grundlage in der Realität, in Dingen, die wirklich sind. Sie leben davon, etwas vorzutäuschen, das nicht wirklich ist, Miss Kirkwood. Mein Enkel wird nicht in einer Märchenwelt leben."

„Jeder Tag hat vierundzwanzig Stunden, Mr. Anderson. Gibt es da nicht so viel Realität, dass wir ein bisschen Zeit für Wunschträume verwenden können? Alle Kinder müssen an Wünsche glauben, besonders Scott, nachdem ihm so viel genommen wurde. Bitte ..." Ihr Blick glitt zu der Frau, die so gerade auf dem Sofa saß, als hätte sie einen Stock verschluckt. „Sie haben Kummer kennen gelernt. Scott hat die beiden Menschen verloren, die für ihn auf dieser Welt Liebe, Sicherheit und Normalität verkörpert haben. Alle diese Dinge müssen ihm zurückgegeben werden."

„Durch Sie?" Mrs. Anderson saß ganz still, und ihre Augen blickten gelassen. „Das Kind meiner Tochter wird von mir großgezogen."

„Miss Kirkwood", warf ihr Anwalt Basil Ford ein und schlug lässig die Beine übereinander. „Um auf praktische Dinge zu kommen, Sie haben, soviel ich weiß, im Moment eine Schlüsselrolle in einer Fernsehserie. Das garantiert einen sicheren Job mit einem gleich bleibenden Einkommen. Für gewöhnlich ändern sich aber diese Dinge. Wie wollten Sie ein Kind versorgen, falls Ihr Einkommen plötzlich ausbleibt?"

„Mein Einkommen wird nicht ausbleiben." Alana fing Bigbys Blick auf und hielt mit Mühe ihr Temperament im Zaum. „Ich habe einen Vertrag. Ich werde außerdem einen Film mit P. B. Marshell machen."

„Das ist sehr beeindruckend", entgegnete Ford. „Dennoch werden Sie zugeben müssen, dass Ihr Beruf für seine Unsicherheiten bekannt ist."

„Wenn wir über finanzielle Sicherheit sprechen, Mr. Ford, so versichere ich Ihnen, dass ich Scott materiell alles geben kann, was er braucht. Sollte meine Karriere absinken, würde ich einfach eine zusätzliche Arbeit annehmen. Ich besitze Erfahrung sowohl im Einzelhandel als auch in der Gastronomie." Mit einem angedeuteten Lächeln erinnerte sie sich an die Zeiten, in denen sie Parfüm und Puder verkauft und gekellnert hatte. Oh ja, Erfahrung war das richtige Wort dafür. „Aber ich kann nicht glauben, dass hier irgendjemand den Stand eines Bankkontos an die erste Stelle setzt, wenn wir über ein Kind sprechen."

„Ich bin sicher, dass wir alle die Bedeutung der finanziellen Absicherung des Kindes kennen." Bigbys Unterton warnte Alana. „Es steht außer Frage, dass beide Parteien – das Ehepaar Anderson und meine Klientin – Scott das Nötige an Essen, Kleidung, Erziehung und so weiter zur Verfügung stellen können."

„Dann ist da noch die Frage des Familienstandes." Ford strich sich mit dem Zeigefinger über den Nasenrücken. „Wie viel

Zeit wollen Sie, Miss Kirkwood, als allein lebende Frau, als allein lebende berufstätige Frau für Scott erübrigen?"

„So viel er braucht", antwortete Alana einfach. „Ich weiß, was Vorrang hat, Mr. Ford."

„Vielleicht." Er nickte und legte seine Hand auf die Seitenlehne des Sessels. „Und vielleicht haben Sie diesen Punkt nicht bis zu Ende durchgedacht. Da Sie nie ein Kind großgezogen haben, könnte es Ihnen nicht ganz bewusst sein, wie viel Zeit dafür nötig ist. Sie führen ein aktives Privatleben, Miss Kirkwood."

Seine Worte und seine Stimme klangen mild, aber die Folgerung des Gesagten war klar. Zu jedem anderen Zeitpunkt und bei jeder anderen Gelegenheit hätte Alana sich darüber nur amüsiert. „Nicht so aktiv, wie es in den Zeitungen dargestellt wird, Mr. Ford."

Wieder nickte er. „Außerdem sind Sie eine junge Frau, attraktiv. Es ist wohl durchaus vertretbar, in nicht allzu ferner Zukunft ihre Verheiratung zu erwarten. Haben Sie bedacht, wie ein möglicher Ehemann sich dazu stellen könnte, die Verantwortung für die Erziehung eines Kindes, das nicht einmal Ihr eigenes ist, zu übernehmen?"

„Nein." Sie verschlang ihre Finger ineinander. „Wenn ich einen Mann genug liebe, um ihn zu heiraten, akzeptiert er Scott auch als einen Teil von mir, von meinem Leben. Andernfalls wäre er kein Mann, den ich lieben könnte."

„Wenn Sie die Wahl treffen müssten ..."

„Basil." Bigby hob die Hand, und obwohl er lächelte, blickten seine Augen hart. „Wir sollten uns nicht in derartige Spekulationen verrennen. Niemand erwartet, dass wir heute die Frage der Vormundschaft lösen. Wir möchten nur ein klares Bild von den Gefühlen und Ansichten aller Beteiligten bekommen, was Ihre Klienten und meine Klientin für Scott wollen."

„Sein Wohlergehen", sagte Mr. Anderson knapp.

„Sein Glück", murmelte Alana. „Ich möchte glauben, das ist dasselbe."

„Sie sind nicht anders als Ihr Bruder." Mr. Andersons Stimme war scharf und hart wie ein Peitschenschlag. „Glück! Er hat meiner Tochter Glück um jeden Preis vorgegaukelt, bis sie ihr Verantwortungsbewusstsein, ihre Erziehung und ihre Wertvorstellungen einfach weggeworfen hat. Mit achtzehn schwanger, heiratete sie einen mittellosen Studenten, der lieber Drachen steigen ließ, als sich um einen anständigen Beruf zu bemühen."

Alanas Lippen zitterten, als der Schmerz sie packte. Nein, sie würde ihre Energie nicht dafür verschwenden, ihren Bruder zu verteidigen, Er brauchte keine Verteidigung. „Sie haben einander geliebt", sagte sie bloß.

„Haben einander geliebt ..." Andersons Wangen bekamen Farbe, das erste und einzige Anzeichen von Emotionen, das Alana bei ihm je gesehen hatte. „Glauben Sie im Ernst, das würde genügen?"

„Ja. Sie waren glücklich miteinander. Sie hatten ein wunderschönes Kind. Und sie hatten gemeinsame Träume." Alana schluckte die aufsteigenden Tränen hinunter. „Manche Leute haben nie so viel."

„Barbara würde noch leben, hätten wir sie von ihm fern gehalten!" stieß Mrs. Anderson hervor.

Alana blickte in die Augen der älteren Frau und sah dort mehr als Schmerz. Die kräftigen, knochigen Hände zitterten leicht, die Stimme klang brüchig in einer Mischung aus Gram und Wut, die Alana erkannte und verstand. „Jeremy ist auch tot, Mrs. Anderson", sagte sie ruhig. „Aber Scott lebt."

„Er hat unsere Tochter getötet!"

„Oh nein!" rief Alana. Die Worte schockierten sie, aber der Schmerz erweckte ihr Mitgefühl. „Mrs. Anderson, Jeremy hat Barbara angebetet. Er hätte nie etwas getan, um ihr zu schaden."

„Er hat sie in diesem Flugzeug mitgenommen. Was hatte Barbara in einem dieser kleinen Flugzeuge zu suchen? Sie wäre nicht geflogen, hätte er sie nicht mitgenommen!"

„Mrs. Anderson, ich weiß, was Sie fühlen ..."

Sie missachtete Alanas Trost. Ihr Atem ging plötzlich flach und schnell.

„Sagen Sie mir nicht, Sie wüssten, was ich fühle! Barbara war mein einziges Kind. Mein einziges Kind." Sie stand auf und blickte Alana mit Augen an, in denen Tränen schimmerten. „Mit Ihnen werde ich nicht über Barbara oder Barbaras Sohn sprechen." Mit raschen, kontrollierten und auf dem Teppich unhörbaren Schritten verließ sie das Büro.

„Ich lasse nicht zu, dass Sie meine Frau dermaßen aufregen." Mr. Anderson stand hoch aufgerichtet und unnachgiebig vor Alana. „Seit wir zum ersten Mal den Namen Kirkwood gehört haben, erleben wir nur noch Kummer."

Obwohl ihre Knie zitterten, stand auch Alana auf. „Scotts Name ist Kirkwood, Mr. Anderson."

Ohne ein weiteres Wort drehte er sich um und ging hinaus.

„Meine Klienten reagieren in dieser Angelegenheit verständlicherweise sehr emotional." Fords Stimme war so ruhig und leise, dass Alana sie kaum hörte. Mit einem leichten Kopfnicken trat sie an das Fenster und starrte ins Freie.

Alana nahm die gedämpfte Unterhaltung der beiden Anwälte

in ihrem Rücken nicht wahr. Stattdessen konzentrierte sie sich auf den Verkehr dreißig Stockwerke unter ihr. Sie wünschte sich, dort unten zu sein, umgeben von Autos und Bussen und Menschen.

Seltsam, wie sie sich beinahe selbst davon überzeugt hatte, dass sie sich mit dem Tod ihres Bruders abgefunden hatte. Jetzt wurde sie wieder von diesem hilflosen Zorn überschwemmt. Über diese eine Frage kam sie nicht hinweg: Warum musste er so früh sterben?

„Alana." Bigby legte seine Hand auf ihre Schulter und musste ihren Namen wiederholen, ehe sie den Kopf drehte. Ford war ebenfalls gegangen. „Setzen Sie sich."

Sie berührte seine Hand. „Nein, ich bin schon in Ordnung."

„Den Teufel sind Sie."

Mit einem knappen Auflachen lehnte sie die Stirn gegen die Scheibe. „Charlie, wieso glaube ich nie, wie hart oder wie hässlich alles sein kann, bis es dann passiert? Und sogar dann ... sogar dann kann ich es noch nicht ganz begreifen."

„Weil Sie immer nach dem Besten suchen. Das ist eine schöne Gabe."

„Oder ein Fluchtmechanismus", murmelte sie.

„Jetzt seien Sie nicht ungerecht gegen sich selbst, Alana." Seine Stimme klang schärfer, als er eigentlich wollte, aber dafür sah er zu seiner Erleichterung, wie sich ihre Schultern strafften. „Sie haben noch eine bemerkenswerte Gabe: Sie suchen immer mit ihren Gefühlen andere Menschen zu verstehen. Tun Sie das nicht bei den Andersons."

Mit einem lang gezogenen Seufzer starrte sie weiterhin auf die Straße hinunter. „Die beiden leiden. Ich wünschte, wir könnten unseren Schmerz teilen, anstatt ihn einander auch noch vorzuwerfen. Aber ich kann in ihrem Fall nichts machen", flüsterte sie und schloss für einen Moment fest ihre Augen. „Charlie, Scott gehört nicht zu ihnen. Er bedeutet mir alles. Nicht ein Mal, nicht ein einziges Mal hat einer der beiden seinen Namen genannt. Er war immer der Junge oder mein Enkel, nie Scott. Es ist so, als könnten sie ihm seine eigene Persönlichkeit nicht zugestehen, vielleicht weil sie zu dicht an die von Jeremy herankommt." Sie legte ihre Hände auf das Fensterbrett. „Ich möchte nur, was für Scott richtig ist, sogar wenn es für mich nicht gut wäre."

„Die Sache geht vor Gericht, Alana, und es wird für sie sehr hart werden."

„Das haben Sie mir schon erklärt. Es spielt keine Rolle."

„Ich kann Ihnen keine Garantien für den Ausgang geben."

Sie befeuchtete ihre Lippen und drehte sich zu ihm um. „Auch das weiß ich. Ich muss daran glauben, dass am Ende das Beste für Scott herauskommt. Wenn ich verliere, dann sollte es eben so sein."

„Lassen wir mal alle Sachlichkeit beiseite." Er berührte flüchtig ihre Wange. „Wie steht es denn mit dem Besten für Sie?"

Lächelnd legte sie ihre Hand an sein Gesicht und küsste ihn auf die Wange. „Ich bin ein Stehaufmännchen, Charlie, und ein verteufeltes Stück härter, als ich scheine. Machen wir uns lieber Sorgen um Scott."

Trotzdem galt seine Aufmerksamkeit im Moment ihr. Sie war noch immer blass, und ihre Augen schimmerten ein wenig zu hell. Von den ungeweinten Tränen? „Ich lade Sie auf einen Drink ein."

Alana rieb ihre Knöchel an seinem Kinn. „Es geht mir gut", erklärte sie entschieden. „Und Sie sind beschäftigt." Sie griff nach ihrer Handtasche. Sie wollte an die frische Luft und ihre Gedanken klären. „Ich muss nur ein Stück zu Fuß laufen", sagte sie halb zu sich selbst. „Wenn ich mir alles noch einmal durch den Kopf gehen lasse, fühle ich mich hinterher besser."

An der Tür sah sie noch einmal zurück. Bigby stand noch am Fenster und betrachtete sie mit einem besorgten Stirnrunzeln.

„Charlie, haben wir eine Chance zu gewinnen?"

„Ja, so viel kann ich Ihnen versichern. Ich wünschte, ich könnte Ihnen mehr dazu sagen."

Kopfschüttelnd zog Alana die Tür zum Vorzimmer auf. „Das genügt. Es muss einfach genügen."

6. KAPITEL

Fabian überlegte, ob er alles, was er an diesem Tag geschrieben hatte, wegwerfen sollte. Er lehnte sich auf seinem Stuhl zurück und betrachtete mit finsterer Miene das zur Hälfte vollgetippte Blatt sowie den Stapel fertiger Seiten neben seiner Maschine.

Er erinnerte sich nicht daran, wann er das letzte Mal bei seiner Arbeit das Gefühl gehabt hatte, gegen eine Mauer zu rennen. Es war, als würde er die Wörter in Granit meißeln, langsam, mühsam, und das fertige Produkt war weder klar formuliert noch scharf durchdacht. Muskeln und Augen schmerzten, er fühlte sich erschöpft.

Seit zehn Stunden beschäftigte er sich schon an diesem Tag mit seinem neuen Manuskript, für das er bei voller Konzentration nur halb so lange brauchte.

Es war völlig ungewöhnlich. Es war frustrierend ...

Es war Alana!

Was, zum Teufel, sollte er bloß machen? Fabian fuhr sich mit der Hand nervös über das Gesicht. Bisher hatte er jede Frau für einen längeren Zeitraum aus seinen Gedanken verbannen können, sogar Liz auf dem Höhepunkt ihrer katastrophalen Ehe. Aber diese Frau ...

Ärgerlich rutschte Fabian ein Stück von der Schreibmaschine weg. Diese Frau brach alle Regeln. Zumindest all seine Regeln, die er für sein persönliches Überleben erstellt hatte.

Das Schlimmste war, dass er einfach mit ihr zusammen sein wollte, ihr Lächeln sehen, ihrem Lachen lauschen und ihr zuhören wollte, wenn sie über etwas sprach, und wenn es auch noch so unwichtig war.

Am allerhärtesten war das Verlangen. Es regte und zuckte, erfüllte seine Gedanken. Er besaß die segensreiche Gabe schriftstellerischer Fantasie, die gleichzeitig auch ein Fluch war. So machte es ihm keine Mühe, es förmlich zu fühlen, wie heiß ihre Haut unter seinen Händen sein würde, wie ihr Mund sich auf seine Lippen presste. Ebenfalls mühelos malte er sich aus, wie sie sein Leben ruinieren konnte.

Da sie zusammenarbeiten würden, konnte er sie nicht meiden. Es war unausweichlich, dass sie einander lieben würden. Ebenso unausweichlich war es, dass er die Folgen abwägen musste. Aber jetzt in seiner stillen Wohnung und von Sehnsucht nach Alana wie gelähmt, konnte Fabian seine Gedanken nur bis zu diesem Moment bringen, in dem sie einander lieben würden. Alles hatte seinen Preis. Auch dafür würde er bezahlen müssen. Wer sollte das besser wissen als er?

Mit einem Blick auf seine Arbeit stellte Fabian fest, dass er den Preis bereits zahlte. Seine Schriftstellerei litt, weil er sich nicht konzentrieren konnte. Sein Schreibfluss war ins Stocken geraten. Dem Geschriebenen fehlte jener Glanz, der untrennbar zu seinem Stil gehörte.

Zu oft starrte er in die Luft, was Schriftsteller für gewöhnlich tun, aber nicht seine handelnden Personen beherrschten seine Gedanken. Zu oft erwachte er nach einer ruhelosen Nacht in der Morgendämmerung, aber nicht die Fortsetzung seiner Geschichte vertrieb seinen Schlaf.

Es war Alana.

Er steckte sich eine Zigarette an. Der Rauch brannte in seiner Kehle. Zu viele Zigaretten, gab er zu, während er den nächsten Zug nahm. Er starrte auf die halb beschriebene Seite und dachte an Alana.

Der Türsummer schlug schon zum zweiten Mal an, ehe Fabian aufstand. Wäre ihm die Arbeit gut von der Hand gegangen, hätte er jetzt nicht die Tür geöffnet.

„Alana!"

„Hallo!" Ein kurzes, etwas zu lautes Lachen. „Ich weiß, ich hätte anrufen sollen, aber ich bin ein Stück zu Fuß gelaufen, und als ich hier vorbeikam, habe ich nur gehofft, dass du nicht gerade wie wild an einer monumentalen Szene schreibst." Du plapperst, warnte sie sich selbst und ballte die Hände zu Fäusten.

„Ich habe in Stunden keine einzige monumentale Szene geschrieben." Er fühlte, dass sich hinter ihrem Lächeln und ihrem munteren Geplauder Probleme verbargen. Noch vor einer Woche hätte er sie mit einer Ausrede weggeschickt. „Komm herein."

„Ich muss dich in einem günstigen Moment erwischt haben", bemerkte Alana, während sie seine Schwelle überschritt. „Sonst hättest du mich angeknurrt. Hast du gearbeitet?"

„Nein, ich hatte schon aufgehört." Er sah ihr an, dass ihre nervliche Anspannung kurz vor der Entladung stand. Darüber täuschten die Lässigkeit und die witzigen Bemerkungen nicht hinweg. Es war an ihren Augen und ihren Bewegungen zu erkennen. Sie ballte die Hände in den Taschen ihres matrosenartigen weißen Hosenanzugs zu Fäusten. Spannungen? Das passte gar nicht zu ihr. Er wollte sie berühren, sie besänftigen und zwang sich, daran zu denken, dass er nicht die Probleme einer anderen Person gebrauchen konnte. „Willst du einen Drink?"

„Nein ... ja", verbesserte sie sich. Vielleicht beruhigte sie das mehr als der zweistündige Fußmarsch quer durch die Stadt. „Was immer du auf Lager hast – Martini, Sherry. Ein schöner Tag, nicht wahr?" Alana stellte sich ans Fenster und erinnerte sich nur zu deutlich daran, wie sie in Bigbys Büro am Fenster gestanden hatte. Sie wandte der Aussicht den Rücken zu. „Es ist warm. Überall gibt es Blumen. Warst du schon draußen?"

„Nein." Er gab ihr einen trockenen Wermut, ohne ihr Platz anzubieten. In dieser Stimmung würde sie keinen Moment still sitzen.

„Oh, du solltest das nicht versäumen. Perfekt schöne Tage kommen selten." Sie trank und wartete darauf, dass sich ihre Muskeln lockerten. „Ich wollte durch den Central Park spazieren, auf einmal war ich hier."

Er wartete einen Moment, während sie in ihr Glas starrte. „Warum?"

Langsam hob Alana ihren Blick zu seinen Augen. „Ich musste mit jemandem zusammen sein, und das warst eben du. Stört es dich?"

Es hätte ihn stören sollen. Der Himmel wusste, dass er das

wollte. „Nein." Ohne nachzudenken, kam Fabian einen Schritt auf sie zu, körperlich und gefühlsmäßig. „Willst du darüber sprechen?"

„Ja." Sie seufzte. „Aber ich kann nicht." Sie drehte sich von ihm ab und stellte ihr Glas auf einen Beistelltisch. Offensichtlich hatte sie sich noch immer nicht beruhigt. „Fabian, es kommt nicht oft vor, dass ich mit etwas nicht fertig werde oder Davonlaufen für das Beste halte, weil mir etwas solche Angst einjagt. Aber wenn das passiert, brauche ich einen Menschen."

Fabian berührte Alanas Haar, ehe er sich zurückhalten konnte und drehte sie zu sich herum, ehe er die Pros und Kontras abwog. Und er nahm sie in die Arme, bevor es ihnen überhaupt klar wurde, wie einfach das war.

Alana legte die Arme um seinen Nacken und klammerte sich an ihn, während sie fühlte, wie eine Zentnerlast von ihr abfiel. Fabian war stark genug, um ihre innere Stärke zu akzeptieren und ihre Momente der Schwäche zu verstehen. Sie brauchte diese menschliche Unterstützung, ohne Fragen, ohne Forderungen.

Seine Brust war muskulös und drückte fest gegen ihre Brüste. Mit den Händen strich er sanft über ihren Rücken. Er sagte nichts. Zum ersten Mal nach Stunden kehrte ihr Gleichgewicht zurück. Güte und Freundlichkeit schenkten ihr Hoffnung. Sie war stets eine Frau gewesen, die allein dadurch hatte überleben können.

Was bedrückt sie? fragte sich Fabian. Wie sehr sie in Panik war, erkannte er an der Art und Weise, wie sie sich an ihn klammerte. Auch als sie sich zu entspannen begann, vergaß er nicht, wie verzweifelt sie ihn umarmt hatte. Ist es ihre Arbeit? überlegte er. Oder etwas Privateres? Wie auch immer, es hatte nichts mit ihm persönlich zu tun. Und doch ... So weich und verletzlich, wie sie in seinen Armen lag, fühlte er, dass alles mit ihm zu tun hatte.

Er sollte zurückweichen. Seine Lippen berührten ihr Haar, während er ihren Duft einatmete. Es war nicht sicher, die Barriere ganz fallen zu lassen. Er ließ die Lippen über ihre Schläfe streichen.

„Ich möchte dir helfen." Die Worte formten sich in seinen Gedanken, und Fabian hatte sie ausgesprochen, ehe er sich dessen gewahr wurde.

Alanas Arme umspannten ihn fester. Dieser Satz bedeutete mehr, unendlich viel mehr als „Ich liebe dich". Ohne es zu wissen, hatte Fabian ihr soeben alles gegeben, was sie brauchte. „Das hast du schon getan." Sie neigte den Kopf zurück, um in sein Gesicht zu blicken. „Und du tust es noch."

Sie hob die Hand und strich mit den Fingern über die langen, festen Linien seines Gesichts und über die von Bartstoppeln raue Haut. Liebe war für sie etwas so Starkes, und sie liebte diesen Mann. Liebte ihn so sehr, dass sie ihn berühren musste.

Sachte, langsam verringerte sie den Abstand zwischen ihnen und strich mit ihren Lippen über die seinen. Ihre Lider senkten sich, aber durch ihre Wimpern hindurch beobachtete sie den Ausdruck seiner Augen, wie er ihren beobachtete. Die Intensität seines Blicks ließ nicht nach. Alana wusste, dass er ihre Stimmung prüfte.

Ohne den Druck zu verstärken, ließ er spielerisch leicht seine Lippen über ihren Mund gleiten, nippte an ihrer weichen Unterlippe und fuhr nur mit der Zungenspitze die Umrisse entlang, bis kleine Schauer Alana angenehm über den Rücken rieselten und ihre Brüste zu prickeln anfingen.

Fabian sehnte sich unendlich danach, Alana nicht nur als Frau, sondern auch als Mensch zu erfahren. Er wollte sie körperlich besitzen, vorher musste er aber die Windungen ihres Denkens verstehen.

Er war von der Stärke ihrer Gefühle betroffen, die sie ihm so unverhüllt zeigte. Er hatte noch nie eine Frau in den Armen gehalten, die so hemmungslos fühlen konnte. Ganz impulsiv wollte er ihr das zurückgeben, was sie ihm schenkte. Aber er hatte es schon immer ausgezeichnet verstanden, seinen Impuls zu bezähmen. Nur Narren ließen sich auf ein Risiko ein, das sie Liebe nennen, und er konnte es sich nicht leisten, zum zweiten Mal den Narren zu spielen.

Doch Mitgefühl – dem konnte er nachgeben. Wenn schon nichts anderes, konnte er Alana wenigstens für ein paar Stunden von dem Quälenden befreien. Er ließ seine Hände über ihre Arme streichen, nur um des herrlichen Empfindens willen. „Hast du nicht gesagt, dass es heute schön draußen ist?" fragte er.

Alana lächelte. Ihre Finger lagen noch immer an seinem Gesicht, ihre Lippen waren nur wenige Zentimeter von den seinen entfernt. „Ja. Einmalig schön."

„Dann gehen wir doch raus." Fabian nahm ihre Hand und steuerte die Tür an.

„Danke." Alana drückte kurz ihren Kopf gegen seine Schulter.

Der einfache Sympathiebeweis war ungewohnt für Fabian und machte ihn vorsichtig. „Wofür bedankst du dich?"

„Dafür, dass du keine Fragen stellst." Alana betrat den Aufzug, lehnte sich gegen die Hinterwand und schloss aufseufzend die Augen.

„Ich mische mich für gewöhnlich nicht in die Angelegenheiten anderer Leute."

„Wirklich?" Lächelnd öffnete sie die Augen. „Ich schon. Ich stecke dauernd meine Nase in anderer Leute Angelegenheiten. Das tun die meisten Menschen. Wir alle blicken gern in andere Leute hinein. Du machst es nur feiner als die meisten."

Fabian zuckte die Achseln, als der Aufzug im Erdgeschoss hielt. „So persönlich war es nicht gemeint."

Lachend trat Alana in die Halle, schwang ihre Handtasche über die Schulter und fiel in ihren gewohnten raschen Schritt. „Oh doch, du hast es persönlich gemeint."

Er fing den Humor in ihren Augen auf. „Ja", gab er zu. „Du hast Recht. Aber als Schriftsteller kann ich anderer Leute Gedanken und Gefühle beobachten, sie sezieren und für meine Bücher benutzen, ohne mich den Menschen so weit zu nähern, dass ich mitempfinden, trösten oder auch nur vage Sympathie empfinden muss."

„Du bist mit dir selbst zu hart, Fabian", murmelte Alana. „Viel zu hart."

Er zog verwirrt die Augenbrauen zusammen. Das hatte ihm noch niemand vorgeworfen. „Ich bin Realist."

„Einerseits ja, andererseits bist du ein Träumer. Irgendwie sind alle Schriftsteller Träumer, so wie alle Schauspieler auf gewisse Weise Kinder sind. Das hat nichts damit zu tun, wie klug, praktisch oder erfahren du bist. Das kommt durch den Beruf." Sie trat in den warmen Sonnenschein hinaus. „Ich bin gern ein Kind, und du bist gern ein Träumer. Du gibst es nur nicht gern zu."

Ärger? Statt Ärger fühlte Fabian Freude. Soweit er sich zurückerinnerte, hatte ihn nie jemand verstanden, und es war ihm stets gleichgültig gewesen. „Du hast es dir nur eingeredet, mich sehr gut zu kennen."

„Nein, sondern ich habe die Oberfläche ein wenig angekratzt." Sie warf ihm einen herausfordernden Blick zu. „Und du hast eine sehr harte Oberfläche."

„Und deine ist sehr dünn." Unvermutet legte er seine Hand an ihr Gesicht, um sie genau zu betrachten. „Oder sie scheint wenigstens dünn zu sein." Wie konnte er sicher sein? Wie konnte ein Mensch überhaupt jemals eines anderen Menschen sicher sein?

Alana war zu sehr daran gewöhnt, betrachtet zu werden, und vor allem zu sehr an Fabian gewöhnt, um sich unbehaglich zu fühlen. „Unter meiner Oberfläche gibt es wenig, das nicht durchschimmert."

„Vielleicht bist du deshalb eine gute Schauspielerin", überlegte er. „Du nimmst sehr leicht einen Charakter an. Wie viel davon bist du und wie viel davon ist die Rolle?"

Fabian ist noch weit davon entfernt, mir zu vertrauen, erkannte Alana, als er die Hand sinken ließ. „Das kann ich nicht beantworten. Vielleicht kannst du es, wenn der Film, den wir beide machen werden, abgedreht ist."

Er nickte anerkennend. Das war eine gute Antwort, vielleicht die bestmögliche. „Du wolltest in den Park gehen."

Alana hakte sich kameradschaftlich bei ihm unter. „Ja. Ich kaufe dir auch ein Eis."

Fabian warf ihr einen Blick zu, während sie losgingen. „Welcher Geschmack?"

„Alles außer Vanille", erklärte Alana überschwänglich. „Der heutige Tag hat nicht im mindesten etwas mit Vanille zu tun. Findest du das nicht auch?"

Sie hat Recht, fand Fabian. Es war ein großartiger Tag, kein durchschnittlicher. Das Gras leuchtete grün, die Blumen waren lebhaft bunt und dufteten stark. Es gab die üblichen Gerüche des Central Parks – eine Mischung aus Erdnüssen und Tauben. Begeisterte Jogger liefen vorbei mit bunten Schweißbändern und in Joggershorts. Schweißbäche liefen über ihre Rücken.

Unter den Bäumen lockte Schatten, während die Sonne auf Bänke und Wege herunterglühte. Fabian wusste, dass Alana die Sonne wählen würde.

Als Alana in ein mit Schokolade und Nüssen überzogenes Eishörnchen biss, dachte sie an Scott. Aber jetzt war die Besorgnis weg. Sie hatte sich nur für einen Moment auf jemanden stützen und seine gefühlsmäßige Stärke in sich aufnehmen müssen, damit ihre Zuversicht zurückkehrte. Ihr Kopf war wieder klar, ihre Nerven hatten sich beruhigt. Lachend legte sie die Arme um Fabians Nacken und küsste ihn herzhaft auf den Mund.

„Das macht die Eiscreme", erklärte sie lachend und ließ sich auf eine Schaukel fallen. „Und der Sonnenschein." Sie lehnte sich weit zurück und stieß sich mit den Füßen ab. Als sie zurückschwang, ließ ihr volles leuchtendes Haar ihr schönes Gesicht frei. Ihre Haut rötete sich, wie sie sich so abstieß und sich dahinschweben ließ.

„Du scheinst im Schaukeln Expertin zu sein."

Fabian lehnte sich gegen den Rahmen der Schaukel, als sie an ihm immer höher vorbeiflog.

„Ja, das bin ich. Willst du mitmachen?"

„Ich sehe lieber zu."

„Aber es ist wunderbar." Alana streckte die Beine weit von sich, um noch mehr an Höhe zu gewinnen, und genoss das

Ziehen in ihrem Magen. „Wann hast du zum letzten Mal geschaukelt?"

Eine Erinnerung wurde wach: Er mit fünf oder sechs und seine Nanny mit dem runden Gesicht und der strengen Kleidung. Sie schwang ihn auf einer Schaukel hin und her, während er quietschend noch höher verlangte. Damals hatte er gedacht, es könne im Leben nichts Schöneres geben als dieses Schwingen. Plötzlich verstand er, wieso Alana behauptete, gern ein Kind zu sein.

„Das ist schon hundert Jahre her", antwortete er.

„Das ist zu lang." Sie ließ die Füße über den Boden schleifen und bremste die Schaukel. „Steig herauf zu mir!" Sie blies ihre Haare aus den Augen und lachte über sein ungläubiges Gesicht. „Du kannst stehen, links und rechts von mir einen Fuß. Die Schaukel ist stabil genug. Du hoffentlich auch", fügte sie hinzu und entlockte Fabian mit ihrer Herausforderung einen finsteren Blick.

„Angewandte Psychologie?"

Ihr Lächeln verstärkte sich bloß. „Wirkt es?"

Auch jetzt lachte sie über ihn, und obwohl Fabian es wusste, nahm er ihre Herausforderung an. „Offenbar wirkt es." Er trat hinter sie und packte die Ketten mit den Händen. „Wie hoch willst du?"

Alana lehnte sich mit dem Oberkörper nach hinten und schenkte ihm ein Lächeln. „So hoch, wie ich kann."

„Aber nicht weinend nach dem Onkel schreien", warnte Fabian, als er sie anschob.

„Ha!" Alana warf ihr Haar zurück. „Keine Angst, DeWitt!"

Sie spürte, wie er auf die Schaukel sprang. Als sie zu schwingen begannen, passte sie ihren Körper dem Rhythmus an.

Der Himmel über ihr – blau und mit vereinzelten Wolken – glitt hin und her. Die Erde – braun und grün – schwankte. Alana lehnte den Kopf gegen Fabians festen, muskulösen Schenkel und ließ sich von Empfindungen davontragen.

Gras. Sie konnte es riechen, sonnengetränkt, gemischt mit dem staubigen Geruch nackter Erde. Kinderlachen, Taubengurren, Verkehrslärm – Alana hörte jedes Geräusch einzeln und in der gesamten Mischung.

Doch am meisten waren ihre Sinne auf Fabian gerichtet. Sie fühlte ihn fest in ihrem Rücken, hörte seinen Atem über allen anderen Geräuschen. Er duftete nach Seife und Tabak. Drehte sie ein wenig den Kopf zur Seite, konnte sie seine starken Hände an der Kette der Kinderschaukel sehen.

Alana schloss die Augen und nahm alles in sich auf. Es war wie Heimkommen. Zufrieden schob sie ihre Hände an den Ketten höher, bis sie seine Hände berührte. Der Kontakt genügte ihr.

Fabian hatte vergessen, wie es war, wenn man etwas ohne bestimmten Grund tat. Und gleichzeitig hatte er vergessen, wie unschuldig Vergnügen sein konnte. Jetzt fühlte er dieses reine Vergnügen, ohne sich durch irgendwelche dummen Rechtfertigungen einzuschränken, wie er das so oft tat. Weil er wusste, dass Freiheit verletzbar macht, hatte er sie sich nur sehr sparsam zugeteilt. Nur wenn er ganz allein war, fern von seiner Verantwortung und seiner Arbeit, hatte er seinem Herzen mehr gehorcht als seinem Verstand. Jetzt überließ er sich so spontan seinem Gefühl, dass es ihm kaum bewusst wurde. Die Gefahren, die diesem Verhalten folgen konnten, ließ er diesmal außer Acht und genoss das Schaukeln.

„Höher!" verlangte Alana atemlos lachend. „Noch höher!"

„Noch höher, und du landest auf deiner Nase!"

„Ich nicht! Ich lande auf meinen Füßen. Höher, Fabian!"

Als sie zu ihm hochblickte und ihn anlachte, verlor er sich in ihr. Schönheit – sie war da, aber nicht die kühle, entrückte Schönheit, die er vor der Kamera gesehen hatte. Jetzt sah er an ihr nichts von seiner Rae, nichts von ihrer Amanda. Da war nur Alana.

Zum ersten Mal seit unendlich langer Zeit fühlte er schwache Hoffnung. Es erschreckte ihn fast zu Tode!

„Schneller!" schrie sie und ließ ihm keine Zeit, seinen Gefühlen nachzuhängen. Ihr Lachen war genauso ansteckend wie ihre Begeisterung. Sie schwangen zusammen, bis seine Arme schmerzten.

Als die Schaukel langsamer wurde, sprang Alana ab und tat ein paar unsichere Schritte.

„Oh, das war wunderbar." Noch immer lachend, drehte sie sich mit ausgebreiteten Armen und zurückgeworfenem Kopf im Kreis. „Jetzt bin ich am Verhungern, absolut am Verhungern."

„Du hast doch eben erst Eis gegessen." Fabian sprang von der Schaukel, atemlos und mit jagendem Puls.

„Reicht nicht!" Alana wirbelte zu ihm herum und verschränkte die Hände hinter seinem Kopf. „Ich brauche einen Hotdog, unbedingt einen Hotdog mit allem drauf."

„Einen Hotdog." Weil es ihm so natürlich erschien, beugte er sich zu ihr und küsste sie. „Weißt du, was in diesen Dingern drinnen ist?"

„Nein, und ich will es auch nicht wissen."

Fabian ließ seine Hände über ihren Rücken gleiten. „Du fühlst dich wunderbar an."

Ihr Lächeln wurde weicher. „Das ist so ziemlich das

Netteste, was du bisher zu mir gesagt hast. Küss mich gleich noch ein Mal, solange ich noch fliege."

Fabian zog sie näher an sich und verschloss mit seinen Lippen ihren Mund. Flüchtig überlegte er, wieso ihn der sanfte Kuss genauso bewegte wie die Leidenschaft. Er wollte Alana. Und zusammen mit ihrem Körper wollte er diese Energie, diesen Schwung, die Lebensfreude. Er wollte Alana erforschen und auf ihre Echtheit testen. Fabian war noch weit davon entfernt zu glauben, irgendjemand könne so absolut ehrlich sein. Und doch wollte er es allmählich glauben.

Er schob sie ein Stück von sich. „Einen Hotdog", wiederholte er. „Na bitte, es ist dein Magen. Ich esse keinen Bissen davon."

„Ich wusste, dass du ein guter Kumpel bist, DeWitt." Im Gehen schlang sie ihren Arm um seine Taille. „Vielleicht esse ich auch zwei."

„Neigt deine Familie zu Masochismus?"

„Nein, nur zu Gefräßigkeit. Erzähl mir von deiner."

„Ich neige nicht zu Masochismus."

„Von deiner Familie." Alana lachte leise. „Deine Leute müssen stolz auf dich sein."

Die Andeutung eines Lächelns spielte um seinen Mund. „Das kommt darauf an. Ich sollte der Familientradition folgen und Jurist werden. Von zwanzig bis dreißig war ich das schwarze Schaf der Familie."

„Tatsächlich?" Sie neigte den Kopf zur Seite und betrachtete ihn mit neu erwachtem Interesse. „Das kann ich mir gar nicht vorstellen. Ich habe schon immer für schwarze Schafe geschwärmt."

„Darauf hätte ich wetten können", sagte Fabian trocken.

„Aber man könnte behaupten, dass ich in den letzten Jahren wieder in die Herde aufgenommen wurde."

„Das hat der Pulitzer-Preis bewirkt."

„Der Oscar hätte mir auch nicht wehgetan", gab Fabian humorvoll zu. „Doch der Pulitzer hat bei den DeWitts aus Philadelphia mehr hergemacht."

Alana roch den Hotdog-Stand und verfolgte mit Fabian zielbewusst die Spur. „Im nächsten Jahr wirst du einen Emmy gewinnen. Dein Stück ist so gut, dass es den Fernsehpreis für das beste Drehbuch bekommen muss."

Er holte seine Brieftasche hervor, während Alana sich über den Stand beugte und tief einatmete. „Du bist sehr zuversichtlich."

„Ist doch das Beste, was ich sein kann. Nimmst du auch einen?"

Der Duft war zu gut, um zu widerstehen. Ja, vielleicht doch."

Alana hob dem Verkäufer zwei Finger entgegen. Als ihr Hotdog in dem Brötchen lag, begann sie ihren Zug durch die Zutaten. „Weißt du, Fabian", erklärte sie, während sie Relish über das Würstchen häufte. „‚Die Rebellion' war brillant, klar, hart zupackend, mit hervorragend gezeichneten Charakteren, aber es war nicht so unterhaltend wie dein ‚Nebliger Dienstag'."

Fabian sah zu, wie sie den ersten herzhaften Bissen nahm. „Ich schreibe nicht immer nur, um zu unterhalten."

„Nein, das weiß ich." Alana kaute nachdenklich und nahm einen Becher Sprudel entgegen, den Fabian ihr reichte. „Ich persönlich mag Unterhaltung lieber. Darum bin ich in diesem Beruf. Ich möchte unterhalten werden, und ich will unterhalten."

Er zierte seinen Hotdog mit einem konservativen Streifen

Senf. „Und darum hast du dich mit einer Seifenoper zufrieden gegeben."

Sie schoss ihm im Weitergehen einen warnenden Blick zu. „Mach bloß keine spitzen Bemerkungen! Es kommt doch nur darauf an, dass es qualitativ perfekte Unterhaltung ist. Könnte ich gut mit Tellern jonglieren und auf einem Einrad fahren, würde ich das machen."

Nach dem ersten Bissen stellte Fabian fest, dass der Hotdog das Beste war, was er seit Tagen, vielleicht sogar seit Monaten gegessen hatte. „Du besitzt ein enormes Talent", erklärte er Alana, ohne ihre Überraschung darüber zu bemerken, wie leicht ihm das Kompliment über die Lippen kam. „Ich kann nur schwer verstehen, wieso du keine großen Filme machst oder Theater spielst. Eine Serie, sogar eine wöchentliche, ist Knochenarbeit. Die Hauptrolle in einer Serie, die fünf Mal wöchentlich ausgestrahlt wird, muss ermüdend, unerfreulich und enttäuschend sein."

„Ich mache es trotzdem gern." Sie leckte Senf von ihrem Daumen. „Ich bin hier in Manhattan aufgewachsen. Das Tempo liegt mir im Blut. Hast du jemals darüber nachgedacht, wieso Los Angeles und New York an entgegengesetzten Enden des Kontinents liegen?"

„Ein glücklicher Zufall der Geographie."

„Schicksal", verbesserte sie ihn. „In beiden Städten steht das Showbusiness ganz oben, aber keine zwei anderen Städte könnten ein unterschiedlicheres Tempo haben. Ich würde in Kalifornien verrückt werden. Gemächlichkeit entspricht nicht meinem Tempo. Ich mag diese Seifenoper, weil sie eine tägliche Herausforderung ist. Sie hält mich hellwach. Und wenn ich Zeit und Gelegenheit finde, mach ich gern etwas wie ‚Endstation

Sehnsucht'. Aber..." Sie schluckte seufzend den letzten Bissen des Hotdogs hinunter. „Aber wenn man Abend für Abend dasselbe Stück spielt, wird es zu routiniert, und man wird zu bequem."

Fabian nahm einen Schluck Cola. Den Geschmack hatte er schon fast vergessen. „Du spielst dieselbe Rolle schon seit fünf Jahren."

„Aber nicht immer gleich." Sie leckte sich den letzten Rest Relish von den Fingern. „Seifenopern stecken voller Überraschungen. Man weiß nie, welchen Knick eine Rolle macht, um die Einschaltquoten hochzutreiben oder einen neuen Handlungsabschnitt einzuleiten." Sie lief um eine Matrone mittleren Alters mit einem Pudel herum. „Gerade jetzt steht Amanda vor einer zerbröckelnden Ehe und einem persönlichen Verrat, der Möglichkeit einer Abtreibung und dem Wiedererwachen einer alten Affäre. Ganz schön heiße Sachen. Und obwohl es noch Top Secret ist, verrate ich dir, dass sie zusammen mit der Polizei an einem Fahndungsbild des Rippers von Trader's Bend arbeitet."

„Von wem?"

„Die Geschichte lehnt sich an Jack the Ripper an. In Trader's Bend, wo Amanda lebt, geht ein Mörder um", erklärte sie geduldig. „Ihr ehemaliger Liebhaber Griff ist der Verdächtige Nummer eins. Spannend, nicht?"

„Stört es dich denn nie, dass in einer so kleinen Stadt so viel Dramatisches passiert?"

Sie blieb stehen und warf ihre Serviette und den leeren Becher in einen Abfalleimer. „Man muss etwas nur glauben wollen. Mehr braucht man nicht auf dieser Welt. Wenn du glaubst, dass es geschehen könnte, dann kann es auch geschehen.

Es muss nur glaubwürdig sein. Als Schriftsteller solltest du das wissen."

„Vielleicht sollte ich das, aber ich habe mich immer mehr an die Realität angelehnt."

„Wenn es bei dir so klappt, ist es okay." Mit einem Schulterzucken deutete sie an, dass sie alles akzeptierte. „Aber manchmal ist es einfacher, an Zufälle oder Magie oder einfach Glück zu glauben. Nüchterne Realität ohne irgendwelche Umleitungen ist ein harter Weg."

„Ich hatte ein paar Umleitungen", murmelte er und erkannte, dass ihn Alana Kirkwood bereits von der gepflasterten Straße weggeführt hatte, an die er sich seit ein paar Jahren hielt. Fabian fragte sich, wohin ihr verschlungener Pfad sie beide führen würde. Er war so in Gedanken verloren, dass er erst, als sie stehen blieb, merkte, dass sie vor seinem Wohnhaus angekommen waren. Seine Arbeit wartete auf ihn, seine Abgeschiedenheit, seine Einsamkeit. Doch er wollte nichts davon in diesem Moment.

„Komm mit nach oben", sagte er weich.

Die Bitte war einfach, die Bedeutung klar. Und Alanas Verlangen war riesig. Kopfschüttelnd berührte sie das Haar, das ihm in die Stirn gefallen war. „Nein, es ist besser, wenn ich es nicht tue."

Er hielt ihre Hand fest, ehe Alana sie zurückziehen konnte. „Warum nicht? Ich will dich, du willst mich."

Wäre es doch bloß so einfach, dachte sie, während der Wunsch, ihn zu lieben, wuchs und wuchs. Aber sie wusste instinktiv, dass es für keinen von ihnen einfach wäre. Auf seiner Seite war es zu großes Misstrauen, auf ihrer zu große Verletzbarkeit.

„Ja, ich will dich." Alana sah die Veränderung in seinen Augen und wusste, dass es viel schwieriger sein würde, wegzugehen, als ihn zu begleiten. „Würde ich jetzt mit nach oben kommen, würden wir uns lieben. Aber keiner von uns ist dazu bereit, Fabian."

„Wenn du ein Spiel spielst, damit ich dich mehr begehre, so ist es kaum nötig."

Sie entzog ihm ihre Hand. „Ich spiele gern Spiele", erwiderte sie ruhig. „Und in den meisten Spielen bin ich auch sehr gut. Aber das ist kein Spiel."

7. KAPITEL

Harte Arbeit stand bevor, lange Tage, kurze Nächte und pausenlose Anforderungen an Körper und Geist. Alana freute sich auf jede einzelne Minute.

Die Produzenten der Seifenoper arbeiteten voll mit Marshell zusammen. Das Vorgehen der Fernsehgesellschaft war für alle Beteiligten ein Vorteil. Das große Zauberwort hieß stets „Einschaltquoten". An Alana blieb es hängen, die Zeit für beide Projekte aufzubringen und hunderte Seiten Drehbuch als Amanda und als Rae zu lernen.

Unter anderen Umständen hätte man ihre Rolle einfach für ein paar Wochen aus „Unser Leben, unsere Liebe" herausgeschrieben, aber da sich die Beziehung zwischen Amanda und Griff wieder belebte und der Ripper von Trader's Bend seine tödlichen Streifzüge unternahm, war das nicht möglich. Amanda hatte in zu vielen lebenswichtigen Szenen eine

Schlüsselrolle. Alana musste daher eine mörderische Anzahl von diesen Szenen in kurzer Zeit abdrehen, um sich hinterher drei Wochen voll auf den Film konzentrieren zu können. Sollte der Film dann länger als geplant dauern, musste sie das auffangen, indem sie ihre Zeit und Energie zwischen Amanda und Rae aufteilte.

Achtzehn-Stunden-Tage und Aufstehen um fünf Uhr früh konnten ihre Begeisterung nicht dämpfen. Das gnadenlose Tempo war für sie jedenfalls fast natürlich. Und es half ihr, nicht an das Vormundschaftsverfahren zu denken, das für den nächsten Monat angesetzt worden war.

Und dann war da noch Fabian. Die bloße Vorstellung, für längere Zeit mit ihm zu arbeiten, erregte sie. Der tägliche Kontakt würde stimulierend wirken. Konkurrenz und Zusammenarbeit auf beruflichem Gebiet würden sie auf Touren halten. Die Vorbesprechungen im Probeatelier zeigten ihr, dass Fabian mit dem Film genauso eng verbunden war wie jeder Schauspieler und jeder Angehörige des technischen Personals, und dass er uneingeschränkte Autorität besaß.

Während der manchmal hektischen Zusammenkünfte blieb er ruhig und sagte wenig. Aber wenn er etwas sagte, wurde es selten in Frage gestellt. Das hatte nichts mit Arroganz oder Unterdrückung zu tun, wie Alana es sah. Fabian DeWitt gab einfach erst dann einen Kommentar ab, wenn er wusste, dass er Recht hatte. Außerdem besaß er eine natürliche Art von Autorität.

Vielleicht würden sie im Lauf des Films enger zusammenkommen, wenn es so sein sollte. Gefühl. Genau das wollte sie ihm geben, und das brauchte sie von ihm. Zeit. Sie wusste, dass dies der Hauptfaktor für alles war, was sich überhaupt zwischen ihnen abspielte. Vertrauen. Das war nötiger als alles andere, und vor allem das fehlte.

Manchmal fühlte Alana während dieser Vorbesprechungen, wie Fabian sie zu sachlich betrachtete und sich zu erfolgreich von ihr distanzierte.

Alana befand sich in einer Sackgasse. Je besser sie Rae spielte, desto energischer zog Fabian sich von ihr zurück. Sie verstand es, konnte es aber nicht ändern.

Die Kulisse war elegant, die Beleuchtung gedämpft und verführerisch. An einem kleinen Rokokotisch saßen Rae und Phil einander bei Hummerpastete und Champagner gegenüber.

Alanas Kostüm bestand aus einem bodenlangen, leicht schwingenden gelben Seidenrock und einer langärmeligen, streng geschnittenen schwarzen Samtjacke, auf Taille gearbeitet, so dass ihre schmale Taille und ihre Hüften besonders betont wurden. Der V-Ausschnitt reichte bis unterhalb der Brüste, und da sie unter der Jacke nackt war, lag das Tal zwischen ihren Brüsten frei und bot sich aufregend den Blicken ihres Partners – und Fabians dar.

Eng um ihren Hals schlang sich ein breites Halsband aus Diamanten und dunkelblauen, fast schwarzen australischen Saphiren. Lang herabhängende Ohrringe aus den gleichen Steinen glitzerten bei jeder Bewegung. Ein bewaffneter Wächter im Studio war der lebende Beweis dafür, dass in einer Marshell-Produktion kein Talmi verwendet wurde.

Das intime Mitternachtsessen fand in Wirklichkeit um acht Uhr morgens in Gegenwart der gesamten Mannschaft statt. Alana schlürfte lauwarmes Ginger Ale aus ihrem Sektkelch und beugte sich mit einem heiseren Lachen näher zu ihrem Partner Jack.

Sie wusste natürlich, was jetzt gefragt war – Sex, ursprünglich und ungezügelt unter einer dünnen schimmernden Schicht feiner Lebensart. Mehr durch Gesten, einen Blick oder ein Lächeln als durch Dialog musste sich der Sex auf dem Bildschirm entzünden.

Sie spielte eine Rolle innerhalb einer Rolle. Sie war Rae, und Rae trug ständig eine Maske. Heute Nacht zeigte sie Wärme, sanfte Fraulichkeit, die allerdings nichts anderes als Fassade war. Es war Alanas Aufgabe, diese Wärme und Fraulichkeit und zusätzlich das Geschick zu zeigen, mit dem Rae diese Rolle spielte. Wenn die von Alana dargestellte Schauspielerin nicht klug vorging, würde ihre Wirkung auf den Charakter des Phil verpuffen. Die Verbindungen zwischen den beiden waren lebenswichtig. Sie hielten die Spannung aufrecht, die die Zuschauer vor der Mattscheibe fesseln sollten.

Rae begehrte Phil, und die Zuschauer mussten wissen, dass sie ihn körperlich fast so sehr begehrte wie die beruflichen Beziehungen, die er für sie knüpfen konnte. Um ihn zu gewinnen, musste sie so sein, wie er sie wollte. Ehrgeiz und Befähigung wurden zusammen mit Schönheit zu einer tödlichen Kombination. Rae besaß diese Kombination und darüber hinaus die Fähigkeit, sie einzusetzen. Alana musste die Doppelschichtigkeit von Raes Charakter zeigen.

Die Szene sollte im Schlafzimmer enden. Dieser Teil des Films würde allerdings zu einem anderen Zeitpunkt gedreht werden. Jetzt mussten die Spannung und die Sexualität bis zu einem Punkt aufgeheizt werden, an dem Phil – und das Publikum – vollständig verführt wurden. „Schnitt!"

Chuck rieb sich schweigend den Nacken. Schauspieler und Mitglieder der Crew kannten diese Geste ihres Regisseurs und warteten angespannt. Die Szene gefiel ihm nicht, und er suchte nach der Ursache. Alana versuchte, sich nicht aus der Stimmung bringen zu lassen. Sie brauchte ihre Kraft, um das Image der Rae aufrechtzuerhalten. Der Anblick des Ginger Ales und der Geruch des Essens vor ihr ließen ihren Magen sich zusammenziehen. Das war schon der vierte Durchlauf gewesen. Teilnahmslos sah sie zu, wie ihr Glas gefüllt und ihr Teller durch einen neuen ersetzt wurde. Wenn das hier vorüber ist, dachte sie, sehe ich nicht einmal mehr ein Glas Ginger Ale an.

„Abstoßend, nicht wahr?"

Alana blickte hoch und sah, wie Jack Rohrer eine Grimasse schnitt. „Ich habe mich in meinem ganzen Leben noch nie so nach Kaffee und einem Hörnchen gesehnt", sagte sie lächelnd.

„Bitte!" Er lehnte sich weit zurück. „Sprich nicht von richtigem Essen."

„Katzenhafter", sagte Chuck plötzlich und wandte sich an Alana. „So sehe ich Rae. Eine schlanke schwarze Katze mit manikürten Krallen."

Alana lächelte über den Vergleich. Ja, das war Rae.

„Den Satz ‚Eine Nacht wird nicht genügen, du machst mich gierig' solltest du förmlich schnurren."

Alana nickte. Ja, Rae würde diesen Satz schnurren. Alana sah vor ihrem geistigen Auge eine Katze, schimmernd, verführerisch, eine Sendbotin der Hölle.

Kurz bevor die Klappe für die nächste Einstellung fiel, fing Alana Fabians Blick auf. Er stand abseits der Kamera und betrachtete sie finster. Obwohl er die Hände lässig in die Hosentaschen geschoben hatte und sein Gesicht ruhig blieb, fühlte sie, dass er sich in einem Zustand der Spannung befand. Sie benutzte den Blickkontakt, um sich selbst wieder in ihre Rolle zu versetzen.

Als die Szene anlief, vergaß Alana den schalen Geschmack des abgestandenen Ginger Ales, vergaß die störenden Kameras und Leute. Ihre gesamte Aufmerksamkeit richtete sich auf den Mann, der ihr gegenüber saß und der nicht länger ein Schauspielerkollege, sondern ihr Opfer war.

Sie lächelte, als Phil etwas sagte, ein Lächeln, das Fabian nur zu gut erkannte. Verführerisch wie schwarze Spitze, kalt wie Eis. Kein Mann war dagegen immun.

Als Alana den Satz erreichte, den Chuck gemeint hatte, machte sie eine Pause, tauchte ihre Fingerspitze in Jacks Glas und berührte langsam mit dem feuchten Finger zuerst ihre, dann Jacks Lippen. Die verführerische Improvisation brachte die Temperatur auf dem Set zum Sieden. Obwohl Fabian die Geste und Alanas Intuition verstandesmäßig gut fand, verkrampfte sich sein Magen.

Sie kennt ihre Rolle, dachte er, fast so gut wie ich selbst. Alana verschmolz so sehr mit Rae, dass es ihm stets schwer fiel, die beiden auseinander zu halten. Zu welcher der beiden Frauen fühlte er sich hingezogen? Die Eifersucht, die ihn unerwartet packte, wenn die Frau am Set in die Arme eines anderen Mannes sank, gegen wen richtete sie sich eigentlich? Er hatte Wirklichkeit und Dichtung in diesem Drehbuch eng miteinander verwoben, und dann hatte er eine Schauspielerin ausgesucht, die durch ihre Fähigkeiten die Trennlinien verwischte. Jetzt fand er sich zwischen Fantasie und Tatsachen gefangen. War die Frau, die er begehrte, der Schatten oder das Licht?

„Schnitt! Schnitt und gestorben! Fantastisch!" Von einem Ohr zum anderen grinsend, betrat Chuck den Set und küsste Alana und Jack auf die Wangen. „Wir können von Glück sagen, dass uns bei dieser Szene die Kamera nicht durchgeschmort ist."

Jack ließ in einem breiten Lächeln seine weißen Zähne blitzen. „Wir können von Glück sagen, dass ich nicht durchgeschmort bin. Alana, du bist verdammt gut." Jack legte ihr eine Hand auf die Schulter. „So verdammt gut, dass ich einen Kaffee trinken gehe und meine Frau anrufe."

„Zehn Minuten", verkündete Chuck. „Alles vorbereiten für die Großaufnahmen der Reaktionen. Fabian, was halten Sie davon?"

„Ausgezeichnet." Den Blick auf Alana gerichtet, kam Fabian näher. Sie hatte jetzt nichts mehr von einer Katze an sich, wirkte eher ausgelaugt. Nachdem seine Anspannung sich gelöst hatte, musste er jetzt den Wunsch unterdrücken, Alanas Wange zu streicheln. „Du siehst aus, als könntest du auch einen Kaffee brauchen."

„Oh ja." Alana zwang sich wieder, Raes Persönlichkeit wegzuschließen. Sie wünschte sich nichts mehr, als sich vollständig zu entspannen, durfte die Spannung jedoch nur um ein paar Grad lockern, weil es ja gleich weiterging. „Du auch?"

Er nickte und führte sie zu einem Servierwagen, der mit Kaffee, Doughnuts und belegten Schnitten gedeckt war. Alanas Magen revoltierte bei dem bloßen Gedanken an Essen, aber sie nahm einen dampfenden Plastikbecher in beide Hände.

„Dieser Drehplan ist hart", bemerkte Fabian.

„Ach was." Alana zuckte die Schultern und spülte den Nachgeschmack von Ginger Ale mit Kaffee hinunter. „Nein, der Drehplan ist nicht schwieriger als bei der Seifenoper, in mancher Hinsicht sogar leichter. Die Szene war schwierig."

Er hob eine Augenbraue. „Wieso?"

Der Duft von Kaffee war köstlich. Alana konnte beinahe das schwammige Essen vergessen, von dem sie in den vergangenen zwei Stunden hatte naschen müssen. „Weil Phil klug und vorsichtig ist, kein Mann, den man leicht verführen oder zum Narren halten kann. Rae muss beides tun, und sie hat es eilig." Sie blickte ihn über den Becherrand hinweg an. „Na ja, das weißt du ja selbst."

„Ja." Er hielt ihr Handgelenk fest, ehe sie wieder trinken konnte. „Du siehst müde aus."

„Nur zwischen den Aufnahmen." Sie lächelte über seine zurückhaltende Fürsorge. „Mach dir um mich keine Sorgen, Fabian. Hektik entspricht meinem natürlichen Tempo."

„Da ist doch noch etwas."

Sie dachte an Scott. Man darf es mir nicht ansehen, ermahnte sie sich selbst. Sobald ich ein Studio betrete, darf man es mir nicht ansehen. „Du hast einen Blick für Menschen", murmelte sie. „Das erste Werkzeug eines Schriftstellers."

„Du weichst aus."

Alana schüttelte den Kopf. Hätte sie jetzt zu intensiv darüber nachgedacht, wäre ihre Selbstkontrolle ins Wanken geraten. „Es ist etwas, womit ich selbst fertig werden muss. Es wird sich nicht auf meine Arbeit auswirken."

Er legte seine Hand fest an ihr Kinn. „Wirkt sich überhaupt etwas auf deine Arbeit aus?"

Zum ersten Mal spürte Alana blanken Ärger in sich hochsteigen. „Verwechsle mich nicht mit einer Rolle, Fabian, oder mit einer anderen Frau." Sie stieß seine Hand weg, wandte ihm den Rücken zu und kehrte auf den Set zurück.

Der Wutausbruch gefiel ihm, vielleicht weil man mit negativen Gefühlen leichter fertig wurde. Fabian lehnte sich gegen die Wand und traf im gleichen Augenblick eine Entscheidung. Er wollte Alana haben, heute Nacht noch. Es würde einen großen Teil seiner inneren Spannung von ihm nehmen und das Nachdenken erleichtern. Danach musste jeder von ihnen auf seine Weise mit den Folgen fertig werden.

Alana fand den Ärger hilfreich. Rae war eine Frau, bei der ständig unter der Oberfläche Ärger kochte. Er kam noch zu ihrer Unzufriedenheit und ihrem Ehrgeiz. Anstatt sich von dem Ärger zu befreien, was ihr vielleicht gar nicht gelungen wäre, benützte Alana ihn, um einem bereits komplizierten Charakter noch mehr Tiefe zu verleihen. Solange sie sich an Raes unbeständige Persönlichkeit hielt, fühlte sie ihre eigene Erschöpfung oder Frustration nicht.

Ihre Sinne waren so geschärft, dass sie sogar mitten in einer Szene wusste, wo Fabian stand und worauf sich seine Aufmerksamkeit richtete. Darum musste sie sich später kümmern. Sie durfte sich nicht ablenken lassen. Nein, sie musste sich auf ihre Rolle konzentrieren. Je mehr er sie im Moment geistig und gefühlsmäßig bedrängte, desto entschlossener war sie, eine Sternstunde der Schauspielkunst zu liefern.

Als um sechs Uhr die letzte Klappe fiel, merkte Alana, dass Rae sie ausgelaugt hatte. Ihr Körper schmerzte von dem stundenlangen Stehen unter den Scheinwerfern. In ihrem Kopf drehte sich alles von dem Wiederholen der Texte, dem Nehmen und Geben von Gefühlen. Sie waren erst in der ersten Woche der Aufnahmen, und Alana fühlte schon die Anstrengungen des Marathons.

Niemand hat behauptet, dass es einfach sein würde, sagte sich Alana, als sie in ihre Garderobe schlüpfte, um ihre Straßenkleider anzuziehen. Das Problem war, dass sie ihren Erfolg in der Rolle mit ihrem Erfolg bei Fabian gleichzusetzen begann. Ließ sie das eine sausen, konnte sie das Gleiche mit dem anderen machen.

Kopfschüttelnd streifte Alana die Persönlichkeit der Rae genauso begierig ab wie die Kleider. Erleichtert schminkte sie das Bühnen-Make-up ab und ließ ihre Haut atmen. Sie setzte sich und legte die Beine auf den Schminktisch, so dass der kurze Kimono gerade ihre Schenkel bedeckte. Sie ließ sich Zeit, löste ihr Haar, lehnte ihren Kopf zurück, schloss die Augen und fiel in einen Halbschlummer.

So fand Fabian sie vor.

Die Garderobe war in ihrer üblichen Weise mit allem Möglichen übersät, so dass Alana wie eine Insel des Friedens zwischen allem anderen wirkte. Gerüche hingen in der Luft, Puder, Gesichtscreme, die gleiche Mischung wie bei ihr zu Hause, nur ohne den Duft von Veilchen. Die Lampen rund um ihren Spiegel leuchteten. Ihr Atem ging sanft und gleichmäßig.

Fabian schloss die Tür hinter sich und ließ seinen Blick über ihre langen schlanken Beine gleiten. Der Kimono war locker, fast sorglos gebunden, so dass er verlockend bis zu ihrer Taille aufklaffte. Ihr Haar hing hinter dem Sessel herunter und ließ den Hals frei.

Ohne Schminke war ihr Gesicht blass, wirkte zerbrechlich. Leichte Schatten lagen unter ihren Augen.

Fabian sehnte sich schmerzlich danach, sie zu lieben. Ohne lange nachzudenken, schloss er die Tür ab, setzte sich auf die Seitenlehne eines Sessels, steckte sich eine Zigarette an und begann zu warten.

Alana erwachte langsam. Noch bevor sie ganz zu sich kam, fühlte sie sich schon erfrischt. Der Schlummer hatte keine zehn Minuten gedauert. Nur eine Spur länger, und sie hätte sich erschlagen gefühlt, etwas kürzer, und sie wäre noch angespannt gewesen. Seufzend wollte sie sich strecken, als sie spürte, dass sie nicht allein war. Neugierig wandte sie den Kopf und entdeckte Fabian.

„Hallo!" sagte sie.

Er fand in ihren Augen keine Spur von Ärger, und in ihrer Stimme lag kein Groll. Sogar die Erschöpfung, die er vorhin an ihr bemerkt hatte, war verschwunden. „Du hast nicht lange geschlafen." Seine Zigarette war fast bis auf den Filter abgebrannt, ohne dass er es bemerkt hatte. Er drückte sie aus. „Ich kenne niemanden, der in dieser Stellung überhaupt schlafen könnte."

„Für ein Zehn-Minuten-Nickerchen kann ich überall schlafen." Sie reckte ihre Zehen, spannte alle Muskeln an und lockerte sie wieder. „Ich musste auftanken."

„Ein anständiges Essen würde dir helfen."

Alana legte eine Hand auf ihren Magen. „Wäre nicht schlecht."

„Du hast mittags kaum etwas gegessen."

Es überraschte sie nicht, dass er es bemerkt hatte, sondern dass er es erwähnte. „Die Hummerpastete im Morgengrauen hat meine Essenslust ziemlich unterbunden. Ein Hörnchen entspricht mehr meinem Stil." Zögernd stellte sie ihre Füße auf den Boden. Der Spalt in ihrem Kimono verschob sich, und geistesabwesend zog sie an den Aufschlägen. „Wir haben für heute abgedreht, nicht wahr? Gibt es ein Problem?"

„Wir haben abgedreht", stimmte er zu. „Und wir haben ein Problem."

Ihre Hand mit der Bürste stockte auf halbem Weg. „Was für eines?"

„Ein persönliches." Er stand auf und nahm ihr die Bürste

aus der Hand. „An jedem Tag dieser Woche habe ich dich beobachtet und gehört. Und an jedem Tag dieser Woche habe ich dich begehrt." Er zog die Bürste mit einem langen, weichen Strich durch das Haar, während sich ihre Augen in dem beleuchteten Spiegel trafen. Als Alana sich nicht bewegte, wiederholte er den Bürstenstrich und legte gleichzeitig seine freie Hand auf ihre Schulter. „Du hast mich gebeten, an dich zu denken. Das habe ich getan."

Meine Gefühle liegen stets zu dicht unter der Oberfläche, warnte Alana sich selbst. Doch sie konnte nichts dagegen tun. „An jedem Tag dieser Woche", begann sie mit bereits heiserer Stimme, „hast du mich beobachtet und gehört, während ich eine andere war. Vielleicht begehrst du auch eine andere."

Fabians Augen ließen die ihren im Spiegel nicht los, als er seinen Mund zu ihrem Ohr senkte. „Ich sehe jetzt keine andere."

Ihr Herz zog sich zusammen. „Morgen ..."

„Zum Teufel mit morgen." Fabian ließ die Bürste fallen und zog Alana auf die Beine. „Und mit gestern." Sein Blick wurde intensiv, seine Augen schimmerten so grün, dass ihre Kehle austrocknete. Sie fragte sich, wie das wohl wäre, wenn er seinen Gefühlen freien Lauf ließe. Die Kraft seiner Leidenschaft musste gewaltig sein.

Hätte sie ihn nur nicht geliebt ... Aber sie liebte ihn. Alle Bedenken wurden weggewischt, als ihre Lippen aufeinander trafen. Es gab eine Zeit zum Nachdenken und eine Zeit für Gefühle. Es gab eine Zeit für Zurückhaltung und eine Zeit für Freigiebigkeit. Es gab eine Zeit für Vernunft und eine Zeit für Sinnlichkeit.

Was Alana besaß, fühlte, dachte und wünschte, drückte ihr

Mund, mit dem sie seinen Mund berührte, aus. Und als ihr Körper ihren Sinnen folgte, umarmte sie Fabian und bot sich ihm bedingungslos an. Sie fühlte, wie der Boden unter ihr wankte und wie die Luft vibrierte, ehe sie sich in ihrem eigenen Verlangen verlor. Sie öffnete einladend ihre Lippen und lockte mit der Zungenspitze seine Zunge zum erotischen Spiel.

Ihr Körper war weich und nachgiebig. Als er seinen Griff um ihre Taille verstärkte, verschmolz sie mit ihm. Sie war eine Frau, von der jeder Mann nur träumen konnte, nur war sie kein Traum.

Fabian hatte nie eine Frau wie sie gekannt, deren Gefühle so frei strömten, bis er in ihnen zu ertrinken glaubte. Er hatte von ihr Leidenschaft erwartet, aber nicht so unglaublich heftige, süße und unwiderstehliche Empfindungen.

Vorhin auf dem Set hatte er sie begehrt. Als er sie in ihrer Garderobe schlafend vorgefunden hatte, war er von Verlangen gepackt worden. Doch jetzt in all ihrer Verlockung und mit all ihren Emotionen brauchte Fabian sie mehr, als er jemals jemanden gebraucht hatte. Und genau das hatte er nie gewollt.

Zu spät. Der Gedanke durchzuckte ihn, dass es zu spät war für sie und für ihn. Dann gruben sich seine Hände in ihr Haar, und er ließ sich nur noch von Gefühlen beherrschen.

Alana duftete schwach nach Zitrone von ihrer Gesichtscreme, während ihr Haar den vertrauten Duft verströmte, der schon allein genügte, Fabian erotisch zu stimmen. Das dünne Material ihres Kimonos öffnete sich, als er Alana mit den Händen zu ertasten suchte. Sie war weicher als ein Traum, und sie war so zart, dass er einen Moment lang fürchtete, ihr weh zu tun. Dann bog sie ihm ihren Körper entgegen und drückte sich an seine Hand. Jetzt erregte ihn ihre Sinnlichkeit. Mit einem

Stöhnen, das mehr der Hingabe als dem Triumph entsprang, vergrub er sein Gesicht an ihrem Hals.

Alana wollte seine Haut auf ihrer Haut fühlen. Langsam schob sie seinen Sweater hoch, weiter über seine Schultern, bis nichts mehr zwischen ihnen war.

Willig ließ sie sich von ihm auf das mit allen möglichen Dingen übersäte Sofa ziehen, legte ihre Hände an seinen Hinterkopf, damit er seine Lippen wieder auf ihren Mund presste. Sein Geschmack entfachte den nächsten Funken ihrer bereits angefachten Leidenschaft.

Nicht mehr passiv und nachgiebig, sondern fordernd und natürlich bewegte sie sich jetzt unter ihm und jagte seine Erregung höher. Er erwiderte das zärtliche Spiel ihrer Lippen und ihrer Zunge. Der Kuss dauerte an, wurde feuchter, tiefer, während er sie und sie ihn mit den Händen zu streicheln und zu erforschen begann.

Er fühlte den Schlag ihres Herzens unter seiner Handfläche. Als er mit dem Mund ihre Brustspitze umfasste, erschauderte Alana. Sein Verlangen wuchs schmerzhaft an, während er begann, ihren Körper mit Lippen und Zungenspitze zu erfühlen und zu kosten.

Wie sehr sie ihn doch beschenkte! Das allein ließ ihn schwindeln. Während Fabian sie berührte, schmeckte und eroberte, tat sie es ihm gleich. Wurde er fordernder, antwortete sie auf gleiche Weise. Mit ihren schlanken Fingern streichelte sie ihn so lange, bis er wusste, was es bedeutete, am Rand des Wahnsinns zu schweben und den Himmel vor sich zu sehen.

Sie wollte nicht mehr, als was er ihr gab. Seine zärtlichen Berührungen entzückten sie, waren Feuerzungen, die sie marterten. Sein Haar strich über ihre Haut, und das allein genügte schon, sie zu erregen. Ihre und seine Haut wurden feucht vom Ringen nach Verlängerung des Genießens. Genuss allein war für Alana immer schal gewesen, aber Genuss mit Liebe verbunden war alles.

Fabian und Alana erkannten gleichzeitig, dass sie nicht mehr warten konnten, zogen die letzten störenden Kleidungsstücke ungeduldig aus.

Alana öffnete sich für Fabian.

Wahnsinn und Himmel wurden eins.

Alana fühlte sich wunderbar. Sie wurde von unbeschreiblich vielen Empfindungen erfüllt. Sie lag unter Fabian, die Augen geschlossen, ihre Körper noch immer miteinander verbunden. Sie zählte seine Herzschläge.

Sie öffnete die Augen und lächelte. Seine Hand war fest mit der ihren verschlungen. Ob er sich dessen bewusst war?

Fabian hatte sie begehrt, nur sie.

Zufriedenheit? Fühlte er Zufriedenheit? Fabian war befriedigt und erschöpft und nahm nur Alanas warmen schlanken Körper unter sich wahr. Soweit er sich zurückerinnerte, hatte er nie etwas entfernt Vergleichbares erlebt. Totale Entspannung. Er hatte nicht einmal genug Energie, um seine Gefühle mit dem Verstand zu sezieren und genoss sie stattdessen. Mit einem wohligen Laut presste er sein Gesicht gegen Alanas Hals. Er fühlte und hörte ihr unterdrücktes Lachen.

„Lustig?" murmelte er.

Alana fuhr mit den Händen über seinen Rücken, hinauf zu den Schultern und wieder hinunter zu seinen Hüften. „Ich fühle mich gut, so gut." Sie ließ ihre Fingerspitzen über seine Hüften gleiten. „Und du auch."

Fabian drehte sich ein wenig und stützte sich auf einen Ellbogen, um sie betrachten zu können. Ihre Augen lachten. „Ich weiß noch immer nicht, was ich mit dir machen soll."

Sie strich ihm die Haare aus der Stirn und sah zu, wie sie wieder in sein Gesicht fielen. „Musst du immer für alles einen Grund haben?"

„Ich habe immer einen." Seine gespreizten Finger legten sich auf ihr Gesicht, als wäre er blind und müsste es sich einprägen.

Sie wollte seufzen, lächelte jedoch. Sie gab ihm einen Kuss. „Ich pfeife auf den Verstand."

Weil er lachte, verlor er das Gleichgewicht, und sie konnte sich mit ihm herumdrehen. Während sie sich auf ihm ausstreckte, drückte sie ihr Gesicht gegen seine Schulter. Fabian fühlte unter sich knisterndes Papier und weichen Stoff. „Worauf liege ich?"

„Hm, dies und das."

Er hob sich an und zog unter seiner linken Hüfte eine zerknitterte Broschüre hervor. „Hat schon einmal jemand erwähnt, dass du unordentlich bist?"

„Gelegentlich."

Gedankenverloren warf er einen Blick auf die Broschüre über den Kampf für Seehundbabys. Unter seiner rechten Schulter holte er eine Druckschrift über ein Haus für geschlagene Frauen hervor.

„Alana, was ist das alles?"

Sie biss leicht in seine Schulter. „Das könntest du mein Hobby nennen."

„Hobby? Was von den Sachen hier?"

„Alles."

„Alles?" Fabian betrachtete die Schriften in seiner Hand und fragte sich, wie viele noch unter ihm liegen mochten. „Du meinst, du bist für alle diese Organisationen aktiv?"

„Ja, mehr oder weniger."

„Alana, keine einzelne Person hätte so viel Zeit."

„Das ist doch nur eine Ausrede." Sie stützte sich mit ihren Armen quer über seiner Brust auf. „Man schafft sich Zeit. Diese Robbenbabys, weißt du, was mit ihnen geschieht und wie?"

„Ja, aber ..."

„Und die misshandelten Frauen. Die meisten flüchten sich in die Frauenhäuser ohne jedes Selbstbewusstsein, ohne gefühlsmäßige und finanzielle Unterstützung. Dann ist da ..."

„Warte einen Moment!" Er ließ die Schriften auf den Boden fallen und ergriff ihre Schultern. Wie schmal sie doch waren, erkannte er plötzlich, und wie leicht Alana ihn vergessen ließ, wie zart sie gebaut war. „Ich verstehe das alles ja, aber wie kannst du dich gleichzeitig um alle diese Angelegenheiten kümmern, dein eigenes Leben führen und deine Karriere aufbauen?"

Sie lächelte. „Der Tag hat vierundzwanzig Stunden, von denen ich keine einzige Stunde verschwende."

Als er erkannte, dass sie es völlig ernst meinte, schüttelte er den Kopf. „Du bist eine bemerkenswerte Frau."

„Nein." Alana küsste ihn auf das Kinn. „Ich habe nur viel Energie, die ich irgendwo unterbringen muss."

„Du könntest alle Energie auf deine Karriere konzentrieren. Innerhalb von sechs Monaten würdest du ganz oben stehen."

„Vielleicht, aber damit wäre ich nicht glücklich."

„Warum nicht?"

Da war es wieder, die Zweifel, das Misstrauen. Seufzend setzte sich Alana auf, griff schweigend nach ihrem Kimono und zog ihn

über. Wie schnell Wärme sich doch in Kälte verwandeln konnte.
„Weil ich mehr brauche."

Unzufrieden ergriff Fabian ihren Arm. „Mehr was?"

„Mehr von allem!" erwiderte sie mit einer plötzlichen Heftigkeit, die ihn verblüffte. „Ich muss wissen, dass ich mein Bestes getan habe und das nicht nur auf einem Gebiet meines Lebens. Glaubst du wirklich, ich wäre so begrenzt?"

Das Feuer in ihren Augen bezauberte ihn. „Ich wollte sagen, dass du keine Einschränkungen kennst und daher beruflich nicht so vorankommst, wie du das könntest."

„Beruflich", wehrte sie ab. „Ich bin zuerst Mensch. Ich muss wissen, dass ich jemanden berührt, jemandem geholfen habe." Sie fuhr sich mit beiden Händen enttäuscht durch das Haar. „Erfolg ist nicht nur eine kleine goldene Statue in meinem Trophäenschrank, Fabian." Sie riss die Schranktüren auf und holte eine hautenge Hose, eine Weste mit tigerähnlichen Streifen und einen knöchellangen dünnen Stoffmantel mit großen Flecken in der gleichen Tigerzeichnung wie die Weste heraus.

Die Papiere raschelten, als Fabian sich aufsetzte. „Du bist wütend ..."

„Ja, ja, ja!" Mit dem Rücken zu ihm zog Alana ihren Schlüpfer an. Im Spiegel sah Fabian den Ärger in ihrem Gesicht.

„Warum?"

„Deine Lieblingsfrage." Alana schleuderte den Kimono auf den Boden und schlüpfte in die Weste. „Nun, ich gebe dir die Antwort, und sie wird dir nicht gefallen. Du setzt mich noch immer mit ihr gleich!" Sie schleuderte ihm die Worte entgegen. „Nach allem, was vorhin zwischen uns geschehen ist, misst du mich noch immer an ihr!"

„Vielleicht." Er stand auf und begann, sich ebenfalls anzuziehen. „Vielleicht tue ich es."

Alana starrte ihn einen Moment an, ehe sie die Hose anzog. „Das tut weh."

Fabian stockte, als ihn ihre Worte trafen. Er hatte nicht damit gerechnet, mit ihrer Direktheit und Ehrlichkeit. Und er hatte nicht mit seiner Reaktion gerechnet. „Es tut mir Leid." Er berührte ihren Arm und wartete darauf, dass sie zu ihm aufblickte. Der Schmerz stand in ihren Augen. „Ich war nie besonders fair, Alana."

„Nein", stimmte sie zu. „Aber ich kann nur schwer glauben, dass ein so intelligenter Mann so engstirnig ist."

Er wartete auf seinen Ärger und schüttelte den Kopf, als er ausblieb. „Vielleicht wäre es am einfachsten zu sagen, dass du in meinen Plänen nicht vorgesehen warst."

„Ich glaube, das ist deutlich genug."

Sie wandte sich ab und begann, ihr Haar gründlich zu bürsten. „Ich habe dir schon gesagt, dass ich mich immer in etwas hineinstürze. Ich weiß, dass nicht jeder mein Tempo hat. Aber ich finde, inzwischen hättest du erkennen müssen, dass ich nicht so bin wie die Rolle, die du geschaffen hast, oder wie die Frau, die dich dazu inspiriert hat."

„Alana." Er sah, wie sich ihre schlanken Finger um die Haarbürste pressten, als er sie an den Schultern festhielt. „Alana", sagte er noch einmal und senkte seine Stirn auf ihr Haar. „Ich werde dich wieder verletzten", sagte er ruhig. „Ich muss dich einfach wieder verletzen, wenn wir uns weiterhin treffen."

Ihr Körper entspannte sich mit einem Seufzen. Warum kämpfte sie gegen das Unvermeidliche? „Ja, ich weiß."

„Und obwohl ich weiß, was du mit meinem eigenen Leben anstellen kannst, möchte ich dich wieder sehen."

Sie legte liebevoll ihre Hand auf seinen rechten Arm. „Aber du weißt den Grund dafür nicht."

„Nein."

Alana drehte sich in seinen Armen um und hielt ihn fest. Ihr Kopf ruhte an seiner Schulter, seine Hände lagen an ihrer Taille. „Lad' mich zum Abendessen ein", verlangte sie, legte den Kopf zurück und lächelte ihn an. „Ich verhungere. Ich will mit dir zusammen sein. Das sind zwei unumstößliche Tatsachen. Alles andere müssen wir eben nehmen, wie es kommt."

Fabian dachte, dass er sie mit Recht bemerkenswert genannt hatte. Er presste seine Lippen auf ihre Stirn. „In Ordnung. Was möchtest du essen?"

„Pizza mit Pilzen", antwortete sie sofort. „Und eine Flasche Chianti."

„Pizza!"

„Eine riesige Pizza, mit Pilzen."

Leise lachend verstärkte er den Druck seiner Arme. Er war sich in diesem Augenblick nicht mehr sicher, ob er sie wieder freilassen konnte. „Hört sich nach einem guten Anfang an."

8. KAPITEL

Um sieben Uhr morgens saß Alana auf einem Stuhl in der Maske. Ein riesiger weißer Umhang schützte ihr bodenlanges, weich fließendes und tief ausgeschnittenes Kleid.

Ein Assistent brachte eine knielange braune Pelzjacke, die

Alana nur mit einem flüchtigen Blick streifte. „Das soll ein Scherz sein", murmelte sie, aus dem Studium ihres Drehbuchs herausgerissen.

„Viel zu warm für die Jahreszeit, in der die Szene spielt. Hat da niemand darauf geachtet?"

Der Assistent kehrte mit dem Pelz um, während der Maskenbildner, ein kleiner Mann mit flinken Händen und dünnem Haar, Puder auf ihre Wangen auftrug. Sie hörte das aufgeregte Summen um sie herum, kümmerte sich jedoch nicht darum. Jemand rief nach Gel. Eine Kabelrolle knallte auf den Fußboden. Alana aber las weiter ihren Text.

Die bevorstehende Szene war schwierig und hatte in der Mitte fast einen Monolog, ein Selbstgespräch. Wenn sie Rhythmus und Betonung nicht richtig legte, würde sie die ganze Stimmung verderben.

Und ihre eigene Stimmung half nicht bei der Konzentration.

Sie hatte einen weiteren schönen Sonntag mit Scott hinter sich, der aber mit einer tränenreichen Trennung geendet hatte. Scott hatte sich an sie geklammert und große, stumme Tränen waren über seine Wangen gelaufen, als sie ihn im Haus der Andersons in Larchmont abgeliefert hatte. Zum ersten Mal in all den Monaten seit dem Tod seiner Eltern hatte er am Ende ihres wöchentlichen Besuchs eine Szene gemacht. Die Andersons waren seinen Tränen grimmig, mit schmalen Lippen und ungeduldig begegnet und hatten Alana anklagende Blicke zugeworfen.

Nachdem sie Scotty beruhigt hatte, war ihr während der langen Rückfahrt die Frage nicht aus dem Kopf gegangen, ob sie unbewusst diese Szene ausgelöst hatte. Ermutigte sie ihn dazu, sich an sie zu klammern? Verwöhnte sie ihn? Tat sie zu viel des

Guten aus ihrer Liebe zu seinem Vater und ihrem Schmerz über seinen Verlust heraus?

Alana wusste, dass sie jetzt ihre Privatangelegenheiten beiseite lassen musste. Ihre Rolle in dem Film war mehr als ein Job, sie war eine Verantwortung. Alle Kollegen hingen von ihr ab. Ihr Name unter dem Vertrag garantierte, dass sie alles von sich geben würde. Sie rieb sich die schmerzende Schläfe und ermahnte sich, dass es Scotty nicht half, wenn sie sich Sorgen machte.

„Meine Liebe, wenn Sie nicht still sitzen, verderben Sie, was ich schon gemacht habe."

Alana nahm sich zusammen und lächelte dem Maskenbildner zu. „Tut mir Leid, Harry. Bin ich schön?"

„Einfach exquisit." Er spitzte die Lippen, während er ihre Brauen nachzog. „In dieser Szene sollten sie wie eine Porzellanfigur aussehen. Nur noch hier ein wenig ..." Alana saß gehorsam still, während er mehr Farbe auf ihre Lippen auflegte. „Und ich muss darauf bestehen, dass Sie nicht mehr die Stirn runzeln. Sie ruinieren meine Arbeit."

Alana sah ihn überrascht an. Sie war sicher gewesen, wenn schon nicht ihre Gedanken, so doch ihre Miene unter Kontrolle zu haben. „Kein Stirnrunzeln mehr", versprach sie. „Ich kann doch nicht an der Zerstörung eines Meisterwerks schuldig sein."

Eine Stimme meldete sich hinter ihr. „Also, nichts hat sich geändert! Sie büffelt noch immer in letzter Sekunde!"

„Stella!"

Alana blickte auf und lächelte zum ersten Mal an diesem Tag aufrichtig. „Was machst du hier?"

Stella ließ sich in einen Stuhl neben Alana fallen. „Ich habe deinen Namen und meinen Charme benutzt, um hereinzukommen. Stört es dich, wenn ich den Dreharbeiten zusehe?"

„Natürlich nicht. Wie läuft es in Trader's Bend?"

„Es spitzt sich zu, meine Liebe, es spitzt sich zu." Mit einem verdorbenen Lächeln warf Stella ihre dichte Haarmähne über die Schultern nach hinten. „Seit Cameron Vikki wegen ihrer Spielschulden zu erpressen versucht und der Ripper sein drittes Opfer gefunden hat und es zwischen Amanda und Griff knistert, kommen die vom Sender gar nicht mehr mit der Fanpost und den Anrufen nach. Ich habe gehört, es soll ein zweiteiliger Bericht über die Schauspieler gedreht werden. Große Dinge tun sich!"

Alana hob überrascht eine Augenbraue. „Über uns alle?"

„Das habe ich gerüchteweise in dieser Woche gehört. Hey, ich bin gestern auf dem Markt angehalten worden. Eine gewisse Ethel Bitterman hat mir über die Gurken hinweg eine Lektion in Moral und Familienzusammenhalt verpasst."

Lachend zog Alana den Schutzumhang weg und enthüllte das tief ausgeschnittene, sehr fraulich wirkende golden schimmernde Kleid. Diese Kameradschaft und Zusammengehörigkeit hatte sie gebraucht. „Ich habe dich vermisst, Stella."

„Ich dich auch. Aber, sag mal ..." Stellas Blick glitt über das Kleid, das so sexy war, dass es förmlich davon knisterte. „Wie fühlt man sich, wenn man zur Abwechslung einmal das böse Mädchen spielt?"

Alanas Augen leuchteten auf. „Es ist wunderbar, aber hart. Es ist die härteste Rolle, die ich je gespielt habe."

Stella lächelte und polierte ihre Nägel an dem Ärmel ihrer Jacke. „Du hast immer behauptet, ich hätte als Böse den ganzen Spaß."

„Vielleicht hatte ich Recht", entgegnete Alana. „Und vielleicht habe ich es zu einfach gesehen. Aber ich habe jedenfalls noch nie härter gearbeitet als jetzt."

Stella stützte ihre Hand unter das Kinn. „Warum?"

„Vielleicht, weil Rae immer eine Rolle spielt. Man muss in ein halbes Dutzend Persönlichkeiten schlüpfen und sie zu einer Person verschmelzen."

„Und du kniest dich voll hinein", bemerkte Stella.

Alana lehnte sich mit einem raschen Lachen zurück. „Ja, das tue ich. Den einen Tag fühle ich mich absolut ausgelaugt, und am nächsten Tag so verspannt ..."

Achselzuckend legte sie ihr Script beiseite. Wenn sie ihren Text jetzt noch nicht beherrschte, war es schon zu spät, um ihn noch zu lernen. „Wenn ich jedenfalls nach dieser Arbeit die Wahl hätte, möchte ich eine Komödie machen, etwas Lustiges und Verrücktes, etwas Amüsantes."

„Was ist mit Jack Rohrer?" Stella wühlte in ihrer Handtasche und fand ein Diätbonbon mit Zitronengeschmack. „Wie arbeitet es sich mit ihm?"

„Ich mag ihn." Alana seufzte kläglich. „Aber die Arbeit mit ihm ist kein Picknick. Er ist Perfektionist, wie übrigens alle bei diesem Film."

„Und was macht der erhabene Fabian DeWitt?"

„Er beobachtet alles", murmelte Alana.

„Dich eingeschlossen." Stella bewegte nur ihre Augen und blickte an Alana vorbei. „Das hat er zumindest in den letzten zehn Minuten getan."

Alana brauchte sich nicht umzudrehen. Sie wusste, dass Fabian stets präsent war und allein dadurch alle unter Spannung hielt. Und sie wusste, dass er sie beobachtete, teils vorsichtig, teils ergeben. Mehr als alles andere wollte sie beides zu Vertrauen verschmelzen – und Vertrauen zu Liebe umwandeln.

Fabian beobachtete, wie sie über eine Bemerkung von Stella lachte. Ihre trübe Stimmung an diesem Morgen war verschwunden. Fabian fragte sich, was sie bedrückte und warum sie es für sich behielt, obwohl sie sonst alles so bereitwillig mitteilte.

Er steckte sich eine Zigarette an und sagte sich, dass er froh sein sollte, wenn sie es für sich behielt. Warum wollte er in irgendetwas verwickelt werden?

Man wurde nur verletzbar, wenn man sich um anderer Leute Probleme kümmerte.

In Fabians Nähe besprühte ein Studioarbeiter eifrig ein Arrangement frischer Blumen. Der Chefbeleuchter verlangte eine letzte Überprüfung der Lichtstärke. Ein Mikrofongalgen wurde an die richtige Stelle gesenkt. Und Fabian war bei der Frage angelangt, was Alana zum Wochenende getan hatte.

Er hatte es mit ihr verbringen wollen, aber sie hatte abgelehnt, und er hatte nicht weiter gedrängt. Er wollte ihr keine Zwänge auferlegen, weil er sich damit selbst Grenzen gesetzt hätte. In diese Falle wollte er nicht tappen. Aber er erinnerte sich deutlich an den tiefen Frieden, den er mit ihr in seinen Armen in ihrer Garderobe gefühlt hatte, nachdem die Leidenschaft verklungen war.

Fabian konnte nicht behaupten, dass Alana einen beruhigenden Einfluss besaß. Dafür verströmte sie zu viel Energie. Dennoch besaß sie das Talent, ihn zu entspannen.

Er wollte wieder mit ihr sprechen. Er wollte sie wieder berühren. Er wollte sie wieder lieben. Und er wollte, trotz oder gerade wegen dieser Wünsche, seinem eigenen Verlangen entfliehen.

„Auf die Plätze!" Der Regieassistent ging noch einmal über den Set und kontrollierte alles.

Fabian lehnte sich gegen die Wand, die Daumen gedankenverloren in seine Hosentaschen eingehakt.

Sie wollten jetzt einen Teil einer langen Szene drehen. Die anderen Teile sollten später auf dem Rasen eines Besitzes auf Long Island gefilmt werden. Die elegante Gartenparty, die sie im Freien drehen würden, war Raes erster großer Versuch als Gastgeberin seit ihrer Heirat mit Phil. Und hinterher entwickelte sich in der Abgeschiedenheit des Hauses ihr erster großer Streit.

Rae sah aus wie ein Gebilde aus gesponnenem Zucker. Ihre Worte waren bösartig wie Schlangengift. Aber die ganze Zeit hatte sich kein Haar bei all ihrer Wut und all dem verspritzten Gift aus der eleganten Frisur gelöst. Die zarte Farbe ihrer Wangen wechselte nie. Es war Alanas Aufgabe, die Figur kaltblütig anzulegen und nur allein durch die Worte ihre Bösartigkeit zu verraten.

Ihre Augen drückten aus, was sie sonst verbarg. Raes Gesten waren Fassade. Ihr Lächeln war Lüge.

Mit einer ständigen gewaltigen Anstrengung musste Alana ihre eigenen Emotionen unter Kontrolle halten. Hätte sie selbst diesen Streit ausgefochten, hätte sie die Worte herausgeschrien und ihrem Partner lautstark an den Kopf geworfen, was sie von ihm hielt. Rae dagegen hauchte die zynischen Worte fast träge. Und Alana litt Höllenqualen.

Das ist Fabians Leben, dachte sie, oder ein Spiegelbild von seinem Leben, so wie es gewesen war. Das sind seine Schmerzen, seine Fehler, sein Elend. Und sie war darin verstrickt. Wie fühlte er sich, wenn er sie beobachtete, wie sie verletzte, auch wenn es für sie nur eine Rolle war, die sie verkörperte.

Rae bedachte Phil mit einem gelangweilten Blick, als er sie an den Armen packte.

„Das lasse ich mir nicht gefallen!" schrie er sie an. Seine Augen funkelten, während ihre kühl wie ein See blieben.

„Du lässt es dir nicht gefallen?" wiederholte Rae abfällig. „Was lässt du dir nicht gefallen?"

„Dass du diese Scholle prielst." Jack schloss die Augen und gab einen gurgelnden Laut von sich.

„Die Scholle prielst?" wiederholte Alana belustigt. „Hast du ein bisschen Schwierigkeiten mit deiner Zunge?"

Sie fühlte die Spannung weichen, als die Szene geschnitten wurde, freute sich aber nicht darüber. Sie wollte es hinter sich bringen.

„Die Rolle spielen", formulierte Jack überdeutlich. „Dass du diese Rolle spielst. Ich hab's" Er schüttelte über sich selbst und die verpatzte Zeile den Kopf.

„Das ist gut, aber du musst wissen, dass ich diese Scholle prielen werden, wann immer ich kann und will."

Jack grinste Alana an. „Schandmaul."

Sie tätschelte ihm die Wange. „Ach, Jack, du wirst es schon noch lernen. Nur nicht den Mut verlieren."

„Auf die Plätze! Wir beginnen von vorne!"

Zum dritten Mal an diesem Morgen kam Alana schwungvoll und mit wehendem Kleid durch die Glastüren.

Sie spielten die Szene durch und versenkten sich in die Rollen trotz der Unterbrechungen und der Wechsel des Kamerawinkels.

Am Ende der Szene sollte Rae lachen, das Glas Scotch aus Phils Hand nehmen, einen Schluck trinken und ihm dann den restlichen Inhalt ins Gesicht schütten. Ganz in der Rolle gefangen, nahm Alana das Glas, schmeckte den warmen, schwachen Tee und kippte mit einem eisigen Lächeln den Inhalt über das elegante Blumenarrangement.

Ohne sich durch die Änderung irritieren zu lassen, riss Jack ihr das Glas aus der Hand und schleuderte es gegen die Wand.

„Schnitt!"

Alana fand in die Wirklichkeit zurück und starrte den Regisseur an. „Oh Gott, Chuck, ich weiß gar nicht, wie ich darauf gekommen bin. Es tut mir Leid!" Sie presste eine Hand gegen ihre Stirn und blickte auf das durchnässte Blumenarrangement hinunter.

„Nein, verdammt noch mal!" Lachend presste Chuck sie an sich. „Das war perfekt! Besser als perfekt. Ich wünschte nur, mir wäre das eingefallen." Er lachte wieder und drückte sie so, dass Alana auf das Knacken ihrer Knochen wartete. „Sie hätte das getan. Sie hätte genau das getan!" Den Arm um Alanas Schultern geschlungen, wandte sich Chuck zu Fabian um. „Fabian?"

„Ja." Fabian nickte steif. „Lasst es so." Er schien Alana mit seinen kühlen grünen Augen durchbohren zu wollen, als er erkannte, dass er diese Szene so hätte schreiben müssen. Phil einen Drink ins Gesicht zu schütten, war zu platt für Rae, vielleicht sogar eine Spur zu menschlich. „Du scheinst sie besser als ich zu kennen."

Alana atmete stockend aus und drückte Chucks Hand, ehe sie auf Fabian zuging. „Wie hast du das gemeint? Soll das etwa ein Kompliment sein?"

„Eine Bemerkung. Jetzt kommen die Nahaufnahmen an die Reihe", murmelte er und wandte seine Aufmerksamkeit wieder ihr zu. „Ich gebe dir nicht freie Hand, Alana, aber ich lasse dir bei der Charakterisierung ein wenig Spielraum. Chuck denkt offenbar auch so. Du verstehst Rae."

Sie konnte sich darüber amüsieren oder auch ärgern. Wie immer, wenn sie diese Wahl hatte, entschied Alana sich für das Amüsieren. „Fabian, müsste ich einen Pik spielen, würde ich den Pilz verstehen. Das ist mein Job."

Er lächelte, weil sie es ihm leicht machte. „Das glaube ich dir gern."

„Hast du nicht vor einiger Zeit den Werbespot gesehen, in dem ich eine reife, saftige Pflaume spiele?"

„Da war ich wohl gerade nicht in der Stadt."

„Ich war ganz große Klasse, sogar noch viel besser als in der Duschszene für das Wilde-Woge-Shampoo. Obwohl natürlich bei beiden Spots Sinnlichkeit die Grundlage war."

„Ich möchte heute Abend mit zu dir nach Hause", sagte er ruhig. „Ich möchte heute Nacht bei dir bleiben."

„Oh." Wann würde sie sich daran gewöhnen, wie einfach er die gewaltigsten Dinge ausdrückte?

„Und wenn wir allein sind", murmelte Fabian und beobachtete, wie sich ihr Atem beschleunigte, „möchte ich dich ausziehen, ein Kleidungsstück nach dem anderen, damit ich jeden Zentimeter deiner Haut berühren kann. Und dann möchte ich in dein Gesicht sehen, während wir uns lieben."

„Alana!" Der Ruf kam von schräg hinten. „Die Nahaufnahmen!"

„Was?" murmelte sie leicht benommen und starrte Fabian unverwandt an. Sie fühlte schon seine Hände an ihrem Körper und seinen Atem, der sich mit ihrem eigenen mischte.

„Jetzt können die anderen dein Gesicht haben." Fabian wurde durch ihre Reaktion auf seine Worte stärker erregt, als er es für möglich gehalten hätte. „Heute Nacht gehört es mir."

„Alana!"

In die Wirklichkeit zurückgerissen, wandte sie sich ab, um wieder auf den Set zurückzukehren, warf jedoch noch einen amüsierten und verwirrten Blick über ihre Schulter. „Du bist unberechenbar, Fabian."

„Ist das ein Kompliment?" entgegnete er.

Sie lächelte fröhlich. „Mein allerbestes."

Stunde um Stunde, Satz um Satz, Szene um Szene verstrich der Vormittag. Obwohl der Film natürlich nicht in der richtigen Abfolge der Szenen gedreht wurde, begann er für Alana Gestalt anzunehmen. Weil sie für das Fernsehen arbeiteten, war das Tempo hoch. Es war Alanas Tempo. Weil sie für DeWitt und Marshell arbeiteten, waren die Erwartungen ebenfalls hoch, genau wie ihre eigenen.

Man schwitzte unter den Scheinwerfern, wechselte die Stimmung, die Kostüme, wurde gepudert, bekam neues Makeup, mehr oder weniger Farbe. Immer und immer wieder. Man saß da und wartete während des Szenenwechsels oder während einer Störung in der Technik. Und irgendwann zwischen Spannung und Langeweile war man an der Reihe.

Alana kannte das alles und wollte es. Sie verlor nie das grundsätzliche Vergnügen an der Darstellung, nicht einmal nach der zehnten Wiederholung einer Szene, in der Rae auf einem Trainingsfahrrad arbeitete und mit ihrem Agenten ein neues Script besprach.

Mit schmerzenden Muskeln schwang sie sich von dem Rad und betupfte den Schweiß, den man gar nicht künstlich auf ihrem Gesicht erzeugen musste.

„Armes Baby." Stella lächelte breit, als ein Assistent Alana ein Handtuch reichte. „Denk immer daran, Alana, bei ,Unser Leben, unsere Liebe' schinden wir dich nie so hart."

„Rae müsste eine Fitnessfanatikerin sein", murmelte sie und reckte die Schultern. „Körperbewusst. Ich bin jetzt auch bewusst." Mit einem leisen Stöhnen bückte sich Alana, um einen Krampf in ihrem Bein zu lindern. „Bewusst eines jeden Muskels in meinem Körper, der seit fünf Jahren nicht mehr benutzt wurde."

„Die Szene ist gestorben. Wir packen für heute ein." Chuck versetzte ihr im Vorbeigehen einen kameradschaftlichen Schlag auf den Po. „Such dir die nächste Badewanne."

Alana unterdrückte kaum eine weniger freundliche Aufforderung. Sie schlang das Handtuch um den Hals, packte die beiden feuchten Enden und streckte ihm die Zunge heraus.

„Du hast noch nie Respekt vor Regisseuren gehabt", bemerkte Stella. „Komm schon, Mädchen, ich leiste dir beim Umziehen Gesellschaft. Danach habe ich eine heiße Verabredung."

„Ja, wirklich?"

„Ja, mit meinem neuen Zahnarzt. Ich bin nur zu einem Check up gegangen und bin schließlich bei einem Spaghettiessen mit dazugehöriger Diskussion über Zahnhygiene gelandet."

„Lieber Himmel!" Alana bemühte sich gar nicht, ihr Lachen zu verbergen, als sie die Tür ihrer Garderobe aufstieß. „Arbeitet der aber schnell."

„Oh nein, ich bin diejenige, welche." Mit einem gleichzeitig zufriedenen und nervösen Lachen betrat Stella den Raum. „Ach, Alana, er ist so süß, so ernst, was seine Arbeit angeht. Und ..." Stella unterbrach sich und ließ sich auf Alanas voll gestopftes Sofa fallen. „Ich erinnere mich daran, was du vor ein paar Wochen über Liebe gesagt hast, dass sie ein klar erkennbares Gefühl ist oder so was in der Art." Sie winkte mit beiden

Händen, als wollte sie den genauen Satz wegscheuchen und sich auf das Wesentliche konzentrieren. „Jedenfalls, ich bin noch nicht wieder auf der Erde gelandet, seit ich mich auf den Behandlungsstuhl gesetzt und in diese himmelblauen Augen geblickt habe."

„Wie schön." Für einen Moment vergaß Alana die schmerzenden Muskeln und den Schweiß, der ihr über den Rücken floß. „Das ist wirklich schön, Stella."

Stella suchte noch ein Zitronenbonbon, doch ihr Vorrat war erschöpft. Da sie Alana kannte, ging sie an den Schminktisch, zog eine Schublade auf und stürzte sich auf Schokolinsen. „Ich habe einmal gehört, dass Verliebte andere Verliebte erkennen." Sie warf Alana einen Seitenblick zu. „Um diese Theorie zu beweisen, tippe ich darauf, dass du dich in Fabian DeWitt verliebt hast."

„Volltreffer." Alana zog das Fitnesskostüm aus und schlüpfte in die weite Jogginghose und das Sweatshirt, mit dem sie in das Studio gekommen war.

Stirnrunzelnd zermahlte Stella Schokolinsen zwischen ihren Zähnen. „Du mochtest schon immer schwierige Rollen."

„Ich neige dazu, ja."

„Was empfindet er für dich?"

„Ich weiß es nicht." Erleichtert entfernte Alana die letzten Make-up-Spuren mit Creme und ließ einen weiteren Teil von Rae im Abfalleimer verschwinden. „Ich glaube, umgekehrt weiß er es auch nicht."

„Alana ..." Stellas Scheu davor, einen Rat zu geben, kämpfte mit Zuneigung und Loyalität. „Weißt du, was du tust?"

„Nein", antwortete Alana sofort. „Wozu sollte ich das?"

Stella lachte und ging zur Tür. „Dumme Frage. Übrigens!"

Sie blieb mit der Hand auf der Klinke stehen. „Ich sollte vielleicht noch sagen, dass du heute brillant warst. Ich arbeite mit dir seit fünf Jahren Woche für Woche, aber heute hast du mich aus den Socken gehauen. Wenn der Film über die Bildschirme flimmert, wirst du einen derartig kometenhaften Aufstieg erleben, dass nicht einmal du mitkommst."

Erstaunt, erfreut und vielleicht zum ersten Mal ein wenig verängstigt, saß Alana auf der harten Kante ihres Schminktisches. „Danke."

„Nicht der Rede wert." Stella schlüpfte in die Rolle der Vikki und warf Alana einen kühlen Kuss zu. „Wir sehen uns in ein paar Wochen, große Schwester."

Nachdem sich die Tür geschlossen hatte, blieb Alana eine Weile still sitzen. Sosehr es sich auch nach einem Klischee anhörte, aber die Rolle der Rae konnte aus ihr einen Star machen.

Alana ließ sich diese Aussichten durch den Kopf gehen.

Geld? Sie tat es mit einem Achselzucken ab. Durch ihre Erziehung war Geld für sie nur ein Mittel zum Zweck. Und in den letzten drei Jahren hatte sie genug Geld gehabt, um ihre Bedürfnisse und ihren Geschmack zu befriedigen.

Ruhm? Darüber konnte sie nur lächeln. Nein, sie war gegen Ruhm nicht immun. Sie schrieb gern ihren Namen in ein Autogrammbuch und plauderte mit einem Fan. Das änderte sich auch hoffentlich nie.

Aber Ruhm hatte verschiedene Stufen, und mit jedem Schritt nach oben wurde der Preis höher. Je mehr Fans, desto weniger Privatsphäre. Das musste sie sorgfältig bedenken.

Künstlerische Freiheit? Ja, das war der springende Punkt. Die Freiheit, eine Rolle zu wählen und nicht für die Rolle gewählt zu werden. Ruhm und ein dickes Bankkonto waren im

Vergleich dazu nichts. Wenn die Rolle der Rae ihr dazu verhelfen konnte ...

Kopfschüttelnd stand sie auf. Tagträume änderten gar nichts. Im Moment musste sie ihre Karriere und ihr Leben von einem Tag zum nächsten vorantreiben. Dennoch war sie eine Frau, die gern alles vom Leben erwartete. Lieber war sie hinterher enttäuscht, als vorher pessimistisch.

Lächelnd öffnete Alana die Tür und stieß fast mit Fabian zusammen.

„Du siehst glücklich aus." Er hielt sie an den Armen fest, damit sie ihr Gleichgewicht wieder fand.

„Ich bin glücklich." Alana küsste ihn fest auf den Mund. „Es war ein guter Tag."

So zufällig der Kuss auch kam, wirkte er auf Fabian wie ein elektrischer Schlag. „Du müsstest eigentlich erschöpft sein."

„Nein, nach dem New York-Marathon müsste man erschöpft sein. Was hältst du von einem gigantischen Hamburger und einer riesigen Portion Pommes frites?"

Er hatte an ein stilles Restaurant gedacht, französisch und mit gedämpfter Beleuchtung. Nach einem Blick auf ihren Trainingsanzug und in ihr glühendes Gesicht änderte Fabian seine Meinung. „Hört sich perfekt an. Heute lädst du mich ein."

Alana hakte sich bei ihm ein. „Abgemacht. Magst du einen Bananenmilchshake?"

„Ich hatte noch nie einen."

„Du wirst verrückt danach sein", versprach Alana.

Der Milchshake war nicht so schlimm, wie er befürchtet hatte, und der Hamburger war herzhaft und sättigend. Die Abenddämmerung senkte sich über die Stadt, als sie Alanas

Apartment erreichten. Kaum öffnete sie die Tür, als die Kätzchen auch schon auf ihre Beine zujagten.

„Lieber Himmel, man könnte meinen, dass sie seit einer Woche kein Futter mehr bekommen haben." Sie bückte sich, hob beide auf und drückte sie gegen ihr Gesicht. „Habt ihr mich oder euer Abendessen vermisst, ihr kleinen Süßen?"

Bevor Fabian erkannte, was sie beabsichtigte, hatte Alana ihm schon beide Kätzchen in die Arme gedrückt. „Pass auf sie auf, ja?" bat sie leichthin. „Ich muss Butch füttern." Sie schlenderte in die Küche, und der dreibeinige Butch hoppelte hinter ihr her. Sie ließ Fabian mit zwei miauenden Kätzchen zurück, so dass er keine andere Wahl hatte, als ihr zu folgen. Eines der Kätzchen – Keats oder Shelley – kletterte auf seine Schulter.

„Ich wundere mich, dass du nicht auch einen Wurf junger Hunde hast." Er zog die Augenbrauen zusammen, als das Kätzchen an seinem Ohr schnüffelte.

Alana lachte über das Kleine, das spielerisch mit der Pfote nach Fabians Haar tappte.

„Ich hätte auch Hunde, wenn der Vermieter nicht so streng wäre. Aber ich bearbeite ihn." Sie stellte drei großzügig gefüllte Futternäpfe auf. „Leckerchen!"

Lachend nahm sie ihm die Kätzchen ab. Sekunden später schlugen alle drei Katzen eifrig zu. „Siehst du?" Sie putzte ein paar Katzenhaare von seinem Hemd. „Sie machen gar keine Probleme und sind wunderbare Gefährten, vor allem für jemanden, der die meiste Zeit zu Hause arbeitet."

Fabian sah sie ernst an, legte seine Hände an ihr Gesicht und musste doch lächeln. „Nein!"

„Was heißt, nein?"

„Nein, ich will keine Katze!"

„Nun, du kannst keine von meinen haben", erklärte sie liebenswürdig. „Außerdem bist du mehr der Hundetyp."

„Ach wirklich?" Er legte den Arm um ihre Taille.

„Mhm! Ein netter Cockerspaniel, der vor deinem Kamin schläft?"

„Ich habe keinen Kamin."

„Du solltest aber einen haben. Bis du einen hast, könnte sich das Hündchen auf dem kleinen Fransenteppich vor dem Fenster zusammenrollen."

Er hielt ihre Unterlippe mit seinen Zähnen fest. „Nein."

„Niemand sollte allein leben, Fabian. Das deprimiert."

Er fühlte ihre Reaktion an ihrem sich beschleunigenden Herzschlag und an ihrem abgehackten Atem. „Ich bin daran gewöhnt, allein zu leben. Es gefällt mir."

Ihr gefiel, wie sich seine raue Wange gegen die ihre drückte. „Als Kind musst du doch ein Schoßtier gehabt haben."

Fabian erinnerte sich an den goldenen Labrador mit der heraushängenden Zunge, den er heiß geliebt und an den er seit Jahren nicht mehr gedacht hatte. „Als Kind hatte ich Zeit und die Geduld für ein Haustier." Langsam schob er seine Hände unter ihr Sweatshirt auf ihren Rücken. Jetzt bevorzuge ich andere Arten von Freizeitvergnügen."

Den Grundstein habe ich gelegt, dachte Alana mit einem kleinen Lächeln. Vorrücken und Zurückweichen waren das Geheimnis eines erfolgreichen Feldzuges. „Ich muss duschen", erklärte sie und zog sich ein wenig zurück. „Ich klebe noch von der letzten Szene."

„Ich habe dir begeistert zugesehen. Du hast faszinierende Beinmuskeln, Alana."

Amüsiert hob sie die Augenbrauen. „Ich habe schmerzende

Beinmuskeln. Und ich sage dir was. Sollte ich auf einem Fahrrad drei oder vier Meilen strampeln, so wie heute, dann wäre es nicht am Boden festgeschraubt."

„Nein." Er schlang ihr Haar um seine Hand, um ihren Kopf zu sich zu ziehen. „Du wärst nicht zufrieden, am selben Fleck zu bleiben." Er presste seinen Mund verlockend gegen ihre Lippen, zog sich aber zurück, bevor sie den Kuss vertiefen konnte. „Ich wasche dir den Rücken."

Ein Schauer jagte an ihrem Rückgrat hoch, als würde er es schon tun. „Hmmm, was für eine hübsche Idee. Ich sollte dich vielleicht warnen", fuhr sie fort, während sie die Küche verließen. „Ich mag mein Duschwasser heiß, sehr heiß."

Als sie das Bad betraten, schob er seine Hände unter ihr T-Shirt. Darunter war sie schlank und warm. „Glaubst du, ich werde es nicht ertragen?"

„Ich halte dich für ziemlich hart." Ihre Augen lachten ihn an, während sie sein Hemd aufknöpfte. „Wenigstens für einen Filmautor."

In einer überraschenden Bewegung riss Fabian Alana das Sweatshirt über den Kopf und biss sie in die Schulter. „Ich würde sagen, du bist ziemlich weich." Er ließ seine Hände über ihre Seiten gleiten und legte sie an ihre Taille. „Wenigstens für eine Schauspielerin."

„Treffer", murmelte Alana atemlos, als er das Halteband ihrer Hose löste.

„Ich möchte dich fühlen", murmelte er, und seine Hände streichelten sie, während sie ihn weiter entkleidete. „Deinen schönen, schlanken Körper."

Seine Hände wanderten über ihren Rücken und tiefer. „Sehr weich und glatt."

Als sie beide nackt waren, schauderte Alana, aber nicht vor Kälte. Sie wandte sich ab, regulierte den Wasserstrahl und betrat mit geschlossenen Augen die Duschkabine, um die Hitze des dämpfenden Wassers und die Sinnlichkeit, die zwischen ihr und Fabian herrschte, ganz auszukosten.

Das faszinierte Fabian immer wieder an ihr, ihre Fähigkeit, etwas zu erfahren. Nichts wird für Alana jemals gewöhnlich, dachte er, als er hinter ihr die Kabine betrat und den Vorhang schloss. Langeweile kannte sie nicht. Was immer sie tat oder dachte, war einmalig, und da es einmalig war, war es aufregend.

Während das Wasser über sie beide floss, schlang er seine Arme um sie und zog sie wieder an seine Brust. Das war Zuneigung, begriff er, jenes Gefühl, das er in seinem Leben so selten kennen gelernt hatte. Für Alana empfand er es.

Alana hob ihr Gesicht den sprühenden Wasserstrahlen entgegen. Im Moment stürmten so viele Empfindungen auf sie ein, dass sie aufhörte, sie auseinander zu halten. Es genügte ihr, von Fabian in den Armen gehalten zu werden und ihn zu lieben. Vielleicht brauchten manche Menschen mehr, Sicherheit, Worte, Versprechungen. Vielleicht würde das eines Tages auch auf sie zutreffen. Aber jetzt, gerade jetzt hatte sie alles, was sie wollte. Sie drehte sich um und presste ihren Mund auf seine Lippen.

Leidenschaft flammte diesmal so schnell in ihr auf, als hätte sie schon seit Stunden und Tagen geglüht. Vielleicht sogar seit Jahren. Allein schon der Kuss ließ sie nach Luft ringen und nach mehr verlangen. Ohne dass es ihr bewusst wurde, stellte sie sich auf die Zehenspitzen, damit sich ihre Körper besser aufeinander abstimmten. Ihre Finger strichen unruhig durch seine Haare, während er seine Arme fest um sie gelegt hatte, und mit dem Mund ihre Lippen suchte.

Himmel, er hatte nie eine Frau gekannt, die so viel von sich gab. Während er den Geschmack ihres Mundes erforschte, fragte er sich, wie eine Frau so voll Selbstvertrauen sein konnte, so zufrieden mit sich selbst, dass sie dermaßen großzügig schenken konnte. Ohne das geringste Zögern bot sie ihm ihren Körper an. Alle ihre Gedanken waren auf ihn gerichtet. Instinktiv wusste Fabian, dass sie mehr an seine Wünsche und an seinen Genuss dachte als an sich selbst. Und dadurch löste sie seine schon so lange nicht mehr geweckte Zärtlichkeit aus.

„Alana ..." Ihren Namen murmelnd, bedeckte er ihr Gesicht mit Küssen. „Durch dich sehne ich mich wieder nach Dingen, die ich schon vergessen hatte ... und an die ich beinahe wieder glaube."

„Denk nicht nach." Besänftigend rieb sie ihre Lippen an den seinen. „Denk diesmal überhaupt nicht nach."

Ich werde trotzdem nachdenken, sagte sich Fabian. Er würde sie sonst zu schnell, vielleicht zu rau nehmen. Diesmal wollte er ihr einen Teil dessen wiedergeben, was sie ihm schon geschenkt hatte. Er schloss seine Hand um die Seife und rieb damit über ihren Rücken. Sie schnurrte wie eines ihrer Kätzchen. Es entlockte ihm ein Lächeln.

Ihre Sinne wurden schärfer. Sie konnte das Zischen der Wasserstrahlen hören, die auf die Kacheln trafen, und die aufsteigenden Dampfwolken fühlen. Seifige Hände glitten über sie, glatt, weich, feinfühlig. Seine Haut war feucht und warm unter dem Druck ihrer Lippen. Mit halb geschlossenen Augen sah sie den Schaum zuerst an sich, dann an ihm hängen, ehe er weggespült wurde.

Fabians Hand glitt zwischen ihre glitschigen Körper, um Alana zu finden und zu überraschen, und sie stöhnte überrascht und lustvoll auf. Dann wanderte seine Hand weiter, während seine Lippen heiß und feucht über ihre Schulter strichen.

„Schmerzen sie noch?" fragte Fabian, als er ihre Schenkel massierte. „Was?" Alana ließ sich treiben, lehnte sich gegen ihn, die Arme um seinen Rücken geschlungen, die Hände fest auf seinen Schultern. Wasser traf ihren Rücken in feinen, zischenden Strahlen. „Nein, nein, nichts schmerzt mehr."

Lachend schob Fabian seine Zunge in ihr Ohr und fühlte, wie Alana erschauerte. „Dein Haar wird golden, wenn es nass wird."

Sie roch das Shampoo und fühlte die kühle Berührung auf ihrer Kopfhaut, bevor Fabian zu massieren begann. Nichts hatte sie jemals stärker erregt.

Bewusst langsam wusch er ihr Haar, während der Schaum des Shampoos über seine Arme floss. Der Duft war ihm bereits vertraut, dieser frische, einladende Wohlgeruch, der ihn jedes Mal in Alanas Nähe umfing. Er genoss es, wie der Duft sie beide einhüllte und an ihrer Haut haftete. Er verlagerte sein Gewicht und schob sie beide unter den vollen Strahl der Dusche, so dass Wasser und Schaum an ihren Körpern hinunterströmte.

Und während sie nass, dampfend und eng umschlungen unter der zischenden Dusche standen, glitt er in sie. Es schien so natürlich, als wäre er seit Jahren ihr Liebhaber. Und es war so erregend, als hätte er sie noch nie berührt.

Er fühlte, wie sich Alanas Nägel in seine Schultern gruben und hörte ihr hingebungsvolles, forderndes Stöhnen. Er nahm sie mit mehr Rücksicht, Lust und Verlangen als je eine Frau zuvor. Und er fühlte sich unglaublich frei.

9. KAPITEL

Die nächsten zwei Wochen wurden für Alana zu einer Fahrt auf der Achterbahn. Ihre Zeit mit Fabian war eine wilde Jagd mit Talfahrten und Kurven, voll von Überraschungen und Tempo. Natürlich hatte sie eine solche Jagd immer geliebt, je schneller, desto besser.

Sie hatte Fabian gesagt, er sei unberechenbar, und sie behielt Recht. Er war kein Mann, mit dem man leicht auskommen konnte.

Alana entschied, dass sie es nicht anders haben wollte.

Manchmal war er unglaublich zärtlich und verriet Romantik und Zuneigung in einem Maß, das sie nie von ihm erwartet hätte. Ein Wiesenblumenstrauß, der ihr vor Beginn der morgendlichen Dreharbeiten zugestellt wurde. Ein Picknick an einem Regentag in seinem Apartment, mit Champagner aus Pappbechern, während draußen der Donner rollte.

Und dann kamen Zeiten, in denen er sich zurückzog, sich so energisch in sich selbst verschanzte, dass sie ihn nicht erreichen konnte und auch instinktiv wusste, dass sie es nicht versuchen sollte.

Ärger und Ungeduld waren tief in ihm verwurzelt. Vielleicht war es das, zusammen mit den flüchtigen Momenten voll Humor und Sanftheit, was sie ihr Herz hatte verlieren lassen. Sie liebte den ganzen Mann, mochte er auch noch so schwierig sein. Und sie wollte ihm gehören. Auf diesen Mann hatte sie gewartet, diesen grüblerischen, zornigen und widerstrebend zauberhaften Mann.

Während der Film voranschritt, wurde ihre Beziehung trotz Fabians gelegentlicher Abschottung enger. Enger, ja, aber ohne jene Unkompliziertheit, die sie suchte, weil Liebe in ihrer Vorstellung etwas Unkompliziertes war.

Wenn er sich gegen Liebe stemmte, na gut, sollte er! Wenn er die Liebe dann endlich akzeptierte – und Alana zweifelte nicht daran, dass er es tun würde –, dann musste sie umso stärker sein. Alana brauchte uneingeschränkte Liebe, die bedingungslose Übergabe von Herz und Verstand. Sie konnte noch länger darauf warten.

Wenn sie etwas bedauerte, so war es der Umstand, dass sie sich ihm wegen Scott nicht anvertrauen konnte. Je näher der Verhandlungstermin rückte, desto größer wurde ihr Bedürfnis, mit Fabian darüber zu sprechen, seinen Trost zu suchen und Zuversicht von ihm zu erhalten. Doch Alana spielte nie ernsthaft mit diesem Gedanken. Fabians Standpunkt war sehr klar gewesen. Er wollte niemanden in seinem Leben. Das hatte er ihr am Anfang sehr deutlich auseinander gesetzt. Sie war gerade dabei, sich einen Platz in seinem Leben zu erobern. Wie konnte sie da über Scott sprechen!

Auch jetzt konnte sie an die Zukunft nur in drei voneinander getrennten Wegen denken. Fabian, Scott, ihre Karriere. Und sie benötigte ihre ganze Zuversicht, um daran zu glauben, dass sich am Ende diese drei Wege vereinigen würden.

Nach einem hektischen Vormittag betrachtete Alana die lange, durch einen technischen Defekt erzwungene Pause als Belohnung. Zum ersten Mal seit Wochen konnte sie „Unser Leben, unsere Liebe" sehen und den Faden von Amandas Leben mit den Leuten in Trader's Bend wieder aufnehmen.

„Du willst doch nicht in der nächsten Stunde fernsehen", protestierte Fabian, als Alana ihn den Korridor entlangzog.

„Doch, das werde ich. Für mich ist das wie ein Besuch zu Hause." Sie schüttelte die Tüte mit Brezeln in ihrer Hand. „Ich habe für Vorräte gesorgt."

„Sobald das Tonmischpult wieder in Ordnung ist, hast du einen höllischen Nachmittag vor dir." Er knetete ihre Schulter im Gehen. Obwohl es sich nicht oft zeigte, hatte er doch Momente der Erschöpfung in ihren Augen bemerkt, einsame Momente, in denen sie ein wenig verloren wirkte. „Du solltest lieber die Beine hochlegen und ein Schläfchen machen."

„Ich mache nie ein Schläfchen." Als sie die Tür ihrer Garderobe aufstieß, warf sie einen Stapel Zeitschriften um, streifte sie mit einem flüchtigen Blick und ging zu dem kleinen tragbaren Fernseher in der Ecke.

„Wenn mich nicht alles täuscht, kam ich einst in diesen Raum und fand dich mit den Füßen auf dem Schminktisch und mit geschlossenen Augen – schlafend – vor."

„Das war etwas anderes." Sie spielte an einem Knopf, bis sie mit der Farbe zufrieden war. „Das war Wiederaufladen. Ich bin jetzt nicht auf Wiederaufladen eingestellt, Fabian." Die Augen vor Aufregung geweitet, wirbelte sie herum. „Es läuft wirklich gut, nicht wahr? Ich fühle es. Sogar nach all diesen Wochen ist noch der Biss da. Das ist ein sicheres Zeichen dafür, dass wir etwas Besonderes machen."

„Ich habe anfangs die Nase darüber gerümpft, einen Film für das Fernsehen zu machen." Er nahm ein paar Flugblätter von dem Sofa und warf sie auf den Tisch. Jetzt nicht mehr. Ja, es wird etwas Besonderes." Er streckte ihr die Hand entgegen. „Du bist ganz besonders."

Wie jedes Mal traf seine unerwartete sanfte Bemerkung voll in ihr Herz. Alana ergriff die dargebotene Hand und zog sie an ihre Lippen. „Ich werde mit Freuden zusehen, wie du deinen Emmy entgegennimmst."

Fabian hob eine Augenbraue. „Und was ist mit deinem?"

„Vielleicht", sagte Alana lachend. „Nur vielleicht." Die Kennmelodie der Seifenoper lenkte sie ab. „Ah, es geht los. Daheim in Trader's Bend." Sie ließ sich auf das Sofa fallen und zog Fabian mit sich, riss die Tüte mit den Brezeln auf und versenkte sich vollständig in die Show.

Sie sah nicht als Schauspielerin oder Kritikerin zu, sondern als Zuschauerin. Entspannt ließ sie sich von den Intrigen und Problemen gefangen nehmen. Sogar als sie sich selbst auf dem Bildschirm sah, suchte sie nicht nach Fehlern oder Perfektion. Es kam ihr gar nicht in den Sinn, dass sie Alana sah. Sie sah Amanda:

„Sag mir bloß nicht, was ich will, Griff!" Amandas Stimme vibrierte leicht. „Du hast kein Recht, mir unaufgefordert einen Rat zu erteilen, und du hast noch weniger das Recht, uneingeladen in mein Haus zu kommen."

„Also, hör mal!" Griff hielt sie am Arm fest. „Du drängst dich selbst an den Rand eines Abgrundes. Ich sehe das klar und deutlich!"

„Ich mache meinen Job", verbesserte sie ihn kühl. „Warum konzentrierst du dich nicht auf deinen Job und lässt mich in Ruhe? Hörst du? Lass mich allein!"

„Dich allein lassen? Kommt gar nicht in Frage." Als die Kamera näher auf Griff zufuhr, wurden die Zuschauer Zeugen eines Kampfes um Selbstbeherrschung. Als Griff weitersprach, klang seine Stimme ruhiger, besaß jedoch die typische Schärfe bei einer sich steigernden inneren Erregung. „Verdammt, Amanda, du bist diesem Ripper fast so dicht auf den Fersen wie die Cops.

Du weißt, dass es Wahnsinn ist, allein in diesem Haus zu bleiben. Wenn du dir schon nicht von mir helfen lässt, dann zieh wenigstens für eine Weile zu deinen Eltern."

„Zu meinen Eltern?" Ihre Fassung begann zu bröckeln, als sie sich durch das Haar strich. „Zu meinen Eltern, während Vikki bei ihnen ist? Was denkst du denn, wie viel ich noch ertragen kann?"

„Schon gut, schon gut." Enttäuscht versuchte Griff, Amanda an sich zu ziehen, wurde jedoch von ihr zurückgestoßen. „Amanda, bitte, ich mache mir Sorgen um dich."

„Nicht nötig. Wenn du mir wirklich helfen willst, dann lass mich für eine Weile allein. Ich muss noch einmal das psychologische Profil des Rippers durchgehen, bevor ich mich morgen Vormittag mit Lieutenant Reiffler treffe."

Er schob die geballten Fäuste in die Taschen. „Okay, pass auf! Ich schlafe hier unten auf der Couch. Ich schwöre, dass ich dich nicht berühren werde. Ich kann dich ganz einfach hier draußen nicht allein lassen."

„Ich will dich hier nicht!" schrie sie und verlor ihre eiserne Selbstkontrolle. „Ich will hier niemanden, kannst du das nicht verstehen? Kannst du nicht verstehen, dass ich allein sein muss?"

Er starrte sie an, während sie mit aller Macht die Tränen zurückhielt. „Ich liebe dich, Mandy", flüsterte er so leise, dass man es kaum hörte, aber seine Augen hatten es schon vorher ausgedrückt.

Als ihr Gesicht groß auf dem Bildschirm erschien, quoll eine einzelne Träne aus ihrem Auge und rollte über Amandas Wange. „Nein", flüsterte sie und wandte sich ab, aber Griff schlang die Arme um sie und zog sie wieder an sich.

„Ja, und du weißt es. Für mich hat es nie eine andere Frau

gegeben als dich. Es hat mich fast umgebracht, als du mich verlassen hast, Amanda. Ich brauche dich zum Leben. Ich brauche die gemeinsame Zukunft, die wir zusammen geplant haben. Wir haben noch eine zweite Chance. Wir müssen sie nur ergreifen."

Amanda starrte ins Nichts, während sie eine Hand auf ihren Leib presste, in dem Camerons Baby heranwuchs, ein Baby, das Griff nie akzeptieren würde, das sie jedoch haben musste. „Nein, es gibt niemals eine zweite Chance, Griff. Bitte, lass mich allein."

„Wir gehören zusammen", murmelte er und vergrub sein Gesicht in ihrem Haar. „Oh Amanda, wir haben immer zusammengehört."

Um seinetwillen und um ihretwillen musste sie ihn dazu bringen zu gehen. Schmerz erfüllte ihre Augen, bevor sie ihre Miene beherrschte. „Du irrst dich", sagte sie tonlos. „Das gehört der Vergangenheit an. Jetzt will ich nicht einmal mehr, dass du mich berührst."

„Ich kann mich nicht noch mehr vor dir erniedrigen." Griff riss sich von ihr los und ging zur Tür. „Ich werde mich auch nicht mehr erniedrigen."

Als die Tür hinter ihm krachend ins Schloss fiel, sank Amanda auf die Couch und vergrub weinend ihr Gesicht in einem Kissen. Die Kamera schwenkte langsam auf das Fenster.

Hinter den geschlossenen Vorhängen zeichnete sich eine dunkle Gestalt ab ...

„Na ja", murmelte Fabian, als der Werbeblock begann. „Die Lady hat Probleme."

„Und was für welche." Alana streckte sich und lehnte sich gegen die Kissen. „So ist das eben in Seifenopern. Ein Problem wird gelöst und drei andere entstehen."

„Also, gibt sie Griff eine Chance und nimmt ihn wieder bei sich auf?"

Alana lächelte über die Beiläufigkeit seiner Frage. Er will es wirklich wissen, dachte sie erfreut. „Schalte morgen ein."

Er musterte sie prüfend. „Du kennst die Story."

„Meine Lippen sind versiegelt", erklärte sie geziert.

„Wirklich?" Fabian legte seine Hand unter ihr Kinn. „Mal sehen!" Er presste seinen Mund auf ihre Lippen, aber sie blieben geschlossen. Er fühlte sich herausgefordert, rutschte näher und legte seine Finger leicht streichelnd an ihre Wange. Mit einer federleichten Berührung folgte er den Umrissen ihres Mundes und befeuchtete ihre Lippen, ohne Druck auszuüben. Als er erst an einem Mundwinkel, dann an dem anderen knabberte, hörte er den verräterischen leisen Seufzer. Ohne Anstrengung glitt seine Zunge zwischen ihre Lippen.

„Das gilt nicht", murmelte Alana.

„Oh doch!" Himmel, wie gut er sich bei ihr fühlte! Er hatte sogar fast schon aufgehört, sich zu fragen, wie lange es andauern würde. Das seiner Meinung nach unvermeidliche Ende ihrer Beziehung rückte für ihn mit jedem Tag weiter weg. „Ich habe noch nie etwas von fairen Spielen gehalten."

„Nein?" Sie überraschte ihn mit ihrem plötzlichen Angriff. Er lag schon auf dem Rücken, bevor er es begriff, und sie schob ihren Körper auf ihn. „Dann sind alle Griffe erlaubt."

Ihr gieriger Kuss verblüffte ihn dermaßen, dass sie schon sein Hemd für ihre forschenden Hände aufgeknöpft hatte, ehe er sich wieder unter Kontrolle hatte. „Alana ..." Halb belustigt, halb widerspenstig packte er ihr Handgelenk, aber ihre freie Hand glitt über seine Brust tiefer und legte sich auf seinen Bauch.

Belustigung, Widerspenstigkeit und Vernunft verschwanden.

„Ich bekomme nie genug von dir." Er packte in ihr Haar und zerstörte den sauberen Knoten, den der Studiofriseur vor Stunden gelegt hatte.

„Ich werde darauf achten, dass du nie genug bekommen wirst." Sie legte eine Spur von Küssen mit weit offenem Mund über seine Schulter und zog das Hemd immer weiter weg.

Sie riss ihn so schnell mit sich in den Strudel der Leidenschaft, dass er ihr nur folgen konnte. Soweit Fabian sich zurückerinnern konnte, hatte er in seinem Leben die Führung übernommen, in jeder Hinsicht, weil er nie einem anderen genug vertraut hatte, um ihm die Leitung zu überlassen. Aber jetzt konnte er es kaum mit Alanas Tempo aufnehmen. Ihre Energie und ihr Schwung, die er beide so sehr an ihr bewunderte, hatten seine Leidenschaft entzündet. Fabian kam noch gerade dazu, sich zu wundern, wieso es plötzlich so leicht war, noch eine Regel zu brechen. Dann hörte er zu denken auf.

Gefühle. Alana hatte so geduldig und so verzweifelt darauf gewartet. Endlich wurde Fabian von Emotionen gelenkt. Er gab sich Alana hin und folgte so ihrem Beispiel, sich in der Liebe ganz aufzugeben, im anderen vollkommen aufzugehen. Für Alana war es ein Wunder, über das sie beinahe weinte.

Völlig außer Atem lag Fabian zuletzt still, während Alana sich wie eine Katze auf seiner Brust zusammenrollte. „Hast du das alles nur gemacht, damit ich dich nicht noch einmal nach der Story der Seifenoper frage?"

Sie lachte. „Wenn es darum geht, den Verlauf der Seifenoper durch Geheimhaltung zu gewährleisten, kenne ich keinerlei Grenzen." Sie kuschelte sich enger an ihn. „Dann ist für mich kein Opfer zu groß."

„Wenn das so ist, frage ich dich, wer der Ripper ist – heute

Nacht." Er zog sie höher und begann, sie zu erforschen. Die durchscheinende glänzende gelbe Bluse mit den weiten Ärmeln und der breiten Zierborte aus grünen und goldenen Perlen war aufgeknöpft und hing ihr über eine Schulter. Der knöchellange gelbe Rock mit dem seitlichen Schlitz bis hoch über das Knie lag ebenso wie die rosa Schärpe achtlos auf dem Fußboden. „Garderobe und Maske werden dir die Hölle heiß machen."

„Das war es wert." Alana schlüpfte wieder in die Bluse und begann, sie zu schließen. „Ich werde den Leuten erzählen, dass ich ein Schläfchen gemacht habe."

Lachend setzte er sich auf und zog an ihren zerzausten Haaren. „Da gibt es keinen Zweifel, was du getan hast. Deine Augen verraten dich immer."

„Tatsächlich?" Behutsam zog sie den eleganten und verführerischen Rock an. „Sonderbar." Abwesend glättete sie die Falten und wandte sich ihm zu. „Du hast es in all den Wochen nicht bemerkt." Während sie ihn beobachtete, zogen sich seine Augenbrauen zusammen. „Du bist ein empfindsamer und aufmerksamer Mann, und ich hatte nie ein starkes Talent oder den starken Wunsch, meine Gefühle zu verbergen." Sie lächelte, als sein finsterer Gesichtsausdruck nicht schwand. „Ich liebe dich."

Er erstarrte. Alana bemerkte es an seinem Gesicht und seiner Körperhaltung. Doch er sagte nichts.

„Fabian, du brauchst nicht so dreinzuschauen, als würde ich dir einen Revolver an die Stirn setzen." Sie kam näher und legte ihre Hand an seine Wange. „Es ist leicht, Liebe zu nehmen, und ein wenig schwerer, Liebe zu geben, für einige Leute wenigstens. Bitte, nimm, was ich dir anbiete. Es ist gratis."

Er war völlig verunsichert. Er wusste nur so viel: Was er jetzt fühlte, hatte er noch nie zuvor gefühlt. Gerade das Neue daran machte ihn doppelt vorsichtig. „Es ist nicht klug, etwas zu verschenken, vor allem nicht an jemanden, der noch nicht bereit ist, das Geschenkte anzunehmen."

„Und es ist noch dümmer, etwas für sich zu behalten, das verschenkt werden muss. Fabian, kannst du mir nicht einmal jetzt so weit vertrauen, dass du meine Gefühle annimmst?"

„Ich weiß es nicht", murmelte er. Als er aufstand, war er von den widerstreitendsten Empfindungen hin und her gerissen. Er wollte sich so schnell und so vollständig wie möglich zurückziehen. Zur gleichen Zeit aber wollte er Alana festhalten und nie wieder loslassen. Panik durchzuckte ihn, doch auch Freude und Lust.

„Meine Liebe für dich ist da, ob du sie annehmen willst oder nicht, Fabian. Ich konnte meine Emotionen noch nie gut kontrollieren, und das tut mir auch nicht Leid."

Bevor er etwas sagen konnte, klopfte jemand hart an die Garderobentür. „Alana, in fünfzehn Minuten zur Aufnahme!"

„Danke."

Ich muss nachdenken, sagte sich Fabian, muss logisch überlegen, muss vorsichtig sein. „Ich schicke dir den Friseur."

„Okay." Ihr Lächeln erreichte fast ihre Augen. Als er gegangen war, starrte Alana nachdenklich ihr Spiegelbild an. Die Lampen rings um den Spiegel waren stumpf und dunkel. „Wer hat behauptet, es würde einfach sein mit uns beiden?" fragte sie sich selbst.

Noch vor Ablauf der fünfzehn Minuten kehrte Alana auf den Set zurück. Sie sah haargenau so kühl und perfekt aus wie vor etwas mehr als einer Stunde. Trotz Fabians Reaktion, die sie ungefähr so und nicht anders erwartet hatte, fühlte sie sich leichter, nachdem sie ihm ihre Liebe gestanden hatte. Letztlich hatte sie nur eine Tatsache ausgesprochen, etwas, das nicht mehr geändert werden konnte. Alanas Grundregel war, dass Heimlichtuerei Zeitverschwendung sei. Ihr Gang war frei und leicht, als sie das Studio durchquerte.

Sie wusste, dass etwas geschah, bevor sie die Menschentraube sah und die erregten Stimmen hörte. Spannung lag in der Luft. Alana fühlte es und dachte sofort an Fabian. Aber nicht Fabian sah sie, als sie die Kulissenwand auf dem Set des Wohnzimmers passierte.

Elizabeth Hunter.

Eleganz. Eis. Geschmeidige Weiblichkeit. Hervorstechende Schönheit. Alana sah, wie sie leicht lachte und eine lange, schlanke Zigarette an ihre Lippen hob. Sie posierte mühelos, als wären laufende Kameras auf sie gerichtet. Ihr Haar schimmerte hell und kühl. Ihre Haut war so exquisit, als wäre sie eine Marmorstatue. Dazu das schwarze, leichte Chanel-Kostüm mit weißem Kragen, weißen Manschetten und Goldknöpfen. Die ganze Frau war beste Haute Couture!

Auf der Leinwand wirkte sie begehrenswert, unerreichbar. Alana fand kaum Unterschiede zu Elizabeth Hunter in natura. Es gab keinen Mann, der nicht davon träumen musste, diese Eisschichten abzutragen, um darunter einen heißglühenden Kern zu finden. Wenn Elizabeth wirklich wie Rae war, würde jeder Mann enttäuscht werden. Es gab bei ihr keinen glühenden Kern. Neugierig ging Alana näher.

„Pat, wie hätte ich fernbleiben können?" Liz legte ihre zierliche Hand an Marshells Wange. An ihrem Ringfinger funkelten und blitzten Brillanten und Saphire. „Immerhin könnte man sagen, ich habe ein berechtigtes Interesse an diesem

Film." Sie verzog ihre Lippen zu einem provozierenden Schmollen – ein Hunter-Markenzeichen. „Sagen Sie bloß nicht, dass Sie mich hier nicht haben wollen."

„Natürlich nicht, Liz." Marshell blickte unbehaglich und resigniert drein. „Keiner von uns hatte eine Ahnung, dass Sie in der Stadt sind."

„Ich habe soeben die Dreharbeiten zu diesem Film in Griechenland beendet." Sie zog wieder an der Zigarette und stäubte die Asche achtlos auf den Boden ab. „Ich bin sofort hierher geflogen."

Sie warf einen Blick über Marshells Schulter, den Alana als schlicht beutegierig bezeichnete.

Elizabeth hatte Fabian entdeckt.

Er stand etwas außerhalb der Gruppe um Elizabeth oder Liz, wie sie auch genannt wurde, und begegnete dem Blick seiner Ex-Frau mit gleichmütiger Gelassenheit.

„Ich durfte in das Drehbuch nicht hineinsehen." Liz sprach weiterhin mit Marshell, obwohl ihre Augen auf Fabian gerichtet blieben. „Aber ein paar Kleinigkeiten sind zu mir durchgesickert. Ich muss schon sagen, ich bin fasziniert, aber auch ein klein wenig verstimmt, dass Sie nicht mich gebeten haben, die Hauptrolle zu spielen."

Marshells Blick wurde hart, aber er blieb diplomatisch. „Sie waren nicht frei, Liz."

„Und unpassend", fügte Fabian sanft hinzu.

„Ah, Fabian! Immer das kluge letzte Wort." Liz blies Rauch in seine Richtung und lächelte.

Dieses Lächeln kannte Alana. Sie hatte es auf der Leinwand in unzähligen Hunter-Filmen gesehen. Sie selbst hatte es als Rae nachgeahmt. Es war das Lächeln einer Hexe, bevor sie einer

Fledermaus die Flügel abschnitt. Automatisch trat Alana an Fabians Seite.

Liz bemerkte es. Sie musterte Alana unverhohlen, abschätzend und kühl. Auch Alana ließ sich nichts von Liz entgehen. Sie empfand Fabians Exfrau als schön, leer und kalt. Und sie empfand Mitleid.

„Ach ja ..." Liz hielt ihre Zigarette mit zwei Fingern von sich. Eine kleine Frau mit runzeligem Gesicht nahm sie ihr ab. „Leicht zu erraten, dass das hier Rae ist."

„Nein." Unbewusst lächelte Alana genauso eisig wie Liz. „Ich bin Alana Kirkwood. Rae ist meine Rolle."

„In der Tat." Dieses arrogante Heben der Augenbrauen war schon in unzähligen Szenen angewendet worden. „Ich nehme immer den Charakter an, den ich darstelle."

„Und es funktioniert bei Ihnen brillant." Alana meinte das Kompliment völlig ernst. „Ich beschränke die Identifizierung mit einer Rolle auf die Zeit vor der Kamera, Miss Hunter."

Nur ein schwaches Flackern in ihren Augen verriet Ärger. „Müsste ich Sie noch in irgendetwas anderem gesehen haben, meine Liebe?"

Trotz des herablassenden Tonfalls empfand Alana erneut Mitgefühl. „Schon möglich."

Fabian sah die beiden nicht gern zusammen. Es war für ihn reinstes Vergnügen gewesen, Liz wieder zu sehen und nichts dabei zu empfinden. Das Fehlen jeglicher Gefühle war wie Balsam gewesen, bis Alana auf den Set gekommen war.

Wie sie einander gegenüberstanden, hätten sie Schwestern sein können. Die Ähnlichkeit wurde noch dadurch erhöht, dass Alanas Haar, Make-up und Kleidung nach Liz' Geschmack gestaltet waren. Fabian sah zu viele Ähnlichkeiten und bei genauerem Hinsehen auch zu viele Unterschiede. Er war nicht sicher, was ihn mehr ärgerte.

Ganz gleich, wie Alana gekleidet war, sie verströmte Wärme. Ihre innere Sanftheit drang nach außen. Sie war zart und stark zugleich und den Mitmenschen immer wohlgesonnen. Sogar auf diese Entfernung hin sah er – Mitleid. Ja, in ihren Augen stand Mitleid. Für Liz! Mit einer heftigen Bewegung steckte er sich eine Zigarette an. Du lieber Himmel, die eine war er losgeworden und wurde von der anderen eingefangen! Er fühlte, wie der Boden unter seinen Füßen nachgab wie Treibsand. Gab es eine passendere Gedankenverbindung zu Liebe als Treibsand?

„Fangen wir an", befahl er knapp.

Liz schoss ihm noch einen Blick zu. „Lasst euch durch mich nicht aufhalten. Ich mache mich ganz klein." Sie glitt an den Rand des Sets, nahm in einem Regiestuhl Platz und schlug die Beine übereinander. Ein bulliger Mann, die kleine Frau und ein ganz junger Mann, kaum mehr als ein Junge, stellten sich hinter ihr auf.

Dieses erlesene Publikum erhöhte nur noch Alanas Konzentration. Sie drehten jetzt die Szene, mit der sie vorgesprochen hatte. Sie enthielt mehr als jede andere Szene Raes Persönlichkeit, ihre Motive, ihr Grundwesen. Vermutlich würde sie Liz Hunter nicht gefallen, aber ... Alana konnte vermutlich an Liz' Reaktion ablesen, wie erfolgreich ihre Vorstellung war.

Mit einem leicht gelangweilten Gesichtsausdruck lehnte sich Liz zurück und beobachtete den Ablauf der Szene. Der Dialog war zwar keine wörtliche Wiedergabe ihres Gesprächs mit Fabian vor etlichen Jahren, aber sie erkannte die Grundrichtung. Zum Teufel mit ihm, dachte sie mit hochschießendem Ärger, der sich durch nichts in ihrem wie gemeißelten Gesicht zeigte. Das ist also seine Rache.

Obwohl sie hoffte, dass der Film ein Reinfall wurde, war sie zu klug, um daran zu glauben. Mit ihrem Verstand und ihrer Erfahrung konnte sie allerdings dafür sorgen, dass der Film für sie und nicht gegen sie arbeitete. Wenn sie es richtig anstellte, bekam sie durch Fabians Arbeit eine gewaltige Publicity. Das wäre dann ein gewisser Ausgleich.

Sie war eine Frau mit wenigen Gefühlen, von denen das am stärksten entwickelte die Eifersucht war. Und Eifersucht nagte in ihr, als sie still dasaß und zusah. Alana Kirkwood, dachte sie, und sie begann mit einem ihrer rotlackierten Fingernägel auf die Armlehne zu klopfen. Liz war eitel genug, um sich selbst für schöner zu halten, aber der Altersunterschied war nicht zu übersehen und die fortschreitenden Jahre machten ihr Angst.

Auch das Talent der anderen machte ihr Angst. Sie biss die Zähne aufeinander, um nicht zu schreien. Ihre eigenen Erfolge, Ehrungen und Preise waren ihr nie genug, besonders dann nicht, wenn sie eine schöne jüngere Frau mit gleichen Fähigkeiten vor sich sah. Zum Teufel mit beiden! Ihr Finger klopfte ein härteres Stakkato. Der junge Mann legte beruhigend seine Hand auf ihre Schulter. Sie schüttelte ihn mit einem Achselzucken ab.

Liz schmeckte den bitteren Neid, der sich allmählich in Wut verwandelte. Diese Rolle hätte mir gehören müssen, dachte sie und presste die Lippen zusammen. Hätte sie die Rae gespielt, hätte sie der Rolle noch ein Dutzend Dimensionen hinzugefügt. Sie besaß in ihrem kleinen Finger mehr Talent als diese Alana Kirkwood im ganzen Körper. Mehr Schönheit, mehr Ruhm, mehr Erotik. In ihrem Kopf begann es zu dröhnen, während sie zusah, wie Alana geschickt Sex und Eis in die Szene einwob.

Dann blickte sie auf Fabian, sah den Ausdruck seiner Augen, und sie erstickte fast an einer Verwünschung. Er lachte sie aus! Er lachte, obwohl sein Mund ernst und sein Gesicht ausdruckslos blieb. Dafür wird er bezahlen, sagte sie sich, während sie ihre Lider senkte. Dafür und für alles andere. Sie würde dafür sorgen, dass er und diese unbegabte Schauspielerin, die plötzlich aus dem Nichts auftauchte, dafür bezahlten.

Fabian kannte seine Exfrau gut genug, um zu wissen, was in ihrem Kopf vor sich ging. Es hätte ihm Vergnügen bereiten müssen und hätte es wahrscheinlich auch noch vor ein paar Wochen getan. Doch jetzt erweckte es bei ihm nur Widerwillen.

Er wandte seinen Blick von Liz ab und richtete seine Aufmerksamkeit auf Alana. Von allen Szenen in dem Stück war diese für ihn die härteste. Er hatte sich selbst mit wenigen scharfen, harten Sätzen zu klar in der Person des Phil kristallisiert. Und seine Rae war auch zu wirklich. Alana macht sie zu wirklich, dachte er und sehnte sich nach einer Zigarette. In dieser kurzen Sieben-Minuten-Szene war es fast unmöglich, Alana von Rae zu trennen – und Rae von Liz.

Alana hatte gesagt, dass sie ihn liebe. Während er sie beobachtete, kämpfte Fabian sein Unbehagen und die aufkeimende Panik nieder. War das denn überhaupt möglich? Er hatte schon einmal einer Frau geglaubt, die ihm diese Worte zugeflüstert hatte. Aber Alana ... Es gab nichts und niemanden wie Alana.

Liebte er sie? Er hatte schon einmal zuvor geglaubt zu lieben. Doch was immer das für ein Gefühl gewesen war, Liebe war es nicht gewesen. Es hatte eher etwas mit Faszination für große Schönheit, großes Talent und kühlen Sex zu tun gehabt. Nein, er verstand Liebe nicht, falls es sie überhaupt gab. Nein, er verstand sie nicht, und er sagte sich, dass er sie auch nicht verstehen wollte. Was er wollte, waren seine äußere Abgeschiedenheit und sein innerer Friede.

Und während er hier stand und zusah, wie seine Szene gewissenhaft gefilmt wurde, besaß er weder das eine noch das andere.

„Schnitt! Schnitt und gestorben!" Chuck rieb sich den Nacken, um die Spannung zu beseitigen. „Verdammt gute Arbeit!" Tief ausatmend ging er zu Alana und Jack. „Verdammt gut, ihr beide. Wir hören für heute auf. Darüber geht nichts mehr."

Erleichtert atmete Alana aus und fing an, sich zu entkrampfen. Sie wandte sich kaum um, als gedämpfter Applaus aufkam.

Liz stand anmutig aus dem Regiestuhl auf. „Großartige Leistung." Sie schenkte Jack ihr berauschendes, eingeübtes Lächeln, ehe sie sich an Alana wandte. „Sie besitzen Fähigkeiten, meine Liebe", sagte Liz. „Ich bin sicher, diese Rolle wird Ihnen einige Türen öffnen."

Alana erkannte die Spitze, begegnete ihr aber nicht. „Danke, Liz." Bedächtig zog sie die Haarklammern heraus und ließ ihr Haar frei über die Schultern fallen. Sie brannte darauf, Rae abzuschütteln. „Die Rolle ist eine Herausforderung."

„Sie haben das Beste herausgeholt, was Sie nur konnten." Lächelnd tippte Liz ihr leicht auf die Schulter.

Ich muss fantastisch gewesen sein, dachte Alana und begann breit zu lächeln.

Liz hätte ihr am liebsten das dicke, zerzauste Haar ausgerissen. Sie wandte sich an Marshall. „Pat, ich möchte liebend gern mit Ihnen essen gehen. Wir haben eine Menge zu besprechen." Sie hakte sich bei ihm unter und tätschelte seine Hand. „Ich lade Sie ein, Darling."

Im Stillen fluchend, stimmte Marshell zu. So bekam er sie wenigstens ohne Szene aus dem Studio. „Ist mir ein Vergnügen, Liz. Chuck, ich möchte gleich morgen früh die heutigen Szenen als Erstes sehen."

„Ach, übrigens." Liz blieb neben Fabian stehen. „Ich glaube wirklich nicht, dass dieser kleine Film deiner Karriere sehr schaden wird, Darling." Mit einem eisigen Lachen fuhr sie mit einem Finger über sein Hemd. „Und ich muss sagen, dass ich alles in allem ziemlich geschmeichelt bin. Keine bösen Gefühle, Fabian."

Er blickte auf ihr schönes, herzloses Lächeln hinunter. „Keine Gefühle, Liz. Überhaupt keine Gefühle."

Ihre Finger krampften sich kurz um Marshells Arm, ehe sie davonrauschte. „Oh, Pat, ich muss Ihnen von dem wunderbaren jungen Schauspieler erzählen, den ich in Athen kennen gelernt habe ..."

„Abgang links von der Bühne", murmelte Jack und zuckte die Schultern, als Alana ihm einen Blick zuwarf. „Offenbar habe ich den Phil noch nicht ganz abgelegt. Aber ich sage dir etwas: Der Lady würde ich nicht den Rücken zuwenden."

„Sie ist ziemlich traurig", sagte Alana mehr zu sich selbst.

Jack gab ein schnaufendes Lachen von sich. „Sie ist eine Tarantel." Mit einem weiteren Schnaufen legte er seine Hand auf Alanas Schulter. „Lass dir etwas von mir sagen, Mädchen. Ich bin schon seit vielen Jahren in diesem Geschäft und habe mit vielen Schauspielerinnen gearbeitet. Du bist erste Klasse. Und damit hast du sie gewaltig beleidigt."

„Und das ist traurig", wiederholte Alana.

„Spar dir dein Mitgefühl lieber, Mädchen", warnte er. „Du verbrennst dich sonst." Er drückte ihre Schulter und verließ den Set.

Erleichtert fiel Alana in einen Stuhl. Die Scheinwerfer waren jetzt ausgeschaltet, die Temperatur sank. Die meisten Studioarbeiter waren schon weg bis auf drei, die in einer Ecke kauerten und über ein Pokerspiel redeten. Sie legte den Kopf in den Nacken und wartete, als Fabian näher kam.

„Das war hart", bemerkte sie. „Wie fühlst du dich?"

„Gut. Und du?"

„Ein wenig erschöpft. Ich habe nur noch ein paar Szenen vor mir, keine davon so schwierig wie die heutige. Nächste Woche kehre ich zu Amanda zurück."

„Und wie denkst du darüber?"

„Die Leute bei der Seifenoper sind wie meine Familie. Ich vermisse sie."

„Kinder verlassen die Familie", erinnerte er sie.

„Ich weiß, und ich werde es auch machen, wenn die Zeit reif dafür ist."

„Wir wissen beide, dass du deinen Vertrag bei der Seifenoper nicht verlängern wirst." Er zündete sich eine Zigarette an und inhalierte den Rauch, ohne ihn zu schmecken. „Ob du es nun zugeben willst oder nicht."

Sie fühlte seine Spannung. „Du verwechselst uns schon wieder", sagte sie ruhig. „Wie lange wird es noch dauern, bis du mich als die siehst, die ich bin. Dich verfolgt noch immer der Schatten der anderen."

„Ich weiß, wer du bist", entgegnete Fabian. „Ich weiß nur nicht, was ich damit machen soll."

Sie stand auf. Vielleicht war es die nachwirkende Spannung der Szene, oder vielleicht Alanas Bedauern über Liz Hunters ganz persönliches Leid. „Ich werde dir sagen, was du nicht willst." Ihre Stimme besaß eine Schärfe, die er bisher bei ihr nicht gehört hatte. „Du willst nicht, dass ich dich liebe. Du willst nicht die Verantwortung, die aus meinen oder deinen Gefühlen entsteht."

Damit werde ich fertig, dachte Fabian und nahm noch einen Zug. Mit einem Streit werde ich mühelos fertig. „Vielleicht will ich die Verantwortung nicht. Ich habe dir von Anfang an gesagt, wie ich darüber denke."

„Das hast du." Mit einem ärgerlichen Auflachen wandte sie sich ab. „Sonderbarerweise bist du derjenige, der mir immer Veränderung predigt, bist aber dazu selbst unfähig. Ich sage dir noch etwas, Fabian." Alana wirbelte mit funkelnden Augen und erhitztem Gesicht zu ihm herum. „Meine Gefühle gehören mir. Du kannst sie mir nicht vorschreiben. Du kannst dir nur selbst etwas vorschreiben."

„Das ist keine Frage von Vorschreiben." Die Zigarette schmeckte ihm nicht mehr. Halb zerdrückt ließ er sie schwelend in einem Aschenbecher liegen.

„Es hat vielmehr damit zu tun, dass ich dir nicht geben kann, was du haben willst."

„Ich habe nichts von dir verlangt."

„Du brauchst nichts zu verlangen." Er war wütend, wirklich wütend, ohne bemerkt zu haben, wann er die Grenze überschritten hatte. „Du hast von Anfang an Dinge berührt und an ihnen gerüttelt, von denen ich nichts wissen wollte. Ich bin ein Mal eine Verbindung eingegangen. Ich will verdammt sein, wenn ich das noch einmal mache. Ich will meinen Lebensstil nicht ändern. Ich will nicht ..."

„... noch einmal das Risiko eines Fehlschlags eingehen", beendete Alana für ihn den Satz.

Seine Augen funkelten sie an, aber seine Stimme war sehr,

sehr ruhig. „Du musst lernen aufzupassen, wohin du trittst, Alana. Dünne Knochen brechen leicht."

„Und heilen wieder." Schlagartig war sie zu erschöpft, um zu streiten, oder überhaupt zu denken. „Du musst ganz für dich allein eine Lösung ausarbeiten, Fabian, genau so wie ich eine für mich finden muss. Es tut mir nicht Leid, dass ich dich liebe oder dass ich es dir gestanden habe. Es tut mir nur Leid, dass du kein Geschenk annehmen kannst."

Nachdem sie gegangen war, schob Fabian die Hände in die Hosentaschen und starrte auf den dunklen Set. Nein, er konnte das Geschenk nicht annehmen. Und doch hatte er das Gefühl, soeben etwas weggeworfen zu haben, wonach er sein ganzes Leben gesucht hatte.

10. KAPITEL

Die See ging rau, die Wellen waren mit Schaumkronen geziert. Direkt über Fabian strahlte der Himmel wie ein blauer Diamant, aber im Osten zogen dunkle Sturmwolken auf. Der Wind vom Atlantik brachte Regen mit sich. Fabian schätzte, dass er in spätestens einer Stunde an die Küste zurücksegeln musste.

An der Küste waren jetzt Hitze und Feuchtigkeit zum Schneiden dick. Hier draußen auf dem Wasser roch die Brise nach Sommer und Salz und Sturm.

Fabian trug nichts als Shorts und Deckschuhe. Seit zwei Tagen hatte er sich nicht rasiert.

Aufmunterung? Er segelte seit Tagen, solange es Sonne und Wetter erlaubten und arbeitete nachts, bis ihm die Gedanken ausgingen, aber Aufmunterung hatte sich diesmal nicht eingestellt.

Flucht? Vielleicht traf dieses Wort besser zu. Er nahm einen Schluck Bier aus der Dose und ließ den Geschmack über seine Zunge rollen. Vielleicht war es eine Flucht, aber er wurde auf dem Set nicht mehr gebraucht, und er hatte endlich eingesehen, dass er nicht länger in der Stadt arbeiten konnte. Er brauchte ein paar Tage Abstand von den Filmaufnahmen, dem Druck der Produktion und von seinem eigenen Anspruch auf Perfektion.

Aber das war doch alles nur Lüge!

Nichts dergleichen hatte ihn aus Manhattan nach Long Island vertrieben. Er war Alana und ihrer Wirkung entflohen, noch mehr vielleicht seinen Gefühlen für sie. Doch die Entfernung löschte sie nicht aus seinen Gedanken. Es war mühelos, an sie zu denken, und mühevoll, nicht an sie zu denken.

Obwohl sie ihn verfolgte, war Fabian sicher, dass seine Flucht richtig war. Wenn schon die Gedanken an sie an ihm nagten, hätten ihn ihr Anblick und ihre Berührung zum Wahnsinn getrieben.

Ich will ihre Liebe nicht, sagte er sich heftig. Er konnte und wollte nicht verantwortlich sein für die Fülle von Emotionen, zu denen Alana fähig war. Er nahm noch einen Schluck Bier und blickte finster auf die Wasserfläche. Er konnte sie nicht lieben. Er besaß derartige Gefühle nicht. Alle seine Gefühle waren ausschließlich auf seine Arbeit gerichtet. Das hatte er sich selbst geschworen. Jener Teil seiner Seele, der die positiven Gefühle für einen anderen Menschen bewahrte, war bei ihm leer.

Er sehnte sich schmerzlich nach ihr – nach ihrem Körper, ihrem Verstand, ihrer Seele.

Zum Teufel mit ihr! dachte er und zerrte an der Takelung.

Zum Teufel mit ihr, weil sie ihn drängte, weil sie ihn nicht in Ruhe ließ ... weil sie nichts von ihm verlangte. Hätte sie etwas erbeten, gefordert, erfleht, hätte er es ablehnen können. Es war so einfach, nein zu einer Forderung zu sagen. Sie jedoch tat nichts anderes, als so lange zu geben, bis er von ihr so erfüllt war, dass er sich selbst verlor.

Als der Wind auffrischte, kehrte er an die Küste zurück. Er wollte arbeiten, bis er nicht mehr denken konnte. Und er wollte so lange hier bleiben und sich körperlich von Alana fern halten, bis er sich auch geistig von ihr trennen konnte. Dann erst wollte er nach New York zurückkehren und sein Leben da wieder aufnehmen, wo er es vor Alana verlassen hatte.

Donner grollte drohend, als er das Boot festmachte.

Alana sah den Blitz über den Himmel zucken. Für einen Moment wirkte der Nachthimmel wie ein zerbrochener Spiegel, der im nächsten Moment wieder ganz war. Noch immer kein Regen.

Das Gewitter brütete schon den ganzen Abend über Manhattan. Alana trug deshalb nur ein leichtes weißes Leinenkleid mit goldenen Knöpfen, sonst nichts. Ihre Nachbarn hatten über die Hitze geklagt, doch sie genoss den Druck der Hitze und die Gewalten am Himmel.

Das Gewitter kam von Osten. Vielleicht hatte Fabian auf Long Island schon den Regen, auf den sie noch wartete. Arbeitete er? Oder beobachtete er wie sie das Wüten am Himmel? Wann kam er zurück – zu ihr?

Er wird zurückkommen, versicherte sie sich. Zuerst hatte sein Verhalten sie verletzt, dann geärgert, aber das war vorbei. Für einen Moment hatte sie vergessen, dass Liebe für Fabian kein so selbstverständliches Geschenk war wie für sie. Er hatte die damit verbundenen Beschränkungen, Risiken und Schmerzen erlebt.

Sie stützte die Hände auf das Fensterbrett, als die erste Brise in das Zimmer wehte.

Es hatte sie nicht überrascht, als Marshell erwähnte, Fabian sei in sein verstecktes Haus auf Long Island gefahren, um zu schreiben und zu segeln. Sie vermisste ihn schmerzlich und fühlte die Leere ohne ihn, aber Alana war zu unabhängig, um länger als ein paar Tage über seine Abwesenheit zu trauern. Er brauchte die Einsamkeit. Gut so. Sie verstand ihn so weit, dass sie sich nicht elend fühlte.

Hatte sie selbst nicht nach Liz Hunters überraschendem Besuch im Studio fast die ganze Nacht gemalt?

Alana drehte sich zu dem Bild mit den kobaltblauen und scharlachroten wilden Streifen um. Dieses Gemälde würde sie nicht lange in ihrem Wohnzimmer belassen. Es drückte Wut aus, war zu bedrückend. Sobald sie mit diesen Empfindungen vollständig ins Reine gekommen war, wollte sie das Bild in einen Schrank stellen.

So hatte eben auch Fabian seine Art, um mit sich ins Reine zu kommen. Irgendwie gab es immer eine Lösung. Sie musste nur eine Weile länger warten.

Das sagte sie sich auch, wenn sie an Scott dachte. Die Verhandlung würde Ende der Woche beginnen, und Alana wollte nur an eine positive Lösung denken. Scott musste zu ihr kommen! Je mehr Zeit verstrich, desto unglücklicher wurde er bei den Andersons. Während seiner Besuche bei Alana fiel er ihr immer wieder verzweifelt um den Hals und flehte darum, bei ihr bleiben zu dürfen.

Alana schloss die Augen, als der Regen vom Himmel stürzte. Oh Gott, wenn doch bloß die Nacht schon vorbei wäre!

Bereits vor Mitternacht musste Fabian zu schreiben aufhören. Er war wie ausgetrocknet.

Der Regen war vorüber, das Gewitter hatte die Luft geklärt.

Unruhig ging Fabian durch das Haus. Seltsam, dass ihm nie aufgefallen war, wie dicht Stille sein konnte. Vor der Zeit mit Alana hatte ihm die Stille nichts ausgemacht, hatte er sie sogar gesucht.

Sein Leben teilte sich in die Zeit vor und nach Alana auf. Dieses Eingeständnis fiel ihm nicht leicht.

Er hatte das Abendessen vergessen. Achtlos machte er sich ein Sandwich in der Küche zurecht, fand einen reifen Pfirsich und goss sich ein Glas Milch ein. Das Tablett trug er in sein Schlafzimmer. Er brauchte irgendetwas, das ihn ablenkte, ohne ihn anzustrengen. Fabian schaltete den Fernseher ein und spielte die Kanäle durch.

Normalerweise hätte er der Mitternachts-Talkshow einen alten Film vorgezogen, aber als ihm Liz' Lachen entgegenschlug, stockte er. Seine Neugierde war erwacht. Vielleicht war es eine interessante Ablenkung. Er stellte das Tablett auf den Nachttisch und streckte sich auf dem Bett aus.

Er selbst war schon ein paar Mal in der Talkshow aufgetreten. Der Gastgeber verstand sein Handwerk. Mit jungenhaftem Charme konnte er Berühmtheiten Unerwartetes entlocken und damit das Publikum daran hindern, den Kanal zu wechseln.

„Natürlich fand ich es wahnsinnig aufregend, in Griechenland zu filmen, Bob." Liz lehnte sich etwas näher zu dem Gastgeber. Ihr eisblaues, leicht ausgestelltes Corsagenkleid glitzerte kühl in dem Scheinwerferlicht. Darüber trug sie eine Art Überwurf, ebenfalls eisblau mit abstrakten Silberstrichen und halblangen Ärmeln. Bis zur Taille klaffte dieser Überwurf blusig auf, so dass die Corsage sichtbar war. Ab dem breiten silbernen Gürtel fiel es wieder weit auseinander. Ihre großen Brillantohrringe funkelten mit einer besonders üppigen Brillantbrosche in Form eines Blütenstraußes auf ihrer rechten Schulter um die Wette. „Und die Arbeit mit Ross Simmeon war eine großartige Erfahrung."

„Habe ich nicht gehört, Sie und Simmeon hätten einen ständigen Kampf miteinander gehabt?" Bob MacAllister warf ihr die Frage lächelnd zu, als wollte er sagen, komm schon, entspann dich, mir kannst du es erzählen. Das war seine beste Waffe.

„Einen Kampf?" Liz ließ ihre Wimpern unschuldig flattern. Sie war viel zu klug, um in einer solchen Falle gefangen zu werden. Sie schlug die Beine übereinander, so dass ihr Kleid schimmerte und glitzerte. „Also, nein! Ich kann mir gar nicht erklären, wie jemand auf diese Idee gekommen ist."

„Das muss mit den drei Tagen zusammenhängen, an denen Sie sich geweigert haben, auf dem Set zu erscheinen." Mit einem leicht geringschätzigen Achselzucken lehnte sich MacAllister in seinem Sessel zurück. „Eine Unstimmigkeit wegen der Anzahl Ihrer Sätze in einer Schlüsselszene."

„Das ist Unsinn! Ich hatte zu viel Sonne abbekommen. Mein Arzt verordnete mir drei Tage lang Ruhe." Ihr Lächeln strahlte mit den Brillanten um die Wette. „Natürlich gab es ein paar gespannte Momente wie bei jedem Film, aber ich würde schon morgen wieder mit Ross arbeiten." Oder mit dem Teufel selbst, schien ihr Ton zu sagen. „Wenn nur das richtige Drehbuch vorliegt."

„Also, was haben Sie jetzt vor, Liz? Sie hatten bisher ungebrochenen Erfolg. Es muss schwer sein, stets das richtige Drehbuch zu finden."

„Es ist immer schwer, den richtigen Touch von Magie zu erlangen." Sie führte eine grazile Handbewegung aus, so dass der Brillantring an ihrer Hand funkelte. „Das richtige Drehbuch, der richtige Regisseur, der richtige Hauptdarsteller. Ich hatte bisher dieses Glück, besonders seit ‚Treffen um Mitternacht'."

Fabian legte sein halb gegessenes Sandwich weg und hätte beinahe laut gelacht. Er hatte das Drehbuch für sie geschrieben und sie damit zu einem führenden Star gemacht. Spitzeneinspielergebnisse hatten nichts mit Glück oder Magie zu tun gehabt.

„Die Rolle, mit der Sie den Oscar gewonnen haben", stimmte Bob zu. „Und es war ein großartiges Drehbuch." Er warf ihr ein schiefes Lächeln zu. „Stimmen Sie mir zu?"

Offenbar hatte sie darauf gewartet und war auch bewusst in diese Richtung gesteuert. „Oh ja, Fabian DeWitt ist möglicherweise, nein, ganz sicher der beste Drehbuchautor der achtziger Jahre. Ungeachtet unserer, nun ja, persönlichen Probleme, haben wir einander immer beruflich respektiert."

„Über derartige persönliche Probleme weiß ich nur zu gut Bescheid", sagte Bob zerknirscht und erhielt die Lacher. Seine drei Ehen waren durch die Presse gezerrt worden, ebenso seine Unterhaltszahlungen. „Was halten Sie von seiner letzten Arbeit?"

„Oh!" Lächelnd legte Liz eine Hand an ihre Kehle, ehe sie sie in den Schoß fallen ließ. „Ich nehme an, der Inhalt der Geschichte ist nicht gerade ein Geheimnis, oder?"

Wieder kamen die erwarteten Lacher der Zuschauer, diesmal angespannter.

„Ich bin sicher, Fabians Drehbuch ist wunderbar, wie alle seine Drehbücher. Wenn es, tja, einseitig ist", erklärte sie vorsichtig, „dann ist das nur natürlich. Soviel ich weiß, ist es für einen Schriftsteller normal, Teile seines eigenen Lebens zu verarbeiten und zwar auf seine eigene Weise", fügte sie hinzu. „In der Tat habe ich letzte Woche den Set besucht. Pat Marshell ist der Produzent, müssen Sie wissen, und Chuck Tyler führt Regie."

„Aber ..." drängte Bob, als er ihr Zögern bemerkte.

„Wie ich schon sagte, es ist so schwierig, den richtigen Touch von Magie zu finden." Sie warf die ersten Angelhaken mit einem Lächeln aus. „Und Fabian hat vorher noch nie für das Fernsehen gearbeitet. Das ist für jeden eine schwierige Umstellung."

„Jack Rohrer spielt die männliche Hauptrolle." Bereitwillig gab Bob ihr das nächste Stichwort.

„Ja, das ist eine Spitzenbesetzung. Ich habe Jack in ‚Meinung im Widerstreit' absolut brillant gefunden. Das war ein Drehbuch, bei dem er voll seine Fähigkeiten zeigen und sich hineinknien konnte."

„Aber dieses Drehbuch ..."

„Nun, ich bin zufällig ein großer Jack-Rohrer-Fan." Liz wich offensichtlich der Frage aus. „Ich glaube, es gibt keine Rolle, aus der er nicht etwas machen kann."

„Und die Hauptdarstellerin?" Bob verschränkte seine Hände vor sich auf dem Pult.

„Die Hauptdarstellerin ist ein reizendes Mädchen. Ich komme jetzt nicht auf den Namen, aber ich glaube, sie spielt in einer Seifenoper mit. Fabian liebt es manchmal zu experimentieren, anstatt sich auf erfahrene Schauspieler zu verlassen."

„Wie er das einst mit Ihnen gemacht hat."

Ihre Augen verengten sich für einen Moment. Sie mochte weder den Ton noch die Richtung der Frage. „So könnten Sie das sehen", erklärte sie hoheitsvoll. „Aber wirklich, bei derartigen Produktionskosten eines Projekts sollte man auf das beste verfügbare Talent zurückgreifen. Das ist natürlich eine persönliche Meinung. Ich habe immer gefunden, Schauspieler sollten aufgrund ihrer erworbenen Erfahrungen – und der Himmel weiß, dass ich Erfahrungen erworben habe – für Hauptrollen eingesetzt werden und nicht auf Grund einer ... sagen wir mal, einer persönlichen Neigung."

„Finden Sie, dass Fabian DeWitt eine persönliche Neigung für Alana Kirkwood hat? Das ist doch der Name der Darstellerin, nicht wahr?"

„Also, ja, ich glaube schon. Was Ihre andere Frage betrifft, so kann ich sie schwer beantworten." Sie lächelte wieder charmant. „Vor allem nicht, solange wir auf Sendung sind, Bob."

„Miss Kirkwoods optische Ähnlichkeit mit Ihnen ist verblüffend."

„Wirklich?" Liz schien zu erstarren. „Ich ziehe es vor, einmalig zu sein, obwohl es natürlich schmeichelnd ist, wenn jemand versucht, mir nachzueifern. Selbstverständlich wünsche ich dem Mädchen alles erdenklich Gute."

„Das ist reizend von Ihnen, Liz, besonders da es heißt, dass die Handlung recht unfreundlich mit der Person ins Gericht geht, von der man sagt, sie würde Sie widerspiegeln."

„Wer mich kennt, wird sich wenig um eine verzerrte Sicht kümmern, Bob. Alles in allem bin ich sehr gespannt auf das Endprodukt." Diese Erklärung gab sie so gelangweilt von sich, als müsste sie gleich gähnen. „Das heißt, falls es überhaupt jemals ausgestrahlt wird."

„Jemals ausgestrahlt? Sehen Sie da ein Problem?"

„Nichts, worüber ich sprechen kann", sagte sie offensichtlich zögernd. „Aber Sie und ich, wir beiden wissen, wie viel zwischen den Dreharbeiten und der Sendung passieren kann, Bob."

„Beabsichtigen Sie zu klagen, Liz?"

Sie lachte, aber es klang hohl. „Das würde dem Film ganz sicher zu viel Bedeutung verleihen."

Bob blickte in die Kamera. „Nun, an dieser Stelle legen wir eine kurze Pause ein. Wenn wir wiederkommen, gesellt sich James R. Lemont zu uns und wird uns etwas über sein neues Buch, ‚Die Geheimnisse von Hollywood', berichten. Davon wissen wir beide auch ein Lied zu singen, nicht wahr, Liz?" Nach seinem Augenzwinkern lief auf dem Bildschirm die erste Werbeeinschaltung an.

Fabian lehnte in sein Kissen, hatte das Essen vergessen, zog an seiner Zigarette und blies den Rauch zur Decke. Er war wütend. Die Spitzen gegen den Film waren nicht einmal gekonnt gewesen. Oh, vielleicht führte Liz einen gewissen Prozentsatz der Zuschauer an der Nase herum, aber niemanden, der auch nur entfernt mit diesem Business zu tun hatte, auch niemanden, der nur ein wenig Einfühlungsvermögen besaß. Sie hatte sich bemüht, Giftpfeile abzuschießen, hatte sich letztlich aber, nach Fabians Meinung, nur selbst lächerlich gemacht.

Doch er war wütend über die Pfeile, die sie aus Eifersucht auf Alana abgeschossen hatte. Niemand hatte das Recht, Alana unter Feuer zu nehmen, und die Tatsache, dass der Beschuss nur seinetwegen erfolgte, machte es noch schlimmer.

Verbittert ging er an das Fenster. Er hörte die Brandung in der Ferne. Und er fragte sich, ob Alana auch die Mitternachts-

Talkshow gesehen habe und wenn ja, wie sie damit fertig wurde.

Alana lag in der Hängematte, knabberte Popcorn und schaltete den Ton des Fernsehers weg. Jetzt hörte sie die Regentropfen an der Fensterscheibe.

Falls Fabian die Talkshow gesehen hatte, war er jetzt bestimmt wütend. Falls er sie nicht gesehen hatte, würde er bald den Inhalt erfahren. Sie hoffte nur, dass er, sobald er sich wieder beruhigt hatte, einsehen würde, dass Liz Hunter dem Film mehr genutzt als geschadet hatte:

Das Telefon klingelte. Alana neigte sich aus der Hängematte und schwang gefährlich hin und her, aber jahrelange Übung bewahrte sie vor einem schlimmen Sturz. Sie packte das Telefon und zog es zu sich herauf. „Hallo."

„Diese Hexe!"

Leise lachend ließ Alana sich in die Kissen zurücksinken. „Hallo, Stella!"

„Hast du die MacAllister-Show gesehen?"

„Ja, ich habe sie laufen."

„Hör zu, Alana, Liz hat sich lächerlich gemacht. Das muss jeder begreifen, der auch nur zwei Gehirnzellen besitzt."

„Worüber ärgerst du dich dann?"

Stella holte tief Luft. „Wünscht dir alles erdenklich Gute! Von wegen! Sie möchte sehen, wie du voll auf die Schnauze knallst. Sie möchte dir am liebsten ein Messer in den Rücken rammen!"

„Höchstens eine Nagelfeile."

„Wie kannst du darüber noch Scherze machen?" fragte Stella. „Wie kannst du es so ernst nehmen?"

„Hör zu, Alana! Ich kenne diese Art Frau. Ich spiele diesen Typ seit fünf Jahren. Es gibt nichts, absolut nichts, was sie nicht tun würde, um dir zu schaden. Verdammt, du vertraust aber auch jedem!"

„Manchen weniger als anderen." Obwohl sie die Sorge und Treue ihrer Freundin rührte, lachte sie. „Stella, ich bin kein kompletter Dummkopf."

„Du bist überhaupt kein Dummkopf", entgegnete Stella heftig. „Aber du bist naiv. Wenn dich ein Kind auf der Straße um eine Spende bittet, glaubst du wirklich, dass es für ein Waisenheim sammelt."

„Könnte doch sein", murmelte Alana. „Außerdem, was hat das zu tun mit ..."

„Alles!"

Stella schrie fast schon am Telefon. „Ich mache mir eben Sorgen um dich, weil du mir etwas bedeutest. Du gehst doch sogar nachts munter die Straße entlang, ohne an die Verrückten auf dieser Welt zu denken."

„Komm schon, Stella! Würde ich zu viel daran denken, würde ich gar nicht mehr ausgehen."

„Aber denke daran, dass Liz Hunter eine mächtige, rachsüchtige Frau ist, die dich ruinieren möchte. Pass auf, was sich hinter deinem Rücken tut."

Wer sollte das besser als ich wissen, dachte Alana schaudernd. Ich spiele seit Wochen ihre Rolle. „Wenn ich verspreche, vorsichtig zu sein, machst du dir dann keine Sorgen mehr?"

„Doch!" Stella seufzte ein wenig besänftigt. „Versprich es trotzdem."

„Hiermit geschehen. Bist du jetzt beruhigt?"

Stella brummte leise. „Ich verstehe nicht, wieso du dich nicht ärgerst."

„Warum sollte ich mir die Mühe machen, wenn du es für mich tust, noch dazu so gut?"

Stella seufzte ganz tief. „Gute Nacht, Alana."

„Nacht, Stella. Danke."

Alana legte auf und schwang leicht mit der Hängematte hin und her. Während sie zur Decke starrte, überlegte sie, wie glücklich sie war. Sie hatte Freunde wie Stella und einen Beruf, für den sie gut bezahlt wurde, obwohl sie ihn mit Freuden sogar umsonst ausgeübt hätte. Sie besaß die Liebe eines kleinen Jungen und, so Gott wollte, bald ihn selbst. Sie besaß so viel.

Alana dachte an Fabian und sehnte sich schmerzlich nach ihm.

Zwei Tage später hatte Alana zum ersten Mal frei, seit sie wieder die Rolle der Amanda spielte. Sie verbrachte ihre Zeit mit etwas, das sie selten begann und noch seltener beendete.

Hausputz.

In zerrissenen Shorts und einem verblichenen T-Shirt saß sie auf dem Fensterbrett im zweiten Stock, beugte sich hinaus und putzte die Außenseite der Fenster. Sie musste sich beschäftigen, um nicht nachzudenken. Am nächsten Tag begann die Verhandlung über die Vormundschaft. Und sie hatte seit zwei Wochen nichts von Fabian gehört. Alana putzte die Scheiben, bis sie spiegelten.

Sie fühlte etwas zwischen den Schulterblättern, etwas wie eine leichte Berührung, drehte den Kopf und sah Fabian auf dem Bürgersteig unter sich. Ein Lächeln breitete sich auf ihrem Gesicht aus. „Hallo!"

Er blickte zu ihr hoch. Die Sehnsucht ließ seine Knie weich werden. „Was, zum Teufel, machst du da?"

„Ich putze die Fenster!"

„Du wirst dir den Hals brechen!"

„Nein, ich bin fest verankert. Kommst du herauf?"

„Ja!" Ohne ein weiteres Wort verschwand er aus ihrer Sicht.

Während Fabian die Treppe hinaufstieg, erinnerte er sich an seinen Vorsatz. Er wollte Alana nicht berühren, nicht ein einziges Mal. Er wollte sagen, was er zu sagen hatte, tun, was er zu tun hatte und dann gehen. Er wollte sie nicht berühren und dadurch wieder den endlosen Kreislauf von Verlangen und Sehnsucht und Träumen in Gang setzen. In den letzten zwei Wochen hatte er sich von Alana innerlich befreit.

Als er den Treppenabsatz erreichte, glaubte er fast daran. Dann öffnete Alana die Tür ...

Sie hielt noch immer den feuchten Putzlappen in der Hand. Sie hatte kein Make-up aufgelegt. Ihrer Wangen waren vor Anstrengung und Freude gerötet. Ihr Haar war nach hinten gekämmt und mit einem Band zusammengefasst. Es roch stark nach Putzmitteln.

Seine Finger zuckten vor Verlangen, sie nur ein Mal zu berühren, nur ein einziges Mal. Er ballte die Hände zu Fäusten und schob sie in die Hosentaschen.

„Schön, dich zu sehen." Alana lehnte sich gegen den Türrahmen und betrachtete ihn. Er hatte Farbe von der Sonne bekommen, war aber noch derselbe. Sie fühlte sich von Liebe überschwemmt.

„Du hast gesegelt."

„Ja, ziemlich viel."

„Es hat dir gut getan. Das sehe ich." Sie trat zurück, als sie an seiner angespannten Haltung erkannte, dass er ihr nicht einmal die Hand schütteln wollte. „Komm herein."

Er trat in das totale Chaos. Wenn Alana sauber machte, stellte sie alles auf den Kopf, und nichts war vor ihr sicher. Es gab kaum Platz zum Stehen, geschweige denn zum Sitzen.

„Tut mir Leid", sagte sie, als er sich umsah. „Ich bin mit dem Frühjahrsputz etwas spät dran." Der Druck in ihrer Brust wuchs mit jeder Sekunde, als sie so direkt nebeneinander standen und doch Meilen voneinander getrennt waren. „Einen Drink?"

„Nein, nichts. Ich mache es schnell. Du hast die MacAllister-Show gesehen?"

„Das ist kalter Kaffee." Alana setzte sich auf die Hängematte und ließ die Beine baumeln.

Die Hände noch immer in den Taschen vergraben, wippte Fabian mit den Füßen. „Wie denkst du darüber?"

Achselzuckend kreuzte Alana die Beine. „Sie hat ein paar Spitzen auf den Film abgeschossen, aber ..."

„Sie hat ein paar Spitzen auf dich abgeschossen", verbesserte er sie.

Alana schätzte seine Stimmung ein und beschloss, es auf die leichte Schulter zu nehmen. „Ich blute nicht einmal."

Er musste ihre Sorglosigkeit vertreiben. „Sie hat sich nicht damit begnügt, Alana."

Er trat näher, um ihr Gesicht besser betrachten und ihren Duft aufnehmen zu können. „Sie hatte eine Besprechung mit dem Produzenten deiner Seifenoper und mit einigen Verantwortlichen von der Fernsehgesellschaft."

„Mit meinem Produzenten?" Verwirrt legte sie den Kopf schief. „Warum?"

„Sie will, dass du gefeuert wirst."

Betroffen sagte Alana gar nichts, aber ihr Gesicht wurde blass. Der Putzlappen glitt auf den Boden.

„Sie wäre mit einer Reihe von Gastauftritten in der Show einverstanden, falls du nicht mehr mitspielst. Dein Produzent hat sie höflich abgewiesen. Darum ist sie eine Etage höher gegangen."

Alana drängte die Panik zurück. Nicht jetzt, dachte sie mit dröhnendem Kopf. Nicht während des Prozesses. Sie brauchte den sicheren Vertrag für Scott. „Und?"

Fabian hatte nicht damit gerechnet, dass sie kreidebleich werden könnte. Eine Frau mit ihrem Temperament hätte wütend werden, explodieren und mit Gegenständen um sich werfen sollen. Er hätte auch schallendes Gelächter und ein Achselzucken verstanden. Doch jetzt sah er in ihren Augen Existenzangst.

„Alana, was glaubst du, wie wichtig du für die Show bist?"

Sie musste schlucken, ehe sie antworten konnte. „Amanda ist populär. Ich bekomme den Löwenanteil an Post, und die meisten Briefe sind an Amanda und nicht an mich gerichtet. In meinem letzten Vertrag wurde meine Gage ohne große Verhandlungen erhöht." Sie schluckte noch einmal und verkrampfte die Hände ineinander. Sie hätte schreien können. „Jeder kann ersetzt werden. Das ist Regel Nummer eins in einer Seifenoper. Werden sie mich feuern?"

„Nein." Stirnrunzelnd trat er näher. „Es überrascht mich, dass du überhaupt fragst. Du bist ihr bestes Zugpferd bei den Einschaltquoten. Wenn im Herbst unser Film gesendet wird, wirkt sich das bestimmt gut auf die Show aus. Ganz praktisch gedacht, bist du für den Sender mit deiner täglichen Arbeit viel mehr wert als Liz mit Gastauftritt." Als Alana tief aufatmete, musste er dagegen ankämpfen, sie in die Arme zu nehmen. „Bedeutet dir die Show so viel?"

„Ja, sehr viel."

„Warum?"

„Es ist meine Show", sagte sie einfach. „Meine Rolle." Als die Panik nachließ, kam der Ärger. „Wenn ich gehe, dann nur, weil ich es will oder weil ich nicht mehr gut genug bin." Sie ließ ihrem Zorn freien Lauf, packte eine kleine gelbe Vase samt Inhalt und schleuderte sie gegen die Wand. Glas splitterte, Blumen flogen herum. „Ich habe fünf Jahre meines Lebens dieser Show geopfert!" Als sie sich allmählich beruhigte, starrte sie auf die Scherben der Vase und die geknickten Stiele. „Die Show ist für mich wichtig", fuhr sie fort und blickte Fabian wieder an. „Aus vielen Gründen im Moment lebenswichtig. Woher weißt du überhaupt Bescheid?"

„Von Marshell. Es gab eine ziemlich große Besprechung deinetwegen. Wir haben beschlossen, dich darüber privat zu informieren."

„Ich weiß das zu schätzen." Der Ärger schwand, Erleichterung durchflutete sie. „Nun ja, tut mir Leid, dass Liz sich so unter Druck gesetzt fühlt, dass sie mich aus dem Job drängen will, aber wahrscheinlich wird sie sich jetzt zurückziehen."

„Du bist doch nicht so dumm, dass du das glaubst."

„Sie kann mir nichts antun. Und jedes Mal, wenn sie es versucht, macht sie es für sich nur noch schlimmer." Langsam entspannte Alana ihre Hände. „Jedes Interview, das sie gibt, ist kostenlose Reklame für den Film."

„Wenn es irgendeine Möglichkeit gibt, dich zu verletzen, wird sie es tun. Ich hätte daran denken sollen, bevor ich dir die Rolle der Rae gegeben habe."

Lächelnd legte Alana ihre Hände leicht an seine Arme. „Machst du dir Sorgen um mich? Das würde mir gefallen. Nur ein wenig Sorgen?"

Er hätte spätestens jetzt zurückweichen sollen, aber er brauchte die Berührung, ersehnte sie. Bloß ihre Hände auf seinen Armen. Wenn er sehr vorsichtig war, konnte nichts passieren. „Ich bin für alle Schwierigkeiten verantwortlich, die sie dir macht."

„Das ist eine bemerkenswert lächerliche Behauptung, außerdem auch arrogant und ziemlich egozentrisch." Sie lächelte strahlend. „Und sie passt genau zu dir. Ich habe dich vermisst, Fabian. Ich habe alles an dir vermisst."

Sie zog ihn näher zu sich heran. Als sie ihre Hand an sein Gesicht legte, senkte er seinen Mund auf ihre Lippen. Die erste Berührung ließ ihn alle Vorsätze vergessen, die er während seiner Abwesenheit gefasst hatte.

Alana stöhnte, als sich ihre Lippen trafen. Sie schien schon seit Jahren darauf gewartet zu haben. Verlangen durchzuckte sie, und sie zog ihn zu sich herunter. Die Hängematte schwang unter dem doppelten Gewicht.

Keiner von beiden fand jetzt die Geduld für Zärtlichkeit. Wortlos trieben sie einander zur Eile an. Beeil dich und berühre mich! Es ist schon so lange her! Rasch entledigten sie sich ihrer Kleidung. Haut berührte Haut, und leidenschaftlich ergriffen sie voneinander Besitz.

Die Hängematte bewegte sich wie die See, und Fabian fühlte sich befreit. Schon allein in Alanas Nähe zu sein, befreite ihn. Aus dem Gefühl der inneren Freiheit entstand Raserei. Er hungerte nach ihr und kümmerte sich nicht mehr darum, dass er sich zurückhalten wollte. Ihre Haut fühlte sich weich und warm unter seinen Händen an. Ihr Mund war heiß und nachgiebig. Sie schenkte sich ihm wieder maßlos.

Alana hatte in dem Moment zu denken aufgehört, in dem er sie küsste. Sie schmeckte seine salzige Haut, als sie sich in der feuchten Hitze des Nachmittags aneinander klammerten. Wildes Verlangen tobte in ihm, mehr, als sie je an ihm gefunden hatte. Es ließ sie erbeben, dass sie mit einer solchen Wildheit begehrt wurde.

Ihr eigenes Verlangen schwoll im gleichen Maße an. Die Schnüre der Hängematte pressten sich gegen ihren Rücken, als sich sein Körper auf sie drückte. Seine Hände gruben sich in ihre Haare, während er ihren Mund voll auskostete. Sie hörte seinen abgehackten Atem, öffnete die Augen und sah, dass er sie beobachtete, die ganze Zeit.

Seine Augen blieben offen, als er sich in sie versenkte. Er wollte sie sehen, musste wissen, dass ihr Verlangen für ihn so groß war wie seines für sie, musste es sehen. Und er sah, wie ihr Mund bebte, als sie seinen Namen flüsterte, sah die unglaubliche Lust in ihren Augen. Und das alles konnte er ihr geben. Fabian vergrub sein Gesicht in ihrem Haar. Er wollte ihr alles geben.

„Alana ..."

Mit seinem letzten Funken klaren Verstandes erkannte er, dass sie beide kurz vor dem Höhepunkt standen. Er packte ihren Kopf und ließ ihre Lippen miteinander verschmelzen, so dass sich auf dem Gipfel ihre Lustschreie vereinigten.

Die Schwingungen der Hängematte ließen nach und wurden sanft wie die einer Wiege. Fabian und Alana hielten einander eng umschlungen. Ihr Kopf ruhte in der Beuge seiner Schulter. Ihre

Körper waren feucht von der Hitze in der Luft und in ihnen selbst.

„Ich habe an dich gedacht", murmelte Fabian. Seine Augen waren geschlossen. Sein Herzschlag beruhigte sich, aber seine Arme gaben sie nicht frei. „Ich habe ständig an dich gedacht."

Alana lächelte mit offenen Augen. Sie hatte nichts anderes hören wollen. „Schlaf eine Weile bei mir." Sie drehte den Kopf und küsste seine Schulter. „Nur ein kleines Schläfchen."

Tage- und nächtelang hatte sie ständig an das Morgen gedacht. Jetzt war wieder die Zeit gekommen, um nur an das Jetzt zu denken.

Noch lange nachdem Fabian eingeschlafen war, lag Alana wach und fühlte das sanfte Wiegen der Hängematte.

11. KAPITEL

Alana saß auf einer hölzernen Bank vor dem Gerichtssaal. Leute kamen und gingen, aber niemand kümmerte sich um die junge Frau in dem taubenblauen Kostüm mit taillenkurzer Jacke, den goldenen Knöpfen und der weißen Bluse, die halsnah von einer roten Schleife zusammengehalten wurde. Ein roter Gürtel war das einzig Auffällige, das Alana sich an diesem Tag erlaubt hatte.

Der erste Verhandlungstag war vorüber, und Alana fühlte eine seltsame Mischung von Erleichterung und Anspannung. Es hatte begonnen, jetzt gab es kein Zurück mehr. Weiter unten öffnete sich eine Tür, und eine Flut von Leuten quoll auf den Korridor heraus. Alana hatte sich noch nie in ihrem Leben so allein gefühlt.

Am ersten Tag war nur die Vorgeschichte aufgerollt worden, für Alanas Gefühl schrecklich trocken und nüchtern. Aber die Räder waren in Gang gekommen.

Es soll bloß schnell vorbeigehen, dachte sie. Die Anspannung kam von dem Gedanken an morgen, die Erleichterung von der absoluten Sicherheit, das Richtige zu tun.

Bigby verließ mit seiner dünnen Aktenmappe den Gerichtssaal. „Ich lade Sie auf einen Drink ein."

Lächelnd ergriff Alana seine Hand und stand auf. „Einverstanden. Aber ich möchte Kaffee."

„Sie haben sich da drinnen gut gehalten."

„Ich habe nicht viel getan."

Er wollte etwas sagen, überlegte es sich aber anders. Vielleicht war es das beste, ihr gar nicht zu erklären, wie viel sie allein durch ihre Gegenwart getan hatte. Ihre Frische, die Sorge in ihren Augen, der Klang ihrer Stimme, all das hatte einen lebhaften Kontrast dargestellt zu der Haltung und den steinernen Gesichtern der Andersons. Ein guter Richter in Vormundschaftsprozessen ließ sich von mehr als Fakten und Zahlen leiten.

„Machen Sie einfach so weiter", riet Bigby und drückte ihre Hand, während sie den Korridor entlanggingen. „Verraten Sie mir, wie Ihr Leben demnächst verlaufen wird", bat er und führte sie ins Freie. „Ich vertrete nicht jeden Tag eine strahlende Berühmtheit." Keiner von beiden bemerkte den Mann in dem dunklen Anzug mit der Hornbrille, der ihnen folgte.

Alana lachte sogar noch, als sie den ersten vollen Schlag der Hitze auf der Straße abbekam. New York im Hochsommer war heiß und feucht und schweißtreibend. „Bin ich das wirklich? Eine Berühmtheit?"

„Ihr Bild war in ‚Bildschirm', und Ihr Name wurde in der MacAllister-Show erwähnt." Er grinste, als sie eine Augenbraue hob. „Ich bin beeindruckt."

„Sie lesen ‚Bildschirm', Charlie?" Sie erkannte, dass er sie beruhigen wollte, und er machte seine Sache gut. Kameradschaftlich hakte sie sich bei ihm unter. „Ich muss gestehen, dass die Reklame weder der Seifenoper noch dem Film oder mir schadet."

„In dieser Reihenfolge?"

Alana lächelte und zuckte die Schultern. „Kommt auf meine Stimmung an." Nein, sie war nicht frei von Ehrgeiz. Der Artikel in „Bildschirm" hatte ihr große Genugtuung verschafft. „Von der Shampoo-Werbung bis heute war es ein weiter Weg, und es wird mir nicht Leid tun, wenn ich in der nächsten Zeit nicht drei Stunden lang mit Schaum auf dem Kopf posieren muss."

Sie betraten gemeinsam einen Coffeeshop, in dem die Temperatur gleich um fünfzehn Grad niedriger lag. Alana schauderte kurz und atmete erleichtert auf.

„Dann läuft beruflich also alles gut?" fragte Charlie.

„Keine Klagen." Alana schob sich auf eine kleine Sitzbank und schlüpfte aus ihren Schuhen. „Nächste Woche werden die Rollen für ‚Zweites Kapitel' besetzt. Ich habe schon viel zu lange nicht mehr Theater gespielt."

Bigby schnalzte mit der Zunge, als er nach der Speisekarte griff. Der Mann in dem dunklen Anzug setzte sich, mit dem Rücken zu Alana, an den Nebentisch.

„Sie sitzen wohl nie still?" fragte Bigby.

„Nicht länger als nötig. Ich habe ein gutes Gefühl wegen der Vormundschaftssache. Es wird sich alles regeln, Charlie. Scott wird bei mir sein, und Fabians Film wird ein großer Hit."

Er betrachtete sie lächelnd. „Die Kraft des positiven Denkens."

„Wenn es hilft." Sie stützte die Ellbogen auf den Tisch und legte ihr Kinn in die Hände.

„Mein ganzes Leben habe ich mich auf gewisse Ziele zubewegt, ohne zu erkennen, dass ich sie mir gesteckt hatte. Jetzt sind sie fast in Reichweite."

Bigby blickte zu der Kellnerin auf, ehe er sich wieder Alana zuwandte. „Wie wäre es mit Kuchen zum Kaffee?"

„Wenn Sie mich schon dazu zwingen. Blaubeeren." Ihre Zungenspitze fuhr über ihre Lippen, weil sie den Kuchen fast schon schmecken konnte.

„Zwei Mal", sagte Bigby zu der Servitererin. „Da wir gerade von Fabian DeWitt sprechen", fuhr er fort.

„Tun wir das?"

Bigby fing das amüsierte Glitzern in Alanas Augen auf. „Ich glaube, Sie haben DeWitt vor ein paar Wochen erwähnt. Ein Mann, der nicht viel von Schauspielerinnen und Beziehungen hält?"

„Sie haben vielleicht ein Gedächtnis, und Sie sind sehr scharfsinnig."

„Ich habe einfach zwei und zwei zusammengezählt, vor allem nach Liz Hunters Vorstellung in der MacAllister-Show."

„Vorstellung?" wiederholte Alana mit einem leichten Lächeln.

„Ein Schauspieler durchschaut meiner Meinung nach einen anderen Schauspieler. Ein Anwalt hat viel von einem Schauspieler an sich. Liz Hunter hat DeWitt vor ein paar Jahren, bildlich gesprochen, durch den Wolf gedreht."

„Sie haben sich gegenseitig verletzt. Wissen Sie, ich glaube, dass manche Menschen ausgerechnet solche Menschen anziehen, die für sie das Schlimmste sind."

„Sprechen Sie aus persönlicher Erfahrung?"

Ihre Augen wurden sehr ernst, ihr Mund sehr sanft. „Fabian ist der richtige Mann für mich. In vieler Hinsicht wird er mein Leben schwierig machen, aber er ist richtig für mich."

„Was macht Sie so sicher?"

„Ich liebe ihn." Als die Servierin das Bestellte brachte, ließ Alana erst einmal den Kaffee und stürzte sich auf den Kuchen. „Der Himmel segne Sie, Charlie", murmelte sie nach dem ersten Bissen.

Er rümpfte die Nase über das gewaltige Kuchenstück. „Sie lassen sich leicht beeindrucken."

„Und Sie sind ein Zyniker. Essen Sie lieber!"

Er griff nach einer Gabel und polierte sie gedankenverloren mit einer Papierserviette. „Auch auf das Risiko hin, in ein Fettnäpfchen zu treten: DeWitt ist nicht der Typ Mann, den ich mit Ihnen in Verbindung gebracht hätte."

Alana nahm den nächsten Bissen in den Mund. „Hm?"

„Er ist sehr verbissen und ernsthaft. Seine Drehbücher haben das bewiesen. Und Sie sind ..."

„Flockig leicht?" warf sie ein und spießte das nächste Kuchenstück auf.

„Nein." Bigby öffnete einen kleinen Plastikbehälter mit Sahne, der in einer Schale auf dem Tisch stand. „Sie sind alles andere als das. Aber Sie stecken voll Lebensfreude. Es ist nicht so, dass Sie sich den Härten des Lebens nicht stellen, aber Sie erwarten sie nicht. Ich habe den Eindruck, dass DeWitt nach den Härten regelrecht sucht."

„Vielleicht tut er das. Wenn man einen Schicksalsschlag

erwartet und er sich einstellt, wird man gewöhnlich davon nicht so niedergeschmettert. Für manche Leute ist das eine Art der Selbstverteidigung. Ich glaube, Fabian und ich, wir können voneinander lernen."

„Und wie denkt Fabian darüber?"

„Es ist schwer für ihn", murmelte sie. „Er wollte in Ruhe gelassen werden. Sein Leben ist bisher in einer bestimmten Bahn verlaufen und ich habe mich hineingedrängt. Er braucht Zeit, damit fertig zu werden."

„Und was brauchen Sie?"

Sie blickte auf und erkannte, dass ihn ihre Antwort nicht befriedigt hatte. Er sorgt sich um mich, dachte Alana bewegt. Sie berührte Bigbys Hand. „Ich liebe ihn, Charlie. Das genügt für den Moment. Es genügt nicht für immer, aber die Menschen können ihre Gefühle nicht wie eine Glühbirne ein- und ausschalten. Ich kann es jedenfalls nicht", verbesserte sie sich.

„Soll das heißen, DeWitt kann es?"

„Bis zu einem gewissen Grad." Alana setzte noch einmal zum Sprechen an, schüttelte jedoch den Kopf. „Nein, ich möchte ihn nicht einmal in dieser Hinsicht ändern. Ich brauche das Gleichgewicht, das er mir bringt, und ich möchte die Schatten aufhellen, die er mit sich herumschleppt. In gewisser Weise ist es mit Scott genauso. Ich brauche die Stabilität, die er in mein Leben bringt. Im Grunde brauche ich es, gebraucht zu werden."

„Haben Sie Fabian von Scott erzählt? Von dem Vormundschaftsprozess?"

„Nein." Alana rührte Zucker in ihren Kaffee, trank aber nicht. „Ich möchte ihn nicht mit einem Problem belasten, das schon bestanden hat, als wir uns kennen lernten. Mein Instinkt sagt mir, dass ich allein damit fertig werden muss. Wenn alles gelöst ist, werde ich es Fabian sagen."

„Vielleicht wird es ihm nicht gefallen", gab Bigby zu bedenken. „In einem Punkt muss ich Ford Recht geben. Manche Männer wollen sich nicht um das Kind eines anderen Mannes kümmern." Alana schüttelte den Kopf. „Das kann ich mir von Fabian nicht vorstellen. Er hat zwar einmal gesagt, dass er von Frauen und Familie nichts wissen wolle, weil das alles nur auf den ersten Blick schön aussehe und doch nur Ärger und Schmerzen bringe. Aber wenn ich seine Meinung über Frauen und Bindungen ganz allgemein geändert habe, wird er auch über Familie und Kinder anders denken. Ich hoffe es wenigstens ..."

„Und falls Sie eine Wahl treffen müssten?"

Sie schwieg, während sie gegen den Schmerz kämpfte, den ihr die bloße Vorstellung, von Fabian abzulassen, brachte. „Wenn man sich zwischen zwei Menschen entscheiden muss, die man liebt", sagte Alana ruhig, „wählt man denjenigen, der einen am meisten braucht." Sie blickte ihrem Anwalt in die Augen. „Scott ist ein Kind und braucht mich mehr als alle anderen, Charlie."

Er beugte sich über den Tisch und tätschelte ihre Hand. „Das wollte ich von Ihnen hören. Noch eine unprofessionelle Bemerkung", fügte er lächelnd hinzu. „Auf der ganzen Welt würde kein Mann Sie oder Scott ablehnen."

„Sehen Sie, für so eine Bemerkung bin ich verrückt nach Ihnen." Sie tippte mit ihrer Gabel gegen ihre Zungenspitze. „Charlie, würden Sie mich für gierig halten, wenn ich mir noch ein Stück Kuchen bestelle?"

„Ja."

„Gut." Alana hob eine Hand und winkte der Servierin. „Gelegentlich muss ich ganz einfach dekadent sein."

Amandas Leben glich einem Druckkochtopf. Arme Amanda, dachte Alana. Ihre Probleme würden nie ganz gelöst werden. Aber so war nun einmal das Leben in einer Seifenoper.

Die Studiobelegschaft war noch nicht von der Mittagspause zurück. Alana lag allein auf dem Bett, in dem Amanda durch das Splittern von Glas geweckt werden sollte. Allein und schutzlos würde sich Amanda nur mit ihrem Verstand und ihren beruflichen Fähigkeiten gegen den geistig gestörten Ripper von Trader's Bend wehren müssen.

Alana war schon in ihrem Kostüm, einem einfachen, blaugrünen Nachthemd, murmelte ihren Text vor sich hin und machte ein paar träge Bemühungen, um ihr schlechtes Gewissen wegen des zweiten Stücks Blaubeerkuchen zu beruhigen.

„Ja, ja, das ist also das atemberaubende Tempo des Frühstücksfernsehens."

Völlig in die packende Szene zwischen Amanda und dem Psychopathen versunken, ließ Alana mit einem Aufschrei das Script fallen und griff sich an die Kehle. „Gütiger Himmel, Fabian! Hoffentlich bist du gut in Erster Hilfe. Mein Herz ist soeben stehen geblieben."

„Ich bringe es wieder zum Schlagen." Er legte seine Hände an ihren Kopf, beugte sich herunter und küsste sie sanft, ruhig und tief. Von seinem Kuss genauso überrascht wie von seinem plötzlichen Auftauchen, lag Alana still. Sie erkannte, dass etwas anders war, aber da ihre Gedanken durcheinander wirbelten und ihr Herz hämmerte, konnte sie es nicht bestimmen.

Fabian wusste, was anders war, als er sich auf die Bettkante setzte, ohne den Kuss abzubrechen. Er liebte Alana. Er war allein in seinem Bett erwacht und hatte nach ihr getastet. Er hatte in der Zeitung etwas Komisches gelesen und automatisch daran gedacht, wie sehr sie darüber lachen würde. Er hatte ein kleines Mädchen mit einem Luftballon seine Mutter zum Central Park zerren sehen, und er hatte an Alana gedacht.

Und während er an sie gedacht hatte, war ihm aufgefallen, wie schön blau der Himmel, wie hektisch und voll von Überraschungen die Stadt und wie freudvoll das Leben war. Was war er doch für ein Narr gewesen, sich ihr und ihrer Liebe zu widersetzen.

Alana war seine zweite Chance ... Nein, wenn er ganz ehrlich war, musste er zugeben, dass Alana seine erste Chance für echtes und vollständiges Glück war. Er ließ sich nicht mehr durch hässliche Erinnerungen von Alana und dem Glück trennen.

„Was macht dein Herzschlag?" murmelte er.

Alana stieß langsam den Atem aus und öffnete die Augen. „Du kannst den Krankenwagen wieder abbestellen."

Er blickte auf das zerwühlte Bett und ihr dünnes Kostüm für die Szene. „Hast du geschlafen?"

„Ich", entgegnete sie geziert, „ich habe gearbeitet. Die anderen sind noch beim Essen. Ich bin erst um ein Uhr an der Reihe." Sie zupfte an ihren Haaren, die ihr als Pony über die Augen fielen. Bloß keine Spannung, dachte sie sofort und lächelte. „Was machst du hier? Normalerweise watest du um diese Tageszeit knietief in brillanten Ideen."

„Ich wollte dich sehen."

„Das ist nett." Sie setzte sich auf und schlang ihre Arme um seinen Nacken. „Das ist sehr nett."

Wie sie wohl reagiert, dachte Fabian, wenn ich ihr sage, dass ich mich nicht mehr gegen sie wehre und dass mich nichts in meinem Leben glücklicher gemacht hat als dieser Entschluss? Heute Abend, dachte er und presste ein Gesicht an ihren Hals.

Heute Abend, wenn wir allein sind, sage ich es ihr. Und ich werde ihr die entscheidende Frage stellen.

„Kannst du eine Weile bleiben?" Alana wusste nicht, warum sie sich so wunderbar fühlte, aber sie wollte die Gründe auch nicht erforschen.

„Ich warte, bis du mit der Arbeit fertig bist. Dann entführe ich dich und schleppe dich zu mir nach Hause."

Sie lachte, veränderte ihre Haltung und zerknitterte das Script unter sich.

„Dein Text", warnte Fabian.

„Ich kann ihn auswendig." Sie warf den Kopf zurück. Ihre Augen glitzerten. „Diese Szene ist ein absoluter Höhepunkt, dramatisch und voll Gefahr."

Fabian betrachtete das Bett. „Auch voll Sex?"

„Nein!" Sie schob ihn von sich. „Amanda wirft sich in ihrem Bett von einer Seite auf die andere. Ihre Träume wurden gestört ... Ausblenden, eine Überblendung ... Sie wandert durch einen Nebel, verloren, allein. Sie hört Schritte hinter sich ... Großaufnahme ihr Gesicht ... Angst. Und dann ..." Ihre Stimme wurde schrill vor Dramatik. Sie warf ihr Haar nach hinten. „Vor ihr sieht sie eine Gestalt im Nebel."

Alana hob die Hand, als wollte sie einen Nebelvorhang verscheuchen. „Soll sie hinlaufen? Weglaufen? Die Schritte hinter ihr werden schneller. Ihr Atem beschleunigt sich. Ein Mondstrahl, bleich und unheimlich, bricht durch den Nebel. Das ist Griff vor ihr. Er streckt ihr eine Hand entgegen, ruft ihren Namen mit widerhallender, unwirklicher Stimme. Er liebt sie. Sie möchte zu ihm, aber die Schritte holen auf. Sie beginnt zu laufen. Und dann ... das scharfe, grässliche Blitzen eines Messers!"

Alana krallte sich an Fabians Schultern fest und ließ sich in einer gespielten Ohnmacht zusammensacken. Fabian lächelte. Er zog sie kurz an den Haaren, bis sie die Augen aufschlug. „Und dann?"

„Dieser Mann hier will doch tatsächlich noch mehr." Alana richtete sich wieder auf und stieß das Script beiseite. „Ein Schrei blieb ihr in der Kehle stecken! Bevor sie rufen kann, splittert Glas. Amanda fährt in ihrem Bett hoch. Ihr Gesicht glänzt von Schweiß. Ihr Atem kommt in heftigen Stößen." Sie führte es vor, und Fabian fragte sich, ob sie ihre schauspielerischen Fähigkeiten wirklich voll erkannte. „Hat sie es nur geträumt, oder hat sie es wirklich gehört? Ängstlich, aber ungeduldig steigt sie aus dem Bett."

Sie rutschte an die Bettkante, setzte die Füße auf den Boden, stand auf, sah stirnrunzelnd zu der Tür, wie Amanda es tun würde, strich geistesabwesend ihr Haar zurück.

„Vielleicht war es nur der Wind", fuhr sie geheimnisvoll fort. „Vielleicht war es ein Traum. Doch sie weiß, dass sie nicht mehr schlafen kann, wenn sie sich nicht davon überzeugt ... Musik klingt auf, eine Menge Bässe. Dann öffnet sie die Schlafzimmertür ... Werbung!"

„Komm schon, Alana!" Aufgeregt packte Fabian ihre Hand und zog sie zu dem Bett zurück.

Sie gab nach und legte ihre Arme um seinen Nacken. „Jetzt erfährst du, wie du am besten deinen Boden zum Glänzen bringst, ohne zu bohnern."

Er kniff sie. „Es ist der Ripper."

„Vielleicht." Sie flatterte mit den Wimpern. „Vielleicht auch nicht."

„Es ist der Ripper", sagte er entschieden. „Und unsere

furchtlose Amanda geht die Treppen hinunter. Wie vermeidet sie es, Opfer Nummer fünf zu werden?"

„Sechs", korrigierte Alana. „Also, sie wird angeblich ... Nein, ich weiß es, und du musst abwarten und es selbst herausfinden." Mit einem Ruck zog Fabian sie herum, so dass sie lachend auf seinen Schoß fiel. „Vorwärts! Quäle mich! Tu alles, was du mit mir tun willst! Ich werde nie und nimmer sprechen!" Sie verschränkte ihre Hände in seinem Nacken und blickte lächelnd zu ihm auf. Und sie war so schön und so voll Leben, dass sie ihm den Atem raubte.

„Ich liebe dich, Alana."

Fabian fühlte, wie sich ihre Finger in seinem Nacken lösten. Ihr Lächeln schwand, und ihre Augen weiteten sich.

Alana war, als wäre ihr Herz nun wirklich stehen geblieben. „Das ist so ziemlich das schwerste Geschütz, das du auffahren kannst, um die Fortsetzung einer Geschichte zu erfahren", brachte sie nach einem Moment hervor. Hätte sie die Kraft gehabt, hätte sie sich aufgesetzt, um sich gegen den sanften Druck seiner Hand an ihrer Schulter zu stemmen.

„Ich liebe dich, Alana", wiederholte er und vergaß alle Vorsätze, es ihr auf ganz besondere Weise und ganz privat zu gestehen. „Ich glaube, ich habe dich immer geliebt. Und ich weiß, dass ich dich immer lieben werde." Er legte seine Hände an ihr Gesicht, als sich ihre Augen mit Tränen füllten. „Du bist alles, was ich je wollte. Ich habe mich nur nicht getraut, darauf zu hoffen. Bleib bei mir!" Er berührte ihren Mund mit seinen Lippen und fühlte, wie sie bebten. „Heirate mich!"

Alana klammerte sich an ihm fest, barg ihr Gesicht an seiner Schulter und holte tief Luft. „Du musst dir sicher sein", flüsterte sie. „Fabian, du musst dir absolut sicher sein, weil ich dich nie wieder fortlassen werde. Bevor du mich noch einmal fragst, denk daran. Ich glaube nicht an unüberwindliche Abneigung oder unüberbrückbare Gegensätze oder andere Trennungsgründe. Mit mir ist es für immer, Fabian. Es muss für immer sein."

Er hob ihren Kopf an. In seinen Augen sah sie Leidenschaft. Und Liebe. „Du hast verdammt Recht", flüsterte er atemlos. „Ich will schnell heiraten."

Er unterstrich seine Worte mit einem Kuss. „Und in aller Stille. Wie schnell können sie Amanda für eine Weile aus der Serie herausschreiben, damit wir mehr als ein Wochenende für unsere Hochzeitsreise haben?"

Alana hätte nie gedacht, dass jemand sie an Tempo übertreffen könnte. Doch jetzt wirbelten ihr Gedanken durch den Kopf, während sie krampfhaft versuchte, Klarheit in die Situation zu bringen. Heirat! Fabian sprach schon von Heirat und Flitterwochen! „Also, ja, ich will sehen, wie das geht ... Nachdem Griff Amanda vor dem Ripper gerettet hat, verliert sie das Baby und fällt ins Koma. Die Krankenhausszenen könnten ..."

„Aha!" Mit einem selbstzufriedenen Lächeln küsste Fabian sie auf die Nase. „Griff rettet sie also vor dem Ripper, womit er aus der Liste der Verdächtigen ausscheidet."

Alana kniff die Augen zusammen. „Du Ratte!"

„Sei bloß froh, dass ich kein Spion von einer anderen Fernsehgesellschaft bin. Du bist ein Umfaller."

„Ich werde dir einen Umfaller zeigen!" rief Alana und ließ sich mit ihm umkippen, dass er auf dem Rücken landete. Er liebte sie. Der Gedanke löste solche Heiterkeit in ihr aus, dass sie sich lachend auf ihn fallen ließ. Bevor er sich zurückziehen konnte, ertönte eine Stimme ...

„Alana! Alana, du solltest dir das ansehen und ..." Stella prallte vor Überraschung zurück, als sie Alana und Fabian lachend auf dem Bett liegen sah. Sie ließ blitzschnell die Zeitung in ihrer Hand hinter ihrem Rücken verschwinden und fluchte leise. „Hoppla! Also, ich hätte ja angeklopft, wenn einer von euch die Tür zugemacht hätte." Sie zeigte mit der freien Hand auf die Kulissenwand. „Ich sollte wohl rausgehen und wieder reinkommen?" Gleich nachdem ich diese Zeitung verbrannt habe, dachte sie grimmig, lächelte und ging einen Schritt rückwärts.

„Bleib!" Alana setzte sich auf, hielt aber Fabians Hand fest. „Ich bin gerade dabei, dich mit einer einzigartigen, großartigen Ehre zu bedenken." Sie drückte Fabians Hand. „Meine Schwester mag noch so verdorben sein, sie soll es als Erste erfahren."

„Auf alle Fälle", stimmte Fabian zu.

„Stella ..." Alana stockte. Ein genauer Blick in die Augen ihrer Freundin genügte, um zu wissen, dass etwas Unerfreuliches geschehen war. „Was ist los?"

„Nichts! Mir ist nur eingefallen, dass ich noch mit Neal über etwas sprechen muss. Also, ich suche ihn besser, bevor ..."

Aber Alana stand schon von dem Bett auf. „Was wolltest du mir zeigen, Stella?"

„Ach, nichts." In Stellas Augen stand jetzt eine offene Warnung. „Es kann warten."

Ohne ein Lächeln streckte Alana die Hand aus.

Stellas Finger schlossen sich fester um die Zeitung. „Alana, jetzt ist nicht der richtige Zeitpunkt. Ich finde, du solltest lieber ..."

„Ich möchte es jetzt sehen."

"Verdammt." Mit einem Blick auf Fabian gab Stella ihr die Zeitung.

"Star-Schaukel". Alana fühlte einen ärgerlichen Stich. Das war von den Klatschzeitungen der absolute Bodensatz. Halb amüsiert überflog sie die schreierischen Schlagzeilen. "Wirklich, Stella, wenn du in deiner Mittagspause nichts Besseres zu tun hast, bin ich enttäuscht."

Sie drehte die Zeitung herum und überflog den Teil unterhalb des Knicks.

Verzweifelter Kampf! Königin der Seifenoper: Gebt mir mein Kind der Liebe!

Darunter war ein grobkörniges Foto von Alana zu sehen, wie sie im Central Park im Gras saß und Scotts Gesicht zärtlich zwischen den Händen hielt. Plötzlich erinnerte sie sich wieder an einen Mann mit dunklem Anzug und Hornbrille, der ihr damals gefolgt war. Er war ihr zwar aufgefallen, aber sie hatte sich weiter nichts dabei gedacht. Sie hörte nicht, wie Fabian aufstand und zu ihr trat.

Fabian war, als bohrte sich eine Faust in seinen Magen. Nicht einmal die schlechte Qualität des Fotos verschleierte die verblüffende Ähnlichkeit zwischen Alana und dem lachenden Kind. Als ihm die Schlagzeile förmlich entgegenschrie, hätte er toben können.

"Was, zum Teufel, ist das?"

Verstört blickte Alana auf. Wie war das durchgesickert? Die Andersons? Nein. Sie hatten ihr – Alana – Publicity mit Hilfe des möglichen Zeitungsrummels um das Kind vorgeworfen. Umso weniger würden sie sich selbst an eine Zeitung wenden. Das traute sie ihnen nicht zu.

Offenbar war ihr ein Reporter gefolgt und hatte alles über

Scott und den Vormundschaftsprozess herausgefunden. Aber wer hatte ihr den Reporter an die Fersen geheftet?

Liz Hunter. Alanas Finger krampften sich um die Zeitung. Natürlich, das war es. Liz hatte ihr beruflich nicht schaden können und war daher einen Schritt weitergegangen.

„Alana, ich habe dich gefragt, was das, zum Teufel, zu bedeuten hat."

Sie zuckte zusammen. „Ich möchte mit dir unter vier Augen in meiner Garderobe sprechen."

„Tut mir Leid, Alana", sagte Stella, als Alana an ihr vorbeiging.

Alana schüttelte bloß den Kopf. „Schon gut."

In ihrer Garderobe ging sie sofort an die Kaffeemaschine. Sie musste etwas tun. Hinter sich hörte sie, wie die Tür zufiel.

„Ich wollte nicht, dass es so läuft, Fabian." Sie holte tief Luft. „Ich habe keine Publicity erwartet. Ich war so vorsichtig."

„Ja, vorsichtig." Er steckte die Hände in die Hosentaschen.

„Ich weiß, du hast Fragen. Wenn ich ..."

„Ja, ich habe Fragen." Er riss die Zeitung von dem Schminktisch. „Bist du in einen Vormundschaftsprozess verwickelt?"

„Ja."

Er fühlte wieder den Schmerz in seinem Magen. „So viel zur Frage des Vertrauens."

„Nein, Fabian!" Sie wirbelte zu ihm herum. „Lass mich erklären."

„Du hast mir nichts von diesem Kind gesagt."

„Fabian, als wir uns kennen gelernt haben, war das Verfahren schon in Gang gesetzt. Ich wollte dich nicht hineinziehen."

„So, du wolltest mich nicht hineinziehen", erwiderte er

bitter. „Scheint so, als hättest zu zwei verschiedene Normen für Vertrauen, eine für dich und eine für die anderen."

„Das ist nicht wahr." Ihre Stimme zitterte. „Fabian, ich hatte Angst. Du wolltest nichts von einer Familie und von Bindungen wissen. Und ich hatte Angst, etwas könnte durchsickern. Scotts Großeltern ..."

„Der Junge heißt Scott?".

„Ja, er ist erst vier Jahre alt."

Er wandte sich ab. „Und sein Vater?"

„Jeremy. Er ist tot."

Fabian fragte nicht, ob sie ihn geliebt hatte. Das war gar nicht nötig. Er sah es an dem Schmerz in ihren Augen, wie sehr sie ihn geliebt hatte. Sie hatte dem geliebten Mann ein Kind geboren. Könnte er damit fertig werden? Ja, er dachte schon. Es änderte nichts an Alana oder an ihm. Und doch ... und doch hatte sie ihm nichts gesagt. Und das änderte etwas.

„Bei wem ist der Junge jetzt?" fragte er kühl.

„Bei seinen Großeltern. Er ist nicht glücklich bei ihnen, Fabian. Er braucht mich, und ich brauche ihn. Ich brauche euch beide. Bitte!" Ihre Stimme senkte sich zu einem Flüstern. „Verlange nicht, dass ich eine Wahl treffe. Ich liebe dich. Ich liebe dich unbeschreiblich, aber Scott ist eben noch ein kleiner Junge."

„Eine Wahl?" Fabian steckte sich eine Zigarette an. „Du hast es vor mir verborgen. Das steht fest. Aber ich könnte kaum ein Kind ablehnen, das ein Teil von dir ist. Doch du hast vom ersten Moment an Vertrauen von mir gefordert. Jetzt habe ich dir mein Vertrauen gegeben und muss entdecken, dass du mir nicht vertraut hast."

„Für mich kam Scott an erster Stelle, Fabian. Er braucht

jemanden, der ihn an die erste Stelle setzt. Ich muss die Vormundschaft bekommen! Das stand von Anfang an für mich fest. Erst danach wollte ich versuchen, mit dir darüber zu sprechen, wenn du nicht mehr so entschieden gegen Familie und Verpflichtungen bist. Du hättest dann nichts mehr mit dem Prozess zu tun gehabt und hättest unbelastet über das Ganze nachdenken können."

„Das könnte ich ja alles verstehen, wenn du mir erklären könntest, warum du ihn jemals aufgegeben hast."

„Aufgegeben?" Tränen verschleierten Alanas Blick. „Ich verstehe dich nicht."

„Verdammt, Alana, du verstehst sehr genau. Wahrscheinlich hast du dir Sorgen gemacht, wie es sich auf deine Karriere auswirken könnte ..."

Sie holte tief Luft. „Ich habe nur an Scott gedacht", antwortete sie mit erzwungener Ruhe. „Ein Vormundschaftsprozess könnte kaum meinem Ruf schaden, genauso wenig wie ein uneheliches Kind, obwohl Scott nicht mein Kind ist. Jeremy – Scotts Vater – war mein Bruder."

Fabian starrte sie sprachlos an. Jetzt begriff er gar nichts mehr. Der Gedanke durchzuckte ihn, dass Tränen nicht in Alanas Augen passten. „Der Junge ist dein Neffe?"

„Jeremy und seine Frau sind im letzten Winter gestorben. Seinen Großeltern, den Andersons, wurde die Vormundschaft übertragen. Er ist nicht glücklich bei ihnen."

Nicht Alanas Kind, dachte Fabian, aber ihr Neffe. Trotzdem war er noch verletzt und ärgerlich. Es war nicht darum gegangen, ob der Junge ihr Sohn war oder nicht. Ihre Vergangenheit betraf ihn nicht. „Ich denke, du solltest jetzt besser alles erzählen."

Noch ehe Alana etwas sagen konnte, klopfte jemand an die Tür. „Telefon für dich, Alana! In Neals Büro! Dringend!"

Sie drängte Ärger und Enttäuschung zurück, verließ den Raum und lief zu Neals Büro, nahm den Hörer auf und massierte dabei ihre Schläfe. „Hallo."

„Miss Kirkwood?"

„Ja, Mr. Anderson?"

„Scott ist verschwunden."

12. KAPITEL

Alana sagte gar nichts. Tausend Gedanken jagten ihr durch den Kopf.

„Miss Kirkwood, ich sagte, dass Scott verschwunden ist."

„Verschwunden?" wiederholte sie flüsternd. „Seit wann?"

„Offenbar seit elf Uhr. Meine Frau dachte, er sei bei Nachbarn. Als sie ihn zum Mittagessen rufen wollte, erfuhr sie, dass er gar nicht hingegangen war."

Elf ... Entsetzt sah Alana auf ihre Uhr. Es war fast zwei. Seit drei Stunden also. „Haben Sie die Polizei verständigt?"

„Natürlich." Mr. Andersons Stimme klang schroff, doch Angst mischte sich in seinen Ton. „Die Nachbarschaft ist durchsucht und die Leute sind befragt worden. Alles Mögliche ist getan worden."

„Ja, natürlich." Sie hörte ihre eigene Stimme wie aus weiter Ferne. In ihrem Kopf dröhnte es. „Ich komme sofort zu Ihnen."

„Nein, die Polizei möchte, dass Sie nach Hause gehen und dort bleiben, falls Scott sich bei Ihnen meldet."

Sie sollte nach Hause gehen und nichts tun? „Ich möchte zu Ihnen kommen. Ich könnte in einer halben Stunde da sein. Ich könnte ihn suchen helfen. Ich könnte ..."

„Miss Kirkwood", unterbrach Mr. Anderson sie und holte tief Luft. „Scott ist ein intelligenter Junge. Er weiß, wo Sie wohnen, kennt Ihre Telefonnummer. Bitte, gehen Sie nach Hause. Wenn er bei uns auftaucht, rufen wir sofort an."

„Also gut. Ich gehe nach Hause. Ich warte da." Benommen starrte sie auf das Telefon und begriff nicht einmal, dass sie selbst aufgelegt hatte.

Fabian brütete noch über Alana und Scott, als sich die Tür der Garderobe öffnete. Seine Fragen waren noch nicht ausreichend beantwortet, aber er vergaß sie in dem Moment, in dem er in Alanas schneeweißes Gesicht sah.

„Alana!" Er war mit einem Schritt bei ihr. „Was ist los?"
„Fabian."

Sie legte ihre Hand an seine Brust. Sie fühlte sein Herz schlagen, nein, sie war in keinem Alptraum. „Scott ist verschwunden. Sie wissen nicht, wo er ist. Er ist weg."

Er packte sie fest an den Schultern. „Wie lange schon?"

„Seit drei Stunden." Die erste Welle der Angst durchbrach den Schock. „Mein Gott, seit drei Stunden hat ihn niemand gesehen. Niemand weiß, wo er ist!"

Er verstärkte seinen Griff an ihren Schultern, als sie zu zittern begann, „Polizei?"

„Ja, ja, sie sucht ihn." Sie klammerte sich unwillkürlich an ihn. „Ich soll nicht zu ihnen kommen, sondern nach Hause fahren und warten, falls ... Fabian!"

„Ich bringe dich nach Hause." Er strich ihr besänftigend die Haare aus dem Gesicht. „Wir fahren nach Hause und warten auf den Anruf. Sie werden ihn finden, Alana. Kleine Jungs laufen oft weg."

„Ja." Sie fasste nach seiner Hand. Natürlich hatte er Recht. „Scott träumt oft mit offenen Augen. Vielleicht ist er einfach nur immer weiter gegangen."

„Ich bringe dich heim." Fabian hielt sie fest, während sie sich verwirrt ansah. „Du ziehst dich um, und ich sage Bescheid, dass du heute Nachmittaig nicht drehen kannst."

„Umziehen?" Verstört blickte sie an sich hinunter. Sie trug noch Amandas Nachthemd. „Ja, gut, ich beeile mich. Sie können jeden Moment anrufen."

Sie wollte sich beeilen, aber ihre Finger gehorchten ihr kaum. Ihr Blick fiel auf die Zeitungen und Magazine auf dem Fußboden. Berichte über sie, die aufsteigende neue Berühmtheit! Fotos von früher. Sie hielt ihren Blick darauf gerichtet, während sie versuchte, ihr Kleid zu schließen. Was nützten ihr die Berichte, in denen sie gelobt und förmlich hochgejubelt wurde? Was sollten all die Fotos, die sie in silbergrauen Kleidern mit passender Pelzjacke und Mütze oder in einem roten oder schwarzen Jackenkleid mit einem fröhlichen roten Schal um den Hals zeigten? Sie hatte nie großen Wert auf solche Äußerlichkeiten gelegt. Jetzt wurde ihr noch klarer, wie unwichtig das alles war. Scott war verschwunden!

Fabian kehrte nach wenigen Minuten zurück. „Fertig?" Er fühlte, wie Panik sie im Griff hatte.

„Ja." Sie nickte und ging mit ihm, einen Fuß vor den anderen setzend, während Bilder von Scott vor ihrem geistigen Auge einander abwechselten: Scott verloren, verängstigt oder noch schlimmer, Scott im Auto eines Fremden … Sie wollte schreien, als sie in ein Taxi stieg.

Fabian hielt ihre eiskalte Hand fest. „Alana, es passt nicht zu dir, das Schlimmste anzunehmen. Denk doch nach! Es gibt hundert harmlose Gründe, warum er für ein paar Stunden untertaucht. Vielleicht hat er einen Hund gefunden oder ist einem Ball nachgelaufen. Vielleicht hat er einen faszinierenden Stein gefunden und untersucht ihn in einem Versteck."

„Ja." Sie versuchte, es sich vorzustellen. Das wäre typisch Scott. Trotzdem schwand das Bild von dem Auto und dem Fremden nicht. Scott hatte keine Angst vor Menschen, was sie bisher bei ihm bewundert hatte. Jetzt jagte es ihr Angst ein.

Sobald das Taxi hielt, fuhr sie hoch, riss die Tür auf und rannte die Stufen hinauf, bevor Fabian den Fahrer bezahlt hatte.

Stille. Alana starrte auf das Telefon in ihrer Wohnung und versuchte, es zum Klingeln zu zwingen. Sie sah auf die Uhr. Seit Andersons Anruf war keine halbe Stunde vergangen. Viel zu kurz, sagte sie sich und begann, hin und her zu gehen. Viel zu lang. Viel zu lang für einen kleinen Jungen allein.

Sie hörte, wie sich die Tür schloss, und drehte sich um. Hilflos hob sie die Hände und ließ sie wieder fallen.

„Fabian! Oh Gott, ich weiß nicht, was ich tun soll. Es muss doch etwas geben, irgendetwas."

Wortlos kam er zu ihr und nahm sie in die Arme. Seltsam, dass erst etwas für sie so Furchtbares passieren musste, um ihn erkennen zu lassen, dass sie ihn genauso brauchte wie er sie. All sein Ärger und all seine Zweifel waren ausgelöscht. Liebe war einfacher, als er sich je vorgestellt hatte.

„Setz dich, Alana." Er schob sie zu einem Stuhl. „Ich mache dir etwas zu trinken."

„Nein, ich …"

„Setz dich", wiederholte er mit der Festigkeit, die sie jetzt brauchte. „Ich mache dir Kaffee. Ich besorge dir ein Beruhigungsmittel."

„Ich brauche kein Beruhigungsmittel!" fuhr sie auf.

Er nickte zufrieden. Solange sie ärgerlich war, brach sie nicht zusammen. „Dann also Kaffee."

Ihre zitternden Hände zerknüllten den weiten Rock des sommerlichen, schwarz-weiß gepunkteten Kleides, zerdrückten die Stoffblume auf dem breiten Taillenband, ohne dass sie es merkte.

Kaum ging Fabian in die Küche, als sie schon wieder auf den Beinen war. Sie konnte nicht still sitzen. Von Ruhe war keine Rede. Als sie wieder auf ihre Uhr sah, stieg hysterisches Schluchzen in ihr hoch.

„Alana!" Fabian brachte den Kaffee und fand sie tränenüberströmt vor.

„Fabian, wo könnte er sein? Er ist doch fast noch ein Baby. Er hat keine Angst vor Fremden. Das ist mein Fehler, weil ..."

„Hör auf", sagte er sanft und drückte ihr die Tasse in beide Hände. Alana zitterte so heftig, dass sie den Kaffee fast verschüttete. „Erzähl mir von ihm."

Einen Moment starrte sie in die Tasse. „Er ist vier, fast fünf. Er möchte einen Pferdewagen zum Geburtstag, einen gelben, und er denkt sich gern etwas aus." Ein Schluck des heißen Kaffees beruhigte sie ein wenig. „Scott besitzt eine wunderbare Fantasie. Gib ihm einen Pappkarton, und er sieht darin ein Raumschiff, ein Unterseeboot oder eine Höhle. Du weißt, was ich meine."

„Ja." Fabian setzte sich zu ihr und ergriff ihre Hand.

„Als Jeremy und Barbara starben, war er so verloren. Die

drei waren zusammen eine schöne Familie gewesen. So glücklich."

Ihr Blick wurde zu den Boxhandschuhen hinter der Tür gezogen. Jeremys Handschuhe. Sie würden eines Tages Scott gehören. Alana sprach hastig weiter. „Er ist seinem Vater sehr ähnlich, hat den gleichen Charme, die gleiche Neugierde. Die Andersons, Barbaras Eltern, mochten Jeremy nie. Nach Barbaras Heirat mit ihm haben sie ihre Tochter kaum noch gesehen. Nach ... nach dem Unfall wurde er ihnen zugesprochen. Ich wollte ihn, aber es lag nahe, dass er zu ihnen kam. Ein Haus, eine Familie ..." Sie unterbrach sich und warf einen verzweifelten Blick auf das Telefon.

„Aber?" drängte Fabian.

„Sie verstehen Scott nicht. Er spielt Archäologe und gräbt ein Loch in ihren Rasen."

„Und das verärgert sie." Fabian entlockte ihr damit ein schwaches Lächeln.

„Er würde den Rasen nicht umgraben, wenn man ihn in einen Sandkasten setzt und sagt, das sei die Wüste. Aber nein, er wird für seine Fantasie bestraft."

„Deshalb kämpfst du um ihn."

„Ja." Alana befeuchtete ihre Lippen. „Vor allem lieben sie ihn nicht. Sie fühlen sich nur für ihn verantwortlich. Ich ertrage die Vorstellung nicht, er könnte ohne all die Liebe aufwachsen, die er bekommen sollte." Abrupt verstummte sie. Wo ist er? Wo ist er? hämmerte es in ihren Schläfen.

„Er wird nicht ohne Liebe aufwachsen." Fabian zog Alana an sich und küsste die Tränen aus ihren Augenwinkeln weg. „Sobald du die Vormundschaft hast, kümmern wir uns darum."

Behutsam beugte sie sich zurück, obwohl ihre Finger noch

immer seine Schultern festhielten, um ihm in die Augen sehen zu können. „Wir?"

Fabian sah sie eindringlich an. „Gehört Scott zu deinem Leben?"

„Ja, er ..."

„Dann gehört er auch zu meinem Leben."

Sie setzte zwei Mal an, ehe sie sprechen konnte. „Ohne Vorbehalte?"

„Ich habe viel Zeit damit verschwendet, Vorbehalte zu haben. Manchmal sind sie überflüssig." Er zog ihre Finger an seine Lippen. „Ich liebe dich."

„Fabian, ich habe solche Angst." Ihr Kopf sank gegen seine Schulter. Der Damm brach.

Fabian ließ Alana weinen. Er streichelte ihr Haar, bis sie erschöpft in seinen Armen lag.

„Wie spät ist es?" murmelte sie. Mit verquollenen Augen starrte sie auf das Telefon, das immer noch nicht geklingelt hatte.

„Fast vier." Er fühlte, wie sie zusammenzuckte. Jedes Wort war überflüssig. „Ich mache noch einen Kaffee."

Als es an der Tür klopfte, drehte Alana sich unwillig um. Sie wollte jetzt niemanden sehen. Nur das Telefon war wichtig. „Ich mache den Kaffee." Sie zwang sich dazu aufzustehen. „Ich will niemanden sehen, bitte!"

„Ich schicke die Leute weg."

„Danke, Fabian."

Fabian ging an die Tür, öffnete sie und sah eine junge Frau in einem mit Farbe verschmierten Overall vor sich. Dann sah er den Jungen. „Entschuldigen Sie, dieser kleine Junge lief ein paar Blocks von hier herum. Er hat mir diese Adresse gegeben. Ich möchte ..."

„Wer bist du?" fragte der Junge. „Hier wohnt Alana."

„Ich bin Fabian. Alana wartet schon auf dich, Scott."

Scott lächelte und zeigte dabei kleine weiße Zähne. Babyzähne, dachte Fabian. Er ist fast noch ein Baby. „Ich bin nicht früher gekommen, weil ich mich ein wenig verlaufen habe. Bobbi hat mich hergebracht."

Fabian legte seine Hand auf Scotts Kopf. Scotts Haare waren so weich wie Alanas Haar. „Wir sind Ihnen sehr dankbar, Miss ..."

„Freeman, Bobbi Freeman." Lächelnd deutete sie auf Scott. Er hat sich vielleicht ein wenig verlaufen, aber er weiß ganz bestimmt, was er will, nämlich Alana und ein Sandwich mit Erdnussbutter. Also, Leute, ich muss wieder an mein Treppengeländer. Bis später, Scott."

„Auf Wiedersehen, Bobbi." Er gähnte gewaltig. „Ist Alana hier?"

„Ich hole sie." Fabian ging in die Küche, während Scott auf die Hängematte kletterte, und nahm Alana die Tassen aus der Hand. „Da ist jemand, der dich sehen will."

Sie schloss die Augen. „Bitte, Fabian, nicht jetzt."

„Der lässt sich aber nicht wegschicken."

Etwas in seinem Ton ließ ihr Herz rasen. Sie stürmte an ihm vorbei in das Wohnzimmer, wo ein blonder Junge glücklich in der Hängematte schaukelte, zwei Kätzchen auf dem Schoß. „Mein Gott, Scotty!"

Er streckte ihr schon die Arme entgegen, als sie durch den Raum lief. Sie drückte ihn an sich. Wärme. Sie fühlte die Wärme seines kleinen Körpers und stöhnte vor Freude. Sein zerzaustes Haar strich über ihr Gesicht. Sie roch einen Hauch seiner Seife, gemischt mit den Gummidrops, die er stets in seinen Taschen versteckte. Weinend und lachend sank sie mit ihm auf den Boden.

„Scott! Scott! Ist dir auch nichts geschehen?" In plötzlicher Angst schob sie ihn ein Stück von sich, um ihn zu betrachten.

„Aber nein." Ein wenig verschnupft über die Frage, wand er sich in ihrem Griff. „Ich habe Butch noch nicht gesehen. Wo ist Butch?"

„Wie bist du hergekommen?" Alana drückte ihn wieder an sich und küßte sein Gesicht. „Wo warst du?"

„Im Zug." Sein Gesicht strahlte. „Ich bin allein mit dem Zug gefahren."

„Du ..." Sie starrte ihn ungläubig an. „Du bist ganz allein von deinen Großeltern bis hierher gekommen?"

„Ich habe gespart." Stolz holte er aus seiner Tasche die restlichen Cents und ein paar Gummidrops. „Ich bin auf den Bahnhof gegangen, aber es hat viel länger gedauert als mit einem Taxi. „Und ich habe die Fahrkarte selbst gekauft. Du hast es mir gezeigt. Ich habe Hunger, Alana."

„Augenblick." Sie hielt ihn fassungslos an den Armen fest. „Du bist allein hierher gefahren?"

„Und ich habe mich nur ein wenig verlaufen, und dann hat Bobbi mir geholfen. Und ich habe auch gar keine Angst gehabt." Seine Lippen zitterten. Er verzog das Gesicht und vergrub es an ihrem Hals. „Gar keine Angst."

Was ihm alles hätte zustoßen können! „Natürlich hast du keine Angst gehabt", murmelte sie und presste ihn an sich. „Du hast dir ja den Weg gemerkt! Aber Scott, es war nicht richtig, dass du allein gekommen bist."

„Aber ich wollte dich sehen."

„Ich weiß, und ich will dich auch immer sehen, aber du hast

deinen Großeltern nichts gesagt. Sie haben sich Sorgen gemacht. Und ich habe mir Sorgen gemacht. Du musst mir versprechen, dass du das nie wieder tust."

„Ich tue es nie wieder." Seine Lippen bebten erneut, und er rieb seine Augen mit den Fäusten. „Es war so lang, und ich war hungrig, und dann habe ich mich verlaufen, aber ich habe keine Angst gehabt."

„Ist ja jetzt alles gut, mein Kleiner." Sie drückte ihn noch immer an sich, als sie aufstand. „Wir machen dir jetzt etwas zu essen, und dann kannst du in der Hängematte schlafen. Okay?"

Scott schniefte und drängte sich näher an sie. „Kann ich Toast mit Erdnussbutter haben?"

„Aber sicher."

Fabian kam ganz in das Zimmer herein. Beide sahen ihn an. Er könnte ihr Kind sein, dachte Fabian. Es überraschte ihn, dass er selbst auch den Jungen im Arm halten wollte. „Ich habe vorhin ein Sandwich mit Erdnussbutter in der Küche gesehen. Ich glaube, das gehört dir."

„Okay!" Scott befreite sich aus Alanas Armen und lief in die Küche.

Alana schwankte leicht und presste ihre Hand an die Schläfe. „Ich könnte ihn lebendig häuten. Oh, Fabian", flüsterte sie, als er seine Arme um sie legte. „Ist er nicht wunderbar?"

Draußen dämmerte es. Scott schlief, in der einen Hand einen abgewetzten Stoffhund, der einmal seinem Vater gehört hatte. Der dreibeinige Butch hielt auf dem Kissen neben ihm Wache.

Alana saß neben Fabian auf dem Sofa, Scotts Großvater gegenüber. Der Kaffee auf dem Tisch zwischen ihnen wurde kalt. Wie immer hielt sich Mr. Anderson kerzengerade. Seine

Kleidung war makellos. Aber in seinen Augen sah Alana eine Müdigkeit, die sie vorher nie bemerkt hatte.

„Auf einem derartigen Ausflug hätte dem Jungen alles mögliche zustoßen können", stellte Mr. Anderson fest.

„Ich weiß." Alana drückte Fabians Hand. „Er musste mir versprechen, so etwas nie wieder zu tun. Sie und ihre Frau müssen sich schreckliche Sorgen gemacht haben. Es tut mir Leid, Mr. Anderson. Ich fühle mich teilweise schuldig, weil ich Scott ein paar Mal die Fahrkarten habe kaufen lassen."

Er schüttelte den Kopf. „Ein furchtloser Junge", murmelte er. „Und klug. Wusste, welchen Zug er nehmen und wo er aussteigen musste." Sein Blick richtete sich wieder auf Alana. „Er wollte unbedingt zu Ihnen." Normalerweise hätte diese Feststellung sie erwärmt. Jetzt verkrampfte sich ihr Magen noch mehr. „Ja. Kinder verstehen oft die Folgen ihrer Handlungen nicht, Mr. Anderson. Scott hat nur daran gedacht, zu mir zu kommen, nicht aber an die Gefahren, denen er sich aussetzte. Er kam hier müde und verängstigt an. Ich hoffe, Sie werden ihn nicht bestrafen."

Anderson holte tief Luft und legte seine Hände auf seine Knie. „Ich habe heute etwas erkannt, Miss Kirkwood. Ich lehne diesen Jungen ab."

„Oh nein, Mr. Anderson..."

„Bitte, lassen Sie mich aussprechen. Ich nehme ihm alles übel, was unserer Tochter zugestoßen ist, obwohl er nichts dafür kann. Das gefällt mir selbst nicht." Seine Stimme klang scharf und, wie Alana fand, alt. Außerdem habe ich erkannt, dass seine Anwesenheit im Haus für meine Frau eine ständige Belastung ist. Er erinnert uns daran, was wir verloren haben. Ich werde meine Gefühle vor Ihnen nicht rechtfertigen", fügte er schroff hinzu.

„Der Junge ist mein Enkel, und daher bin ich für ihn verantwortlich. Aber ich bin ein alter Mann, und ich möchte mich nicht ändern. Ich will den Jungen nicht. Sie wollen ihn aber." Er stand auf, während Alana ihn nur anstarren konnte. „Ich werde meinen Anwalt darüber informieren, wie ich in der Sache denke."

„Mr. Anderson." Alana stand erschüttert auf. „Sie wissen, dass ich Scott will, aber ..."

„Und ich will ihn nicht, Miss Kirkwood." Anderson straffte seine Schultern und sah sie unverwandt an. „So einfach ist das."

Und so traurig, dachte sie. „Es tut mir Leid." Mehr konnte sie nicht sagen. Er nickte grüßend und ging.

„Wie ..." setzte Alana nach einer Weile an. „Wie kann jemand solche Gefühle für ein Kind haben?"

„Für das Kind?" entgegnete Fabian. „Sind das nicht eher ihre Gefühle für sich selbst?"

Sie war nur einen Moment lang verwirrt. „Ja, das ist es, nicht wahr? Es sind egozentrische Gefühle."

„Ich bin Experte auf diesem Gebiet." Er zog sie wieder in seine Arme.

„Der Unterschied zwischen den Andersons und mir ist, dass sich jemand in mein Leben gedrängt und mir die Augen geöffnet hat."

„Habe ich das getan?" Lachend nahm Alana den nächsten Looping dieses Tages, der wie eine Achterbahn verlaufen war. Scott schlief auf dem Bett, die Kätzchen zu seinen Füßen zusammengerollt. Er konnte jetzt bei ihr bleiben. Keine tränenreichen Abschiedsszenen mehr. „Habe ich mich in dein Leben gedrängt?"

„Du kannst sehr hartnäckig sein." Er zog sie kurz an den Haaren und küsste sie. „Dem Himmel sei Dank, dass du es bist."

„Soll ich dich warnen, dass ich mich aus deinem Leben nie mehr verdrängen lasse?"

„Nein." Fabian zog sie so auf den Schoß, dass er ihr ins Gesicht sah. „Lass es mich doch selbst herausfinden."

„Weißt du, es wird für dich nicht leicht sein."

„Was?"

„Mit mir auszukommen, wenn du mich heiraten willst."

„Wenn?"

„Ich gebe dir eine letzte Chance, davonzulaufen." Halb im Ernst, legte Alana ihre Hand an seine Wange. „Ich mache fast alles impulsiv, essen, schlafen, Geld ausgeben. Ich lebe lieber im Chaos als in der Ordnung. In geordneten Verhältnissen kann ich gar nicht richtig funktionieren. Und ich werde dich irgendwie für tausend Organisationen einspannen."

„Das bleibt noch abzuwarten", murmelte Fabian.

Alana lächelte bloß. „Habe ich dich noch nicht verjagt?"

„Nein." Er küsste sie, und als die Schatten im Zimmer immer länger wurden, merkte es keiner von beiden. „Und du kannst mich auch nicht verjagen. Ich kann ebenfalls sehr hartnäckig sein."

„Denk daran! Ich nehme ein vierjähriges Kind zu mir, ein sehr aktives."

„Du hast eine geringe Meinung von meiner Widerstandskraft und Ausdauer."

„Oh nein." Diesmal klang ihr Lachen heiser. „Ich werde dich mit meiner Unordnung zum Wahnsinn treiben."

„So lange du aus meinem Arbeitszimmer draußen bleibst, kannst du alles andere in eine Baustelle verwandeln", erwiderte er.

Sie schlang ihre Arme fester um seinen Nacken und drückte sich an ihn. Er meint es wirklich, sagte sie sich wie benommen.

Er meint alles genau so. Sie hatte Fabian und Scott. Mit den beiden nahm ihr Leben die nächste Wende. Sie fieberte den Dingen entgegen, die auf sie warteten.

„Ich werde Scott verzeihen", murmelte sie gegen Fabians Hals. „Und dem Rest unserer Kinder.

Er schob sie langsam von sich. Ein Lächeln spielte um seine Lippen. „Wie viele werden diesen Rest ausmachen?"

Ihr Lachen klang frei und fröhlich. „Such' dir eine Zahl aus."

– ENDE –

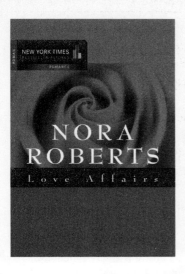

Band-Nr. 25009
7,95 € (D)
ISBN 3-89941-009-2

Nora Roberts

Love Affairs

Der Maler und die Lady
Schön und selbstbewusst küsst Lara den Maler Anatole auf dem Schloss ihres Vaters und verspricht ihm eine Nacht der Liebe. Und so beginnt eine heiße Affäre voller Leidenschaft und Gefahr. Denn es geht nicht nur um Lust, sondern auch um ein skrupelloses Verbrechen.

Heißer Atem
Es sind Sekunden, die für den Rennfahrer Matthew Lance den Sieg ausmachen – oder den Tod bedeuten. Doch seine Geliebte, die Fotografin Cynthia, weiß nicht, wie lange sie die Angst um ihn trotz der beglückenden Nächte noch aushalten kann.

Herz aus Glas
Die schöne Show-Produzentin Johanna Patterson muss erkennen, dass sie sich entgegen aller Vorsätze in den berühmten Schauspieler Sam Weaver verliebt hat. Aber kann ein Mann, der so umschwärmt ist, überhaupt treu sein?

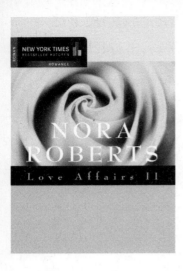

Band-Nr. 25028
7,95 € (D)
ISBN 3-89941-036-X

Nora Roberts

Love Affairs II

Tödlicher Champagner
Zu gleichen Teilen sollen Pandora und Michael ein Haus erben – unter einer Bedingung: Sie müssen dort sechs Monate zusammen wohnen. Mit Michael zu leben, fällt Pandora nicht schwer – wohl aber, dem tödlichen Hass der neidischen Verwandten zu entkommen ...

Spiel um Sieg und Liebe
Nach Jahren der Trennung sieht Amy den attraktiven Tad wieder, und bei jedem Tennisturnier – Amy ist Profispielerin – spüren sie dieselbe Leidenschaft wie früher. Wenn Amy ihm nur gestehen könnte, woran damals ihre Beziehung gescheitert ist ...

Bei Tag und bei Nacht
Für die Dorfbewohner ist Grant Campbell, der zurückgezogen in einem Leuchtturm wohnt, ein Sonderling. Doch die junge Malerin Gennie fühlt sich von ihm magisch angezogen. Wild wie die tosende See sind die Liebesnächte, die sie miteinander verbringen ...

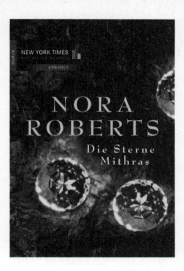

Band-Nr. 25007
5,95 € (D)
ISBN 3-89941-007-6

NORA ROBERTS
Die Sterne Mithras

„*Der verborgene Stern*"
„*Der gefangene Stern*"
„*Der geheime Stern*"

Wer die Sterne von Mithra besitzt, dem schenken sie Unsterblichkeit – so heißt es in einer alten Legende! Den drei besten Freundinnen, die versuchen, die blauen, unermesslich wertvollen Diamanten vor dem Zugriff eines besessenen Schmucksammlers zu bewahren, werden sie zum Schicksal. Denn jede von ihnen gerät durch einen der Sterne, den sie verbirgt, in Lebensgefahr. Nur der Mann, mit dem sie das Glück der Leidenschaft von der strahlendsten Seite erlebt, kann sie aus der Gefahr befreien.
Drei Freundinnen, drei Männer, drei Diamanten – und drei atemberaubend aufregende Abenteuer um die große Liebe.

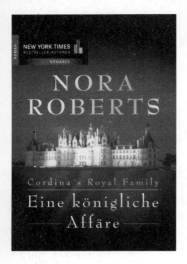

Nora Roberts
Cordina's Royal Family
„Eine königliche Affäre"
Prinzessin Gabriella de Cordina und Reeve MacGee – eine bezaubernde Romanze der Erfolgsautorin Nora Roberts.

Band-Nr. 25029
ISBN 3-89941-037-8

6,95 € (D)

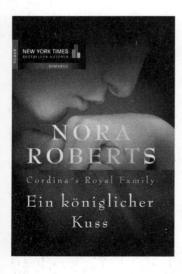

Nora Roberts
Cordina's Royal Family
„Ein königlicher Kuss"

Ein Herz und eine Krone: Schauspielerin verliebt sich in Kronprinz – Happy End nicht ausgeschlossen.

Band-Nr. 25039
ISBN 3-89941-050-5

6,95 € (D)